캐피탈

CAPITAL

존 란체스터 지음 · 이순미 옮김

캐피탈

CAPITAL

POST CARD

COMMUNICATION

ADDRESS ONLY

POLLARD GRAHAM & CO.'S STUDIOS, 208

We Want What You Have.

서울문화사

프롤로그 _____

어느 늦여름날 아침 햇살이 대지를 밝히기 시작할 무렵, 후드 티셔츠 차림의 한 남자가 남부 런던의 평범한 거리를 따라 느릿느릿 조심스레 걸어가고 있었다. 그는 뭔가를 하고 있었다. 하지만 행인이 보기에는 그가 무엇을 하는지 짐작하긴 어려웠다. 그는 살금살금 집 쪽으로 가까이 다가가기도 했고, 멀찍이 물러나기도 했다. 가끔은 아래를 내려다보았다가 또 가끔은 위를 올려다보았다. 가까이에서 보았다면 그 남자가 손에 고화질 비디오카메라를 들었다는 것을 알 수 있었을 테지만 거리에는 행인 하나 없었고, 따라서 그 사실을 알아차리는 사람은 아무도 없었다. 그 남자 말고는 거리가 텅 비어 있었다. 아침마다 일찍 눈뜨는 이들조차 아직 잠들어 있을 새벽인 데다 우유 배달이나 쓰레기 수거가 있는 날도 아니었다. 남자는 이 사실을 잘 아는 듯했다. 따라서 이 시간에 그가 집들을 찍는 것이 단순한 우연은 아니었던 것이다.

그가 카메라로 찍는 곳은 피프스 로드로, 이 근방에서는 그다지 유별난 데가 없어 보이는 거리였다. 동네 집들은 대부분 집 지은 시기가 같았다. 19세기 말, 재산세가 폐지된 후 이어진 건축 경기 호황 시기를 타고 한 부동산 개발업자가 지은 집이었다. 업자는 콘월 출신의 한 설계사와 아일랜드 출신의 여러 건축업자를 고용하여 약 18개월에 걸쳐 집을 지었다. 모두 3층으로 된 주택으로 설계사와 그 밑의 직원들이 집집마다 창문이나 굴뚝 모양, 벽돌 쌓는 세부 방식 등에 작은 변화를 주었기 때문에 어느 하나 똑같이 생긴 집이 없었다. 지역 건축물 안내 책자에 '그런 점을 알고 나면, 집을 볼 때 그 작은 차이를 발견하는 일이 재미있어진다'라는 문구가 쓰여 있다. 피프스 로드의 집들 중 네 채는 더블프론트 주택(현관문 양쪽으로 각각 창을 두 개씩 낸 집-옮긴이)으로, 다른 집들보다 대지 면적이 두 배나 더 컸다. 땅이 귀하기 때문에 더블프론트 주택은 싱글프론트 주택(현관문 양쪽으로 각각 창을 하나만 낸 집-옮긴이)보다 가격이 세 배가량 더 비쌌다. 이 정체불명의 젊은이는 크고 비싼 더블프론트 주택에 특히 더 관심을 갖고 찍는 것 같았다.

피프스 로드의 주택은 모두 특정 시장을 겨냥하고 지었다. 테라스하우스 대신, 동네에서 인기는 좀 없어도 하인용 방이 따로 있을 만큼 충분히 큰 집에서 살고자 하는 하위 중산층을 겨냥한 것이다. 첫 해에는 사무 변호사(법정에 서지 않고 주로 공판을 준비하고 의뢰인과 협의를 하거나 문서 작업을 하는 변호사-옮긴이)나 법정 변호사나 의사가 아닌, 그들 밑에서 일하는 사람들이 입주했다. 몸가짐이 점잖고, 가난을 벗은 출세 지향적인 사람들이었다. 그 후 이삼십 년 동안에는 출세 가도를 달리는 젊은 가장들 사이에서 주택의 인기가 오르락내리락함에 따라 동네가 떴다 죽었다 했는데, 그에 발맞춰 입주민들의 연령대나 사회적 신분도 널뛰기를 했다. 이 지역은 제2차 세계대전 때 폭격을 당했다. 피프스 로드는 전쟁의 그늘을 피한 듯했으나 1944년 V-2로켓이 거리 한가운데로 떨어져 집 두 채가 잿더미가 되었다. 폭격 맞은 자리는 마치 부러진 두 앞니처럼 수년간 텅 빈 채 방치되었다가 1950년대에 들어서야 새로이 주택이 들어선 것이었다. 발코니와 프랑스풍 창문이 딸린 주택이었다. 그것은 빅토리아 시대의 건축 양식으로 지은 주변 집들 사이에서 너무 이상해 보였다. 그 무렵 지중해 지역에서 살다 피프스 로드로 건너온 가족들이 각각 그 네 채의 주택에 입주했다. 네 가구의 가장은 모두 런던 교통 공사에 근무했다. 1960년대가 되자 독일군의 폭격으로 파괴된 후 쭉 비어 있던, 피프스 로드의 한쪽 끝 울퉁불퉁한 작은 녹지에 콘크리트가 덮이더니 2층짜리 작은 구멍가게가 생겼다.

피프스 로드가 언제부터 경제적으로 부유해지기 시작했는지는 정확히 콕 집어 말할 수 없다. 1970년 후반 크게 침체된 영국 경제는 마거릿 대처 수상의 집권 시기를 지나며 화려한 나비처럼 살아나 그후 오랫동안 호황을 누렸다. 따라서 피프스 로드 역시 영국 경제의 부흥에 발맞춰 동반 성장했다고 말하는 것이 가장 일반적인 대답일 것이다. 하지만 그것은 사실이 아니었다. 그 시기에 피프스 로드 역시 주민들이 많이 들락날락했기 때문이다. 주택 가격이 상승하면서 영국인 근로 계층과 이민자 근로 계층은 모두 집을 팔아 현금화한 뒤 자신들과 비슷한 이웃이 사는 더 조용한 지역으로 더 널찍한 집을 구해 동네를 떠났다. 피프스 로드에 새로 이사 온 사람들은 이전 주민들보다 좀 더 중산층에 가까운 사람들이었다. 남편들은 아주 멋진 직업은 아닐지라도 돈을 벌려고 열심히 일했고, 아내들은 집에서 아이들을 키웠다. 예나 지금이나 이 주택 단지는 젊은 가장들 사이에서 인기가 있었기 때문이다. 세월이 흘러 물가가 오르고 시대가 변하면서 아이들을 보모나 보육 시설에 맡기고 맞벌이하는 가정이 피프스 로드에 하나둘 입주하기 시작했다.

사람들은 개축 공사에 나섰는데, 이전처럼 주먹구구식으로 하는 것이 아니라 하나하나 체계적으로 고쳐 나가기 시작했다. 1970년대에는 실내 벽을 헐어 탁 트인 공간으로 개조하는 것이 유행을 타기 시작하더니 그 유행이 좀처럼 수그러들 줄 몰랐다. 또 위쪽 공간에 다락도 만들기 시작했다. 1980년대에는 좌파 성향의 정당이 의회에 득세하면서 다락 공사 허가를 중지해 버리자, 일부 주민이 한데 뭉쳐 소송을 제기한 끝에 승소하여 공사 허가권을 따냈다. 주민들의 주장에 따르면, 거주용 주택이므로 다락 공사는 집이란 목적에 완전히 부합하는 행위라는 것이었다. 그리고 그것은 사실이었다. 피프스 로드는 공사가 끊이지 않았다. 단 하루도 그냥 넘어가는 날 없이 길가에 큰 쓰레기 수거 차량이 서 있었고, 공사 차량이 도로를 점령했으며, 쿵쿵 와장창 드르륵 쿵쾅쿵쾅 소리와 함께 인부들이 틀어 놓은 라디오 소리가 연신 울려 퍼졌다. 이런 현상은 1987년 주택 시장 붕괴 직후에 잠시 주춤하더니 10년 뒤에 도로 시작되었다. 이 새로운 붐이 시작된 지 한참 지난 2007년 후반에 들어서자 피프스 로드의 집 두세 채가 같은 날에 수리되는 모습을 보는 것이 흔한 일이 되었다. 새로 지하실을 만드는 것이 유행이었는데, 그 작업 비용은 최소 십만 파운드 이상이 들어갔다. 하지만 집 지하에 층을 내려는 사람들의 주장에 따르자면, 공사에 수십만 파운드가 들기는 하지만 그만큼 집의 가치도 오르기 마련이므로 다른 관점에서 보자면 최소한 공사비는 빠지는, 남는 장사였던 셈이다. 새로 입주한 많은 사람들이 런던 시티(영국의 금융가—옮긴이)에서 일했기에 그것이 그들 사이에서는 일반적인 관점이었다.

이 모든 일이 피프스 로드를 휩쓴 크나큰 변화 중 일부였다. 피프스 로드가 생긴 이래, 세상 모든 일이 여기에서도 일어났다. 아주아주 많은 사람들이 사랑에 빠지고 이별을 택했다. 한 소녀는 첫 키스를 경험했고, 노인은 마지막 숨을 내쉬었다. 퇴근길 지하철역을 나온 사무 변호사는 하늘을 올려다보며 불어오는 바람에 우울해하다가 문득 이 삶이 다는 아닐 거라는, 삶이 끝날 때 의식도 같이 끝나는 것은 아닐 거라는 위안을 종교에서 찾았다. 어린 아기들은 디프테리아로 목숨을 잃었고, 어떤 사람들은 욕실에서 헤로인 주사를 맞았으며, 젊은 아기 엄마들은 밀려드는 피로감와 고립감에 울음을 터뜨렸다. 사람들은 일상을 벗어나려고 긴 휴가 계획을 세웠고, TV 앞에 늘어진 자세로 앉아 있었다. 깜빡 잊고 가스레인지를 끄지 않아 부엌에 불이 나는 일도 있었고, 사다리에서 떨어지는 일도 있었다. 사람들은 그렇게 인생에서 일어날 수 있는 모든 일(탄생과 죽음, 사랑과 증오, 행복과 슬픔, 복잡한 감정과 단순한 감정, 그리고 그 두 가지 감정을 왔다 갔다 하는 아주 복잡한 감정)을 겪으며 살았다.

하지만 지금, 역사는 피프스 로드 주민들에게 깜짝 놀랄 만한 반전을 가져다주었다. 역사상 처음으로 피프스 로드 주민들이 어느 기준에서 보아도 부자가 된 것이다. 부자가 된 이유는 단지 그들이 피프스 로드에 거주하고 있다는 사실 그 자체였다. 마치 마법에 걸린 것처럼 그곳의 집들이 수백만 파운드로 가격이 껑충 뛰면서 주민들이 모두 부자가 된 것이다.

이 때문에 이상한 기온 역전 현상이 나타났다. 피프스 로드가 생긴 뒤로 그동안 이곳에는 단지 조성 목적에 부합한 사람들, 즉 출세 지향적이긴 하지만 아주 부유하지는 않은 사람들이 거주해 왔다. 그들은 피프스 로드에 살게 된 것을 행복이라 여겼다. 그리고 이곳에 사는 것 자체가 자신과 가족을 위해 좀 더 좋은 보금자리를 만들겠노라 다짐하며 열심히 살아가게 되는 삶의 동력이었다. 하지만 집은 삶의 배경이었다. 즉, 집이 생활의 중요한 부분이기는 했지만 집 자체가 삶의 주인공이 아니라 그냥 일들이 일어나는 무대일 뿐이었다. 그런데 이제 피프스 로드 주민들에게 집은 너무나 큰 가치를 지닌 것이 돼 버렸다. 집값이 너무 치솟은 탓에 최근 입주한 이들에게 집은 그 자체로 삶에서 주인공의 역할을 차지하고 말았다.

맨 처음 주택 평균 가격은 십만 파운드 초반에서 점차 천천히 오르는 수준이었다. 그러다가 금융계 사람들이 이 지역을 눈여겨보게 되면서 주택 가격이 일제히 급물살을 타기 시작했다. 그들이 연봉의 서너 배가 되는, 전국 평균 급여보다 배가 넘는 엄청난 액수의 보너스를 받자, 전반적으로 과잉 분위기를 띠고 주택 가격과 관련된 모든 요소에 영향을 미치기 시작했다. 이 때문에 피프스 로드의 집값이 너무나 빨리 뛰기 시작했다. 마치 가격이 스스로 의지를 갖고 움직이는 것처럼 느껴질 정도였다. 지난 수십 년간 흐름을 대변하는 문구가 하나 탄생했다.

'저 아랫집 얼마에 팔렸는지 들었어?'

예전에 사람들 사이에서 '(집이 팔린) 엄청난 금액'으로 통하던 액수가 이제는 달랑 만 파운드를 가리켰다. 곧 그 액수는 몇만 파운드를 가리키기 시작했다. 그것이 십만 파운드, 이십만 파운드가 되고 지금은 백만 파운드가 돼 버렸다. 사람들이 입만 열면 집값 이야기를 하는 것이 자연스러운 현상이 되었다. 서로 대화를 몇 분 나누다가도 화제가 바로 집값으로 바뀌곤 했다. 사람들은 서로 얼굴을 보면 집값 이야기를 꺼내지 않으려 의식적으로 자제했다가, 곧바로 그 욕망에 굴복하고는 속으로 안도의 한숨을 내쉬며 집값에 대해 실컷 이야기했던 것이다.

마치 오일 러시 때의 텍사스 같은 분위기였다. 텍사스 사람들은 석유 광맥을 찾으려 땅을 파고 다녔지만, 피프스 로드 주민들은 부동산 시세가 얼마나 더 오르려나 하며 집에 가만히 앉아만 있었다. 부모들이 출근하고 아이들이 등교하고 나면, 낮 시간에 건축업자들 말고는 거리에 사람들이 거의 보이지 않았다. 하지만 집 안팎으로 하루 종일 뭔가가 들락거렸다. 집값이 점점 더 오르면서 마치 집은 살아 숨 쉬는 듯 스스로 갖고 싶은 것과 필요한 것이 생기는 모양이었다. 베리 브라더스 앤 러드 가게 차량이 와인을 배달했고, 개를 산책시켜 주는 사람들의 차량이 두세 대 왔으며, 플로리스트와 아마존 소포 배달원, 개인 트레이너, 세탁소 직원, 배관공, 요가 강사 같은 사람들이 구걸하는 사람처럼 이 집에서 저 집으로 삼켜지듯 하루 종일 드나들었다. 세탁물도 왔고, 페덱스나 유피에스 같은 배송업체도 왔으며, 반려견 침대와 프린터 잉크, 정원용 의자, 빈티지 영화 포스터, 당일 택배용 DVD, 이베이 경매 사이트에서 낙찰된 물건이나 충동적으로 구매한 물건, 통신 판매를 통해 산 자전거도 왔다. 구걸하는 사람들도 들렀고, 노숙자를 위한 수건 파는 사람과 수도·전기·가스 회사에서 나온 판매원도 상품을 팔려고 들렀다. 방문 판매원, 트레이너, 수공예가 같은 사람들도 집으로 들어가 일을 마치면 도로 나왔다. 이제 집들은 마치 사람들, 그것도 부유한 사람들처럼 스스로 필요한 것들을 서비스 받는 것에 전혀 부끄러움이 없는 오만한 모습을 띠었다. 거리에는 노상 건축업자들이 있었다. 그들은 집을 점검하고, 다락과 주방을 개조하고, 벽을 헐어 공간을 더 냈다. 거리에는 항상 쓰레기 수거 차량이 한 대 이상 주차되어 있었고, 건축용 발판도 한 무더기 이상 눈에 띄었다. 지하를 파서 그곳을 주방이나 놀이방, 다용도실 같은 공간으로 만드는 것이 유행이었기에, 이런 열풍에 휩쓸린 집들은 땅을 팔 때 나온 흙을 컨베이어를 통해 쓰레기 수거 차량으로 퍼 날랐다. 흙이 집의 무게에 눌려 똘똘 뭉쳐 있었기 때문에 땅을 파면서 나온 흙은 눈으로 가늠했던 것보다 대여섯 배나 더 많았다. 그래서 흙을 파낼 때는 뭔가 이상하고 불길하게 보였다. 마치 땅이 팽창하고, 토하고, 파임을 거부하는 것 같았다. 공간을 더 넓히기 위해 땅속 깊이 파고 들어가려는 작업이 근본적으로는 아주 부자연스럽다는 듯이, 그리고 땅을 파는 작업이 영원히 계속될 수도 있다는 듯이 너무나 많은 흙이 쏟아져 나왔던 것이다.

피프스 로드에 집을 소유하고 있다는 것은 돈을 딸 확률이 확실한 카지노에 있다는 것과 같았다. 이미 그곳에 살고 있다면 부자였고, 그곳으로 이사하려면 부유한 사람이어야 했다. 역사상 처음으로 그것은 현실이 되었다. 영국은 가진 자와 못 가진 자로 양분되는 나라가 돼 버렸고, 피프스 로드에 사는 사람들은 단지 그곳에 살고 있다는 이유 하나만으로도 이미 가진 자가 돼 있었다. 그리고 늦여름날 아침 한 젊은이는 가진 자들로 가득한 이 거리를 찍으면서 걸어 다니고 있었다.

1부

———

2007년 12월

1

12월 초입 비 내리는 어느 날 아침, 피프스 로드 42번지에 사는 여든두 살의 한 노부인이 거실에 앉아 레이스 커튼 사이로 밖을 내다보고 있었다. 그녀의 이름은 피튜니아 하우이며, 테스코의 배달 차량을 기다리는 중이었다.

피튜니아는 피프스 로드에서 가장 나이가 많은 사람이자, 그곳에서 태어나 이사 한번 안 하고 살고 있는 마지막 사람이었다. 이 곳과 그녀의 인연은 그녀가 태어나기 훨씬 오래전부터 시작되었다. 그녀의 할아버지가 사전 분양으로 그 집을 구입했기 때문이다. 그는 변호사 밑에서 일하는 사무원이었고, 링컨스인 법학원에서 근무했다. 보수적인 성향인 그는 실제로 영국 보수당원이었다. 자기가 맡았던 사무원 일을 아들에게 물려준 뒤 아들이 딸만 낳자 한 손녀사위에게도 그 일을 물려주었다. 그 손녀사위가 바로 피튜니아의 남편 앨버트였다. 앨버트는 5년 전에 세상을 떠났다.

피튜니아는 스스로를 경험이 많은 사람이라고 여기지 않았다. 삶에서 별다른 사건이 일어나지 않은, 반경이 좁은 삶을 살았다고 생각했다. 하지만 그녀는 피프스 로드가 생겨난 이래 3분의 2가량 되는 세월 동안 스스로 생각하는 것보다 훨씬 더 많은 일을 알아채고 가능한 한 그 일들을 덜 재단하고 지켜보면서 살아왔다. 그녀 생각에 남편 앨버트는 그들 둘에 대해 너무 재단하며 살았던 것 같았다. 피튜니아가 피프스 로드를 떠났던 유일한 시기는 제2차 세계대전 초반, 즉 1940년부터 1942년까지 난리를 피해 영국 동부 서퍽에 있는 한 농장으로 가서 지냈을 때였다. 그녀는 여전히 그때를 떠올리고 싶지 않았다. 누가 그녀를 구박했기 때문에 그런 것은 아니었다. 농장 주인과 부인은 부지런히 일손을 놀려야 하는 생활 속에서도 그녀에게 매우 친절했다. 그녀가 그 시절을 떠올리고 싶지 않은 이유는 부모와 함께한 익숙했던 삶이 그리웠기 때문이다. 아버지가 오후 6시에 퇴근하고 집에 오면 다 같이 모여 앉아 홍차를 마시던 그런 나날들 말이다. 아이러니하게도, 폭격을 피한답시고 집을 떠났던 적이 있었음에도 불구하고 1944년 V-2로켓이 피프스 로드에 떨어지던 날밤, 그녀는 폭격지에서 고작 열 집밖에 안 떨어진 곳에 있었다. 새벽 4시, 소음보다 몸에 직접 전달되던 충격을 피튜니아는 아직도 생생히 기억하고 있다. 그녀와 자는 것에 지쳤지만 다치게는 하고 싶지 않은 배우자처럼, 폭격의 여파로 그녀는 침대에서 쿵 떨어졌던 것이다. 그 폭격으로 열 명이 목숨을 잃었다. 공원 광장에 있는 큰 교회에서 치른 장례식은 정말 끔찍했다. 비가 오는 컴컴한 날에 장례를 치르는 편이 차라리 나았을 텐데, 그날은 날씨가 화창하고 상쾌했기 때문에 피튜니아는 그 후 몇 달 동안이나 그 장례식 날을 생각하고 또 생각했다.

웬 밴 한 대가 거리로 들어서 속도를 낮추더니 멈춰 섰다. 디젤 엔진 소리가 어찌나 큰지 창문이 덜컹거렸다. 테스코인가? 아니었다.

다시 기어 넣는 소리가 들리더니 부릉 소리를 내며 과속 방지 턱을 넘어 밴은 멀어져 갔다. 교통량을 좀 줄여 볼 목적으로 과속 방지 턱을 설치했지만, 덕분에 오히려 소음만 더 많이 들렸다. 심지어 방지 턱을 넘느라 차의 속도를 줄였다 올렸다 하느라 매연까지 더 많이 발생했다. 과속 방지 턱이 설치된 후로 앨버트는 단 하루도 불평하지 않고 넘어간 날이 없었다. 말 그대로, 과속 방지 턱을 설치하고 도로를 다시 개방한 날부터 그가 갑자기 숨을 거둔 날까지 단 하루도 빠짐없이 말이다.

좀 떨어진 곳에서 밴이 서는 소리가 들려왔다. 배달 차량이긴 했지만 식료품 배달 차량도, 그녀가 기다리는 물건 차량도 아니었다. 피튜니아가 요즘 거리를 보며 알아차린 일 중 하나가 바로 배달이었다. 피프스 로드 주민들이 부유해지면서 배달 차량이 더 자주 드나들기 시작했다. 피튜니아 역시 지금 배달을 기다리고 있었다. 예전에는 배달이라는 말 대신 '운송 무역 carriage trade'이라 불렀다. 어머니가 운송 무역에 대해 이야기하던 것이 생각났다. 어쩐지 그 말('carriage'는 마차라는 뜻-옮긴이)을 들으면 실크해트를 쓴 신사와 말이 끄는 마차가 떠올랐다.

'내 나이 땐 그랬지.'

피튜니아는 미소를 지었다. 그녀가 기다리는 물건은 식료품이었는데, 에식스에 사는 딸 메리가 시험 삼아 주문한 것이다. 피튜니아는 장을 보러 가게를 오가는 것이 점점 힘들어졌다. 못 갈 만큼 아주 큰 문제가 있는 것은 아니었지만, 시내 중심가까지 가서 식료품을 한 바구니 이상 들고 돌아와야 하는 일이 고되어 걱정하던 차였다. 그래서 메리가 어머니를 위해 기본적인 식료품들, 그중에서도 부피가 크고 무게가 많이 나가는 품목을 일주일에 한 번 매주 수요일 오전 10시에서 정오 사이에 배달되도록 설정해 두었다. 피튜니아는 차라리 메리나 런던에 사는 메리의 이들 그레이엄이 와서 함께 장도 보러 가고 도움도 받았으면 하고 바랐지만 그런 선택권은 주어지지 않았다.

밴에서 나는 소음이 더욱 크게 들려왔다. 차는 다시 움직이기 시작했는데, 그다지 멀리 가지 않았다. 밴이 바로 앞 길가에 주차하는 소리가 들렸다. 창문 너머로 밴에 붙은 로고가 보였다. 테스코였다! 한 남자가 팰릿을 안고 정원으로 와서 엉덩이로 정원 문빗장을 솜씨 좋게 풀었다. 피튜니아는 두 팔을 짚고 조심스레 일어나 잠깐 몸의 균형을 잡았다. 그녀가 문을 열었다.

"안녕하세요, 어르신. 괜찮으세요? 반품은 안 됩니다. 제가 날라드릴게요. 밖에 관리인이 있긴 하지만, 제가 나를 테니 신경 안 써도 된다고 했거든요."

친절한 배달원은 팰릿을 안고 부엌까지 날라다 식탁에 내려놓았다. 나이가 들면서 피튜니아는 사람들이 별 생각 없이 건강과 힘을 과시한다는 것을 알아차리게 되었다. 지금 이 젊은이도 무거운 팰릿을 큰 어려움 없이 안아다 식탁에 내려놓고는 봉투 네 개를 한꺼번에 꺼내고 있었다. 봉투를 꺼낼 때 그의 어깨와 팔이 밖으로 떡 벌어지는 바람에 마치 보디빌딩을 하는 북극곰처럼 거대해 보였다.

피튜니아는 시대에 뒤떨어진 것을 그리 크게 부끄러워하는 편이 아니었건만 오늘따라 부엌 바닥에 조금 신경이 쓰였다. 리놀륨 타일 바닥이 일단 지저분해 보인다 싶더니 깨끗한데도 너무나 지저분해 보였다. 하지만 배달원은 알아채지 못한 것 같았다. 무척 예의가 바른 사람이었다. 그가 팁 받는 일을 하는 사람이었다면 피튜니아는 팁을 후하게 주었을 테지만, 딸 메리가 배달을 시키면서 팁을 주지 말라고 말한 바 있었다. 그것도 피튜니아를 익히 알고 있고, 또 피튜니아가 속으로 무슨 생각을 하는지 이미 다 알고 있으니 짜증 난다는 듯 화가 난 말투로.

"고맙수다."

피튜니아가 밖으로 나가는 배달원의 뒤를 따라가 문을 닫으려던 순간 문 앞 매트에 놓인 엽서 한 장이 눈에 들어왔다. 그녀는 조심스레 허리를 굽혀 엽서를 집어 들었다. 엽서에 나온 사진은 피프스 로드 42번지, 즉 그녀의 집이었다. 엽서를 뒤집어 보았지만 뒷면에는 아무런 서명도 없이 '우리는 당신이 가진 것을 원한다'고 타이핑된 메시지만 보였을 뿐이다. 그 때문에 피식 웃음이 나왔다. 도대체 어떤 사람이 그녀가 가진 것을 원한단 말인가?

2

피튜니아 하우의 집에서 길 건너 보이는 피프스 로드 51번지 집 소유주의 근무지는 런던 시티에 있었다. 핑커 로이드 은행에 다니는 로저 욘트는 칸막이 방 책상 앞에 앉아 계산기를 두드리는 중이다. 올해 보너스가 나온다면 백만 파운드 가까이 나올 것이다.

마흔 살 된 로저는 인생의 모든 일이 수월하게 풀린 사람이었다. 성장기 때 중력마저 그에게는 덜 작용한 것인지 키도 190센티미터였다. 그 정도면 좀 더 작게 보이려고 고개를 숙일 필요가 없는 적당히 큰 키였다. 모든 일이 술술 풀렸던 터라 안주하는 성향이 생긴 것도 너무나 당연했고, 다른 이들에 비해 운이 더 좋았음을 굳이 내세울 필요도 없어서 그런 점이 일종의 매력처럼 보였다. 눈에 띌 만큼은 아니지만 외모가 잘생긴 것도, 매너가 아주 좋은 것도 인생에 도움이 되었다. 그는 명문 해로 공립 학교와 더럼 대학을 졸업했으며, 완벽한 타이밍(우주가 생겨난 직후, 그리고 수학 천재와 장사꾼이, 또는 그 두 가지 특성을 모두 갖춘 사람들이 몰려들기 직전)에 런던 시티에 위치한 좋은 회사를 들어갔다. 그는 옛 런던 분위기에도 완벽하게 어울릴 만한 사람이었다. 그때 런던은 느지막이 출근해서 일찌감치 퇴근하고 중간에 여유로운 점심시간을 누릴 수 있는 도시였다. 자신이 어떤 사람인지, 어떤 사람을 아는지, 주변과 얼마나 잘 섞일 수 있는지에 따라 모든 일이 달라지던 때였다. 주변에서 쉽게 볼 수 있는 평범한 사람이면서도 '다른 이들과 잘 어울리는' 사람이 제일로 존경받던 시대였다. 하지만 로저는 런던 시티의 새로운 분위기, 즉 모든 것이 성과 중심이고 아침 7시부터 저녁 7시까지 은행에 매달려 일도 열심히, 노는 것도 열심히, 그 외 다른 일은 일절 타협이 없는 분위기에도 썩 잘 어우러지는 사람이었다. 요즘 런던 사람들은 열심히 일하고 회사에 수익을 내기만 한다면 그 사람이 어느 지역 악센트를 쓰든, 어느 나라 출신이든 상관하지 않았다. 런던 사람들이 이런 새로운 분위기를 기꺼이 수용하는 한편, 옛 런던을 떠올리게 하는 것들도 좋아한다는 사실을 로저는 본능적으로 잘 알고 있었다. 스스로 옛 런던의 분위기에 편안함을 느끼지만 또 현대적인 분위기도 좋아하는 사람이라는 점을 매우 노련하게 드러냈다. 그런 것을 드러내기 위해 정장조차도 (아내 아라벨라의 도움을 받아) 세빌 로(맞춤 양복점으로 유명한 쇼핑 거리-옮긴이)에 입점한 플래시 해리 양복점에서 멋진 정장을 맞춰입었다. 로저는 결코 화를 내지 않고 아랫사람들이 알아서 일하도록 무조건 내버려두는, 인기 좋은 상사였다.

그런 특징은 중요한 기술이었다. 실적이 좋은 해라면 보너스로 수백만 파운드를 받을 수 있게 해 주는 기술 말이다. 하지만 로저는 보너스 규모를 쉽게 산출할 수 없었다. 그가 몸담은 다소 규모가 작은 투자 은행의 시스템은 보너스를 쉽게 산출할 수 없도록 설계되었다. 게다가 보너스를 산출하는 데 고려해야 할 사항이 많았다. 은행 전체의 수익 규모는 얼마나 되는지, 외환 시장에서 거래된 이익 중 부서의 기여도는 얼마나 되는지, 다른 경쟁 부서와 비교했을 때 부서의 성실도는 얼마나 되는지 등 다른 많은 사항을 고려해야 했다. 그런 사항 중 대다수는 눈에 보이는 성질의 것이 아니었다. 심지어 부장으로서의 능력을 평가하는 사항은 주관적인 판단에 근거한 것이었다. 보너스 산출은 일부러 두루뭉술한 절차로 진행되었는데, 가끔씩 (공산당) 정치국이라 일컫는 보상 위원회에서 이런 보너스 산출을 담당했다. 요약하자면, 자신이 받게 될 보너스 금액을 확실히 알 수 있는 방법은 전혀 없다는 것이다.

책상에는 컴퓨터 모니터가 세 대 있었다. 하나는 부서에서 처리되는 일을 실시간으로 보기 위한 모니터였고, 다른 하나는 이메일과 메신저로 메시지를 보내고 화상 회의를 하고 일기를 쓰는 데 사용하는 개인 모니터였으며, 마지막 하나는 외환 부서의 1년간의 거래 기록을 보기 위한 모니터였다. 마지막 모니터에 뜬 기록에 따르면 로저의 부서는 지금까지 총 육억 이천오백만 파운드에 달하는 거래 금액을 기록했고 약 칠천오백만 파운드의 수익을 내고 있었다. 로저 스스로 내린 평가이되, 나쁜 실적은 아니었다. 이 수치에 따라 공정한 보상이 따른다면 로저는 백만 파운드를 받아 마땅했다. 하지만 몇 달 전, 노던 록 은행이 서브프라임의 여파로 파산한 후 외환 시장의 흐름이 올해 줄곧 이상한 조짐을 보였다. 근본 원인을 따지자면 노던 록 은행은 안에서 세운 비즈니스 모델 때문에 안에서 망한 것이다. 대출금은 바닥이 났고, 영국 중앙은행은 손을 놓고 있었으며, 고객들은 공황 상태에 빠졌다. 그 사이 대출 이자가 가파르게 올라가자 고객들의 불안도 커져 갔다. 로저는 이런 상황이 문제로 다가오지 않았다. 외환 시장의 불안은 곧 시장이 변동한다는 의미였고, 시장이 변동한다는 것은 곧 수익성이 있다는 의미였기 때문이다. 외환 시장에서는 아르헨티나 페소처럼 고수익이 보장된 통화에 투자하는 케이스가 여럿 있었다. 로저가 알기로 몇몇 경쟁사의 외환 부서가 그런 식으로 날강도처럼 엄청난 수익을 가로채 갔다. 이런 점 때문에 투명성이 부족하다는 말은 문제가 된다는 것이다. 핑커 로이드 은행의 보상 위원회는 몇몇 수완 좋은 젊은 트레이더, 즉 금전상 손실을 막기 위한 대책도 없이 도박 같은 거래를 일삼는 무모한 트레이더를 벤치마킹하도록 로저에게 시킬지도 모른다. 그런 이들의 실적 중에는 용납할 수 없는 위험을 감수해야 뛰어넘을 수 있는 것들도 있었다. 하지만 그 위험이 어마어마한 수익을 가져다주는 경우에는 위험을 약간 용납할 수 있을 것 같았다.

보너스와 관련해서 생길 수 있는 문제점은 또 있었다. 본부에서 올해 전반적으로 수익률이 낮았다고 주장할 경우이다. 그 때문에 보너스가 기대에 크게 못 미칠지도 모른다. 실제로 핑커 로이드 은행이 주택 담보 대출 과정에서 큰 손실을 입어 현재 조사 중이라는 소문이 떠돌았다. 또한 스위스 자회사가 인수 경쟁에서 밀리는 바람에 주가가 30퍼센트나 폭락한 것에 대한 실망감도 공공연하게 떠도는 상황이었다. 보상 위원회는 아마도 '어려운 시기입니다', '다 같이 고통을 분담해야 합니다', '이번에는 모두 조금씩 수혈해 줘야 할 것 같습니다' 등을 내세우며 '(윙크와 함께) 내년엔 괜찮을 겁니다'고 말할지 모른다. 그렇게 된다면 상상도 할 수 없을 만큼 괴로울 것이다.

로저는 회전의자를 돌려 창밖 카나리 워프(런던 금융의 중심지-옮긴이)를 내려다보았다. 비는 그친 상태였고, 일찍 저무는 12월의 석양으로 인해 평소 견고하고 묵직해 보이던 빌딩들이 잠시 황금색으로 물든 듯했다. 오후 세 시 반 무렵이니 앞으로 최소 네 시간 정도는 더 근무해야 했다. 로저는 겨울철 몇 달 동안 해가 뜨기 전에 출근해서 해가 지고도 한참이 지난 후에야 퇴근하는 생활을 밥 먹듯이 하곤 했다. 이에 대한 생각은 진작 내려놓았다. 경험에 따르면 근무 시간에 대해 불평하는 사람은 둘 중 하나였다. 곧 그만둘 사람이거나, 곧 해고될 사람이었다. 로저는 회전의자를 다시 책상 쪽으로 돌렸다. 사람들이 소리소리 지르고 다투고 서류를 흔들어 대는 증권 거래소의 이름을 따서 거래소라 부르는 실내를 향해 앉아 있는 것이 그는 더 좋았다. 거래소라 부르긴 했지만, 사실 그가 속한 부서의 모습은 실제 증권 거래소와는 완전 딴판이었다. 마흔 명쯤 되는 부서원은 컴퓨터 모니터 앞에 앉아 헤드셋에 대고 중얼거리거나 서로 조용조용 의견을 나누면서도 모니터에 표시되는 데이터의 흐름에서 눈을 떼지 않았다. 칸막이벽은 유리로 되어 있었지만 그는 개인 시간이 필요하다 싶으면 블라인드를 내렸다. 대화가 밖으로 새어 나가지 않도록 하고 싶을 때에는 새로 장만한 백색 소음기를 켰다. 이 기계를 모든 부서장급들이 하나씩 다 가지고 있었다. 이는 정말 멋진 일이었지만 로저는 방 밖에서 벌어지는 업무 현황을 파악할 수 있도록 방문을 거의 열어 두고 지냈다. 그는 부서 업무에서 스스로를 단절시키면 위험이 따른다는 사실과, 부서원들 간에 오가는 일을 많이 알면 알수록 달갑지 않은 뜻밖의 소식이 날아들 확률이 낮아진다는 사실을 경험을 통해 알고 있었다.

이것들은 부서장 자리에 오르는 과정을 통해 알게 된 사실이었다. 그가 외환 부서 내 차장이었을 때 은행에서 전 행원을 상대로 무작위로 약물 검사를 실시한 적이 있었다. 동료 중 넷이 검사를 받고 모두 양성 반응이 나왔다. 검사가 있던 날이 월요일이었는데 로저는 그 사실이 전혀 놀랍지 않았다. 그는 젊은 트레이더들이 하나같이 주말 내내 약물에 취해 보낸다는 것을 잘 알고 있었기 때문이다. 넷 중 둘은 코카인을 흡입했고, 하나는 엑스터시를 복용했으며, 다른 하나는 마리화나를 피웠다. 로저는 마리화나를 피운 행원이 걱정스러웠다. 마리화나는 찌질한 애들이나 피우는 것 같았기 때문이다. 그 네 명은 다시 걸릴 경우 해고라는 최종 경고를 받았고 그들의 상사는 해고되었다. 그 상사가 로저에게 은행에 무슨 일이 있는 거냐고 물었더라면 알려 주었겠지만, 상사는 아무것도 묻지 않았다. 게다가 상사는 꽤 거만하고 구시대적인 방식으로 자신의 일을 로저에게 몽땅 떠넘기곤 했기 때문에, 남 뒤통수를 치거나 모사를 꾸밀 만큼 대인 관계에 부지런하지도 않았던 로저로서는 상사가 해고된 것이 별로 안쓰럽지 않았다.

로저는 사람 자체가 야망이 큰 사람이 아니었다. 많은 것을 바라지 않는 삶을 원했다. 그가 아내 아라벨라에게 빠져 결혼한 이유 중 하나도 그녀가 삶을 쉽게, 쉽게 사는 재주가 있었기 때문이다. 그런 재주는 중요했다.

그는 성공하고 싶었고 또 성공한 사람으로 보이고 싶었다. 그리고 정말로 보너스 백만 파운드를 받고 싶었다. 여태 한 번도 그런 금액의 보너스를 받은 적이 없었지만 스스로 그 정도의 몫은 받아야 한다는 생각, 그 보너스가 남성의 가치를 증명해 준다는 생각이 들었기 때문이다. 실제로 그만큼의 보너스가 필요했다. 처음에는 백만 파운드란 금액이 조금 막연하고 우스운 열망처럼 마음에 품게 되더니 나중에는 점차 각종 청구서 등 가정 경제를 제대로 굴러가게 하는 데 필요한 실제 금액이 돼 버렸다. 기본 연봉인 십오만 파운드는 아내가 '옷값'이라 부르기에 나쁘지 않은 금액이었지만 두 군데 주택 담보 대출금을 갚아 나가기에는 부족했다. 피프스 로드에 있는 집은 더블프론트 주택으로, 그 값은 이백오십만 파운드였다. 당시에는 집값이 상한가를 친 것 같았는데, 그 뒤로도 집값은 껑충 뛰었다. 로저와 아라벨라는 다락을 더 냈고, 지하실을 팠으며, 딱히 손을 안 볼 이유는 없다는 식으로 배선과 배관도 모두 교체했다. 1층 실내 벽을 모두 헐어서 크게 텄고, 온실을 새로 꾸미고, 집의 측면을 확장하는 등 구석구석 모두 새롭게 장식했다. 조슈아의 방은 카우보이를 주제로 해서 꾸몄고, 최근에 바이킹과 관련된 것을 좋아하는 쪽으로 바뀌기 시작한 콘래드의 방은 우주 비행사를 주제로 해서 꾸몄다. 아라벨라는 아이들 방을 새로 꾸며 보려고 생각 중이었다. 욕실도 두 곳 더 만들었다. 주로 쓰는 욕실을 침실에 딸린 욕실로 개조했다가 유행에 따라 습식 욕실로 바꾼 뒤, 이 욕실이 좀 격이 떨어져 보이는 데다 습기가 침실로 배어드는 통에 아라벨라가 가슴이 답답하다며 다시 일반적인 (하지만 매우 고급스러운) 욕실로 바꾸었다. 아라벨라를 위한 드레스 룸이 따로 있었고 로저를 위한 서재도 따로 있었다. 부엌은 원래는 스몰본 오브 드바이지스(수작업으로 부엌 가구를 만드는 유명한 브랜드-옮긴이) 제품으로 꾸몄다가 싫증 난다며 아라벨라가 멋진 환기구와 거대한 미국 냉장고가 내장된 독일 브랜드 제품으로 갈아 치웠다. 아라벨라는 보모가 누가 됐든 남자 친구를 데려와 하룻밤 묵게 될 경우가 있을지 모르니 독립된 공간을 마련해 주는 것이 중요하다고 보았다. 그래서 보모가 쓰는 층도 따로 두 칸짜리 방과 부엌이 딸린 공간으로 개조했다. 그 공간에는 성능 좋은 연기 감지기가 부착되어 있어서 담배에 불을 붙이기만 해도 감지기가 울렸다. 하지만 정작 입주 보모를 두는 것이 내키지 않아서 그 층을 비워 둔 상태였다. 아래층에 누가 산다는 느낌이 싫은 데다 가족이 아닌 남을 집에 두는 일이 어쩐지 좀 없어 보이고 구식처럼 느껴졌던 것이다. 거실 배선은 모두 바닥 밑에 깔았고, (당연히 집 전체에 고가의 전선을 설치했는데) 유명 뱅앤올룹슨 회사에서 나온 스피커를 설치해 음악이 안방에 울려 퍼지게 했다. 텔레비전은 60인치 플라스마 TV였고, 그 맞은편 벽에는 로저가 괜찮은 보너스를 받은 해에 아라벨라가 구입했던 영국 화가 데이미언 허스트의 그림이 걸려 있었다. 심미적, 예술사적, 인테리어 디자인적, 심리적 측면에서 그 작품을 따져 봤을 때 로저의 판단으로 작품의 가격은 부가가치세를 포함해 사만칠천 파운드였다. 가구와 기전을 제외하고 건축가와 측량사, 건축업자에게 들어간 비용만 계산하면 집에 들인 비용이 총 육십오만 파운드였다.

글로스터셔주 민친햄프턴에 있는 올드 파스니지 주택 역시 저렴한 집은 아니었다. 그 주택은 1780년에 지은 건물로, 조지 왕조풍 외관과 다소 작다 싶은 방, 기대와 달리 햇빛이 적게 들어오는 창문들로 인해 빛이 좀 바랜 감이 없지 않아 있긴 했지만 그래도 멋진 건물이었다. 로저 부부가 이 주택을 살 때 구십만 파운드란 매매가로 계약이 성사되었지만, 곧바로 집주인이 구십칠만 오천 파운드에 사겠다는 사람에게 집을 팔려고 하는 바람에 로저도 다시 매매가를 백만 파운드로 올려야만 했다. 내부 수리와 장식 등에 이십오만 파운드가 들어갔고, 그 비용 중 일부는 2급 역사 지구로 지정된 건물에 규제를 가하는, 말도 안 되는 조건에 맞서 싸우느라 변호사를 선임하는 데 썼다. 정원 한쪽에 딸린 작은 별채도 매물로 나왔는데, 친구들이 놀러 왔을 때 쓰게 하면 아주 포근할 것 같아서 그 집도 함께 매입했다. 역시나 집을 한 채씩 더 소유하고 있던 집주인과 측량사, 측량사의 남자 친구는 로저 부부를 쥐락펴락해도 된다는 것을 눈치채고는 그

자그마한 별채에 바가지를 씌워 사십만 파운드에 팔아 치웠다. 별채는 구조상 문제가 있어서 나중에 십만 파운드가 추가로 더 들어갔다.

민친햄프턴은 영국의 시골이 다 그렇듯 마음에 쏙 드는 곳이었다. 모두가 마음에 들어 했다. 하지만 아라벨라는 1년 중 가장 중요한 여름휴가를 민친햄프턴에서 보내는 것을 조금 시시하게 여겼다. 여름휴가보다는 주말 휴식차 보내기 좋은 장소였던 것이다. 그래서 로저 부부는 여름휴가 2주 중 한 주일엔 친구들을 데리고 다른 장소로 여행을 다녔고, 다른 한 주일엔 번갈아 가며 올해는 로저 쪽 부모를, 이듬해엔 아라벨라 쪽 부모를 모시고 함께 보냈다. 로저 부부가 마음에 드는 별장은 일주일 숙박비가 만 파운드에 달했다. 비행 편은 무조건 비즈니스 클래스를 타야 했다. 왜 꼭 그래야 하는지 한마디로 요약할 수 없지만 그래도 요약해야만 한다면, 수중에 돈이 있기 때문에 허접한 이코노미 클래스를 타지 않아도 된다는 이야기였다. 가족은 두 번 정도 보너스가 두둑하게 나왔을 때 전세기를 타고 여행 간 적이 있었는데, 그런 여행을 한 번 하고 나면 예전처럼 공항에서 길게 줄 서서 짐 부치는 일 따위 다시는 하고 싶지 않은 법이다. 그들은 여름휴가 때 말고도 여행을 다녔다. 크리스마스 때에도 여행을 다녔지만, (올해는 다행히 크리스마스 여행 계획이 없는데) 그보다는 주로 2월 중순이나 부활절 주간 중 한 시즌에 여행을 갔다. 정확한 휴가 날짜는 콘래드가 다니는 웨스트민스터 사립 학교의 방학 날짜에 맞춰 정할 수밖에 없었다. 학교가 허용한 시기에만 결석이 가능하도록 교칙이 엄

격한 학교였기 때문이다. 만으로 고작 다섯 살밖에 안 된 콘래드에게
는 다소 가혹한 것 같았지만, 바로 그 점 때문에 그 명문 학교에 이만
파운드나 되는 학비를 지불하고 있는 거라 딱히 할 말이 없긴 했다.

따져 보니 돈 들어간 곳이 더 있었다. 보모인 필라르에게 들어가
는 비용이 1년에 약 이만 파운드였는데, 짜증 나는 고용세까지 합하
면 총 삼만 오천 파운드가 들어갔다. 주말 보모인 쉴라에게는 한 회
당 이백 파운드씩 주었기 때문에 1년이면 구천 파운드가 들었다. 그
비용은 모두 현금으로 지급되었고, 그녀가 휴가 때 가족 여행에 동행
하지 않으면 비용은 나가지 않았다. 하지만 쉴라는 휴가 때 종종 가
족 여행에 동행했고, 못 갈 때면 소개소에서 다른 보모를 구해 데리
고 갔다. 아라벨라가 '쇼핑용'으로 모는 BMW M3는 오만 오천 파운
드를 주고 구입했고, 보모가 아이들을 학교나 친구 집에 태워다 줄
때 모는 가족용 차량 렉서스 S400은 칠만 오천 파운드를 주고 구입
했다. 로저 역시 은행에서 지원해 준 벤츠 E500을 몰았는데 세금으
로 1년에 만 파운드만 지불하면 되었다. 하지만 로저는 벤츠 대신 지
하철을 타고 출퇴근했다. 새벽 6시 45분에 집을 나와 저녁 8시에 퇴
근했기 때문에 지하철로 출퇴근하는 것도 견딜 만했다. 또 다른 비
용도 있었다. 한 달에 옷값으로는 이천 파운드가 들었으며, 두 집 살
림에 필요한 생필품값으로는 이천 파운드가 들었고, 전년도 수입에
대한 세금으로도 약 이십오만 파운드가 들었다. 또 회계사가 산출해
준 십만 파운드 대의 퇴직 연금을 위해 다달이 돈을 넣었고, 여름마

다 여는 파티에는 일만 파운드를 썼다. 그리고 외식, 신발, 주차, 영화표, 정원사 등등에 들어가는 돈도 만만치 않았는데 런던의 믿기 어려운 살인적인 물가가 한몫 톡톡히 한 것이다. 그 탓에 어딜 가든 무얼 하든 돈이 줄줄 새는 것만 같았다. 로저는 그런 점을 개의치 않고 기꺼이 지불했지만, 그래도 올해 보너스 백만 파운드를 못 받게 된다면 파산할지도 모르는 상황이었다.

3

늦은 오후였다. 로저는 소파 한쪽에 앉았다. 맞은편에는 그가 보너스 백만 파운드를 받게끔 그 누구보다 크게 도움을 줄 한 남자와 보너스 지급 여부를 결정하는 데 핵심 열쇠를 쥔 한 남자가 앉아 있었다.

앞 사람은 로저 바로 밑 부서원인 마크 차장이었다. 그는 채 서른이 되지 않은 남자로, 로저와 나이가 열 살도 넘게 났으며 하루 종일 사무실에 앉아 모니터만 들여다보는 일의 특성상 피부가 희디희었다. 자세히 쳐다보면 마크는 한시도 몸을 가만히 두질 못했다. 번갈아 짝다리를 짚거나, 시계를 만지작거리거나, 주머니에 뭐가 들었는지 확인해 보거나, 마치 안경을 고쳐 쓰려는 듯 코를 씰룩거리거나했다. 이런 끊임없는 움직임은 대화 중 어느새 성을 떼고 이름만 부르는 사람을 볼 때와 같은 반응을 불러일으켰다. 즉, 그것이 몇 년 간이나 이상하다고 느끼지 못하고 지냈다가 누구나 한번 눈에 뜨이면 계속 신경에 거슬리면서 저 사람이 일부러 나를 미치게 하려고 그러나 싶었다. 마크가 꼼지락거리는 것을 보면 로저 역시 그런 느낌이 들었다. 지금 이 순간에도 마크는 손에 몽블랑 볼펜을 들고 볼펜 돌리기를 하고 있었다.

여러 가지 면에서 마크는 완벽한 차창이었다. 열심히 일하고 절대 실수하지 않고 로저의 자리를 대놓고 넘보지도 않았다. 쉴 새 없이 꼼지락거리는 문제만 아니라면, 우왕좌왕하는 모습도 없었다. 그가 모든 것을 너무 철저하게 절제한다 싶은 생각이 좀 들었는데 나중에 알고 보니 범죄자였더라 하는 식의 사람이기는 했다. 만일 그가 소아 성애자나 변태 성욕자 또는 마루 밑에 토막 시체를 묻은 사람으로 밝혀진다 해도, 로저는 놀라긴 하겠지만 그렇다고 놀라 자빠질 정도는 아니었다. 사실 마크가 로저를 어떻게 생각하는지 로저가 안다면, 그리고 로저의 삶, 즉 로저가 사는 곳과 출신 학교, 아이들의 이름과 생일, 아내의 소비 습관, 여가 활동 등에 대해 얼마나 큰 관심이 있는지 로저가 안다면, 로저는 아마 기절초풍할 것이다. 하지만 로저는 그런 속내를 까맣게 모르는 터라, 마크가 불편한 이유는 그 때문이 아니었다.

로저가 마크에게 불편함을 느끼는 이유는 런던이 수학 능력보다는 인간관계를 중시하던 시기에 핑커 로이드에 입사했기 때문이다. 입사 후 지금까지 그는 은행에서 잘나가는 사람이었지만, 이제는 더 이상 외환 거래 업무의 근본 속성에 생긴 변화를 따라잡지 못했다. 외환 거래 업무를 보려면 엄청나게 복잡한 수학 공식을 자유자재로 대입해야 하는 것이 기본이었고, 그 덕분에 은행은 환율이 오르는 쪽과 내리는 쪽 모두에 동시다발적으로 돈을 걸 수 있는 묘하고 수익성 좋은 지위를 선점할 수 있었다. 전혀 생각지도 못했던 뜻밖의 일들, 즉 돈을 걸기 전 고려한 변수와 예측을 벗어나는 일이 생기지 않는 한은, 그리고 알고리즘을 정확하게 짜 놓은 한은, 당연히 수익이 날 수밖에 구조였다. 약간의 위험을 감수하지 않고서는 수익을 낼 수 없다는 것이 이쪽 일의 속성이기는 했지만, 놀라운 현대 금융 상품들 덕에 그런 위험조차 거의 존재하지 않는 것처럼 관리할 수 있는 것 또한 사실이었다. 게다가 당연하게도 은행은 스스로를 보호하기 위해 할 수 있는 일은 모두 했다. 더러 알고리즘에 따라 거래를 했는데, 그것은 순전히 수학에 뿌리를 둔 방식이었다. 시세에 내재된 모멘텀, 즉 일단 시세가 한 방향으로 움직였다면 다음 날에도 십중팔구 같은 방향으로 움직이기 마련이라는 성질을 이용하여 수익을 내는 방식 말이다. 그래서 은행은 트레이더들에게 그런 성질을 이용하여 수익을 낼 수 있는 소프트웨어를 사용하도록 했다. 더러 '플래시' 거래도 생겼는데, 그것은 외환 시장에 주문이 들어갈 때로부터 체결될 때까지 초를 다투는 사이에 수익을 내는 거래 방식이다. 또 다른 거래 방식은 예전에 고객이 얼마를 지불했는지 그간 쌓인 데이터베이스를 바탕으로 이루어졌는데 그 데이터베이스를 이용해서 고객이 현재 얼마를 지불할지 실시간으로 예측하는 방식이었다. 그런 방식으로 고객이 수용할 만한 거래 금액을 부를 수 있었지만, 한편으로는 그 것 때문에 핑커 로이드 은행은 그보다 더 높은 금액을 부를 수 없었다. 그것은 모두 그런대로 괜찮은 거래였고, 로저 역시 그런 거래 방식의 대략적인 원리는 십분 이해했다. 하지만 로저는 그 이면에 얽힌 수학적 원리 자체를 모두 이해하진 못했다. 로저가 아는 범위를 넘어섰기 때문이다. 반면, 마크 차장은 그런 수학적 원리까지도 환히 꿰고 있었다. 수학과에서 박사 과정을 밟다 그만두고 핑커 로이드에 입사한 사람이었기 때문이다. 로저는 이제 더 이상 자기 자리가 안정된 상태가 아니라는 점과, 부서가 주관하는 거래에서 정확히 무슨 일이 벌어지고 있는지 밑바닥까지 다 정확히 설명할 수 없다는 점이 마음에 들지 않았다. 하지만 그렇게까지 할 수 있는 사람은 세상에 아무도 없다. 그것이 요즈음 런던 외환 시장 일의 속성이었다.

"안건 하나 더 논의해도 될까요?"

마크는 도표 파일 한 뭉치를 내려놓고 또 다른 파일을 집어 들었다.

"소프트웨어 프로그램을 한 번 더 돌려 봤습니다. 보고 싶어 하실 것 같아서요."

그가 마지막 말끝을 다소 높여서 듣기에 질문인 듯 질문이 아닌 듯 들렸다. 그는 세 번째 사람에게 원하면 봐도 된다고 말하는 듯 파일을 높이 들어 보였다. 그 세 번째 사람은 은행장인 로타 빌링호퍼였다. 로타는 마흔다섯 살의 독일인으로, 2년 전 유로 파리바 은행에서 핑커 로이드로 스카우트되었다. 회사마다 선호하는 직원의 특성이 있었는데, 핑커 로이드는 차분하고 흔들림 없는 사람을 좋아했다. 핑커 로이드에서 이런 특성이 몸에 가장 잘 밴 사람이 바로 이 독일 출신의 최고 경영자였다. 먼발치에서 볼 때와 달리 가까이에서 보면 나이가 좀 더 들어 보였으나 하루에 열두 시간, 열네 시간을 실내에서 일하는 사람치고는 믿을 수 없을 만큼 몸이 다부지고 건강했다. 그는 야외 스포츠를 광적으로 좋아해서 주말마다 등산을 하거나 스키를 타거나 요트를 몰거나 했다. 그때마다 햇볕과 바람에 노출되어 얼굴이 붉게 탔고, 눈부신 햇살에 표정을 찡그리다 생긴 주름이 눈가에 길게 파였다. 로타가 마크 옆에 있으니 마치 남자의 피부색 차트를 보는 것만 같았다. 블랙 산맥에서 오리엔티어링 하는 남자의 피부색 대(對) 모니터에서 거의 눈을 떼지 않는 남자의 피부색 차트 말이다.

로타는 원래 이런 자리엔 참석하지 않았다. 각 부서실을 들여다보는 일은 그가 '탈형식적' 경영 기법 관련 책을 몇 권 읽고 난 후 최근에 새롭게 시작한 일이었다. 로타는 세상에서 제일 형식과 절차를 중시하는 사람답게 엄격한 방침을 정해 놓고는 일주일에 30분씩 은행을 돌며 행원들과 이야기를 나누고 지나가다 무심코 들렀다는 듯 회의에 참석하곤 했다. 지금도 그는 로저와 마크가 매일 벌이는 회의에 무심코 들렀다는 듯 자리에 앉아 있는 것이다.

로타가 참석한 가운데 소프트웨어 문제를 검토하는 것은 로저 입장에서는 긴장되는 일일 것이다. 이 새로운 소프트웨어와 관련된 모든 일이 항상 끔찍한 일의 연속이라는 것은 모든 사업자가 이미 알고 있는 사실이었다. 그런데 마크는 어떤 문제점이 있을 때 해결책까지는 아니더라도 어디에서 해결책을 찾을 수 있는지 그 아이디어를 꼭 들고 회의에 들어왔다. 현재 외환 부서는 부서의 필요에 맞는 새로운 소프트웨어 프로그램을 개발하기 위해 내부 IT 부서와 외부 업체와 공동으로 작업하고 있었다. 개발 중인 소프트웨어는 필요한 정보를 모니터에 바로 띄워 주는 제품이었다. 최대한 많은 정보를 가장 단순한 방식으로, 그리고 저마다 방식이 다른 트레이더의 요구 사항을 최대한 만족시키면서도 그 사용법을 빨리 익힐 수 있는 방식으로 개발하는 것이 관건이었다. 로저는 소프트웨어 문제에 특별히 관심을 두진 않았지만, 다른 건에도 거의 그랬기 때문에 언제나 그렇듯 열린 자세와 침착한 태도로 소프트웨어 문제를 검토해 보려 했다. 하지만 이 문제에 있어서는 굳이 그런 태도가 필요치 않아 보였다. 마크의 목소리 톤으로 보아 로저가 바쁘다는 사실은 물론, 소프트웨어 문제가 그렇게 급한 문제는 아니라는 사실과 로저가 굳이 이 버전을 검토할 필요 없이 더 개선된 버전이 나올 때까지 기다렸다 봐도 괜찮다는 사실을 그가 잘 아는 것처럼 보였다. 따라서 이 보고는 그냥 형식적이라는 점을 부각하려 한 것이다. 그런 티를 다소 과하게 내는 바람에 그의 말투는 마치 로저의 의견 따위 중요하지 않다는 듯이 들렸다. 하지만 사실 그의 입장에서 로저의 의견은 매우 중요했다. 이런 모든 세심한 점이 마크가 의심할 나위 없이 완벽한 차장임을 입증해 주었다. 로타는 그 파일에 눈길도 주지 않았다. 로저는 그 파일을 보지 않는 편이 마크에 대한 신뢰를 더 높이는 행동이자 탈형식적 경영 기법의 모범처럼 보이지 않을까 하고 순간 고민했다가, 그 반대로 행동해야 한다는 경고의 목소리가 마음속에서 울려 퍼지는 것을 직감했다.

"한번 보도록 하지."

로저가 말했다. 마크는 로저에게 캡처한 사진을 몇 장 보여 주었다. 당연하게도, 사진 속 화면은 어수선하고 정신없어 보였다. 그중 하나에는 여덟 개나 되는 서로 다른 그래프가 마구 떠 있었다. 로저와 마크는 서로의 얼굴을 쳐다보았다. 로타가 마크의 상사의 상사였지만, 로저도 마크도 로타를 쳐다보지 않았다.

"안 돼. 여전히 너무 복잡하네."

로타가 말했다. 마크는 고개를 살짝 숙였다. 그와 동시에 펜을 만지작거렸기 때문에, 언뜻 보면 그가 겸손의 표시로 두 손을 모으고 고개를 숙인 것처럼 보였다.

"IT팀에 다시 돌려보내고 그렇게 전하겠습니다."

마크가 고개를 숙여 인사하고는 방을 나갔다.

"좋아."

로타가 말했다. 독일어 발음이 살짝 묻어나는 몇 안 되는 말 중 하나인 '좋아'였다. 로저는 자리에서 일어나 몸을 쭉 편 뒤 마크가 나가면서 닫았던 문을 향해 걸어갔다. 그는 버튼을 눌러 블라인드를 올리며 부서원들이 일하는 공간을 내다보았다. 각자 다양한 자세로 모니터를 바짝 들여다보거나, 의자에 푹 파묻히듯 앉아 있거나, 헤드셋에 대고 말하면서 일어나 왔다 갔다 하거나 했다. 해가 이미 떨어지고 카나리 워프에 도열한 건물들의 불빛이 환하게 빛나고 있었다. 몇몇 부서원은 창밖을 내다보면서도 전화기를 붙들고 이런저런 외환 거래를 하고 있었다. 마크가 통로를 지나갈 때 부서원 한두 명이 고갯짓이나 눈짓으로 가볍게 인사했다. 로저는 잠시 보너스 백만 파운드를 생각하다가 이내 다시 로타에게 주의를 돌렸다.

"훌륭한 직원들이죠. 요즘 젊은 사람들이 다들 그렇듯이 일도 열심, 노는 것도 열심입니다."

로저가 말했다.

"수치가 꽤 좋아 보이는군."

로타가 무덤덤하게 말했다. 로저는 속으로 쾌재를 불렀다.

'좋았어!'

4

피프스 로드 끝 68번지에서 가게를 운영하는 아메드 카말은 새벽 3시 59분에 잠을 깼다. 미리 맞춰 둔 자명종이 울리기 1분 전이었다. 하도

습관이 되어서 아메드는 아직 눈꺼풀이 무거운데도 손을 뻗고는 디지털시계의 버튼을 눌러 자명종을 껐다. 그리고 나서 다시 몸을 돌려 아직 꿈나라를 헤매고 있을 아내 로힝카를 뒤에서 꼭 끌어안았다.

아메드는 일찍 일어나는 것이 몸에 배어 싫지 않았지만, 따뜻한 아내 곁에서 일어나 서늘한 부엌으로 나가는 것은 좋지 않았다. 아이가 생기기 전이었더라면 기상 시간에 맞춰 난방이 켜지도록 설정해두었을 테지만, 위아래 각각 방 두 칸짜리 작은 2층집인 데다 비좁은 부엌 바로 위층에 아이들 방이 있어서 난방을 끄고 잔다. 주방 보일러가 켜지면, 그 작동 소리가 큰 소리는 아니었지만 마치 오토바이 시동 소리처럼 벽을 타고 올라가 이제 막 18개월이 된 아들 모하메드를 깨운다. 그러면 모하메드는 네 살 된 누나 파티마를 깨우고, 파티마는 안방으로 쳐들어가 로힝카를 깨우니, 새벽 4시에서 고작 1분밖에 지나지 않았는데도 그때부터 하루의 시작이 엉망진창이 되어버리는 것이다. 그래서 해결책은, 아침 늦게까지 난방을 틀지 않고 옷을 좀 더 껴입는 것뿐이다. 그것이 아메드가 택한 방법이었다. 비록 아내가 누워 있는 따뜻한 침대에서 일어나기 전에 숫자를 천천히 백까지 세고 난 뒤의 일이긴 했지만 말이다.

1초라도 더 뒹굴다 보면 일어나기 싫을 게 뻔하기 때문에 정확히 백까지만 센 뒤 침대에서 일어나는 것이 아메드의 아침 훈련이었다. 그러고 나서 그는 미디엄 사이즈의 갭 티셔츠 위에 엑스트라라지 사이즈의 갭 티셔츠를 하나 더 입고, 파키스탄 라호르에 사는 어머니가 보내 준 두꺼운 면 티셔츠를 걸친 뒤, 로힝카가 크리스마스 선물로 사 준 캐시미어 스웨터를 덧입었다. 밑에는 사각팬티 위에 두꺼운 갈색 바지를 입고 양말 두 켤레를 신은 뒤 마지막으로 벙어리장갑을 꼈다. 이런 차림을 두고 아내 로힝카는 우스꽝스럽게 입는다고 생각했지만, 아침에 제일 먼저 해야 하는 일, 즉 여러 신문 뭉치를 들여놓고 테이프를 떼고 포장을 푼 뒤 배달용 신문과 가게에 진열할 신문을 정리하는 일에 이 옷차림은 큰 도움이 되었다. 아메드는 천천히 계단을 내려갔다. 모하메드가 깰까 봐 삐걱대는 세 번째, 다섯 번째, 여덟 번째 계단을 건너뛰고 부엌을 향해 내려갔다. 윔블던 이슬람 사원의 지도자는 가끔씩 신자들에게 사소한 유혹과 게으름에 맞서 싸우라고, 아침 일찍 일어나 기도를 올리라고 설교했다. 동이 트기 전 아래층으로 내려가던 아메드는 그 이맘(이슬람의 예배 지도자-옮긴이)이 무슨 뜻으로 그런 설교를 했는지 잘 알 것 같았다.

그는 차를 끓이고 빵 바구니에서 어제 먹다 남긴 난naan을 꺼내 조금 먹은 뒤, 가게 문을 열고 밖에 쌓인 신문 뭉치를 안으로 들여놓았다. 아메드는 가게와 좁은 가게 안을 꽉 채운 풍성한 물건과 그 풍성함이 주는 안정감을 아주 좋아했다. 가게에서 파는 신문과 잡지만 해도 '데일리 메일', '데일리 텔레그래프', '더 선', '더 타임스', '톱 기어', '이코노미스트', '우먼스 홈 저널', '히트', '헬로!', '비노(어린이를 위한 만화 잡지-옮긴이)', '코스모폴리탄' 등 그 수가 엄청났다. 그 외 제과 회사에서 만든 사탕과 초콜릿, 영국인이 즐겨 먹는 삶은 콩과 식빵과 마마이트(빵에 발라 먹는, 이스트 추출물로 만든 잼 종류의 제품명-옮긴이)와 팟 누들스 같은 각종 먹거리가 가게에 가득했다. 쓰레기봉투, 은박지, 치약, (도난 방지를 위해 계산대 뒤에 놓은) 배터리, 면도날, 두통약, 지난주에 처음 주문했는데 벌써 재주문한 '광고용 전단지 사절'이라 쓰인 스티커, 레이저 프린터용 용지, A4 봉투, 우편료를 매기는 방식이 바뀐 뒤 인기를 끌게 된 A5 봉투, 탄산음료로 가득 찬 냉장고, 그 옆 각종 술로 가득 찬 냉장고, 리베나 건강 음료, 오렌지 과즙, 신용카드 계산기, 런던 교통카드 충전기, 복권 판매기 등등도 가게에 가득했다. 그 모든 것이, 그만의 이 공간이 포근하고 아늑하고 안전하게 느껴졌다. 새벽녘 혼자 가게에 나와 있을 때면 더할 나위 없이 그렇게 느껴지곤 했다.

'내 거다, 모두 내 거다.'

아메드는 계산대 안쪽에 놓인 시디플레이어의 소리를 줄이고 재생 버튼을 눌렀다. 아랍권 명가수 사미 유수프의 '마이 움마(이슬람 공동체라는 뜻-옮긴이)'가 잔잔하게 흘러나왔다. 모두가 사미 유수프를 좋아하는 것은 아니었기에, 가게 문을 열고 좀 지나면 옛날 명곡을 내보내는 라디오 채널 캐피털 골드를 틀어 놓을 것이다. 순간 아메드의 눈에 거슬리는 것이 보였다. 망할 놈의 우스만의 짓이 뻔했다. 계산대 옆 술을 진열해 놓는 선반에 블라인드가 쳐져 있었던 것이다. 맥주와 화이트 와인이 놓인 냉장고 선반에도 마찬가지였다.

우스만은 아메드의 남동생이었다. (아메드가 보기에) 철이 덜 들고,

(모두가 느끼기에) 따지기 좋아하는 우스만은 스물여덟 살 청년으로 공학 박사 과정을 밟으며 시간을 쪼개 가게 일을 돕고 있었다. 그는 아주 독실한 종교인이었다. 아메드가 보기에 적어도 그런 척은 하고 사는 것 같았다. 어느 쪽이건 간에, 우스만은 술 판매나 표지에 알몸의 여자가 실리는 잡지 판매 일을 끔찍하게 여겼다. 이슬람교도는 이러저러해야 한다며, 마치 다른 가족은 종교 따위 나 몰라라 하고 경제적 요구에만 매달려 산다는 듯 잔소리를 늘어놓았다. 주류 코너에 블라인드를 왜 치느냐 말이다. 유일하게 블라인드를 쳐야 할 때란 허용된 시간이 지났으니 법적으로 주류 판매가 금지임을 반드시 알려야 할 때뿐이었다. 하지만 어제 가게 문은 밤 11시에 닫았을 것이다. 11시까지는 술을 팔아도 되니까 블라인드를 칠 필요는 없었다. 어젯밤 마지막으로 가게를 본 사람은 우스만이었다. 그가 최근 짜낸 묘수가 바로 아메드가 자리를 비운 사이에 양심상 술을 팔지 말지 아예 고민하지 않아도 되게끔 주류 코너 쪽 블라인드를 쳐 두는 것이었다. 일종의 잔꾀였다.

아메드는 가게 문을 열고 셔터 밑을 들어 올렸다. 바짝 힘을 써야 하는 일이었다. 그는 셔터를 들어 차양 밑으로 가능한 한 부드럽게 밀어 올렸다. 바깥 공기가 차가워 입에서 더운 김이 새어 나왔다. 골목 모퉁이에서 전동 우유 카트를 끄는 윙 소리가 들려왔다. 방금 가게 앞을 지나간 듯했다. 아메드는 가쁜 숨을 살짝 내쉬며 신문과 잡지를 끌어다 들여놓고는 문을 닫았다. 로힝카가 아이들 때문에 바빠서 그가 하루 종일 가게를 봐야 하는 운 나쁜 날이면, 신문과 잡지를 가게 안으로 들여놓는 일이 24시간 동안 하는 유일한 운동이었다.

아메드는 신문 포장을 풀고 진열하며, 오전 6시 무렵에 들이닥칠 세 소년에게 배달시킬 신문 뭉치를 챙기면서 혼자 툴툴거렸다. 그는 동생 우스만을 끔찍이 아꼈다. 하지만 누가 봐도 우스만은 짜증 나는 녀석이었다. 양심의 소리가 들려 주류 판매를 못 하겠거든 그냥 담백하게 못 팔겠다고 말하면 될 일이었다. 그러면 아메드는 난리를 치며 (아마도 그것 때문에 우스만은 솔직히 말하지 못했을 것이다.) 라호르에 사는 어머니에게 스카이프로 전화를 걸 것이다. 하! 그럼 정말 볼만했을 텐데. 어머니 카말 여사는 우스만에게 소리소리 지르면서, 우스만이 저질렀던 나쁜 일을 하나도 빠뜨리지 않고 있는 그대로 일일이 다 끄집어내어 야단치고 그를 위해 해 준 좋은 일도 일일이 다 되짚어 줄 것이다. 그러고는 우스만의 악행과 다른 가족들의 선행을 똑똑히 대조해 가면서, 알라신 앞에 자신이 어떻게 살아왔는지 알리고 가족들이 우스만에게 그런 대접을 받을 만한 짓을 했는지 묻고는 배은 망덕한 아들이 날뛰는 꼴을 보느니 차라리 벼락 맞아 죽었으면 좋겠다고 빌었을 것이다. 그녀는 열 받아 펄펄 뛰겠지만, 그것은 단지 준비 운동에 불과한 것이고 그때부터 본격적인 시작이다. 우스만은 극심하게 혼만 나다가 그 자리에서 바로 숨이 넘어갈지 모른다. 그러면 전 세계는 파키스탄에 핵 억제 전략이 필요가 없겠구나, 하고 깨닫게 될 것이다. 핵보다 더 강력한 카말 여사가 있으니 말이다.

아메드에게 있어 동생 우스만의 가장 짜증나는 점은 독선이었다. 우스만은 새로 불붙은 종교적 양심에 힘입어 자신이 다른 형제보다 더 나은 이슬람교도, 즉 더 나은 사람임을 늘 분명하게 나타냈다. 그것은 정말로 참기 힘들었다. 우스만의 말보다는 얼굴과 몸짓에 그대로 드러났기 때문에 더더욱 참기 힘들었다. 성인 잡지를 진열할 때나 와인을 구매한 손님에게 잔돈을 거슬러 줄 때면, 그의 얼굴 표정은 마치 말벌을 씹는 로트와일러 개처럼 험상궂게 변했다. 그가 저녁 시간이나 주말에 첫 교대로 나와 일할 때면, 아메드는 성인 잡지들이 도서 뒤쪽이나 자동차 잡지 또는 컴퓨터 잡지 뒤쪽에 몰래 숨겨져 있는 것을 볼 수 있었다. 그때 아메드가 물어보면 우스만은 늘 손님 핑계를 댔지만, 누가 봐도 우스만이 한 짓이 분명했다. 이곳은 물건 파는 상점이니, 매서운 눈빛 하나로 맥주를 못 사게 하는 곳이 아니라 당연히 파는 곳이어야만 했다. 하지만 우스만은 계산대 안쪽에서 새로 기르기 시작한 덥수룩한 수염에 상체를 구부린 채 마치 현상 수배 전단지에나 나올 법한 모습으로 서 있곤 했다.

이런 생각에 잠겨 있다가, 아메드는 쿵쿵거리며 계단을 내려오는 발소리를 들었다. 계단이 부서져라 쿵쿵거리는 발소리에 실린 몸무게와 단호함으로 듣건대, 그 소리의 주인공은 딸 파티마가 분명했다. 그는 시계를 올려다보았다. 오전 6시였다. 파티마는 종종 이 시간에 깨곤 했다. 그리고 당연하게도, 딸은 가게 쪽으로 곧장 들어와서는 두 손을 허리에 짚은 채 말했다.

"아빠! 아빠! 몇 시야!"

"새벽이지, 우리 딸. 꼭두새벽이야. 다시 가서 자지 그러니? 여긴 추운 데다 아빠 일하고 있거든."

"아빠! 싫어! 밥 줘!"

"밥 먹기엔 좀 이른데."

"엄마 깨울 거야! 엄마가 밥 주니까!"

"안 돼, 그럼 안 돼, 우리 딸."

"그럼 모하메드 깨울래. 그럼 걔가 엄마 깨울 거고 엄마가 밥 주겠지. 하지만 엄마가 깬 거는 모하메드 때문이야!"

파티마가 열심히 설명했다.

"알았어, 알았어. 아빠가 아침밥 만들어 줄게. 홍차 좀 마시고 있어."

홍차를 마시는 것은 요즘 파티마에게 생긴 기분 좋은 일로, 어른이 된 것 같은 특별한 기분을 느끼게 해 주었다. 아메드는 딸의 손을 잡고 부엌으로 갔다. 부엌으로 가면서 마지막 남은 신문을 몇 부 챙겼다. 피프스 로드에 배달해야 하는 신문으로, 배달부 소년들이 오기 전에 미리 주소를 써 두어야 했던 것이다. 신문을 챙겨 들다가 바닥에 뭐가 떨어져 있는 것이 보였다. 그가 일하는 사이에 누군가 우편함으로 밀어 넣은 것으로 보이는 엽서였다. 어떤 게으름뱅이가 광고를 내고 싶은데도 워낙 게을러서 그에게 직접 광고지를 건네지 못했거나, 아니면 워낙 멍청해서 가게 문이 이미 열렸다는 사실도 몰랐던 것이 분명한 것 같았다.

그는 파티마의 손을 잡은 채 엽서를 내려다보았다. 엽서 앞면에는 가게 사진이 찍혀 있었고 뒷면에는 '우리는 당신이 가진 것을 원한다'는 문구가 쓰여 있었다. 아메드는 한 3초쯤 웬 엽서일까 하며 궁금해하는데, 그의 손을 잡고 몸을 앞으로 45도 숙인 채 힘껏 잡아당기는 딸에 의해 안으로 끌려 들어갔다.

5

샤히드 카말은 종종걸음으로 거리를 따라 걸어갔다. 그는 오전 8시부터 오후 6시까지 교대 시간에 맞춰 가족이 운영하는 가게로 일하러 가는 길이었다. 일찍 깨는 바람에 30분 동안 다른 여러 일을 할 수도 있었다. 즉 침대에 누워 있거나 아파트 지상층 카페에 앉아 책을 읽거나 인터넷에 들어가 뉴스를 읽거나 마이스페이스 사이트를 열고 홈페이지와 게시판을 훑어보거나 하는 것 말이다. 그러나 그는 빠른 걸음으로 산책하는 쪽을 택했다. 아버지는 5년 전 라호르에서 예순둘이란 나이에 심장 마비로 갑작스레 세상을 떠났다. 형 아메드가 벌써 아버지 같은 모습을 보이기 시작했다. 불룩 나온 배와 망가진 체형, 피곤해서 집에만 있으려는 듯한 모습 말이다. 샤히드는 가족의 체질을 모르면 바보였기에 장차 닥칠 일을 잘 알고 있었다. 그 역시 이제 막 30대에 접어들었으니 또 한 명의 배 나온 카말가 남자, 즉 고혈압에 시달리는 지방 덩어리 남아시아인이 되지 않으려면 운동하지 않을 수 없었다. 그 때문에 그는 속도를 내어 길을 멀리 돌아 산책을 했다. 인도는 사람들로 바글거렸는데, 대부분이 출근 중인 사람들이었다. 그들은 추위에 목을 움츠린 채 서류 가방이나 숄더백, 핸드백을 들고 갔다. 샤히드는 간편한 차림새를 좋아했기에 빈손으로 다녔다.

피프스 로드 모퉁이로 접어들기 직전, 샤히드는 형 아메드가 그를 보고 불러서 바쁜 개점 준비를 맡길까 봐 가게를 등지고 길을 건너 공원 광장으로 향했다. 교대 시간까지는 아직 20분이나 남았다. 날씨는 추웠지만 계속 걸어왔기 때문에 딱히 추운 줄 몰랐다. 그는 공원 광장으로 들어가 교회와 교회 앞에 있는 게시판을 지나 야외무대 쪽으로 향했다. 그곳까지 갔다가 되돌아오면 대략 20분이 걸릴 테니, 그러면 가게에 정시에 도착할 터였다. 사방에서 사람들이 쏟아져 나와 지하철을 향해 바쁜 걸음을 옮겼고 자전거를 탄 사람들도 이리저리 출근길 인파 속으로 섞여 들었다. 샤히드 자신도 출근하러 가는 길이긴 했지만, 회사 같은 데로 끌려가는 것이 아니라 좋았다. 정장을 입고 일해야 하는 사람이라면 누구든지 매일 조금씩 속으로 죽어가고 있다는 것이 그의 생각이었다.

샤히드는 카말 집안사람들 중에서 자유로운 영혼의 소유자였다. 몽상가이자 이상주의자, 지구 방랑자였다. 아메드의 표현을 빌리자면 한낱 게으른 얼간이에 불과했지만 말이다. 그는 캠브리지 대학에서 물리학을 전공할 수도 있었지만, 고등학교 마지막 학년 때 공부와 담쌓고 지내는 바람에 대학 입학에 필수 과정인 A레벨 과정에서 나쁜 성적을 받아 캠브리지 진학을 접어야 했다. 그 대신 브리스틀 대학에 들어갔지만 1년 뒤 자퇴서를 내고는 믿음의 형제들을 구하기 위해 체첸 공화국으로 달려가 4개월간 머물렀다. 그 일을 두고 가족들은 모두 일종의 가벼운 히튼짓으로 보았지만, 그 당시 샤히드는 진지했다. 체첸 공화국은 끔찍하고 잔혹한, 환멸 그 자체였다. 체첸 공화국에 입국했을 때와 마찬가지로 디프테리아에 걸리는 통에 몰래 빠져나올 때까지 그 나라에 대한 기억이란 주로 사람들이 자신에게 질러 대던 고함, 선함이란 밝은 빛을 찾을 거라 기대한 땅이건만 도덕적 모호함만이 영원할 것 같던 느낌, 선한 사람들 사이에 있어도 과연 누가 선한 사람인지 분간하기 어렵던 일, 추위와 굶주림과 두려움뿐이었다. 하지만 체첸 공화국에 다녀온 경험은 너무나 놀라운, 그의 인생에서 최고의 순간이었다. 그는 혈혈단신으로 길을 떠나 브뤼셀에서 몇몇 이상주의자를 만나 친구가 된 다음, 그들과 함께 지나가는 차를 얻어 타면서 러시아 국경까지 이동했다. 그곳에서 그들은 운 좋게도 한 수송대의 차편을 얻어 타고 반쯤은 두렵고 반쯤은 흥분된 마음으로 러시아 점령 지구를 달려 체첸 국경에 도착한 뒤, 포위된 체첸 공화국으로 몰래 숨어 들어갔다. 샤히드는 자신이 무슨 일을 하고 있는지 아무런 생각이 없었다. 그저 체첸의 이슬람 형제들이 위험에 처해 있다는데, 이슬람교도들이 그렇게 죽임을 당하고 있다는데,

아무도 아무런 조치를 취하지 않으니 나라도 나서서 무엇이든 해야만 한다는 아주 막연한 생각만 했을 뿐이다. 하지만 인생의 법칙 중 하나가 열여덟 살 때에는 어리석고 섣부른, 이상을 좇는 일 같은 것을 해도 된다는 것이었다. 그 여정에서 제일 좋았던 것은 그 사람들과 목적, 공통된 목표와 큰 의미를 함께 나누었다는 것이다. 그들은 버밍엄에서 온 두 녀석과 프랑스계 알제리아인 야코브, 그리고 벨기에 출신의 세 이슬람교도였다. 그 이슬람교도 중 둘은 개종한 사람들이었다. 그들은 모두 대의를 위해 기꺼이 싸우겠다는 목적의식과 규율로 잔뜩 고무되어 있었다. 그 후 체첸 공화국은 거의 생각나지 않았지만, 그곳으로 떠났던 여정은 종종 생각났다. 그는 자유와 진리 추구를 소중히 여기는 자신과 같은 사람은, 뚜렷한 목적의식과 의무감, 책임감, 구체적인 방향을 마음에 새길 때 가장 행복하다는 아이러니 또한 잘 알게 되었다.

그때부터 그는 별다른 뭔가를, 또는 이력서 쓸 때 도움이 될 만한 일을 별로 많이 하지 않았다. 두세 달 만에 장염을 털고 일어났는데, 그 와중에 술을 못하는 체질로 바뀌어 버렸다. 술을 마시면 곧바로 설사가 났다. 이슬람 공동체를 구하겠다는 사명을 포기한 후로 평생 술을 못 마시는 신세가 된 것이다. 그전에도 술을 많이 마셨던 편은 아니었지만, 가끔씩 사과주를 마시는 것은 정말 좋아했다……. 기운을 좀 찾은 후 그는 형의 가게에 나가 일하며 여러 가지 흥밋거리를 좇곤 했었는데, 그중 많은 것들이 직업으로 연결될 수도 있을 것 같았다. 그는 무술에 푹 빠져 일할 때를 제외하고 눈만 떴다 하면 이 도장, 저 도장을 들락거리며 태극권을 시작으로 영춘권에 이어 가라테를 연마하면서 여러 해를 보냈다. 무예에 깃든 규율과 정신이 좋았으며, 지켜야 할 존중과 도리가 좋았다. 무술에는 종교적 관례가 요구하는 엄격함은 들어 있으면서도 종교에 따라붙는 초자연적이고 정지적인 싱격은 띠지 않는다. 더불어 사람을 때리는 방법도 배울 수 있었다. 하지만 검은 띠 자격시험을 통과하면서 가라테에 대한 관심이 시들해지기 시작했다. 그것은 아마도 그가 사범 일을 맡았을 때였을 것이다. 다른 사람들 위에 서서 이래라저래라 지시해야 하는 일은 샤히드 같은 사람에게 맞지 않았기 때문이다.

무술 밖에 모르던 시기가 지나자 샤히드는 컴퓨터로 눈을 돌리게 되었다. 90년대 말 인터넷이 막 뜨기 시작하던 때였다. 그는 HTML을 독학하여 사람들이 웹사이트 만드는 것을 도왔다. 처음에는 친구들을 돕고, 그다음에는 친구의 친구들을 돕다 보니 점차 입소문이 퍼져서 사업이 커지기 시작했다. 그 당시에는 코드 작성법 책을 두 권 정도만 읽어도 그 밑천으로 생계를 꾸릴 수 있었고, 샤히드 역시 그렇게 해서 그 어느 때보다 많은 돈을 벌었다. 아마도 그것이 문제였을 것이다. 샤히드는 마음 깊은 곳에서 자신을 뭔가를 찾아 세상을 떠도는 사람, 그 어디에도 얽매이지 않은 사람이라고 여겼다. 컴퓨터로 돈을 벌면서 벌이가 좋으면 한 주에 천 파운드가 넘는 현금이 수중에 들어왔는데 그것이 자신을 옭아매는 족쇄처럼 느껴지기 시작했다. 그는 머지않아 자신이 그 돈에 걸맞은 인생을 원하게 될 거라고 직감했다. 그래서 직물 수입으로 엄청난 돈을 벌면서도 수입 규모를 더 크게 확장하려는 한 친구의 사촌이 웹사이트 제작 쪽 좋은 정규직 일자리를 제안했을 때 코드 작성하는 일을 그만두어 버렸다. 요즘 샤히드는 인터넷 서핑에 잠깐만 짬을 낼 뿐이다. 이제 와 돌이켜 생각해 보면, 인터넷은 시간을 낭비하도록 만든 거대한 음모 같았다. 지식의 이동이 무한히 자유로운 인터넷 공간에서 사람들이 하고 싶어 하는 것이란 고작 사진에 찍힌 발가벗은 여배우의 가슴을 보는 일이었다. 샤히드는 버벡 대학교에 등록해서 1년간 물리학을 공부하다가 또 그만두었다. 아메드의 말대로, 이런 추세라면 샤히드가 대학을 졸업하는 것은 2025년에나 가능할 일이었다. 배움의 의지를 빼앗아 가는 것은 공부 자체보다 매일매일 벌어지는 지루한 일상이었다. 대학을 그만둔 뒤로 샤히드는 주로 책을 읽거나 형의 가게에서 일하며 시간을 보냈다. 그는 그 점이 아무렇지도 않았다. 자신은 가능성이 많다고 생각했기 때문이다.

샤히드는 가게 앞에 이르러 시계를 들여다보았다. 딱 제시간이었다. 점점 더 많은 출근자들이 종종걸음을 치며 아침 시간의 부산함을 더 부채질했다. 더러 걸음이 꼬이거나 속도를 줄이지도 않은 채 갑자기 방향을 틀어 가게 안으로 들어갔다. 이런. 샤히드는 사람들을 따라 같이 들어갔다. 계산대 앞에 이미 줄 선 사람들이 보였다. 그는 사람들을 헤치고 들어가, 낮은 목소리로 짧게 인사하는 아메드에게 마주 인사했다. 아메드는 언제나 그랬듯 옷이란 옷을 몽땅 꺼내 입은 상태였다. 아메드와 샤히드는 여느 때처럼 열 명 정도의 손님을 나누어 상대했다. 신문과 에너지 음료를 사거나 오이스터 교통카드를 충전하려는 사람들이었다. 중앙 계산대의 오른편으로는 물건값을 지불하는 줄이, 왼편으로는 가게를 나가는 사람들의 줄이 꼬리를 물었다. 그 고객들을 다 상대하고 나자 가게는 잠시 잠잠해졌다.

"홍차 한잔?"

조금 긴장이 풀린 목소리로 아메드가 말했다. 토실한 오른손을 들어 뒤쪽 주거 공간으로 가 보라는 손짓을 했다. 샤히드는 고맙다는 표시로 고개를 끄덕인 후 뒤쪽으로 들어갔다.

아메드는 모르는 사실이지만, 샤히드는 형의 인생 중 가정적인 면을 질투했다. 조카 파티마가 단정하고 격식을 갖춘 교복 차림으로 식탁 앞에 앉아 노란색 펜으로 종이에 꽃을 그리고 있는 모습과 형수 로힝카가 가스레인지 위에서 뭔가를 젓고 있는 모습을 보면서 그는 가슴 한쪽에서 질투를 느꼈다. 또 다른 조카 모하메드는 밝은 빨간색 옷을 입고 유아용 식탁 의자에 앉아 진지하고 숭배하는 듯한 눈빛으로 손바닥을 말똥말똥 들여다보고 있었다. 코에는 뭉개진 바나나가 묻어 있었다.

로힝카가 말했다.

"모하메드, 삼촌한테 인사해야지."

"눙눙" 하고 모하메드가 손에서 눈을 떼지 않은 채 옹알거렸다. 손을 처음 보는 아이처럼 손이 그렇게 신기한 모양이었다. 녀석은 손을 이리저리 뒤집으며 "웅웅" 하고 말했다.

"뭐 별일 없죠?"

샤히드가 형수에게 물었다. 그녀에게서 풍기는 뭔가 섹시하고 상냥한 면이 샤히드는 마음에 들었다. 우습게도, 무뚝뚝한 형보다 형수가 훨씬 더 괜찮았다. 로힝카는 샤히드가 자신에게 호감이 있다는 것을 알고, 그래서 그녀 역시 그에게 잘 대해 주었다.

"내 삶에 별일은요. 별일이 뭐 있겠어요? 그런 별일은 어딜 가야 생기죠?"

로힝카가 답했다. 불평 같았지만, 실은 행복한 목소리 톤이었다. 로힝카는 실제로 행복했고, 그래서 행복하다는 것을 숨길 이유도 없었다.

"이제 학교 갈 시간이네. 모하메드, 우리 옷 갈아입으러 가자. 파티마, 화장실 가야지? 샤히드 도련님, 이따 봐요."

"완성!"

파티마가 그림을 들어 올리며 언제나 그랬듯 자랑스럽고 열정적인 어조로 말했다.

"완전 아름다운 꽃이다! 그림도 아름답고."

샤히드가 말했다. 그는 여자 앞에만 가면 말수가 적었지만 아이들에겐 말을 잘 걸었다. 파티마는 두 손을 허리에 짚었다.

"파티마!"

로힝카가 다그쳤다. 그녀는 여전히 손바닥만 들여다보는 모하메드를 안고 위층으로 올라갔고, 파티마는 화장실로 들어갔다. 샤히드는 툴툴대는 뚱뚱한 형과 교대하러 다시 가게로 나갔다.

6

피프스 로드 51번지, 여성이 남성보다 더 멀티태스킹에 능하다는 것을 책으로 읽어 봤던 아라벨라 욘트는 동시에 네 가지 일을 하고 있었다. 저장실이라 부르고 싶은 작은 창고에 선반을 몇 개 설치하면서 사랑스러운 두 아들 콘래드와 조슈아를 보고, 인터넷으로 옷을 주문하고, 머릿속으로는 남편에게 끔찍한 공포를 선사할 요량이었다.

그중 두 가지 일은 아라벨라가 다른 사람들을 불러 맡긴 일이었다. 선반 설치는 폴란드인 건축업자 보그단이 하던 작업이었다. 아라벨라는 한 친구로부터 소개받고 그에게 일을 맡겨 보니 마음에 들어 그에게 전담시켰다. 보그단은 영국 건축업자보다 두 배나 더 열심히 일했고 두 배나 더 믿음직했지만, 비용은 절반밖에 들지 않았다. 두 아들을 돌보는 스페인 출신의 보모인 필라르도 마찬가지였다. 업체 소개로 필라르를 보모로 불렀다. 필라르는 보육사 자격증(실제로 관련 학위도 받았다.)은 물론 운전면허도 소지했고 요리도 할 수 있었고 다른 집안일을 하는 것도 꺼리지 않았다. 필라르는 청소를 담당하는 마리아와도 무척 잘 지냈는데, 그 덕분에 둘 다 이틀 내내 한집에 있어도 서로 어색함이 없이 지냈다. 그것은 썩 좋은 일이었다. 그리고 무엇보다 가장 중요한 것은, 그 어떤 것보다 훨씬 더 중요하다고 말해야 하는 것인데, 필라르가 아이들과 아주 잘 지낸다는 사실이었다. 콘래드와 조슈아는 필라르를 무척 잘 따랐다. 아이들은 필라르가 만들고 가르쳐 준 게임과 스페인 동요를 아주 좋아했다. 또한 그녀가 기꺼이 영국 풍습을 따른다는 점도 좋아했고, 한 녀석이 잘 먹으면 다른 녀석은 절대 안 먹는 고집 때문에 그녀가 하루 세 끼 매번 다른 두 가지 음식을 군말 없이 차려 주는 점도 좋아했다. 그 무렵 콘래드는 뭐든 간장에 찍어 먹으려 했고 조슈아는 채소엔 입도 대지 않았는데, 필라르는 그 모든 상황에 완벽하게 대처했던 것이다.

그러다 단 한 가지 문제가 발생했는데, 그것은 바로 필라르가 스페인으로 돌아가게 되었다는 것이었다. 필라르는 석 달 전에 미리 통보해야 한다는 규정에 따라 아라벨라에게 크리스마스 전까지만 일하겠노라 일찌감치 이야기해 둔 상태였다. 스페인으로 돌아가면 예전에 일했던 유치원에서 다시 근무할 예정이다. 새 보모가 새해부터 오기로 했지만, 연말 연휴 내내 아이들을 돌봐 줄 사람 없이 욘트네 가족끼리 지내야 한다. 그 점을 깨닫고 곰곰이 생각하던 중 아라벨라는 문득 아이디어가 하나 떠올랐던 것이다.

꽤 오랜 기간, 남편 로저와 관련한 거의 모든 일이 그녀를 화나게 만들었다. 첫아들 콘래드가 태어나면서부터 시작된 화가 콘래드가 두 돌을 맞이하고 난 뒤 조금 나아졌다가 둘째 조슈아를 임신하면서 심해졌고 조슈아가 태어난 뒤로는 훨씬 더 심해졌다. 조슈아는 이제 만 세 살이었고, 아라벨라는 그 어느 때보다 더욱더 남편만 떠올려도 짜증이 났다. 그녀가 느끼는 현 상황은 소위 '누가 더 피곤한가'란 말로 간단히 표현할 수 있었다. 그녀는 피곤에 절어 제대로 생각할 수도, 제대로 볼 수도 없었다. 말 그대로 지난 몇 년 동안 계속 시달린 쪽잠과 얕은 수면 때문에 아침부터 피곤한 상태로 하루를 시작했으며, 하루하루 흘러감에 따라 피곤이 쌓이고 쌓여 어느 때에는 '오직 아드레날린에만 의지해서' 지낸 것 같았다. 그런데 남편은 퇴근하고 집에 오면 마치 고생은 혼자 다 한 양 한숨을 쉬며 뻔뻔하게도 두 발을 떡하니 탁자에 올려놓고는 얼마나 힘든 하루를 보냈는지를 말할 수 있는 권리는 자신밖에 없다는 듯한 태도를 보였다. 눈뜬장님! 둔한 인간! 아무것도 모르면서! 주말이면 상황은 더 안 좋았다. 호주 출신의 주말 보모인 쉴라가 도움이 되긴 했지만(그래도 필라르를 못 따라갔다. 우선, 쉴라는 운전을 못 했기 때문이다.), 그럼에도 불구하고 할 일은 엄청나게 많았고 로저는 거의 구경만 했다. 여름날 주말에 가끔씩 장난감 같은 가스 그릴에 과시하듯 바비큐를 굽는 것 말고는 요리엔 손도 대지 않았고 빨래나 다림질, 걸레질 같은 일도 처다보지 않았고 아이들과도 거의 놀아 주지 않았다. 아라벨라 역시 집안일을 하는 것은 아니었지만, 그렇다고 해서 그 일이 처음부터 존재하지 않았다는

듯 행동하지는 않았다. 그녀를 미치게 만드는 것이 바로 이런 로저의
무심함이었다.

아라벨라의 아이디어는 간단히 말해 로저에게 아무런 사전 경고
도 없이 집을 나가 며칠 동안 그가 집안일을 혼자 다 떠맡도록 하는
것이다. 그동안 로저는 혼자서 육아와 가사를 배우게 될 것이다. 로
저가 그러는 동안 아라벨라는 X에 있을 예정이다. X는 앞으로 정해
야겠지만 X가 어때야 하는지는 매우 구체적으로 떠올랐다. X는 스
파가 있는 고급스러운 호텔로, 런던에서 너무 멀리 떨어진 곳은 아니
어야 했다.

영원히 떠나 있겠다는 생각은 아니다. 결단코 아이들을 떠날 수 없
다. 중요한 것은, 남편에게 끔찍한 충격을 좀 주자는 것이다. 인생 최
고의 충격. 남편은 육아와 가사에 대해서는 백지상태, 정말로 백지상
태였다. 백지상태. 그 점에 대해 생각해 볼 수 있는 기회를 이번 일이
그에게 제공할 것이다. 아라벨라는 경고 없이 사흘간 집을 비우고 완
전히 연락을 끊을 계획이다. 남편은 그녀가 어디에 있는지, 아이슬란
드에 있을지 화성에 있을지, 완전 백지상태일 것이다.

아라벨라 옆 마룻바닥에는 스무 부는 될 법한 호텔 홍보용 책자
가 쌓여 있었다. 로저가 그 책자를 봤더라면, 이것은 어디까지나 그
가 알아차리는 집안일이 하나쯤은 있다는 가정하에서, 그는 그녀가
휴가 가자며 졸라 댈 거라고 여겼을 것이다. 이번 일이 그에게 큰 교
훈을 안겨다 줄 것이다. 더불어 컴퓨터 모니터에는 인터넷 창이 여

섯 개나 떠 있었다. 현재로서 가장 유망한 후보지는 뉴포레스트에 있
는 한 호텔로, 2인에 사천 파운드부터 시작하는 패키지가 있는 곳이
었다. 마사지와 각종 서비스가 포함된, 더 좋아 보이는 오천삼백 파
운드짜리 패키지도 있었는데, 그 포함 내역을 생각했을 때 터무니없
는 가격은 아닌 것 같았다. 아라벨라에게는 럭셔리한 것, 심지어 '럭
셔리'라는 단어 자체가 중요했다. 럭셔리는 단어의 정의상 고급스러
운 것을, 하지만 그 자체로 아주 멋지고 호화로워 높은 가격이 아무
렇지도 않은 것을 의미했다. 호화로움에 합당한 높은 가격은 그 자체
가 중요한 포인트였다. 즉 비싼 것을 소비할 능력이 있고 또 그런 큰
돈을 지불하는 것이 당연하다는 사실을 이해하는 선택받은 소수와
비싼 것을 소비할 능력이 없는 다수를 구분하는 데 높은 가격은 중
요한 포인트가 된다. 아라벨라는 세상에는 무엇이든 살 수 있는, 돈
걱정 없이 쓰는 부자들이 산다는 것을 잘 알고 있었다. 자신이 그런
사람 중 하나는 아니었지만 자신은 돈의 의미도 알고 동시에 원하는
것에도 돈을 지불할 수 있는 엘리트 중의 하나라고 생각했다. 돈의
의미를 안다는 바로 그 점이, 비싼 물건에 관한 극적인 느낌에 특별
한 짜릿함을 더해 주었다. 그녀는 높은 가격이 의미하는 바를 잘 알
았기 때문에 값비싼 물건을 좋아했다. '값비싼'이란 말이 상징하는
바를 온전히 이해한 것이다.

다루기 까다로운 분야는 친구였다. 같은 생각을 하는 친구, 그 생
각에 따라 행동할 줄 아는 돈 있는 친구가 필요하니 말이다. 운 좋게

도, 사스키아가 그런 친구였다. 그녀는 1년 반 전에 전남편에게 버림 받았지만, 이혼 과정에서 지분을 엄청나게 받아 내는 바람에 원래 지분보다 훨씬 더 많은 돈을 챙겼다. 이런 모험에 사스키아는 완벽한 친구였다. 아라벨라는 웹사이트를 클릭하면서 이 뉴포레스트의 호텔 패키지가 가장 적합한 상품이라고 생각했다. 예약이 가능했다. 그녀는 폴더 폰을 들고 터치한 다음 '사스키아' 하고 말했다. 연결이 되고 신호음이 네 번 울렸다.

"자기야!"

서른일곱의 사스키아가 전화를 반갑게 받았다. 사스키아와 아라벨라는 동갑내기이다.

"자기야! 남쪽에 괜찮은 데가 있는 거 같아. 세부 내용 다 읽어 줄까, 아니면 그냥 예약할까?"

"내가 자기 믿는 거 알잖아."

"좋아."

아라벨라는 무심코 자리에서 일어나 드레스 룸이라 부르는 곳으로 들어가 거울 앞으로 다가갔다. 통화할 때 종종 거울에 비친 모습을 살펴보곤 했다. 길거리를 걷다가 전화가 오거나 전화를 걸 때면, 진열창 앞에 멈춰 서서 유리에 비친 모습을 들여다보곤 했다. 그녀가 비록 외모를 의식하고 옷과 머리에 신경 쓰고 조심스레 성형 수술에 관심을 보이고 금발이 더 돋보이도록 항상 연노란 피부를 유지하려 애쓰기는 하지만, 통화 시 무의식적으로 거울을 보는 습관은 허영심에서 나온 것이 아니었다. 얼굴 맞대고 나누는 대화가 아닌 핸드폰을 통해 들려오는 목소리로만 대화를 나눌 때면, 그녀는 가끔씩 갑자기 자신이 사라질 것 같은 아찔한 느낌이 들었기 때문이다. 그래서 통화 시 자신이 여전히 존재하고 있다는 것을 확인해야만 했고, 그런 무의식의 발로에서 거울에 자신을 비추어 보는 습관이 생긴 것이다.

"그럼 예약할게."

아라벨라는 거울 속 자신과 눈을 맞춘 채 고개를 이쪽저쪽 돌려 얼굴을 살펴보며 다음 말을 덧붙였다.

"자세한 건 이메일로 보내 줄게. 잘 지내고 있어."

"너도."

사스키아는 바로 전화를 끊었다. 아라벨라는 다시 컴퓨터 앞으로 가서 호텔 예약 신청서를 작성하기 시작했다. 아래층에서 익숙한 세 목소리가 들려왔다. 콘래드는 누군가를 나무라는 듯한 목소리를 냈고, 조슈아는 형의 목소리가 덮일 만큼 목청을 높였고, 보모인 필라르는 둘을 중재하는 목소리를 냈다. 굳이 내려가 보아야 할 정도의 소란은 아니어서, 아라벨라는 그냥 두 귀를 닫아 버렸다. 곧이어 아라벨라의 귀가 번쩍 뜨이는 소리가 들렸다. 우편함 뚜껑이 열렸다가 닫히는 소리에 이어 문 앞 매트에 우편물 뭉치가 툭 하고 떨어지는 소리가 났다. 그 소리를 듣건대 카탈로그가 온 것 같았다. 그녀는 카탈로그를 무척 좋아했다. 아라벨라는 드레스 룸 문을 열고 나가 가능한 한 계단 밟는 소리를 내지 않으려 애쓰면서, 속으로 이 삐걱 소리가 안 나게 할 방법이 있을지 보그단에게 와서 봐 달라고 해야겠다고 생각하며 조용히 아래층으로 내려갔다. 카탈로그였다! 아라벨라는 여행사 두 곳에서 온 카탈로그를 집어 들었다. 2월 짧은 방학 때 케냐에 가려면 남편의 설득이 필요할 경우 보여 주려고 신청한 것이었다. 그리고 남편 앞으로 온 따분한 편지 두 통과 그녀의 신용카드 명세서, 보낸 사람 주소가 없는 엽서 한 장이 있었다. 처음 엽서를 보고는 부동산에서 집을 팔라고 보내온 연락인가 싶었다. 이런 연락이 일주일에 두 번씩 오던 중이었는데, 집이 멋지다고 귀가 따갑게 들리는 칭찬들을 그녀는 은근히 즐기곤 했다. 엽서에 붙이는 우표가 흔히 눈에 띄었는데, 그녀가 아는 사람 중엔 아무도 보통 우편을 이용하는 사람이 없었다. 엽서에는 '우리는 당신이 가진 것을 원한다'는 문구와 현관문을 찍은 사진이 인쇄되어 있었다. 사기성 광고지임이 틀림없었다. 나중에 다른 엽서를 또 보내올 테고, 끝에 가서는 그 도둑놈 같은 부동산 업자가 집을 팔아 주겠다는 희망 섞인 엽서를 보내올 것이다. 아라벨라는 우편물을 들고 위층으로 올라갔다. 카탈로그는 읽어 보고, 엽서는 나중에 이 집을 팔고 더 큰 집으로 옮길 때를 대비해 보관해 둘 예정이다.

7

오전 10시, 샤히드가 팔다 만 성인 잡지들을 도매상에 반품하기 위해 계산대 안쪽에 쌓고 있을 때 가게에 유일하게 있던 한 손님이 기절해 버렸다. 손님은 나이가 지긋한 부인으로, 냉장고 안 유제품을 살펴보던 참이었다. 아니면 막 그러려던 참이었는지도 몰랐다. 샤히드가 기억하기로는 그녀가 들어온 후 얼마 지나지 않아 쿵 하는 소리가 나더니 통로에 모로 쓰러져 있었다. 큰 소리는 아니었지만 이상한 소리였고 누가 들어도 사람이 쓰러지는 소리였다. 샤히드는 계산대 밖으로 뛰쳐나가 그녀 곁으로 달려갔고, 부엌에서 서류 작업을 하던 아메드도 놀라 밖으로 달려 나왔다.

노부인은 그새 깨어나 손을 허위허위 내젓고 있었다. 의식이 잠깐 끊겼던 모양이다. 어쩌면 처음부터 의식을 잃었던 것은 아닐지 모른다. 샤히드는 전에 노부인을 보았어도 기억에 없었다. 젊은이들 눈에는 육십 넘은 사람들이 다 비슷비슷해 보여서 기억에 남지 않은 것이다. 반면 아메드는 그녀를 알고 있는 것 같았다. 그녀를 부축하려 허리를 숙이며 "하우 부인!" 하고 불렀다.

"난 괜찮소."

전혀 괜찮지 않은 목소리로 노부인이 말했다. 사람들이 사고를 당했을 때 으레 그렇듯, 그녀는 아무 일도 일어나지 않았고 정말 괜찮다는 듯이 행동했다.

"걱정 마오. 잠깐 균형 좀 잃은 것뿐 괜찮소. 멀쩡해!"

"서두르지 마시고. 잠시 앉아 계세요."

아메드는 노부인의 어깨를 감싼 채 이런 다정한 행동이 조금은 어색하다는 표정으로 그녀 곁에 쭈그려 앉았다. 샤히드는 계산대 안쪽으로 다시 갔다. 계산대 쪽 CCTV에 비치는 아메드와 피튜니아 하우의 모습은 범죄 사건 재연 프로그램인 '크라임워치'의 한 장면처럼 이상해 보였다. 꼼짝 않고 바닥에 앉아 있는 아시아 남성과 백인 노부인. 영화였다면 관객들은 곧 지루해졌을 것이다. 그 후 샤히드가 손님 세 명에게 각각 '데일리 미러' 잡지를 팔고 오이스터 교통카드를 충전해 주고 복권 다섯 장을 파는 동안, 아메드는 노부인 곁에 가만히 앉아 이야기만 나누었기 때문이다. 샤히드는 평소와 다름없이 일하고 아메드는 구급대원처럼 아픈 노부인 곁에 쭈그려 앉아 있는 모습이 다소 이상한 정적을 만들어 냈다. 아메드는 여러모로 잘난 체 잘하는 재수 없는 형이었지만, 노부인을 알아보고 최대한 편의를 봐주어야 하는 이웃으로 대하는 좋은 면이 형에게 있다는 사실을 샤히드는 인정할 수밖에 없었다.

"할머니 댁에 모셔다 드리고 올게. 바로 모퉁이 근처니까. 오 분 내로 오마."

아메드가 계산대 안쪽으로 들어와 재킷을 걸치면서 말했다.

"여기는 제가 지키겠습니다."

샤히드가 거수경례를 붙였다. 아메드는 그 행동이 재미없는 모양이었다.

아메드는 피튜니아가 짚고 일어날 수 있도록 한 팔을 내밀었다. 노인들은 당연히 넘어지는 것을 두려워한다. 그녀가 쓰러진 것을 보았을 때 아메드의 머리를 스친 첫 생각은, 그녀의 다리든 엉덩이든 어디 한 곳은 부러졌겠다 싶었다. 그 나이에 그런 부상은 치명적일 수 있었지만, 다행히 피튜니아는 다친 곳이 없어 보였다. 아메드는 피튜니아의 가방을 집어 들고 그녀를 부축해서 가게를 나섰다. 아메드는 그녀가 피프스 로드에 살고 있다는 것만 알았지 어느 집인지는 알지 못했다.

"이 길 중간쯤인데."

피튜니아가 말했다. 거리상 이삼백 야드이다. 이대로 걷다가는 꽤 걸릴 것 같았다.

"정말 고맙고. 너무너무 미안하구려."

"고마운 사람은 접니다. 할머니가 아니었다면 회계 장부나 들여다보고 있어야 했거든요. 회계는 정말 끔찍합니다."

"어떻게 된 건지 모르겠구려. 모든 게 막 소용돌이치더니 다음 순간 내가 바닥에 누워 있는 거야. 쓰러진 건 오늘이 처음이라오. 여든둘 되도록 이런 일 한번 없이 그럭저럭 살아왔는데. 자네한테 신세나 지다니."

"그런 말씀 마세요."

날은 화창하고 쌀쌀했다. 햇빛이 너무 밝아서 아메드는 손차양을 하고 피튜니아를 부축하며 길을 건넜다. 그는 피튜니아의 연약함을 느낄 수 있었다. 추위 때문인지, 충격 때문인지, 피로 때문인지, 아니면 그 셋 다 때문인지 그녀가 몸을 떠는 것이 느껴졌다. 피튜니아는 자신이 떠는 것을 아메드가 느끼고 있음을 알아차렸다. 남편 앨버트가 세상을 뜬 후 사위나 손자 말고 남자에게 기댄 것이 오늘이 처음이라는 생각도 들었다.

아메드는 평소 일거리는 산더미 같고 시간은 유수 같다고 생각하며, 해야 할 일은 절대 줄어들지 않는 데 비해 그 일을 해낼 시간은 끊임없이 줄어드는 것처럼 느끼면서 쫓기듯 살아왔다. 하지만 지금 피튜니아와 함께 거북이걸음으로 느릿느릿 걷고 있자니 무척 이상한 기분이 들었다. 마치 평소에 익숙한 것을 다르게 느껴 보기 위해서 뒤로 걷기 운동을 하거나 집에서 눈을 가리고 걸어 다닐 때 느껴지는 낯설음이었다. 여러 가지 많은 일에 종종 그랬듯이 지금도 짜증이 나는 것은 어쩔 수 없는 일이었다. 그러면서도 한편으로는 좋은 일을 하면서 성질을 낼 것 같으면 그런 일을 하는 의미가 없지 않은가 하고 속으로 생각하며 마음의 속도를 좀 늦추어 애써 짜증을 억눌렀다.

"갑자기 막 모든 게 빙빙 도는 거야."

피튜니아는 여전히 기절한 이야기를 늘어놓았다. 곧이어 42번지에 다다른 그녀는 "다 왔소" 하더니 현관문을 열었다. 창문 유리는 기하학적 원무늬에 옛날식 색상을 띤 유리였다. 아메드는 저도 모르게 집값이 얼마나 되는지 잠깐 궁금해졌다. 짐작컨대 내부가 좀 낡아도 구조가 튼튼하다면 백오십만 파운드 정도는 나갈 것 같았다.

"여기서부터는 혼자서도 괜찮은데."

피튜니아가 말했다.

"들어가시는 거 볼게요."

그는 피튜니아가 문지방을 넘어 안으로 들어가게 부축했다. 추측이 맞았다. 집 안은 깨끗했지만 오래된 카펫과 촌스러운 꽃무늬 벽지, 통로에 놓인 전화기가 보였다. 백육십만 파운드는 되겠군. 그는 스스로를 꾸짖고 다시 피튜니아에게 신경을 썼다. 딸이나 의사에게 전화를 걸어야 할 것 같다는 아메드와 그럴 필요 없다는 피튜니아 사이에 한두 차례 실랑이가 오가자, 피튜니아는 아메드를 돌려보내기 위해 그에게 신문 구독을 신청하고 아무 때나 배달해도 된다고 말해야만 했다. 그동안은 일간지를 읽고 싶은 마음이 없었기 때문에 구독 신청을 하지 않았다. 신문에는 대부분 쓰레기 같은 기사만 잔뜩 나오는데 뭐 하러 그런 소식을 접하고 살아야 한단 말인가?

"알겠습니다, 알겠어요. 제 전화번호 적어 놓고 갈게요."

아메드가 말했다. 펜은 있었지만 종이가 없어서, 그는 종이를 찾으러 현관 쪽으로 가서 전화기 근처에 있는 종이 뭉치를 살펴보았다. 피자와 카레 전단지가 있기에 아메드는 그중 하나를 집어 들고 뒷면에 전화번호를 적었다.

"이거 전화기 옆에 두고 갈게요. 전화하세요!"

그는 그 전단지를 통로 탁자에 내려놓다가, 피튜니아 역시 그녀의 집이 찍힌 엽서를 받았다는 사실을 알게 되었다.

"우리도 오늘 아침에 이거 받았는데. '우리는 당신이 가진 것을 원한다'."

"내 나이에 내가 가진 걸 원하는 사람 있음 나와 보라 그래?"

피튜니아의 말에 아메드가 웃음을 터뜨렸다.

"우리 나이 든 사람들은 한데 뭉쳐 나가야 해요, 하우 부인."

다른 때 같았으면 피튜니아 역시 농담으로 받아쳤겠지만, 그녀는 내면 깊숙이 빨려 들어간 느낌에 사로잡혀 그의 말을 듣고도 그냥 멍하니 서 있었다.

8

피프스 로드에서 가장 호감도가 낮은 한 여자가 두려움과 분주함을 애써 풍기며 천천히 인도를 따라 걸어 내려가고 있었다. 그녀가 좌우를 살피고 앞뒤를 살피니 아주 사소한 것도 그녀의 눈길을 피하지 못했다. 그녀에게는 남는 게 시간 같아 보였고 의무감과 목적의식에 사로잡힌 사람 같아 보였다. 자신이 조성한 공포와 혼란에 대해 의식이 없는 것 같았지만, 실상 그녀는 의식이 깊었다.

퀜티나 맥페시는 짐바브웨 대학에서 〈북아일랜드, 스페인, 칠레를 통해 살펴본 비(非)후기 식민 사회에서의 분쟁 해결책〉이란 주제로 정치학 학사와 석사를 딴 인재였다. 그녀는 거주자 주차 공간에 비거주자 차량이 주차된 것은 아닌지, 거주자 주차 공간에 상업용 차량이 주차되거나 그 반대로 주차된 것은 아닌지, 그 두 차량의 주차 허가 기간이 만료된 것은 아닌지, 피프스 로드에서 유독 자주 걸리는 유형인 주차료를 낸 때로부터 시간이 초과된 차량은 없는지, 주차 안내판을 잘못 이해하는 바람에 거주자 주차와 유료 주차 둘 다 가능한 공간이 아닌 거주자 전용 주차 구역에 주차된 외부 차량은 없는지 등을 단속하는 중이었다. 삐딱하게 주차된 차량들, 즉 차체가 공용 도로 쪽으로 튀어나오게 주차된 차량이나 인도에 바퀴가 걸치게 주차된 차량을 모조리 잡아냈다. 자동차세 납부 기한을 넘긴 차량에도 딱지를 뗐다. 그녀는 피도 눈물도 없는 주차 단속 요원은 아니었다. 거주자들의 주차 기한을 넘긴 차량과 도로세를 납부하지 않은 차량은 일정 정도 유예 기간을 주었다. 하지만 그녀는 꽤 예리한 사람이었다. 옷차림은 밑단에 흰색 끈 같은 장식이 달린 바지에, 정모(正帽)에, 연녹색 줄무늬가 들어간 진녹색 정복 차림이었다. 그 모습이 미국 코미디 프로에 나온 1905년 관세청장 같았다.

정부와 지방 자치 단체, 그리고 퀜티나가 일하는 회사는 모두 주차 딱지 발부에 할당량이 없다고 공식적으로 거듭 부인해 왔다. 모든 사람들이 알듯이 그것은 새빨간 거짓이었다. 당연히 할당량은 존재했다. 퀜티나에게 부여된 할당량은 하루에 스무 장으로, 딱지 떼인 사람들이 2주간의 기한 내에 과태료를 전부 납부한다는 가정하에 금액으로 환산하면 천이백 파운드에 달하는 분량이었다. 그리고 상당수가 통상 그때 납부하지 않기 때문에 금액은 그보다 더 많았다. 딱지 발부에 이의 제기가 없다고 한다면, 실제 세수는 하루에 천오백 파운드 정도 걷히는 셈이었다. 퀜티나는 꽤 유능한 사원이라서 현재 컨트롤 서비스사(社)에서 일하는 전 사원을 통틀어 이의 제기 비율이 그녀가 가장 낮았다. 1년에 250일쯤 일한다고 볼 때, 그녀 혼자서만 삼십칠만 오천 파운드를 거둬들였다. 그 대가로 그녀는 유급 휴가 4주에 의료 보험료와 연금 보험료를 제외하고 계산상 만 이천 파운드를 받았다.

　오늘은 일진이 좋을 것 같았다. 아침 10시도 안 된 시간에 벌써 주차 위반 차량을 열 건 적발했기 때문이 아니었다. 그 정도야 퀜티나처럼 능력과 경험이 많은 주차 단속 요원에게는 일상이었다. 일진이 좋을 것 같은 이유는 다른 데 있었다. 그녀는 같은 컨트롤 서비스사에서 일하는 아프리카계 사원 네 명과 함께 간단한 게임을 하고 있었다. 가장 값비싼 차량에 딱지를 떼는 사람이 이기는 게임으로, 그 증거로 사진을 찍어 제시하면 된다. 가끔은 음료 내기나 오 파운드 내기를 했고, 가끔은 그냥 이름만 발표했다. 그간 퀜티나는 이긴 적이 없었다. 하지만 이제 운이 바뀔 듯했다. 그녀는 피프스 로드 27번지 주택이, 서부 런던에 본거지를 둔 프리미어 리그 구단 사무 변호사의 집이란 사실을 우연히 알게 되었다. 구단은 때로 그 집을 임대해 주었다. 잉글랜드 남동부 서리의 훈련장 근처에 구단 소유의 부지가 있었지만 도심에서 살고 싶어 하는 선수들이 더러 있었기 때문이다. 퀜티나는 바로 그곳이야말로 주차 허가증 없는 고급 승용차를 적발할 수 있는 좋은 장소라 보고 그동안 정기적으로 피프스 로드를 찾았던 것이다. 그런 경우를 제외하면 피프스 로드는 단속 요원의 입장에서 봤을 때 그저 평균치 과태료가 걷히는 지역이었을 뿐이다. 하지만 오늘은 달랐다. 방문자 주차 구역에 20분 뒤면 바로 차를 빼야 하는 레인지 로버와 한 시간 뒤면 차를 빼야 하는 2005년도 표지판을 단 은색 폭스바겐 골프가 서 있었다. 그곳이 관심사는 아니었다. 구단 사무 변호사의 집 앞 길가로부터 세 공간 떨어진 주차 공간에 그녀가 꿈에 그리던 차가 있었던 것이다. 최종 가격이 십오만 파운드에 달하는, 영화 〈007〉 시리즈에서 제임스 본드가 타고 다녔던 애스턴 마틴 DB7이었다. 더더욱 잘된 일은 그 차주가 주차권을 샀으나 최근 피프스 로드 내 주차 관련 변경 사항을 숙지 못하는 바람에 거주자-방문자 주차 구역이 아닌 거주자 전용 주차 구역에 차를 댔다는 사실이었다. 피프스 로드에서 으레 범할 수 있는 실수였다.

길에는 아무도 없었고 걸림돌이 될 만한 것도 없었으므로 보통 때처럼 바로 차로 다가가 딱지를 끊고 사진을 찍으면 될 것이다. 하지만 때로는 교묘하게 처리하면 좋을 일도 있었다. 그녀는 자주 요령 피우는 단속 요원이 아니었지만 이따금 세상 돌아가는 것에 맞춰 머리를 써야 할 때도 있었다. 그래서 차를 지나쳐 50여 미터쯤 걸어가면서 차량 번호와 회사명, 모델명을 기억했다가 별것 아니라는 듯 PDA에 입력했다. 그녀가 차 바로 옆에 서서 입력했다면 차주가 단박에 소리치며 뛰어나왔을 것이다. 차에 붙인 주차권이 만료되려면 아직 한 시간이나 남아 있어서 차주가 나오기까지 시간적 여유가 넉넉했지만, 그래도 확신할 수 없으니 조심하는 편이 좋았다. 퀜티나는 딱지를 출력해서 비닐봉지에 넣었다. 이제 게임 시작이었다. 그녀는 뒤를 돌아, 최근에 세차한 듯 번쩍거리는 은색 승용차를 향해 사무적인 걸음걸이로 다가가 앞 유리의 값비싼 와이퍼를 들어 올린 뒤 주차 위반 딱지를 그 사이에 꽂아 넣었다. 그러고는 뒷걸음질로 경계석을 오르락내리락 자리 잡고 서서 주차 표지판이 차량과 함께 들어오게 디지털카메라로 네 컷을 찍었다. 현지 사람들이 하는 말로 "승리!"였다.

본인도 차를 끌고 나와 놓고는 교통이 막히는 상황을 극도로 싫어하듯, 딱지를 떼이면 누구나 극도로 싫어했다. 모두가, 주차 구역과 주차 금지 구역을 규제하지 않는다면 시가 제대로 돌아가지 않으리란 점을 알고들 있었다. 또한 모든 법에 강제성이 없다면 아무 가책 없이 법령에 불응하리란 점도 알고들 있었다. 그냥 사람들은 그 법이 나에게 적용되는 것이 싫을 뿐이다. 문제는 퀜티나가 여러 번 들은바, '현재 집행 중인 망할 놈의 법은 운전자를 대상으로 한 법밖에 없다'는 점이었다. 하지만 그것은, 퀜티나가 느끼기에 그녀의 문제가 아니었다. 그녀는 대치 상황이 겁나지 않았다. 업무 특성상 하루에 적어도 한두 번씩 딱지 떼인 것에 속상해하거나 열 받아 하거나 미친 듯 울어 대거나 인종 차별적인 언사를 퍼붓거나 협박하거나 제정신이 아닌 운전자들과 씨름했기 때문에 조용히 넘어가는 날이 오히려 지극히 드물었던 것이다. 그래도 험악한 상황은 피하는 것이 상책이리고, 퀜티나는 기분 좋게 피프스 로드를 내려가기 시작했다. 기분이 좋은 데다 일일 딱지 할당량을 다 채웠기 때문에 2003년형 A클래스 벤츠 차량에 주차 기한을 열흘 넘긴 허가증이 붙어 있는 것을 보기만 했을 뿐 아무런 조치도 취하지 않았다. 퀜티나는 두려움과 분주함을 풍기며 다른 곳으로 발길을 돌렸다. 퇴근 후 분위기가 좋을 때 카메라로 찍은 애스턴 마틴을 보여 줄 것이다. 퀜티나는 사람들에게 자신이 직접 제임스 본드에게 딱지를 끊었다고 말할 계획이었다. 턱시도 차림의 본드에게. 그리고 그가 〈007 카지노 로얄〉에 나온 여자와 함께 있었다고 말이다.

9

친구들 사이에서 미키로 불리는 마이클 립톤-밀러는 피프스 로드 27번지에 소유한 투자용 주택 앞에 서 있었다. 왼쪽 옆구리에 낀 클립보드, 오른쪽 귀에 댄 블랙베리 핸드폰, 재킷 왼쪽 주머니에서 진동 소리가 나는 아이폰, 탈수증으로 인한 두통, 재킷 오른쪽 주머니에 들어 있는 이혼 조건 상의차 약속 시간을 잡자는 변호사의 편지, 발치에 놓인 서류 가방 등이 보였다. 이 모든 것들 중 그가 제일 심드렁한 것은 바로 클립보드, 즉 새로 입주할 사람을 위해 준비해 둬야 할 일들의 목록이었다. 미키는 변호사 자격증 소지자로서 법 관련 일을 하지 않고 그 대신에 프리미어 리그 구단 살림을 도맡아 하는 만능 일꾼이자 해결사였다. 그는 일을 좋아하고 일을 잘 처리하는 자신의 모습을 사랑했다. 삶에 대한 자세는 다소의 호화로움과 폭넓음이었다. 그 '폭넓음'이란 단어에는 여유, 관용, 정신의 깊이가 함축되어 있었다. 이 의미에는 용도별 식기류 목록, DVD 장비, 화장지를 점검하는 일 따위는 포함되지 않는다. 하지만 지난주에 조수를 해고한 터라, 제멋대로 구는 축구 선수들의 구미에 맞게 세부 사항을 직접 점검할 수밖에 없었다. 지금 핸드폰이 울리는 것도 후임자 물색 때문에 걸려 온 전화인데, 미키는 핸드폰을 진동으로 울리게 놔두는 것이 잠자리를 가지는 것 다음으로 한 주 내내 가장 많이 하는 일이라고 농담 삼아 곧잘 이야기했다. 그의 나이는 쉰 살이었다.

미키의 앞에는 청소업체에서 파견한 한 여자가 서 있었는데, 그녀의 일은 청소부들을 감독하는 것이었다. 그녀는 키가 크고 몸매가 호리호리하고 광대뼈가 튀어나왔다. 미키의 눈에는 그녀가 동아프리카 출신으로 보였다. 그가 핸드폰에 대고 누군가에게 고함치며 야단

치는 동안 그녀는 아프리카인들 특유의 놀라운 인내심을 가지고 가만히 선 채 기다렸다. 업무 평가가 떨어지기를 기다리는 사람의 얼굴 표정이 아니었다. 그녀 앞에 서 있자니 한 가지 생각이 들었다. 미모가 출중한 젊은 여성을 보며 종종 드는 생각이었다. 그런 여성들 중 상당수가 놀랍게도 몸을 팔지 않는다는 것이었다. 그것은 분명히 일하는 것보다, 이런 종류의 일을 하는 것보다 확실히 더 쉽고 더 많은 수익을 보장해 줄 텐데, 그것이 진정 그렇게 나쁜 일인가? 그런 여자와 하룻밤을 보내기 위해서라면 남자들은 수백 파운드를 쓸 텐데, 도대체 왜 이 여자는 시간당 4.5파운드가 될까 말까 한 최저 시급을 받아 가며 청소 감독을 하는 거지? 자신이 한번 제시해 볼까 싶었다. 그러고는 혼자 몰래 속으로 '그냥 한 말인데' 하고 말했다.

그는 '굿 캅(형사들과 갱단을 다룬 영국 드라마 – 옮긴이)'이 된 양 말했다.

"자, 그래, 미안, 미안. 어디 한번 돌아볼까요? 다 괜찮을 것 같긴 합니다만. 알다시피, 위에서는 말이지…….

여자는 어떤 속삭임에도 넘어오지 않았다. 보일 듯 말 듯 고개만 까닥했다.

미키는 집 안을 둘러보기 시작했다. 대개 3개월 이상 거주한 사람이 없었던 데다 세계 각지에서 온 사람들이 살았기 때문에 집은 객실 상태 보통인 중급 호텔처럼 꾸며 놓았다. 축구 선수들이 주로 가난한 집 출신이라 그들이 접한 유일한 풍족함은 호텔 투숙이었기에 호텔 스타일을 열렬히 환호했던 것이다. 벽은 스웨덴풍의 다채로운 흰색 톤이었고 가구는 여러 현대적인 스타일이 섞인 것이었으며 비디오와 오디오 시스템은 미키가 처음 보는 일본 제품이었다. 그 시스템이 집주인의 소유라는 점을 잊고 실수로 가져가는 일이 없도록 전선을 모조리 마룻바닥 밑으로 깔았다. 이번 세입자는 아프리카 출신의 아이로, 아버지와 함께 들어와 살 예정이었다. 나이가 열일곱 살밖에 안 된, 말 그대로 정말로 '아이'였다. 소년은 주급 이만 파운드로 선수 생활을 시작하기로 했는데, 선택권이 있어서 1년 후에는 몸값을 더 올리거나 계약을 해지할 수 있었다. 미키는 돈벌이에 능한 사람, 크면서 돈을 벌고자 한 사람으로서 돈벌이만 된다면 뭐든 다 좋고 존경스럽고 높고 귀하다고 생각했지만, 그런 미키조차 요즘 축구계에서 오가는 돈의 규모를 보면 때로 씁쓸했다.

아이는 왜 멋진 교외 지역이 아닌 이곳을 택한 것일까? 누가 알랴? 어쨌든 그런 결정을 내린 사람은 아이가 아니라 아버지였다. 아마도 아버지가 교외 지역이 백인 천지인 것에 겁을 먹고 가끔씩 흑인들과 마주칠 것 같은 지역에 살고자 했을지 모를 일이었다. 하지만 그 생각은 오래가지 못한다. 절대 그렇지 않다. 클린스만 선수도, 리네커 선수도, 다른 한두 유럽 선수도 처음에는 런던에 정착했지만, 나중에는 모두 서리 지역으로 이사를 갔다. 미키 자신은 가수 피트 타운센드와 믹 재거의 집에서 멀지 않은 리치먼드에 살았다.

잘 닦인 마루, 체크. 유리가 안 보일 만큼 깨끗한 창문, 체크. 식사해도 될 만한 화장실, 체크. 비행기나 우주선 조종실보다 버튼과 조명이 더 많이 부착된 TV 시스템, 체크. 연결 상태 양호한 무선 광대역 통신망, 체크. 깨끗한 카펫과 잘 정돈된 침대와 먼지 한 톨 없는 창틀, 체크. 냉장고는 꽉 차 있었다. 아프리카 음식으로 차 있든 말든 그것은 미키가 알 바 아니었다. 구단에서 보낸 가정부가 신경 써야 할 문제로 그에게는 상관이 없었다. 아버지는 영어를 좀 했지만 아이가 프랑스어밖에 못 해서 구단에서는 통역사로서 프랑스어가 가능한 가정부와 영어 선생을 대기시켜 놓았다. 그 모든 것도 다른 사람들이 해결해야 할 걱정거리였지 미키로서는 상관이 없었다.

모든 상태가 양호한 것 같았다. 미키는 내내 결의에 찬 표정을 지으며 둘러보았다. 점검을 마치자 후련한 마음에 그는 고개를 돌려 가정부를 바라보았다.

"기밀 유지, 잘 알고 있지요?"

그녀는 아무 말 없이 고개를 까닥했다.

"아니, 제대로 알고 있느냔 말이오?"

여자는 다시 고개를 까닥했다. 기밀 유지 단속 차원에서 그는 밖에 나가서 그 어떤 것도 절대로 발설하면 안 된다고 엄포를 놓을 계획이었다. 가정부는 멍하니 무심한 표정, 즉 '어쩌라고?' 같은 무능한 모습이 아니라 본래 모습이 어딘가에 깊이 파묻혀 있는 듯한 표정을 짓고 있어서 미키는 뭐라고 할 동력을 상실해 버렸다. 어쩔 수 없었다. 입단속을 시켜야만 업무가 중요해지고 드라마틱해졌기 때문에 미키는 입단속 시키는 일을 좋아했다. 그리고 사실, 프리미어 리그 축구에는 일상적인 면조차 뭔가 화려함이 있었다. 화장실의 화장지 비치 여부 확인도 프리미어 리그 선수와 관련된 일이라면 중요하고 흥미로운 일이 되었다. 사람들이 목숨 걸고 알고 싶어 하는 것들을 미키는 꽤 많이 알고 있었다. 그것은 대부분 "X선수는 실제 어떤가?"라는 주제를 달리 표현한 궁금증이었다. 마치 '실제 모습'이라 불리는 특별한 지식의 범주라도 존재한다는 듯, 마치 그것이 궁극적인 질문이라도 된다는 듯 사람들은 알고 싶어 했다.

"괜찮은 것 같군."

미키가 가정부에게 말했다. 그녀는 다시 고개를 까닥했다. 오늘은 '미키를 향하여 고개를 까닥하는 날'임이 분명했다. 흠, 나도 까닥할 수 있지. 그래서 그는 고개를 까닥해 주고는 문 쪽으로 걸어갔다. 우편물 두 종이 있어서 그는 나가는 길에 그것들을 주워 들었다. 하나는 전기료 고지서였고, 다른 하나는 '우리는 당신이 가진 것을 원한다'고 쓰인 엽서였다. 미키는 순간 '다이너의 변호사가 무슨 해코지를!' 하고 이혼 피해망상증에 사로잡혀 발끈했지만, 뒷면 사진에 나온 현관문을 보고는 피프스 로드 27번지와 관련된 엽서임을 깨달았다. 이것은 분명 집 주변에서 잠복 취재하던 기자의 소행, 구체적으로 아프리카 소년 선수와 연관된 누군가의 소행일 거라는 생각이 들었다. 그 소년을 아스널 FC에서 빼 왔다는 소문이 돌았다. 이것은 어쩌면 정신 나간 아스널 팬들이 소년을 협박하거나 겁주려고 보낸 것인지도 몰랐다. 빌어먹을! 아이폰 진동이 다시 울리기 시작하자 미키는 '어찌하오리까?' 하는 문제만은 피하고 싶다는 생각이 들었다.

그러나 그의 생각이 틀렸다. 정말 피하고 싶은 일은 따로 있었다. 길가로 나왔을 때 차에 딱지가 붙어 있고 바퀴는 쇠쇠에 묶여 있는 것을 보게 되었던 것이다.

10

크리스마스를 2주 앞두고, 피튜니아는 병원을 찾아가 모니터를 등지고 앉아 모니터에 이름이 뜨기를 기다리고 있었다. 월요일인지라 병원은 평소보다 훨씬 더 붐볐다. 모니터 쪽으로 향한 좌석은 거의 차서 다음 환자를 호출하는 딩동 소리가 들려올 때마다 고개를 돌려 그녀의 차례인지 아닌지 확인해야만 했다.

피튜니아는 이런 방식이 별로 마음에 들지 않았다. 이름이 모니터에 뜨면 일어나 진료실로 들어가야 했고, 그러면 대기하던 모든 사람들이 그녀가 원하든 원치 않든 그녀의 이름이 피튜니아 하우라는 것을 알게 될 것이다. 게다가 그녀의 이름은 다음 환자의 이름이 뜰 때까지 모니터에 계속 떠 있을 것이다. 그녀는 젊은 처자가 아니었지만, 모니터를 보려고 상체를 틀다시피 고개를 한껏 돌릴 때마다 남들의 시선을 의식했다. 이어폰을 끼고 핸드폰으로 통화하는 사람('핸드폰 사용 금지' 표시 바로 밑에 앉아 통화하는, 참 대단해서 웃긴 두 사람)들을 포함하여 모니터를 등지고 앉은 사람들이 모두 그렇게 했지만 말이다. 오늘 처음 병원을 찾은 이유는 '빙글빙글 도는 느낌'이 나는, 이상한 어지러움 때문이었다. 우스만의 가게에서 첫 증세가 나타난 뒤로 몇 번 더 나타났다. 그 증세가 모두 집에 있을 때 나타났다는 것도 신의 축복인데, 계단이 아닌 곳에 있을 때 나타났다는 것은 더 큰 축복이었다. 하지만 일이 분마다 고개를 돌렸더니 몸 상태가 이상했다. 이곳에서 쓰러지는 일만은 절대로 원치 않았다. 의사가 자리에서 일어나 문밖으로 나와 환자를 호명하는 데 10초가 걸릴 텐데 그 수고를 줄여 주고 싶지 않았다. 물론 어떤 환자가 왔는지 알 턱이 없었기 때문에 의사가 직접 환자를 호명하는 일은 없었지만 말이다. 진료 예약 시간에서 30분이 지나는 동안 린다 웡, 덴턴 마타라토, 슈누아 버크셔, T. 칸, 코스모 치과 원장이 진료를 받으러 들어갔지만 피튜니아는 여전히 대기 중이었다. 그녀 옆 탁자에 놓인 '데일리 메일'을 보니 날짜가 꽤 지난 것이라, 그 공용 신문에 나온 십자말풀이를 해도 괜찮을지 어떨지 고민했지만 아무래도 예의가 아닌 것 같았다.

피튜니아는 현대 생활 방식이 못마땅한, 앨버트와 같은 투덜이는 아니었지만 병원이 별로 마음에 들지 않았다. 우선, 마음에 들지 않은 것은 '그녀의 병을 맡아 치료해 주는' 보건의, 주치의가 없다는 점이었다. 지난 20년간 모든 의사에게 한 번쯤 진료를 받아 보았지만, 같은 의사에게 두 번 연속 진료를 받아 본 적은 단 한 번도 없었다.

그에 대한 중요성이 약화되고 인간미가 사라져 갔다. 환자를 직접 보고 그 말에 귀를 기울였던 시간에 비해 컴퓨터 모니터를 보며 환자의 기록을 읽는 시간이 더 막대하게 줄어든 것은 아니었다. 피튜니아는 이곳 병원에 앉아 혼자만 외계인 같은, 이방인 같은 느낌을 받는 것이 싫었다. 모두들 라이크라Lycra 차림이나 배꼽티 또는 티셔츠 차림으로 문자를 주고받거나 고개를 까닥거리며 음악을 듣거나 (두 여자는) 머리에 스카프를 두르거나 (한 여자는) 머리카락이 안 보이게 히잡을 쓰거나 동유럽 언어로 서로 이야기를 나누거나 핸드폰으로 통화하고 있었다. 피튜니아는 '우리 모두 함께 가는 거야'란 말이 한때 영국인을 정의하는 본질적인 개념, 아주 중요한 개념으로 등장했던 시대의 사람이었다. 그 말은 여전히 사실일까? 사람들은 모두 마음이 통할까? 주위 사람들을 둘러보며 진심으로 그런 말을 할 수 있을까?

마침내 '피튜니아 하우'가 모니터에 떴다. 피튜니아는 조심스레 일어섰다. 그것은 요즘 그녀가 조심하고 또 조심하는 일이었다. 앞으로 걸어갔다. 사람들이 자신을 쳐다보는 것이 느껴졌다. 그런 느낌은 결코 좋지 않았다. 한 남자가 다리를 오므려 그녀가 지나가도록 공간을 터 주었지만, 그가 신문에서 눈을 떼지 않은 채 그녀를 없는 사람으로 취급했다는 사실이 그냥 무시당한 것보다 더 무례하게 느껴졌다. 앨버트였더라면 그 남자에게 뭐라고 한소리를 했을 것이다.

진료실 문은 열려 있었다. 피튜니아가 도착을 알리려고 문을 노크

하자, 의사가 컴퓨터 모니터를 보고 뭔가를 읽으며 말했다.

"안녕하세요! 들어오세요."

그녀는 들어가 의자에 앉았다. 의사는 그녀 쪽으로 고개를 돌리며 미소를 지었고, 그녀는 의사가 뭐라고 말할지 알았다.

"피튜니아 님, 오늘은 어디가 아파서 오셨나요?"

의사의 이름은 캔세카였다. 피튜니아는 그에게 두세 차례 진료를 받은 적이 있었다. 이름만 라틴계였지 사람은 어디를 봐도 아니었다. 금발을 옆으로 빗어 넘겼고, 진료실이 일정 온도를 유지하며 후덥지근했는데도 항상 넥타이에 옅은 색 캐시미어 브이넥 스웨터 차림이었다. 굳이 밝히면 외모상 그의 나이는 열일곱 살쯤 되어 보였지만, 피튜니아의 생각에는 서른 살쯤 되었을 것 같았다.

피튜니아는 자신의 증상, 즉 어지러운 증상과 기절한 일과 전반적으로 몸이 좋지 않은 증상을 설명하기 시작했다. 그녀가 15초쯤 설명하는 사이에 의사는 고개를 끄덕거리며 그녀의 말에 추임새를 넣어 주고는, 키보드에 손을 올리고 여전히 고개를 끄덕거리며 타이핑하기 시작했다. 피튜니아는 젊었을 때 비서로 일한 적이 있어서 그런지 세상이 얼마나 바뀌었으면 타이핑하는 사람이 점점 더 중요한 사람이 될까 싶어 흥미로웠다.

피튜니아는 이상 증세를 다 이야기하고 입을 다물었다. 잠시 조용한 가운데 의사는 자판을 두드렸다.

"어디 한쪽 힘이 없는 데가 있습니까? 이상하게 저린 느낌은요?"

피튜니아는 고개를 저었다. 의사는 몇 가지 질문을 더 던졌다. 그러고 나서 혈압을 재야겠다고 하더니 그녀의 가슴에 청진기를 댔다. 그녀는 이렇게 될까 두려워 아예 단추를 풀기 쉬운 블라우스 위에 카디건, 재킷, 코트를 입고 왔다. 윗옷을 하나하나 벗는데 진료실 난방이 빵빵하다는 사실이 갑자기 기뻤다. 우습게도, 가슴이 한때는 소중한 자산이었다. 오싹 소름이 돋을 줄 알았는데 그렇지는 않았다. 여의사를 요청할걸 그랬나 하는 생각이 들었지만, 성격이나 나이로 봤을 때 그런 요청을 한다는 것은 피튜니아의 성미에 맞지 않은 일이었다. 의사는 그녀에게 블라우스를 벗으라고 하지 않고 대신, 청진기를 블라우스 안으로 집어넣었다. 쇠붙이가 닿는 곳마다 오싹오싹했지만, 그래도 옷을 입은 상태라 괜찮았다. 그녀는 숨을 들이쉬었다가 내쉬었다. 그녀가 듣기에도 그 숨소리가 조금쯤 불안정하고 가냘프게 들렸다. 그러고 나서 의사는 그녀의 혈압을 측정했다. 그러고 나서 또 측정했다. 그러고 나서 그는 잠시 동안 컴퓨터 모니터를 들여다보았다.

"드시고 계신 약은 없으시죠?"

그것은 대답을 바란 질문이 아니었기에 피튜니아는 대답하지 않았다. 그는 타이핑하기 시작했다. 그동안 피튜니아는 의사의 머리 뒤로 보이는 건강한 성생활에 대한 포스터를 읽었다. 멀리 다른 나라로 여행 갈 때 노출될 수 있는 다양한 건강 위협 요소에 대한 포스터도 보았다. 의사는 피튜니아 쪽으로 고개를 돌렸다.

"음, 별문제가 없어 보입니다만 몇 가지 검사 좀 해 볼게요. 기절한다는 건 가끔 심장에 문제가 있다는 징후거든요. 환자분 심장도 그럴 수 있어요. 혈압은 낮은 편입니다. 그건 좋은 일이지요! 오래 사실 테니까요! 이제 검사하는 진료과로 소견서를 보낼 겁니다. 그러면 거기서 어르신께 우편물을 발송할 거예요. 그걸 받아 보시고 전화하셔서 예약 잡으세요. 다 고쳐 드릴게요. 아셨죠?"

그것으로 끝이었다. 병원에 오는 것은 내키지 않는 일이었지만, 그렇게 하는 것은 항상 같은 이유 때문이었다. 불안을 덜기 위해서였다. 의사가 그런 걱정을 날려 주어야 했다. 실제 걱정할 것 하나 없었는데 괜히 걱정한 거라고 말이다. 하지만 이번에 그녀는 진료실 문을 나설 때 불안이 가시질 않고 뭔가 잘못되었다는 생각이 들었다. 기본적인 계약 관계에 금이 간 것이다. 추위를 뚫고 집으로 가기 전 진료실 문 옆 화장실에 들러 소변을 좀 보고 가고 싶었지만, 그녀는 남들의 시선을 크게 의식하고 그냥 지나쳤다. 그녀가 마음을 다잡은 다음 슬라이딩 도어를 열고 나가 12월 오후의 거리로 나서니 찬 공기는 습했고 차들은 빵빵거리며 지나갔다. 15분쯤 걸어가면 집에 당도한다. 피튜니아는 모자를 눌러쓰고 목도리를 단단히 두르고는 코트 차림새를 확인하고 핸드백을 고쳐 멘 후 주머니에 손을 넣고 걷기 시작했다.

앨버트는 그녀가 걱정하는 것을 별로 좋아하지 않았다. 그녀가 걱정하면 그는 잔소리했는데, 그것은 전혀 도움이 되지 않았다. 그 때문에 아예 입을 닫고 살다 보니 걱정이 속으로만 쌓여 더 큰 걱정을 낳고 말았다. 그녀가 불안에 떨면 떨수록 앨버트는 더욱더 짜증을 부렸다. 그리고 앨버트 역시 위선을 떨었다. 그의 머릿속에는 특히 돈, 세금, 저축액, 믿음이 안 가는 은행과 보험 회사와 신용카드 회사, 정부와 다른 모든 사람들이 맴돌았고, 그렇게 생각하는 것은 아무리 조심해도 지나치지 않다는 주의였다. 심지어 입출금기나 비밀번호를 신뢰하지 않았기 때문에 현금 인출 카드조차 만들지 않았다. 그가 세상을 떠난 후 딸 메리가 현금카드 사용법을 가르쳐 주었다. 앨버트가 돌연사한 후 그녀가 배워야 했던 많고 많은 일 중 하나였다.

그런 일 중 상당수가 돈과 관련된 일이었다. 결국 앨버트도 다른 사람들과 마찬가지로 암석에 층이 생기듯 그의 성격에 광기가 층층이 쌓여 갔던 것이다. 전반적으로 볼 때 그는 정신 이상자는 아니었지만, 주제가 돈만 관련됐다 하면 정신이 회까닥 나가 버렸다. 그에게 돈이란 주관적으로 대단히 소중한 것이라서(이따금 그의 머릿속에는 온통 돈밖에 없어서) 현실과 완전히 동떨어져 흔히 이용하는 은행이나 연금 회사 근처엔 가지 않으려 들었다. 고지서 요금도 제때 내지 않았다. 독촉장이 와도, 최후통첩이 와도 버티다가 법적 조치라는 위압적인 문서가 와야 비로소 요금을 냈다. 그것은 진 빠지는 짓, 미친 짓이었다. 하지만 앨버트처럼 지독한 수전노조차도 가스비와 전기세를 납부해야만 한다. 그는 한때 미터기를 설치해서 동전을 넣은 만큼 가스나 전기를 이용하면 어떨까 하고 이야기한 적도 있었다. 그것은 피튜니아가 단호하게 반대한 일 중 하나였다. 그때 앨버트는 단단히 삐쳐서 2주간이나 입을 꾹 다물고 지냈다. 그렇게 2주를 보내더니 어느 날 아침 그는 완전히 차분한 모습으로 아무 일도 없었다는 듯이 행동했다. 그 결과 그가 맡았던 모든 일, 즉 수도세 납부와 연금 지급 확인과 배관 문제 해결 같은 현실적인 일을 그녀가 하게 되면서 남편을 그리워하게 되었다. 이런 모든 일은 그 자체로 재미없고 지겨운 일이라서, 이제는 가고 없는 남편이 그리웠다.

그녀가 그에 대해 금전 문제, 그가 사람들과 벌인 논쟁, 그의 순 구제불능인 면 등을 구체적으로 이야기할 때 그를 끔찍한 사람으로 몰아가며 말한다는 것은 재미있는 현상이다. 그는 그 어떤 것이든 원칙을 중시하는 사람이었다. 그의 좋은 점, 즉 따뜻함과 친절함과 예측 불가능한 세심함, 남들을 위해 선행(돈 빌려주기, 차로 집에 바래다주기, 사별한 사람에게 위로의 편지 보내기)하고도 함구하는 것, 기본적으로 다정한 사람이라는 점은 그에 관해 이야기할 때 꽤 많이 덜어 내고 들려주었던 것이다. 그의 좋은 점은 오직 그녀의 눈에만 보였다.

피튜니아가 지금 지나가고 있는 곳은 시내 중심가의 고급 정육점이었다. 언제나 그랬던 것처럼 그 앞에는 새 이주민, 생각 없는 부잣집 사람들이 줄을 서고 있었다. 진열창에는 금색 리본과 왕관으로 장식한 칠면조가 놓여 있었다. 칠면조의 발치에는 '주문 가능'이라는 팻말이 꽂혀 있었다.

연휴임을 알리는 밝은 조명과 각종 장식물을 지나치면서 피튜니아는 앨버트가 크리스마스를 즐기던 방식이 떠올랐다. 그의 언행 때문에 스크루지 영감이 생각나겠지만, 그는 어드벤트 캘린더(12월 1일부터 성탄절인 25일까지 매일 한 장씩 넘길 수 있도록 만든 아동용 달력-옮긴이)부터 크리스마스 성가와 모자와 여왕의 국정 연설("놀랍군, 왕가 사람들이 해마다 조금씩 더 멍청해진다는 게" 하고 곧잘 무례하게 말했다.)까지 모든 의식과 절차를 매우 좋아했다. 크리스마스에 딸 메리와 손주들을 보는 것도 매우 좋아했다. 비록 메리가 다시 예민한 열다섯 소녀로 돌아가 말이 없다가 툴툴대며 항상 모든 것을 재단하려 했지만 말이다. 피튜니아는 메리가 멀리 에식스로 이사 간 것을 탓할 수 없었다. 메리는 집에서 벗어나야만 했다. 이제 아버지는 돌아가시고 어머니만 혼자 큰 집에 살고 있는 상황에서 메리가 그렇게 멀리 떨어진 곳에 살 필요는 없었지만, 그것은 메리의 선택이었고 피튜니아는 그것이 마음에 들지 않았지만 이해할 수 있었다.

앨버트는 까다로운 사람이었고, 그 사실을 부정할 수는 없었다. 그를 대하다 보면 너무 많은 시간과 에너지가 소모되었다. 그가 죽고 나서는 그 에너지를 어디 다른 곳에 써야 했다. 그녀가 좀 더 자유로워졌다는 느낌이 들었다면 인생을 활짝 열어 놓고 살았어야 했다. 하지만 그렇게 되지 않았고, 그녀는 그것이 스스로의 잘못임을 받아들였다. 남편 생전에 편협하게 살았던 것을 남편 탓으로 돌렸다. 그런데 그가 부재하는데도 그때보다 더 폭넓게 살지 못했다. 아마도 문제는 더 폭넓은 삶이 뭔지 분명한 개념이 없었다는 데 있었다. 여행이나 더 잦은 외출 등 정확히 어떤 것을 뜻하는가? 그녀는 항상 다채로운 색상을 좋아했지만 거의 무색에 가까운 인생을 살아온 것 같았다. 아니면 단 한 색, 회색만이 난무했을지 모른다. 앨버트가 죽은 후, 피튜니아는 가끔씩 인생을 돌아보면 회색 말고는 보이는 것이 아무 것도 없는 것 같았다. 도덕적인 측면에서 봤을 때는 불가능할 정도로 너무나 훌륭한 인생일지 모르나, 일상적인 측면에서 봤을 때는 세상에 나가 자신의 몫으로 주어진 좋은 것들을 요구하는 편이 더 훌륭한 인생일지 모른다. 피튜니아는 너무 말도 없고 요구 사항도 없는 선량한 사람이었다. 다른 사람의 필요와 자신의 필요 중 하나를 선택하라고 하면, 그녀는 항상 다른 사람의 필요를 우선순위에 놓았다. 그리고 그것이 이제 와서 그녀가 단색조의 한정된 범위 내에서만 인생을 살아왔다고 느끼게 만드는 이유 중 하나가 되었다.

그녀는 자신이 태어난 곳이자 생을 마감하고 싶은 곳인 피프스 로드, 그 거리 끝에 이르렀다. 이 거리를 평생 천만 번 이상 걸어 다녔을 것이다. 천만 가지 다른 기분으로 걸어 다녔다. 사실, 그녀 인생에서 가장 행복한 날은 병원에서 임신 소식을 듣고 집을 향해 바로 이 거리를 걸었던 순간이었다. 슬픔에 잠겨 걸었고 녹초가 되어 걸었고 맥 빠진 느낌으로 걸었고 뚱뚱해서, 섹시해서, 낄낄거리면서, 분노에 휩싸여서, 멍해서, 휴일 날 셰리를 마시고 살짝 취해서, 화장실이 급해서 등 갖가지 몸과 마음 상태에서 이 거리를 걸었다. 한때 그녀는 문따는 데만 급급할 때 강도가 뒤에서 나타나 가방을 낚아채 가거나 집 안으로 밀고 들어올까 봐 두려움을 느끼던 시절이 있었다. 하지만 그런 두려움, 그 비슷한 것들은 오래전에 사라져 버렸다. 여전히 같은 집과 여전히 같은 현관과 그녀가 걸어 다니는 여전히 같은 거리였다.

우리는 당신이 가진 것을 원한다. 피튜니아는 잠시 그 이상한 엽서에 대해 생각해 보았다. 그녀에게 그런 말을 하는 사람이 있다는 것을, 그녀로서는 상상할 수가 없었다.

11

본명이 따로 있는 건축업자 보그단은 욘트네 집 주방 식탁 앞에 앉아 있었다. 그는 머그잔에 진하게 우린 홍차를 마셨다. 홍차를 좋아하게 되면서 영국인들이 왜 그것을 대단하게 여기는지 온전히 이해하게 되었다. 그의 앞에는 몇몇 숫자가 쓰인 종이와 펜과 먹을 생각 없이 예의상 받기만 한 비스킷 접시가 놓여 있었다. 맞은편에는 아라벨라 욘트가 연하게 탄 중국 홍차 랍상소우총을 마시며 머리를 귀 뒤로 넘겼다. 그녀는 화장한 얼굴에 작은 다이아몬드 귀걸이를 하고는 '집에서 입는 옷'이라 부르는 분홍색 벨벳 운동복을 입고 있었다.

"눈 딱 감고 말해 봐요, 보그단. 엄청나요? 얼마나 드는데요? 뜸 들이지 말아요. 진짜 엄청나요? 그래요, 안 그래요?”

아라벨라가 행복한 목소리로 물었다. 본명이 즈비그뉴 토마셰프스키인 보그단은 목록 첫 줄에 쓰인 물품 옆을 연필로 짚고는 말했다.

“그렇게 많이는 안 들어요.”

아라벨라는 안도의 한숨을 내쉬었다.

“하지만 적게도 안 들 겁니다.”

보그단이 말했다. 아라벨라는 찻잔을 들어 홍차를 한 모금 마시고는 어깨를 으쓱했다.

“몇 가지 저렴한 걸 찾아 하면, 팔천 파운드 나오고요. 모두 최고 사양인 새것을 사서 하면, 절 잘 아시니까, 오 년간 품질 보증에 만이천 파운드 나옵니다.”

“전기 관련 일도 포함한 금액인가요?”

“배선 작업 말씀이시죠? 네, 논의한 모든 작업이 포함된 겁니다.”

아라벨라는 드레스 룸과 조슈아의 방을 새로 꾸미고 싶었다. 드레스 룸 조명이 마음에 들지 않았다. 거울 주변 조명이 너무 밝아 얼굴이 이누이트 사람처럼 평면적으로 보였던 것이다.

“남편과 상의해 봐야 해요. 그래야 하는데 영 그러고 싶지가 않네요. 좋아요. 언제부터 시작 가능할 것 같은가요?”

즈비그뉴는 영국인 고객들을 상대하며 예리하게 파악한 바, 이 나라 건축업자들의 평판을 잘 알고 있었다. 인건비는 비싸면서도 일하는 것은 게으르고, 그들을 부르고 싶을 때 부를 수가 없고, 집을 맡아 공사에 들어가면 마치 자기네 집인 양 굴고, 공사가 절반 남았는데도 다른 작업을 한다며 가 버리는 통에 공사를 몇 달씩 질질 끌곤 했다. 그는 언제나 이 모든 평판과 정반대로 공사를 진행했고 이 원칙을 줄곧 고수하고 있었다. 그래서 착수하기로 한 공사가 몇 군데 있었지만 다음 주부터 가능하다고 대답했다.

"와, 대박."

아라벨라가 머리를 귀 뒤로 넘기며 말했다.

"완전 좋아요! 진짜 잘됐다!"

아라벨라는 과장하여 말하는 버릇이 있다 보니 그것이 몸에 배어서, 약간 좋을 때 하는 말과 진심으로 기뻐서 하는 말을 구별해서 하기가 쉽지 않았다. 그레셤의 법칙에 따라 과장이라는 나쁜 돈이 사실이라는 좋은 돈을 몰아내고 있었다. 하지만 이번 경우에는 진심으로 기뻤다. 아라벨라는 공사를 새로 빨리 하고 싶었던 데다, 과장된 표현 이면에는 보그단에 대한 신뢰와 친분이 쌓여 있었기 때문에 그가 공사를 맡을 수 있다니 기쁘지 않을 수 없었다.

"이만 가 보겠습니다. 다음 주죠?"

즈비그뉴, 즉 보그단이 메모지와 연필을 가방에 집어넣으며 말했다.

"정말 고마워요. 다음 주 맞아요. 새벽에요. 완전 좋아! 고마워요, 보그단."

보그단은 가방을 어깨에 메고 집을 나섰다. 비가 오고 있었지만 폴란드 날씨처럼 춥지는 않았다. 크리스마스 장식을 해 놓은 집들 중 두세 집은 작년에 즈비그뉴가 공사했던 집이었다. 그는 자기가 공사했던 곳을 지나다니는 것이 좋았다. 그가 결코 잊지 못할 공사는 저 집의 욕실 개조와 다락 개조였다. 모든 충고를 물리치고 다락에 샤워기를 설치하고 나서 위쪽으로 전선을 연결하여 투입 전열기를 설치했다. 이런 곳들에 대한 공사는 몸이, 즉 신체 감각 기관이 기억하고 있었다. 수고와 노력, 하루가 끝날 때 몰려오는 손가락의 뻣뻣함과 등허리 통증 등을 뼛속 깊이 느낄 수 있었다. 하지만 기분 나쁜 느낌은 아니었다. 진정한 노동은 최악의 감정을 결코 남기지 않는 법이다.

그가 런던에서 처음 일하게 된 것은 다음 거리인 맥켈 로드 공사 팀에 들어갔을 때 54번지 집을 소개받고 가서 일했을 때였다. 한 사람이면 되는 작업을 즈비그뉴의 오랜 친구인 피오트르가 그에게 맡겨 주었고, 그는 그것이 항상 고마웠다. 그때가 런던에 살며 별칭을 얻게 된 때였다. 팀에 보그단이라는 사람이 있었는데 그 피프스 로드 주민이 그 사람과 이름을 혼동한 것이었고, 즈비그뉴는 그것을 굳이 바로잡지 않았던 것이다. 그는 런던에서 살지 않을 거란 생각이 마음속에 확고했기 때문에 보그단이라 불려도 정말 괜찮았다. 런던의 삶은 막간에 불과하고, 돈을 벌고 나면 진짜 삶이 기다리는 폴란드로 돌아갈 것이다. 즈비그뉴는 그것이 1년이 걸릴지, 5년이 걸릴지, 10년이 걸릴지 알 수 없었지만 그렇게 될 거라는 것은 알고 있었다. 그는 폴란드인이었고 진짜 삶의 무대는 폴란드가 될 것이다.

보그단이 아라벨라를 어떻게 생각하는지 그녀가 알게 된다면 아마 실망할 것이다. 사실, 그는 아라벨라에 대해 거의 아무 생각이 없었기 때문이다. 그녀에 대해 부정적인 인상도 긍정적인 인상도 없었고, 호감도 비호감도 관심도 없었고, 그 어떤 감정도 없었다. 그녀는 고객이었고, 그것이 전부였다. 즈비그뉴는 고객을 모두 똑같이 생각했다. 고객은 그에게 비용을 지불하고 일을 시키고 만족할 만한 성과를 기대하는 사람들이었다. 그 이상도 그 이하도 아니었다.

아라벨라의 부유함, 곧 고객들의 부유함을 거론하자면, 즈비그뉴가 그것을 숙고한 바는 없었지만 의식은 하고 있었다. 바르샤바 외곽의 아파트 단지에서 자란 즈비그뉴 같은 사람은 대리석 조리대, 티크 원목 가구, 런던 곳곳에서 파는 카펫과 의복과 성인용 장난감과 일상 사치품을 몰라볼 리가 없는 법이다. 또한 집부터 차량, 음식, 의복까지 거의 모든 허황된 고가품과 그것에 들어가는 비용을 몰라볼 리가 없었다. 즐길 거리를 찾아 외출하는 데 드는 비용을 몰라본다는 것 역시 거의 불가능했다. 일상 유지에만 그런 현금이 줄줄 새는 것을 보면 즈비그뉴는 우울했다. 하지만 다른 의미에서 보자면, 그것이 그가 이곳에 있는 이유였다. 영국인들은 돈이 많기 때문에 모든 것이 너무 비쌌다. 바로 그 돈을 벌기 위해 즈비그뉴는 런던에 있는 것이다. 그의 생각에 이 모든 물자가 흔하고 이 모든 돈이 남아도는 공동체는 근본적으로 뭔가 잘못된 것 같았다. 마치 돈이 지천에 널린 양 와서 쓸어 가라고 기다리는 것처럼 보였다. 하지만 그것은 그가 걱정할 일이 아니었다. 영국인들이 일을 시키고 돈을 주고자 한다면, 그것은 그에게 좋은 일이었으니 말이다.

핸드폰 벨이 울렸다. 피오트르가 폴란드어로 말했다.

"오늘 저녁 요리는 네 차례야. 가게에서 킬바사 소시지 좀 사다 냉장고에 넣어 놨어. 내가 갈 때까지 다 먹어 치우면 안 돼, 알았지?"

즈비그뉴와 피오트르, 네 친구는 크로이던에서 방 두 개짜리 아파트를 얻어 살고 있었다. 그 집은 한 영국인이 구(區)에서 임대한 후한 이탈리아인에게 다시 세를 주고 그가 다시 그들에게 세를 준 집으로, 임대료가 일주일에 220파운드였다. 주민들이 그들을 고소하게 되면 쫓겨날지 몰라 그들은 소음에 유의해야 했다. 하지만 사실, 예의 바르고 체격 좋은 친구들은 아파트에서 인기가 좋은 세입자였다. 다른 입주민은 연로한 백인들이었기 때문이다. 그중 한 명은 언젠가 복도에서 즈비그뉴를 보자, '파키스탄인이 아닌 게 감사할 뿐'이라고 말했다.

"너 다나 만나고 있구나. 열 시까지 안 오면 킬바사 소시지 없어."

즈비그뉴가 말했다. 다나는 피오트르가 최근에 공을 들이고 있는, 술집에서 만난 체코 여자였다.

"내가 열 시까지 못 가면……."

피오트르가 말했다.

"Czekaj, tatka, latka."

즈비그뉴가 말했다. '언제까지나 영원히 기다려.' 즈비그뉴는 웃음보를 터뜨렸다. 그는 아주 어릴 때부터 피오트르와 같이 자라서 그를 잘 알았다. 피오트르는 여자와 잠자리를 갖기도 전에 번번이 실수하는, 사랑에 빠지는 지독한 낭만파였다. 즈비그뉴는 그런 실수가 없었다는 것에 스스로 뿌듯했다.

이제 지하철을 기다리면 된다. 5분에 도착한다고 전광판에 나왔지만, 나오나 마나였다. 런던이 바르샤바와 비슷한 점은, 대중교통이 불편하다는 것과 사람들이 투덜거리면서도 그 불편함을 참고 이용한다는 것이었다. 아파트에 같이 사는 다른 친구들은 오늘도 모두 피오트르가 헐값에 구매해 수리한 고물차 포드 밴을 타고 일하러 나갔다가 다시 돌아올 것이다. 즈비그뉴는 가고자 하는 곳에 도착할 수 있을까라는 의심이 강하게 들었기 때문에 밴 이용을 끔찍이 싫어했다. 즈비그뉴는 무엇이든 할 수 있다고 느끼는 것이 좋았다.

한 무리의 흑인 아이들이 승강장에 들어섰다. 즈비그뉴는 흑인에 대해 딱히 악감정은 없었지만 영국에서 3년간 살았는데도 여전히 흑인의 존재조차 자연스럽게 인식하지 못하고 있었다. 흑인을 보면 그가 말썽을 일으킬 사람인지 아닌지 그것부터 파악하려는 경향이 있었다. 일고여덟 명쯤 되는 남자아이와 여자아이들이 시끄럽게 떠들어 댔다. 영국인들이 종종 뭔가를 증명하려고 할 때 그런 것처럼 여자아이들의 목소리가 더 시끄러웠다. 일제히 서로가 서로를 놀려 댔다.

"너는 절대-"

"쟤는 절대-"

"미친 놈아-"

하지만 즈비그뉴의 눈에는 녀석들이 당장이라도 말썽을 일으킬 나쁜 아이들이라기보다는 그냥 시끄럽게 떠드는 착한 아이들로 보였다. 그의 옆에 선 한 노부인은 그보다 먼저 승강장에 도착해 지하철을 기다리고 있었는데, 기분이 좋아 보이지 않았다. 이 시끄러운 아이들과 같이 지하철을 타야 하나 하는 생각이 들었을 것이다. 아마도 그녀는 어디 다른 데로 가야지 싶어 고민할 테고, 그러면 그것이 굉장히 무례한 행동으로 보일까 봐 고민할 터였다. 인종 차별주의자로 보이는 것은 원치 않았을 테니까. 만일 인종 차별주의자로 보이면 영국에서는 큰일 난다는 것을 그는 잘 알고 있었다. 그의 생각에 사람들이 그것을 가지고 너무 유난을 떠는 것 같았다. 인간은 원래 나와 다르면 좋아하지 않는 법이고, 그것은 인생에서 분명한 사실이었다. 어쨌든 그냥 살아가면 된다. 피부색 가지고 서로가 서로를 싫어하든 말든 무슨 상관인가?

모던행 지하철이 들어왔다. 하차하려는 사람들 사이를 뚫고 아이들이 와글와글 제일 먼저 승차했다. 근처에 앉을 자리가 없었다. 아이들은 한쪽 끝으로 가더니 한두 녀석이 자리에 앉았다. 그 녀석들 앞에 서서 모두 다시 수다 떨며 소리 지르는 모습은 신나 보였다. 차내 사람들은 대부분 그 아이들을 신경 쓰지 않다. 런던이 바르샤바와 또 하나 비슷한 점은, 사람들이 버스나 지하철을 타면 각자 자리를 잡고 앉아 자기 일에만 몰두한다는 것이었다.

즈비그뉴는 환승하려고 발함역에서 내려 승강장을 가로질러 갔다. 기적이었다. 지하철이 승강장에 정차해 출발하기 직전이었다. 그는 얼른 올라탔다. 빈자리는 없었지만, 그게 뭐 어떤가? 차내 사람들은 모두 퇴근길 승객들로 신문을 보거나 자기 생각에 빠져 있었다. 즈비그뉴는 칸막이벽에 등을 기댔다. 지하철이 덜컹거릴 때마다 몸도 따라 상하좌우로 흔들렸다. 차내가 덥고 붐벼서 불편했지만, 그게 뭐 어떤가? 즈비그뉴는 영국인들이 대중교통에 대해 불만이 많다는 것을 익히 알고 있었다. 그의 관점에서 말하자면 사람들은 입 닥치고 가만히 있어야 한다. 그렇다, 본디 대중교통은 개판이다. 인생에 관한 한 많은 것들이 개판이다. 불평한다고 해서 나아지는 것은 아무것도 없다. 영국인들은 잠깐이라도 인생이 진짜 힘든 곳에서 살아 봐야 한다. 그러면 알게 될 것이다.

이런 생각을 하다 보니, 즈비그뉴는 문득 아버지가 궁금해졌다. 아버지 미칼 토마셰프스키는 정비공이었다. 바르샤바시에서 30년간 버스 정비 일을 했다. 힘들면서도 정직한 노동이었다. 오십 줄에 접어들자 그는 미래에 뭔가 뜻밖의 기쁜 일이 생길 거라는 기대를 접었고 은퇴하기엔 나이나 재력 면에서 아직 멀었다는 것을 알게 되었다. 하지만 즈비그뉴가 있어 어렴풋이 계획을 세워 놓았다. 그 30년간 미칼은 두 번째 직업을 가졌는데, 그가 사는 아파트 단지의 엘리베이터를 점검하는 일이었다. 매일은 아니라 해도 최소한 일주일에 한 번 이상은 세 곳의 엘리베이터 중 한두 곳을 손봐야 하는 일이 생기곤 했다. 엘리베이터는 아파트 주민들에게, 특히 높은 층에 사는 사람들에게, 그중에서도 특히 고령자나 어린이들에게는 생명줄이자 지지대였다. 그의 기술에 대한 소문과 중요하지만 실제 찾아보기도 힘든, 기꺼이 책임지려는 그의 자세에 대한 소문이 널리 퍼져 다른 단지에 사는 친구들도 가끔씩 점검을 요청해 왔다. 하지만 낮에 낼 수 있는 시간은 한정되어 있었을 뿐 아니라 나이도 육십 줄에 접어 든 데다 기꺼이 사람들을 돕고자 하는 마음은 있었지만 호구는 아니 었기에 그는 마음 편히 하는 데까지 하고 그 이상은 하지 않았다.

즈비그뉴의 계획은 이랬다. 런던에서 충분한 돈을 벌고 돌아가서, 아버지와 엘리베이터 관리 사업을 하는 것이다. 모두가 보기에 바르 샤바는 급성장 물살을 타고 현대 도시들처럼 건물이 높이 올라갈 것 이다. 아버지의 표현을 빌리자면 그것은 곧 '세상에서 가장 듬직한 운송 기계 장치'인 엘리베이터가 필요하단 뜻이었다. 둘이 힘을 합 쳐 마련한 자본으로, 아버지는 쉬엄쉬엄 일하면서도 돈은 열 배나 더 벌 것이다. 그러면 몇 년 안에 마음 편히 은퇴하거나 하루 중 절반만 나와 일해도 될 것이다. 아버지는 어딘가에 작은 집을 한 채 사서 슬 리퍼 차림으로 느긋하게 정원 일을 하다가, 따뜻한 날이면 어머니와 야외에 나가 점심을 먹을 수도 있을 것이다. 아버지는 불평하는 사람 이 아니었다. 즈비그뉴는 아버지가 불평하는 소리를 단 한 번도 들어 본 적이 없었다. 하지만 아버지가 시골을 좋아하고, 바르샤바를 벗어 나 브로후프에 사는 남동생네 집에 가는 것을 좋아하고, 시골 공기와 경치 그리고 차·트럭·버스 대신 동물 농장을 좋아한다는 것은 들어 보았다. 그래서 그는 아버지가 그런 것들을 즐기며 살도록 돈을 벌고 있는 것이다. 수입 중 절반은 생활비로 쓰고 나머지 절반은 집에 보내지 않고 따로 모았다. 예고도 없이 부모 앞에 나타나 자신의 근황과 계획을 알려 줄, 그 멋지고 행복한 날을 맞이하기 위해서였다. 이 것이 그가 종종 머릿속에 상상하던 장면이었다.

지하철이 사우스 크로이던역에 멈추자, 즈비그뉴는 내렸다. 다음 여정은 M버스를 타고 2킬로미터 정도 더 가서 정류장에 내려 집까지 걸어가는 것이다. 집에 가면 킬바사 소시지를 요리해 놓고 카드놀이를 몇 판 해야겠다. 친구들이 아직 퇴근 전이라면, 플레이스테이션 2를 가지고 'GTA 산 안드레아스' 게임을 몇 판 하면 된다. 몇몇 친구가 술집에 가자고 하겠지만, 술값이 끔찍하게 비싼 곳이라 즈비그뉴는 일주일에 하루만 가기로 했다. 그 대신에 한 잔 가격에 두 잔 주는 '해피 아워'를 운영하는 술집으로 가곤 했다. 해피 아워 하니까 웃음이 나왔다. 그곳에는 여자들이 있을 것이다. 그는 전 여자 친구를 슈터스 술집에서 해피 아워 때 만났다. 그녀는 그가 가고 싶어 하는 곳도 없고 하고 싶어 하는 것도 없다며 불평하더니 결국 그를 떠나 버렸다. 그는 아직도 억울했다. '돈이 드는' 곳에 가고 싶지 않았고 '돈이 드는' 것을 하고 싶지 않았을 뿐이다. 그것이 중요한 차이점이었다.

오늘은 별들이 일직선으로 뜬 건지, 그의 수호성인이 그를 내려다 보며 웃고 있는 건지 버스가 바로 왔다. 그는 버스에 타서 중간쯤 갔다가 눈을 감고 고개를 까닥거리며 미소를 띤 채 아이팟으로 음악을 듣고 있는 소녀 옆에 앉았다. 이 구간은 즈비그뉴가 집으로 가는 여정 중 가장 별로인 구간이었다. 지하철은 불만스럽긴 했어도 일단 승차하면 최소한 이동이 가능했지만, 버스는 세월아 네월아 했다. 2분 내로 도착할 수도 있었고, 30분이 지나도록 계속 같은 자리에 서 있을 수도 있었다. 어떤 날은 걸어가는 것이 더 빨랐다. 버스가 집에 가까워지자, 그는 두 다리 쭉 뻗고 앉아 있다가 샤워를 해야겠다고 생각하기 시작했다. 오늘 같은 날에는 복권을 샀어야 했다. 버스가 마치 강 하류로 헤엄쳐 가는 물고기처럼 차량들 사이를 질주했기 때문이다. 아이팟으로 음악을 듣던 소녀가 눈을 뜨기 전에 그는 벨을 눌렀다.

마지막 여정은 10분간 걸어서 가는 길이다. 집집마다 창가에는 크리스마스 장식을, 현관문에는 화환 모양의 리스를 걸어 두었다. 그 장식이 즈비그뉴는 좋아 보였다. 런던의 많은 것들이 그러하듯 편안하고, 부티 나고, 세련되고, 빛나고, 완성도가 높았다. 어느새 집에 다 왔다. 아래층 세입자들은 퇴근 전이었다. 그가 계단을 뛰어 올라가 안으로 들어서니 피오트르의 새 팀원인 토마스와 그레고르가 소파에 앉아 '갓 오브 워' 게임을 하고 있었다.

휴식을 취하기 전에 해야 할 일. 즈비그뉴는 피오트르와 같이 쓰는 방으로 들어가, 충전하느라 침대 밑에 둔 노트북 컴퓨터를 꺼내 들었다. 그는 노트북을 열고 전원을 켰다. 이 집은 좋지 않았다. 다섯 명과 한집에 사는 것도 좋지 않았고, 특히 코를 골며 자는 190센티미터 장신의 오랜 친구와 한방을 쓰는 것도 좋지 않았다. 그러나 이 집이 아주 좋은 이유는 두 이웃집에서 무선 인터넷에 암호를 설정하지 않았다는 점이다. 즈비그뉴는 사이트에 접속해서 보유 중인 주식 목록을 살펴보았다. 그는 초단기 당일 매매를 하지 않았고, 통신망이 브로드밴드가 아니라서 할 수도 없었다. 그는 그동안 모은 팔천 파운드를 몽땅 주식에 투자했다. 주로 기술 분야에 투자한 주식으로 절반을 구글과 애플, 닌텐도에 투자했다. 그 세 주가는 지난 1년 사이에 두 배 이상 올랐다. 오늘 구글과 애플, 닌텐도 주식은 가격대 변동이 거의 없었고, 순포지션(선물 거래에 있어 매수 미결제 약정과 매도 미결제 약정의 차이-옮긴이)은 전날보다 12.75파운드 앞서 있었다. 이것은 중요한 변동이 아니라서, 즈비그뉴는 아무런 조치를 취하지 않아도 되겠다고 생각했다. 그래서 그는 노트북을 절전 모드로 켜 놓은 다음 샤워하고 소시지를 요리하러 방을 나갔다.

12

행위 예술가이자 설치 미술가, 예술계의 전설 스미티는 쇼디치에 있는 작업실에서 창밖을 내다보며 신입 조수가 에스프레소 세 잔을 넣은 카푸치노와 일간지를 가지고 다시 오기를 기다리고 있었다. 그는 할머니를 보러 가려고 검은 정장에 흰 셔츠를 입고 왔다. 창에 비친 자신의 모습을 보며 진짜 근사하군, 하고 혼잣말로 중얼거렸다. 어머니가 이 모습을 보았더라면 기뻐했을 것이다. 그걸로 좋았다. 그 외 좋은 일은 별로 없었다. 신입 조수의 일 처리가 마음에 들지 않았다. 왔다 갔다 5분이면 될 일인데 그가 나간 지는 이미 20분이 넘었다. 그런 까닭에 그가 돌아오면 거품이 풍성한 커피는 차갑게 식어 버렸을 것이다.

창밖을 내다보면서, 스미티는 런던 풍경을 관찰했다. 슈퍼마켓에 들러 장 본 봉투를 들고 낑낑대며 가는 노인, 테넌츠 맥주병을 들고 가는 크랙 중독자, 주택 단지에 사는 10대 엄마와 어린 백인 아기, 어쩌면 코소보에서 왔음직한 이민자들이 보였다. 거리는 멀리서 들려오는 차량 소리와 공사 소리와 주황색 재활용 봉투를 내다 놓는 사람들 소리로 시끄러웠다. 봉투 더미가 흩어져 있어 인도에 군사 훈련용 장애물 코스를 설치한 것 같았다. 스미티는 그가 보는 모든 것들을 매우 좋아하고 괜찮게 생각했다. 런던, 삶, 런던의 삶. 그는 아이디어가 샘솟는 느낌이 들었다. 거리 한쪽 끝에는 밝은 주황색 작업복을 입은 근로자들이 일주일 전쯤 뚫었던 구멍을 둘러싸고 서 있었다. 두 명은 담배를 피우고, 한 명은 크게 웃고, 다른 한 명은 보온병을 들어 뭔가를 마셨다. 그 옆에는 굴착기 삽이 아래를 향한 채 서 있었다. 그들이 무리 지어 구멍 주위를 둘러싼 모습은 마치 그 구멍이 주요 관심사인 것처럼, 그 구멍을 존경하는 것처럼 보였다. 거기서 스미티는 아이디어를 얻었다. 구멍에 관한 예술 작품을 만드는 것. 아니면 구멍 자체를 예술 작품으로 만드는 것. 그래, 후자가 더 나았다. 구멍을 몇 개 파고 그 구멍을 예술 작품으로 만들거나, 아니면 그보다는 그 구멍이 초래한 혼란과 무질서, 즉 구멍 자체가 아니라 사람들의 반응을 예술 작품으로 만드는 것이다. 그래, 아무런 이유 없는 완전 위대한 구멍. 누가 그 구멍을 메울지 멍청한 사람들끼리 논쟁하도록 만드는 것이다. 그것 또한 예술의 한 부분이니.

이런 작품성 때문에 스미티란 이름이 널리 알려졌다. 그는 도발적인 것, 그라피티, 법 테두리 내에서의 공공 기물 파괴 행위, 위험한 행위 등을 차용해 익명으로 활동했다. 그는 신원 미상의 유명인, 얼굴 없는 예술가로 유명했으며 위험한 행위 예술로 사람들에게 웃음을 선사한 적도 있었지만, 익명성 자체가 가장 흥미로운 작품이 되었다는 것에는 이견이 없었다. 그에게는 도움이 필요할 때 도와주는, 오랜 시간 알고 지낸 팀이 있었다. 작년에는 처음으로 그가 서명한 작품들과 자서전 판매로 백만 파운드가 넘는 수입을 올렸다.

스미티는 글 쓰는 것을 싫어했다. 힘들게 학교를 다니다 미술처럼 비교과 과목 쪽으로 관심을 돌려 아트 스쿨로 진학했다. 그 덕분에 오늘날 이 자리에 그가 있는 것이다. 그래서 그는 손안에 쏙 들어오는 조잡한 딕터폰 사용을 선호했다. 회사에서 힘깨나 쓰는 사람, 즉 "포터 양, 메모 좀"과 같은 말을 명할 수 있는 사람이 지니는 딕터폰을 파괴와 창조, 무질서의 도구처럼 손안에 쥐고 있는 것이 좋았다. 스미티가 녹음한 내용은 조수가 나중에 글로 옮겨 적어서 스미티의 선불 폰으로 보내 줄 것이다. 예술 작업의 많은 부분과 매력과 명성의 아주 큰 부분이 완전한 익명성에 있었기 때문에 스미티는 추적이 불가능한 선불 폰을 사용했다. 그가 누구인지, 어떻게 몰래 접근해 작업을 마치고 사라지는지 아무도 알지 못했다. 구멍 프로젝트의 경우에는 몰래 치고 빠지는 것이 프로젝트의 큰 부분을 차지하게 될 터였다. 어떤 예술가들은 구멍을 파기 위해 지자체에 허가를 신청할 것이고, 구질구질하게 보조금 따위를 신청할 것이다. 스미티는 그런 예술가가 아니었다. 그는 녹음 버튼을 누르고 말했다.

"완전 위대한 구멍."

조수가 계단을 걸어 올라와 탁자 위에 신문 한 뭉치를 놓고 나서 스미티 앞에 카푸치노를 놓아 주었다. 커피는 불평하지 않아도 될 만큼 따뜻한 상태였고 그가 숨을 헐떡이는 것으로 보아 서둘러 다녀온 것이 분명했으므로, 스미티는 큰소리 낼 만한 명분이 딱히 없게 되었다. 그래도 조금 못마땅했다. 조수가 중산층 청년으로서 세상 물정에 밝은 노동자 계급인 척 굴어도 스미티 역시 한때 그랬으니 그 점이 거슬린다는 것은 아니었다. 다만 그는 몹시 뜨거운 카푸치노를 더 선호한다는 것이었다. 곧이어 조수가 가방 주머니에서 꺼내는 우편물들 중 뉴스 클리핑 통신사에서 보내온 두툼한 봉투가 바로 눈에 띄어서 스미티는 기분이 풀렸다. 그가 가장 즐겨 읽고, 보고, 듣는 것은 그 자신이나 작품에 대한 기사였다. 익명성 덕분에, 그런 보도는 대개 그에게 엄청난 전율을 불러일으키곤 했다.

스미티가 봉투를 뜯자 한 뭉치의 스크랩 기사가 와르르 떨어졌다. 일부 기사는 그의 책에 대한 내용이었고, 두세 종은 해크니에 있는 한 폐건물의 설치 미술에 대한 논평이었다. 그것에 이름을 '똥 바구니'라고 붙였는데, 돌무더기 주변에 못 쓰게 된 변기 열 개를 늘어놓은 작품이었다. 실제 변이 아닌, 꽃들을 한데 뭉쳐 거대한 똥처럼 보이도록 스프레이로 칠해서 변기를 채운 것이다. 그와 팀은 그것을 사진으로 찍어 언론사에 이메일로 보냈다. 지자체 공사업체에서 나와 이틀 만에 작품을 다 치워 버렸지만, 작품의 성과가 스크랩 기사에 잘 실려 있었고 평들이 대부분 우호적이었다. 도시 혁신, 우리가 쉽게 지나쳐 버리는 편리함, 도시의 최하층 계급, 그것들이 최근 스미티가 게릴라 식으로 작업한 작품의 주제였다. 늘 그렇듯 한두 비평가들이 그 점을 포착하지 못했지만, 그게 뭐 어떤가? 인기투표한 것도 아닌데.

"기사 좀 봐도 되겠습니까?"

조수가 물었다. 스미티의 명성과 위험성, 후광에 크게 흥분한다는 점이 조수의 장점, 아니 최고의 장점이었다. 스미티는 스크랩 기사를 조수 쪽 탁자 위로 던져 주고는 다시 창밖을 내다보았다. 방금 읽은 내용에 차분해지면서도 기분이 들떠, 그는 자기 자신이 무한히 확장되는 것처럼 느껴졌다.

"하나의 브랜드가 되어야 해. 그래야 거지 같은 작품도 팔 수 있는 거야, 알겠지? 일은 그렇게 하는 거야. '똥 바구니'처럼 이목을 끌기 위한 작품은 구상하고 설치하는 데에도 애를 먹지만, 아무도 추격 못 하도록 몰래 작업해야 하니 그게 더 어려운 일이지. 조심해야 하고, 흔적도 감춰야 해. 발자국이 거꾸로 찍히게 뒷걸음질로 빠져나가는 인디언처럼, 알겠지? 게다가 땡전 한 푼 안 들어와. 신께 맹세코, 전혀. 그렇다고 해서 남는 게 없는 건 아니야, 발전이 없는 것도 아니고. 안 팔리는 작품이야말로 다른 것들을 진짜같이 보이게 해 주거든. 이런 작품을 상품화해서 팔 수는 없어. 하지만 그게 핵심이야. 그게 바로 마력, 후광을 더해 주는 거니까. 그렇게 되면 거지 같은 작품도 팔 수 있게 돼, 알겠지? 그래서 그게 나중에 얼마가 됐든, 사천 또는 오천 파운드가 됐든, 장기적으로 그 신문값과 이 커피값을 벌어 주는 돈이 되는 거야."

조수는 이런 설교를 여러 버전으로 들어 봤기 때문에 그냥 고개만 끄덕였다. 하지만 그가 귀담아듣지 않고 건성으로 듣는 것처럼 보여서, 스미티는 못마땅한 표정을 지었다. 사실을 말하면, 그는 자기처럼 되고 싶어 하는 사람들에게 조금 지친 상태였다. 존경이 시기로 표출되었던 것이다. 그는 나이가 많지 않았다. 많기는커녕 아직 스물여덟 살밖에 되지 않았다! 하지만 그는, 이름 알리는 것이 쉽다고 생각하는, 그리고 그러기 위해 늙다리들이 좀 물러나 앞길을 터 줄 필요가 있고 그렇게 되면 자기들 이름이 신문지상에 오르내리게 될 거라고 생각하는 젊은이들을 훤히 들여다보고 있었다. 아직 이룬 것도 없으면서 이룬 것같이 뻐기는 사람들. 아무것도 내세울 게 없는 간판을 흔들면서. 그렇게 스스로 장래가 유망할 것이라 생각하는 녀석들은 선망하는 대상을 자신들도 모르게 질투가 나서 절반은 증오의 눈으로, 절반은 애정의 눈으로 바라보았다. 조수 역시 그런 녀석이라서 존경심을 보이다 말았다. 스미티의 명성은 좋아하되, 스미티에게 명성이 따라붙는 것은 내키지 않는 모양이었다. 녀석은 고용주의 작품보다 본인의 작품에 더 관심을 보였다. 비록 이렇다 할 만한 작품조차 없었지만 말이다. 녀석은 미술상이자 법정 대리인의 추천을 받고 왔다. 누군가의 친인척으로 세인트 마틴스인지 클러큰웰인지 뭔지 모를 학교를 갓 졸업한 똑똑한 청년이었다. 기분이 좋은 날이면 녀석은 스미티가 마음에 들어 할 만한, 갈구하는 표정을 지었다. 하지만 녀석은 조심해야 했다. 그는 주말에 약물을 복용하나 싶은 분위기를 풍겼기 때문이다. 스미티는 화려한 생활에 관해 대화하는 것은 좋아했지만, 약물에 대한 태도는 신중하고 쾌락주의적이었다. 꼼꼼하게 고른 약물을 적절한 때에 적절한 사람들과 소량만 하는 것이었다. 유기농 육류의 원산지를 따지는 사람들 못지않게 그 또한 약물의 출처를 꼼꼼하게 따졌다. 만일 금요일부터 일요일까지 복용한 약물로 인해 일할 때 집중력이 떨어져 보인다면 녀석은 바로 전(前) 조수가 될 것이다. 그것도 철두철미한 비밀 유지 계약서를 손에 쥔 전 조수로.

삐삐 하는 소리가 울렸다. 조수가 주머니를 뒤져 핸드폰을 꺼냈다.

"열한 시 반이 되면 알려 달라고 하셨죠?"

"어, 맞아. 가 봐야 할 데가 있어. 할머니 댁이야."

스미티가 핸드폰과 지갑, 차 열쇠를 집어 들었다.

"안됐네요."

조수는 스미티가 싫어하는 묘한 말투, 즉 딱 듣기에도 비꼬는 듯한 투로 말했다. 좋아, 끝이야, 하고 스미티가 중얼거렸다.

'넌 이제 해고야.'

그는 완전히 똥 밟은 기분으로 문을 열고 나가 차로 향했다.

13

스미티는 형편없는 손자라는 것을 자신이 먼저 인정해야 한다. 그는 혹스턴에, 할머니는 램버스에 살았지만 할머니를 찾아뵙는 것이 횟수로 1년에 한 세 번쯤 되나 싶었다. 크리스마스에는 엄마와 함께 다같이 보냈다. 그것이 1년 365일 중 전부였다.

엄마가 스물한 살에 스미티를 가지는 바람에, 피튜니아 할머니가 어린 그를 먹여 주고 재워 주었다. 그때 그는 할머니가 무진장 좋았다. 피튜니아는 그를 잘 돌보고, 많이 안아 주고, 짜증 한번 내지 않았다. 사실, 스물여덟 살이 되도록 할머니가 화내는 모습은 단 한 번도 본 적이 없었다. 그는 (앨버트와 아빠를 합쳐) '앨빠빠' 하며 할아버지도 참 많이 따랐다. 할아버지는 투덜거리는 면도 있고 유쾌한 면도 있는 분으로, 아이들과 잘 놀아 주는 어른이었다. 할아버지 자신이 아이 같았기 때문이다. 에식스로 이사한 뒤로는 할아버지 할머니를 자주 볼 수 없었다. 사실 거의 못 보고 자랐다. 10대 때 그도 다른 아이들처럼 조부모를 냄새 나고 고리타분하고 음식 먹을 때 시끄럽게 쩝쩝거리는 분들이라고 생각했다. 그런데 그 시기를 벗어날 무렵 할아버지가 갑자기 세상을 떠나 버렸다. 스미티가 예술 학교에 들어가던 해였다. 학교가 할머니 댁과 그리 멀지 않은 골드스미스 대학이라 언제든 할머니에게 달려가려고 했다. 그 의도는 좋았다. 다만 행동으로 옮기지 않았을 뿐이다.

하지만 스미티와 피튜니아는 사이가 좋았다. 스미티는 할머니를 보면 긴장이 풀리고 마음이 놓였다. 반면 엄마와 있으면 결코 마음을 놓을 수가 없었다. 그것은 어느 정도 그의 일 때문이었다. 엄마가 질문을 던지면, 그는 예술가로서의 이야기를 피하면서 짐짓 그래픽 디자이너 같은 일종의 상업 미술가라는 인상을 풍기면서 대답했다. 하지만 엄마는 엄마들 특유의 안테나로 그가 일을 꽤 잘하고 있다는 것을 알아차렸다. 그가 엄청난 부자인 줄은 몰랐지만 말이다. (물론, 예술계 친구들 중 어떤 이들은 그를 가리켜 넓은 의미에서 상업 미술가라 할 것이다. 그는 그렇게 불러도 괜찮았다.) 아버지는 스미티에게 기업가적인 면모가 있어 일을 제법 잘하겠다 싶어 더 이상 아들의 세세한 일에 관심 두지도 않았고 특별히 관여하지도 않았다.

"저 녀석은 나처럼 타고난 장사꾼이란 말씀이야."

아버지는 종종 스미티가 듣는 앞에서 엄마에게 이렇게 말하곤 했다. 아버지가 그런 표현을 써도 그는 개의치 않았다. 그럼에도 불구하고 그는 본능적으로 엄마만은 그가 무슨 일을 하는지 모르기를 바랐다. 할머니는 그가 '저는 특정 장소에 도발적인 작품을 설치하는 개념 예술가예요'라고 말해도 '헤비급 세계 챔피언이에요'라는 말과 같은 소리로 들었다. 아마 할머니는 '멋지구나' 하며 자세한 내막도 모른 채 진심으로 그를 자랑스러워할 것이다. 스미티가 보기에 할머니는 조금 지나치다 싶을 만큼 뭐든지 잘 받아들였다.

어쨌든 스미티는 피프스 로드에 다 왔다. 손쉽게 차를 몰고 올 수도 있었고 BMW를 모는 것도 무척이나 좋아했지만, 지하철을 타고 이동하면서 사람들을 관찰하고 또 그들을 어떻게 이해시킬지 고민하다 보면 더 많은 아이디어를 얻었기 때문에 지하철을 탄다. 대중을 이해시키는 것, 그것은 예술이 해야 하는 하나의 큰일이다.

스미티가 초인종을 누르기도 전에, 벌써 할머니의 발소리가 새어 나왔다. 할머니의 특징 중 하나는 현관문을 열기 전에 주전자부터 불에 올려놓는 것이었다. 그래야 손님이 자리에 앉은 지 얼마 안 돼 물이 끓기 때문이었다. 곧이어 문이 열리고 할머니 모습이 보였다.

"할머니!"

"그레이엄!"

그것이 스미티의 본명이었다. 그는 할머니에게 초콜릿 상자를 건넸다. 그것은 곧 해고될 조수가 서부 런던의 한 화려한 가게에서 (그의 말에 따르면) '공수한', 억 소리가 날 만큼 비싼 초콜릿이었다. 할머니는 그 초콜릿이 얼마나 엄청나게 비싼지 전혀 몰랐기 때문에 스미티는 마음 편히 건넸다. 만일 엄마에게 준다면, 엄마는 초콜릿 가격이 얼마인지, 스미티가 그것을 살 만한 능력이 되는지를 아부 그라이브 교도소(끔찍한 고문으로 악명 높았던 이라크 최대의 정치범 수용소 - 옮긴이) 스타일로 꼬치꼬치 캐물을 것이다.

"주전자 물 올려놨지."

피튜니아가 말했다. 두 사람은 스미티가 할머니 댁에서, 아니 전세계에서 제일 좋아하는 공간인 부엌으로 향했다. 부엌으로 가는 것은 1958년으로 시간 여행을 떠나는 것과 같았다. 스미티는 부엌의 리놀륨 바닥이 무척 좋았다. 엘리자베스 2세 여왕의 대관식 장면이 그려진 비스킷 통. 전기 주전자가 아닌, 가스레인지에 올려놓기 딱 좋은 주전자. 전 세계에서 가장 오래됐을지 모를 냉장고. 집에 식기세척기는 없었다. 할아버지가 계실 때에는 그것을 살 만한 여유가 없었고, 할아버지가 돌아가셨을 때에는 할머니 혼자 사는데 그것이 굳이 필요할까 싶었던 것이다.

할머니는 예전처럼 잘 걷지 못했다. 내년이면 여든셋이 되시나? 피튜니아는 이곳저곳 돌아다니는 스타일이 아니었지만, 그래도 신체적으로는 늘 건강한 편이었다. 그것은 친가와 외가 모두 공통된 특징이었다. 하지만 할머니는 전보다 더 말라 약해 보였고, 지금 자세히 살펴보니 걸을 때도 다소 불안해 보였다. 그저 나이 탓일지 몰랐다. 요즘 흔히들 마흔이면 서른 같고, 쉰이면 마흔 같고, 예순이면 마흔다섯 같다고 하지만, 여든을 두고는 어떻다 하는 소리가 없었다. 여든은 그냥 여든인 것이다.

스미티는 부엌으로 난 계단을 밟고 내려가는 할머니에게 순간 팔을 내밀어 부축하고 싶었지만 애써 자제했다. 할머니는 요즘 인터넷으로 어떻게 장을 보는지, 엄마가 그렇게 되도록 주문을 어떻게 설정해 놓았는지, 그것이 얼마나 감사한 일인지, 하지만 인터넷 배송을 시키면 비닐봉지가 너무 많이 나오고 때로 낱개 포장된 제품이 있어 마음에 들지 않았는데 그 포장지를 기사가 다시 수거해 간다는 엄마 말을 듣고 기사에게 물어봤더니 그것이 사실이라 얼마나 감사한 일인지 등등을 죽 들려주었다. 스미티는 대충 건성으로 들었다.

"요즘은 인터넷으로 무엇이든 살 수 있어요, 할머니. 한 친구가 로스앤젤레스로 이사 갔거든요. 미국으로요, 여기서 육천 마일 떨어진 곳인데요. 걔는 가기 전에 아파트 팔고, 차 팔고, 여자 친구 버리더니. 인터넷으로 미국에 살 집도 빌리고, 차도 빌리고, 새 여자 친구도 사귈 거예요, 미국 땅을 밟기도 전에. 진짜예요."

"완전 다른 세상이구나."

할머니는 찻주전자 꺼내랴, 찻잔 꺼내랴 수선을 떨었다. 그녀는 고상한 척하며 홍차를 마시는 사람으로, 찻주전자를 데우고 티백이 아닌 찻잎을 우리고 찻잔을 고르는 그 모든 일을 하나의 의식처럼 좋아했다. 할머니가 그렇게 하는 동안, 스미티는 탁자에 놓인 엽서를 집어 들었다. 그는 이삼 초가 지나서야 엽서에 나온 흑백 사진이 피프스 로드 42번지라는 것을 깨달았다. 예술 작품인 척, 카메라가 밑에서 위를 향하게 찍어서 문틀 윗부분이 흐릿하고 각도가 괴상하게 나온 사진이었다. 평범한 사진이라고 한다면 형편없는 사진이겠지만, 의식적으로 찍은 예술 사진이라고 한다면 괜찮은 사진이었다. 스미티는 엽서를 뒤집어 보았다. 뒷면에는 검은색 잉크로 '우리는 당신이 가진 것을 원한다'고 쓰여 있었다. 그 외 서명도 없었고 우체국 소인도 없었다.

"할머니, 이거 보셨어요?"

그가 물었다.

"할미는 다시 잉글리시 브렉퍼스트 홍차 마셔. 이게 조금 더 진하잖니, 왜. 아, 그거! 요즘 받은 엽서 중 하난데, 몇 달째 이 주에 한 번 정도 오더구나. 매번 집 나온 사진에 같은 말만 쓰여 오던가? 그거 다 보관해 두었지. 서랍장 옆에 있을 거다."

스미티는 서랍장 쪽으로 걸어갔다. 할머니와 할아버지 사진들, 성장기마다 찍은 엄마와 이모 사진들 옆에 엽서 뭉치가 있었다. 모두 피프스 로드 42번지를 찍은 사진이었다. 사진은 모두 조금씩 다르게 찍었다. 한 사진은 현관문에 붙은 번지수를 클로즈업해서 찍은 것이었고, 다른 사진은 현관문이 보일락 말락 가능한 한 멀리 떨어진 곳에서 찍은 것이었다. 또 다른 사진은 현관 계단 앞 바로 머리 높이에서 아래를 향하게 찍은 것이었고, 또 다른 사진은 그와 비슷한 각도로 집 정면 돌출창 쪽을 비스듬히 찍은 것이었다. 면을 네 등분해서 한 칸에 한 장씩 모두 네 장의 사진을 붙인 엽서도 있었다. 엽서 뭉치 밑에는 주소가 같은 서체로 인쇄된 서류 봉투가 놓여 있었다. 스미티는 봉투를 열어 속에 든 DVD를 꺼내 보았다. DVD에는 '우리는 당신이 가진 것을 원한다'는 라벨이 붙어 있었다.

"이거 틀어 보셨어요, 할머니?"

스미티는 어떤 대답이 나올지 잘 알았다. 그녀에게 DVD를 보내 봤자 아무 의미가 없었다.

"아니, 볼 리가 없잖니. 뭐가 있어야 말이지."

그녀는 스미티 앞에 찻잔을 놓아 주었다.

"잉글리시 브렉퍼스트는 우유를 타야 더 맛이 나는 것 같더라. 레몬 조각도 좀 있다, 넣고 싶으면 넣어."

"네, 고맙습니다. 있잖아요, 할머니, 이거 제가 갖고 가서 봐도 돼요? 이 엽서도 다 갖고 가도 괜찮죠?"

"당연하지. 마시렴, 식으면 맛이 안 나."

그녀는 스미티 옆에 비스킷 접시를 놓아 주고는 그가 가져온 비싼 초콜릿 포장을 벗겨 그에게 권했다.

14

로저는 가족을 데리고 주말여행을 떠났다. 크리스마스를 열흘 앞둔 시점이자, 보너스 지급일을 일주일 앞둔 시점이었다. 로저네 가족을 초대한 사람은 은행 고객 중 노픽에 집을 소유한 에릭 플레처였다. 바로 그 집에서 온 가족이 묵고 있었다.

그 집 헛간에는 에릭이 아내 나이마를 위해 마련한 스파 시설이 있었다. 그의 농담에 따르면, 아내를 데리고 런던을 떠날 수 있었던 유일한 이유가 스파 시설 때문이었다고 한다. 스파 맞은편에는 헛간을 한 채 더 지어서 집 좌우로는 헛간이 마주 보게 하고 중앙에는 넓은 뜰이 생기도록 만들었다. 두 번째 헛간은 아이들의 놀이터였다. 아래층에는 나이 적은 아이들을 위한 레고 블록, 바비 인형, 브랏츠 인형, 닌텐도 게임기, 군인 인형, 브리오 원목 기차 같은 장난감과 게임기가 가득 차 있었고, 위층에는 나이 많은 아이들을 위한 플레이스테이션 3, 엑스박스 360, 당구대가 세트로 구비되어 있었다. 평면 TV와 DVD가 가득한 책장은 위아래 층 모두에 놓여 있었다. 보모도 두 명이나 두었다. 에릭은 진지하게 말하곤 했다.

"이 공간을 만든 취지는 누구나 노는 시간을 가져야 한다가 아니겠나?"

아라벨라는 이 모든 것이 무척 반갑고 놀라웠다. 에릭을 본 적이 없어서 별 기대를 하지 않고 온 상태였다. 로저 말로는 에릭이 사람은 형편없지만 집은 멋질 거라고 했다. 로저의 말을 신뢰하고 싶지 않았지만, 그의 말이 옳았다. 이것은 특별 대접이었다. 아라벨라는 특별 대접을 마음속 깊이 진심으로 사랑했다. 이런 경험은 많으면 많을수록 좋다. 이런저런 대접을 받으며 사는 것은 썩 괜찮은 일이었다. 에릭의 아내와 같이 있으면 그야말로 천국이었다. 그녀는 조금 작고 통통한 몸집에 아시아인의 피가 절반 섞인 마흔 살가량의 수다스런 여성이었다. 지금 그녀는 증기로부터 머리카락을 보호하려고 수건으로 머리를 감싼 채 완전 알몸으로 아라벨라 옆 대리석 의자에 앉아 있었다. 아라벨라는 조금 부끄러워서 목욕 가운을 걸친 채 터키식 증기탕에 들어왔다가 이내 가운을 벗어 버렸다. 다른 부인 중 둘은 마사지를 받고 있었고 하나는 아직 이불 속에 있었으며, 다른 하나는 수영장에서 수영 실력을 뽐내고 있었다. 아라벨라와 나이마는 공통 관심사 '더 엑스 팩터(음악 오디션 프로그램 제목 - 옮긴이)'를 두고 이미 친해진 상태라 주말 방송분을 모두 시청하기로 약속했다.

"이제 가서 손톱 손질 받아야 될 거 같죠? 그런데 움직이기 싫다."

나이마가 말했다.

"움직이는 건 늘 힘든 일이죠."

아라벨라가 말했다.

"어쨌든" 하고 나이마는 증기에 멍해서 잠깐 말이 끊길까 봐 얼른 다음 이야기를 이어 나갔다.

"난 셀프리지 백화점엔 발길 딱 끊었어요. 정신 못 차리겠대요. 퍼스널 쇼퍼(고객의 취향에 맞는 맞춤형 쇼핑을 도와주는 사람 - 옮긴이)들은 대단하고, 다양한 제품을 보여 주니 좋고, 브랜드를 골라 주는 안목도 있고. 근사한 새 제품을 볼 때 그렇지만, 몇 시간 지나면 지치잖아요. 거대한 바자bazaar를 돌아다니는 것처럼. 리버티 백화점은⋯⋯."

아라벨라는 듣고 보니 완전 공감이 간다는 뜻으로 맞장구를 쳤다. 로저의 말에 의하면 여자와 섹스가 주제로만 나오면 사람을 역겹게 만든다고 하는 '야만인 에릭'이 작고 귀여운 덤플링 같은 외국인 아내와 여태 이혼하지 않고 잘 살고 있을 줄 누가 생각이나 했겠는가? (아라벨라는 나이마와 아직 거리가 느껴져서 어느 나라에서 왔는지 물어보지 않았다. 아마 아라벨라가 딴청을 피울 때 나이마가 언급했을지도 모른다.) 그리고 나이마의 수다를 종합해 볼 때 알 수 있는 것은 그녀의 감각이 탁월하다는 것이었다. 아니면 감각이 탁월한 사람을 썼거나. 둘 다 같은 의미겠지만 말이다. 가구는 열성적인 수집가를 위한 현대 가구였다. 욕실과 스파에는 값비싼 화장품이 차고 넘쳤다. 약간 부티크 호텔 같았지만, 그게 뭐 어떤가? 부티크 호텔을 좋아하지 말란 법 있나?

이렇게 바깥 날씨가 너무 추울 때 한증막에 들어가 땀 흘리며 누워 있자니 진짜 살 것 같았다. 바깥은 시골의 겨울 추위가 맹위를 떨치고 있었다. 아라벨라는 특히 추위에 약해서 찬바람에 대비해야겠다 싶으면 벌써 마음이 다급했다. 하지만 이곳에 있으니 그럴 염려가 하나도 없었다. 집은 단열이 완벽하게 잘되어 있었다. 그녀는 마음 편히 쉬며 호사를 누렸다. 콘래드는 알지도 못하는 아이들과 같이 주말을 보내야 한다는 말에 처음에는 조금 반항하는 듯했으나, 조슈아와 헛간 놀이방을 보더니 바로 난리가 났다. 한쪽에는 차와 함께 먹고 싶은 것(물론 부모들이 허용한 음식)이 무엇인지 적도록 작은 화이트보드가 걸려 있었다. 콘래드는 파란색 펠트펜을 집어 사랑스럽게도 '스파게티+감자튀김'이라고 적었다. 아라벨라는 아들들처럼 이곳에 오는 것을 다소 회의적으로 생각했지만, 재미있을 거라 했던 로저의 말이 옳았음을 인정해야 했다. 로저는 이렇게 말했다.

"어떤 면에서는 끔찍하겠지만, 그래도 재미있을 거야."

전반적으로 이번 여행 계획은 그가 오랜만에 내놓은 괜찮은 생각 중 하나였다. 이것이 극찬은 아니다.

아라벨라는 아주 약간 불편한 기분에 순간순간 마음의 동요를 느꼈다. 현재 계획 중인 경악스러운 선물에 따른 죄책감 때문에 그런 것이 아니라, 아내가 어떻게 지내는지 꿈에도 통 모르는 나태하고 대책 없는 남편 때문에 그랬다. 이것은 마땅히 자신이 받게 될 것을 받아야만 하는 로저와는 무관했다. 40도가 넘는 한증막에 누워 모공이 모두 열린 채로 거대한 국수 가락처럼 축 늘어질 때까지 마사지를 받으면서도, 편안한 의자에 앉아 새 친구 나이마와 어느 향수 매장에서 일하는 음탕한 여자를 헐뜯고 로타의 깡마른 부인이 거대한 독일 금붕어처럼 과시하듯 왔다 갔다 수영하는 모습을 흉보면서도, 아라벨라는 로저만 생각하면 화병에 걸릴 것 같았다. 그가 안락한 사무실에 앉아 있는 동안 그녀는 집에서 하루 종일 스트레스와 씨름해야 했는데도, 그는 집에 오면 자기만 피곤한 사람처럼, 무슨 대단한 영웅이라도 납신 것처럼 굴었던 것이다! 그리고 만일 그를 주말 귀휴제가 승인된 화이트칼라 죄수라 치면, 평일엔 아빠 얼굴을 전혀 못 보다가 주말에 투명 인간 같던 아빠를 보게 되니 기뻐하고 행복해하는 아이들 앞에서도 그는 마치 올해의 좋은 아버지상을 수상한 듯 권위를 부렸다. 물론 자신이 얼마나 피곤한지 툴툴거리기도 하면서.

아니, 로저는 주어지는 대로 받아들여야 한다. 그는 그녀의 존재가 고마워지기 시작할 것이다. 그렇지 않으면 좋을 일이 없을 테니까. 아라벨라가 걱정하는 문제는 아이들과 더 관련이 있었다. 아이들이 속상해할지 모른다. 솔직히 말하면 속상해하겠지. 하지만 아이들에게 엄마가 하루나 이틀 집을 비울 테지만 금방 돌아올 거고 선물도 사다 놨고 더 많은 선물을 사 가지고 돌아올 거라고 설명한다면, (무엇보다 엄청난 선물 공세를 펴기만 한다면) 괜찮을 것이다. 결국은 선물이 중요한 거니까.

15

"……그래서 그게 빌어먹을 대박입니다. 바로 침대로 돌진했으니까. 이 초 만에 옷 다 벗고. 난 토니가 심장 마비 걸릴까 봐 걱정되더군.

나도 심장 마비 걸릴까 봐 걱정됐고. 개들 한국 나이로 그럴지 모르지만 한 열여섯이나 열여덟 살쯤 먹었나? 어쨌든 젖가슴 나오기 시작한 열두 살짜리 애들처럼 보였으니까. 완전 미쳤지."

가족들을 초대한 에릭이 말했다.

로저는 어깨에 총알이 든 가방을 메고, 손에 퍼디 회사에서 만든 엽총을 총열이 열린 채 들고는 노픽의 한 벌판을 걷고 있었다. 그는 복장을 다 갖추어 입었다. 플랫 캡과 바버 브랜드 재킷, 버버리 코르덴 바지, 초록색 헌터 부츠 차림이었다. 이 차림은 왕실의 사냥터 밸모럴에 가도 잘 어울릴 것 같았다.

그는 전부터 은행에서 무료로 보내 주는 사냥 기회를 가끔 이용해 왔는데 그때 이 복장을 모두 구입해 두었다. 로저에게는 버리고 싶지만 버리지 못하는 습관이 하나 있었는데, 그것은 새로운 취미가 생각나면 시작하기도 전에 벌써 비싼 장비부터 대거 사들인다는 것이었다. 사진을 시작한답시고 생긴 습관이었다. 그때 그는 쓸데없이 지나치게 비싼 카메라와 렌즈부터 세트로 구입했다. 결국은 열 컷 정도 찍어 보더니 그 복잡한 기능에 싫증을 내고 말았다. 운동을 시작하기 전에도 자전거와 러닝 머신부터 사들여 집에 체육관을 만든 다음 런던에 있는 한 컨트리클럽의 회원권을 구매했다. 그것도 결국은 거기까지 가는 데 힘들다고 바로 돌아서고 말았다. 와인을 시작하기 전에도 개조한 지하실에 첨단 냉장고 겸 저장고부터 들여놓고 그 안에 각종 값비싼 와인을 추천받아 꽉꽉 채워 넣었다. 하지만 그 비싼 와인은 마시지 말고 몇 년간 더 숙성시켜야 한다는 데 문제가 있었다. 카우스 휴양지에 있는 배 한 척도 공동 사용권으로 구입했는데, 그것도 딱 한 번 이용해 보고 그만이었다. 이 사냥 복장도 15년 전에 처음으로 괜찮은 보너스를 받았을 때 퍼디 엽총을 주문한 데 이어 2년 전에 구입한 의류인데, 그 총이 제작 완료되어 도착했을 무렵에는 다소 사냥에 흥미를 잃은 상태였다. 하지만 총의 자태는 아름다웠다. 오래된 호두나무로 만든 개머리판에 아주 멋진 장식이 부착되어 있었디. 총이 특별히 그를 위해서 그의 몸과 시력에 맞춰 제작되었다는 것을 생각하면 짜릿하기 그지없었다. 심지어 조준기의 무게조차 그의 사격술에 맞춰 제작된 것이었다. 엽총을 주문 구입하는 데 들인 삼만 파운드가 지금 그 가치를 발휘하고 있었다.

로저는 부츠도 마음에 들었다. 스스로를 야만인 에릭이라 소개한, 가족들을 초대한 집주인 에릭은 고무 부츠를 신으면 발에서 냄새가 난다며 구찌 운동화를 신고 나왔다. 에릭은 수백만 파운드의 자산가로서 핑커 로이드 은행의 최우수 고객이었다. 런던의 금융 시장이 불안하고 대출 이자가 점점 더 올라가는 시기에, 에릭 같은 사람은 정말 보물이었다. 그의 사전에 주가 하락이란 결코 없는 것처럼 보였기 때문이다. 그는 타고난 낙관론자에, 주식 시장에서 늘 상승세를 보이는 금융 전문가였다. 은행은 그를 극진히 대우했다. 에릭은 그 대우 차원에서 받은 막대한 혜택 중 일부를 연간 한 번씩 노퍽의 '사냥 산장'에 초대하는 형식으로 되갚곤 했다. 그가 사람들을 초대하는 동기는 관대함보다 자기 과시에 있었다. 올해의 초대 손님은 로저와 로타와 다른 네 동료였다. 그들은 각각 세 대의 레인지 로버를 나눠 타고 이 벌판에 온 것이다. 그 차량들은 다시 점심 식사와 직원들을 데리러 별장으로 떠났다. 로저는 그 '나들이' 점심이 진수성찬일 거라는 데 전 재산을 걸 수 있다.

짧은 겨울철 하루는 비로 시작했다. 9시쯤 비가 그치더니 10시에 날이 개기 시작했다. 아침 먹기 전에 조깅으로 10킬로미터를 달린 로타는 맑은 공기를 마시며 야외에 나와 있는 것이 얼마나 좋은지 그 특유의 말투로 크게 떠벌렸다. 솔직히 에릭은 식사할 때와 술 마실 때를 제외하곤 입만 열었다 하면 자랑을 늘어놓았다. 그렇게 먹고 마실 때조차 숨 쉬는 순간에만 잠깐 자랑질을 그쳤을 뿐이다.

"그리고 나중에 공항에서 그 사람, 내 손잡고 흔들흔들 악수하면서 고개 숙여 절하고, 별별 짓 다 하고 나서 이렇게 말했나? '서울에서 일어난 일은 서울에다 묻어 둡시다.' 자칫 빵 터질 뻔했지 뭡니까."

에릭은 의심할 여지없이 인간 말종이다. 돈을 많이 번 사람들이 흔히 그렇듯, 그는 모든 것에 있어 자신이 절대적으로 옳다고 확신하는 사람이었다. 모든 거래에는 승자와 패자가 있기 마련이라 거래를 통해 돈을 번다는 것은 매번 그가 옳다는 것을 입증하는 일이 된다. 그것은 우선 수치심 없는 사람이나 자신감 넘치는 사람에게 그 영향력을 발휘하게 되어 있다. 그런 사람들은 내심 진심으로 자신을 신 다음가는 존재라고 단정하기에 이른다. 생각해 보면, 신흥 부자가 기존의 부자를 그대로 답습하며 산다는 것은 흥미로운 지점이다. 에릭만 봐도 흥미롭다. 스스로 하고 싶은 일을 찾아내지도 않고, 부자가 되기 전에 했던 일을 더 좋은 형태로 발전시키지도 않고, 그저 부자들이 한다는 사냥이나 요트 같은 것들에 열을 내는 것이다. 심지어 어떤 것이든 어떤 사람이든 돕고자 하는 마음이 티끌만큼도 없다는 것을 로저 스스로 잘 아는바, 자선 단체를 후원하는 일 역시 남을 돕고자 하는 것이 아니라 그 정도로 부유한 사람이라면 누구나 다 하는 일이기 때문에 후원하는 것이다. 부자들 간에는 어떤 규약이 존재하는 것 같았다. 그렇다 해도 로저는 신경 쓰지 않았다. 그는 런던을 벗어난 것도 좋았고, 에릭도 그를 붙잡고 자랑하는 데 시들해지면 곧 다른 사람을 찾아가 자랑할 테니까.

사람들 말로는 노픽이 평평하다는데, 로저의 눈에는 전혀 평평하게 보이지 않았다. 언덕은 높지 않았지만 꽤 많은 편이어서 로저는 여기까지 운전해 오면서 멀미를 느꼈다. 그들은 쟁기질한 벌판을 가로질러 잡목림이 우거진 언덕 꼭대기로 올라가는 중이었다. 발이 조금 빠지는 무른 땅을 약 10분 정도 빠르게 올라가다 보니 로저는 당황스럽게도 약간 숨이 차는 것을 느꼈다. 하지만 에릭만큼 상태가 나쁜 것은 아니었다. 그는 헉헉 숨을 몰아쉬었다. 얼굴빛은 창백하고 볼살이 떨렸다.

"걔랑 그렇게 많이…… 하고 싶지도 않았는데……. 어쩌겠소, 내 물건이…… 제 맘대로…… 해야겠다는데."

로저는 웃어야 할 순간을 0.5초 놓치고 말았다. 그래서 그는 숨이 차는 것만 아니었다면 한바탕 포복절도할 이야기란 뜻을 내비치려고 일부러 숨을 들이쉬며 헉 소리가 섞인 웃음소리를 냈다. 이로써 에릭의 비위를 맞춘 건지 어떤 건지 알 수는 없었다. 에릭은 걸음을 멈추고 두 손을 허리에 짚은 채 숨을 골랐다. 야구 모자에 슈팅 재킷에, 옆구리에 낀 엽총에, 진흙투성이 운동화에 숨을 헉헉 몰아쉬는 그의 모습은 시골 대지주처럼 차려입으려고 하다 중간에 갑자기 귀찮아서 옷을 입다 만 사람 같았다.

"……나 기다리지 말고…… 먼저 올라가시오……. 다른 분들 오면 같이 얘기하며 갈 테니."

에릭이 말했다. 두 사람보다 뒤처진 다른 핑커 로이드 행원들은 로타를 선두로 벌판을 가로질러 걸어오고 있었다. 로타는 마치 오리엔티어링에 나선 듯 고급 아웃도어 룩을 빼입었다. 상하복 전체가 밝은 색상의 고어텍스 제품이었고, 사냥을 끝낸 뒤 마음만 내키면 조깅으로 런던까지 달려갈 기세였다. 그들은 모두 무척 유쾌해 보였다. 런던 사람들 사이에서 사냥이 한창 유행이라 이 주말여행은 어디 가서 으쓱할 만한 여행이었던 것이다.

미리 앞질러 간 몰이꾼들은 다음 벌판에서 기다리고 있었다. 계획은 모두 잡목림 주변에 둘러서 있다가 몰이꾼들이 하늘로 꿩들을 날리면 그때 사격하기로 했다. 그 꿩은 거의 사람 손으로 길들인 새여서 풀어놓으면 하늘을 날아가다 총에 맞았다. 그렇게 죽은 꿩들은 그

고기를 어디 처분할 데가 없어서 그냥 굴착기로 땅을 파서 파묻어 버렸다. 로저는 그것이 과잉이자 낭비처럼 느껴지는 것이 다소 역겹기만 했다. 하지만 사냥 자체는 매우 재미있었다.

이제 핑커 로이드 행원들은 에릭을 따라잡고 동그랗게 모여 서서 뭔가에 대해 즐겁게 이야기를 나누었다. 에릭은 팔을 흔들면서 어떤 이야기를 들려주고 있었다. 행원들은 즐겁게 듣거나 듣는 척하거나 둘 중 하나였다. 그때를 이용해 로저는 서서 주위를 둘러보았다. 하루 중 처음으로 온전히 혼자 있는 순간이었다. 그가 선 곳은 바람이 불지 않았지만, 구름이 무리 지어 빠르게 흘러가는 것으로 보아 높은 곳은 틀림없이 바람이 세게 불 것이다. 구름이 하얀 것이 비는 더 이상 내리지 않을 듯했다. 저 멀리 빛줄기가 경작지가 아닌 풀이 웃자란 벌판을 가르며 뻗어 나가는 것이 보였다. 멀리서 보면 큰 나무만 한 그루 자랄 것 같은 잡목림에는 겨울에 헐벗은 참나무와 너도밤나무가 열 그루 정도 늘어서 있었다. 나무 밑 그늘진 곳은 어둡고 고요했다. 토끼가 땅 위로 드러난 참나무 뿌리에 대고 코를 벌름거리더니 풀숲으로 느릿느릿 뛰어가 버렸다. 로저는 토끼가 코를 벌름거리던 곳에서 700미터쯤 떨어진 곳에 몰이꾼들이 사냥 신호를 기다리며 서 있는 것을 볼 수 있었다.

되돌아온 레인지 로버 차량들이 쟁기질한 벌판 끝에 이르자, 직원들이 차에서 내려 짐을 풀기 시작했다. 두 대의 차 트렁크에서는 어마어마하게 큰 바구니들이 나왔고, 마지막 차 트렁크에서는 이동용 가구 같은 것들이 나왔다. 그 큰 바구니에 먹을 것과 마실 것이 들었다면, 그것만 해도 사람들이 새해까지 먹고 마실 만큼 넉넉할 양일 것이다.

에릭은 여전히 떠들고 있었다. 그 이야기가 어떤 내용일지 로저로서는 상상하기 어려웠다. 창녀 두 명, 페라리 세 대, 현금 만 파운드……. 아니 창녀 열 명, 페라리 스무 대, 현금 십만 파운드……. 그는 이야기를 놓친 것이 아쉽지 않았다. 일에서 벗어난 지금 이 순간, 도덕에 관해 생각할 수 있을 만큼 마음에 여유가 생겼다. 에릭의 후한 대접이 마음에 들면서도 동시에 그 사람을 싫어하는 마음이 드는 것이 위선은 아닌가 하는 생각이 스쳤던 것이다. 음, 어려운 질문이다. 그것이 바로 로저의 마음이었다.

그 토끼가, 아니면 다른 토끼가 풀숲에서 나와 잡목림으로 뛰어가 아까 그 참나무 뿌리 주변에 대고 냄새를 맡았다. 로저는 조용히 기다렸다. 토끼가 작디작은 코를 벌름거리는 것이 보였다. 뭔가 흥미로운 냄새가 나는 모양이었다. 토끼는 잎사귀든, 열매든, 꿩의 배설물이든, 뭐든 최적화된 각도로 냄새를 맡으려는 듯 머리를 이리저리 돌려 댔다. 그러고는 뿌리를 휙 넘어가 반대편 냄새를 맡기 시작했다. 순간 로저는 자신도 모를 어떤 기분이 솟구쳐 오르는 것을 느꼈다. 그것은 전율 같은 것이었다. 그는 자신이 자유롭다는 것을 깨달았다. 탁 트인 공간에 혼자 있었으며, 인생에서 원하는 것은 무엇이든 할 수 있을 만큼 아직은 젊고 강했다. 그냥 탁 털고 일어나 차를 얻어 타고 에릭의 집으로 가서, 아라벨라와 아이들을 데리고 런던으로 돌아가 앞으로는 다른 삶을, 더 단순하고 더 소박한 삶을 살겠다고 선포할 수도 있었다. 1년 정도 세계를 돌고 와서 재교육을 받은 뒤 교사가 되어 이곳처럼 걸어 다니고 숨 쉬며 하늘을 볼 수 있는 런던 외곽으로 이사를 가서, 아이들은 가까운 학교에 다니고 아라벨라는 아이들을 키우며 동네 정육점에서 등급 높은 고기를 시거나 아이들의 숙제를 돕는 동안 자신은 머그잔으로 차를 마시는 그런 삶 말이다. 그리고 비가 오든 바람이 불든 매일 산책을 나갈 것이고, 그러면 그에게는 바깥 냄새가, 아이들이 공원에서 뛰놀다 오면 나던 냄새가 날 것이다. 그 뒤 어느 날 거울에 비친 내 모습은 예전의 내 모습이 아닐 것이다. 이것들은 로저의 머릿속에서 나온 생각이었지만 그를 둘러싼 공기로부터, 토끼의 눈길을 끌지 못하는 춤추는 풀과 바삐 흘러가는 구름을 바라보면서 노픽의 잡목림 가에 홀로 서 있다는 사실로부터 나온 생각 같았다.

토끼는 로저보다 먼저 사람들이 다가오는 소리를 들었다. 녀석은 머리를 들고 코를 벌름거린 뒤 세 번 깡충 깡충 깡충 뛰더니 풀숲으로 사라졌다. 그제야 로저는 언덕을 타고 가까워지는 목소리를 들었다.

"그래서 했지, 가능한 모든 체위로⋯⋯. 그러니까 이렇게도⋯⋯ 저렇게도 말이지."

16

프레디 카모는 세네갈 링게르의 변두리 마을에 있는 방 두 칸짜리 판잣집에서 자랐다. 전기는 어쩌다 가끔씩 들어왔고, 수도 시설은 아예 없었다. 가족들은 물통을 들고 100여 미터 떨어진 우물로 가서 물을 길어다 썼다. 바닥은 다진 흙으로 된 맨바닥이었고, 각 방에는 하나씩 전구가 달려 있었다. 집 안의 유일한 사치품인 침대에는 한 친척에게 선물로 받은 모기장이 늘어져 있었다.

프레디는 쉬메와 패트릭 카모의 유일한 아들이었다. 쉬메와 패트릭은 둘 다 세네갈에서 가장 큰 부족인 월로프족 사람으로, 이슬람교를 믿었으나 독실하지는 않았다. 패트릭은 고등학생 때 공부를 잘해서 프랑스어를 읽고 쓸 줄 알았다. 그는 열네 살에 결혼하면서 학교를 그만두고 일을 시작했다. 처음에는 장인이 하는 가스통 배달 일을 돕다가, 열여덟 살이 되었을 때에는 경찰이 되었다. 프레디가 네 살 때 그는 아데드를 후처로 들여 딸 셋을 얻었고, 그 뒤 쉬메가 둘째를 낳다 숨지는 바람에 아내와 아들을 모두 잃고 말았다. 프레디는 아데드가 더할 나위 없이 잘해 주었기 때문에 반감 따위 전혀 없었다. 하지만 아데드는 딸들을 키우느라 너무 바빠서, 쉬메의 죽음 후 프레디는 아버지밖에 모르고 자라게 되었다.

패트릭 카모는 두 얼굴의 사나이였다. 경찰 내에서는 근엄하고 단호한 사람이었지만, 가정 내에서는 부드럽고 자상하며 자식 걱정 많은 아버지였다. 그는 아들 사랑이 얼마나 끔찍한지 스스로도 가끔 놀랐지만, 아들이 아닌 다른 사람 앞에서는 그 사실을 무조건 숨기려 들었다. 그는 아들이 세상 사는 데 필요한 근성은 부족한데 방랑자와 같은 몽상가적인 기질이 드러나니 특히 더 걱정스러웠다. 프레디는 공부도 잘 못하고 학교 가는 것도 싫어했다. 그가 원하는 것은 첫째도 축구, 둘째도 축구였다. 다섯 살 무렵 축구를 처음 접했을 때부터 모두가 인정할 만큼 축구를 잘했다. 프레디는 커 갈수록 뭔가 달라졌다. 프레디가 오직 축구 생각만 하고 축구 이야기만 할수록, 단지 축구에 능하기만 한 것이 아니란 사실도 명확히 드러났다. 패트릭은 아들에게 재능 이상의 특별한 기운이 감돌고 있음을 깨달았다.

프레디는 이제 열일곱 살이 되었다. 축구에 관심 없는 사람과 경기 한번 본 적도 없는 사람, 심지어 축구를 대놓고 싫어하는 사람조차도 프레디 카모가 공을 다룰 때면 뭔가 특별함이 있음을 대번 알 수 있을 정도였다. 프레디가 공을 쉽게 다루는 것처럼 보여서 그런 것이 아니라, 오히려 그 반대였다. 몸 상태가 가장 좋아 보일 때조차 프레디는 어딘가 어색하고 서투르며, 언제라도 발에 걸려 넘어질 것처럼 보였다. 최근 갑자기 키가 크는 바람에 팔다리가 어디에 붙었는지 몰라 허둥대는 10대 소년의 멀쑥하고 어기적거리는 어색한 모습 그 자체였다. 그는 뭔가를 넘어뜨리고 뭔가를 흘리고 다녔다. 콜라를 픽 엎지르고 문에 쿵 부딪혔다.

그가 축구공을 가지고 있을 때면 훨씬 더 심각했다. 경기장에 선 그는 뭔가 잘못돼 보였다. 반바지 때문에 깡마른 다리는 길고 어색하게 보였을 뿐 아니라, 라디오 안테나처럼 길게 쭉 잡아 뺀 망원경 경통처럼 보였다. 유니폼을 걸친 상체 중 어깨는 처지고 가슴은 좁았다. 머리는 커서, 가뜩이나 이상해 보이는 신체 비율을 더더욱 이상하게 보이게 만들었다. 그가 드리블을 할 때면 금방 공에 걸려 넘어질 것 같았고 휘청거리며 공을 몰고 가는 것 같았다. 정강이, 무릎, 발목 등으로 공을 받아 차려고 애쓸 때마다 발을 헛디딜 것만 같았다. 달릴 때는 두 팔을 하도 흔들어 대서 마치 회전하는 풍차나 몸의 균형을 잃고 넘어지려는 아이, 낙지나 무성 영화에 나오는 배우처럼 보였다. 하지만 그가 공을 몰고 달릴 때 5초만 지켜봐도 대번에 알아차릴 수 있었다. 공이 그와 한 몸이 되어 굴러간다는 걸 말이다. 공은 언제든 다른 데로 굴러갈 것처럼 보였지만 결코 그의 발치를 벗어나지 않았다. 그는 언제든 실수할 것같이 위태로워 보였지만 넘어지거나 휘청거리거나 실축하거나 하지 않았다. 이제는 경기 중에 공이 저만치 굴러가고 있을 때 상대팀 수비수 한두 명이 공을 잡으러 달려가면, 어느새 프레디가 마법사처럼 그들을 제치고 공을 차지한다. 그는 망원경 경통같이 쭉쭉 늘어나는 다리로, S 자를 그리며 활강하는 스키 선수처럼 부동의 수비수를 서툴지만 쉽게 제쳤다. 다른 수비수가 나타나 앞을 막아도, 프레디는 넘어질 듯 휘청거리고 팔을 흔들며 공을 놓칠 것 같은 모습으로 그를 또 제쳐 버렸다. 잇따라 그렇게 수비수들을 제치고 나면, 경기를 지켜보는 사람들은 이 괴상하게 생긴 소년이 단순히 나쁘지 않은 선수, 단순히 훌륭하거나 아주 훌륭한 선수가 아니라 축구 천재, 균형감과 타이밍과 속도와 신체 조정력 면에서 경이로운 선수, 무용수, 타고난 운동선수라는 사실을 깨닫게 되었다.

프레디는 열세 살에 급성장을 보였다. 실력이야 노상 갖추고 있었지만 이제 신장과 속도도 겸하게 된 것이다. 그전까지 다른 아이들은 그가 마치 아무도 존재하지 않는다는 듯 공을 몰고 뛰어다니면 재미없다고 공을 다른 데로 차 버리거나 그를 밀치고 공을 빼앗아 버렸다. 그 후로 모든 것이 바뀌었다. 프레디가 겨우 열네 살쯤 됐을 때 링게르에 있는 집 근처에서 축구 경기가 벌어지면, 유모차를 밀고 가던 아이 엄마가 지나가다 말고 서서 그를 지켜보곤 했던 것이다. 버스 운전사도 넋 놓고 지켜보다 신호를 놓쳤다. 다른 아이들도 시합하다 말고 건너와 그를 지켜보았다. 축구를 모르는 사람들에게 미친 영향력은 더 확연히 드러났다. 그들은 눈을 깜박거리고는 지금 보고 있는 것을 믿어야 할지 말아야 할지 모르겠다는 표정으로 눈을 비벼 댔다. 프레디가 스카우트된 것은 주도(州都)인 루가의 초중고 축구 대회에 출전한 프레디를 보고 스카우터에게 전화한 한 연락책 덕분이었다. 스카우터는 수도 다카르에서 사흘 간 대회가 열리는 오지까지 가려고 했지만 교통편이 거의 없었다. 그런데 그가 오지 않으면 다시는 소식을 전하지 않겠다는 연락책의 말에 그는 어찌어찌 루가에 도착했고 저승 가서도 절대 잊지 못할 특별한 느낌에 사로잡혔다. 처음에는 고작 제 발에 제가 걸려 넘어질 것 같은 저 괴상한 아이를 보러 수백 킬로미터를 달려왔나 싶어 10초간 속이 메스꺼웠다가, 나중에 천천히 그가 지금 보고 있는 것이 매우 특별하다는 것을 깨닫기 시작했다. 그 느낌은 곧 확신으로 바뀌었다. 스카우터로서 한 주에 두셋 또는 다섯 경기장을 돌며 프로가 될 만한 선수를 찾아다닌 지 20년 만에 처음으로 세계적인 수준의 천재를 눈앞에 두고 있다는 확신이었다. 프레디 카모. 언젠가 축구의 축 자 정도는 아는 사람들 모두가, 수십억에 달하는 인류가 그의 이름을 알게 될 날이 올 것이다.

경기가 끝난 후, 스카우터는 핸드폰 연락처에서 제일 중요한 사람인 아스널의 스카우트 책임자에게 파산에 가까운 요금에도 불구하고 전화를 걸어 이 소식을 알렸다. 책임자는 이를 아스널의 감독인 아르센 벵거에게 보고했다. 책임자 역시 소년을 만나러 날아와 소년에게 구애의 손길을 내민 다른 경쟁 구단은 없는지 알아보았다. 그 과정에서 두 가지 사실을 발견했다. 첫째는 이미 두세 구단이 프레디에게 접근해 스카우트 조건을 놓고 협상 중에 있다는 사실이었고, 둘째는 프레디와 이야기하기 위해서는 경기만 끝나면 얌전하고 순한 아들이 아니라, 근엄하고 무뚝뚝한 마흔 살가량의 경찰인 아버지에게 접근해야 한다는 중요한 사실이었다. 패트릭 카모는 프랑스어를 유창하게 구사했다. 그는 아직 계약서 서명을 원치 않았다. 프레디가 너무 어리니까 아버지 품에서 세 이복여동생들과 같이 더 커야 한다고 생각했다. 협상은 몇 달이 걸린 끝에 프레디가 준비될 때까지 세네갈에 살도록 아스널에서 기꺼이 결정을 내림으로써 패트릭의 마음을 얻어 낼 수 있었다. 반면 다른 구단은 소년을 즉시 유럽으로 이주시키려 했다. 이것이 곧 결정타였다. 협상은 프레디가 열일곱 살이 되면 런던으로 이주하고 그전까지 들어가는 수임료 일체는 구단에서 지불한다는 조건으로 마무리될 무렵이었다. 스카우터가 이 조건을 막 받아들이려 할 때, 훨씬 더 막강한 재력을 갖춘 구단이 나타났다. 프레디 카모는 축구계에서 더 이상 숨은 보석이 아니었기 때문에 그 구단은 기존과 똑같은 조건에 2.5배나 더 많은 돈을 지불하겠다고 제안했다. 프레디가 그 구단과 계약을 체결하면서, 스카우터는 인생에서 가장 영광스러울 우승 문턱에서 가장 쓰라린 고배를 맛보게 되었다.

그리고 이제 프레디 카모는 열일곱 살이 되어 런던, 정확히 말하면 피프스 로드 27번지로 향하고 있었다. 구단에서 미키 립톤-밀러를 통해 제시한 세 후보지 중에서 아버지가 고른 집이었다. 시골보다는 도시에 사는 것이 프레디에게 더 편리하고 흑인도 더 많이 살 것 같다고 패트릭이 생각했기 때문이다. 이 점이 영국에서는 중요하게 보였다. 구단은 두 사람이 영국에 대한 감을 잡을 수 있도록 3개월 전에 영국으로 초빙했다. 두 사람은 그때 처음 세네갈을 떠나 처음 비행기를 타 보고, 처음 엘리베이터를 타 보고, 처음 레스토랑에 가 보고, 처음 택시를 타 보고, 처음 호텔에 묵어 보았다. 패트릭은 모든 것에 압도당했지만, 아들에게 들키고 싶지 않아서 근엄한 경찰의 표정 그대로 곳곳을 돌아보았다. 프레디는 이 모든 놀라운 규모와 소음과 부유함과 회의와 건강 검진과 영국인 등을 보고 듣고 느끼며 웃음을 띤 채 신나게 다녔다. 패트릭은 불안감이 프레디에게 전달될까 봐 녀석의 기분이 정말 어떤지 거의 물어보지 않았다. 그 결과 지금 이 두 번째 영국행에서, 그것도 프레디의 축구 경력을 위해 평생 살려 가는 중에 프레디의 마음 상태가 어떤지 정확히 알 수가 없었다. 아마도 프레디도 패트릭만큼이나 공황 상태일지도 모른다. 그것이 아니라면 녀석은 마냥 신난 것처럼 보였다.

하지만 프레디는 공황 상태에 빠진 것 같진 않았다. 다카르에서 파리로 가는 일등석 비행에서는 안전벨트를 맨 채 엎드려 잤으며, 파리에서 런던으로 가는 짧은 비행에서는 창밖을 내다보고 구름 형상을 가리키며 큰 소리로 웃었다.

"저 구름은 카마 삼촌 닮았어요."

엉덩이는 펑퍼짐하고 체구는 땅딸막한 남자처럼 생긴 구름을 보며 그가 아버지에게 말했다.

"색이 다르지."

패트릭이 말했다. 프레디는 아버지 쪽으로 몸을 기울여 아버지의 팔죽지를 주먹으로 가볍게 툭 쳤다.

패트릭은 입국 심사대 쪽으로 가서 줄을 서니 언제든 욱하고 올라올 만큼 긴장되어 온몸이 뻣뻣하게 굳어졌다. 그러나 심사대 줄은 매우 천천히 줄어들었고, 프레디와 패트릭의 여권과 비자를 본 중년 여성 심사관은 아무 질문 없이, 정말 아무 말 없이 그들을 통과시켰다.

그들은 입국장에 들어섰다.

"준비됐니?"

여행 가방이 실린 카트 앞에 서서 패트릭이 프레디에게 물었다. 둘 다 최고의 정장을 차려입고 왔다. 패트릭은 프레디를 위한 에이전트 고용 자체는 거부했지만, 법률 상담과 연봉 협상 등 업무상 조언은 받아들였다. 오늘부터 구단은 프레디의 기량 성장을 고려한 상승분과 각종 옵션이 포함된 연봉에 준하여 주당 이만 파운드를 지불해야 한다. 다시 말해, 지금부터 그들은 부자가 된 것이다. 패트릭은 입국장 문을 나갔을 때 미키 립톤-밀러와 다른 이들이 없다면 어떻게 하나 하는 걱정에 줄곧 시달리며 왔다. 미키가 다카르로 인솔자를 보내 겠다고 제안했지만, 자존심이 강한 패트릭은 그 조치가 과하게 느껴졌다. 그는 누군가 손을 잡아 주어야 하는 어린애가 아니었다. 그런데 사람들은 각자 뭘 해야 하고 어디로 가야 할지 익히 알고 그들에게 눈길도 주지 않는 것을 보니, 히드로 공항의 혼잡함과 부산함, 무관심에 거의 압도될 지경이었다.

"준비됐어요."

프레디가 말했다.

"D'accord(아빠도). 이제 새 인생을 시작하러 가 볼까. 네가 카트 끌래?"

프레디는 고개를 끄덕이며 짐이 실린 카트를 잡았다. 그들은 한적한 세관 심사를 통과해서 사람들이 진을 치고 선 곳에서 반가운 두 얼굴, 미키 립톤-밀러와 구단 통역사를 발견했다.

17

즈비그뉴와 피오트르는 자주 들르는 바인 '업라이징'을 찾았다. 벽에 기댄 채, 서로 밀치고 추파를 던지고 술 마시고 소리 지르는 사람들을 쳐다보며 서 있었다. 피오트르는 크리스마스를 보내러 일찍 폴란드에 갈 거라서, 새해나 되어야 서로 얼굴을 볼 것이다. 즈비그뉴는 연말을 런던에서 보낼 예정이었다. 피오트르가 맡은 지역에 배관이나 전기에 무슨 문제가 생기면 즈비그뉴가 즉시 달려갈 것이다. 연말연시는 모든 영국인에게 휴가철인 관계로 일을 맡기에 아주 좋은 시즌이었다. 바로 그런 이유로 즈비그뉴는 두세 집 공사를 맡아 연말연시 연휴 동안에 끝내기로 약속했다. 모리셔스로 떠난 피프스 로드 33번지 공사와 두바이로 떠난 그로브 크레센트 17번지 공사가 그것이다. 그 집 가족들은 고급 호텔에 묵으며 흔히들 하는 값비싼 음료를 들고 수영장 가에 앉아 있을 것이고, 값비싼 음식을 먹고, 다음 럭셔리 휴가는 어디로 가나 하며 계획 세우고, 돈이 좋긴 좋구나 하며 서로 이야기를 나눌 것이다.

즈비그뉴는 1월 초쯤 집에 가려고 미리 라이언에어 항공편을 예약해 두었다. 그가 집에 가면 어머니는 수선을 피울 것이고 아버지는 하루나 이틀쯤 휴가를 낼 것이다. 집에 가는 것은 정말 좋다. 지난봄 뒤로 바르샤바에 처음 가는 것이다. 집에 가면 친구들 얼굴도 보고, 무릎에 아기도 앉혀 어르고, 부자가 되어 다시 돌아올 때를 꿈꿀 것이다.

"서 여자."

피오트르가 말했다. 이곳에선 폴란드산 맥주를 팔지 않아서 체코산 맥주 중 유일하게 괜찮다고 생각하는 부드바르를 마시고 있었다.

"금발? 너무 작잖아. 거의 난쟁인데."

"아니, 금발 말고 그 옆에 있는 검은 머리 여자 말이야. 사랑에 빠질 것 같아."

"넌 맨날 사랑에 빠지잖아."

"사랑이야말로 지구를 돌게 한다고."

"아니지, 중력 때문이지."

즈비그뉴가 반박했다. 둘 사이에 해묵은 논쟁거리인지라, 서로가 서로의 말을 귓등으로 흘려보냈다. 피오트르는 욕정에 쉽게 사로잡히는 친구로, 욕정과 사랑을 구별하지 않았다. 어떤 여자에게 반했다 하면 다가가 말을 걸고, 미친 듯이 사랑에 빠지고, 시소게임을 하듯 욕정과 열정 사이를 오가고, 상상도 못 할 만큼 기분이 쭉 올라가고, 마음을 다치고, 쓰라린 좌절을 맛보고, 회복하고, 다음 만남을 기다린다. 모두 45분 사이에 벌어지는 일이다. 실제로 그는 누군가와 사귀는 중에도 같은 사이클을 보였다. 시간만 조금 더 길 뿐이었다. 피오트르의 연애에 공백이 생겨 그와 술집에 동행해 주는 일은 즈비그뉴 입장에서는 일부러 베푸는 친절 행위였다. 즈비그뉴는 하루에 최소 두 번씩 사랑에 빠지는 피오트르의 말에 귀를 기울여 주곤 했다. 피오트르는 수줍음 타는 친구가 아니었다. 그는 마음에 드는 여자를 보면 처음부터 아예 데이트 신청을 하는 편이었다. 거절당하는 것에 거리낌이 없어서가 아니다. 그는 그것을 너무 싫어했다. 그것은 단지 그가 금방 잊고 회복했기 때문이다.

즈비그뉴는 사고방식이 달랐다. 여자는 현실적인 문제, 즉 실제 세계의 문제였고, 다른 문제들처럼 체계적이고 실용적인 방법으로 풀수 있는 문제였다. 항상 지키는 것은 아니었지만 몇 가지 격언을 지키며 살았다. 그는 여자가 왜 그에게 관심을 보이는지 그 이유가 타당할 때에만 여자를 쫓아다녔다. 그는 한 번도 사랑에 빠진 적이 없었다. 사랑 따위 믿지 않았다. 철학을 펴자면, 깔끔하고 경제적인 능력이 있고 괜찮게 생긴 남자는 상위 30퍼센트 안에 들 것이다. 거기에 여자들이 하는 말을 잘 들어주거나, 그럴듯하게 듣는 척만 해도 상위 10퍼센트나 5퍼센트 안에도 들 것이다. 그렇다면 상식만 대입하면 될 일이다. 즉 너무 매달리지 말고, 취하지 말고, 여자가 취하게 두고, 문자 메시지의 힘을 활용하는 것이다. 그리고 다른 방법으로는 남자들이 덜 북적거리는 주중에 술집을 간다든지 하면 좋겠다. 이 모든 것으로 인하여 상위권 진입이 좀 더 가능해질 것이다.

길이가 정강이 밑까지 내려온 검은 코트를 입은 한 남자가 술집에 들어섰다. 그는 주위를 둘러보고는 피오트르가 좋아한 검은 머리 여자에게 다가갔다. 둘은 키스를 하더니, 여자가 남자 뒤로 손을 뻗어 남자의 엉덩이를 움켜쥐었다.

"내 인생도 끝났구나."

피오트르가 맥주잔을 비우면서 말했다.

"꼭 그런 건 아니지."

즈비그뉴가 말했다. 그들이 서 있는, 먼지만 날리는 벽난로 맞은편으로 젊은 여자 둘이 250밀리리터짜리 화이트 와인 잔을 들고 머리를 찰랑거리며 실내를 둘러보고 있었다. 즈비그뉴는 자신 쪽을 향한 여자와 이미 두 번 정도 눈이 마주친 상태였다. 금발의 여자는 담뱃갑을 꺼내 벽난로 선반에 올려놓았다. 코트는 값비싸 보였고 큰 핸드백은 요즘 유행하는 가방이었다. 이야기는 주로 그녀의 친구가 하고 있었다. 금발의 여자가 왠지 마음에 들었다. 아마도 담배 때문에 그럴지도 몰랐다. 담배는 냄새뿐 아니라 그 자체로 역겨웠는데, 여자가 담배를 피우면 뭐라 설명할 수 없지만 섹시해 보였다. 어딘가 무모한 느낌, 무심한 느낌이 들었기 때문이다. 코트가 헤 벌어져 옷차림이 흐트러져 보였다. 즈비그뉴는 병을 들어 피오트르에게 손짓을 하고는 맥주를 마저 마셔 버렸다. 피오트르가 쳐다보았다.

"영어 실력을 기를 시간이야."

즈비그뉴가 말했다. 그것은 암호였다. 누구나 다 알듯이 영어 실력을 기르기 위한 가장 좋은 방법은 영국인 여자 친구를 사귀는 것이었다. 그것은 쉬운 일이 아니었으나, 일단 돈이 좀 있고 영어를 잘하면 훨씬 더 쉬운 일이었다. 하지만 영국인 여자 친구 없이 영어 실력이 늘기란 어려운 일이었으니, 영국인 여자 친구를 사귀는 것은 쉬운 일이 아닌 것이다. 즈비그뉴는 여자 친구였던 샘에게 주로 영어를 배웠다. 폭풍우가 치던 날 킹스 애비뉴에서 그녀의 차 타이어를 갈아주면서 그녀와 만나게 되었다. 그녀와 6개월간 사귀는 중에 영어가 놀랍게도 크게 늘었다. 그녀는 남자 친구를 속이고 즈비그뉴를 만났지만, 그녀가 상관하지 않는 것 같아서 즈비그뉴도 상관하지 않았다. 그녀가 결혼하기 일주일 전에 헤어졌다.

"난 내일 집에 가잖아."

피오트르가 말했다.

"현실적인 인간 하면 원래 나 아니었나?"

"너야 그렇지만, 난 내일 집에 간다고."

"그럼 그냥 전화번호만 받아 놔. 이 주 동안만 가 있는 거잖아. 저 여자가 너 돌아오기를 기대할 수도 있잖아."

"방금 말했지, 내 인생 끝났다고."

"그럼에도 불구하고 인생은 흐르는 거야."

피오트르는 한숨을 내쉬었다.

"휴, 알았어."

즈비그뉴는 조용한 사람이었지만, 친구 피오트르처럼 그 또한 수

줍음 타는 사람이 아니었다. 그는 핸드백을 들고 서 있는 여자 쪽으로 몸을 기울이고 말했다.

"별로죠, 안 그래요? 금연이라뇨."

그녀는 미소를 지으며 눈길을 돌리더니 다시 그를 쳐다보았다. 그녀의 친구도 쳐다보았다. 친구는 아주아주 새까만 머리에 붉은 눈 화장을 짙게 하고 있었다. 즈비그뉴는 친구의 움직임이 정 떨어지게 빠르다고 생각했지만, 자기가 좋아하는 타입의 여자도 아니었다. 두 여자는 서로 바라보며 여자들만 통하는 말 몇 마디 주고받고는 둘 다 즈비그뉴와 피오트르 쪽으로 고개를 돌렸다. 그리고 그렇게 시작되었다.

18

둘째 날 아침 패트릭 카모는 현관문 앞에 놓였던, 집을 찍은 사진과 '우리는 당신이 가진 것을 원한다'는 문구가 새겨진 엽서가 마음에 들지 않았다. 불길한 생각이 들었다. 미키가 아무 설명이 없다는 것도, 무슨 엽서인지 모르겠다는 것도 불안했다. 반면, 프레디에게는 엽서가 의미하는 바가 명확했다. 그가 가진 것을 누가 원치 않겠는가?

프레디가 영국에서 맞은 이틀은 잇따른 회의와 검사, 검진으로 눈

깜짝할 사이에 흘러갔는데, 가장 오래 걸린 검진이 보험 가입을 위한 종합 검진이었다. 안내받아 들어간 개인 병원의 한 방은 그가 난생처음 보는 가장 깨끗하고 가장 밝고 가장 하얀 공간이었다. 세 명의 의료진이 통역사의 도움을 받아 그의 몸에 자극을 주고 몸무게를 재고 각종 검사를 시켰다. 치아와 시력을 검사하고, 무릎을 작은 망치로 톡톡 두드리고, 손톱과 혀와 잇몸도 검사했다. 몸에 온갖 검사기를 붙이고 러닝 머신 위에서 달리기를 시켰다. 스트레칭도 시키고, 한 발 뛰기도 시키고, 도약하기도 시켰다. 의료진이 아들을 완전히 고깃덩어리로 취급하는 것에 아버지의 속이 끓어오른다는 것을 느꼈지만 프레디는 개의치 않았다. 진짜는 축구일 뿐 다른 것은 진짜가 아닌 그냥 게임 같은 것들이었다. 미소 짓고 시키는 대로 하는 것이 제일 간단했다. 그는 축구를 하기 위해 이곳에 온 것이고, 그 시간은 곧 다가올 것이다.

프레디가 런던에 온 지 셋째 날, 크리스마스를 앞둔 수요일은 처음으로 훈련하는 날이었다. 답사차 서리에 있는 훈련장을 본 적은 있었지만 실제로 나가 보는 것은 이번이 처음이었다. 가는 길 내내 그의 얼굴에는 웃음기가 떠나지 않았다. 프레디가 얼마나 싱글거렸으면, 비행기 탈 때 입었던 가장 좋은 정장 차림에 엄격하고 진지하고 걱정스러운 얼굴로 레인지 로버 뒷좌석에 탄 아버지마저도, 바보처럼 싱글벙글 웃는 프레디의 얼굴을 건너다보고는 무뚝뚝한 표정을 풀고 씩 웃기 시작했다. 미키는 운전대를 잡고 통역사가 조수석에 앉아 지금 어디를 지나가는지 계속 통역해 주었다.

프레디는 지붕들 색깔과 거의 비슷한 짙은 회색빛 하늘 아래서조차 모든 것이 얼마나 초록빛으로 빛나는지 큰 감명을 받았다. 나무가 정말 울창했다. 이윽고 런던을 벗어나 황야를 가로질러 달리기 시작했는데 뜻밖에 야생의 황량한 풍경이 펼쳐졌다. 통역사가 물었다.

"톰 크루즈가 나온 영화〈우주 전쟁〉봤죠? 그 원작의 배경이 여기예요. 작가가 웰스인데, 덜 똑똑한 영국 판 쥘 베른이죠. 여기가 바로 화성인이 착륙한 곳이래요."

"전투 장면 최고, 최고."

프레디가 대답했다. 차는 다시 삼림 지대로 들어서서 좁고 가파른 언덕 사이로 난, 바람이 부는 도로를 달려 훈련장에 도착했다. 이로써 프로 축구 선수로서의 첫날이 시작되었다.

그날 아침 나쁜 일이 하나 생겼다. 프레디는 생각보다 훨씬 더 빨리 영어를 배워야겠구나 하고 깨달았다. 기초 회화만 가능한 패트릭이 아들만 보면 영어 좀 배우라고 잔소리를 해 댔지만, 프레디는 아버지가 유난을 떠는 거라고 치부한 것이다. 그는 다른 이들처럼 출전 명단쯤은 읽을 수 있었고, 아주 다양한 국적의 선수들이 모여들었으니 모두가 영어에 서툰 사람들을 익숙하게 대할 줄 알았다. 하지만 상황은 정반대였다. 국적이 워낙 다양하다 보니 소통하려면 오히려 공통의 언어가 필요했던 것이다. 감독은 프레디의 영어에 너그러운 태도를 보이면서도 한편으로는 엄격한 태도를 보였다. 그가 던진 첫

마디는 "영어 공부 어떻게 돼 가고 있나?"였다. 프랑스어가 모국어인 스타 공격수도 엄청나게 친절했지만, "이번 주 지나면 프랑스어 대화는 끝이야"라고 했다. 그러니 프레디는 더 열심히 파고들어야만 했다. 훈련이 오전부터 점심시간까지만 있었기 때문에 영어를 공부할 시간은 넉넉했고, 영어를 빨리 익히면 익힐수록 재미있게 놀 자유 시간은 더 빨리 찾아올 것이다. 그러니 영어 공부를 해야만 한다.

그것 말고는 훈련장에서 보낸 첫날은 인생 17년 4일을 통틀어 최고로 빛나는 날이었다. 스트레칭을 시작으로 두 선수를 가운데 두고 다섯 선수가 동그랗게 둘러싼 다음 서로서로 패스하며 공을 돌리는 훈련을 했다. 그 훈련은 재미도 있었고 기술적으로도 좋은 훈련이었다. 그런데 프레디가 진짜 신바람이 났던 순간은 몸값이 이천만 파운드인 미드필더와 함께 동그라미 안에 들어가 공을 가로채야 했을 때였다. 세계적으로 유명한 선수를 직접 본다는 것만으로도 신이 났는데 그 실제 인물이 바로 그의 곁에 서 있었던 것이다. 그리고 이제부터는 그것이 프레디의 세상이 될 것이다.

두 선수를 둘러싸고 하는 훈련이 끝난 뒤에는 한 시간 반 동안 체력 훈련이 이어졌다. 준비 운동 차원의 달리기에 이어 구간 달리기를 한 다음 왕복 달리기를 했다. 프레디는 지난 2년 동안 구단에서 보내준 식단과 운동 프로그램을 준수했기 때문에 훈련에 임하는 데 별다른 문제가 없었다. 그는 이제까지 자신이 어디에서든 가장 빠르게 뛰는 선수인 줄 알았는데, 이곳에서는 중간이나 조금 느린 편에 속하는 선수라는 사실을 알고 놀랐다. 하지만 어쨌든 그는 성장 중이었고, 공을 몰고 뛸 때도 공 없이 뛸 때만큼이나 빠르다는 장점을 스스로 잘 알고 있었다. 달리기가 끝나자, 여러 기술을 연습한 다음, 마지막으로 어떤 게임을 하나 더 했다. 그 게임의 이름이 너무나 이상해서 프레디는 통역사에게 그 뜻을 세 번이나 물어보았다. 그는 'cochon au milieu'라고 서듯 답했다. 'piggy in the middle'. 두 선수가 서로 공을 주고받으면 한 선수가 그 사이로 끼어들어 공을 뺏는 놀이로 프레디도, 다른 선수들도 다 큰 어른들이 달리고 뛰고 도지dodge 하고 크게 웃으면서 게임을 했다. 가장 나이가 많은 선수는 30대 초반이었는데 가장 어린 프레디처럼 열정을 다 쏟으며 숨을 헐떡이고 동시에 하하 웃으며 게임을 즐겼다. 그때 코치가 호루라기를 불자 훈련은 끝이 났다. 선수들은 탈의실로 향해 갔고, 그 후 각자 쇼핑, 도박, 에이전트 미팅, 섹스 등을 하면서 바쁜 오후를 보내러 뿔뿔이 흩어졌다.

19

피튜니아는 의사의 진료를 받으러 병원에 왔다. 그냥 일반의가 아니라 자문의(특정 분야의 최고 전문의-옮긴이)였다. 진료실은 동남부 런던에 있는 한 높은 병원 건물 18층에 있었고, 어느 모로 보나 힘든 하루가 될 것 같았다. 그녀는 기력이 거의 없고 어지러움을 느꼈으며, 당황스러울 만큼 끔찍한 증상도 하나 새로 생겼다. 눈에 이상이 온 것이었다. 사물을 볼 때, 왼쪽 눈에 그림자 또는 뭔가 뿌연 것이 보였다. 너무나 이상한 증상이라서 가끔 착각이 아닌가 싶은 생각이 들었다가 또 착각은 아니겠다 싶은 확신이 들곤 했다. 밖에 나갈 엄두도 나지 않아 택시를 불러 타고 병원까지 와야 했다. 콜택시를 타는 것이 내키지 않았던 그녀는 평생 택시 한번 타지 않았던 앨버트의 뜻에 따라 그녀도 택시를 타지 않고 살아왔다. 콜택시 타는 것이 내키지 않았던 이유 중 하나는 집에 갈 때 또 택시를 불러야 한다는 것이었다. 병원에서 무료 콜택시 전화번호를 알려 주기는 했지만, 택시를 부른다는 것은 택시가 올 때까지 안절부절못하고 기다리는 것, 누가 택시를 가로챌까 봐 걱정하는 것, 택시에 타서 앉을 자리를 찾는 것, 집에 가는 내내 길을 잘못 들어설까 봐 두려움에 시달리는 것을 모두 포함하는 일이었다.

그런 것들을 견디며 병원 앞에 내렸을 때 상황은 더욱더 좋지 않았다. 바람이 터널 같은 병원 앞마당으로 소용돌이치고 있었다. 강풍이 부니 구급차와 택시, 환자와 보호자, 휠체어 쪽으로 비가 거의 사선으로 들이쳤다. 모든 사람들은 어디로 가고 있는지 또 어떻게 가야 하는지 분명히 알고 있는 것 같았으며, 왜 급히 가야 하는지 그 이유가 확실한 것처럼 보였다. 그래서 그 사람들과 달리 단지 18층에 가야 한다는 점만 알고 엘리베이터를 찾아가야 하는 피튜니아는 조금 주눅이 들었다.

엘리베이터 앞에는 사람이 우르르 몰려 있어서 피튜니아는 바로 탈 수가 없었다. 엘리베이터가 다시 내려왔을 때 피튜니아는 앞쪽에 서 있었지만, 몇몇이 새치기를 하고 다리에 깁스한 채 휠체어를 탄 남자가 '죄송합니다' 하며 그녀보다 먼저 타는 바람에 탈 공간이 없었다. 그녀를 애처롭게 여긴 한 간호사가 앞쪽 공간을 터 주며 그녀의 팔을 잡고 끌어당긴 덕분에 그녀는 세 번째로 내려온 엘리베이터를 겨우 탈 수 있었다. 엘리베이터가 올라가는 동안, 장대처럼 키가 큰 의사 네 명이 주말에 있을 럭비 경기 이야기를 나누는 가운데 간호사는 피튜니아에게 미소를 지어 보였다.

그녀는 18층에서 내려 접수창구 앞으로 가 5분간 줄을 서서 기다렸다가 직원에게 도착을 알렸다. 그 여직원은 이름을 묻더니 컴퓨터에 입력한 후, 아무 말도 없이 카드에 뭔가를 적은 다음 피튜니아에게 그 카드를 건네주었다. 피튜니아는 이름을 부를 때까지 기다려야 하나 싶어 대기실 플라스틱 의자로 가서 앉았다. 밝은 오렌지색 의자는 등받이에 구멍이 하나 뚫려 있었고 전체가 앞으로 살짝 기울어 있어서, 피튜니아는 미끄러지지 않도록 엉덩이를 움직여 자세를 고쳐 앉곤 했다. 그녀 옆으로 다섯 자리 떨어진 의자에는 할머니와 딸, 사위, 두 손주로 구성된 아시아인 가족들 다섯 명이 앉아 있었다. 그들은 책과 게임기, 잡지, 과자 봉지 등을 가져왔는데 대기 시간을 위한 준비성과 능숙한 경험자의 모습을 보니 피튜니아는 자신이 햇병 아리 같았다.

한 시간이 지난 뒤 피튜니아는 용기를 내어 접수창구로 가서 접수된 게 맞는지 문의했다. 병원에선 접수를 누락시켰어도 인정한 적은 없었지만, 그래도 기다리고 있음을 한 번 더 확인시켜 주는 것은 가끔씩 효과가 있었다. 직원은 잠깐 컴퓨터에서 눈을 떼고 그녀를 올려다보더니 도로 컴퓨터를 보며 대답했다.

"대기하고 계시면 돼요."

"한 시 삼십 분에 예약했는데 벌써 두 시 사십오 분이라서요."

"왓슨 선생님 진료 예약은 모두 한 시 삼십 분에 잡아요."

"아, 그렇군요."

직원은 잠깐 다시 피튜니아를 올려다보았고, 피튜니아는 심장이 두근거리는 것을 느끼며 도로 의자로 가서 앉았다. 45분 후, 직원이 그녀의 이름을 불렀다.

"후 씨. 아, 하우 씨."

피튜니아는 자문의를 만나러 진료실로 들어갔다. 흰 가운을 입은 젊은 여의사가 웃으며 인사하는데, 목에 걸린 청진기를 보니 의사임을 알 수 있었다. 진료실 한구석에는 50대로 보이는 남자가 컴퓨터 앞에 앉아 자판을 두드리고 있었다. 복잡해 보이는 장비, 전선과 모니터가 연결된 기기, 뒤로 젖혀진 화면이 딸린 긴 의자와 그 위에 달린 스탠드의 빛나는 금속 장치 등도 보였다. 그 장치는 TV 자연 다큐 프로

그램에 나온 어떤 것을 연상시켰다. 마치 거대한 금속 곤충 같았다.

여의사가 의자를 가리키며 말했다.

"금방 시작할 거예요."

나이 지긋한 의사는 5분 정도 뭔가를 입력하더니 물었다.

"네, 안녕하세요. 성함이?"

"하우입니다."

의사는 소견서를 들여다봤다.

"증상이 더 심해졌나요?"

"네?"

그녀가 귀가 어두워서 알아듣지 못했다고 여긴 양, 의사는 목소리를 높여 다시 물었다.

"말씀하셨던 증상이 더 심해졌습니까? 뭔가 이상하다고 느낀 증상 말입니다. 더 심해졌나요? 뭐가 달라졌습니까? 새로 생긴 증상은 없습니까?"

피튜니아는 증상을 설명했다. 왼쪽 눈에 생긴 문제를 이야기할 때 의사가 더 주의 깊게 듣는다는 느낌을 받았다. 의사는 젊었을 때 빨간 머리였음을 짐작케 하는 갈색 계열의 머리 색깔에 얼굴도 붉은빛을 띠고 있었다. 그 얼굴빛 때문에 술꾼처럼 보이기도 했고, 툭하면 화를 내거나 원하는 것이 있으면 화부터 내는 사람처럼 보이기도 했다. 그는 이야기를 앞질러 듣는 사람, 즉 남의 이야기를 듣는 중에 재빨리 결론을 내리고 나서 나머지 이야기는 제대로 듣지도 않는 사람 같은 인상을 풍겼다. 피튜니아는 평생 수동적인 자세로 다른 사람들의 부탁이나 요구를 먼저 들어주며 살아왔기 때문에, 사람들이 말하거나 행동할 때 상대방을 배려하는지 그렇지 않은지 노상 의식하는 편이다. 그런 점에서 이 의사는 정말 꽝이었다. 그야말로 좌불안석이었다.

"알겠습니다. 그럼 피로와 균형 잡는 것은요? 피곤하고 어지러운가요?"

피튜니아는 그런 증상이 어떻게 느껴지는지 설명했다. 말을 하면 할수록 그녀는 점점 더 걱정이 되었다. 증상을 설명하자니 진짜 어디가 아픈 건 아닌지, 죽게 되는 건 아닌지 처음으로 궁금해졌다. 그런 궁금증이 전에는 그냥 스쳐 지나가더니 지금은 마음속에 똬리를 튼 것 같았다. 여든둘이나 되도록 이런 생각 없이 살아왔다는 것이 부끄럽긴 했지만, 피튜니아는 지금 처음으로 죽는 것이 어떤 건지 생각해 보기 시작했다. 의사에게 말하다 보니 그런 생각이 들었던 것이다. 어쩌면 그가 너무나 지겨워하고 너무나 비인간적이었기 때문에 그랬을지 모른다. 의사가 죽음은 누구에게나 평등하다는, 죽음의 존재를 상기시켜 주었다. 죽음은 누구나 겪게 되는 절대 피할 수 없는 일임을 말이다.

"제거해야 될 몇 가지 사항이 있습니다. 그중 첫째가 뇌종양입니다."

"내가 뇌종양에 걸렸다고요?"

피튜니아가 물었다. 그녀는 의사가 조금 움찔하는 것을 보았다. 뇌종양이 그 원인일지 모른다는 몸짓이었다. 의사 소견상 가장 가능성이 높은 병명일지 몰랐다. 하지만 그는 그렇다고 하지 않고 참을성을 발휘하더니 살짝 짜증 난다는 투로 대답했다.

"아뇨. '제거'한다는 말은 병의 원인을 없애겠다는 뜻입니다. 모든 원인을 조사해서 하나씩 제거해 갈 겁니다. 그러면 마지막에 남는 원인이 몸에 이상을 느끼는 이유가 되겠지요. 이해되시죠? 그건 종양 치료와 무관합니다. 종양의 유무 여부를 알아보자는 거지요. 아시겠습니까?"

그 마지막 말 한마디로 그녀보다 의사가 훨씬 더 중요한 사람이라고 느껴졌다. 의사는 중요한 사람이고 그의 시간도 중요한 반면, 그녀는 중요한 사람이 아니었다. 스스로 보기에 그녀도 중요한 사람이긴 하되, 그녀는 분명 의사보다 훨씬 덜 중요한 사람이었다. 시간 지연, 성급함, 짜증 등 모든 것이 상대방보다 그가 더 중요한 사람임을 부각시키기 위해 의도된 행동이다.

피튜니아는 항상 다른 사람의 관점에서 사물을 보는 경향이 있었다. 그것은 하나의 장점이 될 수도 있었지만, 가끔은 결점이 아닌지 의심스러웠다. 과묵함과 겸손함, 남의 이목을 끄는 것이나 자만하는 것을 싫어하는 성향 역시 분명 좋은 자질이긴 하나 도가 지나친 것은 아닌지 궁금했던 것이다. 이 자신만만하고 성마른 의사 눈에 그녀가 어떻게 비쳤을지 살짝 엿본 기분이 들었다. 모든 사항을 두 번씩 말해 줘야 하는 왜소하고 소심한 노인, 그가 오늘 상대해야 하는 수

십 명 중 한 사람일 뿐이다.

"알겠습니다. 선생님이 보시기에 뇌종양 같나요?"

피튜니아가 물었다. 의사는 붉은빛의 무표정한 얼굴로 그녀를 바라보았다. 솔직한 태도뿐만 아니라 뭐가 문제인지 이해한 그녀를 높이 평가한다는 표정이었다. 그녀는 내심 자기혐오를 느끼면서도 의사가 자신을 좀 더 알아준 사실이 좋았다.

"그럴지도 모릅니다. 가능성이 높다는 말은 아니지만, 그렇다 하더라도 재빨리 제거할 겁니다. 먼저 시티 촬영을 받으셔야 합니다. 그러면 알 수 있습니다."

"그 터널 같은 통 속에 들어가는 거 말인가요?"

의사는 웃지 않았지만 표정이 조금 밝아졌다.

"네. 폐소 공포증은 없겠죠?"

의사는 전에도 같은 질문을 했을 것이다.

"텔레비전에서 본 적 있나 그래요."

그녀가 말했다. 의사는 컴퓨터에 뭔가 입력하기 시작하더니 시티 촬영 날짜를 열흘 뒤로 잡아 주었다. 이제 진료 상담이 다 끝나 가는지, 의사는 조금 더 친절해졌다. 그는 그녀에게 진료 카드를 달라고 하고는 카드에 예약 날짜를 적었다.

"이러면 안 잊어버릴 거예요, 그렇죠?"

의사는 애써 친절하게 굴었다. 이 정도면 그의 성격상 거의 추파에 가까운 친절일 것이다. 평생을 까다로운 남편에게 맞추며 살아온 피튜니아로서는 그의 친절에 고개를 끄덕여 주지 않을 수 없었다.

　그녀는 엘리베이터를 타고 1층으로 내려와, 40분을 기다려 택시를 타고 집으로 돌아왔다.

20

금요일, 우스만은 조금 헉헉거리며 4시 15분쯤 가게에 나타났다. 샤히드가 계산대 안쪽에서 그를 기다리고 있었다. 지각해 놓고도 우스만은 가게 문을 닫고 잠시 가만히 서 있었다. 그는 겹겹이 쌓이고 진열된 수많은 물건에 절대 익숙해질 수가 없었다. 엄청나게 쌓인 물건을 보고 있으면 뭔가 불쾌하고 불결한 기분이 들었다.

　"샬롬, 이 멍청한 놈. 늦으면 어떡해!"

　"미안. 차가 막혀서. 남부 런던 도로를 다 파헤치고 있지 뭐야?"

　"네가 늦어서 나까지 늦었잖아. 금요일 오후 예배에 늦으면 이슬람교도로서 어떻게 고개 들고 살라고? 다 너 때문이야."

　샤히드는 코트를 집어 들고 계산대 문을 열고 나와 동생을 계산대 안쪽으로 들여보냈다.

　"금요일 예배, 두 번 더 빠져야만 할 것 같은데."

　"너처럼 믿을 수 없는 바보랑 같이 일하게 되면 충분히 그럴 수 있을 것 같다."

"미안하다고 했잖아."

우스만이 자리를 잡고 서며 말했다. 말투가 조금 무뚝뚝했다. 샤히드가 이슬람 사원에 가는 것이 아니라고 확신했기 때문이다. 두 사람은 서로 다른 사원에 다녀서, 그는 샤히드가 얼마나 꼬박꼬박 예배에 나가는지 정확히 알지 못했다. 하지만 우스만은 아메드와 달리 샤히드와 사이가 나쁘지 않았기 때문에 이 문제로 유별나게 굴고 싶진 않았다.

"이따 봐."

샤히드가 여자아이 같은 높은 어조로 인사했다. 동생에게 늘 쓰는 높은 어조의 인사였다. 그는 세 바퀴가 달린 유모차를 밀고 들어오려는 엄마를 보고 문을 잡아 주었다. 그러고 나서는 금요일 예배에 참석하러 밖으로 나갔다.

몇몇 얼간이들이 브릭스톤 사원의 물을 흘려 놓았다. 설교에 대해 불만을 가진 세력이 존재했다. 주로 사원 내부보다 외부에서 그런 불만이 더 많이 논의되었지만 내부에서도 종종 제기되었다. 그런 사실 자체를 부인하는 것은 의미가 없었다. 모두가 이맘을 마음에 들어 하는 것은 아니었던 것이다. 이런 점에서 원치 않아도 관심이 가게 되어, 샤히드는 가끔 신자들 중 영국 첩보부, 런던 경시청 공안부와 정보부 소속의 첩자가 얼마나 있을지 궁금하지 않을 수 없었다. 이 문제 중 일부는 이슬람 사원 공동체에서 자초한 일이었다. 비록 비이슬람 언론 매체에서 나온 소식이라 별로 신빙성이 없다 하더라도, 지난 날 폭발물이 장착된 신발을 이용해서 대서양 횡단 제트기를 날려 버리고자 계획한 일은 사원에 대해 나쁜 인식만 심어 주었을 뿐이다. 하지만 샤히드는 브릭스톤 사원을 거의 15년째 다니고 있었고, 다른 데로 옮길 생각도 없었다. 그는 자전거 체인을 풀었다. 맑은 날 가게 계산대에서 바로 보이는, 가게 앞 주자 거치대에 자전거를 묶어 두곤 했다. 그는 자전거에 올라 20야드쯤 인도를 달려 횡단보도에서 도로 쪽으로 방향을 바꾸어 나갔다.

이 시간대 런던은 마치 도시가 살아 있는 생물처럼 쇼핑 나온 사람들로 엄청나게 붐볐을 텐데 오늘은 이상하리만큼 통행량이 적었다. 앞으로 사흘 동안은 모든 번화가에 쇼핑으로 수십억 파운드가 풀리면서 제정신이 아니게 될 것이다. 행인들 중 절반은 쇼핑백을 들고 다녔다. 기독교인들이 이것을 종교적 축제로 생각하다니 너무나 웃긴 일이었다. 샤히드가 보기에 크리스마스 쇼핑은 가장 공공연한 이교도적 행위였기 때문이다. 아메드는 이런 크리스마스 분위기에 휩쓸리는 파티마를 말릴 수 없어서, 크리스마스를 기념하진 않고 아이들에게 선물만 나누어 주었다. 어린 모하메드는 욕심 많은 누나 덕에 그런 호사를 누리며 자라게 될 터였다. 파티마는 틀림없이 그것이 다 자기 덕이라고 동생에게 자랑스레 이야기할 것이다. 샤히드는 빨간 신호를 두 번이나 무시하며 이리저리 차량을 피해 페달을 밟다가, 에이커 레인 골목에서 불쑥 튀어나오는 차와 부딪칠 뻔했다. 그는 그레섬 로드의 일방통행로에서 인도로 자전거 핸들을 틀어 사원에 도착해 손발을 씻는 세면장으로 갔다.

샤히드 옆에는 이름은 모르지만 10년 넘게 사원을 오가며 가끔씩 보던 카리브해 출신의 버스 운전사가 있었다. 그는 묵상에 잠긴 듯 다소 천천히, 흐르는 물에 손을 모아 대고는 조용히 씻고 있었다. 샤히드는 전에도 그가 손을 천천히 씻는 모습을 본 적이 있었다. 이래서 금요일 예배가 좋았다. 삶에 있어 뭔가 지속된다는 느낌, 즉 앞으로도 영원히 같은 의식이 계속되고 아는 얼굴들과 친목 유지가 계속된다는 느낌이 좋았다. 일부 설교, 특히 분노가 담긴 설교는 더 이상 좋은 소리로 들리지 않았다. 하지만 다른 것들이 더 중요했다. 남의 말을 특별히 귀담아듣는 사람은 결코 아니었지만, 기도하는 것, 즉 바닥에 엎드려 기도하는 행위를 가장 좋아했다. 율법대로 하루에 다섯 번 기도하는 것도 아니었고, 당연히 그보다 더 기도하는 것도 아니었지만 말이다. 누가 그렇게 기도할 시간이 있겠는가? 하지만 기도하는 시간만큼은 순간에 몰입할 수 있는 유일한 시간이었다. 영혼이 육체를 떠나 세상을 초월한 듯한 그런 느낌은 아니다. 그는 직관적으로도 다른 세계가 있다고 생각하지 않았다. 더러 육체는 아무것도 아니라고 말하기도 하고, 가장 독실한 기도를 통해 영적 체험을 하면 천국을 볼 수 있다고 말하기도 한다. 샤히드가 기도하며 느끼는 것은 그런 것이 아니었지만, 기도할 때면 기도와 절하는 동작과 의식 속에서 자신의 존재를 온전히 느낄 수 있었다. 그것이 그가 할 수 있는 최선의 자세였고, 그걸로 족했다.

코란의 라아드 장(章) 중 한 구절을 같이 소리 내어 읽을 시간이 되었고, 샤히드는 괜찮은 아라비아어 실력으로 그럭저럭 따라 읽을 수 있었다.

"알라는 지주(支柱)도 없이 하늘을 세우신 분으로 너희가 그것을 보리라. 그런 후 그분은 권좌에 오르시어 태양과 달을 복종케 하셨노라. 또한 모든 일을 고안하시고 예증들을 밝히시어 너희가 알라를 영접하리라는 확신을 주심이라.

그분께서 대지를 넓히시고 그 안에 산을 세우셨으며 강을 흐르게 하사 모든 종류의 열매를 두셨음이라. 그 안에 자웅(雌雄)을 두었고 밤이 낮을 가리도록 하셨으니 실로 그 안에는 생각하는 백성을 위한 예증이 있노라."

'생각하는 백성을 위한 예증'. 그 부분이 샤히드는 좋았다. 도대체 어느 누가 코란이 반(反)과학적이라고 말할 수 있단 말인가?

이맘은 이스라엘과 서구 사회, 그리고 세계 정치에 대해 이야기하고 있었다. 샤히드는 별로 귀 기울여 듣지 않았다. 전부터 너무나 흔히 들었던 이야기인 데다 사원에 오는 이유도 그런 것이 아니었기 때문이다. 조금 지나 예배가 끝나고, 신자들이 사원 밖 거리로 쏟아져 나왔다. 밖에 서서 서로 담소를 나누는 이때를 샤히드는 두 번째로 좋아했다. 예배를 보는 사이에 밤이 찾아왔다. 12월 21일은 1년 중 낮의 길이가 가장 짧은 때였다. 밤하늘이 맑아서, 위를 올려다보니 행성인지 항성인지 모를 별들이 보였고, 순항 중인 비행기로 보이는 반짝거리는 불빛이 보였다.

"너희 뚱보 형 어떠냐?"

아메드와 친한 목소리 큰 동창이자 한 패거리의 우두머리인 알리가 물었다. 그는 크로이던, 미첨, 엘섬 등 여러 지역에 전자 제품 체인점을 소유하고 있었고, 많은 돈을 벌었다는 소문이 돌았다. 그는 최근에 금연을 시작한 뒤로 살이 좀 두툼하게 올랐고, 대화를 나누면서도 쉴 새 없이 몸을 꼼지락대고 주머니 속 차 열쇠를 짤랑거리며 주변 사람들을 둘러보았다.

"여전히 뚱뚱하지. 형 가족들은 잘 지내?"

"출산을 앞두고 있어. 제때 담배를 딱 끊은 거지."

샤히드는 알리의 어깨를 툭 치고는 다른 지인들 쪽으로 고개를 돌렸다.

"와심! 캄란! 알리 형 또 일 벌였다! 일곱째를 낳는대!"

와심과 캄란이 다가와 알리를 놀려도 알리는 즐거워 보였다. 그는 다섯 명씩 구성된 축구팀을 만들 때까지 아이를 낳을 거라고 농담 삼아 말하곤 했다. 몇 년 전부터 그랬다. 아예 열한 명씩 구성된 축구팀을 만들려 하나? 아직 인사한 적 없는 알리의 부인은 어떤 생각을 할까? 그녀에게 발언권은 있는 걸까? 아이들이 일곱 명이나 된다는 것은 그가 잠자리를 무척 좋아한다는 의미일까, 아내를 무척 좋아한다는 의미일까, 아니면 아이들을 무척 좋아한다는 의미일까? 아니면 그냥 피임에 실패한 걸까? 아니면 그 네 가지 모두 해당하는 걸까?

"실례합니다. 샤히드 카말 씨?"

유럽 억양의 한 목소리가 들려왔다. 샤히드는 고개를 돌려 보았다. 비슷한 또래의 갸름한 얼굴에 강렬한 눈빛, 잘 손질된 수염을 한 북아프리카 남자가 서 있었다. 그는 가죽 재킷과 청바지를 입고 있었고, 기대에 찬 표정을 짓고 있었다.

"그런데요?"

샤히드가 답했다.

"이크발. 이크발 라시드. 브뤼셀에서 체첸 공화국에 같이 갔던? 우딘 형제랑? 1993년에?"

외판원 같은 말투로 남자가 말했다.

기억이 되살아났다. 이 남자는 멋진 모험을 같이했던, 벨기에 사람 중 한 명이었다. 백만 파운드를 준다 해도 이름이 생각나지 않더니만, 막상 그가 앞에 서 있으니 모든 기억이 되살아났다. 그랬다. 알제리인 두 명이 있었다, 이크발과 타리크. 이크발은 타리크보다 더 침착하고 화도 더 잘 내는 성격에, 최신 유행에 밝았으며, 랩을 아주 좋아했고, 전 세계 이슬람교도가 처한 상황에 아주아주 분노하는 사람이었다. 하긴, 그들 모두가 그랬다. 그들은 모두 번지르르하게 말을 잘했고, 체첸으로 싸우러 가는 것을 실행에 옮긴 사람들이었다. 이크발 역시 그랬고 좀 더 격렬했다. 그의 분노에는 날이 서 있었다. 그런 그가 여기에 있다. 샤히드는 남자를 보면서 자기 나이가 얼마나 들어 보일지 문득 궁금했다. 그가 기억하는 남자는 스무 살 남짓의 깡마른 청년이었는데 지금은 수염과 머리칼이 살짝 희끗한 어른이 되어 있었기 때문이다. 자신도 그렇게 나이가 들어 보일까? 무서운 생각이었다.

"물론, 물론. 와. 여긴 웬일이야? 얼굴 보니 이런저런 생각 많이 나네."

샤히드가 말했다.

"나도 종종 그 시절 생각해. 인생에서 어떤 일은 옛날에 일어났어도 바로 어제 일 같잖아, 안 그래?"

그랬다. 이크발은 소리 지를 때만 제외하면 언제나 철학적인 생각이 담긴 말들을 하곤 했다. 분명 이크발은 이크발이었다.

"타리크는 어떻게 살아? 서로 연락하지?"

"연락은 무슨."

이크발은 타리크 이야기를 별로 하고 싶지 않다는 뜻을 분명히 하고는, 밝은 표정으로 다음 말을 이었다.

"하지만 언젠가 다시 만나게 되잖아! 있지, 전화번호 좀 알고 지내자. 런던에 사니까 만나서 옛날 얘기도 하고 요즘 얘기도 하면 좋을 것 같아."

그는 주머니에서 핸드폰을 꺼내 열고는 샤히드의 전화번호를 입력하려 했다. 샤히드는 살면서 장벽을 허물 필요도 있다고 느꼈다. 그냥 흐름에 맡기자. 일어날 일은 반드시 일어나는 법이다. 한 번뿐인 청춘이다. 모든 것을 알라의 뜻에 맡기자. 다가오는 일은 그냥 받아들여야 하는 것이다. 그래서 샤히드는 옛 지하드 전사가 지나친 관심을 보이고 속과 달리 겉으로 애써 무심한 척하는 태도 같은 것이 왠지 조금 이상하다는 생각이 들긴 했지만, 전화번호를 그냥 알려 주고 말았다. 이크발은 고개를 끄덕이더니 작별 인사를 남기고는 가 버렸다.

'이게 다 무슨 일이지?'

샤히드는 다시 알리와 다른 지인들 틈에 끼어들었다. 그들은 언제나 그랬던 것처럼 프리미어 리그, 첼시-아스널-맨체스터 유나이티드에 대해 열띤 토론을 벌이고 있었다. 너무나 열렬한 신자가 되다 못해 공중 부양이라도 할 것만 같았다. 그때 누군가 애슐리 콜 선수에 대해 얼토당토않은 명예 훼손에 가까운 발언을 하는 바람에, 샤히드도 그 토론에 끼어들지 않을 수 없었다.

21

21일 금요일 오후 5시, 정치학 학사와 석사를 딴 퀜티나 맥페시는 컨트롤 서비스사에서 받은 급여 수표를 집어 들었다. 수표에는 콰마 라이언스 앞으로 227파운드라는 금액이 쓰여 있었다. 퀜티나는 수표를 재킷 안주머니에 넣고 튜팅까지 걸어가기로 했다. 걸어가면 30분쯤 걸릴 것이다. 런던은 크리스마스를 앞두고 번잡했다. 퀜티나는 그것이 마음에 들었다. 자연의 빛과 색이 거의 없는 곳에서 네온과 광섬유, 매장 진열창, 크리스마스트리로 온갖 빛과 색을 만들어 내니 좋았다.

퀜티나는 아직 제복을 입고 있었다. 바삐 서둘러 나온 탓도 있었고 딱히 갈아입고 싶지도 않았다. 이미 어둠이 깔린 터라, 공원 광장을 가로질러 곧장 가자니 좀 불안해서 인도를 따라 걸어갔다. 공원 광장 옆에 있는 술집은 일찍 퇴근하고 한잔하러 몰려든 사람들로 북적였다. 크리스마스는 화요일이라서, 오늘부터 많은 사람들이 2주간의 크리스마스 연휴를 즐기기 시작할 것이다. 억울한 생각은 전혀 없었다. 그녀가 부러워하는 것은 여가 시간이 아닌, 그들의 직업이었다. 날씨가 쌀쌀해서 그녀는 우스꽝스러운 군복 같은 제복 속에 티셔츠와 스웨터를 받쳐 입었고, 영국의 겨울 날씨에 추위를 막을 수 있는 비결은 오래전에 터득한바 계속 움직여야 한다는 점이었다. 그녀는 발함 지역을 지나 왼쪽-오른쪽-왼쪽으로 방향을 틀어 주택가 길로 접어들었다. 현관문에는 크리스마스 리스와 장식용 전구가 달려 있었고 나무에 걸린 전구도 환해서, 주택가는 런던의 실상보다 더 따뜻하고 사람을 더 반기는 듯 보였다. 실제로는 차갑고 단절된 곳이지만, 마치 TV 드라마 속 장면처럼 편안한 느낌을 주었다. 퀜티나는 내가 몽환적인 분위기를 좋아하는구나 하고 깨달았다.

그녀는 찾던 집 앞에 이르렀다. 쓰레기통이 여러 개 나와 있는 것을 보니 여러 세대가 사는 테라스 주택(같은 모양의 집들이 벽을 맞대고 이어진 채 들어선 주택-옮긴이)이었다. 그녀가 위에서 세 번째로 보이는 초인종을 누르자, 인터폰을 받는 소리도 없이 삐- 소리와 함께 현관이 열렸다. 통로는 좁고 퀴퀴한 냄새가 났다. 현관 옆 작은 탁자에는 각종 우편물과 광고 전단지가 쌓여 있었다. 그녀가 이곳에 올 때마다 우편물 더미 맨 위에 있는 깃은 언제나 피자 전단지였다. 영국인들은 분명 엄청난 양의 피자를 먹어 대는 모양이었다.

퀜티나는 빠른 걸음으로 한 계단 오른 다음, 숨을 고르고 다시 한 계단씩 밟고 올라갔다. 앞에 보이는 문이 열려 있어서 안으로 들어갔다. 예전에도 와 본 적이 있던 터라, 그녀는 내부가 밖에서 보는 것보다 더 크다는 것을 알았다. 집 내부는 전체가 L자 모양으로 정면엔 거실이, 꺾어 들어가는 곳엔 침실 두 칸과 부엌이 있었다. 거실은 영화 포스터로 장식되어 있었는데, 하나는 〈전함 포템킨〉이고(퀜티나는 러시아어를 몰랐지만, 어떤 포스터인지 물어봐서 알게 된 것), 다른 하나는 〈만딩고〉였다. 그녀는 그 포스터들이 우습게 느껴졌다. 문 맞은편 책상 앞에는 덩치가 큰 아프리카계 남자가 등을 보인 채 컴퓨터 모니터를 보며 오른쪽 귀에 핸드폰을 대고 앉아 있었다. 그는 퀜티나에게 통화를 끝낼 때까지 조용히 있으라는 뜻으로 왼쪽 손을 번쩍 들어 보였다.

놀라웠다. 남자는 그녀가 아는 한 목청이 가장 큰 사람 중 하나였다. 하지만 그와 가까운 곳에 서 있는데도, 그의 통화 목소리가 하나도 들리지 않았던 것이다. 그녀는 그 점이 기뻤다. 콰메 라이언스, 또는 급여 수표에 적힌 대로 '쾌마 라이언스'라고 주장하는 이 남자에 대해 생각하고 느끼는 것을 한마디로 정의할 수 있었기 때문이다. 그에 대해 아는 것이 적으면 적을수록 더 좋았다.

남자는 폴더 폰을 닫고 의자를 뒤로 돌렸다. 40대로 보이는 외모에 아디다스 운동복을 입은 차림이었다. 그는 두 팔을 활짝 벌리고 눈이 아닌 입으로만 미소를 지어 보였다.

"멋진걸."

"수표 가져왔어요."

퀜티나가 수표를 꺼내 건네며 말했다. 남자는 고개를 끄덕이며 수표를 받아 천천히 살펴보더니 뒤로 손을 뻗어 지갑을 집어 들고는 10파운드짜리 지폐 15장을 꺼냈다. 그는 지폐를 다시 세어 본 다음 퀜티나에게 건넸다.

"자네를 위해 이런 위험을 감수할 수 있어서 기쁘군."

그가 중저음의 목소리로 말했다.

"저도요."

퀜티나도 뻔한 거짓말로 답했다. 이런 식의 대화는 이제 형식적이고 무의미한 일이 돼 버렸다. 남자는 다시 등을 돌리며 말했다.

"크리스마스 잘 보내고."

그녀는 언제나 그랬듯 수치심과 안도감이 뒤섞인 감정으로 문을 닫으며 말했다.

"선생도요."

다행히 그에 대해 새로 알게 된 것도 없었고, 그와 더 얽힐 일도 없었다. 그것은 아주 바람직한 일이었다. 그곳에 머문 시간도 단 90초에 불과했다. 그것도 좋은 결과였다.

당시 상황은 이랬다. 2003년 여름 하라레에서 그녀는 경찰에 의해 체포, 심문 과정에서 구타당한 뒤 석방, 집으로 가는 길에 또 폭력배들에 의해 납치, 이느 집으로 끌려가 72시간 내에 짐바브웨를 떠나라는 말을 듣고 구타당한 뒤 길가에 버려졌다. 병원에 가서 치료를 받은 그녀는 선교사들의 도움으로 몰래 짐바브웨를 탈출하여 학생 비자로 영국에 입국했다. 물론 비자 기한이 만료되어도 계속 머물 생각으로 입국한 것이다. 간단히 말해서 일부러 체류 기한을 넘겼단 말이다. 그 와중에 망명 신청을 했다가 거절당하고는 체포되어 국외 추방 명령을 받았다. 하지만 마지막 항소심에서 그녀가 짐바브웨로 돌아가면 목숨을 잃을지 모른다는 정황을 참작한 판결이 나와 추방 명령이 기각되었다. 그 시점에 퀜티나는 법적으로 봤을 때 존재하나 존재하지 않는 상태였다. 취업은 불법이었지만 기초 생활 보조금이 지급되었고, 구속이나 추방은 더 이상 없었다. 다른 나라로 갈 수도 없었다. 그녀는 유령 같은 존재였을 뿐이다.

이런 림보limbo 상태는 허공에 사는 것과 같았다. 제정신을 유지하고 돈을 지불할 능력을 갖기 위해 필요한, 직업을 가질 권리가 주어지지 않았던 것이다. 다행히 변호사가 그녀와 같은 사람을 받아 주는 자선 단체 '레퓨지Refuge'를 알고 있었다. 이곳은 무국적자들에게 거

주지를 제공해 주는 단체로서 영국 전역에 몇 군데 흩어져 있었다. 그렇게 해서 퀜티나는 튜팅에 있는 한 테라스 주택에서 다른 무국적자 여성 여섯 명과 관리인 한 명과 함께 살게 된 것이다. 단체는 한집에 여러 국적의 사람들이 어울려 살도록 배정했는데, 나라별로 무리 지어 다니면 바람직하지 않겠다 싶었고, 서로 다른 언어를 쓰는 사람들과 함께 있어야 영어를 좀 더 빨리 배울 수 있겠다 싶었기 때문이다. 퀜티나의 생각엔 그것이 잘못된 판단이었지만 그녀가 소유한 단체가 아니었기에, 그녀는 수단 여성과 쿠르드 여성, 갓 들어와 아직 인사도 못 나눈 중국 여성, 알제리 여성, 국적이 분명치 않은 동유럽 여성 두 명과 함께 살게 되었다.

이 사람들과 한집에 사는 것은 쉬운 일이 아니었다. 노동 역시 그랬다. 단체는 (난민들 사이에서 통용되는) '고객'인 그들에게 먹을 것을 제공했는데, 돈을 주는 것이 불법이었기 때문이다. 퀜티나는 하루 종일 노는 것도 아무나 하는 것이 아니라는 것을 알게 되었고, 그냥 집에만 앉아 있어야 하고 직접 쓸 수 있는 수입이 주어지지 않는다는 사실에 심한 폐소 공포증을 겪게 되었다. 어딘가에 갇혀 아무 힘도 쓸 수 없다는 생각이 머릿속에 가득했다. 어떤 방식으로도 그녀의 운명을 스스로가 어찌할 수 없다는 무기력한 현실이 상황을 더욱 악화시켰다. 그래서 그녀는 미치지 않으려면 뭔가 해야 할 것 같다는, 즉 일을 해야겠다는 결심을 했다.

난민들 사이에 일 문제와 관련된 일종의 비밀 정보망 같은 것이 있어서, 그 덕분에 퀜티나는 콰메 라이언스를 만나게 되었다. 그는 가짜 영국 여권을 만들어 주는 사람과 선이 닿아서 그의 몫을 떼어 주기만 하면 그를 통해 일자리를 구할 수 있다고 알려져 있었다. 퀜티나는 그가 얼마나 많은 이들에게 일자리를 알선해 주는지 몰라도 자신만이 유일한 고객일 리 없다는 점은 잘 알고 있었다. 라이언스가 얼마나 많은 고객을 확보하고 있는지, 가짜 여권을 어떻게 가져오는지, 고객들에게 그의 이름을 콰메 라이언스로 알리는지, 이 일로 얼마나 많은 돈을 버는지, 그의 진짜 이름이 무엇인지 알지도 못했고 알고 싶지도 않았다.

퀜티나는 일하기 제일 좋은 곳이 불법 서류 소지자를 운전사로 고용한다고 알려진 한 택시 회사란 말을 들었지만, (a) 회사가 여자는 채용하지 않는다는 말과 (b) 남부 런던의 거대 범죄 조직이 회사를 소유한바 검은돈을 세탁하는 수단으로 운영한다는 말도 들었다. 성격상 법을 준수해야 하고 법률적으로 올바른 편에 서는 것이 좋은 노선이라 여겼던 퀜티나에게는 가짜 여권 신청만으로도 이미 불법 행위였다. 그녀의 존재 자체가 법적 근거도, 국적도 없으니 불법이란 말이 역설이기는 했다. 그래서 그녀는 길에서 만난 잠비아 출신 주차 단속 요원의 충고를 받아들였다. 그는 퀜티나에게 컨트롤 서비스사를 거론하며 직원 채용 시 서아프리카인과 남아프리카인을 우대한다고 알려 주었다. 그녀는 가짜 여권으로 지원서를 작성했고, 시험의 일부로 또 다른 서류를 작성한 뒤 일자리를 얻게 되었다. 그렇게 1년

반이 지난 지금 그녀는 컨트롤 서비스사 직원 중 이의 제기 비율이 가장 낮은 직원에 들었다.

그녀는 거주지 가까이 이르자 피곤함을 느끼기 시작했다. 아무리 걷는 것에 익숙해도 하루 종일 걸어 다녔더니 다리가 아팠다. 운이 좋다면 온수가 좀 남아 있을 것이다. 그녀는 고객 중 유일한 정규직이라 5시에 퇴근해서 집에 오면 목욕이나 샤워를 하고 싶은 유일한 사람이었다. 그녀는 항상 깔끔 떠는 성격이었지만, 이 추운 나라에 오고 나서야 목욕의 진정한 의미를 깨닫게 되었다. 영국에서 뜨거운 물에 몸을 담그는 것은 신체상 매우 즐거운 일이었다. 내일은 쉬는 날이었다. 노동이 주는 축복 중 하나는 노동하지 않는 시간이 대단한 선물처럼 느껴진다는 것이다. 그녀는 DVD를 보고, 한잔하고, 춤추러 나가고, 파티를 즐기러 나가곤 했다. 크리스마스 연휴 기간에는 모든 일이 속도가 느리거나 멈추기 때문에 퀜티나는 오늘 변호사에게 전화를 걸어 무슨 새로운 소식이 없는지 물어봐야 했지만, 그렇게 하고 싶지 않았다. 좋은 소식이 있다면 언젠가 듣게 될 것이고, 나쁜 소식이 있다면 늦게 듣는다 해도 더 나빠질 것은 없었기 때문이다. 그리고 가장 높은 가능성은 별 소식 없이 아무것도 아닌 상태의 지속이었다. '네가 이같이 미지근하여 뜨겁지도 아니하고 차지도 아니하니 내 입에서 너를 토하여 버리리라.' 성경에 나오는 말씀이다. 퀜티나는 스스로 미지근한 사람이 아닌 것 같았지만, 토하여 버림받았다는 사실을 부인할 수가 없었다.

그녀가 사는 도로 끝에, 한 아프리카 출신의 여성이 아마도 브릭스턴 시장에서 산 것으로 보이는 커다란 참마 자루를 들고 서서 숨을 고르고 있었다. 퀜티나가 그녀 옆을 지나가자 그녀가 퀜티나를 위아래로 유심히 훑어보았다. 그녀가 오늘 저녁 뭘 요리할지 퀜티나에겐 상관이 없었다. 집에 다 왔으니 상관이 없었다. 아니, 집이 아니라 그냥 그녀가 사는 곳이다. 그녀는 모퉁이를 돌았다. 여전히 단속 요원의 제복 차림에, 여전히 그 거리에서 가장 호감도가 낮은 여자로서, 여전히 두려움과 분주함을 애써 풍기면서.

22

로저는 회사에서 중요한 일을 앞둔 날이면, 아침에 일어나 머리부터 발끝까지 깨끗이 씻고 정장을 쫙 빼입었다. 그런 행동은 여자가 하는 것 아니냔 소리를 들을까 봐 다른 사람 앞에서는 입도 뻥긋하지 않았다. 그는 평소처럼 샤워와 면도를 하고 샴푸와 린스로 머리를 감는다. 그러고 나서 마스크 팩을 10분간 붙여 얼굴에 수분을 공급한 뒤, 삐져나온 코털과 귀털을 다듬고, 다리와 가슴에 오일을 펴 바르고, 비타민과 더불어 간에 좋은 아티초크 알약을 먹는다. 그는 스트레칭을 하고, 목욕 가운 차림 그대로 아래층으로 내려가 전자레인지에 죽을 돌려 한 그릇 다 먹는다. 그런 다음 가장 좋고 가장 부드럽고 가장 비싼, 세빌 로에서 맞춘 셔츠를 입고 그에 어울리는 색상의 타이를 매고 정장 주머니에 손수건을 꽂고 아라벨라가 이베이 사이트에서 산 고풍스러운 커프스단추로 소매를 장식한다. 속에는 가장 섹시한 비밀 중 비밀인, 아라벨라가 안트베르펜에서 사 온 실크 속옷을 입고, 보너스를 받은 뒤 맞춘 정장에 수제화를 신는다. 속옷은 행운을 상징하는 특별한 옷이다. 이렇게 섬세하게 치장하는 이유는 모순되게도 그것이 그를 강하게 만들어 주고, 보호해 주며 골치 아픈 일에 맞설 준비를 시키는 것 같았기 때문이다.

12월 21일 금요일 아침에도, 로저는 이처럼 무장하고 출근했다. 보너스가 얼마나 들어 있는지 그 봉투를 열어 보기 위해 핑커 로이드 은행 회의실로 가는 중이다. 회의실에 들어서니 회의하는 내용이 밖으로 새어 나가지 않도록 백색 소음기도 켜 있고 유리벽에 블라인드도 불투명하게 쳐 있어서 로저는 자신 있고 든든하고 건강한 느낌, 미래를 다 대비한 기분이 들었다.

자리에는 보상 위원회의 책임자인 맥스가 앉아 있었다. 실적이 좋지 않아 형편없는 금액의 보너스를 받게 될 직원이 흥분할 경우를 대비해서 한두 위원이 더 나와 앉아 있곤 했다. 마찬가지로 실적이 좋아 엄청난 금액의 보너스를 받게 될 경우에도 한두 위원이 더 있었기 때문에 그 숫자만 보고 금액을 짐작할 수는 없었다. 로저 같은 부서장급들의 경우에는 평사원보다 신뢰도가 더 높기 때문에 단 한 위원과만 대화를 나누게 될 것이고, 그 대화 상대는 아마 맥스일 것이다. 이런 회의에는 으레 직속상관은 참석하지 않는 법이었다.

맥스는 '안경 쓴 사람'이라 불렸다. 콘택트렌즈와 시력 교정술이 흔해 빠진 세상에서 안경을 쓰는 것은 하나의 의도적인 자기표현이 돼 가고 있었다. 어떤 종류의 안경을 쓰느냐가 아니라, 안경을 쓴다는 것 자체가 그랬다. 안경은 (공부벌레나 특정 영화배우, 음악가들 사이에서) 좀 더 허영심을 채우기 위한 방법 또는 (잠시 쉬는 모델 사이에서) 좀 더 지적으로 보이기 위한 방법, (건축가나 디자이너들 사이에서) 무지함을 '외관은 기능을 따른다'는 식으로 포장하기 위한 방법, 가난은 선도 악도 아니라는 것을 나타내기 위한 방법이었다. 맥스의 경우 안경은 일종의 자기방어나 위장이었다. 안경이 얼굴을 가리는 데 도움이 되었던 것이다. 그와 동시에 멋있게 보이는 데도 도움이 되었다. 하지만 이 경우 연승식(連勝式) 베팅처럼 셋 중 하나만 성공해도 좋은 것이었지만, 연승식 베팅이 늘 그러하듯 하나도 성공하지 못할 확률도 존재했다. 맥스의 안경은 가는 쇠테 안경에, 개성을 나타내고자 했으나 나타나지 않은 기술 관료 같은 인상을 주는 안경이었다.

신입 행원이었다면 이 시점에서 로저는 보너스 회의의 취지를, 즉 어떤 음악이 흐르는지를 듣고 전반적인 회의 분위기를 눈치챘을 것이다. 그래서 실적이 좋지 않은 해에는 미리 마음을 다스리고, 좋은 해에는 마냥 마음이 설레곤 했다. 하지만 로저는 지금 부서 책임자로서 사전에 그 어떤 경고도 받지 못했다. 맥스의 표정에서 힌트를 얻고자 하는 것은 아무런 의미가 없는 일이었다. 그는 직업 특성상 늘 심각한 표정을 짓고 다녔기 때문이다. 미소 역시 심각하게 '친하게 지냅시다' 하고 말하는 것만 같았다. 비록 이 회의실에서 오가는 말이 보너스 책정에 아무 영향을 미치지 않는다는 사실쯤 누구나 알고 있으나, 사람들은 가끔씩 뭐든 발언하고 싶어 했다. 상사가 아닌 다른 사람에게 불만을 토로하는 것이 나쁜 일도 아니었으니까 말이다. 대개 돌아가는 상황이, 로저가 내린 평가는 부서원들의 보너스 책정에 직접적인 영향을 미칠 것이고, 그들도 그 사실을 알 것이며, 일부는 그 점에 기분이 좋지 않을 것이다.

"로저 부장!"

맥스가 맞은편 의자를 손가락으로 가리키며 불렀다.

"맥스 위원장님, 페트라 부인 잘 계시죠? 토비와 이사벨라도요?"

"다 잘 지내지. 아라벨라 부인도? 콘래드도?"

그러고 나서 그는 이름을 기억해 내느라 말을 멈췄다. 로저가 대신 답했다.

"조슈아? 쌩쌩하죠. 크리스마스에 사람들이 어떤지 잘 아시잖습니까. 워낙 들떠서들, 선물을 아무리 많이 받아도 만족하는 법 없이 더 많은 걸 바라죠. 저희 애들도 똑같이 들떠 있지요."

두 남자는 서로가 서로를 보며 웃었다. 맥스는 앞에 놓인 가죽 폴더로 손을 뻗어 봉투를 꺼냈다. 실크 바지를 입어서 감정이 차갑고 차분하던 로저는 갑자기 심장 박동과 혈압 상승을 느꼈다. 파운드 기호 뒤에 1, 그리고 그 뒤에 0이 여섯 개 붙어 백만, 백만이다. 이백만?
아니, 그것은 과욕이다. 백만이면 된다.

"부서가 수익을 많이 냈더군."

그렇지!

"수치가 말해 주니까."

그렇지!

"알다시피 경쟁사들의 수치를 분석하는 건 늘 복잡한 노릇이라서.
정확한 비교가 어렵긴 해도, 우리 생각엔 그쪽 부서의 실적은 해당
업계에서 확실히 상위권이더군."

로저도 그 점을 알고 있고, 긴가민가하기도 했지만, 좋은 소식처럼
들렸다.

"부장에 대한 개인 평가는 아주 잘 나왔소. 보상 위원회에서도 부
장의 업무 능력을 전반적으로 뛰어나다고 보고 있으니까."

좋았어! 이것은 백만 파운드짜리 대화가 아니었다. 이백만 또는
그 이상의 대화였다. 이백오십만 파운드 정도 받게 되려나? 그것은
천만 파운드에서 4분의 1이나 되는 금액이었다. 아라벨라와 뜨거운
밤을 보내게 될지도 몰랐다!

"물론 이 모든 것에는 전후 사정이 있기 마련이고."

맥스가 다음 말을 이었다. 로저보다 못한 사람이라면, 로저보다 덜
침착한 사람이라면, 맥스의 말이 경고성 언질을 주는 것처럼, 공황
장애를 부르는 말처럼 들렸을지도 모른다. 주택 융자금 상환에 대해,

약속만 했지 아직 받지 못한 다이아몬드 목걸이 선물에 대해, 계획된 휴가의 연기에 대해 재고해 보라고 던지는 말처럼 들렸을지도 모른다. 로저보다 못한 사람이라면, 맥스의 말은 '하지만'처럼 끔찍하게 들렸을지도 모를 일이기 때문이다. 하지만 로저는 핑커 로이드 은행의 평가라면 전문가였다. 20년째 겪어 왔기 때문이다. 마치 배심원들 앞에서 판사가 사건 개요를 설명한 다음 최종 선고를 내리기 전에 피고 측과 원고 측 모두를 흠칫거리게 만드는 것처럼, 보상위 위원들도 엄청난 보너스를 주기 전에 상대를 약간 겁주는 것을 좋아한다. 포지본시에 있는, 진입로엔 사이프러스가 줄지어 자라고 작은 포도밭과 수영장이 딸린 별장을 선사해 주기 전에, 밥숟가락 걱정을 하게끔 만드는 것이다.

사실, 그런 별장을 생각하다 보니, 민친햄프턴에 있는 별장도 괜찮긴 하지만 허름해 보일 수도 있겠다는 생각이 들었다. 그곳에서 습한 여름을 한철 나 본다면, 영국에서 휴가 보낼 생각은 영원히 들지 않게 될 것이다. 보너스가 이백오십만 파운드라면, 각종 공과금을 다 내고 연금과 벤처 캐피털 트러스트(투자가로부터 모은 자금을 적격인 비상장 기업에 투자하는 신탁 - 옮긴이)에 투자하고도 꽤 많은 돈이 남을 것이다. 백만 파운드라면, 꽤 살기 좋은 이비사섬에다 집을 살 수 있다고 들었다. 그것도 생각해 봐야겠다.

로저가 잠시 딴생각에 빠졌다가 다시 정신을 차렸을 때, 맥스가 말했다.

"……물론 이 사정은 단순히 업계 전체의 광범위한 문제나 희미한 조짐들, 보험료와 스와프 금리의 재설정만 말하는 게 아니오. 그건 단지 일반적인 기상 조건일 뿐. 더구나, 우리 스위스 자회사에 심각한 문제도 발생했고."

그 순간 갑자기 보너스가 깎이는 소리가 들리기 시작했다. 그냥 분위기 조성 차원이 아닌 실제, 진짜로, 까놓고 말하는 '하지만'이었다. 족제비처럼 교활한 소인배 후레자식 맥스 새끼가 반짝거리는 나치 문양 같은 쇠테 안경을 끼고 나쁜 소식을 전하고 있는 것이다.

"……그게 일상의 변화를 넘어 실제 손실로 이어지고 있소. 일단 우리 자회사들이 미국 시장의 불안정한 자산 유동화에 어느 정도로 노출이 되었는지 완전히 파악한다면, 아마 십억 유로 정도 되지 않을까…… 그 손실액이 아직 정확히 계산된 건 아니지만……."

맥스는 올해 은행의 손실액이 이삼억 유로에 달한다고 말할 참이었다. 스위스 자회사가 서브프라임 대출 위험에 노출되었기 때문이다. 하, 참 대단하다. 로저는 더 이상 듣지 않았다. 들어 봐야 골치 아픈 이야기만 나올 것이 뻔했기 때문에, 자세한 내용을 알 필요도 없었다. 맥스는 계속 더 이야기했다. 이윽고 그가 탁자 건너로 봉투를 내미는 순간이 왔다. 분명 쥐꼬리만 한 액수일 것이다. 연봉인 십오만 파운드밖에 안 될 수도 있다. 현실적으로 말하면, 보너스가 그만큼밖에 안 된다는 것은 옥상으로 끌려가 뒤통수에 총알이 박혀 죽는 것과 다름없는 일이었다.

로저는 봉투를 열어 보았다. 봉투는 밀봉이 안 된 채 뚜껑만 안으로 접어 넣은 상태였다. 그는 은행의 멍청이들에게 짜증이 치밀었다. 인편에 전달되는 편지는 반드시 밀봉해서 전달해야 한다는 관례를, 그렇게 하지 않는 것은 당사자에게 암묵적인 모욕을 주는 것과 같다는 점을 그 멍청이들은 모르는 것이었다. 관례에 따라, 신사들 사이에 오가는 사적인 서신은 다른 사람이 읽을 수 없도록 보장되어야만 했다. 하지만 신입 멍청이들은 그런 관례 따위 안중에도 없는 모양이었다. 그는 봉투 속에서 지폐를 꺼냈다. 올해 보너스는 삼만 파운드였다.

로저는 말해 봐야 아무 소용이 없다는 것을 잘 알고 있었다. 헛기침한 뒤 더듬거리며 항의해 봐야 입만 아플 것이다. 그저 통보만 받는 입장에서, 항의조의 말이나 행동은 백해무익하다는 것을 너무나 잘 알고 있었다.

"하지만…… 무슨…… 수익을 수십억이나 냈는데…… 기본적으로 불공평한…… 올해 한 일을 생각하면…… 기본급조차……. 욕심 때문이 아니라 필요해서……."

맥스는 안경을 낀 채 앉아만 있었다. 무슨 소용이 있단 말인가? 아무 소용이 없었다. 로저는 입을 다물었다. 백색 소음기에서 나는 소리가 더 커진 것 같더니 잠잠해졌다가 다시 커졌다. 로저는 속이 울렁거리더니 뒤틀리는 것 같았다. 식도가 왠지 이상하고, 메스꺼움 같은 것이 치밀어 오르는 것이 느껴졌다. 그것은 실제로 메스꺼움이었다. 토할 것 같은 느낌이었다. 단지 느낌만이 아니라 실제로 토하기

175

직전이었다. 로저는 가슴을 웅크린 채로 천천히 일어나 허리를 숙였다. 맥스에게 고개를 숙여 인사하고는, 등을 돌려 회의실을 나왔다. 복도에 어쩌면 사람들이 몇몇 있었겠지만, 로저의 눈엔 보이지도 않았고 상관도 없었다. 화장실은 열 발자국 정도 떨어진 곳에 있었다. 로저는 간신히 화장실로 들어가 세 번이나 토했다. 어찌나 심하게 토했는지 위가 다 아플 정도였다.

속이 가라앉자, 그는 변기 뚜껑을 내리고는 무릎을 꿇은 채 그대로 가만히 있었다. 대단하지 않은가? 완벽하지 않은가? 한 사람의 인생에서 속이 아팠던 경우를 전부 떠올려 본다는 것은 우스운 일이다. 다 합치면 백번은 토했을 것이다.

'맞아. 수백 번 넘게 토했지.'

그런 상황을 묘사하는 표현도 다양했다. '변기 붙잡고 씨름하다.' '화장실을 들락거리다.' '아침에 먹은 것을 다 확인하다.' 하지만 이번에 토한 것은 예전에 토했던 상황과 완전히 달랐다. 그때에는 일단 토하고 나면 기분이 나아졌기 때문이다.

23

크리스마스 전날, 피프스 로드 주택 단지에 DVD들이 배송되기 시작했다. 그 DVD들은 모두 같은 것이었다. 케이스에 '우리는 당신이 가진 것을 원한다'고 인쇄된 라벨이 붙어 있었지만, 디스크 위에는 아무것도 붙어 있지 않았다.

영상은 핸드헬드 카메라로 찍었으며, 피프스 로드 남쪽 끝 카말 가족의 가게 앞에서 시작되었다. 거리에 개미 새끼 하나 보이지 않고 해가 뜬 것으로 보아, 여름날 이른 아침에 찍은 영상 같았다. 가끔 지평선에 걸린 해가 카메라에 그대로 찍혀 화면이 뿌옇게 보일 때가 있었다.

카메라 기법상 영상은 엉망이었다. 카메라가 덜컥덜컥 흔들렸고 초점도 맞았다, 안 맞았다를 반복했다. 화질도 흐리게 나왔다. 영화 산업이 꽃피기 전에 찍은 초기 무성 영화 같은 느낌을 주었다. 카메라맨은 거리 곳곳을 돌아다니며 찍었다. 흔들리는 카메라, 걸어 다니며 찍는 카메라맨, 나쁜 화질이라는 이 세 가지 요인 때문에 영상을 보다 보면 살짝 멀미가 나는 것 같았다. 카메라맨은 가끔씩 특정 집들 앞으로 가까이 다가가 찍었다. 예를 들어 그는 (물론 남자라고 여길 만한 이유는 전혀 없었지만) 피튜니아 하우의 집 현관으로 바짝 다가가 문에 붙은 번지수에 카메라의 초점을 맞췄다. 미키 립톤-밀러 소유인 27번지 집은 길 한가운데에 서서 이쪽 끝부터 저쪽 끝까지 훑으며 찍었다. 또는 내비게이션을 훔치려는 도둑처럼 한 차량의 앞 유리창 안을 클로즈업해서 찍기도 했다. 로저의 렉서스 S400 차량이 영상에 꽤 오래 나왔다. 마치 카메라가 차에 타고 싶다는 듯이, 가죽 시

177

트를 음탕한 시선으로 훑듯이 찍었다. 어떤 장면에서는 그가 세부적인 건축 요소에 특별히 관심이 있는 사람처럼 보였다. 피프스 로드 주택은 같은 요소라 해도 생김새가 집집마다 달랐는데, 36번지 주택의 모르타르를 찍었다가, 다섯 집 정도 떨어진 46번지 주택의 다른 모르타르를 찍었다. 62번지 주택의 돌출창을 찍었다가 55번지 주택의 다각형 모양으로 생긴 돌출창을 찍기도 했다. 영상을 찍은 사람은 크고 비싼 더블프론트 주택에 특히 더 관심이 있어 보였다.

DVD 내용에는 그 어떤 불길한 요소도 없었지만, DVD를 다 보고 나니 불길했다. 누군가가 동네를 지켜보고 있다는 생각에, 그것도 아주 자세히 지켜보고 있다는 생각에 불길한 느낌을 떨칠 수가 없었다. 부동산 개발이나 바이러스성 마케팅 같은 것과는 거리가 멀어 보였다. 그리고 영상에는 주택 단지를 동경하는 듯한 시선이 담겨 있었다. 마치 어린아이가 장난감 가게의 진열창 안을 들여다보는 것 같은 느낌이었다. 주민들 모두가 그 DVD를 본 것은 아니었지만, 그것을 본 사람들은 어딘가에 사는 누군가가 실제로 그들이 가진 것을 원한다는 느낌을 받았다.

DVD는 소포용 쿠션 봉투에 담겨 왔다. 겉봉에는 런던 각지의 우체국 소인이 찍혀 있었다.

24

퀜티나는 더 이상 마르크스주의자도 아니고 독실한 기독교인도 아니었지만, 교회에 나가는 것은 좋아했다. 교회에서 쓰는 용어와 따뜻함이 주는 느낌이 소중하고 좋았다. 그녀가 다니는 발함 지역의 세인트 미카엘 교회 내 짐바브웨 출신의 부목사도 좋았고, 아름다울 만큼 다부지게 생긴, 보츠와나 출신의 성가대 지휘자이자 조교인 마신코 윌슨은 가장 좋았다. 그의 목소리는 얼마나 허스키하고 섹시한지 마치 성가대를 위해 타고난 목소리 같았다. 그가 아프리카 노래나 아프리카풍의 노래를 부를 때는 그 멋진 음색이 그냥 그랬다가, 크리스마스에 성가대와 신도를 이끌며 영어로 된 찬송가를 부를 때면 그 음색이 정말 황홀하게 들렸다. 건강한 근육질 몸에서 나오는 것이 분명한, 따뜻하고 낭랑하고 섹시한 목소리로 '참 반가운 신도여' 같은 찬송가를 부를 때가 바로 그런 때였다. 작년에 크리스마스를 일주일 앞두고, 퀜티나는 마신코가 화음 맞추어 부르는 크리스마스 캐럴을 들은 뒤로 1년 내내 이때가 오기만을 기다려 왔다. 그녀는 이미 강림절과 크리스마스이브에 대한 기대로 들떠 있었다. 오늘 예배가 끝나면, 그녀는 마신코에게 다가가 호감을 표할 계획이었다.

교회 건물 자체로 말하자면, 건물 역시 좋았다. 아마도 화강암으로 지었을 주변의 집과 달리, 교회는 회색 돌로 지었다. 내부 중앙에는 전통 그대로 좁은 복도가 뻗어 있었고, 높은 곳에는 창문들이 나 있었고, 뒤쪽에는 거실과 탁아실로 쓸 수 있는 유리벽 공간이 따로 있었다. 그곳에서 아이들의 우는 소리와 쿵쿵대는 소리가 기도와 설교 소리를 뚫고 중간중간에 들려오곤 했다.

짐바브웨에서 살 때, 크리스마스이브 때마다 퀜티나는 어머니와 함께 하라레에 있는 세인트 메리 대성당에 미사를 보러 갔다. 어머니는 기독교 집안에서 나고 자랐다. 아버지는 어머니의 믿음이 온 가족의 믿음을 합한 것만큼이나 깊다고 말하곤 했다. 어머니는 일요일마다 퀜티나나 다른 형제자매 중 누가 따라나서기만 하면 그게 누구든 상관없이 성당에 데리고 갔다. 그녀는 부활절과 크리스마스에 온 가족이 다 함께 성당에 가기를 바랐지만 억지로 권하지는 않았다. 남편과 평화적으로 합의한 바에 따라, 남편 홀로 두고 성당에 갔다. 퀜티나는 그 점이 좋았다. 성당에 가는 때가 어머니와 함께할 수 있는 유일한 시간인 데다 구약 성서의 거창한 표현과 저 머나먼 추운 북극 지방의 크리스마스가 연상시켜 주는 이국적인 장면이 마음에 들었기 때문이다. 이제 막상 그녀가 추운 북쪽 지방에 와서 살게 되자 크리스마스 하면 떠오르는 것들이 따뜻함, 조명, 색상, 안락함이 되었다니 모순이 아닐 수 없었다.

하늘과 땅의 모든 권세를 가진 아기. 이 말은 퀜티나에게 깊은 여운을 남겼다. 그런 일을 두 번이나 직접 겪어 봤기 때문이다. 퀜티나는 짐바브웨가 독립을 쟁취한 해인 1980년에 태어난, 혁명의 아이였다. 5년 후에 남동생 로버트가 태어났는데, 그녀는 그 당시 느꼈던,

뒷전으로 밀려난 것에 대한 부당함과 이 새로운 생명을 둘러싸고 생활이 바뀌어 버린 마법과 같은 감정이 아직도 생생했다. 로버트는 못마땅한 듯 잔뜩 찡그린 얼굴로 하루 종일 울다시피 했고, 그때 벌린 입 사이로 보였던 입안은 그녀가 본 분홍빛 중 가장 여린 분홍빛을 띠고 있었다. 부모가 보여 준 상냥함과 헌신은 대단했다. 시간이 흐르고 흘러 나중에 가서야 퀜티나는 부모가 자신에게도 그렇게 했다는 점을 깨달았다. 로버트가 태어났을 당시에는 막강한 침입자인 동생 때문에 밀려난 것에 대한 부당함과 시기, 분노만 느꼈을 뿐이다.

여동생이 태어난 일은 그다지 신경 쓰이지 않았다. 사라는 태어났을 때 정말 사랑스럽고 순해서 화를 내기가 어려웠다. 20년이 지난 지금도 그녀는 여전히 사랑스럽고 순했다. 로버트는 여동생을 보자 떼가 심하게 늘었는데, 그 당시 퀜티나는 그것이 무척 고소했다.

'기분이 어떤지 너도 맛 좀 봐라. 새로 태어난 아기가 그렇게 힘셀 줄 몰랐지? 제 몸 하나 못 가누는 아기가 세상을 어떻게 지배하는지 보라고. 구유에 누운 저 작은 생명체가 세상의 왕이야. 너도 한번 겪어 봐라, 요 녀석아!'

퀜티나에게는 로버트의 존재, 즉 자기보다 어린 동생이 생긴 것이 너무나 끔찍했고 용서할 수 없는 일이었기 때문에, 죽음 역시 그만큼 심한 충격이었다. 로버트의 첫 증상은 툭하면 기침을 한다는 것이었고, 다른 증상이 연쇄적으로 나타났다. 그 증상이 모두 처음에는 심한 편이 아니었지만 시간이 가도 나아지지 않았다가 1년이 지나자 온몸에 발진이 돋더니 앞을 못 보고 숨을 쉬기 힘겨울 만큼 눈에 띄게 위독해져 갔다. 그 후 3개월이 더 지나 남동생은 세상을 떠나고 말았다. 당연히 에이즈였다. 에이즈가 아니면 무엇이었겠는가? 한때 세상의 중심에 있는 아기였던, 구유에 누운 아기 예수와 같던 청년이 었다.

그 일로 인해 삶의 방향이 본질적으로 바뀌지는 않았다. 로버트의 죽음이 인생에 대해서 철학적으로 분노하게 만들기는 했지만, 그것은 구체적인 대상이 있는 분노는 아니었다. 즉 뭔가를 변화시키고 싶다는 소망뿐 아니라 그 소망을 이루기 위해 행동하고자 하는 그런 종류의 분노는 아니었다. 구체적인 분노는 발목이 부러져서 병원에 가게 되었을 때 비로소 폭발했다. 의사는 발목이 부러진 것이 아니라 단순히 삔 거라고 했다.

"가장 좋은 치료는 쉬는 겁니다. 저랑 데이트하실래요?"

"됐거든요."

퀜티나는 그 후 6주간 그의 관심을 모른 척 피해 다녔고, 그것도 시간이 갈수록 피하는 둥 마는 둥했다. 그의 이름은 존 짐벨라였는데, 점차 깨닫게 된 사실이었지만, 그녀가 아는 사람들 중 가장 존경할 만한 사람이었다. 그는 무가베 정권의 에이즈 정책에 불같이 화를 냈다. 핵심 내용이 회피와 거짓말로 일관했기 때문에 그 정책에 반대했다. 존은 몇몇 친구와 함께 지하 조직에 가담하여 부유한 국가들이 연구한 에이즈 바이러스와 안전한 성생활, 감염률, 병의 경과, 치료법 등에 관한 내용을 불법 전단지로 만들어 배포하고 다녔다. 그는 그 일에 생계와 목숨까지 걸었다. 퀜티나는 그를 만났을 때 이미 에이즈에 대해 알고 있었지만, 남동생의 죽음은 일종의 사고일 거라고, 어쩌면 너무 흔한 사고일 거라고, 근본적으로는 신의 섭리일 거라고 생각했다. 하지만 그를 만나게 되면서 그녀는 에이즈가 무가베 정권의 정책들로 인해 제도화된 살인이 돼 버렸다는 것을 깨달아 갔다. 엄밀히 말하면 고의적인 살인은 아니었지만, 결과가 그러했다. 그 뒤 그녀 역시 화가 치밀어 지하 조직에 가담하여 무가베 정권 반대 운동을 시작했다. 즉, 강의실에서만 배우는 정치학을 떠나 정치와 현실을 연결시킨 삶을 살기 시작했던 것이다.

아버지는 혁명(1960년대 백인 정권에 맞선 독립운동으로, 무가베가 독립영웅으로 떠오르게 된 혁명-옮긴이) 기간 동안 덤불에 숨어 투쟁을 했다. 그는 전단지 따위로 혁명하는 사람이 아니었다. 실제로 5년 동안 옥수수로 연명하며 총을 들고 싸웠다. 그 후 그는 짐바브웨 아프리카 민족 연맹-애국 전선(집권 여당이자 민족주의 정당으로, 무가베 대통령이 소속된 정당-옮긴이)에서 꽤 높은 지위에 올라, 교육을 새로운 짐바브웨 건설의 최우선 과제이자 자부심으로 삼은 교육부에 들어가 일했다. 퀜티나는 어릴 때 벤츠 타네 어쩌네 하는 부류처럼 아주 잘사는 축에 들지도 않았고 가족 역시 그런 특권 같은 것을 누리지도 않았지만, 그래도 나름 편안하고 안락하게 기존 체제의 일원으로 살아갔다. 하지만 이제는 그렇지 않았다. 일종의 지하로 잠적한 범법자가 되었다. 그 과정에서 가족을 위태롭게 만들었고, 바로 그 지점에서 그녀의 고민은 깊어 갔다. 자신의 용기에 스스로 경의를 표할 수는 있었지만, 어쩌다 가족을 생각하면 내가 너무 내 생각만 하며 사는 것은 아닌지 고민이 되었던 것이다. 때로 로버트라면 무엇을 원했을까 하고 스스로에게 질문을 던져도 답은 돌아오지 않았다. 남동생에 대해 그녀가 기억하는 것은 오로지 그의 탄생과 죽음뿐이었다. 그가 실제 어떤 사람이었는지에 대한 기억 따위는 존재하지 않는 것 같았다. 로버트의 죽음이 로버트뿐 아니라 그와 관련된 모든 기억까지도 통째로 데려가 버린 느낌이었다.

그녀가 비밀 모임에 나가 전단지를 돌린 지 한 달 만에 아버지가 폐암으로 세상을 떠났다. 의사의 진단은 없었지만 아버지의 사망 원인은 폐암이었다. 폐암이라고 밝혀진 것은 부검을 통해서였다.

퀜티나의 정치 이력은 9개월간 계속되었다. 에이즈 정책 반대로 시작했던 활동이 구속과 구타 등 모든 인권 탄압 반대로까지 이어졌다. 퀜티나는 자신이 체포되거나, 짐바브웨 아프리카 민족 연맹-애국 전선이 무가베에게 등을 돌리거나, 둘 중 하나가 먼저 일어날 것이고 그 확률은 반반일 거라고 생각했다. 하지만 그녀가 틀렸다. 마지막 구속 기간 중 구타를 당하며 그녀가 들은 바로는 강간과 죽임을 당하지 않았던 것이 한때 친정부 내 관료였던 아버지 덕이었다는 것이다. 하지만 이제 그 보호막이 사라져 버렸다. 그로부터 3년이 더 흐른 지금, 그녀는 런던의 한 교회에 나와 성가대의 소프라노 파트와 마신코 윌슨이 경쟁하듯이 부르는 '참 반가운 신도여'를 듣고 있었다.

예배가 끝나자, 신자들이 천천히 예배당을 빠져나갔다. 사람들은 이 사람 저 사람과 서로 악수하며 이야기를 나누었다. 퀜티나도 몇몇 아는 신자들과 간단히 인사만 나누었다. 수행해야 할 임무가 있었다. 마신코는 언제나 그랬듯 주변에 한 무리의 팬들을 거느리고 이야기와 덕담을 주고받고 있었다. 그는 빛이 났고 따뜻했고 부티가 흘렀다. 마신코 주변의 사람들이 좀 떨어져 나갈 때까지 기다릴 수도 있었지만, 그러려면 그의 주변을 연신 왔다 갔다 해야 했다. 그렇게 되면 허약하고 결단력이 부족한 사람처럼 보일 것이다. 그녀답지 않다. 사람들은 각자 자신만의 역사를 써 나가지만, 선택의 기로에서는 그렇지 않았다. 퀜티나는 마신코에게 곧장 다가갔다. 그는 예순 살쯤 된, 헤벌쭉 웃는 키 작은 여자에게 한 팔을 잡힌 채 서 있었다. 퀜티나는 마신코 앞에 서서 주특기를 시전했다. 그의 눈길을 확실히 끌었다.

"아름다운 노래, 잘 들었다고 말씀드리고 싶어서요."

그녀가 말했다. 이미 빛나던 마신코의 얼굴이 더욱더 환한 광채를 발했다. 이거면 됐다. 다음번에 그는 그녀를 기억하게 될 것이다.

"안녕히 계세요. 크리스마스 즐겁게 보내세요."

퀜티나는 고개를 돌려 그 자리를 떠났다. 그녀는 런던에 찾아온 크리스마스이브의 추위와 어둠 속으로 걸음을 내디뎠다.

추억은 희망과 경쟁할 수 없다. 둘은 경쟁 관계가 아니니까. 아주 작은 희망이라도 있다면 그걸로 족한 것이다.

25

볼 수 있을까?

문자 메시지가 왔다. 샤히드는 누가 문자를 보냈는지 알 수 없어 갸웃거리다가 답을 보냈다.

그래. 그런데 누구야?

솔직히, 샤히드는 문자를 보낸 사람이 여자일지 모른다고 생각했다. 어디선가 꼬셔 보려 했던, 기억이 나지 않는 여자이거나 옛 애인일지도 몰랐다. 누가 되었든 그에게 관심이 있다는 말인데, 그것이 아니라면 왜 그의 전화번호를 가지고 있단 말인가? 클래펌 남부 지역에서 마주쳤던 여자가 떠올랐다. 지하철에서 내리던 그녀는 종이 뭉치를 플랫폼에 떨어뜨렸고, 승객들은 무례하게 그냥 그녀를 밀치고 지나갔다. 샤히드가 그 종이들을 주워 주었고, 법대생인 그녀와 잠시 인사말을 주고받고는 함께 길 건너편 카페로 들어가 커피를 마셨다. 그는 그녀와 전화번호를 교환했는데, 일주일쯤 후에 그만 핸드폰을 잃어버리고 말았다. 그 뒤로 쭉 그녀가 내 짝이 아닐까…… 하고 생각나곤 했다. 그게 한 6개월 전에 있었던 일이다. 그녀일지도 몰랐다. 그냥 그런 생각이 들었다. 메트로 신문 '사람을 찾습니다'란에 글도 올려 봤지만 소득이 없었다. 비록 문자를 보낸 사람이 그 법대생이 아닐지라도 여자이기만 하다면 그것은 기쁜 소식이었다.

답신은 실망스러웠다.

이크발. 몇 시에 어디서 봐?

샤히드는 속으로 중얼거렸다.

'대단하다. 딱이네, 딱이야. 십 년 이상 얼굴도 못 본, 어딘가 좀 이상한 벨기에 지하드 전사랑 체첸 공화국 추억을 나누게 생겼군.'

화요일 6시 펠햄 로드 13번가.

그렇게 해서 지금 샤히드는 크리스마스이브에 한편으론 TV 만화 '심슨 가족'을 보면서 다른 한편으론 며칠만 재워 달라는 이크발의 얄팍한 부탁을 들으며 앉아 있었다.

"그러니까 버린 거야. 친구가 날 버린 거야. 그런 일 없었으면 내가 왜 너한테 부탁하겠니?"

그는 분통을 터뜨림과 동시에 샤히드의 환심을 사려고 싹싹하게 말했다. 속상해 죽을 것 같다고 호소해서 확답을 받아 내려 했다. 이크발은 한 친구네 집에 들어가 살기로 했지만, 그 친구는 다른 사람이 들어와 살게 됐으니 방을 비워 주어야 한다는 말에다 중요한 일이 생겼다는 말까지 덧붙여 온갖 핑계를 대더니 그를 쫓아내 버렸다. 그래서 그는 샤히드까지 찾아온 것이다. 그것도 세월이 한참 흐른 후에. 체첸 공화국에 있을 때 샤히드와 이크발은 사이가 좋은 편은 아니었다. 이크발은 전 세계의 불평등과 큰 이슈뿐 아니라, 온수가 떨어졌거나 먹을 것이 그가 먹기 싫어하는 빵 가장자리밖에 없거나 할 때에도 곧잘 화를 냈다. 또한 상관없는 두 가지 일을 한데 엮는 데는 남다른 재주가 있었다. 예를 들어, 오스트리아에 있는 한 주유소의 화장실이 변기 고장으로 사용 금지라면, 그것은 이슬람교를 모독하려는 전 세계의 음모였다.

샤히드가 봤을 땐, 인생 모든 것이 그러하듯 힘든 시절을 보내는 데 최고로 좋은 방법은 그냥 흘러가는 대로 두는 것이다. 하지만 이번 일은 등 돌린다고 해결되는 일이 아닌, 흔치 않은 문제였다. 이크발은 나 몰라라 하기엔 힘든 종류의 사람이라 해도, 며칠만 재워 주면 분명 약속한 대로 나갈 것이고, 그러면 모든 것이 보통 때처럼 돌아올 것이다.

"형제를 그런 식으로 대하면 안 되는 거잖아. 우린 형제니까, 안 그래? 형제는 그런 식으로 행동하면 안 되지 않냐?"

이크발은 계속 떠들어 댔다.

"우리 집에 오라고 했잖아."

샤히드가 말했다. 이크발은 마음을 가라앉히는 것 같았다.

"고마워. 정말 고맙다. 너무 화내며 얘기한 거 미안해."

"괜찮아. 필요한 물건이 어디에 있는지, 소파 베드는 어떻게 쓰는지는 저거 다 보고 나서 알려 줄게."

"넌 좋은 녀석이야."

"아니야. 괜찮아, 정말로."

이크발은 고집스럽게 말했다.

"좋은 녀석 맞아. 네 스스로 진실한 사람이란 거 잊고 사는지 모르겠지만. 다른 사람들이 그걸 못 보거나 네가 못 보게 만든 건지도 모르겠지만. 넌 좋은 녀석이야."

그렇게 말하니, '샤히드는 좋은 사람'이란 이론에 분명 뭔가 특별한 것이 있다고 생각하지 않을 수 없었다. 샤히드는 쑥스러운 듯 어깨를 조금 으쓱했다. TV에서는 '심슨 가족'의 번즈 사장이 손가락으로 오케이 모양을 만들며 "최고야" 하고 말했다.

26

크리스마스이브 퇴근길, 로저는 주빌리 선 지하철에 올라 손잡이를 잡은 채 아라벨라에게 언제 보너스 이야기를 꺼내는 것이 좋을지 고민하고 있었다. 아라벨라는 삶을 쉽게 사는 데 재주가 있었지만, 그와 달리 갑자기 극적인 반전을 보이는 경우도 있었다. 이번에는 후자가 될 거란 직감이 들었다.

확실히, 진작 털어놓았더라면 더 나았을지도 몰랐다. 하지만 통보를 받은 금요일에는 너무나 멍하고, 너무나 큰 충격을 받고, 너무나 믿을 수가 없고, 너무나 속이 아파서, 날아간 백만 파운드 보너스에 대해 길게 늘어놓을 만한 상태가 전혀 아니었다……. 게다가 그날 저녁 무렵이 되자, 말하고 싶은 충동이 씩 사라져 버린 것이다. 로저보다 허약한 사람이었다면 그는 아마 속이 뒤집어지자마자 바로 퇴근했을 것이다. 로저는 신중한 사람이었다. 집에 간다고 한들 무슨 뾰족한 수가 있으랴? 그냥 울면서 맥 빠진 채 아라벨라가 쇼핑 끝내고 돌아오기를 기다리며 앉아 있는 것? 아니다. 로저는 남자답게 감정을 다스린 다음 현실을 인정하고는 방에 틀어박혀 일하는 척 하루를 보냈다.

12월 21일은 핑커 로이드의 은행 업무가 많지 않은 날이었다. 보상 위원회에서 보너스 지급 소식을 공표했기 때문이다. 가끔씩 로저는 창을 통해 트레이딩 룸 상황을 살짝 살폈다. 소리는 평소 소리의 4분의 1밖에 되지 않았다. 행원들은 그냥 자리만 차지하고 앉아 있었다. 한두 명은 두 손으로 얼굴을 감싼 채 앉아 있었다. 다른 이들은 사기가 한껏 꺾인 채 무리를 이루어 서 있었다. 모두 난민이라도 된 듯했다. 우울한, 너무나 우울한 모습이었다. 그것은 마치……. 로저는 보너스 사태가 불러일으킨 비통함을 어떤 재난에 비유할지 그 적절한 말을 찾으려 애썼다. 이라크 같은 나라에서 소굴 비슷한 곳에 사는데, 미국 전투기에서 실수로 떨어뜨린 폭탄을 맞은 것 같았다. 모두가 산산조각이 나서 떨어져 나간 팔다리가 곳곳에 뒹굴고 피가 낭자한 모습이었다. 그것은 내 잘못이 아니었다. 그것이 가장 중요한 점이었다. 내 잘못이 아니란 점이. 로저가 잘못한 것은 아무것도 없었다. 그런데도 어쨌거나 그들은 폭탄을 떨어뜨리고 간 것이다. 망할 놈의 미국 놈들이…….

아무튼 금요일 당일에 말하려니 너무 성급한 것 같았고, 주말 동안에 말하려니 실제로 기회가 잘 없었다. 그런 소식은 마음을 단단히 먹고 전해야 하는 성질의 것이라 입을 여는 순간 잠깐 뜸을 들이는 것도 필요했는데, 기회가 거의 없었다. 토요일에 아라벨라는 밖에 나갔다. 주말 보모가 조슈아와 콘래드를 보는 동안, 그는 느지막이 일어나 빈둥거리며 시간을 보내고 나서 오후에 헬스클럽에 가서 운동하고 와서는 아이들이 잠든 뒤 아라벨라와 포장해 온 음식을 먹었다. 하지만 그 시간쯤 되자 아주 느긋한 분위기를 망치기는 싫었다. 그러고 일요일이 되자 로저와 아라벨라는 컨트리클럽으로 아침 겸 점심을 먹으러 나가 오후까지 시간을 보냈다. 로저는 블러디 메리 칵테일을 두 잔, 아니 어쩌면 세 잔을 마시고 처음에는 활기가 넘쳤다가 나중에는 차차 활기가 사라졌고, 그렇게 일요일 하루가 가고 월요일 크리스마스이브가 밝아 온 것이다. 크리스마스이브는 그런 이야기를 들려주기에 결코 적합한 날이 아니었다. 그렇지 않은가? 몇 달 전 밤에 로저는 아라벨라에게 예상되는 보너스 금액을 언급한 적이 있었다. 결혼 생활이 저점을 달리던 때라, 그녀의 눈이 반짝 빛나는 것을 보고 싶은 나머지 참지 못하고 저지른 말실수였다. 아내에게 스스로가 세운 목표치에도 못 미치는 결과가 나왔다고, 즉 목표치보다 구십 칠만 파운드나 부족한 결과가 나왔다고 말하는 것은 크리스마스이브에 줄 만한 선물로는 절대 아니었다. 그는 괴물이 아니다.

이런저런 이유 때문에 로저는 다가오는 크리스마스에 대해 생각할 시간이 거의 없었다. 그래도 아라벨라를 위한 선물은 마련해 두었다. 그녀가 평소 눈여겨봤던 고급 소파였는데, (핵심은 이것이지만) 소파는 크리스마스 당일에 배달될 예정이었다. 가구 회사는 연휴 두 주를 넘기지 않고 배달해 달라고 하면 바로 가구를 배달할 수 있도록 크리스마스까지 일을 했다. 소파에 만 파운드를 쓰면 그 망할 놈의 물건을 정말 원하는 때에, 크리스마스든 아니든 간에 배달시킬 수 있으니 좋았다.

문제는, 크리스마스는 크리스마스여야 한다는 것이다. 영화 〈멋진 인생(주인공이 온갖 불행을 겪다가 행복을 깨닫게 되는 영화 - 옮긴이)〉에서 행복한 결말을 빼 버린, 우울한 영화의 한 장면 같은 날이 되면 안 되는 것이다. 거지 같은 인생, 우리는 폭삭 망해 버렸네. 안 된다. 당연히 복싱 데이(크리스마스 이튿날. 파격적인 할인가로 제품을 판매하여 사람들로 하여금 쇼핑에 나서도록 하는 날 - 옮긴이)에도 말하면 안 된다. 그나마 괜찮은 계획은, 27일에 민친햄프턴 별장으로 가서 지내다 새해 전날에 친구 몇몇을 불러 파티를 열고 하룻밤 재우는 것이다. 그때 말하면 괜찮을 것 같다. 주변 경치를 좀 보면서 말이다. 아라벨라는 아이들을 보느라 아마 지쳐 있을 것이다. 그녀는 이미 로저에게 연휴 때 보모 없이 '둘이서' 아이들을 봐야 한다고 경고한 바 있었다. 말인 즉슨 그녀가 짜증을 내긴 하겠지만, 한편으로는 아이들을 보느라 정신이 없을 것이다. 좋다, 그것이 계획이다. 27일, 시골에 가서 아내에게 말하는 것. 어쩌면 산책을 나가 말하는 것이 더 나을지도 모른다. 그가 아기 띠로 조슈아를 안고 나갈 테니, 조슈아 때문에라도 아내는 그에게 소리를 지르지 못할 것이다. 계획을 세우고 나면 언제나 그렇듯, 로저는 기분이 좀 나아졌다.

그는 지하철 계단을 빠른 걸음으로 올라가 크리스마스이브의 어둠 속으로 걸어 들어갔다. 번화가는 북새통을 이루고 있었다. 사람들 절반은 막바지 크리스마스 쇼핑을 다녔고, 나머지 절반은 연휴를 술에 취해 시작하려나 보았다. 술집마다 사람들로 북적거렸다. 로저는 술꾼과 쇼핑객을 피해 걸어갔다. 교회에서 종소리가 울려 퍼졌다. 로저는 가족을 데리고 설교와 캐럴을 들으러 교회에 가 볼까 하고 잠시 생각에 잠겼다. 하지만 그것은 그답지 않았다. 게다가 조슈아는 이미 잠들었을 것이다. 차라리 샤워하고 옷 갈아입고 샴페인이나 한잔하는 것이 나을 것 같았다. 로저는 아라벨라와 잠자리를 같이할지도 모른다. 휴일이면 가끔씩 아라벨라가 잠자리를 허락해 주기도 한다.

로저는 집에 도착했다. 문을 여는데 문이 필라르의 가방에 툭 걸렸다. 뭐 괜찮았다. 필라르는 콜롬비아라나, 어디라나, 아무튼 남미에 있는 고국으로 곧 돌아갈 것이다. 탁 트인 거실 한쪽 끝 TV에서는 콘래드가 보는 듯한 일본 만화가 방영되고 있었다. 콘래드는 아마 엄지손가락을 빨면서 TV 앞에 앉아 있을 것이다.

어느새 필라르가 문가에 나타났다. 뭔가 좀 쫓기는 듯한 분위기였다.

"아버님, 감사합니다. 그만 가 볼게요. 조슈아는 위층에서 자요."
그녀가 말했다.

"수고 많았어요. 고마워요."

"크리스마스 즐겁게 보내세요. 안녕히 계세요!"

그리고 그녀는 밖으로 나갔다. 집에 가려는 그녀와 로저가 나눈 이 대화는 긴 편에 속했다. 몇 주 간 서로 얼굴 한번 못 보고 지낸 적도 많았다. 로저는 거실로 들어갔다. 당연히 콘래드가 엄지손가락을 빨면서, 등장인물들이 하늘을 나는 자전거를 타고 싸우는 장면을 보고 있었다. 여기에 아라벨라가 없는 것을 보니, 위층에서 조슈아를 달래고 있거나 전화통을 붙잡고 새해 계획을 세우고 있을 것 같았다.

"아빠 빨리 샤워하고 올게."

로저가 말했다. 콘래드는 꿈쩍도 하지 않았다. TV에서 나는 소리와 긴급한 느낌의 화면을 보고 들으니, 매우 중요한 장면이 펼쳐지는 모양이었다. 그는 위층으로 가 옷을 벗고 샤워기를 틀어 놓았다. 뜨거운 물에서 증기가 올라와 자욱하다 싶을 때쯤 욕실로 들어갔다. 온몸이 풀리면서 보너스 때문에 받은 충격도 조금 녹아내리는 것 같았다. 오늘은 크리스마스이브, 가족을 위한 시간, 좋은 시간, 즐겨야 하는 시간이다. 맞다. 깨끗하게 씻고 나면 항상 더 기분이 좋아졌다. 그래서 그는 두 번째로 머리를 감고 면도를 한 뒤, 집에서 입는 편안한 바지로 갈아입고 아래층으로 내려갔다. 콘래드는 다른 만화를 보고 있었다. 하지만 아까 보던 것과 너무나 비슷해 보이는 일본 만화 같았다. 이제 볼랑저 와인을 한잔할 시간이었다.

식탁 위에는 아라벨라의 무척 여성적인, 동글동글한 글씨체로 쓰인 봉투가 있었다. 로저는 그것을 집어 들었다.

로저에게.

이 이기적인 철부지 바보 멍청이, 나 며칠간 나갔다 올 거야. 나처럼 사는 게 어떤 건지 아주 조금 느껴나 봐, 철부지 게으름뱅이 거드름쟁이 상남자야. 당신은 애들 키우는 게 어떤 건지, 지난 몇 년이 어떻게 갔는지 전혀 모르지? 그러니 이번이 당신이 직접 경험하고 체험할 기회야. 필라르는 오늘부로 그만 올 거고, 인력 소개소는 당분간 쉴 거야. 축하해, 혼자 아들내미 둘을 보게 생겼네? 내가 어디 있을지 그건 당신이 상관할 바 아니니 신경 끄셔. 하지만 집으로 돌아올 거니까, 그때는 당신 태도와 실제 행동이 어느 정도 달라져 있길 기대할게. 특히 퇴근 후 집에 와서 세상에 힘든 사람은 나밖에 없다는 듯 굴었던 거 말이야, 달라져야지. 나의 생활 체험, 환영해. 앞으로 내 앞에서 '누가 더 피곤한가' 하고 내색하기만 해, 영원히 이별이니까. 아니면 당신이 집을 나가든지. 누가 부동산과 친권을 갖게 될지 그건 당신 상상에 맡길게.

망할 자식 같으니.

아라벨라가.

27

로저가 재밋거리를 찾고 시야가 넓어졌다고 말한다면 그것은 사실
이 아닐 것이다. 하지만 크리스마스 아침이 되자 이런 크리스마스는
처음이네 하는 순간이 몇 번 있었다. 예를 들어, 7시 15분 전에 로저
가 거실에서 리모컨으로 작동 가능한, 말하는 변신 자동차 로봇을 낑
낑거리며 조립하던 순간이었다. 문제는, 조립이 너무나 복잡하다는
데 있었다. 꽤 성가신 작은 조각이 수백 개가 되는 데다 조립 설명서
조차 일부러 어렵게 쓴 것이 다분해 보였다. 또 앞뒤 좌우 엉덩이 밑
에는 유아용 레고 조각이 쫙 깔려 있었다. 콘래드가 상자 포장지를
찢고 등을 돌리다가 상자를 툭 치는 바람에 조각이 와르르 쏟아졌기
때문이다. 조슈아가 커다란 브리오 원목 장난감을 선물로 받고 그 상
자를 거꾸로 드는 바람에 쏟아진 선로와 엔진은 온갖 비닐봉지, 종잇
장, 찢어진 상자, 잠시 갖고 놀다 내팽개친 각종 장난감과 한데 섞여
뒹굴고 있었다. 콘래드는 벌써 장난감 하나를 고장 내 버렸다. 초록

색 줄이 처진 레이싱 카로, 머리를 꾹 누르면 씽 소리가 나는 레이서가 탄 카였는데, 머리가 몸통에 꽉 끼어서 자명종처럼 계속 씽씽 소리가 났다. 로저는 온 오프 버튼이나 건전지 끼우는 곳을 찾을 수 없어서, 망치로 그 카를 내려쳤다. 콘래드는 광선 검을 만지작거리면서도 부서진 장난감 때문에 연신 훌쩍거렸다.

아니다, 재밋거리는 하나도 찾지 못했다. 그 순간, 그는 시계를 보며 생각했다.

'아침 열 시 반에 벅스 피즈 칵테일 한잔 마시고 일어나 크리스마스를 시작하던 때도 있었지? 이번엔 소근육 운동하고 한국어 읽느라 새벽 다섯 시 반에 시작했네.'

그는 두 손 놓고 구경만 할 수 없었다. 어젯밤 아라벨라의 편지를 보자마자, 더 놀다 자려는 콘래드를 억지로 재운 뒤, 구글에서 '보모 급구', '비상시 보모 소개', '보모 위기 상황' 등을 입력하며 인력 소개소를 검색했다. 그리고 일곱 군데 소개소에 전화를 걸어 자동 응답기에 메시지를 남겼다. 누구든 제일 먼저 연락한 사람을 채용하리라 마음먹었다. 머지않아 누군가 도움의 손길을 내밀 것이다. 하지만 아내도 어디론가 가 버리고, 부모도 마요르카섬에 있어 도움이 되지 않는 상황에서 그 도움의 손길 역시 지금 당장은 쓸모가 없었다.

메시지를 남긴 후, 로저는 오랫동안 핸드폰을 든 채 멍하니 있었다. 아라벨라의 핸드폰에 무슨 말을 남겨야 할지 몰라서였다. 당연히 그녀는 핸드폰을 받지 않을 것이고, 심지어 꺼 놓았을 것이다. 한

편, 그녀가 계획한 일이 어떻게 돼 가고 있는지 너무나 궁금할 테니 메시지도 확인해 볼 것이다. 처음에 그는 바로 전화해서 소리 지르며 비난하고 한탄하면서 도대체 스스로를 어떤 사람이라 여기는지 물어보고, 그녀가 얼마나 게으르고 대책 없는 사람인지 알려 준 다음, 이번 연말 보너스가 구십칠만 파운드나 깎여 나왔다고 말하고 싶은 충동을 느꼈다. 그녀에게 돌아올 생각은 아예 하지도 말라고, 자물쇠도 새로 달 거라고, 앞으로는 변호사를 통해서만 연락하게 될 거라고, 아이들도 이제는 엄마를 싫어한다고 말하고 싶었다.

　그녀 또한 그의 그런 말과 반응을 어느 정도 예상할 테니 그에 맞게 응대할 것이다. 경쟁 구도나 적대 관계에 놓이면 써먹을 만한 단순한 격언이 하나 있다. 상대가 이것만은 안 했으면 하는 것을 찾아내라, 그리고 그것을 하라. 감정을 발산하는 것도 후련한 일이긴 했지만, 최고의 행동 전략은 나를 힘들게 하려고 애써 구덩이를 판 상대를 나보다 더 힘든 구덩이로 몰아넣는 것이다. 그런 측면에서 보자면 아라벨라를 제일 기겁하게 만들 일은, 크리스마스에 그 혼자 애들을 보는 것 따위 아무것도 아니라는 듯 냉정을 유지하는 것이다. 그러면 그녀는 드라마 속 여주인공처럼 난리를 치거나 불같이 화를 낼 것이다. 그때 그가 나서서 그녀와 화해하면 된다. 괜찮다. 그는 침묵으로 일관할 것이다. 아라벨라를 잘 아는바, 그녀는 아마도 호화로운 스파 아니면 호텔에 갔을 것 같다. 그래, 그곳에서 푹 지지고 있겠지. 그는 아이들과 잘 보면 되는 것이다. 제까짓 게 얼마나 힘들겠어?

이제는 크리스마스 아침, 그 질문에 답하듯이 조슈아가 밤에 차고 잤던 기저귀를 벗다 말고 손가락으로 거실 쪽을 가리키며 으앙 하고 울었다. 화장실에 가고 싶다는 뜻이었다. 로저는 조슈아를 오른손으로 안아 올리고 층계참에 있는 화장실로 가서 왼손으로 문을 열었다. 화장실에 아기 변기가 있어야 하는데 보이질 않았다. 필라르가 주말 외출인가, 휴가인가를 가기에 앞서 마지막으로 아기 변기를 모두 소독제로 세척한 뒤 아이들 방 욕실에 갖다 놓았지만, 그 사실을 알 리 없는 로저는 아들이 볼일을 보는데 변기에 빠지지 않도록 아들을 잡고 변기 위로 쳐들어 주었다. 조슈아는 그것이 불편한 모양이었다. 엉덩이가 허공에 뜬 채 붙잡혀 있는 것이 싫었기 때문이다.

"어쩔 수 없어."

로저가 말했다. 조슈아는 상체를 틀어 로저의 팔을 깨물려 했다.

"변기에 빠질래?"

로저의 협박조에 조슈아는 수그러든 것 같았다. 조슈아가 만 3년 동안 젖 먹던 힘을 다 짜내 온몸을 좌우로 꿈틀거리기 시작했다. 순수한 의지가 한데 뭉친 양 아이는 힘이 꽤 셌고, 근육은 잘 발달해 있었다. 그때 아이가 갑자기 위아래로 몸을 뻗대다 머리로 로저의 턱을 그대로 받아 버렸다.

"망할!"

로저는 눈물이 찔끔 나왔다. 손에 힘이 풀려서 그만 조슈아를 놓치고 말았다. 아이는 울면서 변기 앞으로 미끄러져 엉덩방아를 찧었다.

바로 그때 사전 예고도 없이, 아이가 똥을 싸기 시작했다. 묽지도, 되지도 않은 똥이 엉덩이 사이에서 쏟아져 나왔고, 그게 마치 무슨 추진력이라도 되는 듯 아이는 놀라운 속도로 화장실을 탈출해 층계참쪽으로 기어갔다. 로저는 머리가 울리고 턱이 아파 한 손을 턱 부근에 댄 채 조슈아를 뒤쫓아 갔지만, 때는 이미 늦었다. 조슈아는 층계참 쪽 크림색 카펫까지 기어가고 있었다. 엉덩이 사이에서는 아직도 똥이 나오고 조슈아는 계속 울어 댔다. 로저 역시 들이받힌 충격 때문에 눈물이 자꾸 나왔다. 그는 달려가 아이가 계단을 내려가기 직전에 오른손으로 아이를 붙잡았다. 아이와 씨름하다가 로저는 알아봤자 하등 도움이 안 될 사실을 알아차렸다. 카펫에 묻은 소용돌이 모양의 똥 색깔과 카푸치노 색깔이 서로 비슷하다는 점이었다. 조슈아는 로저의 실내용 가운의 팔소매 부분에 털썩 주저앉았다. 묽고 따뜻한 똥에서는 고약한 냄새가 났다. 그때 초인종이 울렸다.

"망할!"

로저가 낮은 목소리로 내뱉었다. 하지만 그 소리가 귀에 들렸다. 똥을 다 쌌기 때문에 이제는 방글방글 웃는 조슈아가 "망할!" 하고 따라 했기 때문이다. 로저는 현관에 누가 찾아왔든 그냥 돌아가게 내버려 두었다. 그는 조슈아를 다시 화장실로 데려가 세면대에 세웠다. 그러고 나서 어깨를 움직여 가운을 벗으며 생각했다.

'그만 버려야겠군.'

그는 수돗물을 틀어, 조슈아의 깨끗한 허리 위쪽은 그대로 두고 70

퍼센트 정도로 똥 범벅이 된 아래쪽을 씻겼다. 그러는 동안 초인종이 첫 번째는 짧게, 두 번째는 길게 두 번이나 더 울렸다. 로저는 조슈아를 내려놓고 세면대 밑 수납장을 열고 안을 들여다보았다. 안에는 일고여덟 종류의 다양한 세정제가 쌓여 있었지만, 카펫에 묻은 똥을 닦는 데 쓸 만한 것이 하나도 없어 보였다. 시중에 카펫용 샴푸를 판다는 것은 알고 있었고 그거면 될 것 같았다. 하지만 카펫용 샴푸는 없는 것으로 보였다. 로저가 각종 다양한 스프레이 세정제를 살펴보는 동안, 조슈아가 표백제를 집어 들고는 뚜껑을 열려고 했다. 로저가 그 표백제를 뺏자, 조슈아는 다시 방향제로 달려들어 뚜껑을 열고는 로저가 미처 손도 쓰기 전에, 10센티미터 떨어뜨려 제 얼굴에 대고 방향제를 칙 뿌리더니 울음을 터뜨렸다. 초인종은 한 50번 정도 더 울렸나 보다. 도대체 누가 이 크리스마스에 저렇게 초인종을 눌러 댄단 말인가? 로저는 왼팔 소매에 묻은 똥을 조심하면서 가운을 도로 입고는 발가벗긴 조슈아를 안고 현관으로 내려가 문을 열었다.

로저 키만 한 덩치 큰 남자 세 명이 박스로 포장된 엄청나게 큰 소포를 들고 문 앞에 서 있었다.

"메리 크리스마스."

가장 덩치가 큰 남자가 남아프리카 억양이 섞인 영어로 인사했다.

"욘트 부인 앞으로 온 배달입니다."

그가 목소리를 낮춰 다소 속삭이는 투로 말했다.

"주문하신 소파입니다."

"망할!"

조슈아가 말했다.

28

누군가 묻는다면 아라벨라는 아주 멋진 크리스마스를 보내고 있다
고, 이보다 더 좋을 수는 없다고, 이렇게 즐거운 크리스마스는 처음
이라고 답했을 것이다. 사스키아와 아라벨라는 각자 마사지를 받고
난 후 휴식 공간에서 다시 만나 쉬면서, 나란히 러닝 머신 위를 걸으
면서, 참치 초밥과 아귀 카르파초(생선 날것을 얇게 썰어 소스를 바른 요
리 - 옮긴이), 프로슈토(향신료가 많이 든 이탈리아 햄 - 옮긴이)에 후식으
로 얼그레이 소르베와 크룩 와인을 곁들인 점심 특선을 먹으면서 그
렇게 수다를 떨었다. 아라벨라는 크리스마스 아침에 눈을 뜨면서, 아
침 먹을 때 샴페인을 같이 마시면서, 서로가 서로를 위해 챙겨 온 선
물(사스키아가 받은 선물은 맥북 노트북, 아라벨라가 받은 선물은 사랑스러운
인도산 목걸이) 포장을 풀면서 스스로에게도 그렇게 되뇌었다. 그러
다 그녀는 정확히 뭐라 이름 붙일 수 없는 기분이 밀려드는 것을 느
꼈다. 올바른 일을 하고 있나 하는 의구심은 아니었다. 올바른 일을
하고 있다고 생각했다. 그녀는 지금 이 행동을 충분히 정당화할 수

있었다. 이번 육아 경험으로 인해 로저는 분명 더 나은, 더 신경을 쓰는 부모이자 배우자가 될 것이다. 그리고 그렇게 되면 가족 모두에게 좋은 일이 될 것이다.

그럼에도 불구하고 잠깐씩 초조함이 밀려왔다. 발밑 땅이 조금 불안하게 흔들리는 것 같았다. 오래가는 느낌은 아니었지만, 조슈아와 콘래드를 생각하면 아이들이 엄마를 찾는 것은 아닌지, 정확히 말하면 얼마나 찾을까 하고 생각할 때만 잠깐씩 느껴지는 것이었다. 그녀는 가만히 앉아 기다리다 보면 불안감이 가시곤 했다.

저녁 먹을 때, 그녀와 사스키아는 옆 테이블에 앉은 한 부부와 이야기를 나누게 되었다. 남아프리카에서 온 변호사와 그 부인이었다. 쌍둥이 두 딸은 남미에서 갭이어(고교 졸업 후 대학 생활을 시작하기 전에 일하거나 여행하면서 보내는 1년 - 옮긴이)를 보내고 있다고 했다. 너무나 불공평하게도, 남편은 본인보다 나이가 훨씬 더 빨리 들어 버린 듯한 아내에 비하면 여전히 젊어 보였다. 사스키아는 살짝 술에 취한 상태여서 깔깔대며 남자에게 추파를 던졌다. 다른 때였다면 재미있게 지켜보았겠지만, 사스키아가 노골적으로 들이대는 통에 어쩐지 조금 처량해 보였다.

사스키아와 두 부부는 리큐어를 마시기 위해 응접실로 자리를 옮겼다. 아내는 곧 끝날 저녁 시간을 최대한 이용하려는 듯 보였다. 아라벨라는 여기서 조금만 더 마시면 내일 숙취에 시달릴 게 뻔한 데다 이 호화로운 스파에 온 가장 중요한 이유는 멋진 모습과 기분으로 집에 가는 것이었기 때문에 그냥 방으로 올라갔다. 아프가니스탄을 배경으로 쓴 소설을 읽다 졸다 읽다 졸다 하기를 두 번이나 하더니, 책을 덮고 불을 껐다.

29

복싱 데이는 프레디 카모가 입단한 뒤 선수 대기석에 앉게 된 첫날이었다. 그는 훈련 때 잘해 왔다는 것을 알고는 있었지만, 선발 선수로 뽑힌 데에 적잖이 놀랐다. 상대는 프리미어 리그에서 하위권에 속하는 팀이었다. 감독의 설명은 매우 명쾌했다.

감독은 웃으며 통역사를 통해 말했다.

"이번에 뛰게 되더라도 오래 뛰지는 못하겠다만, 감을 익히는 데는 도움이 될 거다. 연휴 기간 통틀어 제일 가벼운 경기라서 교체로 출전시킬 테니 즐기는 거 잊지 말고."

프레디는 감독의 충고를 받아들이려 했지만 쉽지 않았다. 준비 운동은 잘했으나 막상 통로를 지나 선수 대기석으로 달려가다 보니, 모든 것이 완전히 다르게 느껴졌다. 축구장에 울려 퍼지는 소리와 극적인 장면은 상상을 초월했다. 이것이 실제 경기장이다. 전에도 주경기장에 여러 번 와 봤지만, 직접 대기석에 앉아 보니 느낌이 달랐다. 관중 앞에 선 느낌, 관중의 함성과 열광이 전신을 뒤흔드는 것처럼 느껴졌다. 심장 박동이 빨라졌다. 프레디는 관중석 어딘가에서, 아마도 미키 립톤-밀러 옆에 앉아 있을 아버지를 찾아보고 싶은 유혹을 애써 물리쳤다. 하지만 결국 두리번거리다, 엄청나게 심각한 얼굴로 웃음기 하나 없이 자신을 지켜보는 아버지를 발견했다. 프레디는 마음의 안정을 되찾았다. 아버지를 보니, 마음을 놓아도 된다고 허락받은 것 같았다. 통역사가 대기석 벤치를 비집고 들어와 프레디 옆에 앉았다. 프레디는 그가 점심 먹을 때 와인을 곁들였다는 것을 냄새로 알 수 있었다.

주심이 호루라기를 불어 경기 시작을 알렸고, 프레디의 팀이 20분 만에 두 골을 넣었다. 눈에 띄는 경기 패턴은 많이 없었지만, 거의 자유자재로 슈팅 기회를 만들어 공격수가 쉽게 두 골을 넣었던 것이다. 2 대 0이란 점수도 오래지 않아 깨질 것 같아 보였지만, 팀은 잠시 압박을 풀며 공격을 늦추었다. 하프 타임이 너무 빨리 온 것 같았다. 감독은 훈련한 대로 하라고만 하고 많은 말을 하지 않았다. 하프 타임이 끝나고 선수들이 다시 경기장으로 나가자, 감독이 프레디의 어깨를 가볍게 툭툭 쳤다.

그는 통역사를 통해 말했다.

"후반전 끝날 때쯤 뛰게 할지도 몰라. 이삼 분 정도?"

프레디는 고개를 끄덕였지만 속으로는 감독이 말해 주지 않았으면 좋았을 텐데 하고 생각했다. 후반전 내내 긴장하고 있을 테니 말이다. 기대감과 압박감을 맛보게 하는 것 역시 감독이 의도한 바였다는 점을 프레디는 생각지도 못했다. 다시 벤치에 앉은 프레디는 자신을 마크하게 될 레프트 백을 집중해서 보기 시작했다. 상대의 레프트백은 그리 빨라 보이지 않았다. 프레디는 자신감이 생겼다. 몸값이 이천만 파운드인 미드필더가 프리 킥으로 한 골을 더 넣어 팀이 세 골 차이로 앞서가자 더더욱 자신감이 붙었다.

경기 종료 5분 전, 감독은 프레디에게 몸을 풀도록 지시했다. 경기 종료 2분을 남겨 놓고 그는 프레디를 불러, 축구화를 살펴보던 선심에게 손짓하고 나서 주심에게도 손짓하고 난 뒤 프레디를 투입시켰다. 프레디는 경기장 측면 깊숙이 달려 나갔다. 그가 들은 지시는 단순했다. 공 잡을 준비를 하고 있다가 미드필더가 골을 넣을 수 있도록 안쪽으로 크로스 인 해 주거나, 그것이 어려우면 공을 가지고 있어 주는 것이다.

관중석에 앉은 패트릭은 뭐라 설명할 수 없는 느낌, 흥분, 두려움, 아들의 어린 시절에 대한 상충된 기억과 감정이 한꺼번에 밀려왔다. 그가 프레디를 처음 품에 안았던 순간, 아내가 숨을 거두던 날, 프레디가 집 밖 흙더미 위에서 공을 이리저리 차던 일, 프레디가 학교 축구에서 첫 골을 넣던 순간, 아픈 프레디의 이마에 손을 대 보던 때, 프레디를 수백 수천 번 축구 경기에 데려가고 데려오고 하면서 지켜보던 일, 프레디가 다치면 상처에 약을 발라 주던 일, 프레디가 악몽을 꾸면 달래 주던 일 등 첫아이이자 유일한 아들에 대한 모든 기억이 주마등처럼 스쳐 지나갔다. 패트릭은 프레디가 경기장으로 달려 나가는 모습을 보자 속이 울렁거렸다. 아들이 저보다 열다섯 살이나 더 많은 선수들과 함께 사람들로 꽉 찬 거대한 경기장에 서 있는 모습을 보니, 아들의 어색하리만큼 긴 두 다리가 오늘따라 더 깡마르고 길쭉해 보였다. 패트릭은 뭔가 이상한 느낌이 들어 얼굴에 손을 댔다. 뺨이 눈물로 젖어 있었다.

관중은 열광했다. 대부분은 프레디의 경기를 본 적은 없었지만, 그가 누군지는 잘 알고 있었다. 공은 상대팀이 가지고 있었다. 상대팀은 빈틈을 찾아 전후좌우로 공을 주고받았지만, 쉽게 찾을 수 없었다. 그때 중앙 수비수 겸 주장인 선수가 같은 거리에 있던 상대 선수보다 더 빨리 달려가 공을 차지한 다음, 센터 서클 가까이에 있던 이천만 파운드짜리 미드필더에게 패스했다. 미드필더는 주변을 둘러보더니 수비수 미드필더에게 짧게 공을 차 보냈고, 그 공을 받은 선수는 곧바로 프레디에게 패스했다. 모든 패스가 눈 깜짝할 사이에 일어났지만, 프레디는 이미 예상하고 있었다. 경험한 바가 있었던 것이다. 어떤 스포츠가 됐건 기량이 향상된 선수를 보면 처음으로 압도되는 느낌이 바로 엄청나게 빠른 속도였다. 새로운 기술이 아니라, 같은 기술을 더 빨리, 더 잘, 더 자주 선보이는 것이다.

상대팀의 레프트 백은 (그의 이름은 몰랐지만) 프레디와 2미터쯤 떨어진 곳에 있었다. 세네갈의 링게르에 살 때, 프레디가 집 앞에서 친구들과 가볍게 축구를 하며 자주 선보였던 재주가 있었다. 그 재주를 얼마나 많이 써먹었던지 그것이 더 이상 먹히지 않았다. 링게르의 모든 사람과 친구들이 하도 자주 봐서 이미 간파하고 있었기 때문이다. 하지만 이곳에서는 그 재주를 본 사람이 아무도 없었다. 그것은 평범한 일상처럼 몸에 밴 재주였다. 그는 공을 향해 달려가 왼발로 공을 뻥 찰 것같이 속임수를 쓰더니 그냥 오른발로 공을 낚아챘다. 순식간에 체중이 다른 쪽에 실리더니 방향을 급히 바꿔 마구 내달렸다. 동작 하나로 상대를 속여 따돌림과 동시에 내달리기까지 한 것이다.

아침에 비가 내려서 경기장은 완전히 마른 상태가 아니었다. 아마도 그것이 어떤 영향을 미쳤을지도 몰랐다. 레프트 백은 프레디가 어떤 선수인지 전혀 몰랐다. 경기는 90분을 향해 가고 있어서 상대 수비수의 집중력은 떨어진 상태였다. 그 수비수는 왼쪽으로 휙 움직일 듯한 프레디의 눈속임 동작에 넘어갔다. 그는 프레디를 쫓아가려고 다시 균형을 잡다가 그만 발을 헛디뎌 미끄러지는 바람에 슬로 모션 장면처럼 팔을 사방팔방 내저으며 엉덩방아를 찧고 말았다. 그가 쿵 넘어졌을 때쯤 프레디는 벌써 10미터쯤 멀리 달려가고 있었다. 상대 중앙 수비수가 앞을 막으려 달려오자, 프레디는 멀리 골포스트 쪽으로 크로스를 날렸다. 프레디 팀의 공격수가 상대 수비수보다 더 높이 점프해 그 공을 헤딩으로 멋지게 넣었으나, 프레디가 결코 잊지 못할, 마치 도끼로 나무를 찍을 때 나는 듯한 딱 소리를 내며 공이 골대에 맞고 튕겨 나왔다. 골키퍼가 그 공을 잡아 멀리 차 보낸 순간, 주심이 경기 종료 휘슬을 불었다.

그날 밤 자정 무렵, '프레디의 첫 터치'라는 이름의 영상이 유튜브에서 가장 높은 시청률을 기록한 열 개의 영상 중 하나로 등극했다.

30

사람들은 가끔씩 스트레스 상태나 극적인 상황 또는 흔치 않은 상황에 직면하면 시간이 '쏜살같이 지나간다'고들 한다. 로저는 그 말이 사실이기를 바랐다. 크리스마스 전후 48시간은 인생에서 가장 기진맥진한 시간이었다. 소파를 간신히 제자리에 들여놓고 배달 확인란에 서명한 뒤 포장을 풀 엄두도 나지 않았다. 소파는 그냥 포장된 채 처음 놓인 자리에 방치되었다. 그는 아이들이 TV 앞에 앉아 새 장난감을 가지고 놀도록 TV를 켰다. 하지만 그것은 실수였다. 아이들 둘 다 장난감을 잔뜩 끌고 나왔다. 콘래드는 트랜스포머 장난감이 담긴 커다란 상자와 레고 바이오니클, 레고 블록, 군인 인형, 광선 검 두 자루와 로봇 등을 가져다 놓았다. 조슈아는 아직 크리스마스가 뭔지 잘 모를 나이라서, 커다란 브리오 원목 기차 세트가 자기 거라는 점을 깨닫지 못한 듯했다. 기차 세트가 아이의 호기심을 완전히 끌지는 못한 모양이었다. 아라벨라가 조슈아를 위해 사다 놓은 밝은 오렌지색 곰 인형은 높이가 150센티미터나 될 만큼 커서 조슈아가 인형을 깔

고 앉을 수는 있어도 이리저리 끌고 다닐 수는 없었다. 조슈아는 곰
인형을 30초쯤 심각하게 바라보더니 울음을 터뜨렸다. 로저가 곰 인
형을 거실 밖으로 가지고 나가 숨겨 놓은 뒤 다시는 볼 수 없을 거라
고 말해 주니, 그제야 아이는 울음을 그쳤다.

조슈아는 아빠 품에 안겨, 필라르가 읽어 주던 이야기 중 자기가
좋아하는 구절 "다시는 볼 수 없었습니다"를 읊고 또 읊었다.

"다시는 볼 수 없었습니다."

로저도 따라 했다. 로저와 아이들은 TV 앞에 앉아, 진행자들이 큰
소리로 떠들어 대는 어린이 프로그램을 보았다. 로저는 그 진행자들
이 코카인 사건의 당사자였다는 것을 알고 있었다. 그의 생각에, 이
런 날 이른 아침에 저렇게 활기차게 진행해야 하는데 코카인을 하지
않고 한다는 것이 더 이상할 정도였다. 어쩌면 코카인이 완전히 새로
운 육아법이 될 수 있을지도 몰랐다…….

TV를 켠 것은 끔찍한 실수였다. 너무 빨리 TV를 활용한 것이다. 로
저는 아이들이 TV에 싫증 낼지 짐작도 못했다. 특히 아침부터 TV를
보면 더더욱 그렇다는 것을 말이다. TV부터 보게 되면 아이들은 마
치 설탕을 많이 먹은 것처럼 흥분하고 들떠서 말을 듣지 않고 쉽게
짜증 부리고 길길이 뛰는 동시에 풀이 푹 죽는다. TV는 마지막 수단
으로 활용해야 한다. 한두 시간도 지나지 않아 로저는 그만 지치고
말았다. 공황 상태에, 분노와 자기 연민까지 겹쳤다. 조슈아와 콘래
드 역시 지치고 따분한 모양이었다. 아빠 혼자 놀아 주기엔 힘들 것

이 뻔한 놀이를 같이하자고 조르며 각자 젖 먹던 힘을 다해 낡은 소파 위를 방방 뛰었다. 아들은 둘이요 아빠는 하나라, 하나가 둘과 동시에 놀아 주는 것은 불가능하다. 그래서 그런지 아이들은 더 절실히 매달렸다. 그러다가 로저가 다른 데 정신을 파는 사이에 조슈아가 그만 소파와 탁자 사이로 떨어져 머리를 콩 찧었다. 그것으로 아빠의 관심을 사는 데는 성공한 셈이다. 콘래드도 이에 질세라 자기가 제일 좋아하는 커다란 트랜스포머 장난감인 옵티머스 프라임을 집어 들고 탁자 다리로 던져 버렸다. 얼마나 세게 던졌던지 장난감은 (콘래드는 장난감이 조립과 해체가 다 가능하다는 것을 알고 있었기 때문에, 다시 조립할 수 있도록 해체되는 것이 그가 바라던 일이었다.) 해체를 넘어 부서지고 말았다. 그 바람에 콘래드의 눈물과 짜증도 현실로 닥쳐 달래기가 만만치 않았다.

아들 둘이 모두 소리 지르며 울어 대자, 로저 또한 울고 싶고 눈이 따끔거리고 화가 났다. 몸이 얼마나 무거운지 한번 누우면 한 달 내리 잘 것 같은 느낌조차 들지 않을 만큼 피곤해졌다. 그는 시간이 꽤 지났기를 바라면서 시계를 보았다. 한 11시 반쯤 되었다면, 조슈아가 낮잠 잘 시간이 다가오니까 지금 슬슬 졸리지 않을까? 조슈아가 잠들면 로저는 콘래드를 TV 앞에 다시 딱 앉혀 놓거나 방에 가두거나 하고 방으로 들어가 꿀잠을 잘 수 있을 터였다. 예전에는 잠을 진정 소중하게 여겨 본 적이 없었다. 당연하게 여겼다. 하지만 그것은 옳지 않은 태도였다. 잠은 세상에서 제일 좋은 것이므로 절대 당연시하면 안 되는 것이다. 섹스보다 훨씬, 훨씬 더 좋은 것이 잠이다. 이제 조금만 더 있으면 그 소중한 잠을 잘 수 있게 될 것이다. 시계는 아마 11시쯤을 가리킬 것 같았다. 아니면 11시 반? 그것도 가능할 것 같았다. 아니면 누가 알겠는가? 시간이 휙 지나가서 12시 15분이 되었을지도 모른다.

10시였다. 로지는 눈물이 나올 것 같았다. 벽난로 위 선반에 놓인 엽서, 그가 가진 것을 원한다고 쓰인 엽서가 눈에 들어왔다. 지금 이 순간 그가 가장 간절히 원하는 청산가리는 보이지도 않고 말이다.

행동반경을 설정했다. 시간은 흐르는 법이고, 로저도 시간이 흐른다는 것을 알고 있었다. 그는 바닥에 누워 파워 레인저에 나오는 악당 흉내를 내거나, 바보같이 칙칙폭폭 소리를 내며 원목 기차를 선로에 놓고 달리게 하거나, 달려드는 랩터 로봇을 피해 겁에 질려 도망가는 초식 공룡 흉내를 내거나 하면서 시간이 흐르기만을 바랐다. 한동안 그렇게 놀아 주었으니, 합의한 대로 시간이 어서 흘러가 주기를 빌었다. 마지막으로 본 시계가 11시 20분을 가리켰으니, 그동안 시간이 꽤 많이 흘러갔을 터였다. 하지만 시간은 11시 25분이었다.

점심시간은 흥미로웠다. 점심 준비부터 만만치 않았다. 콘래드가 어떤 달걀 요리를 잘 먹는지 그 요리법을 몰라서, 로저는 프라이를 해 줬다가 버리고, 삶아 줬다가 버리고, 수란을 만들어 줬다가 버리는 등 여러 시행착오 끝에 스크램블 에그가 바로 그가 평소 먹는 요리라는 것을 알게 되었다. 콘래드가 촉촉한 달걀을 좋아한다고 말했기 때문에 벌어진 일대 혼란이었다. 그래도 콘래드는 조슈아보다 덜 힘든 편이었다. 조슈아는 로저가 내미는 음식을 모조리 떼쓰며 도리질하고는 결국 빵 가장자리를 모두 잘라 내고 땅콩버터를 아주 얇게 발라 주었더니 겨우 먹었다. 그것도 네 번 만에 성공한 것이다. 첫 번째 빵은 너무 두꺼워서, 두 번째 빵은 땅콩이 씹히는 땅콩버터를 발라서, 세 번째 빵은 땅콩버터를 너무 많이 발라서 먹지 않았다. 게다가 땅콩버터를 조금 걷어 내고 다시 주어도 절대 먹지 않았다. 조슈아는 플라스틱 접시를 식탁에 탁탁 내려치며 "아니! 아니, 아빠, 아니!" 하고 소리 지르면서 두껍게 바른 땅콩버터 때문에 생난리를 쳤다. 인정사정없이 있는 대로 떼를 쓰며, 조슈아는 자신이 원하는 바에 맞추어 달라고 난리였다. 많이 바른 땅콩버터를 덜어 살짝 바른 것처럼 보이게 만든 빵과 처음부터 얇게 바른 빵은 완전히 달랐던 것이다.

저녁은 점심과 똑같은 달걀 요리와 빵을 먹었다. 3분의 2 정도는 로저가 귀찮고 피곤해서 그런 거였고, 3분의 1 정도는 실용성을 고려해 그런 거였다. 냉장고에 요리해 먹을 만한 음식이 딱히 없었기 때문이다. 어제 아라벨라가 '크리스마스에 먹으려고' 배달시킨 커다란 거위가 냉장고를 거의 채우고 있었다. 그때 분명 그녀는 계획을 다 세운 상태였을 것이다. 따라서 거위를 사 놓은 것은 우선 남편을 속인 뒤 나중에 조롱하려는 계략 중 하나일 것이다. 첫 번째 조롱은 크리스마스에 아내에게 버림받은 것이었고, 두 번째 조롱은 냉장고의 3분의 2나 차지하는 거대한 미국식 거위를 사다 놓은 것이었다.

게다가 아라벨라는 로저가 거위고기를 싫어한다는 사실을 매우 잘 알고 있었다. 그래서 크리스마스 저녁으로 로저는 아이들이 먹다 남긴 달걀 요리와 빵을 먹고 치즈 샌드위치와 감자 칩 두 봉지를 먹은 후, 원래는 크리스마스 점심에 식전주로 마시려고 했던 1990년산 뵈브 끌리코 라 그랑 담 와인을 마셨다. 와인을 마신 것 역시 실수였다. 와인 때문에 그는 술에 취한 채 남은 하루를 보내야 했다. 크리스마스를 아이들과 보내게 된 것이 인생에 있어 가장 길고 힘들며, 가장 지루한 시간이었다. 한 가지 좋았던 점은, 아이들이 아라벨라를 찾았던 것이 한 번, 아니면 두 번밖에 안 됐다는 점이었다. 아수라장이 된 크리스마스를 보내느라 아이들은 엄마가 집에 없다는 것을 거의 눈치채지 못한 듯 보였다. 하하! 로저는 아라벨라에게 그 이야기를 해 주고 싶어 참을 수가 없었다.

복싱 데이는 조금 나았다. 우선, 하루가 늦게 시작되었다. 조슈아는 7시나 되어서야 일어나 쿵쿵대며 방으로 들어왔다. 로저는 그전에 잠에서 깨서 마치 잠을 하나도 안 잔 것 같은 기분이 들었지만 그래도 7시는 6시보다 훨씬 더 나았다. 훨씬 더 다행이었던 것은, 조슈아가 곧바로 보채고 투정 부리는 대신 침대로 올라와 아빠를 15분이나 끌어안고 있었던 것이다. 기분 좋은 느낌이었다. 놀라울 만큼 따뜻하고 옹근 아들의 작은 몸을 안고 평온함을 느끼는 것은 실로 오랜만이었다. 곧이어 조슈아는 "아띰, 아띰" 하며 손가락으로 로저를 찔러 대기 시작했다. 아침을 달라는 것이다. 로저는 조슈아를 데리고 아래층으로 내려가 초콜릿 시리얼을 먹이고 아침 첫 TV 시청을 허락했다.

어린이 프로그램 진행자들은 오늘도 코카인을 한 듯한 모습이었다. 로저는 활기찬 그들이 부러웠다. 콘래드가 8시쯤 내려옴으로 인해 로저 혼자 아이 둘을 보는 둘째 날이 그렇게 시작되려 했다. 로저는 아이들과 스타벅스에 가서 (자신을 위해) 샷을 세 개 넣은 에스프레소와 (콘래드를 위해) 자바칩 프라푸치노와 (조슈아를 위해) 거품을 낸 따뜻한 우유를 주문했다. 조슈아가 의자 등받이로 올라가거나 의자를 밀어대거나 하며 로저의 신경을 끄는 동안, 콘래드는 장애인 화장실 밖 벽에 붙은 소화기를 넘어뜨렸다. 다행히 소화기는 분사되지 않았고, 오늘 하루가 무사히 지나갈 거라는 좋은 징조처럼 보였다. 그들은 공원 광장으로 산책을 갔는데, 여태 본 것 중 공원에 가장 사람이 없는 날이었다. 공놀이를 하려고 동물 출입 금지 구역으로 걸어가다가 유모차를 밀고 가는 한 젊은 여성 곁을 지나치게 되었다. 로저는 굳이 자세히 살펴보지 않아도 스카프나 유모차, 헤어스타일 같은 것으로 보아 그녀가 중산층이라는 것을 알 수 있었다. 그녀는 그에게 무한한 긍정의 시선을 보냈다.

로저는 잠시 자신이 어떤 모습으로 보일지 생각했다. 코트를 단단히 여민 채 축구공을 안고서 어린 아들을 태운 유모차를 밀고, 그 옆에서 종종거리며 따라오는 다른 아들을 데리고 걸어가는 아빠로 보일 것이다. 사람들은 아마도 연휴에 지친 엄마가 늦잠을 자도록 아

들들을 데리고 산책 나온 배려 깊은 남편이라 여길 것이다. '그게 뭔
개소리야' 하고 생각하다 보니 로저는 자신도 모르게 착하고 건강해
보이는 중산층 엄마에게 인상을 써 버렸다.

황량한 공원 광장은 바람이 불어 생각했던 것보다 더 추웠다. 광장
에서 뛰노는 아이들이 없었다. 조깅에 중독된 한두 명만 보일 뿐이었
다. 로저는 10분 만에 산책을 포기하고 아이들을 데리고 집으로 향
했다.

"코코아 마실까?"

로저는 말을 내뱉자마자 자신이 코코아 타는 법을 모른다는 사실
을 깨달았다. 제까짓 게 얼마나 힘들겠어? 통에 타는 법이 쓰여 있을
지 모른다. 하지만 아이들이 얼마나 오들오들 떠는지 코코아 같은 건
마시지 않겠다고 결심한 듯 보였다. 조슈아는 다시 유모차에 올라 안
전벨트를 매려고 용을 썼다. 로저는 아들을 도와 안전벨트를 채워 주
었다. 콘래드는 외투 지퍼를 끝까지 올리고 모자를 푹 눌러쓴 다음
어깨를 움츠린 채 두 손을 주머니에 깊이 찔러 넣었다. 콘래드는 아
주 어린 노상강도처럼 보였다.

세 사람 모두 바람을 피하려고 몸을 잔뜩 움츠린 채 공원 광장을
가로질러 가는데 콘래드가 말했다.

"마녀 속바지다."

로저는 잘못 들었나 싶었다.

"뭐?"

콘래드는 12월의 매서운 바람에 따라 흩날리는 나무를 손가락으로 가리키며 말했다.

"마녀 속바지라고(비닐봉지 등이 바람에 날려 나뭇가지에 걸린 모습을 가리키는 말로, 아일랜드에서 처음 쓰기 시작한 표현-옮긴이)."

로저는 위를 올려다보았다. 검은색 나뭇가지에 흰 비닐봉지 세 장이 걸려 바람에 나부끼고 있었다. 마녀 속바지. 이틀 만에 처음으로 웃음이 빵 터졌다. 시간이 더 흐르자 로저와 아이들은 모두 피곤해서 서로가 서로에게 짜증을 냈다. 흔하디흔한 복싱 데이였지만, 그래도 크리스마스만큼 나쁘진 않았다.

도움의 손길은 이튿날 도착했다. 9시에나 통화가 가능했던 소개소에서 약속대로 보내 준 헝가리 출신의 보모가 10시 45분에 초인종을 울렸을 때, 로저는 그 어떤 선물보다 반가웠다. 보모는 20대 중반의 키가 크고 예쁜, 얌전한 말투에 머리가 검은 여성이었다. 이름은 마티아였다. 소개소의 설명에 따르면 그녀는 영어 소통이 그럭저럭 괜찮은 편에다, 좋은 기관에서 써 준 추천서도 있으며, 어린아이와 관계도 좋다고 했다. 그녀를 보자마자 로저는 안도감에 안 아프던 데가 다 아파 왔다. 그는 여자에게 마음이 끌릴 때면 저도 모르게 가슴을 한껏 쫙 폈다.

로저가 알아차린 점은 (그녀가 코트를 벗을 때 드러난, 몸에 딱 붙는 청바지와 놀라울 만큼 예쁜 엉덩이를 본 후였지만) 거실로 들어간 마티아가 가장 먼저 아이들을 찾으려 했다는 사실이었다. 거실에 들어서면 사람들은 대부분 멋진 장식과 값비싼 물건을 살펴보았는데 흥미롭게도 마티아는 달랐다. 조슈아와 콘래드는 희한하게도 5분 정도 같이 잘 노는 중이었다. 조슈아는 동물원 같은 것을 만드는 콘래드에게 레고 듀플로 블록을 건네주고 있었다.

"간단히 알려 줄게요."

로저가 단호한 목소리로 말했다. 그는 마티아에게 콘래드와 조슈아를 인사시켜 주었지만, 그녀는 그런 것이 필요치 않아 보였다. 그녀는 아이들 옆에 무릎을 꿇고 앉아, 고릴라를 악어 등에 세우는 가장 좋은 방법을 부드러운 헝가리 억양으로 알려 주었다. 그 순간은 마치 액션 영화의 한 장면처럼 적진 깊숙이 침투한 특수 부대를 구하러 헬리콥터 구조대가 현장에 도착했을 때, 관객들이 이제는 모든 역경을 극복한 착한 주인공이 행복해지겠구나 하고 느끼는 그런 순간 같았다.

2부

2008년 4월

31

봄이 오려나 보다. 피프스 로드 42번지, 피튜니아 하우가 몸에 이상을 느끼기 전인 작년 가을에 심었던 크로커스꽃이 피었다 졌다. 여름에 피는 접시꽃과 참제비고깔에는 아직 꽃봉오리가 맺히지 않아서, 정원은 그녀가 바란 것보다 덜 화사했다. 정원에 자라는 잔디는 지저분해 보였다. 그녀는 딸에게 잔디 깎기를 부탁하고 싶지 않았고, 깎아 줄 사람도 달리 없었기 때문이다. 그렇기는 해도 봄이 온다는 느낌이 들었다. 따뜻한 날이면 창문을 열어 놓았고, 비바람이 들이치지 않는 집 뒤 창문은 벌써 열어 놓고 지냈다. 그녀는 새봄의 약동하는 기운, 즉 식물을 꽃피우려는 부드러움이 가득한 특유의 봄기운을 느낄 수 있었다. 피튜니아는 그런 느낌이 늘 좋았다. 봄과 가을을 모두 좋아했기 때문에 봄을 좋아하는 사람과 가을을 좋아하는 사람으로 나누지 않았지만, 굳이 답을 내려야 한다면 그녀는 봄을 좋아하는 사람이라 말할 수 있었다. 5월, 아니면 6월에는 확실히 이질풀이 나올 것이고, 야생 당근도 나올 것이며, 붓꽃이 활짝 필 것이다. 계곡에는 백합이 지천으로 필 것이고, 정원은 가지각색 꽃들과 나무로 풍성한 느낌과 선명하고 다정한 느낌이 덩달아 만개할 것이다. 그녀가 좋아하는 풍성하고 넉넉한 느낌에 너무 많은 일이 일어나면 어수선한 느낌도 들 것이다. 그녀는 침실 창가에 놓인 의자에 앉아 정원을 내다보며 정원이 어떻게 변할까 상상하는 것을 즐겼다. 그녀의 생명이 스러져 한여름에는 이 세상에 없을지 모른다는 사실은 받아들이기도 어렵고 이해하기도 어렵다. 자문의가 그 사실을 말해 주었다.

자문의는 뭔가 다른 일을 하는 사람처럼 어색하게 말했다. 애써 퉁명스럽게 말하지 않으려고 했지만 잘 안 되는 모양새였다. 자문의가 말했던, 병의 원인으로 '제거할' 필요가 있던 종양이 실제로 뇌에 있었던 것이다. 제거란 말은 의사들 말로는 '아마 그것이 문제일 것이다'라는 뜻임을 그녀는 깨달았다. 자문의의 말로는 그 나이대의 환자치고는 놀라울 만큼 종양이 빨리 자란 것이다.

"암이네요."

피튜니아는 뭔가에 부딪힌 듯한 느낌을 받으며 말했다. 사람들은 이럴 때 발밑 바닥이 확 열리거나 땅이 꺼지는 느낌을 받았다고 했지만, 피튜니아는 달랐다. 그녀는 걷다가 뭔가 보이지 않는 것에 부딪힌 느낌을 받았다. 뭔가 그곳에 있었지만 전에는 보지 못했던, 지금도 역시 보이지 않는, 그런 뭔가에 부딪힌 느낌이었다.

"엄밀히 말하면 그렇진 않습니다."

자문의는 죽음을 앞둔 사람 앞에서 용어를 정정해 줘야 할지 말아야 할지 조금 갈등하는 듯 보이다가 결국 충동을 이기지 못하고 말했다.

"뇌종양은 암이 아닙니다만. 뇌종양에 걸리셨고, 유감스럽게도 증거에 따르면 종양이 자라고 있습니다."

증거라, 심각한 단어였다. 자문의는 종양이 너무 커서 수술은 안 되지만 화학 요법을 통해 치료할 수는 있을 거라고 말했다. 아니, '아마도' 치료가 가능할지 모른다고. 현재 욘트 가족이 사는 피프스 로드 51번지에 예전엔 친구 마제리 탤벗이 살았다. 그 마제리가 몇 년 전 끔찍한 항암 치료에 시달리다 결국 세상을 떠나고 말았는데, 그 모습을 본 후로 피튜니아는 절대 화학 요법을 받지 말아야겠다고 결심한 바 있었다. 지금 병원 18층 진료실에 앉은 그녀는 실제와 이론이 완전히 다르다는 점을 알아차렸다. 의사 말에 혹해서 치료를 받고 싶은 마음은 전혀 없었다. 특별히 마음이 끌리는 말도 아니었다. 6주간 치료를 받으면 6개월 더 살 수 있는 정도였다. 정확한 숫자는 떠오르지 않았지만, 이상하게도 떠오르는 것은 이 상황이 5.99파운드를 내면 3년 더 기간을 연장해 주는 보증 보험과 비슷하고, 그런 보증 연장에 앨버트가 길길이 날뛰었을 거란 것이었다.

"아니, 고맙지만 됐어요."

"지금 이 자리에서 결정하실 필요는 없습니다."

"아, 결정했어요. 치료 안 받아요."

피튜니아의 말에 자문의는 처음으로 조금 놀란 것 같았다. 그리고 그것이 마지막으로 본 자문의의 모습이었다. 자문의가 내린 선고는 실로 큰 충격이었다. 하지만 어떤 면에서 보면 놀라운 일은 아니었다. 2월경부터 몸 상태가 갑자기 더 악화되었던 것이다. 그동안 겪었던 증상과 이번 증상은 뭔가 다르다는 느낌이 들었다. 예전에 아팠을 때는 자신과 질병 사이에 어떤 거리감 같은 것이 존재했다. 자신은 여기에, 질병은 저기에 있었다. 독감과 고열로 의식이 오락가락했을 만큼 심하게 아팠을 때조차 그 질병이 자기 자신은 아니었다. 그녀와 질병은 별개의 존재였다. 이번에는 달랐다. 증상은 심하지 않았지만, 이 질병은 그녀와 매우 밀접한 상태에 있고, 생각과 통찰력, 깊은 내면의 자아와 뒤엉켜 있다는 것을 알 수 있었다. 시야를 가리는 그림자가 더 넓어지고 어두워지더니 어지럼증과 무기력증을 유발시켜 가끔은 걷거나 아침에 일어나는 것조차 어렵게 만들었다. 결국 그녀는 병원에 실려 갔다. 앞이 거의 보이지 않을 때도 있었다. 딸꾹질이 멈추지 않았을 때도 있었는데, 하도 심하게 딸꾹질을 해서 다른 환자들이 불평할 정도였다.

2주가 지나자 상태가 조금 안정되어 마지막 시간을 보내기 위해 퇴원해서 집으로 돌아왔다. 메리가 몰던에서 집으로 달려와 주었다. 피튜니아가 메리가 사는 에식스로 가서 남은 생을 보내는 방법도 있었지만, 메리의 집은 (당연히 피튜니아는 이런 것이 이유라고 인정하지 않았지만) 뭔가 으스스하고, 차갑고, 메마르고, 불안하고, 불편한 그런 느낌이 있었다. 메리는 주로 집 안 정리와 청소에 시간을 보내곤 했는데, 어머니의 집에 와서도 계속 정리하고 청소하기란 어려운 일이었다. 피프스 로드의 어머니 집에서 그녀는 낮 시간의 대부분을 어디 다른 데서 뭔가를 하면서 보내다가 피튜니아가 부르면 달려갔다. 창피하게도 딸을 불러야 할 일이 꽤 잦았다. 피튜니아는 밤에 혼자 가까스로 화장실을 다니다가 가끔 어려울 때면, 앨버트가 쓰던 방이자 이제 그 사실 말고는 특별한 의미가 없는 옆방 싱글베드에서 자는 딸을 불러야만 했다. 하지만 메리는 잠귀가 어두워서, 피튜니아와 메리 둘 다 방문을 열어 놓고 잤어도 가끔씩 메리는 어머니가 목이 쉬어라 그녀를 불러도 그 소리를 듣지 못하고 잘 때도 있었다. 그녀는 잠에서 깨면 어머니가 볼일을 볼 수 있도록 화장실까지 따라갔다. 피튜니아는 그것이 너무 싫었고, 메리 역시 그것이 너무 싫었다.

피튜니아가 정말 살날이 얼마 남지 않았다면 집이나 호스피스에 들어가 간병을 받을 것이다. 하지만 아직은 그 정도로 상태가 나쁘지 않았다. 딸이 온 후 그녀가 죽음을 향해 가는 속도가 급격히 느려진 것 같았다.

아래층 부엌에서 나는 딸그락 소리가 피튜니아의 귓가에 들려왔다. 메리는 지저분한 것은 참지 못했지만 소음에는, 최소한 자신이 내는 소음에는 전혀 민감하지 않았다. 쿵 하는 소리나 와장창 하는 소리가 나곤 했고, 동시에 라디오 소리도 크게 났다. 심지어 진공청소기조차 메리가 돌리면 그 소음이 더 크게 나는 것 같았다. 지금 올라오는 소리를 듣자니 피튜니아는 시간이 11시 정각이 되었음을 알 수 있었다. 싱크대 서랍장 문 여닫는 소리, 컵 받침 꺼내는 달그락 소리, 식탁에 탁 접시 놓는 소리, 조리대에 쿵 주전자 내려놓는 소리가 들려오는 것으로 보아 메리가 그녀와 자신을 위해 차를 끓이고 있을 것 같았기 때문이다. 메리는 5분이 지나면 위층으로 올라올 것이다. 피튜니아는 기뻤다. 그녀와 메리는 서로가 서로에게 할 말이 그다지 많지 않았지만, 늘 그렇게 틀에 박힌 방식으로 아침을 시작하는, 딸의 방식으로 하루를 여는 것이 좋았다.

종양이 뇌에 미친 구체적인 영향 중 하나는 글을 읽을 수 없게 된 것이었다. 피튜니아는 TV를 보고 싶어 하지 않았고 말도 가끔씩만 하고 싶어 했다. 가끔이라도 말을 하고 싶어질 때는 주로 메리가 곁에 없을 때였다. 그래서 피튜니아는 유아기에 경험에 가까운 상태로 그냥 가만히 숨만 쉬면서 시간을 보냈다. 겁이 날 때도 있었고, 죽음을 앞두고 있다는 생각에 실제로 공황과 두려움을 느낄 때도 있었다. 때로는 죽음을 생각하면 더 이상 경험하지 못할 것들에 대한 구체적인 상실감이 아닌 (많은 것들이 이미 희미해져 가고 있었기 때문에) 그냥 막연한 상실감을 느끼기도 했다. 아니다. 미각과 후각 또한 이상하게 변해 버려서 커피와 차, 베이컨과 꽃 같은 것들의 특유의 맛과 냄새를 더 이상 느끼고 맡지 못했다. 어쩌면 냄새는 그대로 맡는데, 냄새를 전달하는 후각 기능이 뇌에서 제대로 작동하지 못하는 것일지도 몰랐다. 시냅스의 연결에 결함이 생겨 버린 것이다. 하지만 그녀가 상실감을 느끼는 것은 어떤 구체적인 것이 아니었다. 즉 이날을, 이 빛을, 이 산들바람을, 이 봄을 잃어 간다는 기분이 아니었다. 그 어떤 것과도 관련이 없으되 모든 것과 관련이 있는 전반적인 상실감이었다. 그녀는 모든 것을 잃어 가고 있었다. 항구에서 멀리 떠내려가는 배를 탄 기분이었다. 심지어 그런 기분이 불쾌하기보다는 왠지 편안하기도 했다. 어떤 때는 감정이 북받쳐 올라 숨이 막힐 만큼 슬픔에 목이 메어,

그것이 죽음에 이르게 하는 또 하나의 증상처럼 여겨지기도 했다.

32

구질구질한 일은 밑으로 보내기 마련이다. 그것은 수사 기관의 규칙이라, '사건 : 우리는 당신이 가진 것을 원한다'는 라벨의 두꺼운 서류철이 런던 경시청 소속 수사관 밀 경위의 책상에 놓였다. 상황은 이랬다. 피프스 로드 주민 여섯 명은 먼저 지방 의회에 사건을 의뢰했지만 당연히 아무 소득이 없어서 하원 의원에게 편지를 써 보냈다. 의원은 경시청장에게 편지를 써 보냈고, 경시청장은 총경에게 메모를 전달했고, 총경은 그것을 다시 가장 가까운 클래펌 지역 경찰서 서장에게 전달했고, 서장은 그 사건을 밀 경위에게 투척했다. 그래서 지금 그가 서류를 보며 앉아 있게 된 것이다. 끔찍하게 맛없는 원두커피가 서류철 옆에서 식어 가고 있었다. 그 반대편에는 충전 중인 핸드폰과 어제 자 메트로, 보고서 한 뭉치가 나란히 놓여 있었다.

처음 보는 사람은 경찰서에서 일하는 것이 불가능하다고 생각할 수도 있었다. 그 누구도 조용하지 않았고 놀지 않았다. 스물네 명의 런던 경시청 소속 경찰들은 끊임없이 움직였다. 그들은 컴퓨터에 자료를 입력하거나 파일을 획획 넘겨 보거나, 아니면 전화를 걸거나 머핀을 먹거나, 종이를 구겨 쓰레기통에 던지거나 서류 더미를 들고 이쪽저쪽 오가는 동시에 이야기를 나누고, 놀려 대고, 수준 낮은 농담을 지껄였다. 완전히 난장판이었다. 밀은 그것이 좋았다.

그는 무슨 일을 맡게 되든 항상 첫 번째로 스스로에게 질문을 던졌다. 왜 나지? 쓸데없는 질문이었다. 밀은 신체적으로도, 인구 통계학적으로 전형적인 경찰 타입의 사람이 아니었다. 그는 옥스퍼드에서 자라 옥스퍼드 대학에 들어가 서양 고전을 전공했으며, 부모가 모두 교사였다. 그는 객관적으로 자신을 관찰해 보고 싶다는, 그가 종종 궁금했던 이유, 하지만 아직도 이해하지 못한 이유 때문에 시험 삼아 경찰이 된 것이다. 그는 권위와 관련해서 가려운 곳을 긁고 싶었다. 그는 위계질서와 명령이 필요했고 그것들을 소유하고 싶었다. 성경에서 백부장이 예수에게 말했던, '저도 남의 수하에 든 사람이요 제 아래에도 군병이 있으니 이더러 가라 하면 가고 저더러 오라 하면 오고 제 종더러 이것을 하라 하면 하나이다' 같은 것이 필요했다. 그렇다. 그에게는 그런 것이 잘 맞았다. 그는 대학을 졸업하고 5년간 대졸자로서 빠르게 승진을 거듭하는 동안 동료 경관들이 그를 가리켜 재수 없는 놈이라고 부른다는 것을 너무나 잘 알고 있었다. 그가 항상 재수 없게 놀았기 때문이 아니라 그가 몸담았던 사회적 계층과 학력을 배경으로 뭔가 재수 없는 말이나 행동을 할 것 같은 분위기와 기회가 언제든 있었기 때문이다. 마치 자신이 어떤 사람인지를 근본적으로 드러내기 위해 경찰이 된 것이 아니라, 그냥 생활 방식의 한 선택으로서 경찰이 된 듯 말이다. 그는 동료들이 자신을 그렇게 보는 것이 억울했지만, 한편 마음 깊은 곳에서는 스스로도 인정했기 때문에 무조건 억울한 것만은 아니었다. 그래서 그는 신중하게 행동하는 것을 배웠다.

밀 경위는 차이를 만들고 싶었다. 그것이 의미하는 바가 무엇이든, 그는 그것에 대해 많이 생각했다. 모태 신앙 기독교인으로서 괜찮은 삶을 살고 싶었다. 하지만 그것이 무슨 의미인지는 생각해 봐야 한다. 차이를 만든다는 것은 남들이 할 수 없고 하지 않는 일을 하는 것과 남들보다 더 나은 방식으로 일을 하는 것 중 하나를 의미할 것이다. 그러니 그것이 미미한 차이이다. 같은 자리를 그가 맡느냐, 다른 사람이 맡느냐 하는 차이일 뿐이다. 예를 들어, 그가 이 경위직을 맡았을 때 다른 사람이 맡았을 때보다 15퍼센트 더 일을 잘했다면, 그 15퍼센트가 바로 그가 만든 차이인 것이다. 그것이 미미한 유용성이다. 그걸로 충분한가? 그렇다고 느끼는 날도 있었고, 그렇지 않은 날도 있었다. 여자 친구 제니는 그가 경찰이 되고 싶어 했을 때 미쳤다고 보았지만, 4년이 지난 지금은 왠지 희한하게도 그에게 경찰이 어울린다고 보기 시작했다.

그렇다고 해서 그가 다른 일을 생각해 보지 않았던 것은 아니었다. 매일 그런 생각을 했다. 그런 생각이 오히려 안전밸브 노릇을 해 주었다. 언제든 경찰 일을 때려치우면 된다는 생각이 오히려 그로 하여금 경찰 일을 할 수 있게 해 주는 버팀목 중 하나였다. 출구는 항상 보이는 곳에 있는 법이다. 그런 생각 덕분에 그는 자리를 지키며 힘든 하루 일과를 버틸 수 있었다.

바로 그때, 힘든 일과 중 하나인 닥스 순경이 책상 쪽으로 걸어왔다. 닥스는 밀보다 아홉 살 더 많았지만 직급은 그냥 순경이었다. 밀은 경찰이 되고 나서 2년간 현장에서 뛰었고, 그 후 빠른 진급 제도에 힘입어 경위로 승진했다. 80년대에 더 많은 대졸자를 채용하기 위해 고안된 제도였다. 그 제도는 실효를 거두었으나 대졸 미만 경찰에게는 기회조차 없는 고위직을 고학력자는 무임승차해도 된다는 불만을 낳았다. 그것도 모자라 밀은 체격도 호리호리하지, 외모도 단정하지, 술 담배도 멀리하지, 나이도 한참 어려 보이는 스물여섯 청년이었다.

그런 점들이 경관으로서 이득을 볼 때도 있었다. 하지만 경찰서 안에서는 크게 도움이 되지 않았다. 그 이유 중 하나는 닥스 같은 사람들 때문이었다. 닥스는 떡 벌어진 어깨에, 그다지 영리하지 않은 두뇌에, 법보다 공권력 행사를 더 우선시하는 서른다섯 살 순경이었다. 그는 약자를 괴롭히는 데는 타고난 사람으로, 지난 9개월 동안 마치 사냥감 주변을 맴도는 상어처럼 몇 번이나 그를 괴롭히려 했다. 밀은 그 공격을 피했지만 닥스는 분명 괴롭힐 기회를 호시탐탐 노리고 있을 것이다. 닥스의 작전은 밀의 약점, 즉 밀이 기분 나빠 할 만한 뭔가를 찾아내 그걸 이용해 조롱거리로 만들어 버리려는 것이다. 한번 조롱을 당하면, 처음으로 되돌리기 어려운 법이다. 경찰서 사람들은 밀

을 좋아하기는 했지만, 일단 교두보가 확보되면 재미난 놀림거리가
될 만큼 밀은 남들과 달라도 너무 달랐다.

하지만 오늘은 다행히 그의 손아귀에서 벗어날 수 있었다. 닥스가
밀의 책상으로부터 150여 미터를 앞두고 뭔가 말하려던 찰나에, 경
찰서 맞은편에 있는 유치장 담당 경사가 그를 호출했던 것이다. 닥
스는 걸음을 멈추고는 밀을 더 이상 쳐다보지도 않은 채 등을 돌렸
다. 그렇게 그의 시도는 불발에 그쳤다. 다시 일에 집중할 차례였다.
밀은 파일을 들고 뒤적거려 보면서 '왜 나지?'라는 질문을 다시 던졌
다. 상관인 윌슨 경정은 머리 색깔이 짙고 성격이 둥글둥글한 40대
중반의 여자였다. 그녀 역시 빠른 승진 제도의 수혜자였다. 밀이 본
사람 중 그녀는 가장 유능한, 타고난 정치가였다. 특히 문제가 될 만
한 소지의 일을 미리 냄새 맡는 데 유능하고, 위험을 감지하는 데 유
능하고, 일이 잘못될 경우 상황이 얼마나 나빠질지 예측하는 데 유능
했다. 그 덕분에 그녀는 신중하되 나쁘지 않은 경관이 될 수 있었다.
윌슨은 그녀가 밀을 이용하는 방식을 보고 밀이 자신과 그녀가 닮았
다고 생각한다는 것을 알아챘다. 그녀는 종종 현실적이든 잠정적이
든 정치적인 문제가 있으면 그에게 떠넘겼다. 그것은, 그녀가 그를
신뢰한다는 의미로 보자면 절반은 칭찬이었고, 그가 그녀와 닮았다
는 의미로 보자면 절반은 욕이었다.

이번 사건을 앞두고 그녀의 전달 사항은 명쾌했다. '무슨 일이 일
어나고 있는지 알아내서 없애'는 것이다.

그러니 첫 번째 질문은, '무슨 일이 일어나고 있는가?'였다. 책상에 놓인 물건들은 피프스 로드 구역, 불만에 찬 주택 소유자들이 모아다 준 것이었다. 그들은 스스로 이름 붙이길, '지속적인 괴롭힘 활동'에 시달리고 있다고 한다. 전형적인 중산층의 민원 제기 편지, 즉 가능한 한 많은 숫자의 공직자에게 압력을 넣겠다는 말을 매우 조심스럽게 쓴 편지를 써 보냈다. 그들의 말에 따르면, 그 활동은 현관문 사진이 찍힌 엽서로 시작되었고, 그다음엔 동네를 찍은 영상이 배달되었고, 마지막으로 오랫동안 다양한 시간대에 찍은 집들을 올린 익명의 블로그도 운영되고 있다고 한다. 이 모든 것들에는 하나같이 '우리는 당신이 가진 것을 원한다'는, 구호인지 좌우명인지 경고인지 협박인지 모를 문구가 딸려 있었다.

밀은 컴퓨터 절전 모드를 켜고 그 블로그를 살펴보기 시작했다. 그는 블로그에 올린 내용을 한 시간 반 정도 살펴본 다음, 발송된 우편물도 20분 정도 살펴보았다. 엽서에 찍힌 소인은 런던 각지의 소인이었고, 주소는 모두 같은 필체의 검은색 블록체 대문자로 쓰여 있었다. '우리는 당신이 가진 것을 원한다'는 문구가 계속 등장한다는 것 외에는 다른 어떤 글도 적혀 있지 않았다. 그러는 동안 밀은 질문에 대한 답을 찾았다. 이 사건이 왜 자신에게 떨어졌는지 깨닫게 되었던 것이다. 이 물건들에는 뭔가 불안 요소가 있었다. 이런 것들로 무엇을 얻고자 하는지 알기는 어려웠지만, 뭔가 으스스한 분위기가 감돈다는 것만큼은 어렵지 않게 느낄 수 있었다. 누군가가 이 거리에 대해, 그곳의 집들과 거기에 사는 사람들에 대해 지나친 관심을 가지고 있었다. 기분이 좋지 않았다. 하지만 그렇다고 범죄가 성립된다고 볼 수도 없었다. 이런 것들을 누가 보냈든, 그 사람은 아마 법망을 피하려고 그 방법을 고심한 것 같았다. 밀은 메모장에 적기 시작했다.

괴롭히기

무단 침입?

사생활 침해?

반사회적 행동

그리고 그는 엽서와 DVD들을 증거품 봉투에 넣고 지문 감식을 의뢰하기 위한 서류를 작성했다. 지문이 나올 거라 생각하진 않았지만, 어쨌든 지문 감식은 필요한 절차였다. 밀은 지금 당장 '이 모든 것들은 대체 무엇인가?'라는 중요한 질문에 답을 내릴 수 없었다. 전혀 알 수가 없었다.

33

'메리, 메리, 고집 센 메리'로 시작되는 시를 메리는 너무나 싫어했다. 그런데 그 시가 머릿속에서 좀처럼 떠나지 않았던 때도 많았다. 아버지가 언제나 즐거워하며 그녀에게 그 시를 읊어 주었다. 아버지 역시 고집불통 벽창호였기 때문에 고집 센 것을 긍정적인 성질로 생각했다. 하지만 메리는 고집 센 것을 긍정적인 성질로 생각하지 않았고, 알게 모르게 화를 돋우는 일이 있을 때마다 그 시구가 머릿속에 떠오르긴 했어도 스스로 고집이 세다고 생각하진 않았다. 메리, 메리, 고집 센 메리…….

그녀는 4분 동안 우려낸 찻주전자를 쟁반에 올리고 쟁반을 들었다가 도로 내려놨다. 그냥 머그잔에 마시는 것이 더 나을 것 같았다. 어머니가 떨어뜨리거나 흘리는 것이 적으면 더 좋은 일이었으니까. 그러면서도 그녀는 어머니의 상태가 나빠지고 있다는 사실을 애써 부정하며 아무 일도 없었다는 듯 어머니가 뭔가를 쉽게 사용할 수 있도록 상황을 살짝 조작했다. 그녀는 애써 '봐, 엄마는 여전히 찻잔과 받침을 들 수 있어'라고 생각하고 '봐, 엄마는 여전히 포크와 칼을 쓸 수 있어'라고 생각했다. 실은 피튜니아가 그런 것들을 잘 못하게 되었는데도 말이다. 왼쪽 소근육 운동 능력은 현저히 약화되었고, 오른손은 쓸 수는 있었지만 왼손은 쓸 수 없게 되었다. 피튜니아로 하여금 정상과 다름없음을 느끼게 해 주는 것이 중요했기 때문에, 메리는 피튜니아가 한 손으로만 포크나 숟가락을 쥐고 먹을 수 있도록 요리한 음식을 차려 주었다. 하지만 결국 메리는 죽어 가는 어머니를 어떻게 할 도리가 없다는 사실에 무릎을 꿇었다. 그녀는 겉으로 드러난 모습을 그대로 유지하는 방법으로 어머니의 죽음을 지연시키려고 애썼다. 그것은 불가능했기에, 슬퍼하는 것보다는 화를 내는 편이 더 쉬웠기에, 메리는 어머니에게, 그리고 어머니를 모셔야 한다는 사실에, 런던에, 피프스 로드 42번지의 상황에, 부엌 물건들에, 물이 다 끓었는데도 불을 끄지 않고 멍하니 지켜볼 수밖에 없는 주전자에, 잠들기 힘들 만큼 시끄러운 도로의 소음에, 어머니를 부축해 화장실로 데려가느라 부족한 잠에, 마치 그것이 당연하고 다른 방도가 없으니 끝까지 어머니 곁을 지켜야 한다는 남편 알란의 말에 조금씩 짜증이 났다.

메리는 쟁반을 들고 계단을 쿵쿵거리며 올라갔다. 언제나 그렇듯 어머니는 늘 앉던 의자에 앉아 창밖 정원을 내다보다가, 메리가 방으로 들어가기 전에 먼저 말했다.

"고마워, 딸."

심지어 어머니의 눈빛도 흐릿해져 온전하지가 않았다. 메리 너머 먼 곳을 응시하는 느낌이 아니라, 메리를 보는 둥 마는 둥 졸린 눈으로 쳐다보는 느낌이었다. 어머니가 원하는 대로 주의력을 발휘할 수 없는 모양이었다.

"좋구나. 차, 고맙다."

"이쪽에 둘게요."

메리가 보니, 어머니는 자신을 흘끗 보았다 정원으로 다시 시선을 돌렸다.

"여기에 뒀어요. 지금 차 따라 놓을게요."

그녀는 머그잔에 차를 따르고 나서 말했다.

"탁자 깨끗하게 쟁반은 도로 가져갈게요."

머그잔을 내려놓을 때 탁자에 물건이 별로 없으면 어머니는 차를 덜 흘릴 것이다. 또한 쟁반을 치운다는 핑계로 메리는 방을 나올 수 있었고 1분도 채 되지 않아 방을 나왔다. 그녀가 아래층으로 내려가자 우편물이 와 있었다. 고지서로 보이는 것이 하나 왔고, 현관문 사진이 나온 그 위협적인 망할 엽서가 한 장 또 왔다.

'감히 어떻게 원한다고 하는 거지?'

메리는 변화, 움직임, 다채로움, 걷기, (남편과의) 섹스, 이케아, 일요일 점심에 친구들과 한잔하러 가는 것, 런던 교외의 환경 좋은 예쁜 동네에 사는 것, (차량 정비소 겸 주유소를 몇 군데 소유한) 유복한 남편과 결혼한 것 등을 좋아했다. 하지만 어머니를 보면 항상 우울했다. 어머니는 본모습을 드러내기보다 가면을 쓰고 사니까 마치 창살에 갇혀 사는 사람 같았다. 그녀가 보기에 어머니는 우울증 환자가 아니었지만 우울증 환자나 다름없이 하기 싫은 이유, 하지 않을 이유, 변하지 않을 이유, 벗어나지 않을 이유를 끊임없이 찾는 식으로 행동했다. 부모는 종종 아이들에게 실망스러운 존재로 비칠 때가 있는데, 피튜니아는 메리에게 극도로 실망스러운 존재였다. 살아생전 아버지는 메리를 울타리 안에 가둬 놓고 키우려 했던 힘든 사람이었다. 아버지가 세상을 떠나자, 메리는 인생이 얼마나 복잡한지 깨닫게 되었다. 피튜니아는 하기 싫은 일은 죽어도 하지 않았다. 그녀가 하고 싶어 한 일은 어제도 그제도 했던 일뿐이었다. 그녀는 온화하고 다정했지만 너무너무 제한된, 자기 자신이란 틀에 갇혀 살았다. 메리는 그 때문에 맥이 빠졌다. 핵심은 어머니가 이제 죽음을 향해 달려가고 있다는 것이다. 피튜니아의 이야기는 첫 장이나 마지막 장이나 같은 내용으로 시작해서 같은 내용으로 끝나는 인생의 한 사례와 같았다. 그것이 견딜 수가 없었다. 그리고 견딜 수 없었던 숱한 일들처럼 그것 역시 극복해야 할 일이었다.

메리는 정원으로 나가는 미닫이 유리문을 열었다. 앨버트가 세상을 떠나고 알란이 피튜니아를 위해 설치해 준 문이었다. 그 뒤로 그와 메리는 피튜니아의 일상을 개선시켜 주려고 애쓰는 일에서 손을 떼었다. 그녀는 담배에 불을 붙였다. 담배를 끊은 지 10년이 되었지만, 죽어 가는 어머니를 보면서 다시 담배를 피우기 시작했다. 담배 생각은 이 집에 들어오던 날부터 시작되었고, 잔소리할 남편도 없어서 피우게 된 것이다. 피튜니아가 세상을 떠나면 담배를 끊고 본집으로 돌아가야만 한다. 흡연 사실을 남편이 알게 되면 그녀를 죽이려 들지 모르기 때문이었다. 알란은 스스로 담배를 끊고 난 후 광적인 금연 운동가가 되었다. 그녀는 뭔가 생각할 거리, 즉 어머니보다 자신의 인생에 대해 생각할 거리가, 끝내야 할 미래의 과제가 있었기 때문에 담배를 피운 것이다. 물론 그 과제는 쉽지 않았다. 그녀 인생에서 가장 힘들었던 일 중 하나가 담배를 끊는 일었기 때문이다. 금연은 어머니의 죽음 뒤에나 실행해야 할 일이었다.

메리는 마지막 담배 한 모금을 빨아들이고 테라스 바닥에 담배를 비벼 껐다. 그리고 정리하러 다시 위층을 향해 올라갔다.

34

중산층의 평범함.

교외 지역의 평범함.

공공연하게 평균을 숭배하는 문화.

엘리트라는 것이 스포츠 세계에서만 존재하는 사회.

뚱뚱한 사람, 게으른 사람, 가상 리얼리티 프로그램을 보는 사람, 오로지 연예계에만 열광하는 사람, 길거리에서 음식 먹는 사람, 입을 벌릴 때마다 자신의 평범함을 드러내는 사람, 그런 사람들의 문화.

런던은 보잘것없는, 평균의, 시시한, 평범한, 현실에 만족하는 다수의 횡포가 도전을 받는 몇 안 되는 도시 중 하나였다. 인간의 특별함을 수용하는 몇 안 되는 도시 중 하나였다. 아니, 런던은 그 이상이었다. 특별함을 증명할 수 있도록 그 장도 마련해 주는 유일한 도시였다. 누가 뭐라고 주장하든 아무 상관이 없다. 이렇다 주장하든 저렇다 주장하든, 그것은 아무 의미도 효과도 없었고 주장에 따른 근거만 제시하면 된다.

마크는 이런 생각에 잠겨, 고덜밍에 사는 부모님 댁으로 기차를 타고 가는 중이다. 초봄 해는 중천에 떠 있었고 기차 안은 바람이 들지 않아 따뜻했다. 그는 일등석에 앉아 있었다. 일등석 표를 끊지 않았지만, 경험상 일요일 오전 50분 거리 구간에서는 검표를 하지 않았던 것이다. 블랙베리 핸드폰은 앞쪽 탁자에 놓여 있었다. 서리 지역의 황량하고 쓸쓸한 경치가 창밖으로 스쳐 지나갔다. 일요일이라서 평범하고 답답한 중산층이 으레 지키는 끔찍한 '일요일 점심'을 같이하러 집으로 가는 길이었다. 한 달에 한 번은 '꼭' 참석해야 했다. 일요일 점심 자리에, 마크는 간편한 차림 또는 정장 차림을 하고 갔다. 지난번에는 찢어진 청바지와 밑단 왼쪽에 정액이 얼룩진 티셔츠를 입고 갔다. 오늘은 천오백 파운드짜리 정장에 고가의 셔츠를 받쳐 입고 셔츠보다 더 비싼 운동화를 신었다. 운이 아주아주 좋다면, 어머니가 떨리는 긴가민가한 목소리로 "근사하구나, 아들"이라고 말할 만한, 그런 차림이었다.

마크의 내면에는 혼란스러움이 존재했다. 언제나 그랬다. 극심한 공포와 공허, 내가 실제 누군지에 대한 약하디약한 자존감이 존재했다. 부모는 순한 분들이었다. 아버지는 그가 사춘기에 막 접어든 무렵인 90년대 초반 경기 불황 때 파산이 나 버렸다. 어머니는 그때 여동생을 낳았는데, 가정에 도움이 되지 않는 일이었다. 부모가 자신감을 상실한 것과 마찬가지로 마크 역시 부모에 대한 믿음을 상실했다. 그는 화가 났다. 그가 보기에 부모는 사기꾼에 한심하고 스스로의 삶을 사는 것이 아니라 가면이나 쓰고 허위와 위선에 가득 찬 삶을 사는 사람들이었다. 그래서 그는 자기 정체성을 고민해야 할 사춘기에 부모를 파악한 결과 교외 지역에 사는 전형적인 10대 반항아로 자랐다. 그런 사춘기의 혼란과 불안은 마크를 평생 쫓아다녔다. 특별한 데가 없는 부모에게는 분노를 폭발시키지 않았다. 나는 남과 다른 특별한 존재라는 자기 최면을 거는 것으로 고민을 해결했다. 평범해지는 것이 너무나 두려워 나는 남과 같지 않다고 스스로를 다독거려 왔던 것이다. 마크는 아무에게도 말하지 않았지만, 자신이 매우 특출한 사람임을 잘 알고 있었다. 그 사실을 속으로만 깊이 간직하며 살았다.

이것은 분명한 사실이었다. 자신에게는 다른 사람들이 가지지 못한 자질이 있었다. 그리고 자신은 현대 영국에서 몇 안 되는 곳, 특별함을 증명해 보여도 되는 곳, 능력을 가장 중요하게 여기는 몇 안 되는 분야에서 일했다. 모든 것이 완벽해야 했다. 스스로에게는 거짓말을 하지 않는 것을 자랑스럽게 생각하니까 실토하자면, 그럼에도 불구하고 모든 것이 완벽하지 않았다. 그는 능력을 인정받지 못했다. 그의 눈에 과거에서 온 사람으로 보이는 구닥다리 골동품 같은 상사를 위해 일하고 있었다. 로저는 의미 없이 키만 크고, 별 내용 없이 사근사근한 공립 학교 출신의 등신 허풍쟁이 기회주의자 촐랑이였고, 자기가 부장이었다면 부서 일을 수천 배는 더 잘할 수 있었다. 로저는 위로 올라가는 데 능했다. 분명 그랬다. 그는 부서장에도 오르고 해고도 당하지 않았으니 분명 눈에 보이지 않는 뭔가가 그에게 있었다. 마크가 직접 보았던 로저의 유일한 특성은 등뼈 없는 사람처럼 상사 로타에게 굽실거리는 아부 근성이었다. 그 점을 제외하면 로저는 아무짝에도 쓸모없는 사람이었다. 로저가 트레이딩에 얽힌 세세한 계산이 어떻게 돌아가는지 대충만 이해하고 있음을 마크는 분명히 알 수 있었다. 기술을 가장 필요로 하는 업무에 대해 로저는 말 그대로 아는 것이 하나도 없었다. 그것은 용서할 수 없는 일이었다.

마크는 스스로에게 거짓말을 하면 안 된다. 위대한 사람은 자신을 속이지 않는 법이다. 로저는 병신 새끼였고, 마크 자신은 천재였다. 로저가 그에게 공을 거의 돌리지 않았기 때문에 그는 차장으로 썩어갔다. 로저가 공을 거의 돌리지 않는 이유는, 만일 그렇게 하면 로저 자신의 무능력이 노출되어 해고나 좌천을 당할지 모르기 때문이다. 일은 마크가 다 하고 인정은 로저가 받는 구조였다.

이제는 그 문제에 대해 뭔가를 할 때가 되었다.

기차는 고덜밍역에 이르렀고, 마크는 기차에서 내렸다. 아버지가 주차장에서 그를 기다리고 있었다. 아버지는 언제나 역사 밖에서 갈색 바지 차림으로 갈색 볼보 옆에 선 채로 그를 기다렸다. 아버지 얼굴이 살짝 탄 것을 보니, 그냥 햇빛을 쐬며 다녔거나 야외 활동을 많이 한 것처럼 보였다. 마크의 눈에 비친 아버지의 그런 모습은 흐릿하고 빛바랜 사진 같았다. 또다시 그는, 벗어나기 위해 그렇게 열심히 일해야만 했던, 그 모든 평범함이 생각났다.

"마크! 잘 지냈지? 아, 얼굴 보니 좋구나."

언제나 그렇듯 처음에는 목소리 톤이 높았다가 낮아지는 아버지였다. 아버지는 젊은 사람들이 하듯이 두 손을 까불까불 흔들었다. 짐이 있다면 그 짐을 들어 주겠다는 듯한 손짓이었지만, 마크는 점심만 먹으러 내려왔기 때문에 당연히 짐이 없었다.

마크는 치에 탔다. 집에 가는 20분 동안, 아버지는 사소한 이야기라도 나누어 보려고 몹시 애를 썼고, 마크는 그냥 조수석에 앉아만 있었다. 그들은 '샬레-방갈로(스위스풍의 목조 단층집 - 옮긴이)'로 만든 집에 도착했다. 마크는 이 집에서 자랐고, 부모 중 한 분이라도 샬레-방갈로라는 말을 쓰면 기분이 몹시 좋지 않았다. 아버지가 차고 바깥에 차를 대는 사이, 마크보다 열한 살이나 어린 열여덟 살의 여동생이 집 앞 정원 야외용 의자에 앉아 소설책을 읽고 있다가 마크를 보더니 벌떡 일어나 그를 향해 달려왔다. 클레어는 가족 중 가장 진한 금발에 아직 젖살이 오동통한 소녀였다. 하지만 뭔가 하지 않으면 그 젖살이 곧 진짜 통통한 살로 불어날 것이다. 클레어는 마크의 목에 팔을 둘렀다. 마크가 다 받아 줄 듯하자, 클레어는 그의 얼굴에 여러 번 입을 맞추고는 그가 싫어하는 것을 뻔히 알면서도 그의 머리카락을 마구 헝클었다.

"오빠, 오빠, 오빠. 여자 친구 생겼어?"

마크는 머리를 매만지며 대답했다.

"너 아직도 열두 살이야?"

"오빠만 보면 열두 살이 되고 싶어."

클레어는 까치발을 딛고 서서 바보같이 웃는 척하며 있지도 않은 묶은 머리를 배배 꼬는 시늉을 했다. 그녀는 그의 신경을 거슬리게 하는 데에도 귀재였고, 그가 여전히 신경질을 달고 사는 10대 소년임을 확실히 입증시켜 보여 주는 데에도 귀재였다. 틀에 갇혀 사는 것 같던 어린 시절의 감정이 생각났기 때문에 마크는 집에 오는 것이 싫었다. 고덜밍에만 오면 그 자신을 포함한 모든 사람들이 열다섯 살 소년을 대하듯 그를 대했던 것이다.

어머니가 밖으로 나왔다. 그는 마음의 준비를 한바, 곧 그 일이 일어날 것임을 알고 있었다. 이미 머릿속에서 시연도 마쳤다. 하지만 아무런 소용이 없었다. 아버지와 마찬가지로 어머니의 목소리 톤도 높았다가 낮아졌다.

"마크! 너 정말……."

썰물이 빠져나가듯 눈길을 스르르 아래로 떨어뜨리며 어머니가 말했다.

"멋져 보인다?"

그녀는 눈을 깜빡거리며 질문을 던지듯 말을 끝맺었다. 그는 속으로 다른 모든 것처럼 일분일초가 지날 때마다 이 또한 지나가리라 하고 스스로에게 말했다. 내일부터 행동에 옮길 것이다. 앤드류 카네기가 쓴 구절처럼, '모든 사람은 자신의 전문 분야 범위를 넘어서는 특출한 뭔가를 해야만 한다. 이목을 끌어야 하는 것이다.'

35

"시스템 새로 구축해서 이슬람력을 제정해야 해."

샤히드가 아메드, 우스만, 로힝카, 파티마, 모하메드와 함께 큰 식탁 앞에 둘러앉아 말했다.

"헤지라 말고, 이크발 저 멍청이 자식이 우리 집에 들어온 날을 원년으로 해서. 그럼 올해는 이슬람력으로 1428년이 아니라 95일째야. 이거 말 되지? 저놈은 심심하면 시공간 연속체를 근본적으로 파괴시킬 거고, 심심하면 불의의 화신이 될 거야. 어딜 가든지 사람들한테 고통만 줄 거라고, 고통만. 저놈이랑 어울려 봐, 다시는 어울리고 싶지 않다는 걸 깨닫게 될걸? 악몽 그 자체니까. 그런 놈이 우리 집에 와 있다니! '이번 달에 샤워 한 번 했으면 됐지, 뭘' 하는 식으로 냄새 나는 발로 집에 악취를 풍겨 대니까!"

착한 형 아메드는 이때다 싶어 끼어들었다.

"이크발이 들어온 건 네가 잘못한 거 아냐?"

"내가 그런 게 아니라, 걔가 저 혼자 들어온 거야."

"그럼 네가 들어오라고 한 게 잘못 아냐?"

"내가 들어오라고 한 게 아니라, 그냥 걔가 들어온 거라고."

"차이점을 모르겠네."

"그건 형이 멍청이라 그래."

우스만은 독실한 신자의 상징인 헝클어진 수염 사이로 픽 하고 코

웃음을 터뜨렸다. 로힝카가 "여러분, 여러분" 하며 말렸다. 파티마는 "싸워라, 싸워라"를 연호했다.

오늘은 토요일이라 카말 가족은 다 같이 모여 점심을 먹고 있었다. 자주 있는 일은 아니었다. 아메드의 친구 하심이 아래층에서 가게를 봐주었으나, 아메드는 그 대화에 5분 정도 끼어들다 말고 하심 쪽으로 더 신경을 썼다. 혹여 하심이 금전 등록기에 금액을 잘못 입력할까 봐, 고객 신상을 정확히 받아 두지 않고 비싼 잡지 세트를 주문했을까 봐, 열다섯 살짜리에게 술을 팔까 봐, 복권 판매기나 오이스터 교통카드 충전기 조작법을 잊어버려서 가게 밖까지 줄이 늘어서고 단골손님들이 다시는 오나 봐라 하고 등을 돌리게 할까 봐 걱정이 되었던 것이다.

"내가 보기에 이크발은 문제없어. 걔가 너보다 더 심각한 사람일 뿐이야. 나는 그게 그렇게 나쁜 성격 같지는 않은데."

우스만이 말했다.

"수염이나 깎으셔."

샤히드가 말했다. 로힝카는 가스레인지에 올려놓은 캐서롤(오븐에 넣어 천천히 익혀 만든 찜 같은 요리 - 옮긴이)을 한 접시 더 가져다 식탁에 내려놓았다. 식탁에는 쿠민 향신료를 넣고 오븐에서 익힌 닭고기와 가지찜이 내열 매트에 놓여 있고, 식지 않도록 천으로 덮어 둔 난과 로힝카의 주요리 중 하나로 거의 매일 조리법을 달리해서 만드는 달(말린 콩류에 향신료를 넣고 끓인 인도식 스튜 - 옮긴이)이 냄비째 놓여 있어서 빈 공간이 거의 없을 지경이었다. 그녀가 접시 뚜껑을 열자, 아차리 고싯(파키스탄의 전통 요리로, 매콤한 식초에 절인 양고기 카레 - 옮긴이)의 맛있는 양고기와 양념 냄새가 식탁 위로 확 피어올랐다. 남자들은 저마다 음- 소리를 내며 그 냄새를 맡아 보았다. 화제를 바꾸어 보려고 아차리 고싯을 내온 것이었지만, 별 효과가 없었다.

"냄새 죽인다. 그렇지만 한 입만 더 먹으면 배가 터질 거야."

샤히드가 말했다.

"봐 봐, 이크발의 문제는 개가 눈치가 없다는 거야. 집에 들어가면 위층에서 TV 소리가 들리는데 난 알 수 있지, 개가 뉴스 보고 있다는 거. 끔찍한 사건 사고 소식이나 비이슬람권 언론을 접하며 혼자 큰 소리로 불평하면서 말이야. 그게 아니면 인터넷 창을 열고 투덜투덜 뭔가를 입력하다가 내가 들어가면 바로 창을 닫아 버려. 개가 멍청하게 살든 말든, 바보 같은 벨기엔지 알제린지 모르는 곳에 사는 병신 같은 친구들하고 멍청한 메신저를 주고받든 말든, 내가 신경이나 쓰는 줄 알아! 자기가 무슨 대단한 말이나 행동이라도 하나? 자기가 무슨 수수께끼의 인물이라도 되나? 소파에 발이나 올리고 앉고, 싱크대에 설거지나 쌓아 놓고 사는 주제에. 철딱서니 없으니 그게 없다는 걸 또 모르지, 어린애같이."

로힝카와 아메드는 서로 눈빛을 주고받았다. 둘 다 그 말이 샤히드에게 해당한다고 해도 과언이 아니라고 생각했기 때문이다. 샤히드는 둘의 눈빛 교환을 보고는 그게 무슨 뜻인지 정확히 알아차렸지만,

자신의 말이 맞다고 생각했기 때문에 상관하지 않았다.

로힝카가 물었다.

"그러니까, 뭐라고 말해야 할지 잘 모르겠는데, 그분이 무슨 일을 꾸미고 있다고 생각하는 거예요?"

샤히드는 생각하고 싶지 않았다. 그가 젊었을 때 했던 일들과 그때 자신의 모습을 생각하기 싫었다. 정확히 지하드 전사는 아니었지만 지하드 수행을 위한 여행자로서의 모습, 그 당시 분명 뭔가를 꾸미고 있었던, 아직 살아 있다면 여전히 꾸미고 있을 전사들의 모습이 떠올랐기 때문이다. 이크발은 바로 그 과거를 생각나게 하는 사람이었다. 따라서 샤히드에게 이크발은 그 과거를 상기시키는 존재이자, 과거를 얼마나 잊고 싶어 하는지도 상기시키는 존재였다. 그래서 그는 이크발이 진짜 어떤 사람인지, 그가 런던에 온 진짜 동기가 무엇인지 아예 묻고 싶지도 않았던 것이다.

"아니길 바라죠."

샤히드는 이렇게 대답할 수밖에 없었다.

"설령 '무슨 일을 꾸미고 있다'고 해도 그게 그렇게 나쁜 일인가?"

우스만은 '무슨 일을 꾸미고 있다'고 말할 때 빈정거리듯 손가락으로 따옴표를 그리면서 말했다.

"누가 무슨 일 좀 한다고 해서 그게 그렇게 나쁜 일이냐고? 그냥 수동적으로 불평등과 탄압을 수용하는 것보다 더 나쁜가?"

"넌 아직 애냐! 진짜 네 의견 하나 없으면서 그냥 뭔가 있어 보이는 척만 하게? 그런 건 십 대 때나 하는 짓이지, 나이 먹어서 그러면 한심한 거라고."

아메드가 즉시 불같이 화를 내며 말했다.

"형이 언제 십 대처럼 살아 본 적 있어? 아냐? 형은 항상 반쯤 수 그리고 살았잖아. 불평등? 탄압? 먹고살기만 하면 됐지, 형한테 그런 게 중요했나? 형이 뭐 하러 다른 사람을 신경 쓰겠어? 배만 부르면 됐지, 뭐하러 고통받는 이슬람 형제들을 신경 쓰겠어?"

우스만도 화가 나서 받아쳤다. 아메드가 대꾸했다.

"네가 돌봐야 할 가족이 있어 봐야 알지, 가족들 배곯지 않게 한다 는 게 얼마나 무거운 짐인지."

로힝카는 일부러 큰 소리로 헛기침을 했다. 모두들 그녀를 쳐다봤 고, 그녀는 두 아이를 쳐다봤다. 아메드와 우스만은 마음을 가라앉혀 야겠다 싶었다.

"이거 정말 끝내주네요."

우스만은 앞에 놓인 접시로 눈을 내리떴다가 다시 올려 뜨며 평화 를 선언하는 듯 말했다. 그 음성에는 마치 육체적 쾌락에 어쩔 수 없 이 물러선다는 듯 마지못해 선언하는 분위기가 배어 나왔다. 로힝카 가 슬며시 웃자, 모두들 요리에 대한 이야기를 시작했다. 요리는 우 스만이 종교에 열 내기 전에 가졌던 관심사였다.

샤히드는 조용해졌다. 그는 이크발 때문에 말로 표현할 수 없을 만 큼 짜증이 났지만 성격상 오래가지 않았다. 가족 중 자신이 제일 수

더분하다는 사실이 대견했다. 카말 가족들은 모두 짜증을 잘 냈다. 서로서로 사랑하긴 했지만 거의 언제나 존재 자체에 대한 막연한 짜증('쟤는 왜 저렇게 생겨 먹었지?')을 냄과 동시에 매우 구체적인 짜증('요거트 뚜껑 닫아 놓는 게 그렇게 힘든 일이야?')을 냈다. 샤히드는 10대 후반에 툭하면 성질을 부렸다. 모든 것에, 모든 사람들에, 특히 세계가 처한 상황에 화가 났다. 하지만 체첸 공화국에 다녀온 후로 그런 감정에서 해방되었다. 그것이 철드는 과정이었고, 그래서 자신을 아직 철부지로 보는 형의 시각은 틀린 것이다. 그는 어딘가에 얽매이고 싶지 않았을 뿐, 그것이 철이 덜 들었다는 개념과는 다른 것이다. 아메드 형 자체는 짜증 나는 사람이었지만, 샤히드는 형이 짜증 나진 않았다. 그만큼 그는 철이 든 것이다.

이크발이 그렇게 큰 문제가 되는 것은 그 때문이었다. 샤히드는 언제 누구한테 그렇게 짜증이 났는지 기억나지도 않았다. 이크발에게 왜 이렇게 짜증이 나는지 다른 가족들에겐 말할 수 없는 뭔가가 있었다. 이크발은 어쩐지 믿을 수가 없었다. 뭔가 이상한 점이 있었다. 불길하다거나 부도덕하다기보다는 웬지 옳지 않아 보였다. 이크발은 스스로를 신비한 인물로 포장하려 했는데, 그 자체로도 짜증 나는 일이긴 했지만, 그 와중에 뭔가 샤히드를 불편하게 만들었다. 이크발에 관한 문제에서 더더욱 짜증 나는 일은, 가족들에게 그 문제를 이야기하면 가족들이 그를 먼저 비난하고 나설 것이 뻔했기 때문이다. 가족들은 그에게 애초에 왜 체첸에 갔다 온 거냐, 그것부터가 잘못이 아니냐, 지하드 친구를 집으로 들여 소파에서 자라고 해 놓고 도대체 뭘 기대한 거냐고 말할 것이 뻔했다. 그런 말을 들으면 뻔히 기분만 크게 상하고, 샤히드도 이미 알고 있는 사실이었기 때문에 더 이상 이야기할 필요는 없었다. 더 이야기했다간 대화가 거칠게 이어질 것이 분명하니 이쯤에서 끝내야 한다. 아예 이야기조차 꺼낼 수 없다는 것만큼 짜증 나는 일은 없을 것이다.

파티마는 어른들의 무관심을 오래 참았다고 느낀 듯했다. 플라스틱 숟가락으로 아빠를 가리키며 말했다.

"아빠! 단 거 준다고 약속했잖아!"

모하메드는 늘 누나보다 훨씬 더 얌전했고, 혼자서도 잘 놀았다. 녀석은 혼자 잘 먹고 놀더니만 누나의 말을 듣자마자 태도가 돌변하여 바로 이렇게 외쳤다.

"단 거, 단 거!"

"그랬어요?"

로힝카가 두 손을 허리에 짚고 경고하듯 아메드에게 물었다. 그 모습을 보고 아메드는 학교 다닐 때 크리켓 경기를 하다 실수하자 동료 선수들이 두 손을 허리에 짚고 화내던 모습이 떠올랐다.

"형 이제 큰일 났다."

샤히드가 즐거운 듯 우스만에게 말했다.

"밥 다 먹어야지만. 밥 다 먹고! 지금 말고. 다 먹고!"

아메드가 아이들에게 말했다. 아내와 딸과 아들 모두 수상쩍다는 눈길로 그를 쳐다보았다.

"다 먹고!"

아메드가 다시 말했다. 그들은 모두 천천히 아메드를 믿기로 하고 소란을 끝냈다. 파티마는 다시 다리를 까불며 절반만 먹다 남긴 카레를 가지고 놀았고, 한참 전에 다 먹은 모하메드는 접시를 치운 빈 공간에 떨어진 밥풀을 다시 이리저리 섞으며 놀기 시작했다. 로힝카가 더 먹으란 뜻으로 서빙 숟가락을 들어 권하자, 아메드와 형제들은 각자 신음 소리를 내며 배를 두드렸다. 아이들이 노는 데 정신이 팔린 것을 보고, 아메드는 목소리를 낮추며 몸을 앞으로 기울였다.

"어머니 일로 상의할 게 있어."

이것이 점심 식사에 소집한 진짜 이유였다. 식탁 주위로 진지한 기운이 감돌았다. 샤히드가 입을 오므렸다가 벌리며 말문을 열었다.

"어머니한테 오시라고 말씀드린 거야?"

그는 갑자기 과장된 인도 영화 속 대사 같은 말투로 흰자가 번뜩일 만큼 눈을 크게 뜨고 말했다.

"아니, 하지만 어머니는 초대해 주길 바라서."

"초대해, 그럼."

우스만이 조금 허세를 부리며 말했다. 카말 여사는 막내아들 우스만에게 제일 다정했다. 그렇게 많이 잘해 준 것은 아니었지만 그래도 그녀 딴에는 최선을 다해 잘해 준 셈이었다. 결혼을 해야 하는 다음 주자인 둘째 아들 샤히드에게 어머니의 방문은 우스만보다 훨씬 더 나쁜 소식이었고, 아메드 역시 그랬다. 아메드는 결혼 문제엔 해당 사항이 없었지만 어머니를 집에 모셔야 했기 때문이다. 가게를 운영하는 방식, 식사하는 방식, 먹는 양, 육아 방식, 남편 · 이슬람교도 · 아들로서의 행동 방식에 관해 어머니에게 여러 가지 충고와 비판, 결점, 사실 확인, 못마땅함을 나타내는 침묵 등을 듣고 겪게 될 것이다. 카말 여사는 대개 2년에 한 번 정도 아들네 집을 다녀갔는데, 아무도 그녀가 오기를 기대하지 않았다. 이번에 오면 모하메드가 태어난 후 첫 방문이었다.

"어머님 뵈면 좋겠다."

로힝카가 다정하게 말했다. 아메드는 고개를 돌려 그녀를 째려보았다. 로힝카는 순수한 척하는 데 재주가 있었고, 또한 그것이 그녀를 섹시하게 보이게 했다. 그녀가 자리에서 일어나 나풀거리듯 싱크대로 가면서 아메드를 보고 보조개를 지으며 웃자, 아메드는 코웃음을 쳤다.

샤히드는 두 손으로 얼굴을 감싼 채 앉아 있었다. 어머니는 분명 결혼하라고, 그것도 중매로 결혼하라고 잔소리를 늘어놓을 것이다. 당연히 마음속에 점찍어 둔 신붓감도 있을 터였다. 특별히 점찍어 둔 바가 없다면 아마 다른 계획이 있을 것이다. 그녀는 샤히드를 야단쳐서, 괜찮은 신붓감들을 보러 오라고 라호르로 그를 부를 것이다. 2년 전 라호르에 가서 저마다 다양한 모습으로 수줍어하는 파키스탄 여성들과 함께 앉아 있었던 적이 있었다. 그때는 정말이지 고통스러웠다. 자존감과 그가 원하는 미래의 모습, 즉 자유로운 영혼, 여행자, 세계 시민, 경험은 많되 속은 영원한 청년으로 사는 것 등 그런 것들이 폭행당하는 느낌을 받았다. 그 여성들 중 몇몇은 샤히드처럼 내키지 않는 모습이었고, 몇몇은 (이편이 훨씬 더 좋지 않았지만) 대놓고 선보는 것에 관심이 많은 모습이었다. 이 시점에서 발 냄새가 나고 투덜거리기만 하는 이크발을 집에 두고 파키스탄으로 가는 것이 샤히드는 더 싫었다……. 이때 갑자기 아이디어가 떠올랐다. 라호르에 가야 한다는 이유로 이크발을 내쫓으면 되겠다는 생각이 들었다.

"어머니가 잔소리나 늘어놓으실 텐데. 내가 뭘 어쨌다고 그걸 들어야 하지?"

샤히드는 뭔가 더, 훨씬 더 많은 말을 하고 싶었지만 그러기가 어려웠다. 로힝카와 아메드가 중매결혼을 했기 때문이다. 따라서 중매결혼에 반대한다고 말하면 그들에게 엄청나게 모욕적인 말이 될 터였다. 더구나 로힝카와 아메드의 결혼에는 무시할 수 없는 사실, 즉 누가 봐도 성공적인 결혼이구나 하는 사실이 존재했다. 아메드는 로힝카를 사랑했고, 로힝카 역시 (샤히드가 보기에는 조금 설명하기 어렵지만) 아메드를 사랑했다. 또한 로힝카는 몹시 섹시했다. 따라서 중매결혼은 시대에 뒤떨어지고 원래 잘못된 것이고, 형편없는 것이고, 공창(公娼) 제도보다 나을 것이 없고, (하긴 서구식 결혼도 마찬가지긴 했으나) 가부장적이고 성차별적인 것이긴 했지만, 그래도 로힝카 같은 여자와 맺어지기만 한다면야…….

"중매결혼 욕하려던 건 아니겠지?"

아메드가 물었다. 어머니와 샤히드가 만나면 반드시 그 주제로 언쟁할 것이 뻔했으므로 그는 샤히드가 무슨 생각을 하는지 추측할 수 있었다. 샤히드는 누구나 형처럼 운이 좋은 건 아니라고 대꾸할까 하다가 그만두었다. 그것은 사실이기도 했고, 아메드가 좋아할 말은 하고 싶지 않았기 때문이다.

"형, 결혼하고 나서 살이 얼마나 쪘지? 최소한 십 킬로는 쪘을 거야, 안 그래? 우스만, 형 한 십 킬로 넘게 찐 것 같지 않나?"

로힝카가 부엌 안쪽에서 딸그락 소리를 내더니 인도 디저트인 쿨피(남아시아 지역의 아이스크림콘 - 옮긴이)와 굴랍자문(분유를 반죽하여 동그랗게 만들어 튀긴 후 시럽을 뿌려 먹는 디저트 - 옮긴이)이 담긴 쟁반을 들고 나왔다. 모하메드는 새로 내온 디저트에 먹고 싶다는 뜻으로 의자 손잡이를 손바닥으로 짝짝 때려 댔다.

"여러분, 여러분."

로힝카가 말했다. 목소리 톤으로 보아 그녀는 대화 내용을 특별히 귀담아듣지 않았던 것이 분명했다. 하지만 그녀의 목소리에는 사내들의 대화란 인류의 지식을 확장시키지는 않았지만 중요한 일에 크게 방해되지 않는 한 그 대화를 참고 견뎌야 한다는 듯한 느낌이 묻어났다.

"가게 가서 하겐다즈 아이스크림 좀 가져올게."

아메드가 말했다. 그는 아이스크림이 먹고 싶기도 했고, 하심을 살

퍼보고 싶은 생각도 들었다. 파티마가 식탁 의자에서 내려와 아버지의 손을 잡으러 다가왔다. 파티마 역시 아이스크림이 먹고 싶다는 뜻을 강하게 나타내고 있었다.

36

레퓨지에서 마련해 준 거처는 튜팅 동네의 한 골목에 있는, 빅토리아 시대 후기에 지은 더블프론트 주택이었다. 그곳은 공원과 지하철에서 가까웠고, 야외 수영장에서도 그리 멀지 않았으며, 가게를 비롯한 각종 편의 시설이 다니기 편리한 위치에 있었다. 집에는 부엌과 공동 구역이 두 군데 있었는데, 한 군데에는 크고 낡은 브라운관 TV가 있었고 다른 한 군데에는 낡아 빠진 소파가 여러 개 있었다. 정원은 지저분하긴 했지만 그런대로 정원 분위기가 나서 그곳에 나가 앉을 수는 있었지만 아무도 그렇게 하는 이는 없었다. 침실은 여덟 칸으로, 단체에서 월급 받고 일하는 직원인 관리인 포함 여덟 명이 각각 한 칸씩 썼다. 이 집이 그냥 일반 가정집이었다면 집값이 백만 파운드 이상은 나갔을 것이다. 하지만 무국적 상태의, 망명에 실패한 사람들을 위한 호스텔처럼 쓰였기 때문에 동네 사람들은 주변 집값이 확 꺾였다고 억울해했다.

퀜티나는 이제 이 집에 산 지 2년이 넘어가는 참이라, 자선 단체에 들어온 다양한 부류의 사람들에 대해 잘 알게 되었다. 그 사람들은 그동안 당한 일 때문에 심신이 망가져 정상 생활이 거의 불가능하게 보였다. 어떤 사람들은 극심한 분노가 쌓여 언제 폭발할지 모르는 일촉즉발의 상태였다. 이런 사람들은 실제로 문제를 일으킬 가능성이 가장 높은 사람들이었다. 일례로 수단에서 온 한 여자는 사소한 시비가 생기면 남자들처럼 주먹질하며 사람들과 싸우곤 했는데, 어느 비 오는 날 정육점 차양 밑으로 어떤 여성과 같이 비를 피하다가 그녀가 자신을 거칠게 떠밀었다고 생각해서 주먹을 날리는 바람에 폭행죄로 3개월간 교도소에 들어갔다 나왔다. 원래 형기를 마치면 추방 명령이 떨어져야 했는데, 그녀를 수단으로 돌려보내면 위험할 소지가 다분하다고 본 인권법 덕분에 다행히 추방 명령을 면할 수 있었다. 그래서 그녀는 출소 뒤 북부 런던 레퓨지에 입소하게 된 것이다. 퀜티나는 그 수단 여성의 장래가 밝지 않을 거라고 예견했다. 레퓨지에 입소한 '고객' 중 다른 사람들은 저마다 겪은 비통함에 짓눌린 나머지 다른 것은 거의 생각조차 할 수 없었다. 그런 상태에 빠지면 일단 침묵으로 일관하다가, 누군가 친절이나 관심, 이해를 보이기만 하면 믿을 수 없을 만큼 빠르게 그 속내를 털어놓게 되는 것이었다. 쿠르드에서 온 라가흐가 그런 경우였다. 우울하게 상실감을 곱씹거나, 아니면 상세히 털어놓거나 둘 중 한 가지 행동을 보였고, 그 중간은 없었다. 그녀가 영어로 그녀 이야기를 털어놓다가 그 이야기에 빠져 점점 더 흥분할수록 퀜티나는 그녀의 영어를 알아듣기 어려웠고, 어느 때에는 그녀 입에서 자신도 모르게 쿠르드어가 튀어나오곤 했다. 퀜티나가 이해한바, 라가흐는 가족을 잃었다. 그것 말고는 이야기의 흐름을 놓치는 통에 아는 바가 전혀 없었다. 그렇다고 이제 와서 다시 물어볼 수도 없는 노릇이었다.

침묵은 너무나 흔한 증상이었으나, 그것이 어떤 종류의 침묵인지를 진단하는 것은 어려운 일이었다. 난민들 중 일부는 머릿속으로는 여전히 고국에 살고 있어서 현실을 따라가지 못하고 있었다. 다른 이들은 문화적 충격을 받고 런던에서 뭘 어떻게 해야 할지 몰라 그냥 멍한 상태로 지냈다. 그런 것은 시간이 흐르면 대개 사라지기 때문에 그나마 괜찮은 문제에 속했다. 또 다른 이들은 우울증에 빠져 말이 거의 없었다. 남부 런던 지역 레퓨지에서는 한 아프가니스탄 사람이 욕실에서 목을 매 자살하는 사건이 일어났다. 퀜티나가 레퓨지에 도착한 지 일주일 만에 벌어진 일이었다. 2년 동안 자살 사건이 한 건 벌어진 것은 그나마 괜찮은 편에 속했다. 또 다른 이들은 스스로 너무나 비극적인 실수를 저질러 버렸다는 감정에 휩싸여 지냈다. 그들은 영국에 온 것이 돌이킬 수 없는 실수였고 다시는 자신들의 삶을 회복시킬 수 없다는, 이제 자신들의 삶은 없고 자신들이 저지른 크나큰 실수만이 가득한 이야기만 남게 되었다는 생각에 시달렸다.

퀜티나는 그 어떤 유형에도 해당되지 않았다. 결정적인 이유는 아마도 그녀가 새로운 런던 생활에 뛰어들기로 결심했기 때문일 것이다. 그녀는 잘해 나가기로 단단히 마음을 먹었다. 그렇다고 런던에 영원히 머물 계획은 아니었다. 무가베는 영원히 살지 못한다. 중국에서는 농민들이 한때 마오쩌둥 주석을 불멸의 존재로 여겼을지 모르지만, 짐바브웨에서는 독재자 무가베 본인을 제외하고는 그가 영원할 거라고 믿는 사람은 하나도 없었다. 그가 죽는다면 하룻밤 사이에 모든 국가 체계가 무너져 과도기가 생기겠지만, 무가베를 피해 탈출했던 사람들이 분명 다시 환영받게 될 거라고 확신한다. 그래서 그녀는 지금 상황이 아무리 힘들어도 미래가 있다고 확신했고, 그 덕분에 레퓨지 사람들 중 제일 잘 사는 사람이 되었다. 그 점은 자선 단체 직원과 입소자 모두 공히 인정하는 바였다. 퀜티나는 화가 나지도, 미치지도 않았고 (불법이었지만) 직업도 있었으며, 영어도 잘하는 편이라 사람들과 대화도 나눌 수 있었다. 그래서 그녀는 난민을 도와주는 자선 단체와 난민들 사이에서 비공식적 실질적 연락 담당자이자 중재자 역할을 맡았다. 퀜티나는 그 역할이 좋았다. 뭔가를 관리하고, 운영하고, 어딘가에 관여되는 것이 적성에 맞았기 때문이다. 자선 단체 내 소위원회가 주간 회의를 열어 여러 안건을 논의할 때면, 그녀도 레퓨지 사람들의 대리인으로서 회의에 참석하곤 했다. 주택 관리인이자 약간 우두머리 행세를 하려 하는 다소 수줍은 성격의 북부 지역 출신자인 마틴이 그 회의를 주관했다. 레퓨지 주택에 사는 사람들은 거의 이동이 없었다. 누가 새로 들어오려면 먼저 법적으로 체류 허가 판결을 받고 나가야 했는데, 그런 일은 발생한 적이 한 번도 없었다. 그게 아니면 누군가 강제로 영국에서 추방되어야 했는데, 그런 일은 지난 2년간 딱 두 번밖에 없었다. 그래서 누가 새로 들어올 공간이 없었다. 누군가 새로 들어올 기미라도 보이면, 그들을 돌보기 위해 사회 복지사가 배정되었고 퀜티나 역시 새로 들어온 사람들을 계속 지켜보라고 부탁받곤 했다. 그래서 그녀는 비공식적으로 레퓨지 주택의 리더, 그곳 사람들의 리더였다.

그런 상태에서 퀜티나에게 현재 문제가 되는 사람은 초였다. 그녀는 하지디라는 이름의 여성 난민이 소말리아로 추방되던 때 겨울에 도착했다. 하지디의 추방은 정치적으로도 윤리적으로도 슬픈 일이었지만, 그녀는 너무 끔찍한 사람이었기 때문에 퀜티나는 개인적으로 그다지 애석하지 않았다. 하지디는 거짓말쟁이에 남을 괴롭히고, 도둑에 1년 내내 말썽만 일으키고 다녔다. 사법 제도를 향한 투쟁은 5년이나 계속되었지만, 그녀는 결국 패소해서 수갑을 차고 히드로 공항으로 끌려가게 된 것이다. 그녀의 빈자리를 채운 사람이 바로 초였다. 초는 20십대 중반의 중국 여성으로 대형 트럭 컨테이너에 숨어 영국으로 밀입국을 시도하던, 중국 푸젠성 출신의 사람들 중 유일하게 생존한 사람이었다. 트럭의 배기 장치에 아주 살짝 금이 갔는데, 그 틈새로 일산화탄소 가스가 새어 나와 일곱 명의 난민이 숨어 있던 컨테이너로 스며들어 갔던 것이다. 도버 해협의 세관원들이 트럭을 조사하기 위해 컨테이너 문을 열었을 때, 여섯 명의 사망자와 초를 발견했다. 그녀는 병원에서 치료를 받고 회복한 후 추방 조치를 위해 재판에 회부되었는데, 중국이 해외 도피자 정책에 따라 그녀를 받아 주지 않았기 때문에 중국으로 되돌려 보낼 수 없었다.

초는 영어를 조금 알아만 들었지 말은 하지 않았다. 그녀는 레퓨지 주택의 관행대로 처음 몇 주간 다른 이와 한방을 썼다가, 그이가 초의 침묵을 견디지 못하고 누구든 제발 다른 사람으로 바꿔 달라고 간청한 바람에 혼자 맨 꼭대기 방을 쓰게 되었다. 그 방은 다락방으로 열을 엄청 받는 곳이었다. 천장이 비스듬히 되어 있어서 키가 크면 지내기 힘든 방이었지만, 초는 키가 150센티미터밖에 되지 않았다. 그녀는 집 밖을 나가지 않았고, 심지어 방 밖도 나가지 않으려 했다. 그녀가 밖으로 나오는 유일한 경우는 축구 경기를 볼 때뿐이었다. 그것도 FA컵(잉글랜드와 웨일스에서 FA에 속하는 프로 선수와 아마추어 선수가 치르는 경기 - 옮긴이)이나 잉글랜드 축구 리그 같은 경기가 아니라 프리미어 리그나 챔피언스 리그 경기만 보았다. 그때 그녀는 눈에 띄게 잘난 척하는 모습을 보였다. 아마도 화가 나거나, 우울하거나, 문화적 충격을 받았거나, 후회가 막심하거나 해서 축구를 제외하고는 그 어떤 것도 생각할 수 없는 상태에 빠진 걸지도 몰랐지만 알 방도가 없었다.

오늘 퀜티나는 축구 경기를 핑계로 초를 대화에 끌어들일 생각이었다. 퀜티나는 축구에 전혀 관심이 없었지만, 오늘은 아스널과 첼시의 경기가 있어서 초의 방문을 두드려 볼 만한 이유가 생겼다. 노크 소리에 대한 응답은 끙 소리였다. 앓는 소리로 '네' 하거나 '들어오세요' 하거나 '무슨 일이에요?' 하거나 하는 것이 아닌, 말 그대로 쿵 소리였다. 퀜티나는 문을 열었다. 초는 그녀를 쳐다보고는 눈만 끔뻑거렸다. 그것은 마치 그녀의 주의력을 현재, 지금 이곳, 이 순간에 돌려놓기 위해서 엄청난 신체적 노력을 들이는 것 같은 움직임이었다. 그녀가 다시 한 번 쿵 소리를 냈다. '네?'와 같은 뜻으로 내는 소리 같았다.

"오늘 밤 축구 경기가 있는 걸 알고 있나 해서요. '더비(같은 지역을 연고지로 두고 있는 축구팀끼리의 경기 - 옮긴이)' 말이에요."

퀜티나는 그 단어가 좋았다. 아스널-첼시. 초는 퀜티나를 계속 바라보기만 하다가 고개를 끄덕였다. 축구 방송을 알고 있다는 의미였다. 퀜티나는 초에게 대화를 이끌어내기 위해 여러 가지 수를 생각해 뒀다. 너무 거창하지 않게, '누가 이길 것 같아요?'와 같은 질문을 하는 것이었다. 하지만 그런 수가 먹히지 않았다. 초는 바위에 붙어 햇볕을 쬐는 도마뱀처럼 꿈쩍도 하지 않았다. 퀜티나는 속으로 초의 문제, 즉 그녀의 힘든 점 중 일부는 인종적인 특성에서 나온 것일지도 모른다는 생각이 들었다. 중국인에게는 인종 차별 의식이 있다는, 특히 아프리카인에 대해 더 심한 인종 차별 의식이 있다는 평판이 자자했다. 어쩌면 그녀는 흑인과 같은 공간을 써야 하는 것이 혐오스러워 입을 꾹 다물고 지내는 것일지도 몰랐다.

'음, 만일 그런 거라면 꺼져 버리라지.'

퀜티나는 고개를 끄덕이고 나가서 문을 닫으려 했다. 문이 딸깍하고 닫히는 순간, 초가 내는 끙 소리가 들렸다. 이번에는 "고마워요"
라고 거의 착각할 만한 소리가 났다.

37

퀜티나에게 삶의 원동력은 항상 뭔가에 대한 기대였다. 아침에 초가
잘 지내는지 확인하고 나서 미국 코미디 프로에 나온 1905년 관세청
장의 차림 같은 제복을 입고 출근하려고 하는데 변호사가 집 전화로
전화를 걸었다. 쿠르드인 친구가 전화를 받아 그녀를 불렀다.

　"여보세요. 지금 좀 바쁘긴 한데, 알려 줄 소식이 있어서요. 그리
좋은 소식은 아닙니다. 망명 신청에 패소한 사람들에 한해 고등 법원
에서 짐바브웨 추방 명령을 합법화할 거라는 소문이 있어요. 2005년
7월에 내린 판결을 뒤집으려 하는 겁니다. 연관된 사람들한테 소장
이 발송될 예정입니다. 당신도 포함해서요. 유감입니다."

　변호사가 말했다. 5분만 더 통화할 시간이 있었더라면 퀜티나는
몇 가지 질문을 던졌을 것이다. 하지만 변호사가 시간도 주지 않고
전화를 끊어 버렸기 때문에 아무것도 묻지 못했다. 그녀가 어떻게 손
써 볼 문제가 전혀 아닌 것 같아서 어떤 일이 벌어질지 걱정하는 대
신에 성가대 지휘자 마신코 윌슨과 데이트할 날에 대해, 그의 목소리

와 어깨와 다부진 근육에 대해 생각하며 하루를 보내기로 마음먹었다. 블랙 아이드 피스의 노래 중 '내 엉덩이'는 퀜티나가 아주 재미있게 듣는 노래이다. 가사 중 '내 엉덩이, 내 엉덩이, 내 사랑스러운 여자의 가슴' 대목을 들으면 그녀는 웃음이 나왔고 마신코와의 데이트가 생각났다. 그는 스톡웰에 있는 아프리카 술집으로 그녀를 데려가 고투 보이즈라는 남아프리카 출신 밴드의 음악을 듣게 해 줄 작정이었다. 삶은 달콤했다. 그녀의 느낌상 그 독재자가 죽기도 전에 그녀가 짐바브웨로 돌아갈 일은 없을 것 같았다. 뭔가가 그렇게 말해 주었다. 그날이 오기 전까지는 '내 엉덩이, 내 엉덩이…… 내 사랑스러운 여자의 가슴……'.

컨트롤 서비스사에 도착한 그녀는 '콰마 라이언스'란 이름으로 5분 늦게 출근 도장을 찍고는 교대 근무를 위해 길을 나섰다. 오늘은 저녁 8시 30분까지 근무해야 했다. 최근 거주자 우선 구역의 주차 가능 시간대가 오후 5시 30분에서 저녁 8시 30분으로 변경된 데다 많은 방문객이 그 사실을 아직 숙지하지 못한 터라, 그 시간대에 딱지를 많이 뗄 수 있을 것이다. 퀜티나의 생각에 그것은 그다지 정당한 일이 아니었지만, 살다 보니 명백한 것이, 날마다 점점 더 명백한 것이 하나 있다면 그런 규칙을 만든 사람이 그녀는 아니란 점이다. 그녀가 법을 만들 수 있다면, 반드시 인생이 평평하게 펴지도록 만들 것이다. 반드시 그렇게 할 것이다. 그녀가 세상을 책임지게 된다면, '해야 할 일'의 목록 중 맨 위는 '인생을 공평하게 만들라'가 차지할 것이다. 하지만 그녀는 세상을 책임지지 않았으므로 그런 일은 일어나지 않을 것이다.

순찰 중인 주차 단속 요원에게 매우 중요한 날씨는 변덕이 심했다. 한순간 맑은 하늘에 해가 쨍하나 싶더니 퀜티나의 우스꽝스러운 제복에 땀이 배었다. 여름이 코앞에 다가온 것이다! 물론 여름다운 여름이 아니라 영국다운 여름이 다가왔다. 그러다 얼마 지나지 않아 해가 들어가고 바람이 불더니 세상이 온통 어둡고 침울하고 겨울처럼 쌀쌀해지면서 영국다운 추위, 즉 눈과 얼음, 늑대와 드라마 없이 그냥 어둡고 춥기만 한 잿빛 추위가 몰려왔다.

11시쯤, 퀜티나는 10년 정도 된 랜드로버 디젤 차량이 시내 중심가 모퉁이에 있는 한 전자 제품 매장 밖 짐 싣는 곳에 주차되어 있는 것을 발견했다. 트렁크가 열려 있어서 그 안에 뒤죽박죽 쌓여 있는 상자들이 다 보였다. 그곳은 짐을 싣거나 내리는 적재 구획이라서, 그렇지 않은 단순 주차를 한 사람은 딱지를 떼는 곳이었다. 번호판을 보니 시런세스터에 있는 대리점에서 구입한 차량임을 알 수 있었다. 퀜티나는 그제야 이해가 되었다. 런던 사람이라면 결코 이렇게 오래 트렁크를 열어 놓고 자리를 비우는 일이 없었기 때문이다. 그녀가 잠시 서성거리는 사이에 방수 재킷을 입은 한 남자가 잽싸게 뛰어왔다. 딸로 보이는 젊은 여자도 뒤따라 뛰어왔다.

"죄송합니다, 죄송합니다. 물건 좀 내려야 해서요. 딸 물건 정리해 주려고요. 두 번만 더 나르면 됩니다. 괜찮겠지요?"

남자가 말했다. 그들은 짐을 내리는 중이었다.

"알겠습니다. 정직해 보이시네요."

퀜티나가 답했다. 남자는 친절하게도 웃음을 지어 보였다. 아빠와 딸은 두어 상자를 들어 올렸다. 퀜티나가 자리를 떠서 걸음을 옮기며 채 10미터도 못 갔을 때쯤 운동복을 입은 한 여자가 앞을 딱 가로막았다. 여자는 실내에만 있었던 듯한 상기된 하얀 얼굴에 부스스한 곱슬머리를 하고 있었다.

"그래, 그래. 저런 사람들은 아무 데나 주차하게 놔둔단 말이지. 보통 사람들한텐 앞뒤 안 가리고 딱지 떼면서. 주차 구역인지 아닌지 보지도 않고 차만 댔다 하면 딱지 떼서 할당량 채우고, 당신네가 잘못 떼고도 나 몰라라 이의 제기나 하라 하고. 그래, 할당량만 채우시겠다 이거지? 애초에 사회적 약자 우대 정책 같은 것 덕분에 일자리 따낸 주제에. 그 대가나 벌금은 평범한 노동자들만 내게 하고. 대형차 타는 속물들은 마음대로 주차하게 놔두면서."

여자가 따졌다. 퀜티나는 세상을 대하고 상태가 별로인 사람들을 대하는 데 꽤 경험이 있다고 생각했지만 이렇게 불합리할 정도로 잘 살고, 이렇게 불합리할 정도로 편안한 나라에서 딱지 떼이는 일만큼 순식간에 사람들의 이성을 잃게 만드는 일은 본 적이 없었다. 딱지를 뗄 때마다 사람들은 하나같이 반드시 화를 낸다. 그리고 그런 분노는 널리 퍼져 나가 지금 이렇게 미쳐 날뛰는 여자처럼 전염을 일으키는 것이다. 그녀는 이렇게 말하고 싶은 순간이 있다. "무릎 꿇고! 감사하라!" 수십억 인류가 하루에 1달러도 안 되는 돈으로 살아가야 하고 깨끗한 물을 마실 수도 없는데, 당신네 영국인들은 의식주와 의료가 보장된 나라에서 살잖아. 그것도 요람에서 무덤까지 공짜로. 정부에 의한 구타나 투옥이나 징집이 없는 나라에, 전 세계에서 수명이 가장 긴 나라에, 에이즈에 대해 비교적 솔직히 발표하는 곳에, 음악도 나쁘지 않고 단 하나 나쁜 것은 날씨뿐인 곳에 살면서, 고작 주차 문제로 불평한다고? 오, 슬프도다! 무릎 꿇고 이런 사소한 딱지에 짜증 낼 수 있음을 감사하라! 이질이나 말라리아로 아이를 잃고 그 애통함으로 옷을 찢으며 울부짖는 경우가 아닌, 이런 딱지 따위에 분노하게 하신 신에게 감사하라! 앞 유리에 붙인 봉투 속 초록색 딱지 서식을 작성하면서 찬송가를 불러라! 왜냐하면 당신은, 5분 초과 주차로 마땅히 처벌을 받아야 하는 당신은, 거주자 우선 주차 구역을 몰라본 당신은, 적재 구획 표지판을 무시한 당신은 세상에서 가장 운이 좋은 사람들이니까!

하지만 퀜타나는 말했다.

"짐을 내리고 있잖아요."

그녀가 손을 뻗어 가리킨 곳을 보니, 마치 무언극에 나오는 등장인물처럼 시골 남자와 그 딸이 보기에도 무거워 보이는 박스로 포장된 커다란 물건을 끙끙대며 들고 가게 밖으로 나오고 있었다. 생김새로 보아 냉장고 같았다. 둘은 그 물건을 간신히 트렁크에 실은 뒤 안쪽으로 쓱 밀어 놓았다.

"너희 깜둥이 나라로 돌아가 바나나나 따 먹고 에이즈에 걸려 콱 죽어라, 이 깜둥이! 어? 대체 네가 왜 여기 있냐고?"

"좋은 하루 보내세요, 부인."

퀜티나는 물러섰다. 분노로 속이 뒤집어질 것 같았지만 놀라지는 않았다. 그녀는 경험으로 배운 일을 수행했다. 뒤를 돌아서 차량과 적재 구획을 카메라로 찍었다.(마침 차에서 다른 커다란 물건을 끄집어내던 아빠와 딸도 같이 찍혔다. 냉장고가 앞을 막고 있어서 물건을 힘겹게 꺼냈다. 그들은 물건을 싣고 내리는 일에 서툴렀다.) 그녀는 수첩을 꺼내 그 여자가 한 말과 시간, 장소를 적었다. 이어 남은 하루 일과를 마저 하기 위해 걸음을 옮겼다. 뭔가 기대할 것이 남아 있는 하루였다. 그러니 과거는 과거고 미래는 미래, 언제나 더 중요한 일이 나를 기다리고 있다는 사실만큼은 부인할 수 없을 것이다. 마신코…… 내 엉덩이…….

38

즈비그뉴는 눈을 뜨고 잠시 기분 좋게 누워 있었다. 아침 6시, 이른 시간이었고 한 줄기 빛이 커튼 사이로 비껴들어 와 얼굴에 내려앉았다. 늘 일찍 일어나 준비를 마치는 즈비그뉴에게는 시간이 이르든 말든 괜찮았다. 잠을 깨면 가장 먼저 느껴지는 기분은 정복해야 할 하루, 해야 할 일, 끝내야 할 일, 시작해야 할 일로 인한 행복이었다. 그는 서너 개의 실내외 공사를 진행하고 있었다. 그가 소유한 주식들도 지수가 괜찮았다. 영어 책 제목 중 그가 아주 좋아하는 말이 있었다. 얼마나 좋은지 폴란드어로 옮겨 써도 좋을 정도였다. '약해지지만 않는다면 괜찮은 인생이야.' 그래서 그는 잠을 깨면 정신이 완전히 들 때까지 그 몇 초 동안 최고의 행복을 느끼곤 했다.

곧 그는 침대에 혼자만 누워 있는 것이 아니란 사실을 알았다. 침대에 다른 사람이 누워 있다는 것을 머리보다 몸이 먼저 동물적인 감각으로 알아차렸다. 곧이어 그는 자기 방 침대가 아닌 곳에 누워 있다는 것을 깨달았다. 그러고 나서 옆에 누운 사람이 누군지, 자기가 지금 어디에 와 있는지, 무슨 일이 일어난 건지 알아차렸다. 처음에는 장난이나 우스개 같던 작은 일이 나중에는 점점 커지더니 인생의 골칫거리이자 머리맡에 드리운 검은 태양처럼 되어 버린 상황이었다. 온몸으로 행복감이 밀려왔다. 다비나와 함께 침대에 누워 있었기 때문이다. 크리스마스 전에 업라이징 술집에서 만난 여자였다. 크리스마스 연휴 동안 그녀와 두 번 데이트를 했고, 1월에 처음으로 잠자리를 같이하고 난 뒤 지금까지 쭉 사귀고 있다. 그것은 재앙이었다. 뭔가 복잡한 성질의 재앙, 즈비그뉴가 처음 겪어 보는 재앙이었다. 한 가지 관점에서 보자면 (그리고 그 관점에서만) 그는 황홀할 만큼 행복했다. 지금 벌어지고 있는 일을 몸이 먼저 좋아했다. 그가 다비나의 몸에 사정하는 바로 그 순간 그녀도 소리를 지르며 절정에 이른 첫 잠자리부터 둘 간의 섹스는 놀라울 만큼 좋았다. 즈비그뉴 인생에서 최고의 섹스였다. 어떤 속임수를 쓰거나 특정한 행위를 해서가 아니었다. 다른 여자들과 달리 다비나가 뭔가를 해서가 결코 아니었다. 그냥 왠지 둘이 잘 맞았다. 이쯤에서 공학적인 비유를 들지 않을 수 없다. 둘은 톱니바퀴처럼 톱니가 서로 완벽히 맞물려 돌아가듯 잘 맞았다. 매번 말이다. 섹스만 놓고 보자면 인생에서 가장 독창적이고 가장 추잡하고 가장 만족스럽고 가장 시끄러운 최고의 섹스였다. 지금 일어나고 있는 상황에 몸이 먼저 열광하고 있었다.

문제는 마음이, 정신이, 영혼이, 감정이 경기를 일으키고 있다는 점이었다. 그는 다비나를 견딜 수 없었다. 이 점을 일찍부터, 너무 일찍부터, 사실 처음 대화를 나눌 때부터 눈치를 챘다. 잘 생각해 보면 심지어 그녀에게 말을 걸기 전부터도 알고 있었다. 담배를 피우는 그녀가, 담배를 피우는 모습이 섹시해 보이기는 했지만 사실 그는 담배를 싫어했다. 그녀와 사귄 지 몇 주밖에 안 되었을 때 그가 담배 문제를 언급하자, 그녀는 담배를 끊었다! 그것도 바로 그 자리에서! 그것이 지금 상황이 얼마나 끔찍한지를 말해 주는 단서였다!

다비나는 막무가내로 들러붙는 유형의 여자는 아니었지만, 어쩔 수 없을 만큼 의존적이었다. 그녀에게는 즈비그뉴가 세상의 전부였다. 그녀가 '자기는 내 세상의 전부야'라고 말했기 때문에 잘 알고 있었다. 그런 말은 절대 사실일 리 없기 때문에, 즈비그뉴는 말도 안 된

다고 생각했다. 사람은 저마다 각자 독립된 존재이고 세상은 세상이
다. 이것이 핵심적인 얘기이다. 한 사람이 다른 사람의 세상이 될 수
는 없다. 이것이 사람과 세상을 설명하는 핵심적인 얘기이다.

그들이 처음으로 잠자리를 같이한 후 나타나기 시작한 그녀의 의
존성은 큰 문제가 되었다. 만날 때마다 (그녀 마음대로 했다면 아마 매일
만나야 했을 것이고, 벌써 동거에 들어갔을 것이며, 어쩌면 결혼을 했을지 모르
지만) 그녀는 그가 어떻게 지냈는지 캐묻고는 마치 놀랍고 흥분되고
겁먹을 준비가 다 되었다는 듯이 눈을 크게 뜨고 입을 살짝 벌린 채
그의 답을 기다리곤 했다. 처음부터 편집증과 질투가 심한 기미가 보
였다. 그녀는 그의 일과 친구들, 그가 보유한 주식, 피오트르 등 그가
가진 모든 것을 질투했다. 그녀는 그런 질투를 애써 숨기려 하거나,
질투하지 않는다는 모습을 애써 드러내려 했다.

이 모든 것들이 분명 정상적인 상황은 아니었지만, 그 정도는 견딜
만한 것이었는지도 모른다. 그녀의 다른 두 가지 특성이 상호 작용을
하면서 서로 증폭시키지 않는다면 말이다. 첫 번째 특성은 그녀가 모
든 것을 연기하듯 과장하며 표현한다는 것이다. 마치 누군가 자신을
보고 있다는 양 남의 시선을 의식하며 행동했다. 과장을 섞어 말이나
느낌을 표현했으며, 종종 별거 아니라는 척 반응했다. 상처받지 않은
척할 때와 화나지 않은 척할 때 특히 더 심했다. 즈비그뉴가 다른 일
로 바빠서, 그녀와 '술 한잔', 즉 와인을 마시고 잠자리를 같이한 후
그녀가 자고 가라고 붙잡는데도 뿌리치고 그냥 가 버리면, 다음번에

만났을 때 그녀는 휴가 갔다가 돌아온 주인을 맞이하는 고양이처럼 그의 눈길을 피했고, 그가 왜 그러느냐고 물으면 그녀는 어깨를 으쓱 '아무것도 아냐'라고 답했고, 그가 어떤 것을 제안하고 계획해도 그녀는 '그러던지'라고 답하는 식으로 굴었다. ("계산서 갖다 달라고 할까?" "그러던지.") 그러고 나서 힘들고 격렬한 화해의 섹스가 이어지는 식이었다.

그녀의 두 번째 특성이자 즈비그뉴가 그녀를 볼 때마다 떨어져 있고 싶게 만드는 특성은 그녀가 '검은 개'라 부르는 우울증이었다. (심지어 그녀는 그 단어를 말할 때조차도 연기하듯, 마치 그 주제가 너무나 힘들고 너무나 고통스럽다는 듯, 그 단어 자체가 즈비그뉴처럼 대강 마음 편하게 사는 사람은 상상도 못 할 만큼 무거운 짐이라도 되는 듯, 눈을 내리깔고 시선을 회피하면서 말했다.) 서너 번에 한 번 꼴로 그녀는 생각에 잠겨 거의 말이 없었다. 아니, 그런 척 행동했다. 연기하듯 도저히 말이 나오지 않는다는 듯한 모습을 보였다. 어쩌면 그녀는 관심받고 싶다는 생각만 할 뿐 다른 것은 별로 생각하지 않고 사는지도 몰랐다. 즈비그뉴는 종종 그 추측이 맞다고 느꼈다. 아니면 그녀는 조금 우울해서 다독거림을 받고 싶은데, 그렇게 부탁하는 대신, 우울한 척하는 것이 그의 관심을 끄는 데 더 효과적이란 생각으로 우울함을 과장되게 표현하는 것인지도 몰랐다. 그런데 그것은 결국 그가 마음의 문을 닫고 신경을 끄고 외면하게 되는 효과만 불러왔다. 우울한 사람들은 즈비그뉴를 지루하고 짜증 나게 만들었다. 폴란드 고향에서 그는 그런 사람들을 너무나 많이 보았고, 그들에겐 매력이 더 이상 보이지 않았다. 그게 아니면 그녀는 정말로, 하지만 잠깐만, 우울한 것일지도 몰랐다. 하지만 그녀가 보여 주는 것만큼 실제로 그렇게 우울하다면, 그것은 치료를 받아야 할 일이었고, 그렇다면 그녀에게 필요한 것은 탁자 맞은편에서 뚱한 얼굴을 하고 있는 폴란드인 남자 친구가 아니라 의사와 약이었다.

예를 들어, 어젯밤에도 그랬다. 그들은 영화를 보러 갔다. 지난번에는 그녀가 영화를 정했고, 이번에는 그가 정했다. 〈아이언맨〉이었다. 영화는 아주 훌륭한 편은 아니었지만 그런대로 괜찮았다. 영화를 보고 나서 술집에 갔을 때, 다비나는 아무 말이 없었다. 즈비그뉴는 잠깐 농담을 건넸지만 이내 그만두었다. 몇 분 정도 지나자, 탁자만 내려다보며 앉아 있던 다비나가 고개를 들더니 말했다.

"말이 없네."

"자기가 나보다 더 말이 없는데."

잠시 정적.

"내가?"

"응."

잠시 정적.

"음…… 말할 게 별로 없는 것 같아서."

그때 즈비그뉴가 '나도 그래. 이제 끝이야'라고 말할 기회를 잡았으면 좋았을 것이다. 하지만 그 대신 그는 함정에 빠져 버리고 말았다.

"왜 없어?"

그녀는 마치 교수형과 총살형 중 마음에 드는 것 하나를 선택하도록 강요당하기라도 한 것처럼 비극적인 표정을 지으며 어깨를 으쓱했다.

"말할 게 있나?"

"없어?"

그녀는 또 어깨를 으쓱했다.

"자기는 그런 영화 좋아하나 봐…… 폭력적인 영화들."

그게 문제였군.

"폭력적이지 않던데."

그녀는 몸을 살짝 떨었다.

"자기 기준에서는 아마 그럴지 모르지."

"그게 무슨 말이야?"

"자기는 남자니까 폭력을 즐긴단 거지."

"아니야. 난 액션 영화를 좋아하는 거야. 그건 폭력과 달라."

"하지만 폭력을 보고 나면……."

또 그런 식으로 이야기가 흘러갔다. 다비나는 가끔씩 (아마도) 유년기나 (아마도) 전 남자 친구들과 관련된 듯한, 아니면 양쪽 모두와 관련된 듯한 어떤 은밀한 폭력의 희생자라는 것을 내비쳤다. 아무것도 명확하게 밝힌 적은 없었지만, 종종 그런 암시를 던지고는 즈비그뉴가 그것에 대해 더 알고자 하면 말문을 막아 버렸다. 그녀는 그가 물어보려고 애쓰는 상황을 좋아했다. 그래서 즈비그뉴는 실제로 답을 듣고 싶지도 않고, 답이 나올 거라 믿지도 않으면서 어쩌다 이렇게 질문하도록 조종당하게 됐는지 궁금해하면서 묻곤 했다.

"그게 무슨 말이야?"

그러자 그녀는 검은 개 모드로 바뀌었다. 그다음엔 무슨 일이 있었겠는가? 그 상황은 둘이 잠자리를 같이하는 것으로 끝나 버렸다. 즈비그뉴가 그녀를 집까지 바래다주자, 그녀는 울음을 터뜨리며 안으로 같이 들어가자고 했고, 30초 정도가 지난 후 아일랜드 출신의 한 전기공에게 들은 말대로 '무장 경찰들처럼 마구 발포해 댄' 것이다. 물론, 아주 굉장한 섹스였다. 대단했다. 역대 최고의 섹스였다. 섹스는 문제가 되지 않았다. 아니 어쩌면, 섹스가 문제였을지 모른다. 그만큼 너무나 괜찮았으니 말이다.

즈비그뉴는 가능한 한 조심스럽게 일어나 침대에서 내려갔다. 가장 좋은 것은 그녀를 깨우는 일 없이, 메모를 남겨 놓고 집을 빠져나가는 것이다. 그는 팬티 바람으로 침실에 딸린 욕실로 들어가 세수하고 그녀가 그를 위해 사 둔 칫솔로 이를 닦았다. 그는 소변을 본 후 소음 측면에서는 무척 위험한 행동이었지만 깔끔한 사람이었으므로 변기 물을 내렸다.

침실로 다시 나온 그는 잠시 스스로가 못마땅했다. 방 벽 색깔은 밝은 분홍색으로 그의 눈에도 아주 멋진 색이었다. 방에는 커다란 이케아 침대가 놓여 있었다. 다비나가 사 모은 곰돌이 인형은 지난밤

둘이 서둘러 잠자리에 들려는 바람에 모두 다 바닥에 떨어져 있었다. 다양한 모습으로 나뒹굴었다. 다리가 옆구리에 올라가 있기도 하고 자빠져 있기도 하고 겹친 채로 쌓여 있기도 했다. 곰 인형들이 제멋대로 여기저기 흩어져 있는 모양새가 즈비그뉴와 다비나가 지난밤 한 일과 뒤섞여 왠지 모르게 섹시한 느낌을 주었다. 곰 인형들은 잊혀 사랑받지 못하는 것처럼 보이면서도 그들만의 흥겨운 세상에 빠져 있는 것같이 보였다. 어딘가 잘못된 것처럼 보였다.

급하게 벗어 던진 옷가지는 침대 발치 맞은편, 이케아 말고 다른 곳에서 샀을 법한 육중하고 화려한 장식이 달린 의자 위에 걸쳐져 있었다. 그는 티셔츠와 운동복 상의를 입었다. 청바지 다리 한쪽은 의자 다리 밑에 깔려 있었다. 그는 한 손으로 의자를 올리고 다른 손으로 청바지를 잡아당겼다. 뒤편에서 목소리가 들렸다.

"오오, 근육."

즈비그뉴는 얼굴을 찡그렸다가 고개를 돌리며 미소를 지었다.

"나 때문에 깼구나?"

"자기 때문에 깨는 게 좋은걸."

그녀는 잠에 취한 섹시한 목소리로 말했다. 그 목소리에 즈비그뉴는 자신도 모르게 그의 물건에 전기가 통하는 것이 느껴졌다.

"어젯밤 좋았어."

그가 말했다. 다비나는 말없이 잠에 취한 신음 소리만 내뱉었다. 그녀의 가장 보기 좋은 모습이자 그녀에게 잘 어울리는 목소리였다.

그녀가 여전히 누워 있어서 금빛 머리칼이 베개 위로 이리저리 흩날렸다. 잠이 덜 깬 듯한 모습, 완전히 섹스할 준비가 된 모습이었다.

"자기는 거부하기 힘들어."

즈비그뉴는 이 복잡한 진실을 담아 가볍게 내뱉었고 다비나는 다시 말없이 그가 자신의 허벅지 중간까지 훤히 볼 수 있도록 이불 밑자락을 슬쩍 걷어 올렸다. 그녀의 다리는 탐스럽고 길며 따뜻했다. 발목 부근은 매우 가늘었지만 허벅지로 가면서 더욱더 탐스러워졌다. 경험을 통해 그는 알고 있었다. 그녀의 금빛 다리를 쭉 따라 올라가면…….

그는 침대 위로 올라갔다. 다비나는 옅은 신음 소리를 냈다.

39

스미티 밑에서 일하는 조수의 이름은 파커 프렌치였다. 하지만 스미티는 그를 그 이름으로 생각하지 않았다. 관행처럼, 그저 조수로만 생각했을 뿐이다. 그들의 정체보다 더 중요한 것은 그들이 하는 일이었다. 사실, 그들이 어떤 사람인지는 스미티에게 거의 의미가 없었고, 오히려 의미가 있으면 그에 비례해서 짜증이 났다. 그가 조수들을 한 인간으로 인식하게 되면 그들의 업무 능력이 형편없어졌기 때문이다. 스미티는 가능하면 조수들을 모두 같은 이름, 이를테면 나이젤 같은 이름으로 부르는 편을 더 선호했다. 그렇게 되면 조수는 이름이 항상 나이젤이다. 해마다 새로운 나이젤이 올 것이다. 키 작은 나이젤, 키 큰 나이젤, 털북숭이 나이젤, 민머리 나이젤, 자메이카 출신의 나이젤 등등. 그래도 결국은 모두 나이젤이다. 그렇게 하면 웃길 것 같았다.

하지만 조수는 스스로를 스미티의 조수로 여기지 않았다. 그는 스스로를 파커 프렌치로 생각했다. 만일 스미티가 그를 어떻게 생각하는지 안다면 그는 아마도 충격을 받고 기분이 상했을 테지만, 그렇다 하더라도 그와 스미티 사이에 완전히 합의된 얘기가 있다는 것을 눈치챘을 것이다. 그것은 바로, 파커가 영원히 스미티의 조수로 살진 않을 거라는 점이었다.

오늘 같은 일이 그 한 가지 이유였다. 스미티는 예술계 파티에 참석할 예정이었다. 파티는 한 미술관 소유주 주최로 클랩튼에 있는 창고에서 열린다. 그 미술관 소유주는 런던의 예술계가 동부로 이동해 간다는 것을 가장 먼저 알아챈 사람이자 가장 발 바쁘게 움직인 사람들 중 하나였다. 그들은 혹스턴으로, 쇼디치로 예술계의 경로를 따라 움직였으며 지금은 클랩튼 지역을 주목하고 있었다. 파티장에 전시된 작품들은 새로운 고객인 전도유망한 한 형제 예술가들의 작품으로, 그들은 물건을 부순 다음 그 조각들을 엉뚱하게 다시 붙이는 방식의 작품 활동을 하고 있었다. 그들이 뜰지 말지 하는 것은 문제가 아니었다. 뜨는 것은 당연한데, 문제는 그들이 얼마나 크게 뜨게 될 것인가 하는 점이었다. 세간의 이목이 집중되는 이 첫 전시에는 소규모 작품 열 점과 중심이 되는 대규모 작품 두 점이 전시되었다. 소규모 작품에는 자전거 네 대, 소파, (문이 반대로 달린 꽤 우스꽝스러운) 냉장고, (마찬가지로 우스꽝스러운) 골프채 등이 있었다. 전시장 한가운데에는 가장 논란이 됐던 작품이 전시되어 있었다. 다른 화가들에게 받은 수많은 그림과 설치 작품을 잘게 찢고 부순 다음 다시 한데 붙인 것으로, 각각의 작품 이름을 모두 따다 (알파벳 344자로) 제목을 붙인 전시물이었다. '잔디위의토끼수틴(프랑스의 화가─옮긴이)후의셔터퍼포먼스원목탄으로그린스케치1베이컨이잘못되었다나는엄마를주차장에남겨두었다제칠파트겨울의꿈내가섹스하는것을사진찍어줘(이유골함안에있는)우리엄마뚱뚱해보이나요속바지그림당신이나의몸을원한다면필립K딕에게영감을받은두번째작품자화상자화상포토샵으로작업한자화상평킹업달빛옆의요거트단지단편영화물고기가있는정물화'. 그것은 크기가 굉장히 큰 작품으로 이미 한 수집가가 구매를 마쳤다. 스미티도 그 작품과 아이디어가 마음에 들었다. 다른 화가들이 본인의 작품을 조각내서 전시한 것에 얼마나 열이 받았을지, 그러면서도 괜찮은 척 앉아 있어야 한다는 것을 생각하면 우습기 짝이 없었다. 하지만 전시회에서 그가 제일 좋아했던 작품은 그것이 아니었다. 그 형제는 포드 포커스 차량을 부수었거나, 아니면 업체에 맡겨 차량을 해체했거나 한 다음 그것들을 다시 붙여

놓았다. 그 결과 완성된 작품은 정말이지 기억에 남을 만한 작품이었다. 마치 아이다운 생각대로 차를 조립하되 거인의 큰 손을 빌려 조립한 듯한, 하지만 거인의 손이 너무나 커서 정교하게는 조립하지 못한 그런 형태를 띠었다. 몇몇 조각은 붙일 자리가 마땅치 않았는지 마지막 순간에 그냥 대강 덧붙인 듯 삐져나온 모습이 마치 고슴도치 같았다. 매우 인상 깊은 작품이라는 것에 모두가 동의했다. 제목은 '꿈의 정치학이라는 것이 과연 있을 수 있을까?'였고, 그것이 곧 파티의 주제이기도 했다. 꿈의 정치학을 표방했기 때문에 창고 문 옆에 칼을 삼키는 사람과 불을 삼키는 사람을 세우고 웨이터 역시 난쟁이를 뽑아 쓴 것이다.

스미티는 미술상을 통해 파티 초대장을 받았다. 미술상은 어쩌다 보니 전에는 마약 중개상 노릇을 했고, 지금은 미술품 중개상 노릇을 한다. 스미티는 초대장을 받고는 파티에 참석하고 싶었다. 익히 아는 형제 화가들의 작품을 보기 위해서였을 뿐 아니라 전시장과 전체 분위기, 예술계의 현재와 미래에 대해 감을 잡기 위해서였다. 예술은 비즈니스였다. 아마도 사람들은 그 사실을 인정하기 싫겠지만, 그것은 무시할 수 없는 사실이다. 예술계에 참여한 사람이 누구인지 냄새를 맡는 일은 필요했다. 그 때문에 스미티는 예술계 파티에 가는 것을 무척 좋아했다. 예술계 인사들조차 그를 알아볼 가능성은 많지 않았다. 사람들 사이에서는 스미티가 흑인이라는 소문이 돌았기 때문이다. 스미티 본인이 직접 미술상을 통해 슬쩍 흘린 소문이었다. 그런 소문이 돈다는 것만이 예술계에 유일하게 좋아하는 일이었다.

덕분에 그의 정체는 배일에 싸여 있었다. 동시에 그는 파티에 너무 자주 참석하지 않으려 조심했다. 그럴 경우 사람들이 그에 대해 궁금해하기 시작할 것이기 때문이었다. 어렴풋이, 잠시, 한가해서 궁금해하는 사람뿐만 아니라 본격적으로 궁금해하는 사람들이 생겨날 것이다. 스미티는 그의 익명성을 가지고 게임하는 것이 좋았지만, 어디까지나 게임하는 사람은 그 자신이어야 한다. 게임에 참여하는 플레이어는 단 한 명, 바로 스미티 자신밖에 없는 그런 경기이기를 바랐다. 그래서 그는 항상 지나치게 깔끔하지도 않으면서 사기꾼처럼 보이지도 않는 정장에 넥타이를 매고 파티에 참석했다. 누군가 그에게 무슨 일을 하느냐고 물어보면 화가들 대상의 보험 회사에서 일하는 회계사라고 답하곤 했다. 그러면 사람들은 입을 닫고 재빨리 자리를 피했다. 사람들이 자리를 피하지 않는다면, 스미티는 경제학 중등 교육 검정고시를 통과한 배경을 이용하여 짐짓 말을 꾸미며 자신 있게 이야기를 끌고 나갈 수 있었다. 그리고 눈속임 차원에서 조수에게 그의 주변을 서성거리라고 시켰다. 스미티가 그의 곁에 서서 대화를 나누는 척했기 때문에, 쓸모라고는 하나도 없는 조수조차도 나름 좋은 역할을 하고 있었다. 대화를 나누는 척 실상 스미티는 전시장을 찾은 재능 있는 예술가들을 살펴보았다.

스미티는 파티장에 온 사람들 중 3분의 1 정도를 알아보았다. 그 정도가 늘 평균이었다. 주로 샴페인을 마시고 있는 몇몇 미술상, (멋진) 칼스버그 스페셜 브루 맥주를 마시고 있는 몇몇 화가들, 샴페인이나 물을 마시고 있는 몇몇 일반인을 알아보았다. 물은 큰 와인병에 담겨 있었는데, 병 한 면에 '런던 수돗물'이라고 인쇄되어 있었다 (또 하나의 멋진 물건이었다). 미술상은 대부분 단정하고 값비싼 캐주얼 차림을, 화가는 대부분 꽤 신경 쓴 꾀죄죄한 차림을, 일반인은 대부분 정장 차림을 하고 있었다. 그래서 스미티도 일반인처럼 보이게 하려고 정장을 차려입은 것이다. 보통 때보다 더 많은 외국인이 참석했는데, 그것은 흥미로운 일이었다. 스미티 생각엔 대부분 독일인 같았다. 그들에 대한 소문은 날개 돋친 듯 퍼져 나갔다. 독일 시장이 활기가 넘친다는 것을 스미티는 잘 알고 있었다. 출판 수입 중 3분의 1이 독일에서 거둬들인 것이다. 이곳에서 봐 두어야 할 것이 바로 그것이었다. 스미티는 샴페인을 한 잔 더 마시고 자리를 떴다.

모든 것들은 파커의 기분을 상하게 했다. 파커가 스미티를 존경보다 무시 비슷하게 본다는 스미티의 생각은 옳았다. 파커의 생각에 스미티의 모든 작품은 그저 실수에서 나온 것들이었다. 일단 파커가 보기에 그대로 따라 하기 쉬운 작업, 즉 스미티가 직접 한 세부적인 작업을 제외하면 그의 작품은 사실상 익명성이 이름값의 전부였다. 스미티 자체가 익명성이 전부인, 익명성에 대한 발상과 그 결과가 전부인 사람이었다. 앤디 워홀은 예술을 상품화하는 아이디어가 뛰어났을 뿐이고, 그 아이디어를 가능한 한 모든 각도에서 예술에 녹여 냈을 뿐이다. 스미티 역시 익명성의 가능성과 중요함을 포착한 발상만 뛰어났을 뿐이다. 하지만 파커의 생각에 스미티의 발상은 그저 허튼 소리에 불과했다. 사람들은 익명으로 살고 싶어 하지 않았다. 게다가 익명성은 현대 사회에서 사람들이 가장 바라지 않는 것들 중 하나였다. 사람들은 얼굴을 알리고 싶어 하고, 이름을 날리고 싶어 하고, 앤디 워홀의 말처럼 '누구나 15분 동안 유명해'지고 싶어 했다.

파커는 종종 여자 친구 네이지에게 스미티의 문세점이 뭔지 지적해 주곤 했다.

"예술은 눈에 보여야 하는데. 그 양반은 거꾸로 간다니까? 예술은 사람을, 사물을 드러내야 하는 거지. 주목받는 거, 그게 가장 중요하거든."

이럴 땐 침묵이 금이어서 그녀는 그냥 손 닿는 대로 잡히는 그의 몸을 다정하게 쓸어내렸다.

파커는 사람들이 이름 없이 산다는 것, 인정받지 못한다는 것, 존재감 없이 산다는 것에 얼마나 큰 압박감을 느끼는지 잘 알고 있었다. 스스로도 속으로는 그런 압박감을 느끼며 살았기 때문이다. 그런 압박감은 런던의 한 측면에, 런던 시민들의 한 측면에 내재된 것 같았다. 공허와 주목은 항상 다른 곳, 즉 얼굴과 이름을 알리고 싶다는 꿈과 자신에 대한 몽상을 키워 주지만, 그런 주목을 마땅히 받아야 할 사람은 바로 그 자신 파커 프렌치였다.

"네, 이 일 한 지 오래됐죠."

스미티는 잔을 비우고는 한 난쟁이 웨이터의 쟁반에 내려놓으며 말했다. 파커는 그 말이 곧 자리를 뜨자는 뜻임을 알고 있었다. 스미티의 사람들에 대한 철저한 무관심은 나이 지긋한 사람이 보여 주는 일종의 친절이나 상냥함처럼 보일 수도 있었지만, 스미티에게 친절함이란 눈을 씻고 보려야 볼 수 없었다. 그도 반쯤 마시다 만 잔을 그 웨이터의 쟁반에 내려놓았다. 그리고 두 남자는 눈에 띄지 않게 창고 출구로 향했다.

40

패트릭 카모에게는 비밀이 있었다. 그는 그 비밀을 모두에게, 특히 아들에게 숨겼다. 비밀은 그가 런던을 싫어한다는 것이었다. 그는 영국이 싫었고, 프레디의 곁을 지키며 사는 영국 생활이 싫었다. 날씨도 싫었고, 영어도 싫었고, 1년 내내 지속되는 추위도 비도 싫었다. 그런 날씨 때문에 나이 든 것처럼 느껴지는 것도 싫었고, 추위를 막으려고 여러 겹 껴입는 것도 싫었으며, 중앙난방을 틀면 땀과 추위와 건조함이 동시에 느껴지는 것도 싫었다. 영국인들처럼 모든 것이 따뜻해지기 시작한다는 봄이 어서 오기를 고대했지만, 영국의 봄은 회색빛에다가 그냥 쌀쌀한 것이 아닌 습하게 쌀쌀한, 말도 안 되는 봄이었다. 사람들의 불친절함도 싫었고, 어딜 가도 존경받고 중요한 존재였다가 아들의 삶에 부속품처럼 낀 존재로 전락해 버린 것도 싫었다. 길에 나가면 마치 투명 인간처럼 취급받는다는 느낌도 싫었고, 존재감이 전혀 없다는 사실도 싫었다. 그는 스스로를 너무 보호하느라 가까운 친구가 별로 없었지만, 알고 지내는 사람은 많았고, 그 사람들은 그를 높이 평가해 주었다. 런던에서는 프레디의 아버지라는 이유로 정중하게 대해 주는 구단 직원들 말고는 그에게는 사람이 아무도 없었다. 그는 피프스 로드의 집도 싫었다. 집이 폭은 좁고 층이 낮은 것도 싫었고, 버튼 하나 누르기 힘든 온갖 장난감 같은 가전제품도 싫었다. 그동안 항상 일에 매달려 왔는데, 런던에서의 직업이란 고작 '프레디의 아버지'일 뿐, 애초에 직업이랄 수도 없는 것이었다. 남자라면 누군가의 아버지이기도 해야 하지만 직업인이기도 해야 한다. 하지만 이곳 런던에서는 프레디와 함께 움직이는 것이 일의 전부였기 때문에 그는 아버지와 직업인으로서의 모습을 둘 다 빼앗겨 버린 것만 같았다. 그리고 상상 그 이상으로 아내, 딸들과 떨어져 사는 것이 훨씬, 훨씬 더 싫었다. 근육통에 불과한 사소한 통증처럼 가족에 대한 그리움을 잘 참을 수 있지 않을까 했지만, 그와 정반대로 늘 가족이 생각나고 그리웠다. 온 가족이 동의한바 아내와 딸들은 가을이 지나야 영국에 올 것이다. 패트릭은 그때까지, 즉 아데드의 머리 냄새를 맡고, 말레와 티나를 품에 꼭 안은 채 딸들의 깍깍 소리와 웃음소리를 들을 때까지 그렇게 오래 버틸 수 있을지 자신이 없었다. 아내와 딸들이 런던에 와서 하고 싶어 할 것이라곤 당연히 쇼핑이 전부겠지만 그 모습을 보는 것만으로도 흐뭇할 것 같았다. 그러면서 딸들은 이복오빠가 어떻게 축구를 하는지, 지금은 어떤 사람이 됐는지 서서히 인식하게 될 것이다. 그때 어쩌면 패트릭은 이 끔찍하게 싫은 도시를 가족들에게 보여 주는 것에서 약간의 기쁨을 느끼게 될지도 모른다. 그가 가진 것을 원한다고 쓰인, 그 저주받을 엽서와 DVD가 도착할 때마다 그는 악 소리를 지르고 고래고래 욕설을 퍼부으며 누군가를 잔뜩 패 주고 싶었다. 이 새로운 삶에서 정 붙일 데라곤 하나도 없었다.

그는 이 모든 감정을 마음속에만 담아 두었다. 그 이유는 불만을 내색하지 않는 것이 그에게는 자랑이자 원칙 같은 것이었기 때문이고, 그런 불만이 프레디에게는 부당한 일이었기 때문이다. 아들이 꿈을 실현시키고, 원 없이 재능을 발휘하고, 사람들이 상상하는 것 이상으로 연봉을 받고, 영웅이 되고, 그 어떤 것보다 사랑하고 바라는 축구를 하는데, 아버지란 사람이 그렇게 부정적으로 우는소리를 한다는 것, 그것은 프레디에게 참담한 일이 될 게 뻔했다. 프레디는 착한 아들이었다. 축구를 사랑하는 것 말고는 인생에서 가장 큰 동기부여가 되는 것은, 다름 아닌 아버지를 기쁘게 해 주고 싶다는 소망이었다. 그런 아들이었기에 자신의 행복이 아버지에게 고통이 된다는 사실을 알게 되면 절대로 안 된다. 그래서 패트릭은 이 불행을 혼자만 간직했다. 이런 사실을 미키에게 말해 볼 수도 있었다. 프레디를 끔찍하게 아끼는 미키의 모습에 패트릭은 그를 신뢰하기 시작했다. 하지만 패트릭은 그에게 불편함을 털어놓는 것도 남자답지 못한 일로 생각했다. 미키를 좋아하긴 했지만 그에게 약한 모습을 보이고 싶지는 않았다.

이번 주는 패트릭에게 특히 더 힘든 시간이었다. 프레디가 팀과 함께 포르투갈 아조레스 제도로 전지훈련을 떠났기 때문이다. 프레디와 관련된 일일 경우 미키는 상의하기에 좋은 사람이라 그와 상의한 끝에 패트릭은 전지훈련에 동행하지 않기로 했다. 첫째는 5개월이나 런던에서 아버지와 같이 살았기 때문에 처음으로 혼자 떠나 보는 것이 프레디에게 더 좋을 것 같아서였다. 비록 여기서 '혼자'라는 건, 50명쯤 되는 이미 잘 아는 사람들과 함께 가는 걸 의미했지만 말이다. 둘째는 전지훈련에 가 봤자 훈련하고 평가하고, 식사하고 목욕하고, 훈련을 찍은 영상을 보고, 밤에 영화나 보고 하는 것 말고는 할 게 아무것도 없었기 때문이다. (뭐에 휩쓸릴 아이는 아니었지만) 프레디가 유혹에 빠질 만한 것도 없었고, 마찬가지 이유로 패트릭 또한 할 일이 하나도 없었다. 그래서 패트릭은 지금 아들에게서 벗어나 혼자 우울함을 달래고 있는 것이다. 이제는 돈의 여유가 많았기 때문에 일주일 정도 아내와 딸들을 보러 비행기를 타고 집에 다녀올 수도 있었다. 하지만 그것 역시 남자답지 못한 일이었다. 안아 달라고 엄마 품으로 달려가는 어린애 같았다. 그래서 패트릭은 일주일을 혼자 보내기로 했다. 가정부는 그를 위해 요리해 놓고 메모지에 데워 먹는 방법까지 적어 두고 갔다. 요리한 음식은 플라스틱 그릇에 담겨 냉장고에 들어가 있었고, 손 글씨로 적은 메모지는 가스레인지 옆에 놓여 있었다. 패트릭은 적힌 내용에 따라 음식을 데운 다음, 입맛에 맞도록 칠리소스를 더 뿌려 먹었다. 첫 이틀간은 미키가 전화를 걸어 어떻게 지내는지 물어 왔다. 패트릭은 그 걱정이 고맙게 느껴졌지만, 고마운 마음을 너무 드러내고 싶지 않아서 다소 무뚝뚝한 투로 전화를 받았다. 그가 고마운 마음을 너무 숨겨서 그런지, 미키는 지나친 관심이 오히려 그를 성가시게 만드는 것은 아닌가 하고는 더 이상 전화를 걸지 않았다. 프레디는 저녁때마다 패트릭에게 전화를 걸었다. 전화기를 통해 들려오는 소리는 대개 음악 소리나 사람들의 웃음소리였다. 프레디는 행복했다. 그는 주위에 사람이 많은 것을 좋아했다. 여름다운 여름이 존재하지도 않는 영국의 비 오는 여름날, 패트릭 카모는 혼자 런던 집을 지키며 평생 살면서 가장 외롭고 무료하고 허무한 시간을 보내고 있었다.

그는 산책에 마음을 붙이게 되었다. 그동안 그가 봤던 런던은 늘 프레디와 미키와 함께 어딘가를 다녀오면서 차창 밖으로 내다본 모습이 전부였다. 가끔 가게에 가거나 외출하려고 단지 주변을 몇 분간 걸어 본 적은 있었지만, 프레디가 자신을 알아보는 사람들 때문에 공공장소에 나가는 것이 어렵게 된 후로는 패트릭 역시 차 안이나 건물 안에서만 시간을 보내야 했다. 혼자 시간을 보내게 된 패트릭은 그것을 바꿔 보기로 마음먹었다. 화요일에 공원 광장을 지나 남쪽으로 발함과 튜팅까지 걸으며 중심가와 주택 단지가 번갈아 나온다는 것을 처음 제대로 보게 되었다. 중심가에 늘어선 상가 구역이 나오고 그다음엔 똑같이 생긴 집들이 빽빽하게 들어선 단지가 나오고 그다음엔 크고 작은 공원이 나왔다. 그 산책길에서 스트릿햄을 향해 동쪽으로 걸어가다 곧 피곤해서 발길을 돌려 사우스 서큘라 로드까지 걸어간 다음 길을 죽 따라 집 쪽으로 걸었다. 차들이 도로에 거의 주차하다시피 시 있어서 느리게 걸어도 수백, 아니 수천 걸음 이상 차들을 앞지를 수 있었다. 킹스 애비뉴에 다다라서야 그 이유를 알게 되었다. 도로 한가운데에 헬리콥터가 내려앉아 있었던 것이다. 헬리콥터 양 옆에는 경찰차 두 대가 경광등을 번쩍이며 서 있었다. 응급 구조 헬기를 듣기나 했지 눈으로 본 것은 오늘이 처음이었다. 아시아인 경찰이 비상선 밖에 서서 행인들을 지나가게 하고 있었다. 흰색 밴이 두 차선에 걸쳐 비딱하게 서 있었고, 그 밑으로 뭔가가 들어간 듯한 모습이 언뜻 보였다. 밴을 둘러싼 사람들의 구부정한 자세와 찡그린 얼굴을 봤을 때 뭔가가 낀 것이다. 자전거였다. 자전거를 타던 사람은 아마도 목숨을 잃었을 것이다. 패트릭은 한편으론 그가 불쌍했지만, 다른 한편으론 이해가 되지 않았다. 이런 부유한 나라에서 대체 어떤 사람들이 자전거를 타고 다니는 걸까?

이튿날 그는 스톡웰 방면 북동쪽을 향해 걸었다. 조금 지나서야 깨달은 포르투갈어로 대화하던 사람들을 지나쳐 전혀 다니고 싶지 않은 복잡한 도로와 주택 단지를 지나 강까지 죽 걸어갔다. 갑자기 예상치도 못하게 의회 의사당 건물이 눈앞에 나타났다. 발걸음을 멈추고 넓은 회색빛 강물과 고풍스러운 건물을 구경하노라니, 한 여자가 다가와 친구랑 같이 사진을 찍어 달라고 부탁했다. 미키와 통화한 후로 누군가 말을 걸어온 것은 이것이 처음이었다. 그는 사물을 잘 볼 수 있게 눈을 몇 번 끔뻑거리고 카메라의 뷰파인더를 들여다본 다음, 파카를 입고 서로 팔짱을 낀 두 중년 여성에게 초점을 맞춰 의회 의사당을 배경으로 셔터를 눌렀다. 그러고 나서 다시 걸어 집으로 돌아왔다.

런던을 홀로 다녀 보면서 패트릭은 갑자기 런던을 사랑하게 되지는 않았지만 뭐가 런던 어디에 있는지, 런던의 리듬이 어떤 것인지 좀 더 이해가 되기 시작했다. 모든 것이 항상 바삐 돌아가는 런던의 모습이 그에게는 당황스럽게 느껴진다는 사실을 깨달았다. 사람들은 끊임없이 뭔가를 하고 있는 것처럼 보였다. 쉬고 있을 때조차 사람들은 개를 산책시키거나, 마권 판매소에 가거나, 버스 정류장에서 신문을 읽거나 헤드폰을 끼고 음악을 듣거나, 인도에서 스케이트보드를 타거나, 거리를 걸으며 패스트푸드를 먹거나 했다. 즉, 아무것도 하고 있지 않을 때조차 사람들은 뭔가를 하고 있었던 것이다.

아들 없이 맞는 셋째 날 아침, 패트릭은 늦게 일어났다. 피프스 로드에서 하루도 빠지지 않고 나던 공사 소음이 오늘은 어쩐 일인지 수면을 방해하지 않았던 것이다. 그는 아침으로 토스트와 맛이 맹맹한 바나나를 먹고, 설명서에 나온 프랑스어 문구대로 버튼을 눌렀지만 어찌 된 일인지 꿈쩍도 하지 않는 커피 메이커 대신 머그잔에 바

로 커피를 진하게 우려냈다. 집 안 곳곳을 어슬렁대던 그는 옷을 갈
아입고 10시 30분쯤 가정부가 도착하자 집을 나섰다.

패트릭은 세 번째 산책으로 강이 있는 북쪽으로 걸어갔다. 집 근처
모퉁이에 있었지만 한 번도 가 본 적이 없는 동네 길을 따라 내려갔
다. 그 길을 따라 델리카트슨(가공된 육류나 치즈, 수입 식료품 등을 파는
가게 - 옮긴이), 신발 가게, 자전거에 자물쇠를 채우며 헐떡거리는 꽤
뚱뚱한 남자 뒤로 보이는 체육관, 콜택시 회사 사무실, 술집, 문 열기
전이거나 아니면 아예 문을 닫을지 모르는 피자 가게 같은 것들이
있었다. 그는 언덕길을 따라 내려가 진열장에 '아프리카산 채소'란
표지를 내건 청과물 가게 앞을 지나갔다. 철교 아래로 Y자형 팬티를
입은 남자의 사타구니를 클로즈업해서 찍은 커다란 광고판도 지나
갔다. 버스 정류장에는 늘 보이는 런던 사람들이 서 있었다. 그들은
마치 각자의 행동 자체가 하나의 직업인 듯이 담배를 피우거나, 게임
을 하거나, 음악을 듣거나, 허공을 쳐다보거나 했다. 패트릭은 가스
탱크 앞을 지나 공원 광장을 가로질러 조깅하는 사람들과 자전거를
타는 사람들을 지나쳐 강가 산책길에 도착했다. 템스강은 다른 분위
기에 따라 각기 다른 색을 띠었고, 오늘은 흔치 않게 하늘이 푸르러
강물 역시 밝고 행복한 분위기로 푸른빛을 반사했다. 아프리카에 흐
르는 강과 달리, 템스강은 냄새가 나지 않았다. 패트릭은 예쁘고 섬
세한, 흰색 철제 다리를 건넜다. 이번에도 엉금엉금 기어가는 차들
을 추월하며 걸어갔다. 차에 탄 사람들 역시 각자의 행동에 몰두한

듯 각기 다른 자세로 앉아 있거나 씩씩대거나 했다. 차체가 낮은 미니 차에 탄 커플 중 여자 역시 미니스커트를 입었는데, 차가 막힌 틈을 이용해 서로 키스하며 애무하고 있었다. 세상에 둘밖에 없는 듯한 모습이었다. 패트릭은 가슴이 찌릿했다. 외로움이나 욕정, 아니면 그 둘 다일지도 몰랐다. 이번 주 세네갈이나 가는 것이 나았을지도 모르겠다는 생각이 들었다.

다리를 다 건너니 술집이 나왔는데, 간판에 '고양이와 라켓'이라고 쓰여 있었다. 유리창은 부옇게 얼룩덜룩했고, 조명은 옛날 가스등처럼 생겼다. 패트릭은 술집 안을 들여다보며 들어가 보고 싶다는 호기심이 일었다. 영국 술집 얘기를 듣고 어떤 분위기일지 공상만 했었다. 갈색 톤의 따뜻하고 유쾌한 분위기일 것 같았다. 런던이 홀로 개개인만 사는 도시는 아니었다. 술집이 그걸 증명해 주었다. 하지만 패트릭은 한 번도 술집에 들어가 본 적이 없었다. 혼자 들어가기에는 머쓱할까 봐 걱정이 되었고, 미키에게 같이 가자고 부탁하기에는 자존심이 상했다. 그렇다고 상상은 못 하랴 싶었다. 그는 잠깐 상상의 나래를 펼쳤다. 상상 속 그는 길을 건너 술집에 들어가 TV로 축구 경기를 보며 논쟁을 벌이는 사람들 틈에 섞인다. 그들이 논쟁을 벌이다 그의 의견은 어떤지 물어보면, 그는 조용히 '내가 바로 프레디 카모의 아버지요' 하고 밝히는 것이다. 그러면 사람들은 깜짝 놀라 감탄하고 그를 만나게 된 것에 흥분하며 서로 맥주를 사겠다고 실랑이를 벌이며 그의 어깨에 팔을 두르고 프레디를 얼마나 대단하게 생각하는지, 프레디가 성공하기를 얼마나 바라는지 떠들어 댈 것이다. 그는 이런 상상을 하며 서 있었다.

패트릭은 킹스 로드를 가로질러 갔다. 킹스 로드는 프레디가 예전에 즐겨 산책하던 곳인데, 너무 유명해진 뒤로는 이곳에서 산책하는 것도 어려워져 버렸다. 거기에는 눈에 띄는 아들의 걸음걸이가 한몫했다. 큼지막한 옷을 입고 모자를 써서 정체를 감추는 수도 있긴 했지만, 발가락 쪽에 무게를 싣고 제 발에 걸려 넘어질 듯하면서도 결코 넘어지지 않는 어색한 걸음걸이로 통통 튀듯이 걷는 사람은 아들밖에 없었다. 아들은 신들이 생기를 불어넣어 준 존재였다. 패트릭은 그 비슷한 은총을 한 번도 받은 적이 없었다. 아니, 은총은 바로 아들이었다. 그러니 그가 그런 은총에, 그런 행운에, 그런 축복에 딸린 부속품이라는 사실을 인정해야 했다. 하지만 패트릭은 솔직히, 인정하기 쉽지 않다는 것 역시 인정할 수밖에 없었다. 그는 그 유명한 길을 따라, 사람들이 원하고 필요로 하고 사용할 거라고는 상상도 못 한 고급 명품 상가의 진열창을 보면서 걸어갔다. 불도 안 켜질 것처럼 생긴 전등, 서 있을 수조차 없을 것처럼 생긴 신발, 하나도 안 따뜻할 것처럼 생긴 코트, 앉을 수조차 없을 것처럼 생긴 의자 등을 원하는 사람도 있기는 있나 보았다. 그렇지 않다면 저런 물건을 팔 리가 없을 테니까. 그리고 패트릭은 저런 물건 같은 건 절대 원하는 사람이 아니었기 때문에, 막상 쓸모없는 것은 저 물건이 아니라 자기 자신인 것만 같았다. 물건이 잘못 놓여 있거나, 아니면 물건을 구경하는 자신이 잘못 서 있거나. 하지만 물건은 제자리 필요한 곳에 놓여 있으니, 갈 곳을 찾지 못해 불필요한 곳에 서 있는 것은 바로 패트릭 자신이 확실했다. 멋을 부렸으나 눈에 띄지 않는 낙타털 코트에 목도리에 반짝이는 구두 차림의, 희끗희끗해지기 시작한 머리의, 호리호리한 몸매와 꼿꼿한 자세의 한 아프리카인 중년이 바로 잘못된 곳에 잘못 서 있는 것이었다.

41

'당신은 나를 어리게 느끼도록 만들어요……. 당신은 나를 봄이 왔구나 하고 느끼게 만들어요.'

로저는 마음속으로 가만히 노래를 흥얼거렸다. 소리를 내어 흥얼거리는 것은 적절치 못했다. 마크 차장과 회계부에서 나온 사람이 함께 회의실에 앉아 있었기 때문이다. 로저는 그의 이름을 한 번 듣고 잊어버렸는데, 그가 전화를 받으러 밖으로 나가자마자 마크가 다시 알려 주었는데도 그만 또 잊어버리고 말았다. 회계부에 속한 남자의 이름이 전형적인 영국 이름이라는 것 말고는 더 이상 생각이 나지 않았다. 조나단 같기도 했고, 알렉산더 같기도 했다. 자수가 꽤 긴 이름이었다. 그러니 당장은 '그쪽'이라는 말로 그를 불러야 했다.

회의의 목적은, 부서의 실적을 예산과 맞춰 대조해 보는 월별 통계 자료를 준비하기 위한 것이다. 실적을 예산과 대조해 보는 것은 매일 매주 진행하는 것과 별도로 한 달에 한 번씩 회계부에 제출하기 위해서도 대조 작업이 이루어졌다. 그래서 회계부는 공식 제출된 서류 중 해당 부서로 돌려보낼 서류의 준비 작업을 돕고 있었다. 로저는 회의 내용에 거의 귀를 기울이지 않았다. 마음은 다른 데 가 있었다. 그는 어려진 것 같았고 봄이 온 것 같은 기분이었다. 사실 날씨는 잿빛으로 우중충했다. 사무실에서 더더욱 눈에 잘 보이는 하늘은 낮게 내려앉아 있었고, 음산하고 살을 에는 듯한 4월의 바람은 마치 성난 경찰처럼 구름을 바삐 몰아내고 있었다. 하지만 로저는 아무렇지도 않았다. 그렇게 기분이 좋은 이유를 굳이 말해 보라고 한다면 아무 이유를 댈 수 없을지도 모른다.

12월 27일 보모가 새로 들어온 날부터 그는 거의 기분이 좋았다. 마티아와 아이들이 서로 첫눈에 좋아하자, 로저는 자유를 얻어 서재로 올라가 복수를 꿈꾸었다. 그는 값비싼 오디오에 클래시 밴드의 모음곡 시디를 넣고 메모지를 꺼냈다. 메모지 맨 위에 경제라고 쓴 뒤 그 밑에 다음과 같이 써 내려갔다.

현실 : 백만 파운드 부족
필요 : 지출 삭감
행동 : 쇼핑 70퍼센트 삭감

(말인즉슨 아라벨라의 지출을 극적으로 엄청나게 삭감해야 한다는 뜻이었다. 언제든 무엇이든 사고 싶을 때 사는 것은 이제 안녕이었다. 사실상 다음과 같이 해야 할 것이다.)

특정 금액이 넘는 모든 구매와 비용은 상호 협의해야 함.

첫 제한 금액은 백 파운드로 제안함.

(아라벨라는 돈 쓰는 것은 아주아주 좋아했지만, 그 여부를 물어보는 것은 너무너무 싫어했다. 현재는 공동 계좌를 쓰고 있었기 때문에 아라벨라는 돈을 쓸 때마다 로저에게 물어볼 필요가 없었고 로저도 굳이 매달 지출 내역을 보려 하지 않았다. 하지만 이제는 매달 지출 내역을 점검해야겠다. 백 파운드로 제한하겠다고 하면 아라벨라는 아마 믿으려 들지 않을 것이다.)

휴가는 민친햄프턴이나 이비사섬/베르비에 휴양지/투스카니 중 한 곳으로. 둘 다는 안 됨.

(이것은 시골 별장도 유지하면서 1년에 두 번 해외로 휴가를 가야 한다는 아라벨라의 확고한 소원에 눈에 보이지 않는 타격을 정확하게 가하는 것이다.)

추가로 집안일 안 함.

('추가로'라고 쓰니 기분이 무척 좋았다.)

주말이나 기타 추가로 보모를 쓸 수 없음.

(이 점에선 아라벨라가 엄청난 전략적 실수를 저질렀다. 크리스마스 동안 혼자 아이들을 보게 되어 로저는 이제 육아 전문가가 되었던 것이다. 그는 아이들이 무엇을 필요로 하고 무엇을 필요로 하지 않는지 꿰뚫게 되었다. 아이들은 새 보모 마티아를 필요로 했고, 아라벨라도 해 줄 수 없는 그 이상의 도움은 필요로 하지 않았다.)

로저를 가장 기분 좋게 만든 일은 바로 마지막 사항이었다. 아라벨라는 부주의하게도 그녀의 영역에 대한 통제권을 그에게 넘겨 버린 것이다. 로저가 보모 문제에 끼어들어 목소리를 낼 수 있게 되었다. 아라벨라는 매력적인 보모를 절대 쓰지 않았다. 그 사실을 그녀가 친구들과 농담처럼 이야기하는 것을 듣고 알게 되었다. 그래서 로저는 그녀를 위해 그 보모를 쓰는 것이다. 이 일은 완강하게 이어 갈 것이다.

로저는 가장 좋아하는 노래 중 하나인 '건즈 오브 브릭스톤'을 크게 틀어 놓고 머리 위로 두 손을 올린 채 의자에 푹 기대앉았다. 아라벨라가 오늘 저녁에 올지, 내일 아침에 올지 모르지만 그때를 대비해 머릿속으로 대화 내용을 그려 보았다.

'재미있게 놀았어, 여보? 그랬길 바라. 우리도 그랬거든. 애들 걱정 말고 놀지 그랬어. 애들은 당신이 집에 없다는 걸 거의 몰랐거든. 애들은 환경에 참 적응 잘해, 안 그래?'

치미는 분노와 흥분을 겉으로 드러내지 않고 무심한 얼굴로 이렇게 말하는 것은 몹시 힘든 일일 테지만, 그럴 만한 가치는 있는 일일 것이다.

점심시간에 로저는 아래층으로 내려가 유아용 식탁 의자에 앉은 조슈아와 그 옆에 앉은 콘래드가 둘 다 만족스럽게 오믈렛을 먹고 있는 모습을 보았다. 커다란 그림이 식탁을 거의 차지하고 놓여 있었다. 그림은 다른 두 기법으로 그려져 있었고, 뭘 그린 건지는 알아보기 어려웠다. 빨간색과 오렌지색을 많이 썼고 아이들이 그린 그림이었으므로 주제는 아마도 폭발 같은 것 같았다.

예전의 상냥한 모습으로 돌아간 로저가 말했다.

"와! 멋지게 그렸는데!"

"내가 윗부분 그렸어요. 〈트랜스포머〉에 나오는 오토봇들이 디셉티콘들하고 싸우는 거예요."

조슈아가 말했다.

"내가 아래 그렸떠."

조슈아가 말했다.

"둘 다 좋은데!"

로저가 말했다.

"남은 오믈렛이 좀 있는데요."

마티아가 가스레인지를 등지고 서서 말했다. 로저는 그 말을 듣자 몹시 배가 고팠다는 것을 깨달았지만, 새 보모의 구원을 받은 이때 오믈렛을 먹겠다고 하는 것은 다시 애들과 함께 있어야 하는 상황

속으로 들어가겠다는 말이니 그것은 좋지 않은 전략 같았다. 그래서 그는 유감스럽게도 거절했다.

"다리 좀 펴고 와야겠어요."

그는 열쇠와 코트, 전화기를 집어 들고 달콤한 자유와 도덕적 우월 감으로 가득 찬 채 샌드위치를 먹으러 집을 나섰다.

아라벨라가 4시쯤 집에 돌아왔을 때 타이밍이 절묘하게도 아이들은 새로 좋아하게 된 보모와 함께 아주 즐겁게 놀고 있었다. 위층 서재에서 이코노미스트 잡지를 읽던 로저는 문이 열렸다 닫히는 소리를 듣고 심장이 거세게 뛰는 것을 느꼈다. 그러고 나서 아라벨라가 통로를 지나 거실로 가는 소리가 들린 데 이어 거실에서 나와 천천히 계단을 올라오는 소리가 들렸다. 아라벨라는 가방을 든 것 같았는데, 분명 여행 가방일 터였다. 뭔가 그녀가 내는 소음에서 패배의 냄새가 나는 듯했다. 그녀는 서재 문 밑으로 새어 나오는 불빛을 보고 로저가 안에 있다는 것을 알 수 있었을 텐데도 그냥 침실로 들어갔다. 10분쯤 지난 후, 그녀는 침실을 나와 서재 앞으로 와서 문을 두드렸다.

"왔어! 휴가 즐거웠어?"

로저가 물었다.

"응, 고마워."

그녀는 무슨 말인가를 더 하려고 했지만 로저가 그녀의 말을 잘 랐다.

"마티아 만나 봤지? 내가 불렀어."

"저기……."

바로 그 순간 천우신조로 너무나 절묘하게도 전화벨이 울렸다. 아라벨라와 가장 친한 대학 친구이자 출판계의 거물급 친구의 전화였다. 로저는 수화기를 아내에게 건네고는 잡지를 높이 들고 책장을 넘겼다. 결혼 생활에 근본적인 변화가 일어났다는 짜릿한 기분이 느껴졌다. 그것은 파괴적인 변화였고, 그도 그 점을 벌써 감지했다. 그 점이 바로 짜릿함의 한 부분이었다. 이제는 그가 의식적으로 나서지 않는 한 고칠 수 없는 구멍이 그들의 관계에 생겼다. 그래서 지금 열정적이면서도 이상한 차장이 수치를 살펴보고 관리자 같은 말투로 막힘없이 설명하는 가운데, 그는 속으로 '당신은 나를 정말 어리게 만들어요'를 흥얼거렸다. 로저는 고개를 끄덕이며 "음" 소리를 내고 "좋은 지적이야" 하고 말하면서도 속으로 다른 것들을 생각했다.

'당신은 나를 어리게 느끼도록 만들어요……. 당신은 나를 봄이 왔구나 하고 느끼게 만들어요.'

42

마티아 발라투는 헝가리의 케치케메트라는 동네에서 자랐다. 아버지와 어머니는 둘 다 교사였는데, 어머니는 남동생을 낳으면서 교사

일을 그만두었다. 그들은 정원이 딸린 작은 집에 살았고, 아버지는 정원에서 채소를 가꾸며 보냈다. 열 살 무렵, 아버지와 남동생이 차사고로 세상을 떠났다. 어머니는 입에 술을 대기 시작했고 건강이 급속히 나빠졌다. 그러더니 2년 후 어머니마저 세상을 떠났다. 마티아는 학교에 나가는 어머니를 대신해 어릴 때부터 그녀를 봐 준 조부모의 손에서 자랐다. 그녀는 공부를 잘해서 대학에 들어가 기계 공학을 전공했다. 대학을 졸업한 뒤에는 한 치과에서 비서로 근무하면서 런던으로 건너갈 돈을 모았다. 더 넓은 삶, 더 부유한 삶, 어릴 때 잃어버린 것들로 인해 그늘진 우울함이 없는 삶을 런던에서 살고자 하는 꿈이 있었다. 그녀는 행복해지고 싶었고 사랑받고 싶었다. 그리고 부유한 남자와도 결혼하고 싶었다. 런던에 산다면 그 어떤 곳보다 그런 사람을 만날 가능성이 더 높을 것 같았다.

그녀는 어떤 일에든 뛰어들 준비가 되어 있었다. 최저 임금에 준하는 접수 담당 일에 합격하려고 영어 실력을 부풀려 말한 결과, 일할 때 실제 영어가 딸려서 편하고 쉬워야 할 접수 일이 그녀에게 끊임없는 압박감을 주었다. 그 때문에 걱정이 쌓여 갔고 또 걱정하느라 영어 역시 바라는 만큼 빨리 늘지도 않았다. 그러던 중 그녀는 한 건축 부지에서 헝가리 노동자를 상대로 통역을 맡게 되었다. 합법적인 성격의 일은 아니었지만, 일주일에 현금 오백 파운드를 받았으니 벌이가 괜찮았다. 다만 어려운 점은 감독관과 사장이 노동자들에게 내뱉는 불만과 욕설을 통역하는 데 상당 시간을 할애해야 한다는 것이었다. 불평불만이 그녀의 입을 통해 노동자들에게 전해졌기 때문에 그것이 그녀를 향한 불평불만처럼 느껴졌다.

'저 병신 새끼한테 변명 따위 듣고 싶지 않다고 말해.'

이 정도는 아주 나긋나긋한 수준이었다. 부모와 조부모는 그녀를 엄격하고 신중하게 키웠고, 예의를 지키고 절제하며 살아야 한다고 강조하며 키웠다. 처음에 그녀는 그런 욕설과 성질내는 모습이 재미있구나 했다가 그것들이 이내 영혼을 갉아먹기 시작했다. 결국 3개월 후 그 일을 그만두었다.

그때쯤 헝가리 출신의 친구가 몇 명 생겼다. 헝가리어를 너무 많이 쓰다 보면 영어 실력에 보탬이 안 될까 봐 친구들은 일주일에 한 번만 만났다. 하지만 그들은 좋은 친구였고, 그중 둘이 남부 런던의 한 소개소를 통해 보모 일과 자기 집에서 아이들을 봐 주는 일을 얻게 되었다. 덕분에 마티아도 그곳을 잘 알고 있었고, 그 소개소에 가서 면접을 보았다. 그것이 3년 전의 일이었고, 지금도 그녀는 보모 일을 계속하고 있었다.

초반엔 로저네 집 아이들을 보는 일이 너무 힘들었다. 아이들도 정말 좋았고, 집도 동네도 좋았다. 얼스필드에서 버스로 가면 30분, 자전거로 가고 싶을 때 가면 15분밖에 걸리지 않아서 오가는 거리도 괜찮았다. 급여도 괜찮았다. 특히 건강 보험 분담금을 포함한 법정 급여를 지급해 준 곳은 지난 3년간 로저네 집이 처음이었다. 아마도 그녀를 고용한 사람이 로저였기 때문에 가능했을 것이다. 부유하든 그렇지 않든 대개는 법정 급여를 지급하지 않는다는 사실을 로저는 몰랐던 것이다.

첫 달이 그렇게 힘들었던 이유는, 로저와 부인 사이에 무슨 일이 벌어지고 있었기 때문이다. 12월 27일에 부인이 집을 비운 것도 수상한 데다 그것에 대한 충분한 설명도 없었고, 부인의 부재에 대한 부분을 둘러싸고 뭔가 무거운 공기가 감돈다는 것을 느낄 수 있었다. 또한 로저가 그녀를 썼다는 사실이 아라벨라를 불안케 했는지, 처음에는 아라벨라가 마티아를 지켜보고, 화를 내고, 로저가 언급한 적도 없는 4주간의 수습 기간을 고집하면서 까다롭게 굴었다. 아라벨라가 4주간의 수습 기간을 언급했을 때, 타당한 이유가 생기면 언제든 그녀를 잘라 버리겠다는 분명한 경고성 발언을 날렸다.

하지만 어느덧 3개월이 지나 그 모든 일은 지나간 일이 되었다. 아라벨라는 원한을 품거나 까다롭게 굴거나 다른 사람을 힘들게 하는 편이 아니었다. 그런 마음이 오래가지 못하는 이유는 타고난 게으름 때문이었다. 분노와 까칠함을 오래 지속시키는 것이 그녀에게는 너무 피곤한 일이었고 그럴 만한 가치도 없는 일이었다. 반면 힘든 유년기로부터 도망치기 위해 런던에 온 마티아는 원한을 잘 품고 억울한 일을 차곡차곡 쌓아 두는 편이었기 때문에 그런 아라벨라의 모습이 참신해 보였다. 그녀는 아라벨라가 남편에게 잔소리하는 방법 중 하나로 선택한 것이 자신을 미워하는 거라고 생각했지만, 그녀가 자신을 마음에 들어 한다는 것을 알게 된 뒤로는 그녀에 대한 나쁜 감정을 지워 버렸다. 게다가 마티아가 아이들과 너무 잘 지내서 아라벨라의 생활은 분명히 편해졌고, 그녀는 생활을 편하게 해 주는 사람이라면 누구든 깊고 진실된 애정을 보였다. 배달원이 식료품 상자를 집 안까지 들어다 주면, 그녀는 "천사시네요" 하고 진심으로 그렇게 생각한다는 듯 말하곤 했다. 정말로, 아라벨라는 조금 그렇게 생각했다.

아라벨라의 아주 좋은 점은 만사가 재미있고 쉽게 이루어지기를 바라고 또 그렇게 되기까지 갈 길이 멀더라도 행동에 옮기는 것이었다. 거기에는 전염성이 있었다. 어느 날 아침, 아라벨라는 9시에 도착한 마티아에게 아이들을 맡기고 '오래 몸 좀 담그러' 위층으로 올라가다가 마티아의 신발을 언뜻 보게 되었다. 회색과 흰색 체크무늬가 있는 납작한 테니스화였다.

"어머! 진짜 멋지다. 하나 사야겠네. 어디서 샀어요? 어디, 어디, 어디? 알겠다, 부다페스트 어느 시장의 눈에 안 띄는 작고 멋진 부티크에서 산 거죠?"

"튜팅에서 샀어요."

"더 이국적이네, 그럼! 그래요, 우리 지금 당장 거기 가요."

'지금 당장'은 아라벨라에게 다소 융통성을 허락하는 개념이었다. 그녀는 목욕하고 화장하고 몇 군데에 전화해야 했다. 그래서 그 일을 다 끝낸 뒤, 11시쯤 되어 아니나 다를까 그녀는 마티아와 콘래드, 조슈아를 BMW에 밀어 넣고, 넷을 끌고 밖에 나간다는 생각에 에너지가 넘쳐 신나게 깔깔대고 깍깍대면서 마티아에게 신발 가게로 가는 길을 알려 달라고 졸랐다. 아라벨라는 말 그대로 '가게 신발 중 절반'을 샀고, 그 틈에 관대하게 마티아에게도 신발 두 켤레를 사 주었다. 생각 없이 튀어나온 관대함이라 그런지 전혀 관대하게 느껴지지 않을 정도였다. 관대함이 아니라 뭔가 다른 어떤, 그냥 넘쳐나는 에너지인 것 같았다. 마치 돈 같은 건 존재하지 않고 물건도 다 공짜라서 돈조차 낼 필요가 없으니 물건을 그냥 나누어 주는 것이 너무나 당연한 일인 것 같았다. 마티아는 여태 이런 사람을 한 번도 본 적이 없었다. 그녀를 고용한 사람들 중 부유층이 몇몇 있었지만, 그들 대부분은 돈 앞에서 굉장히 조심하는 사람들로, 잔돈과 영수증을 주의 깊게 대조해 보면서 그녀의 근무 시간을 합산할 때만 그들에게 유리하도록 숫자를 살짝 조작했다. 그러니 아라벨라의 관대함을 좋아하지 않기란 어려운 일이었다.

하지만 보모로서 제일 좋은 사람은 조슈아였다. 콘래드는 막 유치원에 들어가서, 그녀는 콘래드를 오후 3시 45분부터나, 아니면 연휴나 휴일에만 볼 수 있었다. 콘래드는 정 많은 아이였지만 성격이 조금 급한 편이고 거절을 당하는 것에 익숙지 않은 편이라 녀석을 대하는 것이 늘 쉽지만은 않았다. 그즈음 콘래드는 주로 초능력에 꽂혀서 입만 열었다 하면 초능력 얘기만 했다. 하늘을 날 수 있다고 선언하거나, 마티아에게 눈으로 레이저를 쏠 수 있는지 묻고 그녀가 그렇게 못한다고 하면 왜 못하는지 물어보거나 했다. 아니면 '더블 펀치 파워'가 있다고 하면서 두 주먹을 앞으로 쑥 내밀기도 했다. 또한 천하무적이라고 말하는 것을 좋아했지만 '천하무적invincible'과 '투명 인간invisible'의 차이점은 알지 못했다. 그래서 마티아와 아이들은 동시에 천하무적 놀이와 투명 인간 놀이를 하며 놀았다. 그러니 콘래드는 재미있는 아이였다. 그녀가 조슈아에게 느끼는 감정은 콘래드에게 느끼는 감정보다 훨씬 더 깊었다.

그녀는 매일 조슈아를 끼고 살았다. 조슈아와 마티아는 서로가 서로를 끔찍이 아꼈고 그 사실을 서로 감추려 들지 않았다. 어느 날인가 조슈아는 창가 의자에 앉아, 마치 주인을 기다리는 강아지처럼 그녀를 찾으며 그녀가 오기를 기다렸다. 그럴 때면 그녀는 가슴이 조금 콩닥거렸다. 그녀가 들어서면 조슈아는 현관으로 달려가, 그녀가 한 손으로 코트를 벗으려 애쓰는데도 그녀의 다른 한 손을 잡아끌며 거실로 데려가서는 게임이든 책이든 무엇이든 아이가 하려고 계획했던 것을 그녀와 함께 바로 시작했다. 하루의 시작에도 조슈아가 있었고 생각 중에도 조슈아가 있었다. 조슈아에게는 마티아와 함께할 이야기가 있거나 즉시 행동으로 옮겨야 할 계획이 있었다. 마티아가 방으로 들어갔을 때 조슈아가 소파에 누워 있거나 그냥 앉아 있다면, 그날은 아이 몸이 좋지 않은 날이었다. 그러면 그날은 아라벨라가 이름 붙인 대로 '헐렁한 날'이 되었다.

그 외 조슈아가 좋아하는 것은 공원 건너편 연못으로 오리에게 먹이를 주러 가는 것과 돌아오는 길에 야외 음악당 옆 카페에 들러 아이스크림을 사 먹는 것이었다. 공원 길가에 서서 형들이 스케이트보드를 타고 경사로를 쌩하며 내려오는 것을 (물론 경사로를 올라가는 것, 경사로 끄트머리에서 타는 것, 뒤로 타거나 옆으로 타는 것을) 보는 것도 좋아했고, 어떤 이유로든 어디든 버스를 타고 가는 것도 좋아했다. 조슈아는 수족관에 가는 것도 좋아했다. 상어에게 마음이 끌리기도 했지만 한편으로는 상어를 두려워하기도 했다. 그와 반대로 가오리는 조금 두려워하면서도 수족관에 손을 넣어 만지는 것은 좋아했다. 가오리를 만진 뒤에는 스스로에 대해, 그리고 가오리에 대해서 무척 신나 했다. 상어와 가오리에 대한 조슈아의 태도 차이는, 흥분을 불러일으키는 것과 두려움을 일으키는 것 사이에 확실한 구분을 보여 주었다. 조슈아가 좋아하는 음식을 파악하는 데는 오랜 시간이 걸렸고 결코 쉽지도 않았다. 구운 감자와 밥과 프렌치프라이는 좋아했으나 찐 감자는 싫어했다. 으깬 감자는 어떨 때는 좋아하고 어떨 때는 싫어했으며, 브로콜리는 아주 좋아했지만 양배추는 너무 싫어했다. 어떤 날엔 치즈를 잘 먹었지만 다른 날엔 먹지 않았다. 하지만 파르메산 치즈는 갈아 놓기만 하면 언제나 잘 먹었다. 고기는 좋아했지만 탄 부분이나 색이 좀 검은 부분, 연골이 없지만 혹시라도 있을 것 같아 보이는 부분, 덜 익어서 빨간 부분이 있으면 싫어했다. 허브 같은 것들은 무조건 싫어했으며, 후추 같아 보이는 검은 열매가 음식물에 있으면 그것도 싫어했다. 탄산음료는 싫어했지만 달콤한 음료는 좋아했고, 막대 모양으로 튀긴 생선살도 좋아했다. 핫도그를 제외한 그 어떤 종류의 소시지도 먹으려 들지 않았고, 페스토 소스를 뿌린 파스타는 잘 먹었지만 다른 소스를 뿌린 파스타는 먹지 않았다. 그날그날 조슈아 앞에 베이컨을 놔 주기 전까지 베이컨을 좋아할지 싫어할지 녀석은 물론 그 누구도 미리 안다는 것은 불가능한 일이었다. 그녀의 경험에 근거한바, 아이는 케첩이나 간장을 찍어 먹을 수 있는 것은 무엇이든 좋아한다는 것이다.

그렇게 깊이 조슈아를 사랑한다는 것이 마티아는 스스로 생각해도 너무나 이상했다. 3년 전 런던에 처음 왔을 때, 그녀는 완벽한 남자를 만나고 싶다는 꿈과 정말로 좋아하는 아이를 돌보고 싶다는 꿈을 꾸었다. 하지만 둘 다 현실에서는 일어나지 않았다. 외모로 보면 남자에게 호감을 사는 것이 어려운 일은 전혀 아니었다. 하지만 그녀와 공통점이 있다고 느껴지고, 그녀를 정중하게 대하고, 직업이 안정되고, 책임감이 있고, 재미있는 남자에게 호감을 사는 것이 그렇게 쉽지만은 않았다. 한때는 그런 것들을 갖춘 것처럼 보여서 정식으로 데이트하기 시작했던 남자는 알고 보니 만사를 늘 제멋대로 하려 들었는데, 특히 돈을 쓰면 그랬다. 선물 공세를 펴고는 마치 마티아가 그의 소유물이라도 된 양 제멋대로 하려 들었다. 그는 미친 듯이 화를 냈다가 입을 다물곤 했다. 그런 날 새벽 4시에 이상한 느낌이 들어 잠이 깨서 일어나 창밖을 내려다보면 그가 차를 갖고 달려와 그녀의 아파트를 올려다보며 바닥에 앉아 있었던 것이다. 그는 마치 있는 대로 성질을 다 부리고 다시 체면을 차리려 애쓰는 아이처럼 화난 얼굴로 불안해했다. 마침내 그녀가 그와 완전히 끝내야겠다고 진지한 태도로 말하자 그는 이제 다 끝이구나 하는 것을 확실히 이해할 수 있었는데, 그 무렵 남자들의 기준에서 봐도, 남자들의 불합리성과 비이성적 태도를 다 감안하고 봐도 그의 행동은 놀랍기 그지없었다. 둘이 함께 보낸 휴가, 그것도 그가 원해서 휴양지 아이아 나파로 가서 클럽에 가고 수영하고 호텔에 묵었건만 그 모든 휴가 비용을 그녀에게 청구했던 것이다. 그녀는 그 우편물을 뜯어보고 분노를 넘어 헛웃음만 나왔다. 하지만 한편으로 그것은 기쁨의 웃음이기도 했다. 이것으로 그와 완전히 끝낼 수 있는 기회가 생겼기 때문이다. 그녀는 서명한 수표를 그에게 보냈고, 그 덕분에 은행 잔고는 바닥이 났지만 그로부터 벗어났다는 생각에 속은 시원했다. 그녀의 짐작대로 그는 다시 그녀와 잘해 보려고 어느 날 아침 차를 갖고 달려와 그녀의 아파트를 올려다보며 바닥에 앉아 있었다. 그녀는 망설임 없이 그에게 "당장 꺼져" 하고 내뱉었고, 그 말이 진심이라는 것을 그도 알 수 있었다. 그 후 6개월 동안 그녀는 아직 연애를 못 하고 있었다.

아이들이 그렇게 나쁘지는 않았지만 실망스러운 면도 있었다. 3년간 그녀는 다섯 집을 돌며 아이를 돌보아 왔다. 가장 긴 기간은 클러큰웰에 사는 집의 아이들을 돌보던 10개월이었다. 아버지와 어머니는 둘 다 변호사였다. 그 집에는 각각 열 살, 여덟 살짜리 두 딸과 네 살짜리 아들이 있었는데, 다른 집 아이들과 마찬가지로 이 아이들도 항상 뚱했다. 마티아는 육아법을 잘 몰랐다. 보모를 필요로 하는 집이 있으면 무작정 달려갔을 뿐이다. 그런데 그녀가 돌본 아이들은 모두 방치된 채 버릇없이 자랐다. 헝가리 케치케메트에 살 때는 몰랐던 사실이라서 그것을 이해하는 데 시간이 좀 걸렸다. 또 다른 문제는 어른들이 아이들을 방치한 결과 아이들은 관심 받는 일이라면 그어떤 짓도 서슴지 않고 저질렀다는 점이고, 더구나 '안 돼'란 말을 듣는 것에, 그것도 정말 안 되는 상황에서 그 말을 듣는 것에 전혀 익숙지 않았다는 점이었다. 아이들은 관심 끌려고 떼쓰고, 그러고 나서는 제 뜻대로 안 된다고 떼쓰고, 그야말로 일상이 떼쓰기로 시작해서 떼쓰기로 끝났다. 보모 일은 피곤했고 아이들이 그녀 때문에 떼쓰는 것이 아닐 때조차도 그녀는 왠지 의기소침했다. 누군가 나에게 화를 내면, 비록 머릿속으로는 나 때문에 화를 내는 것이 아니란 것을 알긴 알아도 나 때문에 화를 내는구나 하고 느껴지는 법이다. 그 변호사네집 아이들이 그랬다. 그래서 그녀는 (떼쓰지 않을 때) 그 아이들을 좋아했고 (거의 본 적은 없었지만) 부모도 좋아했지만, 그 집의 보모 일을 그만두었다. 그러고 나서 일주일 동안만 아이를 돌보는 단기 보모 일을 하다가 이곳 욘트 가족네 집에 들어온 것이다.

결국 요약하자면, 그녀는 아이들과 궁합이 맞지 않았다. 그런데 조슈아와는 첫날부터 궁합이 맞았다. 그 점에 대해 뭐라고 말로 설명할수는 없었지만, 마티아와 조슈아는 서로가 서로를 알아보았던 것이다. 방치된 채 버릇없는 부잣집 아이들과 달리 조슈아가 말 잘 듣는착한 아이라 그런 것이 아니었다. 그냥 조슈아라서, 그녀는 아이를아꼈고 조슈아도 그녀를 사랑했다.

43

메리는 저녁때 런던 시내로 나가려고 준비하고 있었다. 그녀는 별로 나가고 싶지 않았지만, 알란이 그녀에게 외출하는 것이 좋을 거라고 권했기 때문이다. 남편은 여간해선 충고와 간섭을 하지 않는 사람이었기 때문에 그가 뭔가 이게 좋겠다고 권하면 그 말에 큰 힘이 느껴졌다. 그리하여 메리는 내키지 않았지만, 에식스에서 일부러 찾아온 두 친구와 함께 '성대한 축제의 밤'을 보내게 될 것이다. 그들은 레스터 스퀘어 근처의 호텔로 예약을 해 두었고 메리가 느끼는 것보다 훨씬 더 신나 했다. 계획은 일단 호텔에 가서 한잔하고 뮤지컬을 보고 난 다음 저녁을 먹는 것이었다. 메리는 말했다.

"빈속에 보면 배에서 꼬르륵꼬르륵, 창피하지 않을까?"

알란은 답했다.

"미리 먹으면 졸릴걸? 한잔할 때 안주로 견과류 같은 걸 좀 먹어 둬. 카나페든 뭐가 됐든. 공연장에서 코 고는 것보다 나을 테니."

고맙게도 알란이 티켓 예약과 구매를 다 끝냈다. 메리는 혹시 남편이 호텔비도 지불한 게 아닐까 궁금했지만 물어보고 싶지는 않았다. 그녀가 해야 할 일이란 그저 드레스를 입고 좋은 시간을 보내는 것뿐이다. 그래서 아마 조금 답답한 느낌이 드는 것일지도 몰랐다. 메리는 언제나 휴가를 별로 좋아하지 않는데, 휴가 때 재미있게 보내야 한다는 부담 같은 것을 느꼈기 때문이다. 재미있게 보내야 한다는 것이 오히려 일로 다가왔다. 아이들은 자라, 그레이엄은 독립했고 앨리스는 대학에 들어갔다. 그러면서 점차 제대로 된 가족 휴가가 뜸하게 되어 알란은 휴가철 내내 그냥 집에서 쉬고 말았다. 메리는 그 편이 더 좋았다. 스트레스가 덜했다.

그녀는 지금 어릴 때 쓰던 방, 전신 거울 앞에 서 있었다. 방을 손님 방으로 비워 놓았지만 손님이 든 적은 없었다. 메리는 근사한 옷 한 벌도 안 가지고 런던에 와서, 가지고 온 옷 중 가장 괜찮은 꽃무늬 원피스로 대충 꾸며야 했다. 아주 마음에 드는 옷도 아니고 따뜻한 옷도 아니니, 캐시미어 카디건을 챙겨 가면 될 것 같았다. 알란이 옷을 새로 사라고 권했지만 그녀는 도리질을 쳤다. 어머니가 죽음을 앞두고 있는데 흥청망청 쇼핑하러 나가고 싶지 않았기 때문이다.

초인종이 울렸다. 이것 역시 알란이 준비한 일 중 하나였다. 메리가 마음 놓고 외출하려면 믿을 만한 사람이 피튜니아를 돌봐야 했고, 그 사람은 그녀가 잘 아는 사람이어야 했다. 그래서 그는 그레이엄(이자 스미티)에게 와서 할머니를 돌봐 달라고 미리 부탁했던 것이다. 알란이 그레이엄에게 부탁한 적이 단 한 번도 없었기 때문에 할머니를 봐 달라고 한 말은 그의 귀에 거의 명령조로 들렸다. 걱정하고 난리 치고 조언하는 사람은 언제나 메리였다. 그와 할머니 사이를 생각하면 그런 명령조는 그에게 짜증 나는 소리였다. 어쨌든 아들이 와 있을 테니, 메리는 아래층으로 내려가 문을 열었다.

아들의 옷차림을 보고 기겁한 그녀는 소리 지르지 않으려고 무던히 애를 쓰고 또 썼다. 그레이엄은 흰색도 뭣도 아닌 페인트 얼룩이 잔뜩 묻은 흰 티셔츠에, 찢어진 빈티지 데님에 운동화 차림이었다. 조금만 꾸며도 똑똑하고 잘생겨 보일 텐데, 인생의 4분의 3을 부랑자 같은 모습으로 돌아다니는 아들이 메리는 너무너무 창피했다.

"잘 지내셨죠, 엄마. 죄송해요. 여섯 시에 주차 단속이 끝나서 십 분간 차에 앉아 기다렸거든요. 웬 아프리카 단속 요원이 내 차만 빤히 쳐다보잖아요. 나는 못 본 척 지나가면서. 맹세하건대, 차가 좋으면 좋을수록 딱지를 더 잘 뗀다니까요. 자본주의 사회라 그런가?"

"할머니는 주무셔. 어쩌면 밤새 주무실지도 모르지만, 깰 수도 있어. 그러면 어떻게 해야 하는지 알지?"

메리는 같은 말을 두 번이나 장황하게 다시 읊었다. 그레이엄이 해야 할 일은 할머니가 부르면 가서 돕는 것이 다였다. 알란과 메리는 피튜니아가 부르는 소리를 아래층에 있어도 들을 수 있도록 베이비 모니터를 설치해 두었다.

"그럼요, 엄마. 수류탄을 휙 던져 놓고 맨 처음 뛰쳐나오는 놈을 갈기는 거죠. 가세요, 가세요. 아버지가 엄마 블랙 캡 택시 타고 오시래요."

"알았다."

메리는 그렇게 할 생각이 전혀 없었지만 그냥 이렇게 대답했다. 그러고 나서 가정을 돌보고 가족 일을 걱정하고 질문하고 알아채고 신경 쓰는 사람은 바로 그녀였기 때문에, 건들건들 누더기 차림새인 그레이엄이 직장을 잃었거나 아니면 딱히 하는 일이 없는데도 얼른 직장을 구할 생각이 없어 보였기 때문에 그녀는 자신도 모르게 불쑥 물었다.

"일은…… 일은 다 괜찮니?"

"너무 괜찮아서 탈이죠, 엄마. 가세요. 좋은 시간 보내세요. 술 근처엔 가지도 않을게요."

그는 그렇게 말하며 자동차 열쇠를 들고 흔들어 댔다.

"휘이, 휘이. 쉬, 쉬. 가세요, 얼른. 성대한 축제의 밤이잖아요."

별수 없이 메리는 클러치 백을 들고 밖으로 나갈 수밖에 없었다.

메리가 나가고 현관문이 닫히자, 스미티는 주먹을 쥐고 팔을 굽혀 들고 흔들어 댔다. 그렇지! 내가 이겼다! 문간에서 얼마 동안 대화를 나누던 간에 어머니가 분명 일하는 것은 어떤지, 사는 것은 어떤지 등등을 물어볼 거라고 스스로에게 천만 파운드를 걸고 내기를 했기 때문이다. 실제로 그는 큰 소리로 "내 자신에게 천만 파운드를 걸겠노라"고 말했다. 내가 옳다는 것이 입증된다는 것은 좋은 일이다. 절대 지겨워질 수 없는 일이었다. 어머니의 성향을 유머러스하게 넘겨 버릇하는 것이야말로 최소한의 상황 악화는 막는 일이었다. 어머니를 상대하면서 스미티는 다음과 같은 사실을 알게 되었다. 걱정하는 사람은 그것을 사랑의 한 형태로 생각하지만, 걱정되는 사람은 그것을 통제의 한 형태로 생각한다고 말이다.

스미티는 모든 것이 괜찮은지 살펴보기 위해 일층을 돌아다녔다.

모든 것이 괜찮았다. 당연히 그럴 수밖에 없었다. 어머니가 할머니보다 훨씬 더 깔끔했기 때문이다. 스미티는 부엌을 둘러보다가, 어머니가 다시 담배를 피우기 시작했다는 명확한 증거를 찾아냈다. 식기 건조대에 재떨이를 씻어 말렸고, 창가에서 담배 냄새가 났다. 어머니는 냄새가 나지 않도록 조심했겠지만 어찌 되었건 비흡연자가 담배 냄새에 민감하다는 것은 모르는 모양이었다. 하하! 아니, 웃는 건 적절치 못했다. 다른 상황이었다면 어머니가 다시 담배를 피우기 시작한 것에 웃음이 났을지도 모른다. 하지만 지금은 할머니가 죽음을 앞두고 있는 것에 슬프고 괴로운 어머니가 흡연을 다시 시작한 것이므로 웃을 일이 결코 아니었다. 그는 속으로 웃었던 것을 거두어들였다.

주방은 언제나 그랬듯 한결같았다. 주방을 보고 있자니 할머니가 그냥 할머니였던, 조각상처럼 영원하고 변함없는 모습이었던 1955년으로 시간 여행을 온 듯한 기분이 들었다. 어떻게 보면 주방은 멋진 야영장 같았다. 하지만 이제는 조금 달라 보였다. 할머니는 죽음을 앞두고 있었고 아마도 아니, 확실히 다시는 이 부엌에 들어오지 못할 것이기 때문이다. 전 세계에서 가장 오래된 냉장고를 열지 못할 것이고, 복고풍 주전자에서 삐- 소리가 나길 기다리며 가스레인지 옆에 서 있지 못할 것이다. 그 물건들에는 할머니가 서려 있었다. 할머니의 보살핌과 관심, 그리고 이렇게 저렇게 되었으면 좋겠다고 바랐던 할머니의 소망이 서려 있었다. 할머니가 그 물건들을 골라 샀다. (아니, 어쩌면 할아버지가 선택하고 할머니는 수긍하는 쪽을 선택했을 지도 모른다.) 할머니가 죽음을 앞둔 지금, 마치 그 물건들도 죽음을 앞둔 것처럼 그것들에 서린 할머니의 보살핌과 '이렇게 되었으면 좋겠다'는 소망도 같이 빠져나가고 있을 것 같았다. 할머니는 결코 이 부엌에 들어오지 못할 것이다.

결코는 말로 하기 힘든 단어였다. 그 단어는 그가 예술 작품에 반영한 적도 없었고, 오래 생각하고 싶은 주제도 아니었다.

거실에서 아주 희미한 메아리 소리가 났다. 그것이 무슨 소리인지 파악하는 데는 시간이 좀 걸렸다. 베이비 모니터에서 나오는 소리였다. 모니터에서 소리가 들릴 뿐 아니라, 양방향 대화가 가능해서 방에 눕혀 놓은 아기에게 '아, 우리 아기, 우쭈쭈' 같은 말을 마음대로 할 수 있는 모니터였다. 하지만 메리는 아래층 소리가 피튜니아의 귀에 들리지 않도록 그 기능은 해제해 둔 상태였다. 스미티는 할머니를 살펴보러 올라가야 했다. 그는 한 번에 두 계단씩 밟고 위층으로 올라가 할머니의 침실로 들어갔다. 할머니는 베개들에 둘러싸인 채 눈을 뜨고 누워 있었다.

"그레이엄. 엄마가 네가 올 거라고 하더니. 널 부르려 그런 건 아닌데."

마치 술 몇 잔 걸치고도 '나 안 취했어' 하고 말하는 사람처럼 할머니의 발음은 부정확하게 들렸다.

스미티는 침대 옆 의자에 앉아서 말했다.

"네, 엄마는 나갔어요. 좋은 시간 보내고 올 거예요. 괜찮으세요?"

그 말을 뱉자마자, 그는 그것이 얼마나 멍청한 말인지 바로 깨달았다. 할머니는 아무 말도 듣지 못했다는 듯 그저 그를 보고 웃기만 했다. 하지만 슬픔이 깃든 웃음이었으므로 할머니는 어쩌면 그의 말을 들었을지 모른다. 스미티는 입을 다물었다. 더 이상 말할 필요가 없었다. 할머니가 잠시 그를 쳐다보고는 눈을 감았기 때문이다. 조금 지나자 할머니의 숨소리는 낮아졌고, 스미티는 할머니가 잠들었다는 것을 알았다.

그는 다시 아래층으로 내려가 정원으로 나갔다. 비록 정원에 대해 아는 바는 별로 많지 않았지만 "난 왜 이렇게 정원 가꾸는 데 취미가 없지?" 하고 농담하는 것은 좋아했다. 정원은 괜찮아 보였다. 그는 다시 거실로 들어가 TV를 켰지만 공중파 프로그램도 형편없고, 할머니네 집에 (당연히) 위성 방송이 나오는 것도 아니어서 볼만한 것이 하나도 없었다. 그래서 다시 주방으로 들어갔다. 식탁에는 어머니가 아직 버리지 못한 각종 광고지와 함께 그 '우리는 당신이 가진 것을 원한다'고 쓰인 엽서가 놓여 있었다. 현관문을 찍은 또 다른 사진이 인쇄된 엽서였다. 스미티는 엽서를 들고 쳐다보았다. 지금 느끼는 이 기분이 불길함인지, 슬픔인지 알 수가 없었다.

44

발함에 있는 폴란드 술집에서, 즈비그뉴는 들소가 즐겨 먹는 풀을 넣고 만든 보드카 한 잔과 지비에츠 맥주 한 병을 놓고 앉아 피오트르를 기다리고 있었다. 그는 뭔가를 참고 억누르는 사람은 아니었다. 불만이 생기면 이야기를 해서 털어 버리는 사람이었다. 그래서 그는 피오트르에게 다비나와 있었던 일을 이야기할 것이다. 속에만 쌓아 두었다가는 머리가 터질 것만 같아서 피오트르라도 붙잡고 털어놓고 싶었다. 하지만 그 대가로 피오트르가 즐거워하는 모습을 보게 될 터였다. 피오트르는 즈비그뉴의 연애사와 성생활을 매우 재미있다고 생각할 것이 분명했다. 즈비그뉴가 현실만 중시하고 낭만을 거부한 채 여자에게 접근했으니 그것이 그에 상응하는 벌이라고 생각할 터였다.

즈비그뉴 역시 아주 조금 피오트르의 생각이 맞다고 보았기 때문에 기분은 더더욱 좋지 않았다. 그러나 잘못했다는 것, 그리고 왜 잘못하게 되었는지를 안다는 것과 어떻게 해야 잘못을 바로잡을지를 안다는 것은 완전히 다른 별개의 문제였다.

술집은 절반쯤 차 있었다. 제2차 세계 대전 당시 폴란드에서 런던으로 도망쳐 나온 노년의 폴란드 세대에게 인기가 많은 술집이었다. 그 시기를 직접 겪고 기억하는 사람들까지 있을 정도로 인기가 많았다. 제일 재미있는 사실은, 영국 항공전(1940년 런던 상공에서 벌어진 영국과 독일 간의 전투 - 옮긴이) 당시 격추된 비행기 중 3분의 1 정도가 폴란드인 조종사에 의해 격추되었다는 것이다. 그래서 이 술집은 마치 고국 폴란드에 돌아온 것처럼 노인들이 모여서 카드놀이를 하고 폴란드 TV 프로그램을 보며 시간을 보내는 장소였다. 이 술집에 젊은 세대가 거의 없다는 점에서 즈비그뉴는 이곳을 좋아했다. 분위기를 잘 살피지 않아도, 이 술집은 부모를 생각나게 했다. 즉 아버지가 친구들을 불러 폴란드식 카드놀이를 하고 있으면 어머니는 주방을 서성대면서 언제까지 사람 잠 못 자게 할 거냐고 불평 아닌 불평을 하던 저녁을 생각나게 했다.

피오트르가 술집으로 들어왔다. 그는 주위를 둘러보더니, 즈비그뉴가 마시는 술을 보고는 양손을 들어 한 손가락씩 구부려 뿔처럼 머리에 댔다. 그것은 들소를 나타내는 손짓으로, 들소가 즐겨 먹는 풀이 들어간 보드카를 의미하는 것이다. 그는 바에 놓인 보드카 두 잔과 지비에츠 맥주 두 병을 들고 즈비그뉴 쪽으로 갔다. 둘은 건배하더니 보드카를 단숨에 들이켜고는 맥주를 한 모금씩 마셨다.

피오트르는 폴란드어로 말했다.

"이 첼시 집 공사는 정말 엿 같아. 노팅 힐 집 공사처럼. 안드르제이가 이중벽 틈에 죽은 쥐를 묻고 싶어 했던 집 말이야. 그 사람들 생각나지? 뚱뚱한 음악 프로듀서 남편과 깡마른 금발의 부인 말이야. 이 사람들도 딱 그 사람들 같아. 자기가 사기꾼이라고 남들도 다 그런 줄 알고 일 파운드까지 다 따지는 부자야. 여자가 결정권 쥔 것처

럼 굴기에 시키는 대로 다 했더니, 이튿날 남자가 그걸 몽땅 뒤엎고
는, 원래 여자가 시키는 대로 하면 안 되는 거였다며 작업 비용을 우
리더러 다 내라는 거야. 이거 완전히 이혼 과정을 느린 화면으로, 그
것도 특혜인 양 돈 내고 봐야 하는 거 같아. 이 일을 맡다니, 내가 멍
청했지."

"그래도 벌이가 좋잖아."

피오트르는 그 말이 한편으로는 사실이긴 하지만 그것이 문제의
핵심이 아니지 않느냐며 못마땅하다는 듯 어깨를 짧게 으쓱했다. 즈
비그뉴는 고객에 대해 어떤 식으로든 개인감정을 갖지 말아야 한다
고 조금 잘난 척하며 백 번째로 피오트르에게 그 중요성을 알려 주
려고 하다가, 오늘 저녁 그도 다비나에 관한 문제로 상당 부분 불평
해야 하니 피오트르의 철학적 오류를 지적하기에는 타이밍이 좋지
않다는 생각이 들었다.

카드놀이를 하던 테이블 쪽에서 갑자기 큰 소리가 났다. 테이블 앞
에 앉은 중년들 중 두 명은 승리라도 한 듯, 아니면 경악이라도 한 듯
두 팔을 머리 위로 치켜들었다. 다른 두 명은 서로 쳐다보다가 시끌
벅적한 소음 속에 하나는 웃음소리를, 다른 하나는 항의와 불신의 목
소리를 냈다. 팔을 높이 치켜들었던 두 남자 중 한 명이 팔을 내리더
니 돈을 긁어모아 챙겼다. 그의 왼편에 앉은 남자는 고개를 가로저으
며 중얼중얼 카드를 섞기 시작했다. 돈, 돈. 가끔씩 즈비그뉴는 런던
에 사는 이유가 모두 돈 때문이라는 것을, 아버지가 1년에 버는 돈보

다 더 많은 돈을 한 달에 벌고 있기 때문이라는 것을 스스로에게 상기시켜야 했다. 진정한 삶은 고향인 폴란드에 있었다. 런던은 돈을 벌기 위해 머무는 곳이었다. 그가 이주자 생활 중 어떤 면에 진저리가 날 때마다 그런 생각을 하면 기분이 편안했지만 오늘은 그런 생각이 별 도움이 되지 않았다. 여자 문제가 원인이기 때문이었다.

피오트르는 즈비그뉴가 다비나를 만나고 있다는 것을 알고 있었다. 당연히 모를 리 없었지만, 피오트르는 언제나 눈치가 빠른 사람이었고, 그 점 때문에 즈비그뉴는 그를 좋아했다. 즈비그뉴가 이야기해 줄 때까지 모른 체 기다려 준다는 점이 좋았다. 그래서 즈비그뉴는 맥주를 꿀꺽 마시고는 그에게 자세한 이야기를 들려주었다. 시간이 꽤 걸렸다.

그는 피오트르가 큰 소리로 웃을 줄 알았다. 어쩌면 친구에게 들어야 했던 것은 바로 그 웃음, 즉 모든 것이 우스꽝스러운 일이고 자초한 문제이니 당해도 싸다는 말일지 몰랐다. 피오트르는 실제로 살짝 웃었고, 즈비그뉴는 최선을 다해 가능한 한 우습게 들리도록 이야기를 이어 갔다. 낭만을 완강히 거부하는 자가 굉장한 섹스 때문에 끔찍한 관계의 덫에 걸린 이야기였다. 즈비그뉴의 이야기가 계속될수록 피오트르의 미소는 옅어졌다. 즈비그뉴는 이야기를 마치고 바로 일어나 보드카 네 잔을 더 가지러 갔다. 오늘 밤만은 실컷 취할 작정이었다.

그가 다시 자리로 왔을 때, 피오트르는 맥주잔 받침을 큰 손가락으로 뒤집고 있었다. 즈비그뉴는 잔을 들어 단숨에 들이켰다. 둘 다 침묵을 지켰다. 아마도 그의 고백에 대한 답은 침묵일지도 몰랐다.

"내가 네 얘기 듣고 웃을 줄 알지?"

피오트르가 말했다. 친구가 그런 톤으로 말할 거라곤 예상도 못 했던 즈비그뉴는 자신이 바라는 대로 웃기고 위로가 섞이는 가벼운 이야기는 아니겠구나 하고 깨달았다. 피오트르는 다음 말을 이었다.

"아니야. 내가 널 형제처럼 아끼는 거 너도 알지? 하지만 너한텐 중대한 결점이 하나 있어. 너는 사람을 볼 때 그 사람이 너한테 얼마나 이득이 되는지 그것부터 보더라. 나더러는 맨날 낭만주의자에, 사랑에 빠진다고만 하고. 우리끼리 주고받는 농담이지만. 맞아, 그건 사실이야. 하지만 나는 최소한 사랑에 빠질 수는 있지. 너는 어떤지 난 잘 모르겠다. 넌 여자를 이용하니까. 넌 네가 필요할 때 같이 있으려고 여자를 이용해. 하지만 주로 섹스 때문에 여자를 이용하는 거야. 그게 언젠가 문제가 될 거 같더니만, 바로 오늘이네? 연약한 영국 여자를 사랑에 빠지게 해 놓고 얼마나 큰 상처를 주려고 그래. 얼마나 큰 아픔을 주려고 그래. 그 여자 얘기를 하는 네 태도에서 그게 느껴져."

이런 말을 기대하지 않은 데다 그 말이 상당 부분 옳았기 때문에 즈비그뉴는 화가 치밀어 올랐다. 피가 거꾸로 솟았다. 그는 분노로 미쳐 날뛸 것만 같았다.

"그렇게 말하니까 네가 뭐 신부님인 줄 알지? 네가 무슨 고해 성사

들고, 강단에 서서 사람들 꾸짖는 신부님이냐고?"

피오트르는 일어나 밖으로 나갔다. 그것이 전부였다. 즈비그뉴는 그대로 앉아 맥주와 보드카를 다 마시고 나서, 또 가져다 마시고, 또 가져다 마셨다. 그는 아주 오랜만에 제대로 취해서 집으로 돌아왔다.

45

금요일 저녁, 우스만은 가게 일을 마친 뒤 사원에서 열리는 저녁 예배를 보러 가려고 자전거에 올라 공원 쪽으로 향했다. 그곳에서 그는 이런 것들을 보았다.

알몸으로 엉덩이와 허벅지를 훤히 다 드러낸 채 보라색 천에 누운 여자가 나오고 '내 엉덩이 커 보이나요?'라는 카피가 쓰인 광고 포스터. 한 여자가 마치 구강성교라도 하는 듯한 모습으로 초콜릿을 먹고 있는 포스터. 버스에 붙은, 직인을 찍듯 긴 네모 칸에 '금지! 예고편을 보려면 인터넷을 접속하세요'라고 쓰인 공포 영화 광고. 허리를 숙여 다리 사이로 카메라를 쳐다보며 탐폰을 광고하는 포스터.

두 레즈비언이 서로 손을 잡고 공원에서 개를 산책시키고 있었다.

어떤 젊은 여자는 담배를 피우면서 유모차 위로 숙인 허리 때문에 바지춤이 내려가 엉덩이가 살짝 드러난 채로, "어디다 숨긴 거야, 이 녀석아?"라고 말했다.

많은 여성이 얇은 여름옷의 목둘레 위아래로, 앞자락 사이로 가슴을 거의 드러낸 차림을 하고 있었다.

'런던 경시청, 이슬람 테러 조직 시내 활보한다'가 신문의 헤드라인을 장식했다.

많은 이들이 선술집 밖 공원 광장에 나와 공공연하게 술을 마시고 있었다.

우스만은 횡단보도를 건너려다 빨간 신호에 걸려 멈춰 서서 다음 신호를 기다리다가 버스 정류장에 서서 신문을 읽는 한 남자를 우연히 보았다. 우스만 쪽을 향해 펼쳐진 지면에는 완전히 발가벗은 여자가 나오는 자동차 리스 회사의 광고가 실려 있었다. 한 달에 299파운드씩 내면 BMW 3시리즈를 구입할 수 있다는 광고였다.

우스만은 자전거를 타고 다시 나아갔다. 많은 사람들이 공원 광장 옆 바에서 술을 마셨고, 여자들은 담배를 피웠으며, 몇몇 남녀는 키스를 하고 있었다. 여기저기 온통 술이었다. 6시밖에 안 된 시간이라, 술 마시는 사람들은 아직 취한 상태는 아니었다. 10시가 지나면, 그것도 주말 10시가 지나면 온통 술이 이기냐, 사람이 이기냐 하는 경쟁이 벌어지지만 그래도 거리는 술이 이기는 환락가에 가까운 모습은 아니었다. 아니, 술은 사람을 이기기만 하는 것이 아니라 세상을 지배했다. 술은 황제처럼, 사악한 천사장처럼 주말 저녁을 다스렸다. 이런 현상에 대해 가끔 항의와 불만이 제기되긴 했지만 그것은 칭얼거리는 쪽에 훨씬 가까운, 매우 영국적인 불만 제기에 지나지 않았고, 불만 제기는 화해의 한 형태였다. 그런 항의와 불만에는 분노나 격분, 변화에 대한 갈구 같은 것이 들어 있진 않았다. 반면, 우스만의 눈에는 이런 상황이 술을 팔아서 돈을 버는 사람들을 위해 사회가 지옥으로 변해 가는 것처럼 보였다.

우스만이 다니는 사원의 이맘은 속에서 분노가 들끓는 사람이었지만 멍청한 사람은 아니었으며, 사회는 그에게 한 가지 어마어마하게 막강한 이점을 허락해 주었다. 주제를 논함에 있어 그가 던지는 설교가 곧 진리의 말씀이 되었다는 것이다. 그는 자본주의에 대해, 성(性)의 상품화에 대해, 지금 여기 영국 도처에 나부끼는 포르노 같은 사진 속에 드러난 여성의 비인격화에 대해 맹비난을 퍼부었다. 이제는 너무나 당연해서 사람들에게 외면당하는 것들에 대해 설교했다. 하지만 우스만은 이 나라에서 성장했어도 이방인의 시선으로 당연하게 여기는 것들을 볼 수 있다.

그는 이맘이 옳다고 믿었다. 이맘의 설교에 따르면 이 모든 것들이 타락의 징후였다. 섹스는 상품화에 이용되고 있다. 상대와 사랑을 나누고 싶어 하는 본능인 섹스는 자본주의와 더불어 인간을 타락시키는 수단으로 변질되어 버렸다. 여기도 섹스, 저기도 섹스, 온통 섹스였다. 그런 섹스는 천국을 연상케 하는 황홀경이나 초월적 경험에 비견할 만한 섹스, 진짜 섹스가 결코 아니었다. 사방에 널린 섹스는 그저 발가벗은 여자를 상품이 되게 하려는 시도였을 뿐이다. 근본적으

로는 돈과 결합된 섹스였다. 이어서 이맘은 술 취한 사회라는 주제로
설교를 시작한다. 이 설교 역시 진리임을 신도 모두가 알고 있었다.
예전에 우스만은 주말마다 병원에서 수위로 일한 적이 있었는데 그
때 그가 목격한 바로, 토요일 밤 응급실은 온갖 진상 취객을 한자리
에 모아 놓은 백화점 같았다. 구토하다 서로 싸우는 남녀, 치고받고
싸우는 남자들, 여자를 때리거나 여자에게 언어맞는 남자, 강간한 남
자와 강간당한 여자, 성병에 걸린 남녀, 다친 아이, 교통사고를 낸 사
람, 자살한 사람, 술 마시고 자살한 사람들. 그러면 이 사회는 왜 이리
극도로 취하고 싶어 하는가? 그것은 바로 사회가 길을 잃고 잘못 들
었기 때문이었다. 그러니 모든 수단을 총동원해서 사회가 길을 잃고
잘못 들었다는 사실을 완전히 덮어 버려야 했다.

　그런 뒤 이맘은 다른 주제로 진리를 설파해 나갔다. 그는 분명 영
국 내 비이슬람 정권을 위해 활동하는 스파이들이 그의 설교를 듣든
말든 상관하지 않고 목청을 높였다. 그저 진실만을 전했다. 그는 현
명한 이맘답게 전 세계가 이슬람권을 상대로 전쟁을 벌이고 있다고
는 설교하지 않았다. 우스만의 생각으로는 사실 전 세계가 이슬람권
을 상대로 전쟁을 벌이고 있었고, 그것을 증명할 수도 있었다. 팔레
스타인, 코소보, 아프가니스탄, 이라크 등지의 내전과 분쟁을 통해
그것을 증명할 수 있고, 그 내전과 분쟁보다 훨씬 더 미묘한 사례이
긴 하지만 이집트와 파키스탄, 인도네시아 등지의 이슬람이 민주적
으로 의견 표명을 할 수 없도록 전 세계가 압박하고 있다는 사실을

통해서도 증명할 수 있다. 하지만 그것을 군이 증명할 필요도 없었다. 간단한 질문만 하면 된다. 이슬람교도의 목숨이나 기독교도의 목숨이나 유대교도의 목숨이나 모두 똑같이 가치가 있는가? 이 세계의 질서 속에서 죽은 유대인 아이만큼 죽은 이슬람 아이도 소중한가? 기독교도의 죽음만큼 이슬람교도의 죽음도 세계의 주목을 받는가?

대답은 너무나 자명해서 군이 입으로 내뱉을 필요도 없을 것이다. 서구 사회의 저울로는, 서구 사회를 이끄는 가치 체계로는 서구인들의 목숨에 비하면 이슬람교도의 목숨은 껍값에 불과하다. 이슬람 세계를 상대로 한 전쟁. 이것에 대해선 언쟁이 오갈 수 있다. 하지만 이슬람교도가 덜 중요하게 취급당한다는 분명한 사실 앞에서는 반박이 불가능할 것이다. 많은 것들이 그로부터 파생했다.

우스만은 사원 근처 인도에 이르자 자전거에서 내려 자전거를 끌고 걸어갔다. 사원 앞 인도까지 자전거를 타고 가는 것이 무례한 일 같아서였다. 그는 거치대에 자전거 바퀴를 사슬로 묶었다. 사원 앞은 도난 위험이 높은 곳이었다. 만일 도둑이 사원 앞 보관소에 세워 놓은 자전거를 본다면, 자전거 주인이 사원에 들어갔고 또 얼마나 오래 있을지 잘 알았기 때문이다. 하지만 도둑을 맞든 말든 그것은 다 알라의 뜻이었다. 그는 예배 전 손발을 씻으려고 사원 안으로 들어가는 사람들 사이에 섞여 들어갔다.

46

스미티는 정상적인 틀을 깨는 것을 좋아했다. 사람들은 작업실에 책상과 현대적인 물건들, 즉 스케치를 하도록 상판이 기울어진 책상과 노트북 받침대 같은 것이 없을 거라고 기대했겠지만, 오히려 빅토리아 시대풍의 커다란 파트너용 참나무 책상이 있었다. 물론 파트너가 없었기 때문에 책상 양쪽은 모두 그의 차지였고, 양쪽에는 주제별로 정리해 둔 서류 더미 파일이 잔뜩 쌓여 있었다. 작업실 한쪽 벽에는 칠판이 걸려 있었는데, 현재 진행 중인 작업을 아무도 볼 수 없게끔 숨기려고 커튼 같은 천을 쓱 드리워 놓았다. 작업실에는 또 오천 파운드짜리 오디오와 60인치짜리 플라스마 평면 TV도 있었다. 스미티는 신기술에 반대하지 않았다. 나이젤은 (스미티는 작업실에서 성적 긴장감이 없기를 바랐기 때문에 조수로 항상 남자만 뽑았다. 여자를 유혹하는 데 아무 힘도 들지 않았기에 굳이 일터에서조차 번거롭게 여자와 얽히기는 싫었다.) 작업실 한쪽에서 책상과 전화기, 컴퓨터를 놓고 썼다. 일하는 동안 이리저리 돌아다니는 것은 괜찮았지만 그의 물건이 스미티의 공간을 침범하는 것은 허용되지 않았다.

가끔은 책상에 거대한 종이 산이 열 개씩, 열두 개씩 쌓일 때가 있었다. 그 종이는 스미티가 구상 중인 작업과 관련된 서류, 아니면 그가 '행정에 관련된 쓰레기 같은 것'이라 부르는, 예술 작품 제작과 무관한 서류였다. 어떤 때에는 종이가 한 뭉치밖에 없을 때도 있었다.

오늘은 책상에 종이가 두 뭉치나 있었다. 모두 2주째 책상을 지키고 있던 뭉치였다. 한 뭉치는 그가 할머니 댁에서 가져온 '우리는 당신이 가진 것을 원한다'고 쓰인 엽서들과 DVD였다. 가끔씩 그 엽서들만 뒤적거리며 하루를 다 보낸 적도 있었다. 엽서는 어쩐지 조금 예술 작품, 즉 설치 미술품 같기도 했다. TV 밑 DVD 플레이어 안에 들어가 있는 DVD 역시 엽서처럼 하나의 예술 작품 같았는데, 엽서와 달리 움직이는 영상물이었다. DVD에는 피프스 로드의 집들을 오래 클로즈업해서 찍은 장면, 각 집들 특유의 세부적인 요소를 찍은 장면, 거리를 지나가며 집들을 찍은 장면이 들어 있었다. 이른 여름 아침에 두세 차례 정도 나누어 찍은 것처럼 보였고 분량은 총 40분 정도였다.

그는 DVD를 보고 구글로 들어가 피프스 로드 42번지를 검색해보았다. 몇 번 클릭하고 났더니 할머니 댁 현관문 사진이 화면에 떴다. 그 블로그에는 당연하게도 '우리는 당신이 가진 것을 원한다'는 제목이 올라 있었다. 블로그 카테고리에 일련번호가 나열되어 있었고, 그 번호를 클릭하면 그 집 사진이 화면에 떴다. 현관문과 현관문에 붙은 번지수, 우편함, 계단, 초인종 같은 세부적인 것들을 클로즈업해서 찍은 사진이 죽 떴다. 몇몇 사진은 집 전체가 보이도록 길 건너편에서 찍은 것이었다. 컬러 사진 중 어떤 것들은 밝은 색감이 굉장히 뛰어났다. 흑백 사진 중 어떤 것들은 아마추어가 찍은 듯 보였다. 다른 한두 사진은 바늘구멍사진기로 허리 높이에서 찍은 것처럼 보였다. 그런 스파이가 찍은 듯한 사진들을 보면 카메라맨의 다리가 살짝 찍혀 나왔고, 현관문 앞에 비친 사람 그림자 같은 것이 어렴풋이 찍혀 나왔다. 그 외에는 사진에 그 어떤 사람도 보이지 않았다. 이 일을 벌인 사람이 누군지 모르겠지만, 그 사람은 이 일에서 사람들을 애써 배제시키려 했다. 그 점이 스미티의 마음 한쪽을 차지하고 있었다. 그의 마음 한쪽을 차지하고 있는 다른 일은 이것보다 훨씬 더 다급한 골칫거리였다. 그것은 어떤 물건이 아닌 사람, 그러니까 조수였다. 벌써 몇 주째 머릿속으로 '곧 전(前) 조수가 될 놈'이라고 생각해 왔지만, 막상 해고하려니 짬이 나지 않아서 아직은 자기가 전 조수가 될 줄 모르고 있는 곧 전 조수가 될 사람이었다.

스미티가 추구하는 예술은 대립에 관한 것이다. 예술의 핵심은 사람들에게 충격을 주는 것, 고착화된 인식에서 벗어나 보게 만드는 것이었다. 패러디, 외관을 훼손하는 것, 외설 장면을 그리는 것, 피카소가 문어에게 펠라티오를 받는 그라피티를 스프레이로 그리는 것 등 바로 그런 것들이 스미티가 벌인 예술 활동이었다. 사람들의 면전에 대고 한 치의 타협도 없이 활동했다. 하지만 대인 관계 앞에선 대립을 좋아하지 않았다. 그는 분쟁 중재자이자 조정자였고, 공통된 견해를 찾는 사람이었다. 그것은 음양의 문제였다. 조화가 핵심이었다.

예술에서는 극과 극이 중요했고, 인생에서는 조화가 중요했다. 가장 바라는 상황은 현 조수를 해고해 줄 새 조수의 채용이었다. 기존 나이젤을 도려내기 위해 새 나이젤을 구하는 것. 그럴 수 있다면 완벽할 것 같았다. 하지만 상상에만 그치는 것은 별 의미가 없었다. 그를 데리고 있을 만큼 데리고 있었으니, 오늘이 그날이 되어야 했다. 할머니 댁에서 가져온 엽서 뭉치 옆에는 '끝내기'라고 쓴 포스트잇이 붙어 있었다. 그 메모지는 일주일 넘게 붙어 있었으니, 시간이 꽤 오래 지났다. 그는 나름 조수에게 두 번, 세 번 기회를 주었지만 조수는 그 기회를 모두 날려 버렸다. 이제는 끝이다. 결정적 원인은 유명한 예술가 대접을 받아야 할 사람이 스미티가 아니라 바로 자기 자신이란 생각을 파커가 명백히 드러냈기 때문이다. 파커는 세인트 마틴스 학교를 졸업한 후 뚜렷한 작품 활동 없이 스미티 밑에서 겨우 잡일이나 했다는 사실을 별것 아닌 사소한 일로 치부하는 모양이었다. 세상이 스미티를 잘못 봤음을 깨닫게 되는 것은 시간문제일 뿐인데, 머잖아 반드시 역전당할 본인의 우월함을 강조하다니, 그런 스미티의 꼴을 가소롭게 보는 것 같았다. 이런 그의 생각이 행동에 고스란히 드러났다.

'그래, 당장 모가지야. 바로 오늘 지금 이 자리에서 세상의 중심이 이 몸이란 걸 네놈한테 똑바로 가르쳐 주지.'

스미티는 속으로 이렇게 말하며 마음을 굳게 다잡았다.

계획이 있었다. 그 첫 단계로, 오늘은 보통 때와 다르다는 사소한 제스처를 취할 것이다. 오늘 아침 둘이 같이 뭔가 이야기를 좀 나눠 보자고 그에게 밑밥을 던질 것이다. 그런 종류의 말은 스미티가 처음 꺼내는 말인 데다 같이 이야기를 나눠 보자는 말 역시도 스미티가 처음 꺼내는 말이었기 때문에 1차 경고성 멘트가 되는 셈이었다. 두 번째 단계로, 이 역시 스미티가 처음 하는 일이었는데, 출근할 때 길 모퉁이에 있는 이탈리아 카페에 들러 자신뿐 아니라 그가 마실 카푸치노도 같이 사 들고 가는 것이다. 스미티는 조수 먼저 출근해 있으라고 일부러 조금 늦게 작업실에 출근했다. 스미티가 그를 위해 카푸치노를 사 왔다는 것을 보게 되면, 그는 분명 뭔가 일이 잘못되어 가고 있다는 것을 눈치챌 터였다. 그것이 스미티의 계획이었다.

계획은 실패였다. 파커 프렌치는 귀에 이어폰을 끼고 가방과 재킷을 오른팔에 건 채 몸을 흔들어 대면서 작업실로 들어왔다. 그는 청바지 주머니에 넣은 아이팟도 끄지 않고 이어폰을 빼지도 않고 가방과 재킷을 옷걸이에 걸었다. 스미티가 그에게 곧장 걸어가 카푸치노를 내밀었을 때에도 파커는 여전히 음악을 들으며 무의식적으로 잘난 척, 스미티의 눈에 거슬리는 태도로 카푸치노를 받았다. 그가 고맙다는 말조차 하지 않았기 때문에 스미티는 그에게 한 번 더 기회를 줄까 말까 하다가 바로 그 생각을 소거시켜 버렸다. 스미티는 그자리에 그대로 서서 파커가 여유를 찾고 물건들을 정리할 때까지 기다렸다. 시간이 좀 걸렸다. 그 뒤 그는 파커를 해고했다.

상황은 생각했던 것보다 훨씬 더 끔찍했다. 스미티는 5분 정도 스스로가 바보같이 생각되었다. 이 코흘리개 자식을 퇴근 후 밤에 해고할걸 지금 막 출근했을 때 하다니. 하지만 상황을 끔찍하게 만든 것은 이제 정확히 전 조수가 된 파커가 무슨 일인지 재빨리 인식하지 못한 탓이 컸다.

"문제가 좀 있어. 문제가 되는 건 네가 아니라 나란 얘기야."

스미티가 먼저 말을 꺼냈다. 전 세계 사람들은 모두 누군가 그런 표현을 쓰면 (a) 문제가 되는 것은 너라는 것과 (b) 이제는 너와 끝이라는 것을 알 것이다. 하지만 파커는 누구나 다 아는 그 사실을 전혀 모르겠다는 눈치였다. 빈정대는 표정까지는 아니었지만 별로 공손하지 않은 태도로 '또 잔소리하는구나' 하고 듣는 척하는 표정을 지었다. 전에도 분명 윗사람이 부모든 선생이든 누구든 그들에게 할 말 다 하고 살았을 것이다. 그의 태도로 미루어 보아, 그의 매력과 외모와 두뇌로 (그중 어느 것 하나 스미티의 눈엔 분명하게 보이지 않았지만) 어떤 상황이든 잘 모면했기 때문에 이번에도 그렇게 하면 되겠지 하는 듯한 태도를 보였다. 대충 건성으로 신경 써서 듣는 척하다 보면 잔소리가 끝날 테고 그러면 다시 그는 그가 원하는 대로 할 수 있었으니까. 이것이 그의 반응이었다.

하지만 스미티의 설교가 절반쯤 이어지자, 파커의 태도가 돌변했다. 여태껏 다른 사람들에게 들어 왔던, 앞으로 더 잘할 수 있을 거다, 네 속엔 무한한 잠재력이 있다, 너한테 화난 것이 아니라 그냥 실망했을 뿐이다, 네가 재능 낭비하는 것이 싫다, 같은 식의 잔소리가 아니라는 것을 깨달았던 것이다. 스미티의 목소리와 말씨는 정중했다. 최종 통보였기 때문이다. 스미티는 지금 일어나고 있는 일, 즉 한 애송이가 인생 처음으로 학창 생활에 작별을 고하는 일을 전에도 본

적이 있었다. 학교에서 반항하거나 시끄럽게 떠들거나 문제를 일으킨다 해도 나 자신이 바로 세상의 중심이었다. 어렸을 때 사실상 교육 기관과 어른이 모두 학생을 최우선으로 생각하기 때문에 학생은 내가 필요로 하는 것을 중심으로 세상이 돌아간다고 생각하는 것이다. 나 자신을 우주의 중심이라고 생각하는 것은 잘못이 아니다. 앞으로도 계속 그럴 거라고 생각하는 것이 잘못일 뿐이다. 어른의 세계에 발을 내딛고 살다 보면 어느 순간 깨닫게 될 것이다. 아무도 나를 신경 쓰지 않고, 나의 존재조차 알지 못한다는 것을. 그런 뜻밖의 일이 지금 이 작업실에서도 벌어지고 있었다.

파커의 표정이 굳고 안색이 어두워지기 시작했다. 그는 마치 야단 맞은 학생같이 훨씬 더 어려 보였다. 눈물을 흘릴 것처럼 보이기도 했다. 그는 건들거리는 모습이었다가 멍하니 크게 충격을 받은 모습으로 바뀌었다. 스미티는 섬뜩했다. 파커가 즐겁게 깡충거리며 퇴사하기를 바란 것은 아니었지만, 강아지를 총으로 쏴 버린 것 같은 기분도 느끼고 싶지 않았던 것이다. 스미티는 미리 준비했던 설교의 마지막 부분인, 언젠가 다시 함께 일할 날이 올지도 모른다고 서둘러 말을 마치고는 파커에게 한 달 치 급여와 P45서류(회사에서 발급해 주는 해고 통지서-옮긴이)가 담긴 봉투를 건네주었다. 파커는 아무런 질문도 하지 않고 눈에 눈물이 고인 채 앉아 있었다. 그는 출근했을 때보다 좀 더 빠른 속도로 재킷과 가방과 아이팟을 챙겨 들고는 아무 말 없이 작업실 문을 나섰다.

스미티는 생각했다.

'젠장, 끝나서 다행이다.'

47

피프스 로드 42번지에 사는 피튜니아 하우는 하루하루 시들어 가고 있었다. 그녀의 상태는 모든 면으로 더 나빠졌다. 의식이 오락가락했다. 그녀가 어디에 있는지, 무슨 일이 일어나고 있는지 의식이 또렷했다가도 어느 순간 흐려져 망상 속을 헤매기도 했다. 아련한 기억들이 그녀의 머릿속을 헤엄쳐 다니는 것 같았다. 앨버트가 살아서 그녀 옆에 있는 것 같기도 했고, 그가 먼저 세상을 떠나 그녀의 영혼을 기다리고 있는 것 같기도 했다. 통증만 느껴지는 때도 있었다. 치아나 귀가 아픈 통증을 수반하는 전신 통증이 멎지 않고 끊임없이 그녀를 괴롭혔다. 말이 어눌했고 도움을 받아야만 움직일 수 있었다. 환자용 변기에 대소변을 볼 때도 딸의 손을 빌려야 했다.

메리는 현실을 외면하려 들었다. 매일매일 가능한 한 어머니의 세세한 증상에만 몰두하려 애썼다. 때때로는 한 발 뒤로 물러서서 돌아가는 현 상황을 보며 이 끔찍한 날들의 현재와 미래를 모두 떠올려 보았다.

'내 인생 최악의 시간이구나. 엄마는 끔찍하게 죽어 가고, 나는 아이들 키울 때와 비교도 안 되게 지쳐 가고. 엄마는 고통에 시달리며 내가 누군지 여기가 어딘지도 모르건만, 이 상황은 언제 끝날지 그 끝을 알 수가 없구나. 이 상황을 벗어나는 유일한 길은 엄마가 돌아가시는 것뿐이라면 나는 엄마가 돌아가시길 바란다는 말이니, 그건 또 얼마나 끔찍한 바람인가. 언젠가 나도 이런 일을 겪겠지. 나 역시 죽을 테니까. 여기 런던에 처박혀 있자니 외롭고 두렵구나. 엄마한테 환자용 변기를 받쳐 드려 대소변 다 받아 내고, 뒤를 닦아 드리고, 도로 침대에 눕혀 드리고, 화장실 변기에 대소변을 버리고, 변기 물을 내리고, 손 닦고, 방으로 들어가 누워 결코 오지 않을 잠을 청하며 천장만 보고. 엄마가 돌아가시고 이 모든 게 끝나면, 나는 이 집을 팔아야겠지? 집값이 백만 파운드쯤 나갈 테니, 그 돈을 받으면 모든 게 달라질 거야. 하지만 그런 생각을 하면 나쁜 딸이 되니까 오늘은 지금 이 순간 바로 여기서 해야 하는 일만 생각하자, 다른 생각 말고.'

그래서 메리는 다시 살림과 어머니의 방과 어머니의 죽음과 관련된, 급히 처리해야 할 일 쪽으로 생각을 돌렸다. 기분이 좀 나아졌다.

메리가 가족들에게 연락하는 방법은 전화를 통해서였다. 그녀는 스스로 통화 횟수에 제한을 두었는데, 그렇게 하지 않으면 남편 목소리를 듣기 위해 하루에도 열두 번 넘게 전화기를 들었을 것이다. 열일곱 살인 벤은 늘 툴툴대서 제대로 통화하기 어려웠고, 앨리스는 대학 생활에 바빴고, 그레이엄은 런던 생활에 푹 빠져 지냈다. 따라서 아이들과 매일 '잘 지내니?' 하면 '네' 하는 식으로 문자를 주고받았다. 알란은 좋은 사람이라 그녀가 어떤 일을 겪어 내는지 잘 알고 있긴 했지만, 결국 그녀에게 도움이 될 만한 말은 찾지 못했다.

"난 당신이 걱정이야, 매기."

그는 그녀를 매기라고 부르는 유일한 사람이었다.

"가끔 못 견딜 때가 있지. 그러면 생각해, 나는 선택의 여지가 없다, 견뎌야 한다. 이건 그런 일 중 하나야. 견뎌 내야 하는 일이야."

그러면 알란이 그답게 "당신이 나의 영웅이었다는 것을 알고 있었나요(배트 미들러의 노래 '내 날개 밑에서 부는 바람아'에 나오는 가사 - 옮긴이)" 하고 노래를 부르거나 흥얼거리면, 메리는 웃음보를 터뜨렸다. 그렇게 전화를 끊고 나면 외로움이 더 거세게 밀려왔다. 어머니는 죽음에 시달렸고 그녀는 외로움에 시달렸다. 그녀는 혼잣말로 중얼거렸다.

"가족이 에식스에 사는데, 뭘. 한 시간밖에 안 걸리는 곳 아냐, 망할 놈의 페루 같은 데도 아니고."

그래도 그녀는 여전히 세상에 혼자 동떨어져 사는 것 같은 기분이 들었다.

더구나 어머니 댁에 오래 있었다는 기분도 들었다. 어머니는 이제 세상을 떠날 때가 되었다. 메리가 집에 갈 때도 되었다. 처음에는 한두 주쯤 지내면 되겠지 했더니, 이제는 거의 두 달을 채웠는데도 아직 이곳을 떠나지 못하고 있었다. 달리 생각하면 그것은 너무나 잔인한 생각이었다. 그런 생각을 하다니 너무나 잔인했다. 그래서 그녀는 그런 생각을 하지 않으려 애썼다.

바쁘게 움직여야 한다는 것은 그나마 행운이었다. 이 집은 현대식 주택이 아니었기 때문에 쓸고 닦는 일이 쉽지만은 않았다. 구석진 곳들이 많아서 진공청소기 돌리기도 힘들었고, 먼지 떨기는 더 힘들었으며, 닦기는 더욱 힘들었다. 그래서 정리 정돈하고 청소하는 일엔 힘이 많이 들어갔다. 메리는 정리 정돈이 올가미 같은 일이라는 점을 잘 알았다. 정리 정돈은 어머니의 제한된 시야, 자기 자신 안에만 머물러 있는 것이 메리화(化)된 형태였다. 하지만 그런 점을 안다 해도 별로 달라진 바가 없었기 때문에 메리는 여전히 정리 정돈을 좋아했다. 정리 정돈을 하고 나면 기분이 나아졌고 지저분함과 혼란스러움, 무질서, 먼지 때문에 느껴지는, 뭔가가 그녀를 떠나려 한다는 것 같은 기분을 달래 주었다. 정리 정돈은 성취감을 안겨 주었다. 오늘은 정리해야 할 이유가 하나 더 있었다. 호스피스에서 피튜니아의 상태를 진단하기 위해 두 사람이 방문할 예정이었다. 메리가 좀 쉴 수 있도록 방문 간호 서비스를 받을 수도 있거나, 어머니의 상태가 너무 안 좋아서 특수 시설에 들어갈 수도 있었다. 그게 아니면 어머니의 상태가 괜찮을 가능성도 있었다. 그러나 그것은 아닐 것이다.

거실과 침실, 층계참에 환자와 소독제 냄새가 아주 약하게 나는 것만 빼면 모든 것이 괜찮았다. 정원에서 담배를 피운 후 다시 집 안에 발을 들여놓을 때만 살짝 그 냄새가 났다. 오늘 주어진 과제는 50년

대 기준으로 봤을 때 현대성과 편의성을 갖춘 꿈같은 주방이었다. 아
버지는 워낙 완고한 분이라 주방을 바꾸려 들지 않았고 어머니는 주
방 상태를 의식하지도 못했거니와 바꾸지 않아도 그만이었다. 어느
쪽이 됐든 주방 바닥은 영원히 돼지우리로 보이도록 디자인된 것만
같았다. 물걸레로 닦고 난 직후에만 바닥은 깨끗해 보였다. 그래서
메리는 청소해야겠다 싶었다. 대걸레와 빗자루를 꺼내고 따뜻한 물
을 한 양동이 받아서 바닥을 쓸고 닦기 시작했다. 걸레 빤 물은 회색
으로 탁해졌고 리놀륨 바닥은 으레 그렇듯 회색을 띠었다. 걸레로 박
박 닦고 물기가 마르고 나니 바닥이 더 깨끗해 보였다. 호스피스에서
오기로 한 사람들이 늦는다면, 아래층을 재빨리 청소기로 돌리면 될
것 같았다.

메리는 말보로 라이트 담뱃갑과 부끄러운 새 플라스틱 라이터(라
이터를 산다는 것은 다시 담배를 피운다는 뜻이었기 때문에 부끄러웠다.)를
가지고 정원으로 나갔다. 따뜻한 봄기운이 어머니가 몹시 좋아하는
정원의 활기와 조화를 이루고 메리가 2월에 들어온 후 정원에 손도
대지 않았다는 사실이 합해져, 정원은 갖가지 다양한 색상과 풍성함
으로 휘황찬란했다. 모든 것이 웃자라 꽃망울을 터뜨리고 풍요로웠
다. 메리의 눈길은 정원을 향하긴 했지만, 눈으로 보진 않았다. 이미
할 일은 차고 넘쳤다. 정원 돌보는 일까지 해야 한다면 지쳐 쓰러질
것이다. 정원의 초록이 마음에 와닿지 않았다. 그녀는 담배에 불을
붙이며 깊게 한 모금 빨다 콜록거리고는 다시 빨았다. 날이 덥고 습

할 것 같았다.

호스피스 사람들은 늦지 않았다. 10시 정각에 초인종이 울렸다. 주방 바닥은 번쩍번쩍 빛이 나고 완벽해 보였다. 메리는 현관문을 열고 두 여자를 맞아들였다. 한 명은 외투 속에 간호사 제복을 입고 있었다. 다른 한 명은 구면으로 예전에 어머니의 상태를 진단받기 위해 병원에 모시고 갔을 때 봤던 사람이었다. 메리가 차를 대접했고, 셋은 잠깐 이야기를 나누었다. 예전에 봤던 여자는 정원을 보고 뭔가 좋은 말을 해 주었지만, 뭐라고 했는지 생각나지 않았다. 간호사가 말했다.

"가서 어머님 좀 뵈어도 될까요?"

메리는 두 사람을 데리고 위층으로 올라갔다. 간호사와 여자는 침대에 누운 피튜니아에게 다가갔다. 오래 누워만 있어서 피튜니아는 옆구리와 등에 욕창이 생겼고, (부끄럽게도 이름을 잊어버린) 간호사는 그 사실을 대번에 알아차렸다.

"안쓰러워라. 어머님이 욕창 때문에 엄청 고생하시네요. 누구 도움 받고 계세요?"

간호사가 물었다.

"지역 보건의가 계세요. 여러 명인데. 그분들 힘드실 거예요, 누군지도 모르는 아줌마가 맨날 전화해 대니까. 간호사들도 친절하시죠, 방문해 주겠다고들 하시니까. 그런데 글쎄요, 말할 때는 진심 같긴 한데. 가끔 갈라진 틈 사이로 떨어져 사람들 눈에 내가 안 보이겠구나 하는 느낌이 들 때가 있어요. 그분들도 당면한 일에 신경 써야겠지만⋯⋯."

이것은 간호사의 질문에 대한 답이 아니었지만, 간호사의 친절한 목소리와 자신의 절망 섞인 목소리 때문에 메리는 말하면서 흐느끼기 시작했다. 꺽꺽 흐느껴 울다 그 자리에 주저앉고 말았다. 두 여자는 서로가 서로를 쳐다보았다. '엄마가 죽음을 앞두고 있는데 저 사람들이 돌봐야 할 사람은 나로 보이겠구나, 내가 걱정돼서'라는 생각에 메리는 더욱더 격하게 흐느껴 울었다. 사실 지역 보건의는 있으나 마나였다. 메리는 어머니가 주치의를 두지 않은 것을 알고는 깜짝 놀랐다. 그녀가 어렸을 때와 분명히 달랐다. 친절하고 민첩한 의사 미첼은 어린 그녀를 치료해 주었다. 그는 20대 후반에도 마흔 살로 보이더니 메리가 알란과 결혼해서 에식스로 이사했을 때도, 은퇴할 무렵에도 마흔 살로 보였다. 그는 그녀가 어릴 때 코감기에 걸리면 치료해 주었고, 볼거리 진단을 내려 주었고, 첫 처방전을 써 주었고, 그녀가 처음 여권을 신청할 때 증인을 서 주었다. 하지만 이제는 더 이상 그런 치료를 받지 못했다. 어머니의 건강을 책임지고 있는 의사가 누군지 알 수가 없었다. 간호사들 역시 일에 치여 정신이 없었으니, 의사든 간호사든 어머니를 도와줄 의료진이 하나도 없는 것처럼 보였다. 어쩌다 간호사들과 이야기를 나눈다 해도 그들은 메리가 이미 스무 번, 서른 번 넘게 들었던 말인 '뇌 자체는 통증을 느끼지 못하기 때문에' 뇌종양으로 인한 통증은 없다고만 설명해 주었을 뿐이다.

"걱정이 되는 건 욕창이에요."

간호사는 마치 그녀의 말을 하나도 듣지 못한 사람처럼 이렇게 말했다. 대화 도중에 특별한 내용을 콕 집어 말하지 않는 한 정해진 대본대로만 응대하고 상대의 말에 귀 기울이지 않는, 콜 센터나 불만 신고 센터의 상담원과 이야기하는 것 같았다. 메리는 피곤에 지쳐 방향을 잃고 헤매는 기분이라서 간호사를 상대하는 것이 더욱더 힘에 겨웠다. 거의 2주 가까이 피튜니아를 봐준 의사도 간호사도 없어서 메리는 그저 욕창 부위를 씻겨 주고 어머니에게 가장 독한 이부프로펜 소염 진통제를 줄 수밖에 없었다.

"잠시 쉬셔야 할 것 같아요."

호스피스 간호사와 함께 온 여자가 마룻바닥에 주저앉은 메리 옆에 쪼그리고 앉아 그녀의 손을 잡은 채 말했다. 메리는 다시 흐느껴 울기 시작했다.

48

프레디 카모는 당구 큐대로 흰 공을 쳐서 검은색 공을 맞추었다. 검은 공이 포켓으로 쏙 들어갔다.

"안 돼! 제길! 안 돼! 운발 좋아!"

미키 립톤-밀러가 외쳤다. 오후 3시 30분이었다. 그들은 서부 런던에 있는 미키의 프라이빗 클럽에 있었다. 프레디는 운동복 차림이었고, 미키는 스리피스 정장을 입고 재킷만 벗은 차림이었다. 실내 벽체는 널빤지로 대어 놓았다. 양쪽 구석에는 붉은 갓을 씌운 전등에 낮은 탁자들이 놓였고, 그 옆에는 가죽 안락의자들이 놓여 있었다. 시가 냄새가 났다. 완벽했다. 미키의 친구 둘은 안락의자에 앉아서 헤네시 XO가 담긴 매우 큰 잔을 소중하게 들고 있었다. 미키는 친구들 앞에서 프레디와 얼마나 친한지 친분을 과시했다. 인생이 이보다 더 좋을 수는 없었다.

프레디는 선반에 큐대를 도로 꽂아 놓았다.

"마음을 가라앉히고. 숨쉬기해 보세요, 이렇게. 몸에 좋다 생각하고 해 보면 인내심 기르는 데 좋아요."

프레디가 크게 심호흡했다가, 연기하는 배우처럼 천천히 내뱉었다.

미키는 큐대를 다시 들고 프레디의 머리를 톡톡 치는 시늉을 했다. 그러더니 한숨을 내쉬고는 큐대를 도로 내려놓았다.

"운발 좋아."

미키는 다시 한 번, 아까보다 더 낮은 목소리로 말했다. 운이 아니란 것을 그는 익히 잘 알고 있었다. 두 달 전, 바로 이 방에서 프레디가 난생처음으로 당구 큐대 잡는 것을 보았다. 언제나 그랬듯 당구 큐대를 든 프레디는 어색하고 머쓱해 보였다. 하지만 그의 수중에 들어간 큐대는 그가 원하는 대로 뻗어 나갔고, 당구공도 그가 원하는 대로 굴러갔다. 프레디는 이미 스누커(흰색 공 하나로 빨간색 공 15개나 다른 색깔의 공 6개를 일정한 순서대로 쳐서 포켓에 넣는 당구 게임의 일종-옮긴이)에서 미키를 이길 수 있을 만큼 실력이 늘었다. 스누커 게임이라면 미키의 전공이었는데 말이다.

"그만 가야겠어요. 네 시에 수업 있어요."

프레디가 말했다.

"내가 복수할 차렌데! 좋아, 태워다 주지. Adios, 친구들, 아무나 이기셔."

미키가 프레디의 등에 팔을 두르고 그를 문 쪽으로 바라보게 했다. 프레디는 그답게 모두와 악수를 나누고 자리를 떴다. 둘은 미키의 애스턴 마틴에 올라 피프스 로드로 향했다. 기껏해야 술 석 잔밖에 안 걸친 미키는 거리낌 없이 운전대를 잡았다.

미키는 프레디와 단둘만 있으면 친구들 앞에서 친분을 과시할 때와 말투가 달랐다. 덜 놀리는 말투, 좀 더 아빠 같은 말투였다.

"머지않아 영어 공부는 안 해도 되겠어. 믿지 못할 만큼 놀라워. 사 개월이라니. 이 속도라면 네가 나보다 영어 더 잘하겠는걸."

"당구 게임같이요."

미키는 왼쪽 팔꿈치로 프레디를 쿡 찌르는 시늉을 했다.

"토요일 경기, 무슨 말 없디?"

프레디는 어깨를 으쓱하고는 잠시 입을 오므렸다. 미키는 운전 중이라 그의 표정을 정확히 읽을 수는 없었지만, 그가 무슨 말인가를 하고 싶어 한다는 것은 알 수 있었다. 프레디는 여전히 벤치를 지켜야 했다. 감독은 팀이 경기 흐름을 주도하지만 득점이 없을 때, 상대 팀과 점수 차가 크지 않을 때 등 후반전에나 가야 프레디를 투입시 켰다. 프레디는 총 아홉 차례 출전하여 네 골을 기록하면서 관중이 제일 좋아하는 선수로 뽑혔다. 그는 사람들에게 '숭배의 대상'이라 는 말을 들었다. 그가 듣기에 그 표현은 너무 이상했지만 분명 뭔가 좋은 의미를 담고 있음을 알 수 있었다. 프리미어 리그에서는 어떤 신인 선수가 됐든 그 기량은 시간만 조금 지나면 다 파악되게 마련 이었다. 이 수비수는 윙에서 한 방향만 잘 뚫더라, 저 공격수는 겉모 습만 강했지 공 차는 힘이 약하더라, 또 엄청 발 빠른 선수는 공을 많 이 차면 속도가 떨어지더라, 하고 말이다. 팀마다 이런 사실을 파악 하고 나면 신인 선수의 기량은 견제된다. 정말로 뛰어난 선수는 기술 을 새로 연마하거나 기존 기술을 연마하여 최고로 끌어올린다. 바로 그 점 때문에 감독이 프레디를 숨겨 두고 경기 후반에만 출전시키 는 것 같았다. 가능한 한 밀월 기간을 오래 끌고 싶어 한 것이다. 프레 디는 체력이나 슈팅력 때문에 감독이 벤치를 지키게 시키는 것 같았 다. 감독은 그가 90분을 다 못 뛰거나 몸싸움에 밀려 공을 빼앗길 거 라고 생각하는 듯했다. 그 점에 화나지도 않고 억울하지도 않았지만, 부당하다는 생각은 들었다. 그래도 그는 축구가 좋았고, 벤치를 지킬 날도 얼마 안 남았을 거라는 생각이 들었다.

미키는 프레디와 단둘이 어울리는 것을 좋아했다. 그럴 때는 대부 분 패트릭도 함께했는데, 그와 함께할 때는 분위기가 조금 달랐다.

미키는 아비 같은 마음으로 프레디를 대했지만 패트릭이 있을 때는 그 마음을 다소 조절하며 누가 뭐래도 프레디의 아버지인 패트릭이 하자는 대로 그 의견을 좇을 수밖에 없었다. 그래도 괜찮았다. 미키는 패트릭을 파악하기 어려웠어도 그에게 반감이 생기진 않았다. 그가 영어로 느릿느릿 조심스럽게 말했기 때문에 둘 사이의 대화 역시 느릿느릿 조심스러웠다. 패트릭과 많은 시간을 보낼수록 미키는 그가 경찰이었다는 사실을 더 확실히 이해하게 되었다. 패트릭에게 경찰 특유의 다른 사람을 미리 재단하며 경계하는 모습과 근무 중에 사담을 자제하는 모습이 보였던 것이다. 넘으면 안 되는 선 같은 것들이 있어 보였으나, 그 선이 어떤 것인지 어느 때 그어야 하는지를 자연스레 알 수는 없었다. 그런 점들 때문에 패트릭은 함께 있기엔 불편한 사람이었다. 더구나 패트릭이 미키를 탐탁지 않게 여긴다는 느낌도 받았다.

"단지 시간문제야. 그건 너도 잘 알잖아. 이런 일은 시간이 좀 걸려. 평정심을 갖자. 시간문제니까."

"뛰고 싶어요."

프레디가 말했다. 90분 내내 경기를 뛰고 싶다는 뜻이었다.

"그래, 알지."

프레디는 차창 밖만 내다보며 운전했다. 그는 런던에 대한 신기함과 경이로움을 아직 잃지 않았는데, 가장 좋아하는 것 중 하나가 바로 이것, 차로 이동할 때 차창 밖을 내다보는 것이었다. 동료 선수 한

두 명이 운전을 못하는 프레디를 보고 놀려도 그는 공식적으로 영어
를 배우는 것만으로도 버거워서 다음에 운전을 생각해 보겠다고 말
하곤 했다. 가끔은 운전하기엔 아직 너무 어리다고 주장하기도 했다.
그러나 엄밀히 말하면 꼭 그런 것은 아니었다. 그는 서둘러 운전을
배울 생각이 없었다. 다른 사람이 운전해 주는 것을 더 좋아했다. 런
던은 너무 풍요롭고, 너무 푸르고, 너무 오밀조밀해서 마치 도시 전
체가 상품으로 나온 것처럼 만들고, 팔리고, 놓이고, 가꾸고, 모양내
고, 깨끗하고 전시된 물건으로 가득 찬 도시였다. 많은 사람들 역시
전시 중인 작품 같았다. 사람들은 남들의 시선을 의식하는 듯 패션쇼
를 하는 것처럼 걸어 다녔다. 마치 코스튬 플레이를 하는 것 같았다.
경찰, 소방관, 웨이터, 점원뿐 아니라 출근하는 회사원, 유모차를 미
는 엄마도 코스튬을 입고 가는 것 같았고, 변복을 입은 듯한 아기와
어린이들, 밝은 주황색 조끼를 입고 땅을 파는 노동자, 조깅족, 거리
나 공원 광장에 있는 취객조차 코스튬을 입고 있는 것 같았다. 프레
디는 그런 것 하나하나를 보면 기분이 좋았다.

미키는 완즈워스 공원 근처에서 신호에 걸려 브레이크를 밟았다.
프레디는 환상이라고 생각했다. 울창한 진초록 나무에 앵무새 한 마
리가, 아니 두 마리가, 아니 한 무리가 앉아 있었던 것이다. 앵무새들
의 연두색 깃털이 나뭇잎 사이로 반짝반짝 빛나 보였다. 신호가 바뀌
자 미키가 차를 천천히 출발시켰다. 프레디는 눈을 깜빡깜빡했다.

"미키 선생님, 방금 앵무새를 본 것 같아요."

"완즈워스 앵무새야. 한 이만 마리 되나? 웬 얼간이가 몇 쌍씩 풀어놓은 바람에 저렇게 된 거야. 지구 온난화도 한몫했고. 하지만 저 놈들 겨울 나려면 분명 엄청나게 고달플 거다."

뭘 보든 기분이 좋아지는 프레디는 기운이 펄펄 나는 것 같았다. 앵무새라니!

49

로저는 집으로 날아온 기분 나쁜 엽서들, '우리는 당신이 가진 것을 원한다'고 쓰인 엽서들이 너무 싫었다. 엽서들이 어지러이 머릿속을 비집고 들어와 엉망진창으로 만들기 시작했다. 감시받는 느낌이 들었다. 누군가 사악한 의도를 가지고 자신을 지켜보는 것 같았다. 누군가 그를 시기한다는 느낌이 다른 때처럼 안심이 되고 기분을 좋게 만들어 주지 않았다. 다른 사람들이 그가 가진 물질적 풍요를 원한다고 생각하면 따뜻한 난롯가에 앉아 있는 것처럼 기분이 좋았다. 하지만 이번엔 달랐다. 누군가가 줄곧 그를 몰래 지켜보면서 그가 아프기만을 바라고 있는 것 같은 시기였다.

하지만 그것이 나쁘기만 한 것은 아니었다. 가끔 모든 잡념을 떨쳐 버리고 싶을 때가 있었는데, 오늘 밤이 그런 때였다. 부서의 책임

자로서 수하의 부서원들을 대동하고 '팀워크 다지기 훈련'에 가기로
한 밤이었다.

로저는 마음 한편에서 이런 행사를 우스꽝스럽게 여겼다. 문구도,
발상도 우스꽝스러웠다. 만일 팀 자체가 시원찮다면, 페인트 볼 게임
이나 래프팅, 로저가 개인적으로 동료들 앞에서 표현했던 '동부 미
들랜드에 살면서 알카에다에 가입하고자 하는 바보 멍청이나 할 법
한 말도 안 되는 짓거리'를 한다고 팀워크가 강화되는 것은 아니다.
다 같이 술이나 한잔하러 가면 안 되는 건가? 그런데도 일은 이렇게
진행되었다. 그가 현대 경영 문화를 만들 것도 아닌 데다 그 경영 문
화를 익히 잘 알고 있어서 따르지 않을 수도 없었다. 펑커 로이드 은
행 내에선 인습 타파의 목소리를 높이면 이득이 되는 분야와 그렇지
않은 분야가 있다. 최근 경영 방식의 흐름을 볼 때, 이번 팀워크 다지
기 훈련은 맞서 싸울 가치가 없는 행사였다.

은행의 흐름에 순응, 실행하도록 하달되는 정책 수행을 꽤 즐기는
로저는 일견 부서의 팀워크 다지기 훈련 활동을 자랑스럽게 여겼다.
부서원들은 트레이더인 데다 트레이더는 원래 경쟁심과 소유욕이
강하고 공격적이기 때문에 (그렇지 않은 트레이더는 아마도 개떡같이 일
할 텐데) 로저는 그 성향에 맞는 활동을 하게 했다. 상호 협력하는 활
동이나 의식을 고취시키는 활동이나 불교의 명상 같은 것은 절대 안
된다. 로저가 대개 쓰는 방법은 경쟁 게임을 하나 골라서 행사 예산
전액을 상금으로 걸고 이긴 사람이 다 가져가는 것이다. 소형 자동차

경주와 클레이 사격 같은 게임을 골라서 매우 성공적으로 치른 적이 있었다. 이번 시합은 포커였다. 오늘은 금요일 밤이었다. 클러큰웰에 있는 한 포커 게임장을 예약하고 행사 예산 오천 파운드를 상금으로 걸었다. 누군가가 그 돈을 다 가져갈 때까지는 아무도 게임장을 떠나지 못할 것이다. 이제 부서원들은 다 게임장 바에 모여 본 게임에 임하려고 시동을 걸고 있었다. 몇 주 전 투자 은행 베어스턴스가 파산한 뒤로 온 런던의 분위기는 조금 불안했고, 비록 베어스턴스의 파산이 핑커 로이드 은행 내 로저의 부서와 큰 관련은 없었어도 사람들이 한데 모여 울분을 좀 터뜨리며 술을 진탕 마시기에는 좋은 순간이었다.

로저는 몇몇 고객에 의해 억지로 이런저런 카지노를 들락거린 덕분에 포커를 쳐 보았다. 한번은 '야만인 에릭'이 홀덤 포커 판에서 풀하우스(포커에서 카드 석 장의 숫자가 같고 나머지 두 장의 숫자가 같은 패 - 옮긴이)에 에이스로 잭을 잡아 단판에 십만 파운드를 따는 장면을 본 적도 있었다. 그래서 포커를 조금 알았고, 포커를 제대로 치려면 오늘 같은 밤에는 술을 마시지 말아야 한다는 것도 잘 알고 있었다. 그는 누가 술에 취했고 누가 그렇지 않은지 보기 위해 조용히 부하 직원들을 둘러보았다. 대부분의 남직원들과 세 여직원이 샴페인을 마시고 있었다. 좋은 징조였다. 두세 명은 보드카 토닉인지 뭔지 거품이 보글거리는 투명한 음료를 마시고 있었다. 놀라운 일이었다. 거기에 마크가 끼어 있었다. 일 잘한다는 트레이더들 중 한두 명은 벌써 제법 취해 있었다. 그중 제일 뛰어난 제즈가 얼근히 취한 상태였는데, 그가 예거밤(독일 술과 에너지 음료를 섞은 칵테일 - 옮긴이)을 마시는 것을 보니 놀랍지 않았다. 좋았다, 모든 것이 좋았다.

저녁 8시쯤 되자, 모두 로저가 예약해 둔 별실로 들어갔다. 실내는 어두웠고, 천장은 낮았으며, 뭔가 오래되어 상하거나 버려둔 듯한 묘한 음식 냄새가 살짝 풍겼다. 타원형 포커 테이블이 두 대 있었는데, 테이블 한쪽마다 빨간 조끼를 입은 딜러가 한 명씩 앉아 있었으며 플레이어를 위한 아홉 자리가 놓이고 아홉 뭉치의 칩들이 쌓여 있었다. 어디에 앉고 싶은지 자리를 고르느라 직원들 사이에서 가벼운 몸싸움이 벌어졌다. 팀워크 다지기 훈련에서 확인할 수 있는 여러 유용한 정보들 중 하나는, 누가 누구와 패거리를 이루고자 하고 누가 버림받는지를 관찰할 수 있다는 것이다. 마치 각자 팀을 고르라고 했을 때의 어린 학생들을 보는 것 같았다. 누가 마지막으로 남겨지는지를 알게 되는 것은 유용한 정보였다.

부하 직원들은 일의 속성상 경쟁이 치열한 트레이더였으므로, 로저가 이기려 애쓰지 않는다면 그들은 로저를 존경하지 않을 것이다. 사실 이겨야 한다는 생각 말고는 머릿속에 그 어떤 생각도 떠오르지 않았다. 그래서 누구와 같은 테이블에 앉게 될지, 그것은 아주 중요한 문제였다. 로저는 마크와 같은 테이블에 앉게 되었으나, 그것은 그가 바라던 바가 아니었다. 구체적인 이유는 없었지만 마크에게 풍기는 약간의 어색함과 기꺼이 뭔가 하려 드는 지나친 열정, 번지르르한 언행 같은 것들이 왠지 마음에 들지 않았기 때문이다. 마크를 싫어하는 사람은 아무도 없는 것 같았지만, 그렇다고 그를 좋아하자니 그는 너무나도 '아무려면 어때?' 하는 식의 사람이었던 것이다. 큰 잔에 탈리스커를 따라 마신 로저는 마크를 알아볼 가치도 없는 수수께끼 같은 사내라고 생각했다. 그보다 더 큰 문제는 로저가 홀쭉이 토니의 오른쪽 자리에 앉았다는 사실이다. 이 별명은 그와 뚱뚱이 토니를 구별하기 위해 붙인 것인데, 사실 뚱뚱이 토니는 홀쭉이 토니가 핑커 로이드에 입행하기 전에 은행을 그만두었지만 그 별명만은 모두의 뇌리에 각인되어 있었던 것이다. 그가 항상 프레 타 망제(런던의 샌드위치 전문점 - 옮긴이) 샌드위치 세 봉지에 빅맥 햄버거 네 개를 한자리에 앉아 먹어 치웠기 때문에 그런 것이 아니었다. 오히려 얼굴이 갸름한 홀쭉이 토니가 부잣집 '에식스 도련님' 같았지만 실상은 하이위컴 출신으로 대학 학비를 마련할 만큼 온라인 포커를 잘 쳤기 때문이다. 로저는 그 사실을 잘 알고 있었다. 그것이 그가 홀쭉이 토니를 채용한 이유였다. 포커 판에서 제일 앉기 싫은 자리는 포커를 제일 잘 치는 사람의 오른쪽 자리였다. 그래서 상황이 별로 좋지 않았다.

그의 오른편에는 미쉘이 앉아 있었다. 로저가 경험한바, 여성 트레이더는 둘 중 하나였다. 대단히 여성스럽고 남을 조종하는 데 능한 사람이 아니면, 우두머리 수컷보다 더 우두머리 수컷 같은 사람이었다. 미쉘은 후자에 속했다. 그녀는 브리스틀 대학 출신의 서른 살쯤 된 여성으로, 늘 제복처럼 가는 세로 줄무늬 바지 정장에 진한 화장에 과감한 쇼트커트 머리를 하고 다녔다. 그녀는 일부러 거칠게 굴었고, 마치 강의를 듣고 배운 것처럼 공들여 욕설을 늘어놓았다. 그럼에도 불구하고 그녀는 여성스러웠다. 항상 몸에 조금 붙는 옷차림은 그녀의 또 다른 페르소나에 반박하듯 여성성이 한껏 강조된 듯한 스타일이었다. 로저는 종종 궁금했다. 주말이나 휴가 때 그녀가 외적 가면을 벗으면 얼마나 우아하고 부드러울지 말이다. 평일에 그녀가 욕설과 잔소리를 늘어놓는 모습을 보면 볼수록, 주말에는 등받이가 젖혀지는 긴 의자에 누워 터키 젤리를 먹으며 '섹스 앤 더 시티'를 보면서 페디큐어를 받고 있지 않을까 싶었다. 사실 로저는 얼핏 그녀에게 성적 매력을 느꼈지만, 이탈리아 요식업계에서 차용한 런던의 옛 좌우명인 '직원과 자는 순간 사업은 망한다'를 잘 알고 있었기 때문에 은행에서 매우 조심스럽게 행동했다.

딜러는 규칙을 설명하며 게임을 재미있게 진행하기 위해 블라인드 베팅 액수를 30분마다 올리겠다고 말했다. 로저는 게임 종료 시점까지 칩 개수를 평균치로 유지하며 포커를 쳐야 유리하다는 것을 잘 알고 있었다. 칩을 추가로 구매하는 것은 허용되지 않았다. 칩이 다 떨어지면 판에서 빠져야 했다. 그런 사람은 집에 가거나 별도의 테이블로 가서 제 돈을 걸고 포커를 칠 수는 있었다. 로저는 직원들이 대부분 자비로 포커를 칠 것임을 확신했다. 그는 포커 판에 집중했다. 게임이 어떻게 돌아가는 판인지 감은 잡을 수 있었지만 실력이 출중한 것은 아니었다. 어느 누가 그럴 시간이 있겠는가?

한 사람당 두 장씩 카드를 돌린 뒤, 테이블 중앙에 카드 석 장, 즉 플랍이 깔리자 누군가 칩을 몽땅 걸었다. 당연히 미쉘이었다. 그것이 멍청한 짓인지, 아니면 게임 초반부터 그녀답게 미친 공격성을 보인다는 이름에 값하기 위해 의도된 약삭빠른 짓인지 뭔지 알기가 어려웠다. 돌아가며 앞서 공개한 카드들을 보니, 그녀는 자신보다 더 좋은 패를 든 사람이 아무도 없다는 것을 추측할 수 있었다. 로저는 그녀의 패가 그다지 좋은 것이 아닌데도 그녀가 센 척만 하는 거라고 확신했다. 뭐라도 될 만한 패를 쥐고 있다면 콜을 외치겠지만, 문양이 다른 8과 6을 쥐고 있는 현재로서 콜을 외치는 것은 멍청한 짓이었다. 로저는 스몰 블라인드였고, 홀쭉이 토니는 빅 블라인드였다. 따라서 로저가 그냥 죽으면 거의 선수급 토니만이 살아남아 어떻게 해야 할지 고민하게 될 것이다.

"아무것도 아니면서 그러는 거 다 보입니다."

홀쭉이 토니가 말했다. 미쉘은 아무 말도, 아무 행동도 취하지 않았다.

"전형적인 여자들 방식이군요. 판이 불리하면 바로 죽거나, 아니면 거시기를 갖고 있는 척 굴거나. 그냥 거시기도 아니고 진짜 거대한 거시기를. 아주 큰 거시기. 그런 아주 큰 거시기라도 갖고 있나 보군요, 미쉘 씨?"

로저는 놀라지 않은 척 표정을 관리했다. 한두 직원은 미소를 지었고 다른 한두 명은 얼굴을 찌푸렸다. 토니와 미쉘은 표정만 봐도 서로의 생각을 아는 사이였으므로, 토니는 자신이 선을 넘은 건지 아닌지 분명히 알고 있을 것이다. 그 정도는 최소한 토니가 알고 있기를 바랐다. 미쉘의 얼굴엔 아무 표정이 없었다. 그녀는 그냥 가만히 앉아 있었다. 로저는 토니가 그녀의 신경을 잘못 건드렸다는 생각이 들었다. 만일 미쉘이 나쁜 패를 들고도 공격적으로 나오는 거라면 이것은 그녀가 사전에 매우 열심히 연습한 결과일 테니, 그가 그녀의 신경을 아무리 건드려 봐야 쇠귀에 경 읽기일 터였다. 짐짓 세게 베팅하는 척만 한다는 비난의 목소리가 언짢았다면 그녀는 벌써 무너졌어도 몇 번 더 무너졌을 것이다. 그러니 토니가 상상 속 그녀의 거시기를 가지고 놀려 봐야 아무런 정보도 얻지 못할 것이다. 로저는 갑자기 그녀가 좋은 패를 들고 있을 거라는 직감이 들었다. 이번엔 토니가 틀렸다. 로저가 그렇게 생각하는 사이, 토니가 두 팔로 칩들을 끌어안다시피 테이블 가운데로 밀어 놓으며 말했다.

"올 인."

미쉘이 카드를 뒤집어 놓았다. 하트 에이스와 킹이었다. 토니는 그녀의 언행이 공격적이라는 평판에만 기대어 그녀가 형편없는 패를 들고서 세게 베팅하는 척한다고 잘못 생각한 것이다. 실상 그녀는 엄청난 패를 들었는데 말이다. 토니는 헛웃음을 터뜨렸다.

"망할!"

그는 카드를 뒤집고 손을 들었다. 좋은 패를 하나도 쥐고 있지 않았다. 문양이 서로 다른 킹과 잭을 쥐고 있었다. 딜러는 카드 한 장을 버린 다음, 석 장을 뒤집어 놓았다. 그중 홀쭉이 토니에게 도움이 될 만한 카드는 한 장도 없었다. 턴 카드(홀덤 포커에서 커뮤니티 카드 구역에 놓인 카드 다섯 장 중 네 번째 카드 - 옮긴이)가 깔렸다. 에이스였다. 토니가 이길 가능성은 없었다. 그는 두 손을 번쩍 들어 "항복!" 하고는 소리 내어 웃었다. 하지만 그가 그렇게 하기 직전, 로저는 토니가 미쉘을 쳐다보는 표정을 포착했다. 깊디깊은 혐오의 표정이었다.

팀워크 다지기라. 아, 멋지기도 하지.

하지만 미쉘은 멋지게 대처했다. 필요한 최소한의 흡족한 표정만 지었을 뿐이다. 토니는 손짓으로 웨이터를 불러 샴페인 한 병을 주문하고는 40분 만에 다 마셔 버렸다. 그즈음 다른 직원 세 명이 손을 털고 일어났다. 직원들은 대개 트레이더답게 남성성이 엄청나게 강해서 칩을 몽땅 거는 것으로 그 탐욕을 채우려 드는 것만 같았다. 한두 명이 더 손을 털면 탈락한 이들끼리 자비를 걸고 새로 포커를 칠 것이다. 로저는 마지막 판까지 살아남았다. 그것이 최소한의 목표였다. 하지만 점점 더 올라가는 블라인드 베팅 액수 때문에 칩이 자꾸 줄어들자 그는 썩 좋지 않은 5 페어(카드 두 장의 숫자가 5로 같은 것 - 옮긴이)를 들고 칩을 모두 걸어야만 했다. 왠지 술을 마셔야 할 것 같아서 위스키를 두 잔 정도 마셨더니 알코올이 아드레날린 분비를 자극하여 기분이 좋아졌다. 정신이 말똥해짐과 동시에 흐리멍덩해졌고, 피로와 동시에 흥분이 몰려왔으며, 우승하고 싶으면서도 집에 가서 자고 싶었다. 그의 베팅이 끝나고 에이스와 잭을 든 마크가 콜을 외치자 로저는 눈앞이 아찔했다. 그는 몸을 뒤로 젖혔다. 새벽 1시였지만, 누가 이겼는지 알기 전에는 자리를 뜰 수 없었다.

승자는 놀랍게도 마크였다. 4시간 15분 전에 그는 미셸을 밀어내 버렸다. 그가 끊임없이 꼼지락꼼지락 움직여 대는 통에, 그가 무슨 패를 들고 있는지 파악하기가 너무 힘들었다. 그는 연거푸 손목을, 귀를, 소매를, 가슴팍을 만져 댔다. 일종의 무도병(舞蹈病)이었다. 그 증상과 더불어 긴장감이 역력했기 때문에 그의 패를 읽기란 힘든 노릇이었다. 그와 마주 앉아 있다는 사실만으로도 힘들었다. 그의 긴장한 모습을 보면 덩달아 긴장되기 때문이었다. 하지만 그것은 그가 상금 오천 파운드를 거머쥐는 데 아무런 장애가 되지 않았다. 시끌벅적 술에 취한 직원들은 대부분 소리소리 지르며 농담을 주고받고 휘청휘청 서로가 서로에게 몸을 기댔다. 토니는 소파에 눕자마자 곯아떨어졌다. 다음 계획은 택시를 나누어 타고 집에 가거나, 아니면 새벽 4시부터 영국식 정식(시리얼, 베이컨과 달걀 요리, 토스트에 홍차나 커피를 곁들인 푸짐한 식사 - 옮긴이)을 파는 스피탈필드 마켓으로 향하는 것이었다.

딜러는 이미 가고 없었다. 필리핀인 웨이터는 팁을 받기 위해 좀더 남아 있었다. 그는 무보수로 일했으니, 팁이 수입의 전부였다. 팁은 천차만별이었다. 빈손으로 집에 가는 날도 있었지만, 최고액 천 파운드를 받은 날도 있었다. 이번에는 로저가 다른 두 직원과 함께 마크를 거의 업다시피 데리고 나가면서 그에게 이백 파운드를 찔러 넣어 주었다. 웨이터 입장에서는 행복한 결말이었다.

50

피오트르는 여전히 즈비그뉴에게 말을 걸지 않았다. 그래서 즈비그 뉴 역시 피오트르에게 더 이상 말을 걸지 않았다. 하지만 그들은 여전히 같은 집에 살았다. 누군가와 방을 같이 쓰면서 대화를 나누지 않는다는 것은 매우 어색한 일이었다. 나중에 화가 풀리고 나면, 그때가 정말 재미있었지 하며 추억으로 남을 것 같기도 했다. 하지만 지금은 피오트르 때문에 잔뜩 열 받은 상태였다. 피오트르의 가장 나쁜 종교적인 훈계로 인하여 그들의 우정에 금이 가고 말았다.

이런 상황은 문제를 일으켰다. 서로 미워하며 등 돌린 상황이 일시적이었더라면, 즈비그뉴는 오랜 친구인 피오트르의 충고를 받아들였을지도 몰랐다. 그는 다비나와 가능한 한 빨리 헤어져야 한다고 깨달았다. 이대로 다비나에게 빠지면 빠질수록 그녀와 헤어지는 것이 점점 더 힘들어질 것이기 때문이다. 그녀가 없을 때 과감하게 이별 통보를 계획해 보는 일은 쉬웠다. 그녀의 집에서 나와 그의 집으로 돌아가서 그다음 날 어려움 없이 그의 감정을 완벽하게 드러낸 메시지를 구상해 보는 것이다.

'버림받은 거야, 다 끝났어, 자기가 아니라 내가, 서로 얼굴 볼 일 없겠지만 우리는 항상 친구로 남을 거야, 서로 전화하지도 말고 만나지도 말자.'

무엇을 해야 할지, 또 어떻게 해야 할지 그는 확신을 갖고 임할 것이다. 하지만 다비나와 헤어진 날로부터 다음에 만나기로 한 날까지 중간쯤 기다리다 보면 그 확신은 흐려지기 시작, 만나기로 한 날이 점점 가까워 오면 올수록 초조함은 더 상승하고 상황 감각은 더 둔해지면서 더 현실적이 될 것이다. 그러면 그는 그 메시지를 바보처럼 뒤섞어 웅얼웅얼 엉뚱한 말을 쏟아낼 것이다. 누군가를 차 버리고 좋은 관계로 지낸다는 것은 불가능한 일이다. 더구나 다비나는 발작이 일어나면 미쳐 날뛰는 여자라서 꺅꺅 비명을 지르고 싹싹 빌고 소리치며 물건들을 던지고 그의 바짓가랑이에 매달려 울고불고할 것이기 때문에 그것은 불가능한 계획이자 재앙이었다.

그리고 그녀와 만나면 그가 잊고 있었던 일이 벌어지고 만다. 다비나의 집에 놓인 푹 꺼진 소파에서, 술집에서, 영화관 바에서, 피자 가게에서 그녀와 마주 앉아 그녀를 자세히 살펴보다 보면 어느새 욕정을 느끼게 되는 것이었다. 그녀와 섹스를 하고 싶다는 생각과 헤어지고 싶다는 생각이 동시에 들었다. 이런 상태에서는 섹스가 훨씬 더 다급했기에 이별은 언제나 연기가 가능했다. 그러니 이번이 마지막 섹스가 될 것이다! 정말로 마지막이다! 그리고 나서 상황은 자연스레 흘러 섹스가 끝나면 즈비그뉴와 다비나는 소파에, 바닥에, 아니면 침대에 누워 있을 것이고, 즈비그뉴는 육체적인 만족감과 감정적인 비참함이 뒤섞인 고통에 시달릴 것이다. 나약하고 비겁한 사내 같다는 느낌이 드는 순간마다 다비나를 향한 따뜻한 감정, 즉 친밀함과 고마움을 느꼈기 때문에 기분은 더더욱 좋지 않았다. 심지어 자신이 쓰레기에 약골처럼 느껴졌다. 즈비그뉴는 자기혐오를 혐오했다.

문자, 문자 보내기가 있었다. 문자를 보내 그녀와 헤어질 수도 있었다. 그것은 엄두가 나지 않는 방법이라 즈비그뉴는 생각만 해도 즐거웠다.

가끔, 뭔가를 할 수 있는 유일한 방법은 그냥 저지르는 것이다. 즈비그뉴도 그것을 잘 알았다. 그는 지금 클래펌에 있는 한 집의 실내 공사를 맡고 있었다. 그 집 남편이 비서와 도망가 버린 바람에, 아내가 실내를 다시 꾸미고자 했다. 그녀는 벽을 보라색으로, 분노의 보라색으로 칠하고 싶어 했다. 사람들은 이별한다. 이별은 힘들지만 언제나 일어나는 일이다. 사람들은 최종 결정타를 날리며 주워 담을 수 없는 말들을 한다. 아침에 일어나 더 이상 이런 삶을 유지할 수 없다고, 지금 이대로 이렇게 살 수 없다고 깨닫는다. 그러면 더 이상 상대를 사랑하지 않는다고 여기면서 떠나 버린다. 가끔은 원만하게 이별할 때도 있다. 이별을 통보받는 사람 역시 이별을 생각해 본 적이 있다는 뜻이다. 종종 이별은 놀랄 만큼 쉽게 이루어지기도 한다. 가장 좋은 방향, 이별이 서로를 위해 가장 좋은 방향이라는 점에 사람들이 동의하는 것이다. 이별은 항상 일어나는 일이다!

따라서 이런 이유들 때문에 오늘이 바로 그날이었다. 즈비그뉴는 오늘 다비나와 헤어져야겠다고 어제 결심했고, 아침에 눈을 떴을 때 제일 먼저 든 생각도 여전히 오늘 헤어져야겠다는 생각이었다. 그는 잠을 깨고 일어나 피오트르를 본체만체 화장실로 들어가 옷을 갈아

입고 나와서는 정신 나간 이혼녀의 집으로 가서 통로 벽을 보라색으로 칠했다. 잠깐 점심시간 겸 휴식 시간을 취한 뒤에는 보유 주식 현황을 살펴보고 몇 군데 더 벽을 보라색으로 칠한 다음, 남은 작업이 얼마나 걸릴지 정신 나간 이혼녀와 잠깐 이야기하고 나서, 그녀가 누군가와 15분간 통화한 내용, 즉 전남편을 증오하며 '그 창녀'가 아닌 전남편 탓이라고 비난하는 내용은 못 들은 체했다. 그런 뒤 그는 집으로 돌아와 작업복을 벗고 피오트르를 또 본체만체하고는 공원 광장 모퉁이에 있는, 다비나와 처음 만났던 술집으로 향했다. 그녀와 헤어지기 위해 만나기로 한 장소였다. 하루 종일, 오늘이 바로 헤어지는 날이다 하고 확신에 차서 무슨 말을 어떻게 꺼내야 할지 생각을 정리하며 보냈다. 그간 경험을 미루어 볼 때 이야기를 명확히 전달해야 하고 초반에 꺼내야 했다. 다비나가 대화를 나눌 수 있을 정도로 이야기를 잘 받아들인다면 그는 좋은 말을 좀 건넬 것이고, 그녀의 상태가 그렇지 않다면 그냥 도망쳐 나올 것이다. 그러면 최악의 상황은 종료될 것이다.

'할머니가 오늘내일해서. 폴란드 집에 가 봐야 해. 우린 다시 못 볼지도 몰라.'

'나 게이야.'

'나 에이즈 걸렸어.'

'나 게이에다 에이즈 걸렸어.'

'나 게이에다 에이즈 걸렸고 폴란드에 계신 할머니도 에이즈에 걸

려 오늘내일하서 집에 가 봐야 하는데, 핸드폰 계약 기간이 곧 끝날 거라 전화가 안 될 거야.'

이 말은 너무 심한 것 같았다.

즈비그뉴는 술집에 15분 일찍 도착했다. 공공장소에서 이야기할지, 둘만 있을 때 이야기할지 엄청나게 고민한 결과였다. 주변에 다른 사람이 있을 때 그녀가 폭발할 가능성이 높을지, 낮을지 그것이 관건이었다. 그는 공공장소가 더 낫겠다는 결론을 내렸다. 그러고 나서 이것이 어쩌면 실수가 아닐까 하고 깨달았지만, 이제 와서 마음을 바꾸기엔 너무 늦어 버렸다. 마음을 바꾼다면 그것이야말로 이별을 미루는 좋은 이유가 될 테니 그렇게 하지 말아야 한다.

그는 소다수 한 잔을 주문했다. 술을 마신다면 다비나와 잠자리를 같이하는 것으로 오늘 밤을 마무리할 가능성이 높아질 것이다.

화요일 저녁치고는 술집이 사람들로 붐볐다. 하지만 그러고 보니 이곳은 이 동네 다른 장소처럼 항상 사람들로 붐비곤 했다. 런던을 단 하나의 이미지로 담아 보라고 한다면 떠오르는 모습이 갖가지 있었다. 폴란드 청년들이 집에서 양말을 신고 TV 보는 모습, 건축업자의 주차 공간을 확보하기 위해 집 앞 쓰레기통과 쓰레기통 사이에 널빤지를 걸쳐 놓은 모습, 화창한 주말 낮이 되면 공원 잔디에 누워 흰 피부를 드러낸 숱한 사람들의 모습 같은 것들이었다. 하지만 단연 돋보이는 런던의 이미지는 혼잡한 저녁 시간대에 젊은이들이 번화가를 점령한 채 술을 마시고 또 마시는 모습일 것이다. 그 광란의

도가니 속같이, 그들이 일으키는 특정한 높이의 소음, 섹스와 분노와 히스테리가 부글부글 끓어오르는 모습이었다. 즈비그뉴는 한때 영국을 온건과 절제의 나라라고 생각한 적이 있었다. 이제 와서 그 생각을 하니 우습기 짝이 없었다. 전혀 그렇지 않았기 때문이다. 영국인은 미친 사람처럼 부어라 마셔라 했다. 행복해지기 위해 마셨고, 술이 술을 부른다고 마셨다. 술을 마시는 것은 좋은 일이고, 사람들은 원래 좋은 일이라면 점점 더 많이 원하는 법이다. 그래서 알코올이란 좋은 것이었기 때문에 영국인은 점점 더 알코올을 원했다. 영국인들 사이에서 술은 버즈 라이트이어(애니메이션 〈토이 스토리〉의 캐릭터-옮긴이)의 대사처럼 '무한한 공간 저 너머로!'였던 것이다.

빨리 폴란드로 돌아가서 고국 사람들이 고향에서 술 마시는 모습을 보는 편이 더 좋을지도 몰랐다. 아버지도 봐야 하고, 매끼 잘 챙겨 먹고 다녀서 결핵에 걸리지 않았다고 어머니도 안심시켜야 했다.

그때 다비나가 들어섰다. 그녀는 언제나 그랬듯 연극배우처럼 까치발을 딛고 서서 뭔가를 갈구하듯 기대에 찬 얼굴 표정으로 고개를 이리저리 한껏 돌리며 실내를 휘둘러보았다. 살짝 찌푸린 표정은 즈비그뉴를 보게 되면 단박에 미소로 바뀔 듯한 표정이었다. '혼잡한 술집에서 남자 친구 찾기'라는 제목의 일인극을 하는 듯 보였다. 즈비그뉴가 그녀를 알아본 때로부터 그녀가 그를 찾아낸 때까지 그 몇 초 사이에 즈비그뉴는 다시 한 번, 또다시 그녀의 예쁜 얼굴과 금발, 살짝 흐트러진 섹시한 모습에 매혹되고 말았다. 다비나는 흑백 무늬가 들어간 스카프를 어깨에 두르고 있었는데, 스카프 한쪽 끝이 다른 쪽 끝보다 더 길게 내려와 흘러내리기 직전의 모습을 하고 있었다. 즈비그뉴는 그녀와 자고 싶다는 단순한 바람과 그 바람에 뒤따르는 복잡한 의구심과 혐오를 느끼고는 십억 번도 넘게 스스로를 단단히 타일렀다. 오늘 밤은 그녀와 자기 위한 밤이 아니라, 그녀를 차기 위한 밤이라고. 비록 대놓고 할 말은 아니었지만, 마음을 다잡기 위해서 속으로 중얼거리고 또 중얼거렸다. 섹스가 아니라 차는 것. 이것이 계획이었다.

다비나가 그를 보았다. 마치 '얼굴이 환해지며'란 지문에 따라 표정 연기를 하듯, 그녀의 얼굴이 환해졌다. 바에서 맥주잔 세 개를 들고 앞도 보지 않고 휘청거리며 걷는 한 남자를 피해 방향을 틀면서, 그녀는 빠른 걸음으로 즈비그뉴를 향해 걸어오기 시작했다.

"자기야!"

다비나는 기분이 좋았다. 그녀의 목소리가 연극 투로 바뀌더니, 즈비그뉴는 한 번도 본 적 없는 어떤 영화에 나왔다던, 그녀가 정말 웃기다고 생각해서 자주 써먹은 대사를 다시 읊었다.

"자기 왔어?"

즈비그뉴는 헛기침 소리를 내고 물었다.

"화이트 와인 한잔?"

51

즈비그뉴는 이튿날 아침 일하러 가는 중에 일이 잘 풀렸다고 생각했다. 사실 너무 잘 풀려서 믿기지 않을 정도였다.

누군가와 헤어지는 것도 일종의 일, 특별한 과제라는 것을 방금 깨달았다. 그리고 다른 일처럼 이 특별한 과제도 실행 계획에 따라 구성 요소를 분류하고 분석한 뒤 올바른 순서로 재조합하면 최상의 상태로 완성되는 것이다. 그 역시 그렇게 했다. 그래서 이별은 (1) 명백해야 하며, (2) 명백함을 유지하면서도 최대한 신사적이어야 하고, (3) 사람들 앞에서 난리를 치거나 소동을 일으킬 가능성을 최소화하면서 실행시켜야 하는 것이다.

그것은 벽에 회반죽을 바르거나 소켓을 다시 연결하는 것과 크게 다르지 않았다. 실리적인 사람은 그런 일에 주춤하지 않는 법이다. 피오트르는 멍청이었다.

그는 다비나에게 그만 만나고 싶다고, 당신은 사랑스러운 여자이니 더 좋은 남자를 만나야 한다고, 자신은 정착할 여유가 없다고, 정착하려고자 런던에 온 것도 아니고 진짜 삶이 기다리는 곳은 폴란드이니 언젠가 폴란드로 돌아갈 거라고 (곧 떠날 거라는 암시와 함께) 말했다. 거짓 연기를 하면 안 되지만, 자신이 안정된 관계를 지속해 나갈 것처럼 그녀 앞에서 거짓 연기를 했나 보다라고도 말했다. 즈비그뉴는 그녀와 헤어지려는 이유가 그녀를 아끼기 때문이라고 암시한 대목에서 뿌듯함을 느꼈다. 그녀는 너무 소중한 존재이기에 그가 떠나는 것이다. 이 말에 어떤 여자가 반기를 들겠는가?

확실히 다비나는 가만히 있었다. 그녀는 조용히 고개를 숙인 채 그 어떤 말도, 눈물도, 분노도 없었고 사람들 앞에서 폭발하지도 않았다. 즈비그뉴가 처음 보는 그녀의 담담하고 고요한 모습이었다. 그가 헤어지려는 이유를 열거하는 동안 그녀는 귀를 열고 듣기만 했다.

"그래, 그렇구나."

목소리에 슬픔과 체념이 묻어났지만 광기는 풍기지 않았다.

"미안해. 자기 때문이 아니라 나 때문이야."

즈비그뉴는 가장 결정적인 순간에 이 말을 던졌다.

"이만 가 볼게."

다비나는 자리에서 일어나 술집을 나갔다. 상대가 그를 두고 술집을 나가는 일이 이제는 하나의 패턴이 된 것 같았다. 맥주를 마시고 집으로 돌아간 그는 기분이 얼마나 좋던지 하마터면 피오트르에게 말을 건넬 뻔했다.

즈비그뉴는 정신 나간 이혼녀의 집으로 들어갔다. 전날, 그가 도착할 즈음 그녀는 개인 트레이너와 함께 외출해서 집에 없을 거라며 열쇠를 건네주었던 것이다. 그는 작업할 공간 바닥에 띄엄띄엄 종이를 깔았다. 그가 영국 건축업자와 다른 점이 있다면 그날 작업을 끝내고 깨끗이 청소해 놓는다는 점이었다. 그래서 실제 작업에 들어갔을 때를 제외하고는 작업한 흔적이 거의 보이지 않았다. 흔히들 하는 불평이 영국 건축업자는 마치 제집인 양 집주인 행세를 하더라는 말이었다. 즈비그뉴는 이런 우를 범하지 않았다. 작업을 시작할 때와 종료할 때 시간이 조금 더 걸리긴 했지만 그럴 만한 가치는 있었다.

오늘은 페인트칠을 끝낼 작정이었다. 구체적인 언급은 없었지만 이혼녀는 그에게 처리해 주었으면 하는 '한두 가지 자잘한 일'이 더 있다고 했다. 그러니까 추가적인 일이 또 있을지 몰랐다. 하지만 크게 상관은 없었다. 피프스 로드 근처 맥켈 로드에 또 다른 주방 수리 작업이 대기하고 있었기 때문이다. 일이 있다고 그다지 문제 될 것은 없었다. 당장 일이 들어오지 않는다 해도 폴란드로 가서 며칠 쉬다 오면 될 테니까.

페인트칠은 즈비그뉴가 가장 좋아하는 일이었다. 여러 번 되풀이하여 잔손이 많이 간다는 점이 마음에 들었다. 집중해서 섬세하게 칠해야 할 곳도 있었고 붓질 한 번에 재빨리 칠해야 할 곳도 있었다. 새로 페인트를 칠하면 공간마저 완전히 달라 보인다. 특히 이번에 칠한 보라색은 통로를 더 좁게 보이게 하면서 공간을 새로 탈바꿈시켰다. 그는 페인트 냄새도 좋아했다. 페인트칠을 할수록 더 좋아졌다.

30분이 지나자 이혼녀가 돌아왔는지 주방으로 들어가는 소리가 들렸다. 약 5분 뒤에는 천천히 계단을 올라오는 소리가 들렸다. 즈비그뉴는 손을 놓고 그녀가 지나가도록 자리에서 일어섰다. 그녀는 늘어진 회색 운동복 차림에 헤어밴드로 머리를 올리고는 핑크색 아이팟 나노를 들고 있었다.

"트레이너가 언젠가 나를 죽일 참인가 봐요."

"사모님이 먼저 죽이면 되겠네요."

즈비그뉴가 대답했다. 그녀는 그 말이 재미있다고 생각했다.

그는 다시 페인트를 칠하면서 피오트르에게 어떻게 말을 걸지 고민해 보기 시작했다. 다비나를 겪고 나니, 이제 그는 커뮤니케이션의 달인이었다. 연인 관계에 실패하고 이별한 전력을 살펴보면 피오트르는 가톨릭 맹신자에 바보 천치에 위선자이다. 하지만 그는 가장 오랜 친구인데, 소원한 관계가 너무 오래 지속되고 있었다. 그래서 가장 단순하지만 가장 좋은 방법은 그냥 그에게 다가가 "언제까지 이럴 거야?" 하고 말하는 것이었다. 그러면 관계는 회복될 것이다. 복잡하게 생각할 일이 아니었다.

지난밤에 처리한 성공적인 여자 친구 차기를, 성공한 일이라 좀 더 완곡한 표현으로 바꾼 '이별'을 축하하기 위해 그는 근처 카페로 점심을 먹으러 갔다. 영국인이 흔히 칭하는 기름투성이 '작고 값싼 식당'이었지만, 실은 음식이 그렇게 기름투성이는 아니었다. 샐러드와 파스타가 한 접시에 담겨 나오는, 주로 영국 노동자들이 먹는 음식이었다. 즈비그뉴는 이 맛을 알고 있었기에 전통적인 영국 식사 2번 음식을 주문했다. 접시에 베이컨, 허브 소시지(물론 폴란드 소시지만큼 좋지는 않지만 나쁘지도 않은), 감자튀김, 튀긴 빵, 계란 프라이, 버섯, 토마토, 구운 콩이 담겨 나올 것이다. 처음에는 싫어했지만 자꾸 먹다 보니 어느새 좋아진 영국식 특별 요리였다. 영국인이 좋아하는 다른 음식들처럼, 이 음식의 비결은 보기보다 단맛이 훨씬 더 많이 난다는데 있었다. 여기에 썩 좋지 않은 커피까지 나온다. 가격은 육 파운드로 조금 비쌌지만 특별한 날이니만큼 먹는 것이다. 즈비그뉴가 계획한 대로 오늘 일을 마무리한다면, 작업 일정(실제로 고객에게 제시한 것이 아니라 그가 머릿속으로 정리한 것)을 반나절이나 앞당길 수 있었다. 그러면 다른 일을 바로 시작할 수 있게 될 텐데, 이 말은 돈을 거의 은행에 넣어 둔 액수만큼 더 벌 수 있다는 뜻이었다. 그래서 서둘러 카페를 나섰다.

그는 다시 그 집으로 가서 페인트 붓을 들었다. 두 시간은 더 칠해야 한다. 정신 나간 이혼녀가 일을 더 시키지 않는다면 세 시간 후엔 일이 끝날 것이다. 3시 무렵, 그가 마무리 작업을 하려고 할 때 초인종이 울렸다. 이혼녀가 현관으로 내려가 몇 분간 잠잠한 것을 듣고 즈비그뉴는 배달이 왔나 보다 하고 생각했다. 그런데 맨 위층으로 올라오는 발소리가 들렸다.

"그쪽 찾는데요?"

그녀가 굳은 표정으로 말했다. 즈비그뉴는 손을 닦고 밑으로 내려갔다.

처음에 그는 다비나가 비를 맞은 줄 알았다. 고개는 꺾이고 머리카락은 뻗친 채 피부도 늘어지고 윗옷은 처진 어깨에서 흘러내릴 것만 같았다. 하지만 비는 내리지 않았고 하루 중 비가 온 적도 없었다. 창백한 얼굴에 금발의 그녀는 마치 귀신 같았다. 가슴이 철렁 내려앉았다. 어떤 놀라움이라기보다는 실제로 몸이 꺼지는 것 같았다.

"안녕. 자기랑 얘기 좀 하고 싶어서."

다비나가 말했다. 비참하다는 듯한 그녀의 과장된 행동을 즈비그뉴는 예전에도 본 적이 있었다. 하지만 지금 그녀의 말투에서 풍기는 담담함이 오히려 섬뜩했다.

"내가 여기 있는 거 어떻게 알았어?"

그는 질문하면서도 속으로는 더 강한 의구심이 들었다. 아니, 어떻게 정확히 여기로 온 거지? 그는 분명 어디에서 일하는지 입도 뻥긋한 적이 없었다. 그래서 그녀가 알고 있다는 것이 섬뜩하고 이상했다. 뭔가 잘못됐다. 단단히 잘못됐다는 생각과 함께 차가 붕 떴을 때 느껴지는 무중력감과 무기력감이 몰려왔다.

"피오트르 씨한테 들었어."

그녀가 말했다.

"여기선 얘기 나눌 수 없어."

사실 정신 나간 이혼녀가 위층으로 올라갔기 때문에 얼마든지 이야기할 수 있었다. 하지만 그렇게 하면 안 될 것 같았다. 그는 다비나의 팔을 낚아채고 밖으로 끌고 갈까 하다가 그러지 않기로 하고 그냥 그녀보다 앞서 걸어가며 장소를 떠올렸다. 공원 벤치가 좋겠다. 열린 공간과 닫힌 공간의 중간쯤 되는 공간이므로. 다비나는 말없이 걷기만 했다. 한두 사람이 지나가면서 그들을 쳐다보았다. 즈비그뉴와 다비나는 분명 이상한 분위기, 다투는 연인 사이에 일렁이는 묘한 분위기를 자아내고 있었을 것이다. 즈비그뉴는 언뜻 인질이 된 것 같아, 지나가는 사람들에게 살려 달라고 소리치고 싶었다.

'살려 주세요! 이 여자가 나를 강제로 끌고 가려 해요! 살려 주세요!'

둘은 벤치에 앉았다. 20미터쯤 떨어진 곳에는 한 중년 남자가 조깅에 앞서 나무에 기대 몸을 풀고 있었다.

"사람이 무슨 말을 그렇게 끔찍하게 해? 그런 식으로 말하면 안 되잖아. 나를 바보로 생각한 거야? '자기 때문이 아니라 나 때문이야.' 어떻게 함부로 그런 말을 해? 그냥 하는 말이 아니라 정말로 물어보는 거야. 어떻게 함부로 그러냐고? 내가 그냥 떠나면 되는 멍청한 창녀처럼 보여서 그런 거야? 다른 사람이 생겨서 같이 즐겁게 석양 보러 폴란드로 떠날 수 있는 사람이라 그런 거야, 자기는?"

"다른 사람 없어. 그렇게 느꼈다면, 그런 잘못된 생각을 하면서-"

"사람 바보 취급 마. 사람들이 그러더라, 이런 경우는 언제나 다른 여자가 있는 거라고."

"거짓말하는 거 아니야. 정말 아무도 없어."

그 순간 즈비그뉴는 여차하면 도망갈 생각으로 길을 살폈다. 그녀가 계속 물고 늘어지면서 점점 더 화를 낸다면 그도 화가 나서 결국은 둘 다 소리소리 지르며 싸우게 될 것이다. 그러면 정말로 헤어진 상태가, 대화를 시작했을 때보다 더 완전히 헤어진 상태가 되는 것이다. 여기서 벗어날 수 있을지도……. 그가 이런 생각을 하고 있는 동안 그녀의 어조가 바뀌었다.

"자기가 안 갔으면 좋겠어. 자기 없이 살 수 없어, 난. 자기 없으면 못 살아. 내 말 알지? 자기 없으면 못 산다고."

그녀는 이런저런 말을 늘어놓았지만 모두 같은 내용이었다. 즈비그뉴는 여기서 빠져나갈 수 없다는 것을 알았다. 그는 그렇게 화내는 사람을 본 적이 없었다. 그녀가 연기나 가식 없이 감정 표현을 하는 것만 봐도 알 수 있었다. 다비나는 정말로 괴로운 것이다. 즈비그뉴는 일이 완전히 잘못 돌아간다고 생각되었지만 이 상태로 그녀를 떠날 수 없었다. 그가 알고는 있었지만 차마 인정하고 싶지 않았던 사실, 바로 그녀의 소외감과 고독감에 짓눌린다는 것이었다. 다비나 옆에 있던 여자와 술을 마신 첫날 밤부터 뭔가 잘못되었다. 그녀는 신입 사원이었고, 그때가 처음이자 마지막으로 다비나가 유일하게 친구를 사귄 시절이었다. 곧 다비나는 그녀와 절교했다. 친구를 사귈 만큼 사람을 좋아하지도, 믿지도 않았던 것이다. 그리고 그것 때문에 모든 상황이 더 안 좋게 변해 버렸다. 그녀의 삶이 무너지거나 스스로 목숨을 끊을지 모르고, 그러면 비난의 화살이 온통 그에게 날아들지 모른다. 피오트르의 말이 맞았다. 그는 덫에 걸린 것이다. 영혼에 먹구름이 낀 것 같았다. 그녀에게 한 짓으로 말미암아 업보를 치러야 했고 여기서 헤어날 수가 없게 된 것이다. 그는 손을 뻗어 무릎에 올린 그녀의 손을 잡았다. 반응이 없었다. 사람들이 조깅과 산책을 마치고 의자에 앉아 있는 이 탁 트인 공간에서, 세상 만물이 활발히 돌아가는 이 런던에서 그만이 장벽에 가로막힌 것 같았다.

52

임시 위탁 간호의 목적은 아픈 사람을 돌보는 사람에게 휴식을 주고
자 하는 것이다. 메리는 잠시 휴식을 원했다. 아니, 더 많은 휴식이 필
요했다. 하지만 그녀는 쉴 수가 없었다. 에식스 본집으로 향하는 익
숙한 길을 가면서도 마음이 편치 않았다. 런던에서 죽음을 기다리는
어머니가 자꾸만 생각났다. 물론 바라는 바는 아니었지만, 어머니에
게 허락된 시간은 고작 한 주나 두 주밖에 안 될 것이다. 그렇다고 그
녀가 어머니 생각만 한 것은 아니었다. 병원에 갇혀 말도 못하고 의
식도 없는 어머니만 생각한다는 것은 참을 수 없는 일이었다. 피튜니
아를 벽 쪽으로 돌려 눕게 했다. 하지만 메리는 어머니만 생각하면
견딜 수 없었고 아무 생각도 나지 않았다. 한참 집을 비워서 그런지
집에 있는데도 머리가 멍했다. 알란은 그녀 귀에 들리도록 같은 내
용을 네댓 번쯤 반복해서 말해야 했다. 하루는 친구 둘과 함께 카페
에 가서 커피를 시작으로 화이트 와인까지 마시며 근황을 주고받고
수다를 떨다가 택시를 타고 집으로 돌아왔다. 그때도 그녀는 저 깊은
곳에서 기운을 끌어올려 말마디에 힘을 주어 말해야 했다. 친구들은

그녀의 변화를 눈치챘겠지만 함구하기로 한 모양이었다. 나중에 저희끼리 그녀를 두고 딴사람 같다는 둥, 정신이 다른 데로 가 있다는 둥, 받아들이기 힘들 거라는 둥, 안쓰럽다는 둥 별별 이야기를 다 할 것이다.

그녀가 의외로 어머니를 닮았다는 사실을 깨달으면서 힘든 부분이 생겼다. 메리는 언제나 어머니를 스스로 울타리를 치고 그 안에 갇혀 사는 사람이라고, 주어진 많은 삶 중 극히 일부만 누리고 사는 사람이라고 생각했다. 그것을 아버지 탓이라며 비난했다가 아버지가 돌아가시고 나니 그것은 결국 어머니 자신의 문제였다는 것을 알게 되었다. 어머니는 언제나 뭔가가 '너무' 하다고 걱정하는 사람이었다. 뭐든 너무 시끄럽고, 너무 눈에 띄고, 너무 조심스럽고, 너무 까다롭고, 너무 걱정된다고 말이다. 이제 일상으로 돌아와 집 안팎을 정리하고 청소하면서 메리는 진정 어머니와 얼마나 다른지 자문해보지 않을 수 없었다. 나는 얼마나 크고 넓게 살아왔던가? 어머니가 너무 검소하게 살았다면, 내 인생에서 그보다 큰 기준은 어디에 있단 말인가?

이런 생각이 머릿속을 떠나지 않자, 메리는 어머니와 멀리 떨어져 있으면 안 될 것 같았다. 집에서 사흘을 보낸 후 알란에게 다시 런던에 가야겠다고 말했다.

"여보, 미안해. 거기에 있어야 할 것만 같아."

"고생이구려, 당신."

알란이 말했다. 그녀는 그를 너무 잘 알았다. 얼핏 그의 얼굴에 스친 안도감 같은 것을 알아채고는 그녀와 같이 산다는 것이 그에게 얼마나 힘든 일인지 자각하게 되었다. 그녀도 인간이기에 그런 알란에게 섭섭했지만, 한편으로는 이해가 되는 측면도 있었다. 이윽고 그녀는 런던행 기차에 몸을 실었다. 런던까지 가는 데 50분밖에 안 걸리지만 언제나 그보다 훨씬 더 오래 걸리는 것 같았다. 전원 마을, 즉 언덕과 들판과 집들이 띄엄띄엄 나오는 에식스 마을을 지나면 지붕이 낮게 내려앉은 런던 외곽과 그보다 더 높은 건물이 즐비한 런던 구시가가 나오고 런던의 노동자 계급과 함께 제2차 세계 대전의 기억을 간직한 이스트 엔드가 나온다. 그리고 마지막으로 놀랄 만큼 부유해 보이는 리버풀 스트리트가 나온다. 교외로 이사한 뒤 런던을 오가는 길이 당일치기 여행으로는 가장 길었다. 어머니가 살아 있을 동안 이번이 아마 마지막 여행이 되지 않을까 한다. 어머니 댁으로 가는 마지막 여행. 어린 시절을 보낸 그 집은 다른 장소와 마찬가지로 가고자 한다면 언제든 갈 수 있는 그런 장소였다. 알란과 싸운 날, 런던에 공연 보러 가는 날, 드문 집안 행사인 어머니 생신날, 피프스 로드의 집은 메리에겐 비밀의 휴식처로 오랫동안 인생의 발판이 되어 주었다. 어릴 때 차 앞좌석엔 부모가 앉고 뒷좌석엔 그녀가 앉아 가던 그런 편안한 느낌을 주었다. 하지만 어느 날 그 느낌이 다시는 들지 않았다.

이 늦은 봄날도 어느 날 여름을 불러내고 물러갈 것이다. 메리가 피프스 로드로 다시 왔더니 날은 적당히 따뜻하고 적당히 습했다. 해마다 이맘때가 되면 언제나 그렇듯이 공원 광장은 사람들에 의해 완전히 점령당하는 여름날보다 더 연한 빛깔을 띠었다. 메리는 지하철역에서 나와 피프스 로드 42번지 쪽으로 가던 중 화장실에 들렀다가 호스피스로 향했다. 멀지는 않았다. 5분 정도만 걸어가면 되는 거리였다. 시간이 아주 천천히 가기를 바라며 그녀도 최대한 천천히 걸어갔다. 그래서 호스피스가 생각보다 멀기를, 훨씬 멀기를 기도했다.

"안녕하세요. 금방 돌아오셨네요?"

접수원 여자가 인사했다. 메리는 그녀가 누군지 여기 왜 왔는지 설명하지 않아도 되는 이곳이 좋았다. 그들은 늘 그녀를 알아보았다. 덕분에 절차 같은 것들이 훨씬 수월했다.

"오래 비울 수 없어서요."

메리가 대답했다. 그 대답 소리가 머릿속에서는 밝은 어조로 떠다녔지만 정작 밖으로 나올 때는 무미건조했다. 여자의 눈에 그렇게 접수되었다.

메리는 곧장 병실로 가지 않고 정원을 먼저 둘러보기로 했다. 이곳에는 전혀 생각지도 못했던 온실이 딸린 커다란 정원이 있었다. 야생초가 자라는 구역은 관리는 하되 과도하게 꾸며진 않았다. 정원 한쪽 끝에는 과실수를 심어 놓았고, 길을 낸 곳 가장자리에는 일렬로 나란히 나무를 심어 놓았다. 여름마다 호스피스에서 개방 행사를 할 때 어머니는 몇 차례 여기를 와 보고는 정원사의 솜씨에 감탄을 표했다. 어머니는 막상 호스피스에 들어왔어도 지금은 상태가 좋지 않아 이 풍경을 즐길 수가 없었다. 메리는 사과나무 그늘 밑으로 가서 벤치에 10분 동안 앉아 있었다. 낮의 열기가 느껴졌다.

그런 뒤 그녀는 병실로 올라갔다. 호스피스는 잘 지어진 자선 단체의 시설로 도심에 위치한 그 옛날의, 말하자면 1950년대의 시골 별장 같은 느낌을 주었다. 이 공간에서 풍기는 고요하고 정돈된 느낌이 온몸에 스며들었다.

어머니의 병실은 건물 전면 쪽에 있어서 창문으로 공원 광장과 교회가 다 보였다. 밖에서 나는 소리가 들리기는 했지만 귀에 거슬릴 정도는 아니었다. 어머니가 놀라지 않게 조심조심 문을 연 메리는 병실을 찾아온 문안객을 보고 깜짝 놀라 뒷걸음질을 쳤다. 아들 그레이엄이 가죽 의자에 앉아 아이폰을 열심히 들여다보고 있었던 것이다.

그가 그녀를 올려다보았다.

"오셨어요, 엄마? 할머니는 주무세요."

스미티가 말했다.

"그레이엄! 여긴…… 여긴 어쩐 일이니?"

"이쪽에 올 일이 있어서요. 지나는 길에 잠깐 들렀는데. 할머니가 주무셔서, 그냥. 별일 없어요, 진짜. 성대한 축제의 밤 때 엄마 보고 여태 못 봤잖아요."

"듣던 중…… 반가운 소리구나."

메리는 놀랍지 않을 수 없었다. 아들이 일어났다.

"일이 있어서 이만. 주차 시간도 다 돼 가고요. 할머니 깨시면 잠깐 문안 왔다가 갔다고 전해 주세요."

그는 메리의 볼에 입을 맞추고 메리를 뒤로한 채 그 수수께끼 같
은 삶 속으로 다시 들어가려 했다. 처음 있는 일도 아니었다. 메리는
아들에 대해 아는 것이 거의 없다는 생각이 들었다. 잠시 그의 뒷모
습을 바라다보았다. 스미티가 돌아서서 할머니를 내려다보았다. 피
튜니아는 창문 쪽으로 고개를 돌린 채 눈을 감고 있었다.

"엄마? 어머니? 피튜니아?"

대답이 없었다. 메리는 침대 옆 의자에 앉았다. 탁자에는 주전자와
컵, 꽃이 놓여 있었다. 병실에 있으려니 상실감과 시시각각 다가오
는 죽음 때문에 숨이 막혔다. 그러나 아무 일도 일어나지 않았다. 시
간이 정지한 것 같았다. 어머니는 죽음을 향해 가면서 순수한 존재가
되었다. 메리는 이런 상태가 힘들었다.

그녀는 생각했다. 긴 병에 효자 없다고. 어머니는 어차피 돌아가실
분, 그렇다면 빨리 가셨으면 한다. 이제 더 이상 어머니는 중요치 않
다. 중요한 사람은 바로 그녀 자신이었다. 잇따라 한 목소리가 귓가
에 맴돌았다. 엄마, 이제 그만 가세요.

한 간호사가 문가에 서 있었다. 메리는 그녀를 봤는지 어땠는지 기
억나지 않았지만, 그것은 중요하지 않았다. 그녀가 메리를 알고 있었
기 때문이다. 둘은 어머니의 상태에 대해 몇 마디 대화를 나눴다.

"어머님을 댁으로 모셔 가도 돼요."

간호사가 말했다. 메리의 생각엔 그 말끝에 아마 '죽음을 맞이하

러'를 덧붙여야 완전한 문장이 될 것 같았다. 다른 대안으로는 호스
피스에서 죽음을 맞이하는 것이다.

"언제쯤요?"

"길지 않아요. 일주일."

53

파커는 몸을 뒤척이다 잠결에 뭐라고 중얼거렸다. 아침 6시밖에 안
됐는데도 호텔 방이 대낮같이 환했다. 성글게 짜인 블라인드 가장자
리와 밑으로 아침 햇살이 비껴들었던 것이다. 그 때문에 파커의 여
자 친구 데이지는 한 시간 전에 눈을 뜨고 말았다. 그녀는 블라인드
에 짜증이 나서 그대로 그냥 누워 있었다. 내닫이창 주위를 진분홍색
커튼으로 꾸며 놓았지만 그것은 장식에 불과했다. 호텔도 마찬가지
였다. 외관은 고풍스럽고 조용하고 정돈된, 이상적인 삶의 공간인 듯
꾸몄지만 내부는 싸구려 쓰레기로 가득했다. 햇살이 비쳐도 파커가
깰 기미는 없어 보였다. 그는 가끔 뒤척이다 코 고는 소리를 냈지만
죽은 듯이 잤다. 머리만 대면 잠드는 사람이었다. 초조한 데다 일찍
깨서 그런지 데이지는 순간 이런 생각이 들었다. 파커가 잠자는 것만
큼 다른 일도 잘한다면 얼마나 좋을까. 하지만 곧 그런 생각은 온당

하지 못하다고 느꼈다. 파커는 실제로 가진 재능이 많았다. 단지 운이 없었을 뿐이다.

데이지는 실직한 파커를 위로해 주기 위해서 주말여행을 가자고 제안했다. 그래서 창밖으로 언덕과 양들과 벽돌집이 보이는 코츠월드 호텔 방을 예약했던 것이다. 주방에서 들려오던 소음은 밤 11시 반이 지나서야 그쳤다. 이 여행은 데이지가 계획한 거라서 경비도 그녀가 다 댔다. 그렇게 하니 기쁘고 좋았다. 데이지는 변호사로 수입이 괜찮았다. 그녀와 파커는 오랜 친구로, 5년 전 대학 입시 준비를 하던 마지막 해부터 사귀게 되었다.

기꺼이 경비를 지불하고 이런 주말을 보내고 있으려니 그녀는 마치 어른이 다 된 것 같은 느낌이 들었다. 신나는 일이었다. 어쨌든 신나는 일이어야만 했다. 웃을 일도 많아야 했고, 호텔 바에서 거나하게 취하고 산책도 길게 해야 했고, 섹스도 오래오래 해야 했다. 하지만 실상은 풀 죽은 파커의 모습을 보며, 세상이 얼마나 불공평한지 또 전 상사가 얼마나 개자식인지 등 투덜거리는 소리를 들어 주어야 했다. 파커는 각종 비밀문서에 사인을 했기 때문에 그가 할 수 있는 말에는 한계가 있었다. 파커는 그 선을 넘지 않으려고 조심하는 것 같았다. 그래서 그 상사가 개자식이고 이유 없이 그를 해고했으며, 정말로 개자식 중에 개자식이고 이유 없이 그를 해고했다는 사실은 알았지만 그 이상은 알지 못했다. 하지만 누구나 당할 수 있는 최악의 일이 벌어졌다는 것만은 확실히 알 수 있었다.

힘들다는 점은 부정할 수 없었다. 파커가 예술가를 꿈꾸었다는 것을 데이지는 잘 알고 있었다. 그는 다른 친구들이 카 레이서나 우주인, 팝 스타 같은 꿈을 꿀 때부터 예술가가 되기를 바랐다. 자나 깨나 오로지 예술가만 꿈꾸었다. 예술가가 되겠다는 생각은 그가 원하는 대로 꿈꾸고 생각할 수 있는, 그리고 그런 꿈과 생각을 뭔가로 만들어 낼 수 있는 자율성과 자유를 갖고 싶다는 꿈이기도 했다. 하지만 그가 창작하고 싶은 것은 어떤 '사물'은 아니었다. 그런 사물은 금방 격이 떨어지고 상업화되는 예술 형태였기 때문이다. 그는 꿈과 생각을 다른 이들 역시 생각하고 꿈꿀 수 있도록 만들어 주는 어떤 도발적인 형태의 '생각'으로 구현하고자 했다. 사람들로 하여금 그를 보게 하고, 그도 스스로를 다시 보게 되는 것 말이다. 그러면 그는 무명을 벗고 뭔가를 창작해 유명해지고, 그것이 그의 인생이 될 것이다. 하지만 현실에서 그는 어느 예술가에게 해고된 전 조수일 뿐이었다. 그래서 그가 힘들어하는 것임을 데이지도 알 수 있었다.

갑작스럽게 예고도 없이 파커가 침대보를 걷어차고 발딱 일어나 앉았다. 잠을 깰 때 하는 이 행동은 데이지가 수백 수천 번을 봐도 결코 익숙해지지 않는 그의 잠버릇이었다. 파커는 일단 잠을 깨면 즉시 정신을 차리고 활발하게 움직였다. 잠을 깨는 데 시간이 필요치 않았다. 마치 그에게 온/오프 스위치가 달려 있는 것 같았다. 그는 발가벗은 채로 일어서 두 팔을 쭉 뻗고 기지개를 편 뒤 욕실로 들어갔다. 일어난 지 몇 초밖에 안 됐지만 그의 몸짓에서는 벌써 비관적이고 침울한 기색이 뚜렷이 드러났다. 좁고 매끈한 어깨와 작은 몸집이 평소 모습과 달라 보였다. 데이지는 그에게서 풍겨 나오는 우울의 기운을 감지했다. 아, 그래, 파커가 잘하는 일이 또 하나 있었지. 부정적인 기분을 발산하는 일.

전에도 생각했지만 파커의 유독 크게 나는 소변보는 소리를 들으면 저것도 기술이라는 생각이 들었다. 그는 짐마차를 끄는 말처럼 방광이 큰가 보았다. 더구나 그 소리가 전동 칫솔이 회전하는 것처럼 났다. 그가 욕실을 나오자, 데이지는 침대보로 가슴을 가리고 조금 일어나 앉았다. 이 모습으로 있으면 그에게 일말의 가능성을 줄지도 모른다는 희망으로.

"우리 오늘 뭐 할까?"

그녀가 물었다. 하지만 파커는 여전히 '아무도 내가 얼마나 힘든지 몰라' 하는 식으로 행동했다. 그는 어깨를 으쓱했다.

"뭐든지."

"마을을 산책하다 교회 가서 그 야한 동상 보는 건 어때, 네가 얘기했던 거. 벌거벗은 여성이 다리를 벌리고 과장된 성기를 드러낸 중세 시대 조형물 말이야. 실라나기그, 맞지?"

이쪽이 그의 전공 분야임을 그녀는 잊지 않았다. 그가 전에 말한 적이 있었다. 이 제안은 아이에게 '아이스크림 먹을래?' 하고 묻는 말과 같았다.

"그래도 되고."

이 말은 거의 전쟁 선포나 다름없었다. 파커와 데이지는 둘 다 노
픽에서 자랐다. 노픽에서 '그래도 되고'란 말은 세상에서 가장 싱거
운 사람이 대화나 계획이나 논쟁 도중에 쓰는 영혼 없는 대답이었다.
그 말은 의도한 대로 열정에 찬물을 끼얹는 교묘한 말이었다. 파커는
그녀가 그 말을 얼마나 싫어하는지 잘 알았고, 둘이 그렇게 벗어나려
발버둥 쳤던 안정되나 고루하고 촌스런 유년기를 그 말이 어떻게 압
축해서 보여 주는지도 잘 알았다.

'그래도 되고'란 말이지.

데이지는 침대보를 더 바짝 당기며 말했다.

"야. 네가 직장을 잃은 건 나도 마음이 아파. 정말 그래. 부당해. 네
가 일도 정말 잘했을 텐데. 하지만 세상은 부당한 일투성이야. 지금
도 나 부당 대우받잖아, 뭐 잘못한 사람처럼, 너한테 잘해 주고 너 기
분 풀라고 좋은 주말 보내려 애쓰는데. 내가 얼마나 애쓰는지 알아?
그런 나를 왜 잔소리꾼 고모처럼 대해?"

침대 끝에 앉아 있던 파커의 눈빛이 평소 슬픔에 지지 않는 파커
의 눈빛으로 돌아와 밝은 빛을 띠었다.

"미안해. 분위기 깰 생각은 없었어."

데이지는 곧장 마음이 풀렸다.

"자기야, 나도 알아. 자기가 그럴 사람 아니란 거, 절대 아니란 거."

"아니야, 내가 좀 그랬다는 거, 나도 알아. 이렇게 될 줄 몰라서 그
랬어, 알지? 아무 대비도 못 했는데. 난데없이. 한순간에 모든 게 끝

난 거야, 런던이."

이 말은 두 사람에게 중요한 단어로서 탈출 암호를, 세상을, 고향보다 더 넓은 인생과 열린 길과 가능성을 뜻하는 말이었다.

"그다음엔 막 모르겠는 거야, 갑자기 쓰레기 더미에 던져진 거 같아서. 난 아무것도 아니었어. 다시 아무것도 아닌 인간이 된 거지."

"나에게 있어서는 아무것도 아닌 사람이 아니야."

"그래, 나도 알아."

파커는 이렇게 말하고 나서 요 며칠 동안 처음으로 미소다운 미소를 지었다. 희미했지만 진심이 담긴 웃음이었다. 데이지가 정말로 사랑하는 미소였다.

"아무것도 아닌 사람이 아니지, 너한텐. 난 아무것도 아닌 사람이 아니야. 그 작자도 그 점은 어쩌지 못할걸."

데이지는 침대를 톡톡 두드렸다. 파커는 여전히 벌거벗은 채로 그녀 옆에 앉아 그녀의 손을 잡았다.

"비참하다고 어디 마음 못 붙이고 멍해 있는 거 안 좋아. 털어놓는게 훨씬 나아."

그녀가 말했다.

"답답한 건 싫지만, 말하면 안 될 게 많아서."

"알아. 하지만 이런 식으로 에둘러 행동하는 게 훨씬, 훨씬 더 답답한 거야."

"알았어. 최선을 다할게."

파커는 작별 인사를 하듯이 손을 꼭 잡았다가 놓았다. 그러고는 방을 가로질러 가서 옷을 입기 시작했다.

"가자, 뚱보. 나 아침 먹고 싶단 말이야, 돈 다 냈으니까."

데이지는 침대보를 젖히고 침대에서 내려섰다.

"갑자기 기분이 훨씬 좋아 보이네?"

"응, 맞아."

파커가 청바지를 입으며 대꾸했다. 그녀는 어젯밤 호텔에서 유일하게 청바지를 입은 사람이 파커라는 것을 눈치챘지만 신경 쓰지 않았다.

"욕실에 있을 때 기억났어, 어젯밤에 생각한 거."

"무슨 생각?"

"음, 계획에 가까운 건데, 진짜. 일종의 계획이지. 어쨌든 가서 아침 먹고 늙은 여자 거시기나 보자."

데이지는 그에게 베개를 획 던졌다. 베개는 빗나가 버렸다.

54

프레디 카모는 토요일에 1군 선수로 출전한다는 소식을 들었다. 처음으로 경기 시작부터 뛰게 될 것이다. 그는 이 순간을 고대해 왔고,

꿈꿔 왔고, 목표로 삼아 왔다. 때로는 기회가 오지 않아 화가 나기도 했다. 그는 준비가 되어 있었다. 오랫동안 프레디의 첫 출전을 조용히 냉철하게 기다려 온 패트릭도 아들만큼이나 흥분했다. 아들은 이제 한 경기를 제대로 뛸 것이다. 프리미어 리그에서! 우리 아들이! 도와주소서!

패트릭은 프레디에게 말했다.

"얼마나 기쁜지. 넌 우리의 자랑이야."

패트릭은 가끔 미키와 아들의 관계에 화가 났다. 아들에게 미키는 없으면 안 되는 존재였고, 미키가 프레디를 잘 돌보고 있다는 점은 그도 잘 알고 있었다. 하지만 그도 사람인지라 미키에게 아버지 자리를 빼앗긴다는 느낌을 지울 수 없었다. 프레디에게 다른 아버지가 생긴 것 같은 느낌이었다. 오늘만 해도 이 소식을 듣고 기절할 만큼 기뻐할 사람은 패트릭 자신을 제외하면 세상에 단 한 사람, 바로 미키였을 것이다. 그래서 프레디가 훈련에서 돌아와 게임기를 들고 쉬러 가자 패트릭은 곧장 전화기 쪽으로 향했다.

"애가 준비가 됐다고 생각하시오? 진짜로 준비가?"

패트릭이 물었다. 아침에 그가 그토록 싫어하는 엽서가 또 왔다. 당신이 가진 것을 원한다고 적힌 엽서 말이다. 다른 날이었다면 이 엽서 때문에 근심했겠지만 오늘은 그렇지 않았다. 프레디 일은 누구나 부러워할 만한 일이라는 것을 패트릭은 잘 알고 있었다.

"아드님은 상대 선수들을 산 채로 잡아먹을 겁니다."

미키가 대답했다. 그는 카모 부자보다 더 흥분한 상태였다. 싱글벙글 웃기만 했다. 다른 날보다 두 배 빠르게 다리를 떨었고, 줄곧 고개를 까딱거렸다. 그는 공중에 뜬 공을 헤딩하려고 상대 선수와 싸우고 골문 근처에서 슛을 날리고 다른 선수에게 공을 패스하는 등 상상의 나래를 펼쳤다.

"만반의 준비가 돼 있습니다. 준비 그 이상이죠. 이미 우승까지 넘보고 있습니다."

마치 그가 소유한 프레디의 준비된 모습을 패트릭에게 팔려고 설득하는 듯한 말투였다.

패트릭은 조금 못마땅했다.

"몸이 아니라 정신력이 걱정인 거요."

그는 미키와 이런 걱정을 나누고 싶지 않았지만 달리 말할 상대가 없었다. 평소 미키에게 자신의 감정을 들키고 싶지 않았기 때문에 이런 말을 참았다가 오늘 처음 꺼내는 것이었다. 예민한 미키는 즉시 알아차리고 패트릭이 한 말을 진지하게 받아들였다.

"프레디가 이번 출전을 부담스럽게 느낀다면, 저도 걱정이 됩니다만. 프레디는 열일곱 살입니다. 알 수가 없죠. 이건 매번 열리는 경기 중 하나일 뿐입니다. 큰 경기긴 합니다. 프레디한텐 가장 큰 경기긴 합니다만 매번 열리는 경기일 뿐이죠. 힘든 건 우리예요. 프레디는 괜찮아요. 십 년 후에 회상하면서 기뻐하겠죠, 자기가 얼마나 자연스럽게 이 기회를 받아들였는지."

"그래요, 그래."

패트릭이 대답했다. 그러나 그럼에도 불구하고 프레디는 일주일 내내 흥분한 상태였다. 출전 소식을 들은 뒤로는 잠도 설치고 가만히 앉아 있질 못했다. 한눈에 봐도 프레디는 행복감과 긴장감으로 들떠 있었고, 홈경기를 위해 팀 전체가 호텔에 묵던 중 토요일 아침이 되자 패트릭은 얼마나 지치던지 스트레스가 쌓일 대로 쌓이고 말았다. 프레디가 아침을 먹은 뒤 회의에 나가고 나자, 그는 더블베드에 누워 채널을 이리저리 틀며 미니바에 놓인 병따개를 집어 만지작거렸다. 그러다 버튼을 눌러 커튼을 열었다 닫았다 했다. 그는 라디오를 틀고 청취자 참여 스포츠 프로그램에 주파수를 맞췄다가 도로 껐다. 호텔 방에 성경책이 있는지 찾다가 그만두었다. 입맛도 없었다.

회의를 끝내고 돌아온 프레디는 좀 더 차분해 보였다. 패트릭은 회의 내용을 물어보고 싶었지만 꾹 참았다. 둘은 잠시 시간을 보냈다가 주차장으로 내려가서 팀 전용 차량에 올라탔다. 프레디가 팀 내에서 유일한 미성년자였기 때문에 패트릭은 보호자로서 시합 당일에 팀과 함께 이동할 수 있었던 것이다. 평소에는 그것이 특권 같았지만 오늘은 고문이었다. 연배가 있는 한두 선수가 오가며 그를 보고 인사하더니 안부를 물었다. 몸값으로 이천만 파운드를 받는 미드필더가 패트릭의 어깨에 팔을 얹고 말했다.

"애 태어날 때랑 기분이 좀 비슷하죠. 아내의 진통이 시작됐을 때, 산파가 뭐라 했는지 아세요? '그렇게 긴장하지 마쇼. 하긴 긴장하다

죽은 애 아빠는 아직 한 명도 없지만.'"

이것은 호의에서 나온 말이었으나 패트릭은 애 엄마 생각이, 그녀가 여기 이 자리에 왜 없는지 하는 생각이 났다. 그녀의 존재는 프레디를 통해서만 느낄 수 있었다. 아직 어리긴 하나 아들의 의젓한 모습은 그녀를 빼닮았기 때문이다. 그 순간 그녀가 그리워했던 모든 것들이 그의 마음을 무겁게 했다. 미드필더가 그의 어깨를 꽉 잡았다.

"아드님은 잘할 겁니다, 아버님."

그가 어깨를 한 번 더 꽉 잡았다 놓더니 제자리를 찾아 지나갔다. 패트릭은 눈물이 찔끔 나왔지만 어깨가 아파서 그런 것은 아니었다. 자신을 추슬러야 했다. 프레디의 데뷔 날 울면서 갈 수는 없었다. 때마침 킷백(유니폼이 들어 있는 가방-옮긴이)을 책임진 남자가 소리를 지르며 지나갔다. 그는 언제나 모든 일에 수선을 떨었는데, 심지어 경기장에 유니폼이 다 들어가 준비가 되어 있는 홈경기 때에도 수선을 떨었다.

"아디다스 가방 보신 분? 아디다스 가방 보신 분? 아디다스 가방 찾습니다!"

모두가 주변을 둘러보는 사이에 눈을 돌리고 긴장을 풀 완벽한 기회가 온 것이다. 패트릭은 프레디가 옆 선수의 옆구리를 쿡 찌르는 것을 보았다. 눈물이 날 것 같던 순간이 지나갔다. 오로지 현재만 있을 뿐이다. 죽은 자의 일은 죽은 자에게 맡겨야 한다. 아무리 사랑하는 사람이어도.

홈 경기장으로 갈 때 타는 전용 차량은 언제나 느낌이 이상했다. 보통 대형 버스를 타고 가면 속도가 느리고 좌석은 불편하고, 버스에 눈길 주는 사람도 없고, 가까운 곳도 아주 멀게 느껴졌다. 하지만 이 전용 차량은 링게르에 있는 패트릭의 집보다 훨씬 더 큰 것 같았다. 게다가 확실히 내부 설비도 좋아서 오락 시설은 물론 속이 꽉 찬 냉장고와 자동 온도 조절 장치까지 달려 있었다. 엔진 소리도 거의 나지 않았다. 익명성은 보장되지 않았다. 차량이 호텔을 떠나는 순간부터 사람들은 손을 흔들고, 휘파람을 불고, 팀의 머플러를 흔들어 댔다. 오늘은 경기 당일이라 상대편 팬들도 많이 나와서 야유와 함께 손등을 보이며 손가락으로 브이 자(영국에서는 상대방을 모욕하는 손짓-옮긴이)를 그리고 특정 선수를 욕했다(계집애 같은 자식, 검둥이 자식, 사기꾼, 뚱보 유대인 자식, 변태 자식, 똥개 자식, 가톨릭 변태 자식, 프랑스 개자식 등등). 어떤 사람은 바지를 내리고 차량을 따라왔다. 패트릭은 과거에 더 심했던 일화도 들었다. 성난 팬들이 차량에 몰려들어 겁을 주려고 바퀴를 흔들어 댔다고 한다. 하지만 그것이 두렵지는 않았다고 한다. 증오는 실로 당황스럽지만 연극 같기도 하다는 것이다. 패트릭은 뭐라 설명할 수는 없었지만 이해가 됐다. 그것은 실재하나 허상이었다.

미키는 거의 전용 차량에 탄 적이 없었다. 경기가 있는 날이면 보통 경기장에 먼저 가 있었다. 특별한 문제가 없는 한, 그는 별 주의를 주지 않았다. 하지만 오늘은 그도 함께 차량에 탔다. 그는 프레디의 뒷좌석에 앉았다. 앞좌석 사이로 고개를 내밀고 긴장과 흥분으로 두 손을 비비고 있었다.

"괜찮니?"

'우리의 자랑'이란 몸짓으로 인사하는 팬들 앞으로 차량이 나아갈 때 미키가 프레디에게 물었다. 열 번도 넘게 물어본 것 같았다. 프레디는 그때마다 고개를 끄덕였다. 미키가 말했다.

"차가 많이 안 막히길 바랄 뿐이야. 이 시간엔 거의 최악이잖아. 일 마일도 채 안 되는 거리를 가는 데 얼마 걸린 줄 알아? 한 시간 반이나 걸렸어. 작년에 그랬어. 물이 넘쳐서 대로가 막혔거든, 완전 꽉 막혔지. 눈 감고 가는 게 더 빨랐을 거야. 경기 시작 시간까지 못 갈 뻔했지 뭐. 홈경기를 그랬다면 어떻게 됐을지 상상해 봐. 매년 체증이 더 심해져. 정부가 해결해야 하는데. 안 그래? 젠장. 처음엔 이러지 않았는데 이것만 생각하면 차에 반감이 생긴다니까."

미키의 기준으로 이것은 긴장감 때문에 나오는 잡담이었다. 그는 무슨 말이 자기 입에서 나오는지 듣지도 않았다. 의외로 오늘은 교통 흐름이 원활했다. 신호를 받을 때마다 파란불이 딱딱 들어오고 다른 차들도 차선을 바꿔 길을 터 주고 행인들도 안전하게 인도에 서 있었다. 패트릭은 앞좌석 쪽을 둘러보았다. 주장은 껌을 씹으며 앞만 보고 있었다. 앞 세 자리 좌석에 앉은 감독은 실뜨기하는 손 모양을 하면서 코치에게 말을 건네고 있었다. 차량이 옆으로 빠지니 철로 된 정문이 열렸다. 구단 경기장에 도착한 것이다. 프레디의 첫 등판! 이제 시작이다!

55

버스에서 내린 후 모두 뿔뿔이 흩어졌다. 패트릭은 미키와 함께 관계
자석으로 올라갔다. 프레디는 두 사람이 가는 뒷모습을 기쁜 마음으
로 바라보았다. 시합 당일, 경기가 시작되기 한두 시간 전에 그는 머
릿속에서 준비하는 것을 좋아하는데 두 아버지가 곁에 있으면 그것
이 좀 어려웠다. 감독은 유능했다. 모든 준비를 미리 마쳤다. 프레디
는 무엇을 어떻게 해야 하는지 들었고 극적인 작전 변경은 없을 것
이다. 탈의실에서 자극적인 연설도 없을 것이다. 모두가 할 일을 알
고 각자 하고 있었다. 경기장에 몸을 풀러 나가기 전에 잠깐 시간이
있었다. 그 시간에 어떤 선수는 앉아서 생각에 잠겼고, 어떤 선수는
주위를 걷거나 음악을 들었다. 프레디는 최대한 빨리 옷을 갈아입고
조용히 있기를 좋아했다. 어떤 구단은 나름 특별한 의식을 행하거나
시끄러운 음악을 듣거나 특정한 행운의 노래를 함께 부른다는 소리
를 들은 바가 있었다. 여기 구단은 그렇지 않았다. 이것은 어른의 일
이었다.

프레디는 앉아서 오늘 치러야 할 경기를 생각했다. 그는 치고 나

가야 한다. 감독은 좁은 포메이션의 포워드 위치를 좋아한다. 뛰어난 공격수가 앞서 나가면 그 뒤를 다른 선수가 천천히 받쳐 주게 해서, 미드필드에서 상대 수비수가 그 공격수를 일대일로 마크할지 말지 어려운 선택에 빠지게 만드는 것이었다. 그에 따라 상대 수비수가 자리를 비우거나 공격수를 자유롭게 두면 공격수가 필요한 공간과 시간을 확보할 수 있는 것이다. 감독이 유럽 타이틀뿐만 아니라 세 나라에서 치르는 내셔널 챔피언십을 거머쥘 수 있었던 것도 이 포메이션 덕분이었다. 하지만 프레디는 타고난 윙 선수로 상대 수비수를 유인하는 역할을 맡았다. 상대 수비수의 태클을 유도하고, 그 수비수를 따돌리고, 크로스 패스를 하고, 수비수 깊숙이 파고들어 슛을 날리고, 숨고르기하며 전진하도록 미드필더에게 공을 돌려야 한다. 뛰고 또 뛰며 끊임없이 상대를 교란시키고 또 교란시키는 것이다. 세계 모든 수비수가 가장 꺼리는 선수는 놀랄 정도로 발이 빠른 선수였다. 속도는 곧 실수를 용납하지 않는다는 뜻이다. 집중력이 흐트러지는 순간 용서받지 못한다. 눈 깜짝할 순간 프레디는 다른 곳에서 뛰고 있었다. 의미 없는 동작, 즉 제 발에 제가 걸려 넘어질 듯한 동작도 경기에 도움이 될 것이다. 공을 놓칠 듯, 놓칠 듯, 수비수를 뚫을 기세로 공을 옆으로 찰 것이다. 그러면 수비수는 공을 차지해야겠다고 마음먹을 것이다. 프레디가 먼저 공을 잡을 수 없을 테니까. 수비수는 몸을 돌려 공을 쫓아갈 것이고, 그때 프레디가 그 옆에 나타나 그를 앞서 뛰어갈 것이다. 수비수가 다리를 잽싸게 뻗겠지만 프레디가 먼저 공을 잡고 질주할 것이다. 그가 수비수보다 50센티미터를 앞지르기만 해도 게임 끝이다.

프레디의 상체를 좀 더 키워야 한다는 첫 진단은 맞는 말 같았다. 그렇게 하지 않으면 그보다 더 크고 노련한 선수와 맞닥뜨렸을 때 그 단련된 근육에 그가 튕겨 나갈 것이기 때문이다. 몸무게가 늘면 스피드는 조금 떨어질 것이다. 다른 젊은 축구 선수가 흔히 겪는 일이었다. 하지만 프레디는 그렇게 하지 않았다. 몸집을 불릴 필요가 없었다. 그의 달리는 동작이 너무 이상하고 어색하고 예측할 수도, 파악할 수도 없었기 때문이다. 그 동작을 보노라면 뇌가 갑자기 먹통이 되는 듯한 느낌이 들었다. 그는 뱀장어 같았다. 그를 제대로 따라잡을 수도 없었다. 감독은 눈으로 직접 보기 전까지 그 사실을 믿기 어려워했다. 그는 프레디를 후반전 경기에 투입시켜 놓고는 그에 관한 많은 정보를 모은 후 마침내 인정하고 오케이 사인을 보냈던 것이다. 프레디는 준비가 되었다. 준비가 되지 않았다 해도 그는 뛸 수 있었다.

프레디는 유니폼을 입고 라커 옆 벤치에 앉아서 축구화를 어루만졌다. 미키의 조언대로 아직 축구화 회사와 계약을 맺지 않았다. 그래서 그는 로고가 가려진 프레데터 축구화를 신었다. 만약 오늘 경기가 잘 풀리고 다른 경기도 오늘처럼 잘 풀리면, 수백만 파운드짜리 축구화 회사와 계약할 수 있을 것이다. 프레디는 그것에 크게 신경 쓰지 않았다. 이미 많은 돈을 받았고 필요한 모든 것을 갖추고 있었기 때문이다. 하지만 아버지와 미키에게는 계약 체결이 중요했다. 그래서 그는 두 사람이 시키는 대로 했다. 프레디에게 중요한 것은 오로지 축구였다. 다른 모든 것은 허상에 불과했다.

돌연 빛나는 갈색 축구화가 눈앞에 나타났다. 프레디는 고개를 들고 올려다보았다. 감독이었다. 감독 뒤에는 구단주가 서 있었다. 그가 탈의실에 나타나는 경우는 별로 없었다. 지난번에 방문한 뒤로 9개월 만에 그를 보는 것이었으니 오늘 네 번째로 보는 것이었다. 그를 처음 본 때는 프레디가 런던에 도착했을 때였고, 그다음은 시즌 마무리 행사 때, 그리고 나머지는 프레디가 블랙번을 상대로 15분간 뛴 경기에서 결승골을 넣고 탈의실로 들어섰을 때였다. 오늘은 구단주가 어딘가 불편해 보이는 프레디를 보며 미소를 지었다. 프레디는 언제나 그렇듯이 주위 시선을 뿌리치고 다른 곳으로 도망가고 싶다는 분위기를 풍겼다. 그러다 감독의 시선을 알아차리고 자리에서 일어섰다. 구단주는 그에게 손을 흔들었지만 프레디는 마냥 서 있기만 했다.

"오늘 행운을 비네. 빨리 뛰게!"

구단주가 영어로 천천히 또박또박 말했다.

"네, 회장님. 감사합니다. 최선을 다해 보겠습니다."

"그 정도론 안 돼! 해내야지!"

그가 하하 웃었다. 농담이었다. 그는 감독을 보며 다음 말을 이었다.

"해내!"

감독도 구단주를 따라 하하 웃었다. 구단주는 여전히 웃는 얼굴로 고개를 끄덕이다 자리를 떴다. 프레디는 도로 앉았다. 맞은편으로 눈을 돌려 팀에서 가장 긴 서브 볼을 차는 선수를 바라보았다. 그는 중앙 수비수로 20년 전 구단의 유망주 제도를 통해 들어온 뒤 지금까지 뛰고 있었다. 그가 프레디에게 한쪽 눈을 찡긋했다.

그리고 선수들은 시합 전 의식을 치렀다. 걷기와 스트레칭으로 몸을 풀고 감독의 마지막 말을 듣는 것이었다. 감독은 언제나 행운과 주문과 좋은 충고 같은 말을 섞어서 했다.

"우리가 저쪽보다 더 뛰어나다. 저쪽이 이길 수 있는 유일한 길은 우리보다 더 열심히 뛰는 것이다. 그러니 우리가 저쪽보다 더 열심히 뛰면 이긴다. 그것이 바로 우리가 할 일이다."

그러고 나서 경기장으로 향하는 통로로 들어섰더니, 밀폐된 통로에 울리는 관중의 함성이 달리 들렸다. 상대 팀도 경기장에 나와 가볍게 몸을 풀거나 시멘트 바닥에 축구화를 문질렀고, 마스코트들은 주장들의 손을 잡고 있었고, 심판들은 모든 것이 제자리에 있는지 확인했다. 이윽고 이쪽 선수들이 경기장으로 달려 나갔다. 아드레날린과 함성과 갑작스럽게 비친 듯한 햇빛이 한데 어우러졌다. 흥분과 긴장이 역대 최고였다. 프레디는 오늘을 영원히 기억할 것이다. 그는 공을 들고 있다가 경기장에 들어서서 공을 뻥 찼다. 힘차게. 그 공을 잡으려고 선수들이 달려들었다. 어느새 사람들이 그의 이름을 불러 댔다. 프레디, 프레디. 그는 못 들은 척, 기쁘지 않은 척했지만 가슴이 마구 뛰었다. 그런 뒤 그와 스트라이커가 서로 공을 주고받았다. 공이 머리 위로 높이 떴다가 경기장 바닥으로 떨어뜨렸다. 준비가 되었다. 프레디는 아버지가 저기 관계자석에 앉아 있다는 것을 알았지만 제대로 볼 수 없다는 것도 알았다.

킥오프 후 1분 만에 그에게 첫 공이 날아왔다. 그들은 그가 긴장한 것을 알았다. 그래서 팀을 뛰게 하는 역할을 하고, 마크하다 태클 걸고, 경기장을 종횡무진 뛰어다니고, 상대의 움직임을 끊어서 짧게 패스하고, 그 역할로 인해 눈에 띄지는 않지만 실수 하나 없이 경기를 잘 치른다는 상대 수비형 미드필더가 일이 미터쯤 떨어져 있던 수비수에게 공을 넘겼다. 프레디가 달려가 공을 가로채 한 번에 휙 돌며 보니, 그 수비수가 뒤로 물러났다. 그는 프레디를 따라잡으려던 것이 아니었다. 그가 프레디의 움직임을 안다는 뜻이었으니 조심해야 했다. 그들은 그를 경계하고 있었다. 좋은 징조였다. 프레디는 두 걸음 가서 45도 각도로 공을 차 스트라이커에게 보냈다. 그는 공을 받으려고 했지만 중간 수비수에게 막혀 버렸다. 공은 공중에 붕 떴다 내려오면서 스트라이커의 몸에 맞고 튕겨 나갔다.

오늘은 모두가 잘 싸우고 있었다. 처음 10분 동안 공 점유율은 높았지만 이렇다 할 기회는 없었다. 구단에서 선수들과 함께 뛰다 보면 상승 기류를 탈 때가 있었다. 그럴 때면 상대 팀은 그저 경기에 나와야 하기 때문에 나온, 경기 진행을 위한 존재로 전락해 프레디의 팀이 승리하도록 경기장만 지키게 될 뿐이었다. 오늘은 그런 기류를 탈 것 같았다. 홈팀이 상대 팀보다 더 빠르고 더 유연했다. 감독이 했던 말 그대로였다. 단순히 말하면 홈팀의 실력이 더 뛰어나다는 뜻이었다. 경기가 시작되고 10분이 지나자 중앙 미드필더가 공을 몰며 전진했다. 프레디는 뭔가를 하기로 마음먹었다. 수비수를 따돌릴 수 있을 것이다. 그가 프레디에게 너무 가까이 가지 말라는 경고를 받았으니 프레디는 돌아서 돌진하면 될 것이다. 완벽했다. 프레디는 어떤 이론적 지식도 없었지만 본능적으로 전략을 이해할 수 있었다. 바로 상대가 원하지 않는 플레이를 구사하는 전략이었다. 그래서 프레디는 수비수와 일정 거리를 두지 않고 수비수 앞으로 공을 몰아가 수비수로 하여금 뒤로 물러나게 할 것이다. 기본적으로 수비수는 뒷걸음질 치다 보면 상대 공격수를 놓치고, 앞으로 나서다 보면 원하지 않는 곳에 위치하게 되어 상대에게 당했다는 것을 인정해야 했다. 그래서 미드필더의 오른발이 공을 패스하기 위한 자세로 바뀔 때, 풀백이 프레디에게 다가왔다. 완벽했다. 프레디는 그들 사이에서 공을 향해 달려가며 주위를 살폈다. 수비수가 그에게 달려들었을 때 그는 몸의 무게 중심을 왼발에 싣고 패스를 연결하며 한 번에 휙 돌아 바닥에 착지하려 했다. 그게 다였다. 그가 시야에서 사라졌다. 저 선수에게 묵사발이 될 거라고 생각한 순간, 그 큰 선수가 오른발을 쭉 뻗은 채 돌진해 왔다. 약간은 무모했지만 악의는 없는, 공보다 10분의 1초 느린 시간차를 두고 태클이 들어왔다. 프레디가 완전히 왼발을 뻗어 점령한 곳으로. 그 수비수가 프레디의 정강이 위쪽을 그대로 걷어차니, 관중석 열다섯 번째 줄 뒤에 앉은 관중에게 뼈 부러지는 소리가 들렸다. 그 소리를 듣지 못한 관중은 프레디가 비명을 지르며 상체를 말고 좌우로 구르는 모습을 볼 수 있었다. 그 비명이 들리지 않았던 뒷줄 관중은 그의 무릎 아래가 완전히 회복 불가능한 각도로 꺾인 것을 볼 수 있었다.

56

5월의 따뜻한 어느 날 아침, 다비나와 헤어지지 못하고 결국 2주가 흘러갔다. 즈비그뉴는 피프스 로드 42번지 집 앞에 서 있었다. 집주인이 실내를 다시 꾸미고 싶어 하더라는 말을 전해 듣고 전화로 약속을 잡아 견적을 내기로 한 날이었다. 일, 신께 감사하게도 일이 생겼다. 일하는 동안에는 꽉 막힌 관계를 생각하지 않아도 된다. 마치 막다른 길목에서 한쪽 다리가 곰덫에 걸린 듯 인생 최고의 재앙을 만난 것 같았다. 적어도 10분, 15분만이라도 그 생각에서 벗어나고 싶었다. 그러면 그 몇 분이 그날 최고의 순간으로 기억될 테니까.

즈비그뉴는 그대로 서서 전문가의 눈으로 집을 평가해 보았다. 그는 이런 집들을 훤히 꿰고 있었다. 상태는 괜찮았다. 보기는 안 좋아도 건물 자체는 튼튼했다. 지금까지 여러 번 이런 집의 공사를 해 왔다. 너무 신식이어도 안 되고, 너무 구식이어도 안 된다. 배선은 새로

교체하고 배관은 조금 손보면 된다. 나쁘지 않은 일이다. 견적에서 단가가 높게 나올 것이다.

전화로 문의했던 여자가 문을 열었다. 그녀는 피로한 기색에 목소리보다 더 나이 들어 보였다. 자신을 메리 레더비라고 소개하더니 공사 문제에 깊이 관여하지 않겠다는 분위기를 풍겼다. 즈비그뉴는 그것이 어떤 뜻인지 알았기 때문에 신경 쓰지 않았다. 그녀에게도 아무 관심이 가지 않았다. 그녀가 아래층을 보여 주었다. 그가 생각한 대로였다. 바닥에 리놀륨이 깔려 있었다. 싱크대를 걷어내고 새롭게 다시 깔아야 했다. 배선도 점검했다. 배선 자체는 괜찮을 것이다. 집은 어디가 잘못된 것이 아니라 그저 노후화된 것뿐이었다. 계단 밑 화장실은 상태가 끔찍해서 그녀는 전체를 들어내고 싶어 했다. 이 공사는 다른 사람의 도움이 필요할 것 같았지만 그리 큰 문제는 아니었다. 견적이 만 파운드 초반대로 나올 것 같았다. 그는 수첩에 재빨리 메모했다.

응접실 공사 역시 수월해 보였다. 레더비 부인의 선택으로 미루어 판단하건대, 그녀는 이 집을 팔고 싶어 하는 것이 분명했다. 집 전체는 중간 톤, 즉 크림색과 흰색 톤에 모던한 가구로 꾸며질 것이다. 문제없다. 즈비그뉴는 어떻게 작업해야 할지 감이 왔다. 메모를 추가했다. 견적이 몇천 파운드 더 뛰었다. 그들은 잇따라 곳곳을 돌며 살펴보았다. 위층에 욕실이 있었는데, 아래층 화장실과 상태가 크게 다르지 않았다. 하지만 이곳은 없애기보다 수리하면 될 것 같았다. 하도급자에게 맡길 일이 더 생겼지만 문제 될 것은 없었다. 욕조와 샤워기, 변기, 세면대, 수납장 등이 새로 필요했다. 모두 마진이 좋으니 하도급자가 좋아할 것이다. 견적이 만오천 파운드나 나왔다.

"침실이 하나 더 있는데, 거긴 안 보셔도 됩니다."

레더비 부인이 말했다. 그녀는 소파 베드가 놓인 침실 겸 서재를 보여 주었다. 이곳에서 잠을 자는 모양이었다. 탁자에는 짐을 풀려고 열어 놓은 여행 가방과 그 옆으로 한 남자와 세 아이를 찍은 사진이 놓여 있었다. 그들은 위층으로 올라갔다. 여기 바닥에도 리놀륨이 깔려 있었다. 나중에 이 리놀륨은 아마 카펫으로 바뀔 것이다. 그것은 다른 전문가의 영역이었지만 아직 그녀에게 말하지 않기로 했다. 견적에 넣기만 하고 나중에 외주를 주면 될 것이다. 게다가 그녀는 무엇을 어떻게 바꿀지 생각이 거의 없는 상태여서 아직 뭔가를 확정하기에는 시기상조 같았다. 고객이 자신이 무엇을 원하는지 모르는 것. 그것은 모든 건축업자의 악몽인 동시에 꿈이었다. 위층에는 침실이 두 칸 더 있었는데 모두 어둡고 볼품없었다. 작은 욕실도 마찬가지였다. 개조하지 않은 다락방도 있었다. 올라가서 살펴보니 따뜻하고 습하고 평범한 다락방이었다. 노출된 낮은 들보에 먼지가 1센티미터 두께로 쌓여 있었다. 한 군단의 작업자가 필요할 것이다. 그가 맡았던 그 어떤 일보다 규모가 가장 큰 일이 될 것이다.

"이곳은 구매자가 알아서 하라고 내버려 두는 게 좋을 것 같아요. 대강 견적만 내주시면 돼요. 하지만 공사 시작하면 귀찮은 일이 생기긴 할 거예요, 허가나…… 위원회 같은 데서……."

레더비 부인의 목소리가 커졌다 작아졌다 하는 것 같았다. 스스로 말하면서도 귀를 닫고 있는 것 같았다. 즈비그뉴는 안 봐도 된다던 방이 궁금했고, 왜 그런지 궁금했다. 자기 집도 아니면서 왜 이 집을 팔려고 하는지도 궁금했는데 곧 이해하게 되었다. 여기는 그녀의 어머니네 집이었고, 어머니는 아직 살아 계셨다. 분명 얼마 못 살 것이다. 그렇지 않다면 그녀가 집을 팔려고 하지 않았을 테니까. 이성과 합리성을 동원해서 요약하면 그녀는 어머니가 돌아가시면 집을 수리해서 팔기 위해 건축업자의 견적을 받는 것이었다. 어머니가, 죽음을 앞두고 있지만 아직 집 안에 누워 있는 상황에서 말이다. 이건 아니다 싶은 느낌이 즈비그뉴의 머릿속에서 눈덩이처럼 불어났다. 뭔가 해서는 안 될 일에 발을 들이는 것 같은 느낌이었다.

"다른 사람한테도 견적을 받고 있어요. 말씀드렸다시피 선생은 추천 받은 거고요. 견적 대강 내주세요, 세부적인 건 그 뒤에. 나중에 때가 되면 더 생각이 날 것 같아서요……. 어쨌든 와 주셔서 감사합니다. 원하시면 더 둘러보셔도 돼요. 저는 부엌에 있을게요."

그녀는 전보다 더 빨리, 거의 뛰다시피 계단을 내려갔다. 미끄러지는 소리가 바닥을 통해서 전해져 왔다. 그녀에게는 버거운 일일 것이다. 즈비그뉴는 그녀가 나쁜 짓을 할 사람은 아니란 걸 알 수 있었다. 단지 무엇을 어떻게 해야 좋을지 모를 뿐이었다.

그의 생각이 맞았다. 그녀는 무엇을 어떻게 해야 좋을지 몰랐다. 즈비그뉴는 견적을 내는 동안 잠시 다비나를 잊을 수 있어 행복했다.

짧았지만 즐거운 시간이었다. 어느새 다시 다비나에 대한 생각이 끼어들기 시작했다. 그녀를 생각하는 것이 아니라 그녀와 어땠는지 기억날 뿐이었다. 아무 일도 없었던 것처럼 행동하는 그녀와 실제로 일어났던 사건 사이에는 썩어 가는 시체가 가로놓인 것 같았다. 그 어떤 탈출구도 보이지 않았고 어떤 생각도 나지 않았다. 어쩌다 그를 바라보는 그녀를 포착했을 때 보면, 그녀의 시선에는 마치 개가 주인을 바라보듯 결핍과 비굴함, 두려움, 간절함이 담겨 있었다. 그들 사이의 대화는 거짓으로 점철되어 있어서 아무리 별것 아닌 대화라도 거기에선 지독한 방귀 냄새가 나는 것 같았다.

즈비그뉴는 그대로 레더비 부인이 계단을 내려가 주방으로 들어가는 소리를 들으며 서 있었다. 곧이어 문이 열리고 닫히는 소리가 들렸다. 그녀가 정원으로 나간 것이다. 집 안에 그 혼자 있었다. 저쪽 침실에 사람인지 뭔지가 있기는 했지만 말이다. 꼭 공포 영화 같았다. 문 너머의 생명체……. 즈비그뉴는 무턱대고 문 앞으로 다가가 손잡이로 손을 뻗었다. 나무 손잡이는 감촉이 따뜻했다. 그리고 약간 헐거웠다. 아귀가 딱 맞지 않는 것 같았다. 이것도 작업 목록에 넣어야 할 것이다. 수첩을 꺼내 메모하고는 도로 주머니에 넣었다. 그는 손잡이를 돌리면서 그저 상태 확인 차 손잡이가 부드럽게 돌아가는지 문짝 아귀가 잘 맞는지 알아보려 했다고 스스로를 이해시켰지만, 사실은 그다음에 하려는 것이 손잡이를 돌린 진정한 목적이라는 것을 스스로 잘 알고 있었다. 손잡이를 끝까지 돌려 부드럽게 밀자 문이 살짝 끽 소리를 내며 스르르 열렸다. 알코올이 섞인 소독약 냄새가 났다.

한 노부인이 침대에 누워 있었다. 그녀는 창가 벽에 붙인 침대 살에 기대어 그를 바라보았다. 그가 막 사과하려는 순간, 노부인의 눈이 그를 향해 있지만 그 눈에 초점이 없다는 사실을 알게 되었다. 그녀에게 그는 투명 인간이었다. 즈비그뉴는 동물의 눈에서 저런 시선을 본 적이 있었다. 소는 얼빠진 상태이면서 깊고 강렬한 눈빛으로 사람을 본다. 이 노부인의 시선이 그랬다. 분명 레더비 부인의 죽음을 앞둔 어머니일 것이다.

노부인은 그를 향한 채 기대고 있기만 한 것이 아니라, 정말로 그를 바라보았다면 한 1분쯤 바라보았을 것이다. 그런 뒤 그녀는 천천히 눈을 감았다. 그는 숨을 죽였다. 어쩌면 그녀가 방금 여기서 죽었을지도 모른다! 그가 무슨 일을 할 수 있을까? 무엇을 해야 할까? 그에게 책임이 있을까? 하지만 아니었다. 그런 일은 일어나지 않았다. 임종 시 사람은 저렇게 잠자듯이 눈을 감지 않는다. 그녀는 죽지 않았다. 하지만 틀림없이 곧 죽음을 맞을 것이다.

이 경험은 즈비그뉴에게 결코 잊지 못할 중대한 그 무엇이 되었다. 밀폐되고 지나치게 따뜻한 침실에서 나던 냄새와 느낌을, 이미 일부가 저 멀리 가고 남은 노부인의 존재와 또 다른 존재가 있다는 느낌을 잊지 못했다. 즈비그뉴는 종교도 없고 아무것도 믿지 않았지만 처음으로 죽음의 존재를 믿었다. 죽음은 그저 관념의 산물이 아니었고 다른 사람만 죽는 것도 아니었다. 그도 언젠가 죽는다. 저 노부인처

럼 그도 혼자 죽어 갈 것이다. 주위에 그를 사랑하는 사람들이 있어
도 결국에는 혼자 죽는 것이다. 이런 큰 깨달음이나 생각이 누군가에
게는 어느 날 하루아침에 찾아오겠지만, 즈비그뉴에게는 피프스 로
드 42번지 침실에서 한낮에 찾아왔다.

그날 밤 즈비그뉴는 다비나와 확신하게 헤어졌다. 다시 만날 여지
는 전혀 남겨 주지 않았다. 최대한 신사적인 자세로 그녀를 대했지만
마지막이란 사실만은 변함이 없었다. 모두 끝났다.

57

메리는 어머니 댁에 들어온 암 전문 간호사를 어떻게 대해야 할지
잘 몰랐다. 그녀의 이름을 자꾸 잊어버리니 더 큰일이었다. 조애나
란 이름이 죽어라고 생각나지 않았다. '조'로 시작한다는 것만 생각
나서 조세핀, 조앤, 조디, 조 하고 불렀다가 틀린 것을 깨닫고는 정정
하기 일쑤였다. 하루에도 열두 번씩 조애나, 조애나 하고 되뇌었지만
별 소용이 없었다.

간호사는 마흔다섯 살의 활기찬 여성이었다. 머리가 금발에서 회
백색으로 희끗희끗 세어 가는 중이었고 전문성을 강조하는 간호복
을 입고 있었다. 병원 간호사에겐 따뜻한 느낌을 받았지만 그녀는 오

로지 업무의 일환이라는 태도를 보였다. 스코틀랜드 억양이 살짝 들어가 있어서 말투가 차가웠다. 그녀는 죽음이 가까운 사람을 많이 돌본 만큼, '나는 간호사로서 여기에 있는 것이고, 당신은 죽어 가는 사람의 가족으로서 거기에 있는 것이다'라는 듯 분명하게 선을 그었다. 조용할 때 그녀는 핸드폰을 들고 통화했다. 얼마나 조용히 통화를 하는지 모습은 보였지만 소리는 들리지 않았다. 문자도 길게 보냈다. 그럴 때면 글자판을 보려고 고개를 앞으로 푹 숙였다. 문자를 빨리 보내기에는 나이가 좀 많은 편에 속했다.

하지만 그녀는 분명 모든 것을 다 알아서 했다. 무슨 일이 일어나고 있는지 잘 알고 있어서 메리에게 큰 도움이 되었다. 메리는 어머니가 현재 그 어떤 것에도 반응하지 않아 삶의 의미를 잃고 어쩔 줄 몰라 했다. 이것이 메리를 가장 외롭게 만들었다. 물론 슬펐지만 그 이면엔 다른 감정이 숨어 있었다. 그 감정은 바로 철저한 소외감이었다. 그녀는 어머니를 도와 마지막 가시는 길을 편안하게 해 주고 싶다는 강렬한 마음을 품고 있었다. 동시에 어머니에게 해 줄 수 있는 것이 아무것도 없다는 것을 깨닫게 되었다. 그저 담배 피우는 일밖에 없었다. 담배는 도움이 되는 것 같았다. 하루에 한 갑을 피웠는데, 알란이 알면 난리가 날 것이다. 하지만 실내에서는 피우지 않는다는 규칙을 지켰다. 한번 시작하면 응급조치로 피우는 것이 아니라 실내에서 계속 피우게 될 것 같았다. 또 집 안에 냄새가 배어서 집 보러 오는 사람들이 그 냄새를 맡을 것이다.

사후 처리해야 할 일이 많다는 것은 알고 있었다. 장례식, 유언장 공증, 세금, 집 매매 등등. 물론 우선 집부터 고쳐야 했다. 그 모든 것이 악몽이었지만 공사 자체는 위로가 되었다. 지금은 할 일이 아무것도 없었다. 임종을 앞둔 환자가 있다면 암 자선 재단에 연락해 조건 없이 간호사를 집으로 부를 수 있다는 것을 알게 되었다. 메리는 조만간 어머니가 가실 것을 알고 있었지만 그 시간이 영원히 오지 않을 것처럼 느껴졌다.

저녁에 조애나는 간호복 차림으로 메리가 있는 거실로 왔다. 메리는 드라마 '이스트엔더스'를 보면서 담배를 참고 있었다. 조애나의 몸짓이 평소와 조금 달랐다. 그녀는 마치 선생님 앞에 불려 온 학생처럼 두 손을 꼭 맞잡고 있었다.

"지금 올라가 보셔야 할 것 같아요."

그녀가 말했다. 목소리도 평소와 달랐다. 메리는 위층 침실로 향했다. 계단을 오르는 데 걸린 그 짧은 10여 초란 시간이 어마어마하게 길게 느껴졌다. 열린 방문 앞에 다다랐을 때 어머니의 숨소리가 심상치 않음을 바로 알았다. 가슴 깊이 들려오는 숨소리가 얕고 귀에 거슬렸다. 메리는 고개를 돌려 간호사의 다음 지시를 기다렸다. 간호사는 고개를 앞으로 까닥했다. 메리는 그것이 침대 가까이 가서 어머니의 손을 잡아 드리라는 뜻으로 이해하고 그대로 따랐다.

어머니의 손은 따뜻했다. 그것이 메리는 놀라웠다. 어머니의 숨소리는 이상하게 들렸지만 숨을 힘들게 쉬는 것 같지는 않았다. 그보다는 더 심오한 변화였다. 메리는 어머니의 마음속에, 어머니의 의식 속에 무슨 생각들이 일어날까 상상해 보았다. 어린 시절의 추억이 떠오를까? 수십 년 전 이 집에서 있었던 일이 주마등처럼 스쳐 지나갈까? 어머니의 아버지와 어머니, 학교 다니고, 아이들이 태어나고, 수천만 번 만들고 먹었던 아침저녁 같은 것들이 꿈처럼 보일까? 아니면 어머니는 두려움이나 사랑, 상실 같은 순수한 감정에 빠져 있을까? 아니면 다른 순수한 감각 즉 따뜻함이나 차가움, 괴로움, 가려움, 갈증 또는 이것들이 고통스럽게 결합된 감각의 세계에 들어가 있을까? 어머니는 빛을 바라보며 그 빛을 향하여 나아가다 그 속으로 사라져 결국 자신도 빛이 되고 있는 것일까? 아니면 어머니의 영혼은 이미 떠나고 육신만 남은 것일까?

어머니는 천천히 갈라지고 파편적인 깊은숨을 내쉬었다. 메리는 어머니의 손에서 일어나는 변화를 감지했다. 이미 늘어진 손이었기 때문에 더 축 늘어지지는 않았지만 다른 느낌이 났다. 존재한다는 느낌이 더 이상 들지 않았다. 어머니는 이곳에 없었다. 피튜니아 하우는 저세상으로 떠났다.

감지 않은 어머니의 눈을 보니 무섭고 뭐가 잘못된 것은 아닐까 싶었다. 간호사는 전부터 하던 일이고 또 이런 일은 언제든 일어난다는 것을 알았을 텐데, 이제야 깨달았다는 듯 손을 뻗어 어머니의 눈을 감겨 드렸다. 이상하게도 메리는 영화에서 봤던 이 장면이 생각났다. 볼 때마다 실감이 안 나던 장면이었다. 눈에 레버가 달려 있어서 손바닥으로 그 레버를 내리면 눈이 감기는 것처럼 보였던 것이다. 간호사가 방금 분명히 그렇게 했기 때문에 그것은 사실일지도 모른다. 어떻게 해야 하는지 본을 보여 준 것일지도 모른다. 간호사가 메리의 어깨에 손을 얹었다. 처음으로 그녀가 메리의 몸에 손을 댄 순간이었다. 간호사도 아무 말 하지 않았고, 메리도 아무 말 하지 않았다. 그 어느 때보다 지금 이 순간 담배가 절실했다. 일이 분 후 메리는 자리에서 일어나 아래층으로 내려간 뒤 카디건 주머니에서 말보로 라이트 담배를 챙겨 정원으로 통하는 문을 열었다. 불쌍한 우리 엄마. 하느님, 감사합니다. 불쌍한 우리 아빠. 한 분은 갑자기, 다른 한 분은 천천히 가셨다. 첫 번째 분은 남은 가족들에게 시련을 주었고, 두 번째 분은 모두에게 시련을 주었다. 나도 참 불쌍하지. 천애 고아 메리. 그녀는 이렇게 다르게 부모를 모두 떠나보냈다. 어떤 목소리가 들렸다.

'네가 더 좋은 딸이었다면 두 분은 아직 살아 계셨을 거야.'

즉시 다른 목소리가 부정했다.

'무슨 헛소리야!'

그것이 흔히 말하는 죽음의 단계 중 부정에 속한다고 메리는 생각했다. 물론 그녀는 부정하는 것이 아무것도 없는 것처럼 보였다. 사실 거의 아무것도 느끼지 못했다. 마비 상태였다. 알란에게 전화를 걸어야 했다. 그녀는 첫 번째 담배를 다 피우고 나서 전에는 거의 하지 않던 짓을 했다. 버린 꽁초에 다시 불을 붙인 것이다.

그녀가 무심코 봐서 그렇지 올봄 내내 방치된 정원이 환히 보일

만큼 햇살은 밝게 빛났다. 지금 접시꽃과 참제비고깔은 꽃을 피웠고, 루핀도 이제 막 꽃을 피우려 했다. 뒤쪽 울타리 가에 핀 클레마티스는 이웃한 다른 집 정원 울타리를 타고 넘어가 마켈 로드 앞쪽에 면한 건물의 벽까지 타고 올라갔다. 들쭉날쭉한 잔디밭에는 혼돈의 초록빛이 넘실거렸다. 정원이 비바람을 막아 주어 꽃에서 나는 향기가 공기 중에 둥둥 떠다녔다. 해질 녘이면 진하게 향기 나며 피는 꽃들이 오늘따라 더욱 강렬한 초록빛을 내뿜었다. 담배 연기 사이로, 왼쪽 화단 쪽에 잡초처럼 핀 스피어민트 향기가 코를 찔렀다. 어머니가 1년 중 가장 좋아하는 때, 하루 중 가장 좋아하는 때였다. 문가에 뿌리를 내린 인동과 덩굴손이 부엌 창까지 뻗어 올라갔다. 어머니에게 사랑받은 정원이 마치 어머니를 찾아가고 싶다는 듯 어머니가 살다가 돌아가신 집 안으로 다가가는 것 같았다. 이제 어머니는 마지막 여행을 떠난 것이다.

58

"나 응가 또 할래."

조슈아가 말했다. 마티아는 한숨을 쉬어야 할지, 웃어야 할지 몰라서 조금 애매한 표정을 지었다. 다행히 화장실과 가까운 아래층 거실에서 놀고 있었다. 밖에 비가 내려서 하루 종일 실내에서만 시간을 보내야 했다. 그러다 해가 쨍 나면 마티아는 오리에게 먹이를 주러 공원 맞은편에 있는 연못에 가기로 아이와 약속했다. 가는 길에 아이는 요즘 형에게 배운 흥미로운 주제인 초능력에 대해 떠들어 댈 것이다. 어떤 능력이 가장 좋은지, 하나만 가질 수 있다면 어떤 능력을 원하는지, 어떤 슈퍼히어로가 가장 좋은지에 대해서. 조슈아가 현재 가장 좋아하는 히어로는 배트맨이었다.

"알았어."

마티아는 조슈아의 손을 잡고 화장실로 향했다. 조슈아는 혼자 화장실 가는 것을 더 좋아했지만, 외롭다며 문은 열어 두고 싶어 했다. 그리고 볼일을 보는 동안 조잘거리는 것을 좋아했는데, 친구가 있다는 기분 좋은 느낌 때문에 그랬다.

"물똥이야."

조슈아가 말했다.

"불쌍해라, 우리 강아지. 설사야?"

"아니, 설사는 아니고. 소스 똥이야."

조슈아가 대답했다. 아이는 볼일 볼 때마다 지나칠 만큼 다 털어 놓았다. 그것이 마땅히 흥미로운 주제였기 때문에 아이는 화장실에서 일어나는 모든 일을 누구와 이야기하든 아주 자세히 말해야 한다고 믿었다. 소스 똥은 아이가 만든 용어로, 피프스 로드 51번지에서는 물똥도 아니고 된똥도 아닌 중간 단계의 똥을 가리킬 때 쓰는 매우 유용한 단어였다.

"아, 그럼 그렇게 나쁘지 않네. 응가 닦아 줄까?"

마티아가 물었다.

"아직! 음. 궁금한 게 있어."

이 말은 어디에선가 주워들은 새로운 표현이었다. 조슈아가 이런 말을 쓸 때마다 마티아는 깜짝깜짝 놀라곤 했다. 조슈아가 다음 말을 계속했다.

"누나, 오리 알지?"

"알지."

"오리가 없으면 어떡해? 오리가 모두 사라지면 어떡해?"

"글쎄, 그럼 우린 오리를 못 보겠지."

"맞아, 그런데 오리가 안 돌아오면 어떡해?"

"오리는 맨날 다시 와. 거기가 집이니까."

하지만 마티아는 일부러 못 들은 척했고, 조슈아는 칭얼거리기 시작했다.

"응, 그런데 어느 날."

"누나 생각엔 안 그럴 거야, 조슈아. 오리는 안 사라져, 절대로."

그녀가 재확인시켜 주었다. 오리가 전에도 사라지지 않았다면 앞으로도 절대 사라지지 않을 것이다.

"응가 닦아 주세요."

조슈아가 말했다. 이런 순간이 아이 돌보는 데 있어 가장 좋은 순

간이라고 말하기는 어려웠지만 그녀는 맡은 일을 착실히 수행해 나
갔다. 조슈아는 변기에서 내려와 손을 씻으러 세면대 발판으로 올라
섰다. 아이가 손을 잘 씻었지만 그렇다고 혼자 씻게 내버려 둘 수는
없었다. 그냥 두면 거품 갖고 장난치려고 비누를 다 쓸 테니까.

"이제 다 씻었어."

아이가 검사를 받으려고 손을 내밀며 말했다.

"이제 다 씻었다. 올라가서 엄마 볼까?"

"흠. 궁금한 게 있어. 좋아!"

조슈아가 대답했다. 그는 발판 내려오는 것을 도와 달라며 마티아
에게 손을 내밀었다. 그러고는 내내 그녀의 손을 잡고 위층 계단을
올라갔다.

"이제 우리 가서 오리한테 먹이 줄 수 있어."

그녀가 말했다.

"나중에."

"그래, 나중에."

그들은 욘트 부부의 침실 문을 노크했다. "들어와, 강아지들" 하고
멀게 들리는 소리에 마티아가 문을 열었다. 누워서 흑백 영화를 보던
아라벨라가 급히 벌떡 일어났다. 영화 소리는 그쳤지만 정지한 화면
은 그대로 보였다.

"엄마! 안 아파?"

"조금밖에 안 아파, 아들."

아라벨라가 대답했다. 전날 밤 그녀는 클럽에서 친구 사스키아를 만나 새벽 두 시까지 놀았다. 마지막으로 이야기를 나눴던 남자가 '최고'라고 강조한 브랜디 알렉산더를 마셨다. 밤늦도록 술 마시며 놀았더니 골치가 지끈지끈 아프더니 지금은 더 심했다. 그녀가 아파 보이는 것도 사실이었다. 눈에 충혈이 생기고, 코는 빨갛고, 안색은 창백했다.

"우리 아들 뭐 했어?"

"소스 똥 쌌어요."

"어머."

"물똥 아니고. 그거 서, 서, 설사 말고. 그냥 소스 똥."

"그랬구나."

"이제 우리 오리한테 먹이 주러 갈 거예요. 엄마 안 죽으면."

"엄마 안 죽어, 아들. 그냥 좀 추워서 그래."

조슈아는 침대로 올라가 엄마를 안아 주었다. 그러고는 도로 내려와 인사했다.

"빠이빠이, 엄마."

그리고 나서 아이는 문 쪽으로 걸어갔다.

"뭐라도 갖다 드릴까요?"

마티아가 물었다.

"자긴 정말 천사 같다. 아니, 괜찮아요."

잠시 후 현관문에서 열쇠 돌아가는 소리가 들렸다.

"또 무슨 일이지?"

남편이었다. 로저는 아래층에다 가방과 코트를 벗어 놓고 계단을 올라왔다. 그러다 조슈아를 보고는 "잘 놀았지, 아들?" 하고 물었다.

"소스 똥 쌌어요."

조슈아가 대답했다.

그는 "멋진걸" 하고 대꾸해 주고는 침실로 들어섰다.

"잘 쉬었어, 여보! 끔찍한 숙취는 좀 어때?"

아라벨라는 남편의 키가 크다는 것을 알긴 알았어도 2주에 한 번씩 그 큰 키를 볼 때마다 깜짝 놀라곤 했다. 지금도 침대에 누워 문틀 위까지 닿는 남편 키를 보고 깜짝 놀랐다.

"장난해? 죽을 맛인데?"

"안 죽을 거라고 했잖아요, 엄마!"

조슈아가 밖에서 소리쳤다.

"진짜 죽는 거 아냐, 아가. 그냥 그렇다고 아빠한테 얘기한 거야. 신나게 산책 안 가? 오리한테 가야지?"

"거기가 오리 집이래요. 마티아 누나가 그랬어요."

아라벨라는 아들과 보모가 나가기를 기다렸다. 가방과 신발을 챙기고 빵 담을 종이 가방을 놓고 실랑이 벌이는 소리가 들리더니 곧이어 문 닫히는 소리가 들렸다.

"무슨 일이야? 해고당했어?"

"바보 같긴, 그 일 때문이잖아."

로저가 옷을 벗고 욕실 쪽으로 가면서 대답했다.

"일? 무슨 일? 아, 젠장!"

아라벨라는 로저가 그 일에 대해 알려 준 것이 생각났다. 그가 일이 주 전에 말한 데다 어제 아침에 사스키아를 만나러 나간다고 했을 때도 그 일이 있으니 술에 취하면 안 된다고 말했던 것이다. 그 일이란 것은 핑커 로이드 은행 임원들이 사회적 명망을 높이기 위해 벌이는 자선 단체 지원 행사였다. 스피나 비피다, 에이드 오펀, 소일 어소시에이션 같은 단체 이름 말고는 자세한 내용이 기억나지 않았다. 일종의 파티나 연회처럼 중요한 행사이긴 했다. 아라벨라에게 이런 행사는 장소나 행사 자체보다 누구를 만나느냐에 따라 재미 반 끔찍함 반이었다. 간혹 주말에 누군가의 집에서 열리는 자선 행사에 나가 잠옷을 사거나 요리 수업을 듣거나 했다. 하지만 오늘 밤 행사에는 누가 뭐래도 참석할 수 없었다. 거기엔 두 가지 이유가 있었는데, 하나는 끔찍한 크리스마스 보너스 소식을 들은 후 욘트 부부가 공식적으로 허리띠를 졸라매고 사는 상황 때문이었고, 다른 하나는 이 숙취 때문이었다. 말 그대로 죽을 것 같았다.

로저가 샤워를 하고 나오자 아라벨라는 행사에 갈 수 없다고 말했다.

"거, 참 잘됐네. 한 장에 이백 파운드나 하는 티켓을 두 장이나 샀는데, 상사들과 같은 테이블에 앉아 꿰다 놓은 보릿자루같이 있으면 되지 뭐. 그래, 그렇게 하면 돼. 당신한테 사전에 공지 안 했으니까. 아니, 잠깐, 잠깐만. 지금 생각해 보니 석 달 전부터 내가 틈만 나면

415

노래 노래 불렀는데, 어제도 그랬고."

"여보, 미안하다고 했잖아."

"아니, 사실을 얘기하자면, 그렇게 안 했어. 너무 아파서 갈 수 없다고 했지."

"글쎄, 그 말이 미안하다는 뜻이었어."

"그래, 좋아, 아주 좋아. 환상이야. 그런데 난 당신이 일차만 한대서 괜찮다고 한 거야. 왜냐하면 당신이 가고 싶어 했으니까."

이 말이 사실이 아니란 것은 두 사람 모두 알고 있었다. 로저는 회사의 자선 활동을 좋아했다. 좋은 성격과 매너, 일과 관련된 인맥 관리 능력을 과시할 수 있는 활동이었기 때문이다. 하지만 아라벨라는 그저 시간이 빨리 가기만을 바랐을 뿐이다.

"다른 사람 데려가. 데려가-"

사스키아를 거론하려다 말고 아라벨라는 잠시 정신을 차렸다. (a) 로저가 그녀를 좋아하지 않았고, (b) 사스키아에게 믿음이 안 갔고, (c) 그녀도 자기처럼 숙취에 시달린다면 로저가 전화해도 그녀가 거절할 것이 뻔했기 때문이다. 그러면 화가 날 대로 난 그에게 기름 붓는 격이 될 것이다.

"마티아 데려가."

로저는 눈을 깜빡이더니 살짝 얼굴을 붉히며 몸을 펴고 일어섰다. 가끔 중요한 일을 잊어버리는 아라벨라였지만 남편이 보모를 좋아한다는 사실만큼은 확실히 입력하고 있었다. 그 제안에 대한 로저의 반응을 보니 확신이 들었다. 그러나 걱정은 없었다. 로저가 보모와 잠이나 자는 남자는 아니었기 때문이다. 그런 부류의 남자가 아니었다. 그는 그러기에는 너무 게을러서 한눈팔 줄 모른다. 더구나 마티아도 그런 부류의 여자가 아니었다. 만약 마티아가 로저를 좋아했다면 벌써 아라벨라의 레이다에 걸렸을 것이다. 그러니 괜찮다. 로저는 아라벨라의 제안에 틀림없이 따를 테니 훨씬 더 잘됐다. 제기랄, 단 그렇게 되면 그녀가 아이들을 돌보고 재워야 한다. 젠장. 하지만 아이티인지 어디인지 모를 국민의 깨끗한 식수를 위해서 다섯 시간 이상 버티는 것보다야 훨씬 나을 것이다.

로저는 그 제안이 마음에 든다는 것을 숨기려고 반대 의견을 내놓기 시작했다.

"마티아한테 지루할 거야."

"기분 전환이 되겠지 뭐."

"마티아한테 과분한 자린데."

"당신 동료들 있는 데가? 바보 같은 소리 마세요. 마티아가 무슨 말을 하겠어. 그저 얌전하게 앉아서 사람들이 총기나 교통 정체 부담금에 대해 늘어놓는 잡소리를 듣는 척만 하면 되지."

마지막으로 현실적인 걱정에 부딪혔다.

"보모를 데려왔다는 걸 알면 남들이 비웃을 거야."

"그러니까 그냥 친구라고만 해. 마티아랑 말 맞추면 돼."

"마티아를 에스코트(돈 받고 사교 모임에 따라가 주는 여자-옮긴이)로

417

볼걸?"

"집에서 부인이 기다리고 있는데? 아닐걸."

로저는 기분이 좋아져서 어서 밤이 오길 기다렸다. 그는 콧노래를 흥얼흥얼 옷장 문을 열고는 아르마니 정장을 찾아 뒤적거렸다.

59

마티아는 런던 곳곳을 부유하는 돈의 흐름에 모순된 감정을 가지고 있었다. 그녀가 이곳에 온 이유 중 하나는 이 큰 도시, 세계적인 도시에서 그녀의 운을 시험해 보고 싶어서였다. 돈이 따르는 운을 등한시했다고 한다면 아마도 그것은 거짓일 것이다. 정확히 돈 버는 방법은 몰랐지만 눈만 뜨고 다녀도 사방에 온통 돈이 넘친다는 것을 볼 수 있었다. 차 안에도, 옷에도, 가게에도, 말 속에도, 심지어 공기 중에도. 사람들은 돈을 벌고 돈을 쓰고 돈을 생각하고 말한다. 그것은 무례하고 끔찍하고 통속적이지만 흥미롭고 활기차고 자유로우면서 새롭다. 시간이 멈춘 듯 정적인 도시, 그녀가 자란 헝가리 케치케메트와 상당히 달랐다. 하지만 런던에 넘치는 그 어떤 돈도 그녀의 것은 아니었다. 특별한 일들이 벌어졌지만 그녀를 비켜갔다. 도시가 하나의 커다란 진열창이라면, 그녀는 밖에서 안을 들여다보는 격이었다.

런던에 온 지 4년이 흐르고 갓 스물일곱을 넘겼지만 인생의 시작은 아직 멀리 있었다.

로저와 아라벨라가 자선 파티에 가겠느냐고 물었을 때 그녀는 기꺼이 고개를 끄덕였다. 로저가 염려했던 점을 알았더라면 거절했을지도 모른다. 하지만 미지의 이국적인 여인 행세를 한다는 점만큼은 즉시 이해가 되었다. 집에 가서 옷 갈아입을 시간이 없었다. 사실 파티에 입고 갈 만한 옷도 없었다. 이런 문제는 아라벨라가 최선책을 들고 나오기 마련이었다. 마티아가 학교에 가서 콘래드를 데려오자, 로저가 한 시간 동안 아이들을 돌보기 위해서 아래층으로 내려갔다. 마티아가 아라벨라의 지시에 따라 이런저런 옷들을 입어 보면, 아라벨라는 베개에 기대어 품평을 했다. 마티아가 그녀보다 키가 조금 더 크고, 가슴은 조금 더 작고, 엉덩이는 더 컸지만, 어떤 옷들은 두 사람 모두에게 잘 어울렸다.

"신이 존재한다는 증거야, 이건."

아라벨라가 말했다. 마티아가 드레스를 입자 그녀가 몸을 일으켜 판단을 내렸다.

"그거 아니다, 자기. 앞코가 보이는 구두에 그거 입으면 이상해 보이지. 드리스 반 노튼(유명 의류 브랜드 - 옮긴이)으로 입어 봐요. 프린트…… 소용돌이무늬 있는 걸로. 아니, 그건 히피처럼 보일 것 같아. 검은 드레스 다시 입어 봐요……. 아니, 그건 가슴을 올려 주는 브라를 받쳐 입어야겠네. 젠장……. 그래요, 초록색 옷 입어 봐요."

하는 식이었다. 결국 그들은 아라벨라가 브라이튼에서 산 사선으로 재단된 에메랄드빛 빈티지 드레스로 합의를 봤다. 거기에 로저의 어머니가 준 1920년대풍 목걸이(가슴 밑으로 줄이 길게 내려오는 목걸이-옮긴이)를 착용했다. 아라벨라는 핀으로 마티아의 머리를 고정시킨 후 한 발짝 뒤로 물러나서 말했다.

"거기."

마티아는 전신 거울에 비친 자신을 보았다. 그녀가 봐도 영화배우 같았다. 로저는 계단을 뛰어 올라와 문을 두드리며 물었다.

"준비 다 끝났어?"

그러고는 방문을 거칠게 열고 들어왔다.

"갈 시간이- 와!"

그들은 택시에 올랐다. 너무 비싸서 탈 수가 없었던 검정 택시는 마티아에게 런던의 우아함을 상징하는 로망이었다. 그녀는 자신을 보모로 쓴 로저를 대하기 어려운 사람이라고 생각해 왔다. 크리스마스 때 처음으로 강렬한 서른여섯 시간을 보낸 뒤로 로저와 마주칠 시간이 거의 없었던 탓에 그의 편하고 신사적인 매너와 그리 성가시지 않게 이야기를 풀어놓는 모습에 그녀는 매우 놀랐다.

도심 진입 초반, 택시는 끝없는 퇴근 차량의 물결과 반대 방향으로 거슬러 올라갔다. 마티아는 정확히 어디로 가고 있는지 몰랐으나 사실 신경도 쓰지 않았다. 로저는 마치 택시비 삼십 파운드쯤 아무것도 아니라는 듯이 뒷좌석에 앉아 있었다. 해가 지면서 차량들의 헤드라이트 불빛과 건물에서 새어 나오는 불빛이 점점 밝게 빛나기 시작했다. 그녀는 편안함과 동시에 진열된 상품 같은 느낌을 받았다. 신호에 걸린 사이클 탄 남자가 어깨에 메신저 백을 두르고 그녀를 오래 쳐다보았다. 그럴 수도 있다고 생각했다. 그래, 그럴 수 있지.

파티는 피시몽거즈 홀(런던에 있는 공연장-옮긴이)에서 열렸다. 홀은 웅장하고 고풍스러우며 천장이 높고 눈길을 끄는 건축물로 런던의 예스러움과 신도시의 화려함이 동시에 빛났다. 바깥으로 나 있는 돌계단으로 방문객들이 수시로 드나들었다. 무리를 지어 선 웨이터들이 샴페인 잔이 담긴 쟁반을 들고 있었다. 입장하려고 줄을 서는데 한 남자가 악수를 청하고 있어서 마티아는 잠시 허둥거렸다. 하지만 로저가 이를 알아채고 귓가에 "이름만 말하면 돼요" 하고 속삭였다. 마티아가 그대로 했더니 남자가 고개를 돌려 누가 왔는지 알렸다.

"마티아 발라투."

마치 유명 인사나 귀족의 이름을 부르듯이 큰 소리로 말했다. 그리고 그녀는 로저의 팔을 잡고 메인 홀로 들어갔다. 홀 중앙으로 천장에 달린 거대한 샹들리에가 보였고 정장을 쫙 빼입은 사람들이 우르르 모여 선 모습이 보였다. 마티아는 이런 일이 이곳에 모인 많은 사람들에게는 일상이어서 자선 행사 참석이 특별한 일이 아니겠구나 싶었다. 그녀는 오늘 어떻게 할지 마음을 추스르고 뭔가 마법 같은 분위기를 내기로 했다. 그리고 오늘 밤을 즐겨야겠다. 수수께끼 같은 이국적 여인이 되어 사람들로 하여금 그녀를 바라보게 하고 그녀가 누군지 궁금증을 품게 할 것이다. 이런 행사가 일상의 소소한 일에 지나지 않는다는 분위기도 풍길 것이다. 아라벨라가 가장 좋아하는 인생의 격언, '일이 일어나려면 아주 빠르게 일어난다'라고 했기 때문이다.

"잠시 여기 있겠소?"

로저가 말했다. 그는 그녀의 타입도 아닌 데다 여러 이유로 접근 금지였다. 검은 타이를 맨 그는 키도 크고 잘생겨 보였다.

"아는 사람들이 있어서. 그 틈에 끼어도 되고, 따로 있어도 되고. 조금 부담스럽다는 건 알고 있지만."

맞는 말이긴 했지만 마티아는 고개를 끄덕였다. 그들은 홀 중앙 샹들리에 밑에 모인, 술 취한 핑커 로이드 행원, 간부, 부인, 여자 동료들 사이를 비집고 들어섰다. 남자들은 축구와 자동차에 대해 설전을 벌였고, 여자들은 은밀하고 낮게 꾸민 목소리로 서로들 좋아하지 않지만 사교 차원에서 대화를 나누고 있었다. 어둑어둑한 분위기에서 로저는 사람들 무리를 둘러보았다. 이 중 누가 가장 영향력이 큰지 살폈다. 몸짓만 봐도 알 수 있었다. 어렵지 않았다. 지금 현재로서는 전혀 어렵지 않았다. 로타. 건강한 야외 활동으로 얼굴이 항상 붉게 탄 그는 한쪽 발로 뭔가를 보여 주고 있었다. 그 발등에 공을 올린 채로 어떻게 균형을 잡는지 보여 주는 모습, 아니면 공을 어떻게 제어하는지 보여 주는 모습 같았다. 반면 주변 다른 남자들, 즉 은행 서열상 그 밑에 있는 남자들은 그에게 완전히 집중하고 있었다. 하지만 로저는 상관하지 않았다. 은행엔 서열이 존재하고 그 서열의 정점엔 보스가 있기 마련이니까. 경우에 따라서는 로타보다 훨씬 더한 상사를 만날 수 있었다. 이런 분위기에 동참하지 않는 사람이 있다면 마크가 유일했다. 저 괴짜 차장은 발끝만 내려다보며 표정을 찌푸리고 있었다. 마치 신발을 잘못 신고 왔다는 사실을 방금 알았다는 표정이었다. 로저는 고개를 휙 돌렸다. 마크가 도대체 무슨 생각을 하는지 파악하려는 노력을 애초에 포기했기 때문이다. 오히려 모르는 편이 나았다. 마크의 생각은 대부분 부정적이었고, 대부분 로저를 향한 부정이었기 때문이다.

"여기 제 친구 마티아 발라투입니다."

로저가 다른 사람들 앞에서 그녀를 간단히 소개했다. 그녀가 누군지 설명을 요하는 순간이 바로 지나갔다. 로저는 그 순간을 알 수 있었다. 하하. 즐거웠다. 남자 동료들도 자기를 소개하고 서로서로 의미 없는 농담을 주고받다가, 이 알 수 없는 매력적인 여인에게 각자 인상을 남기려고 애쓰는 모습이 보였다.

"처음 보는 거 같군요."

로타가 그 스타트를 끊었다. 마티아는 새침하게 그를 똑바로 쳐다보는 것도 아닌 애매한 눈길로 대답했다.

"네, 처음 뵙습니다."

'잘했어' 하고 로저가 속으로 외쳤다. 그와 동시에 부인들의 반격이 시작되었다.

"아라벨라 잘 있죠?"

피터와 계약 결혼한 카르멘이 물었다. 그녀는 땅딸막한 40대 중년으로, 로저가 보기에 그 어떤 카르멘보다 사람과 이름이 완전 따로 노는 여자였다. 하지만 공평하게도 그녀보다 남편이 더 땅딸막했다. 그녀는 아라벨라를 미워했으니 속으로 쾌재를 불렀을 것이다. 로저의 팔을 잡고 등장한 예쁜 여자를 놀려 줄 수도 있었고, 아라벨라가 몸이 아프거나 버림받은 상황이라면 한편으로는 로저를 불쾌하게 만들면서도 다른 한편으로는 아라벨라가 처한 불행을 축하할 수도 있었기 때문이다.

"잘 있습니다."

로저가 대답했다. 본능은 아라벨라의 임관식이나 집을 소개하는 '인테리어의 세계' 잡지사의 인터뷰 등을 거론하며 대단한 변명을 하라고 그를 다그쳤지만, 자신만만한 말투는 전략상 좋지 않을 것이다. 차라리 공세를 취하는 것이 더 좋을 것이다. 그는 물었다.

"히스코트는 어떻습니까?"

그는 카르멘과 피터의 골칫덩이 아들이었다. 지난주에 히스코트는 교장의 성기로 보인다는 물건을 이베이 경매 사이트에 올려서 정학을 맞았다. '즉시 구매' 가격은 50펜스였다. 로저는 그 일을 모조리 알고 있었다. 피터가 한 동료에게만 털어놓았지만, 그 동료가 그를 배반하고 바로 로저에게 말해 준 것이다. 카르멘은 그 일을 로저가 알 리 없다고 생각할 것이다. 그래서 그는 최대한 순진하고 친근하게 신뢰를 쌓는다는 좋은 뜻으로 아들의 안부를 묻는 척하면서 그 속에 정교하게 계산된 고의성도 다소 담겼다는 눈치를 슬쩍 내비쳤다. 아놀드 슈왈제네거 주연의 히어로 영화 〈코난〉을 보면, 극중 인생에서 가장 큰 즐거움이 무엇이냐는 질문에 이런 대답이 나온다.

'적들을 처부수는 것, 당신 앞에서 그들이 궁지에 몰리는 것을 보는 것, 그리고 그 적들의 여인들이 외치는 비탄의 소리를 듣는 것이죠.'

로저가 모든 영화를 통틀어 가장 좋아하는 장면이었다.

"잘 지내요."

그녀가 대답하면서 곁눈질로 남편 쪽을 힐끗 쳐다보았다. 웨이트리스가 샴페인을 더 가지고 오자 모두 다시 잔을 채웠다. 그때 벨 소리가 울리자 누군가가 소리쳤다.

"신사 숙녀 여러분, 만찬이 다 준비되었습니다."

저녁 식사가 끝나자, 몇 가지 물건이 경매에 나왔다. 그중 하나는 피프스 로드에 사는 아프리카 축구 선수 프레디 카모가 기증한 거라고 했다. 자선 단체는 아프리카 및 아프리카 마을에 깨끗한 식수 공급을 후원하고 있었다. 프레디가 속한 구단은 선수들의 성생활 문제 등이 타블로이드에 일정 부분 뉴스를 장식했던 터라, 이에 대한 방어용과 홍보용으로 보여 주기식 선수들의 자선 활동을 장려해 왔다. 로저는 그 아프리카 소년을 꼭 보고 싶었다. 매일 퇴근이 늦다 보니, 동네에선 프레디를 결코 볼 수 없었다. 그런데 프레디가 며칠 전에 큰 부상을 입었다며, 구단을 대표해서 마이클 립톤-밀러라는 교활한 남자가 대신 기증하러 나왔다.

"실망스럽기는."

로타는 미키가 내빈석에 앉자 이렇게 말했다.

오늘 밤을 돌이켜 보니 로저는 마티아를 사랑하게 된 결정적인 순간이 단 한 번도 없었다는 사실을 깨달았다. 행원들을 바라보는 그녀의 눈빛에는 뭔가가 담겨 있었다. 눈길만 그런 것이 아니었다. 짙은 검은색 머리가 등 뒤 에메랄드빛 드레스를 따라 길게 늘어져 키와 몸매가 오늘 밤 유독 강조돼 보였다. 조금 큰 엉덩이까지 완벽해 보였다. 그녀의 미모가 뭐가 중요하냔 말은 절대 할 수 없다. 그는 그녀를 끝까지 보호할 것이다. 그 모습을 해하려는 어떤 말도 듣지 않을 것이다. 그는 군기를 들고 적진을 공격하여 도끼를 휘두르며 죽일 준비, 죽을 준비가 되어 있었다. 그 어떤 준비든……. 로저는 생각을 멈췄다. 아무리 생각해 봐도 그가 마티아를 좋아한다는 사실만 나열될 뿐이었다. 하지만 그는 차분하고, 조용하고 슬퍼 보이기까지 한 그녀의 모습에 반하지 않을 수 없었다. 시끄럽게 과시하는 은행가들과 경쟁하듯 안달복달 밀고 밀리는 부인들 사이에 둘러싸인 마티아는 그들과 다른 곳에 사는 사람처럼 보였다. 부담 따위 내려놓고 사는 곳, 더 크고 더 현실적이고 더 영광스러운 곳에 사는 사람 같았다. 로저는 마티아가 오늘 밤 거의 고향을 생각하며 보내고 있다는 것은 몰랐지만 생각에 잠겨 있다는 것만은 알 수 있었다. 그녀는 백작 부인 같았다. 오직 그만이 부르는 은밀한 별명이었다. 백작 부인. 그의 백작 부인.

로저는 밤 12시 30분이 지나자 조심스럽게 택시를 예약했다. 성난 사람들이 늦은 밤 택시를 잡기 위해 얼마나 심하게 싸우는지 잘 알았던 것이다. 그는 그녀를 곧장 침대로 데려가서 끝내주는 섹스를 한다면 얼마나 좋을까 하고 생각할 만큼 술을 마셨다. 그녀의 머리카락이 베개에 펼쳐지고, 앞으로 하고, 뒤로 하고, 다시 앞으로 하고⋯⋯. 아침이 되면 장미와 샴페인을 건네고, 다음 날 다시 똑같이 시작하는 것이다. 생각이 꼬리에 꼬리를 물고 일어나 그는 택시가 집 주변 모퉁이를 돌아갈 때 즈음 자신의 물건이 크게 서 버린 것을 알았다. 그래서 지갑을 찾는 척하며 주머니를 더듬더듬 물건이 진정되기를 기다렸다. 마티아가 속옷만 입은 모습이 얼마나 아름다울지 생각하지 말고 죽어라 하기 싫은 일을 애써 생각했다. 특히 요즘 은행에서 일어나는 일들을. 잠시 후 로타를 이길 만한 주간 실적이 생각났다. 빙고. 가라앉았다.

로저는 택시에서 내려 삼백이십 파운드라고 수표에 서명하고 기사에게 마티아의 집 주소를 알려 주었다. 그는 그녀에게 작별의 키스를 하는 자신이 어이없었다.

"좋은 시간 보냈길."

열린 차창 틈으로 로저가 말했다. 조용한 거리에 택시의 시동 소리만이 가득했다.

"굉장했어요."

마티아가 대답했다.

"내일 봅시다."

물론 그녀가 올 시간에 그는 이미 출근하고 없겠지만 그렇게 말했다. 그리고 나서 로저는 계단을 올라가 깊이 잠든 아내 옆에 누웠다. 오랫동안 잠을 들 수 없었다.

60

핑커 로이드 은행의 출근 시간은 아침 8시였다. 하지만 행원들은 거의 7시면 책상 앞에 앉아 있었다. 출근해서 혼자 있는 시간을 갖고 싶다면 6시 전에는 도착해야 했다.

마크가 은행 로비에 들어선 시간이 새벽 5시 30분이었으니 아직 야간 경비조가 근무를 서고 있을 시간이었다. 자선 파티가 끝나고 그는 밤 12시 45분쯤 집에 도착해서 네 시간을 잤다. 잠 줄이기 훈련을 하겠다는 강한 의지의 표현으로 출근한 것이다. 아트리움이 밝을 때는 거대한 통유리 때문에 지나친 열기로 답답한 것처럼 보이더니 어두울 때는 더 따뜻하고 친근해 보였다. 오늘 로비 보안대는 과묵하고 무뚝뚝한 카리브해 출신의 50대 남자가 지키고 있었다. 그는 마크의 사원증을 확인하고 사인을 했다. 마크는 엘리베이터로 향했다. 엘리베이터 문에 비친 자신의 모습을 보고 혼잣말을 했다.

"주간 실적 작업을 하려고 나왔습니다, 로타 행장님과 회의하기 전에요."

목소리가 금속 문에 부딪혀 진실한 울림을 주었다. 연습하기에 알맞았다. 거짓말을 해야 할 때면 그는 항상 이렇게 했다. 목소리를 크게 내서 그 소리가 어떻게 들리는지 체크하는 것이다.

"회의 준비를 해야 됩니다. 특수 부대가 작전 짜듯이. 7P, 즉 '적절한 계획과 준비로 성능 저하를 방지한다Proper Planning and Preparation Prevent Piss-Poor Performance.'"

괜찮았다. 6시 전에 출근한 사람은 아마 없을 것이다. 확실히 아무도 없었다. 로비 보안대를 통과할 때 근무 외 시간 작업 서명란도 확인했다.

마크는 트레이딩 룸에 혼자 있는 것이 좋았다. 텅 빈 공간, 불 꺼진 모니터들과 컴컴한 하늘, 실내에 흐르는 기괴한 고요함이 으스스한 분위기를 자아냈다. 이 사무실은 집단을 위해, 소음을 위해, 고함과 불안과 행위와 모니터 세 대를 동시에 보면서 전화기 두 대를 붙잡고 열두 건이 넘는 거래를 위해 디자인된 공간이었다. 그는 그 불안함을 좋아했지만 대부분의 사람은 그렇지 않았다. 정신없어 할 것이다. 하지만 그는 대부분의 사람이 아니었다. 그것이 바로 핵심이었다.

그는 서류 가방을 책상에 내려놓고 재킷을 벗어 놓은 뒤 스트레칭을 했다. 오늘의 임무는 비밀번호 해독이었다. 1년 전 핑커 로이드 은행은 온라인 사기와 컴퓨터 해킹 관련 위험성을 점검하기 위해 외부 컨설팅 회사에 의뢰한 바 있었다. 그들은 펑커 로이드의 비밀번호 보안 레벨이, 특히 비밀번호를 직원 개인이 설정토록 한 부분이 너무 느슨하다고 평가했다. 행원들은 주로 개인용 비밀번호를 업무용에도 쓰고 있었다. 가장 한심한 작태는 집에서든 회사에서든 모든 계정에 동일한 비밀번호를 쓰는 것이었다. 이것은 다분히 위험한 행위였다. 만일 한 행원의 이메일이나 이베이 계정, 인터넷 쇼핑 사이트에 설정된 비밀번호들이 제삼자에게 노출된다면 펑커 로이드 은행의 시스템에 접속하는 것은 시간문제였다. 그것은 결코 용납될 수 없는 행위였다. 그래서 그 컨설팅 회사에서는 모든 시스템에 접근할 때마다 추측이 불가능한 글자와 숫자와 대문자를 임의로 섞어 쓰는 새로운 프로토콜 사용을 권했다. 비밀번호는 주간 단위로 새로 바뀌었다. 로직은 나무랄 데가 없었다. 하지만 여기에도 허점은 있었다. 비밀번호 설정의 단점이었다. 추측하기도 어려웠지만 기억하기도 어려웠다. 비밀번호를 머릿속에 기억할 수 없으니 종이에 적어 놓기 마련이었다. 그래서 누군가의 계정을 열고자 한다면 비밀번호를 적어둔 곳을 찾기만 하면 된다.

마크는 먼저 로저의 방으로 들어갔다. 사무실 구석에 있는 이 방은 카나리 워프 타워와 템스강이 보이는 곳으로, 책상에는 가족사진이 놓여 있었다. 로저 주제에 방이라니 가당치도 않았다. 이 방은 곧 그가 쓰게 될 것이다. 그는 컴퓨터의 절전 모드를 해제하고 '비밀번호'라 쓰인 파일을 찾았다. 로저의 어리석음을 증명하는 사례 중 하나로, 그는 비밀번호를 비밀번호란 이름의 파일에 숨겨 두고 있었다. 파일에 암호가 걸려 있었지만 예전에 로저가 처음 몇 글자를 치는 것을 본 적 있었고, 마크는 평범한 사람이 아니었기 때문에 암호 유추는 어렵지 않았다. 처음 몇 글자를 'con'으로 시작했으니 암호가 'conradjoshua'라는 것을 쉽게 유추할 수 있었다. 그의 끔찍한 아이들 이름을 전부 합친 암호였다. 마크는 그 파일을 열고 로저의 은행 비밀번호를 보았다. 평범한 숫자와 글자를 조합한 비밀번호를 몰스킨 수첩에 적었다.

그는 방을 나왔다. 그가 아는, 비밀번호를 숨겨 놓은 곳으로 가서 찾기 시작했다. 비밀번호가 적힌 메모지는 잠긴 서랍 속에 있었는데, 왼쪽으로 돌리면 열리는 열쇠는 연필꽂이에 들어 있었다. (비밀번호가 새로 세팅되면 버려질) 포스트잇 맨 마지막 장에도 적혀 있었고, 모니터 왼쪽에 놓인 노트패드에도 적혀 있었다. 그는 다섯 개의 비밀번호를 시간을 들여 모두 모았다. 가장 좋은 방법은 다른 부서, 컴플라이언스(준법 감시-옮긴이) 부서와 부서원들의 비밀번호를 푸는 것이었다. 컴플라이언스 부서는 정부가 대기업을 옭아매려고 만든 기구로, 한심하고 허약하고 상투적이고 좀스럽고 겁주는 바보 같은 규정을 은행으로 하여금 따르도록 하고 있었다. 컴플라이언스 부서의 시스템에 접근하면 좋을 것이다. 슈퍼관리자의 권한을 가지면 더 좋겠지만 그것은 쉽지 않을 것이다. 불가능한 영역에 집중하는 것은 어리석은 일이다.

그 대신 동료들의 비밀번호 몇 개만 알면 같은 결과를 얻을 수 있다. 지금까지 쉬운 방법은 이미 다 사용했다. 트레이더 중 가장 실적이 좋은 제즈는 그 누구보다 큰 금액과 많은 계좌를 다루고 있어서, 그의 컴퓨터 계정부터 접속하는 것이 아주 요긴할 것 같았다. 제즈는 마크가 극도로 싫어하는 인간이었다. 그를 적수로 여겼기 때문이 아니라 그와 인생관이 같았기 때문이다. 제즈는 지는 것을 못 참았다. 이제 누가 이길지 지켜볼 일이다. 마크는 제즈의 책상으로 다가갔다. 그가 스위치를 켜니, 모니터에 〈사랑도 통역이 되나요?〉의 스칼렛 요한슨이 분홍색 속옷을 입고 찍은 포스터가 떠서 반가웠다. 자신도 모르게 입가에 미소가 번졌다. 검색창에 '비밀번호'라 치고 파일 찾기를 시도해 보았으나 아무것도 나오지 않았다. 예상치 못한 일이었다. 그는 한 발 물러서서 컴퓨터 주변을 살폈다. 경험에 의하면, 사물은 마땅히 있어야 할 곳에 있다는 것이다. 커다란 머그컵, 빈 노트, 월간 산악자전거 잡지, 플라스틱 통에 든 카시오 계산기. 마크는 머그컵을 들여다보고 잡지를 넘겨 보고 노트를 흔들어 보고 키보드 밑을 살펴보고 책상 서랍도 두 칸 열어 보았지만, 문구류와 카페 네로의 회원 카드를 빼고는 아무것도 없었다. 제즈는 말투가 강하여 시끄러웠지만 사무실에 개인 물건을 두지 않는 모양이었다. 흥미로웠다. 그 잡다한 것들을 도로 책상 위 제자리에 놓는데, 뭔가 이상한 느낌이 들었다. 아래 칸 서랍 안쪽에 납작 눌린 종이를 보니 그는 내밀한 인간의 본능으로 비밀을 발견했다는 것을 직감했다. 하지만 종이가 안쪽 끝 죔쇠에 끼었는지 잘 빠지지 않았다. 그는 팔을 더 뻗어서 열 손가락으로 종이 양 끝을 잡고 최대한 종이가 구겨지지 않게 빼내려고 애썼다. 여기에 얼마나 몰두했던지 말소리가 크게 들리자 그쪽으로 그도 모르게 고개가 돌아갔다.

"아, 씨, 뭐 하는 거야?"

세상에, 제즈였다. 그가 덜 말린 머리로 스포츠 가방을 어깨에 맨 채 문가에 있었다. 이것은 있을 수 없는 일이었다. 겨우 6시 2분이었다. '큰일 났다. 도쿄 일 처리하려고 온 게 틀림없어' 하는 생각과 동시에 '이런 뭣 같은 상황에 그런 쓸데없는 생각이라니' 하는 생각도 떠올랐다. 큰 문제가 하나 더 있었다. 제즈의 컴퓨터를 켰다는 사실이었다. 그 어떤 그럴듯한 변명도 생각나지 않았다. 제즈가 서너 걸음만 더 다가오면 스칼렛 요한슨의 섹시한 모습을 마주 보게 될 것이고 그렇게 되면 마크는 직장을 잃게 될 것이다. 머릿속에서 만감이 교차하는 가운데, 마크는 발을 뒤로 빼고 서랍을 닫았다. 죄의식을 느끼는 남자처럼 보이기는 힘들 것이다. 그는 이 복잡하고 욕 나오는 상황에 오장육부가 타 들어가는 것 같았다.

"문구류. 리걸 패드가…… 안 보여서. 내가 알기로 너도 쓰니까, 하나 가져가도 뭐라 안 하겠지 싶었거든."

제즈는 그저 그를 응시하기만 했다. 미동도 없이 분노와 의심과 적의가 가득 차 보였다.

"운동하고 오는 거야?"

마크가 물었다.

제즈는 껌을 질겅거리기 시작했다. 껌을 씹으며 오다가 사무실에 들어선 순간 마크를 보고 갑자기 멈췄을 것이다. 하지만 껌만 씹었을 뿐 그는 움직임도 말도 없었다.

"좋은 습관이네."

마크가 다시 말했다. 그는 책상 끝으로 살짝 움직였다. 전원 버튼이 바로 거기에 있다. 하지만 제즈 눈에 그의 상체가 훤히 보이는 위치에 서 있어서 손을 뻗어 모니터를 끌 재간이 없었다.

"도쿄 일 때문에 온 거야?"

제즈는 예, 아니오, 신경 꺼, 너나 잘해란 뜻이 담긴 소리로 툴툴거렸다. 그러고는 앞으로 한 발 다가왔다. 그래서 마크는 인상을 쓰고 소리를 지를 수밖에 없었다.

"뒤에 뭐야!"

그리고 제즈가 뒤를 돌아볼 때 재빨리 전원을 껐다. 직- 소리가 나고 화면이 한 점으로 꺼지기까지 그 1초가 아주 길게 느껴졌다. 다시 고개를 돌린 제즈는 단단히 화가 난 얼굴이었다.

"속았지?"

마크가 말했다. 제즈가 다가왔다.

"미안. 학교 때나 하던 장난을. 바보같이."

제즈는 그에게 바짝 다가섰다. 아주 바짝. 그는 거의 붙어 섰다. 하지만 불만을 표할 때가 아니었다. 제즈는 덩치가 컸는데 가까이에서 보니 훨씬 더 컸다. 샤워 젤 냄새가 났다.

"리걸 패드 안 보이심."

제즈가 젊은이들의 어투로 말했다. 마크는 뭐라 대꾸할 말이 생각나지 않았다. 그는 뒤로 물러나서 옆으로 비켜섰다. 하지만 제즈는 다시 공간을 좁혀 그에게 고개를 내밀었다. 그러고는 마크 머리 위로 고개를 갸우뚱 기울이더니 일부러 크게 코를 킁킁거렸다. 그리고 또 다시 코를 킁킁거렸다. 제즈는 똑바로 섰다.

"뭔가 냄새가 나."

그렇게 말하고는 나가 버렸다.

61

밀 경위는 책상 앞에 앉아 머리를 감싸 쥐었다. 눈앞에 서류철이 산더미로 쌓여 있었다. 그것만 빼고 방 안 풍경은 보통 때와 다름이 없었다. 그는 우울한 사진을 보고 있었다. '우리는 당신이 가진 것을 원한다'는 청원서가 점점 쌓여 갔다. 그만큼 피프스 로드 주민들의 불만이 쌓여 간다는 소리였다. 한마디로 악몽이었다. 성난 중산층 상당수가 괴로워했고, 집단행동을 한 터라 처리하기는 더 어려워졌다. 그들은 말끝마다 우리가 세금을 얼마나 많이 내는데 이러냐고 읊어 댔다. 이렇다 할 실마리도 없었고, 유력한 용의자도 없었고, 확실한 사건 동기도 없어서 청원의 방향성도 뚜렷하지 않았다. 최근까지 범법 행위도 전혀 없었다. 이 '괴롭힘 활동' 뒤에 숨어 있는 인물이 어떤 식으로 법을 어겼는지 그것조차 확실치 않았던 것이다. 하지만 '우리는 당신이 가진 것을 원한다'란 엽서 발송에 변화가 있었다. 우선 해가 바뀌면서 엽서와 비디오 발송이 중단되었다. 블로그도 더 이상 업데이트하지 않았다. 블로그를 없앤 것은 아니었지만 새 글이 올라오지 않았다. 그러더니 한 달 후에 갑자기 존재하지 않는 블로그라고 떴다. 그 블로그를 즐겨찾기에 추가해 놓고 하루에 두 번씩 열어 보다 이 사실을 알고는 밀은 허공에 펀치를 날렸다. 좋았어! 문제가 자동적으로 해결된 것이다. 그동안 모든 사건이, 그냥 무시하고 잊어버려도 되는 기분 좋은 일들의 범주로 처리할 수 있게 되었다.

그런데 한 달이 지나자 재앙이 닥쳤다. 이 거리에 사는 사람들이 모두 새로운 엽서를 받았던 것이다. 엽서에는 달랑 인터넷 주소만 적혀 있었다. 밀은 그 주소를 검색창에 치고 들어가 보았다. 이전의 블로그가 백업되어 있었다. 새로운 플랫폼에 서버를 두고 그전에 올렸던 내용을 모조리 옮겨 놓은 것이다. 상황은 훨씬 악화돼 보였다. 같은 사진이 올라와 있었으나 디지털 그라피티로 훼손되어 있었다. 욕설을 쓴 그라피티였다. 모든 사진이 아니고 일부 사진에만. 석 장 중 한 장 꼴로 쓰여 있었다. 매우 단순하고 직설적인 욕 일색이었다. '부자 상년', '재수 없는 새끼', '멍청한 놈', '보수 꼴통,' '죽어라, 부자 놈들' 등등이었다.

이렇게 보면 이 사건은 밀에게 악몽이 될 것이다. 해결됐다고 생각했던 문제가 새삼 떠올랐기 때문이다. 머리를 감싸 쥐고 우울하게 여길 만한 상황이었지만 실제로는 그렇지 않았다. 전혀 그렇지 않았다. 호기심이 동했다. 경찰 일이란 거개가 판에 박힌 일이었다. 일은 일이기 때문에 그런 면에 그는 불만이 없었다. 또 일상에서 뜻밖에 무슨 일이 발생했다 해도 그것은 대부분 예측 가능한 일이었다. 만일 마약상이 건물 계단에서 죽었다면, 살인자가 누군지 모르지만 대강 짐작할 수 있다. 다른 마약상이 죽인 것이다. 코소보 출신의 포주가 케밥가게 밖에서 총에 맞았다 해도 마찬가지다. 그런데 이번 사건은 달랐다. 게다가 경찰서 사람들의 이력을 봤을 때 이런 말을 하면 안 되겠지만, 그는 사건이 다시 불거진 것이 마냥 기쁘기만 했다. 45분 동안 그는 사이트에 올라온 새 글을 읽었다. 찌릿한 통증을 동반한 기분 좋은 호기심이 그를 지배했다. 새로 올라온 글은 뭔가 다르게 느껴졌다.

밀은 앞에 쌓인 서류철 중 맨 위의 것을 집어 내려놓고는 새로 벌어진 사건이 어떤 성격을 띠는지 집중하려고 애썼다. 청원이 처음 쇄도했을 때부터 도와주었던 경장과 의견을 나눈 뒤 결론을 추론해 보았다.

"어쩌면 예술 관련 사건이 아닐까요? 잘 알다시피 퍼포먼스 같은 거 말입니다. 사람들한테 보여 주려고 하는 거요. 자신이 표현코자

하는 관념을 보여 주기 위해서 하는."

경장이 말했다. 눈빛으로는 '네가 알아내야지, 내 일이 아니라 네 일이니까' 하고 확실하게 말하고 있었다.

"그렇게 안 보이는데, 아닌가? 사진들이 좀 구린데. 보기에 좀 구려도 실제로 꽤 훌륭한 사진을 일종의 예술 작품이라고들 하긴 하지만. '팻보이 슬림'의 동영상 중에 개네들이 몰에서 춤추는 '프레이즈 유'라고 아세요? 춤이 정말 엉터리인데 자세히 보면 진짜 뛰어난 무용수가 춤을 못 추는 척 추는 거. 음, 아니다. 이건 후진 사진, 자세히 보면 더 후져 보이는 사진이지."

"그렇지만 폭력 사태는 없잖습니까? 놈이 노린 건 개개인이 아닌 것 같습니다. 그보단 집 같습니다만."

"그래, 집과 특정한 장소 같네. 놈이 잘 아는 장소. 그리고 놈은 남자 같군. 개자식. 집요한 놈. 강박증이나 아스퍼거 증후군이 좀 있을 테지. 계속 같은 일을 반복하고 있으니까. 놈은 이 장소에 감정이 있고, 장소를 훤히 아는 거 같군. 집 주변을 여러 차례 다녀 본 거야. 그 집에 사는 사람들한테 자기가 하고 싶은 말을 전달하고 싶어 미치겠지. 그러니 맞아, 주민이야. 놈은 주민일 거야."

이것이 그들이 내린 결론이었다. 그런데 완전히 새로운 자료가, 더 어둡고 더 폭력적인 자료가 산더미처럼 쌓여 있었다. 밀은 사진 파일을 뒤적이다 피프스 로드 주민들의 명단을 찾았다. 몇 주 동안 밀과 경장이 사건을 조사하면서 작성해 놓은 것이다.

그때 핸드폰 벨 소리가 울렸다. 제니였다. 기쁘면서도 괴로웠다. 왜 여자 친구는 언제나 그가 경찰서에 있을 때만 전화를 하는 것일까?

"지금은 통화할 수 없어."

"아는데, 나 세인즈베리(대형 체인 슈퍼마켓 ─ 옮긴이)에 왔어. 전에 얘기했던 초리조랑 마늘 넣은 케일 수프 만들고 싶어서. 근데 감자도 넣어야 하는데 자기 아직 저탄수화물식 하고 있지?"

제니는 늘 정석대로 요리했고, 밀은 서른을 앞두고 살찌지 않도록 조심하기 시작했다. 앳된 외모 유지가 형사에게는 쉬운 일이 아니었 지만 뚱뚱한 것보다는 훨씬 더 나았다.

"맞아."

"청바지들이 안 맞아서 그런 거야? 일본 사람 체형에 맞게 나와서 그런 거라 했잖아. 일본에서 서른은 영국에선 스물여섯이야. 처음 만 났을 때보다 더 말랐단 말이야, 자기."

주말에 쇼핑을 가서 그는 청바지를 살 때마다 위기를 느꼈다.

"그건 아닐 거야."

"음, 어쨌든 케일 수프 만들 거야, 조리법대로 감자 백 그램 넣고. 그럼 이따 봐, 뚱뚱이 양반, 사랑해."

제니는 전화를 끊었다. 밀은 통화하는 동안 진지한 표정을 지으려 애썼지만 뜻대로 되지 않았다. 제니는 그를 훤히 꿰뚫고 있었다.

그래, 바로 그거였다. '우리는 당신이 가진 것을 원한다' 뒤에 있는 작자는 이 거리를 훤히 꿰뚫고 있는, 이곳에 적어도 격한 감정이 있

는 사람이었다. 그는 다시 스크롤 휠을 내리다 그라피티 방식으로 새
롭게 작업한 사진이 뜨면 그에 해당하는 명단을 대조해 보았다.

피프스 로드 51번지 : 로저 욘트와 아라벨라 욘트, 어린 두 자녀, 은행가와 주
부, 40세와 37세

사진 위쪽에 가로로 쓰인 말은 '보수 꼴통'이었다. 부유한 도시 사
람을 보면 흔히 쓰는 욕이었다. 놈은 이들을 알고 있을지 모른다. 아
니면 어쩌다가 맞는 욕을 썼을지 모른다.

피프스 로드 42번지 : 피튜니아 하우, 82세, 미망인, 독거노인

사진에는 '재수 없는 새끼'라고 쓰여 있었다. 이것은 좀 이상했다.
개인적으로 비난할 의도가 아니라면, 혼자 사는 여성에게 흔히 쓰는
욕은 아니었다. 개인적으로 비난할 의도가 아니었다면, 이 사진에 쓴
욕설은 누구를 향한 것일까?

피프스 로드 68번지 : 아메드 카말과 로힝카 카말, 36세와 32세, 신문 잡화점
주인과 그의 아내, 어린 두 자녀. 일층은 가게, 위층은 주거 공간
이 사진에는 '좆같은 새끼'라고 쓰여 있었다. 모욕 주기에 아주 좋
은 말이자 밀이 가장 좋아하는 욕설이었다. 그런데 이 욕은 카말 가

족과 무슨 관련이 있을까? 그는 그 가게에 들러서 엽서의 수신 여부를 물어본 바 있었다. 가족들이 사는 집이 화려한 주택이 아니라 가게였기 때문에 엽서를 받았을 리 없다고 생각했던 것이다. 하지만 그들도 엽서를 받아 보관하고 있었다. 예의 바르고 친절한 가족이었다. 밀은 차와 다디단 굴랍자문을 대접받고 나왔다. 아니다, 카말 가족은 좆같은 새끼와 어울리지 않았다.

피프스 로드 46번지 : 트림블 부인과 아들 알란, 58세와 30세, 이혼녀와 IT업 컨설턴트 아들

사진에는 한 단어 '머저리들'이라고 쓰여 있었다. 완전히 맞는 말은 아니었지만, 100프로 아니라고 할 수도 없는 말이었다.

아, 여기 있다. 피프스 로드 27번지. 미키 립톤-밀러, 프리미어 축구단 에이전트이자 잡일꾼. 그를 만난 바는 없었지만 그가 집주인이란 것은 알고 있었다. 그 집에 사는 사람은 패트릭 카모였다. 48세, 세네갈 출신의 경찰, 아들은 프레디, 만 17세 축구 선수. 사진 현관문에 쓰인 욕은 '뚱보 새끼'였다.

밀과 경장은 함께 탐문 수사에 나섰다. 프레디 카모를 만나고 싶다는 소박한 동기에서였다. 소년은 성품이 아주 훌륭한 데다 공손함과 낯가림으로 말이 거의 없었고, 아버지는 확실히 전형적인 경찰이었다. 그가 있어야 할 곳은 경찰서였다. 흥미로웠다. 하지만 정신이 온

전하다면 패트릭 카모와 프레디 카모를 뚱보라고 하지 않을 것이다. 뭔가가 뒤바뀌었다. '우리는 당신이 가진 것을 원한다'의 배후 세력은 피프스 로드 주민에 대해 무지하거나 무관심하거나 둘 중 하나일 것이다.

62

어머니가 돌아가시기 전부터 메리는 장례식이 두려웠다. 메리가 독립한 뒤로 지난 몇 주간이 어머니와 가장 오래 지낸 기간이었다. 그녀가 런던으로 찾아오거나, 어머니에게 에식스로 오라 해서 주말을 함께 보내거나, 어머니를 모시고 휴가를 가거나 했으면 좋았을 텐데, 지금 생각해 보니 너무했나 싶었다. 메리가 상황을 좀 더 균형 있게 바라볼 수 있는 때가 오면, 왜 그렇게 하지 않았는지 타당한 이유가 생각날 것이다. 그러나 지금은 그렇게 하지 않은 것에 대한 죄책감만 들었다. 그나마 이 죄책감을 덜어 준 것은 죽음을 앞둔 어머니 곁을 지키며 보낸 그 길고 외로웠던 낮과 그보다 더 길고 힘들었던 밤이었다. 그녀 홀로 짊어지고 걸어가야 할 여정이었다. 그래서 장례식이 두려웠다. 어머니의 죽음 앞에서, 마음속 깊이 간직한 그녀만의 감정을 사람들 앞에서 드러내야 하는 것이었다. 상실감은 오롯이 그녀의 몫일 뿐 다른 사람들과 하등 상관이 없었는데도 말이다.

지금 그녀가 있는 곳은 퍼트니 화장터였다. 어머니의 유언은 놀라우리만치 상세했다. 시신을 교회 묘지에 묻지 말고 무조건 퍼트니 화장터에서 화장하여 유골을 아버지의 유골과 함께 묻을 것. 메리는 퍼트니 화장터가 런던에서 가장 좋다고 했던 어머니의 말이 생각났다. 그때는 그 말이 무슨 뜻인지 연관성을 찾지 못했다. 이제 어머니는 아무 말도 할 수 없다. 이곳을 몇 번 다녀간 적이 있었을 것이다. 메리는 장례식을 교회에서 치르고자 했다. 나쁜 일보다 좋은 일이 더 많이 일어나는 곳이고, 결혼식이나 세례식 같은 좋은 기운이 수년간 벽에 스며들어 장례식 같은 나쁜 기운을 약화시킬 수 있는 곳이었으니 말이다. 화장터에는 그런 기운이 없었다. 이곳이 존재하는 이유는 딱 하나였다. 하지만 어머니가 옳았다. 이곳은 차분한 곳이었다. 붉은 벽돌로 지어진 낮은 건물에는 반원형 진입로와 손질이 잘된 정원이 딸려 있었다. 아버지를 모신 윔블던보다 이곳이 훨씬 더 좋았다. 화장터 굴뚝은 눈에 띄지 않았고 진입로는 운구차가 쉽게 드나들 수 있도록 설계되어 있었다.

5월 말 오후가 얼마나 밝고 맑고 따뜻한지 조금 충격적이었다. 20년 전 아버지의 장례식 때도 날이 좋았다. 비통한 마음을 생각한다면 비가 오고 추워야 할 텐데, 처마 밑에 서서 입장을 기다리던 메리는 얼굴이 달아올라 땀이 나기 시작했다. 오늘 같은 날 어머니는 정원에 나가 앉아 있고 싶어 했을 것이다.

아버지의 장례식 때와 다른 점을 알아차리니 재미있었다. 그때는 피프스 로드에 사는 사람들 중 절반이 장례식에 와 주었다. 하지만 그때 그 사람들은 절반이 넘게 집을 팔고 이사를 가서 연락이 끊기고 지금 스무 명 남짓한 가족들이 와 준 것 같았다. 그녀가 또 놀란 점은 어머니가 성공회 기도서 낭독을 청했다는 사실이다. 그래서 그녀는 피프스 로드 교구의 신부를 불렀다. 그때 또 놀란 점은 신부가 젊은 여성, 그것도 메리보다 훨씬 더 젊다는 사실이었다. 신부는 막 공원을 한 바퀴 뛰고 온 참이어서 조깅화를 신고 있었다. 메리는 여자 신부의 존재를 관념으로 알았지 실제 본 것은 그때가 처음이었다. 그녀는 쾌활하고 친절해서 그 자리에서 바로 기도서 낭독에 동의하더니 장례식 장소와 날짜, 피튜니아에 대한 자세한 사항을 스마트폰 메모장에 저장하고는 미소를 지었다.

"이상하게 보이는 거 압니다만, 컴퓨터에 다시 저장해 놓을 겁니다. 그러면 메모를 잃어버릴 가능성이 적겠죠? 저는 일 년에 다이어리 세 권 분량을 메모하고 다닙니다."

메리는 생각보다 신부가 현대적으로 산다는 것을 알 수 있었다. 단정하고 실용적이고 친절한 얼굴의 신부를 보니 메리는 서글펐다. 갑자기 내가 늙었구나 싶었다. 세상은 변해 가고 예전 방식과 행동은 어느새 사라져 사람들이 사는 곳들이 점점 낯설게 바뀌어 가는데 말이다. 조깅화를 신고 스마트폰을 사용하는 여자 신부의 존재는 메리에게 어머니도 나이 들수록 이런 마음이었겠구나 하는 깨달음을 주었다.

신부는 아름다운 목소리로 기도서를 낭독해 주었다. 조깅하고 와서 그런지 그때 그녀의 목소리는 가볍고 숨소리가 섞여 났는데 장례식 때 목소리는 성량이 더 풍부하고 깊게 났다.

"나는 부활이요 생명이니 나를 믿는 자는 죽어도 살겠고 무릇 살아서 나를 믿는 자는 영원히 죽지 아니하리니.

내가 알기에는 나의 구속자가 살아 계시니 후일에 그가 땅 위에 서실 것이라. 나의 이 가죽, 이것이 썩은 후에 내가 육체 밖에서 하느님을 보리라."

메리가 알기로 어머니는 그 말을 믿지 않았다. 하지만 말 자체는 옳게 느껴졌다. 최후를 표현한 말은 맞는 것 같았다. 결국 어머니는 죽었으니까. 아버지는 무신론자였던 만큼 사자처럼 포효하고 길길이 날뛰며 기도서 낭독에 크게 화를 냈을 것이다. 그러니 이것이 마지막, 정말 마지막 반란이었다. 어머니 최후의 반란 말이다. 오랜 시간 고통스럽게 침묵을 지키며 살다가 단 한 번 어머니 당신이 원하는 바를 이룬 것이다. 메리는 웃으며 코를 훌쩍였다. 옆에서 알란이 그녀의 팔을 잡았다. 가장 좋은 검정색 막스 앤 스펜서 정장을 입고 몸무게가 95킬로그램이나 나가는 남편이 그녀를 위로해 준 것이다. 반대편 옆에서는 벤이 지루함을 숨기며 제 몫을 훌륭히 다하고 있었다. 그레이엄과 앨리스는 모두 창백한 얼굴에 진중한 태도를 보였다. 아이들을 보니 잠시 자부심이 느껴지고 잘 키웠다는 생각이 들었다.

메리는 자신에게 말했다.

'너 그렇게 나쁘게 한 거 없어.'

신부는 큰 목소리로 기도서 낭독을 마치고 피튜니아 샤를로트 하우를 위해 기도했다. 그러고 나서 그녀가 버튼을 누르자 커튼이 열리며 피튜니아의 시신을 누인 관이 덜컹거리며 벽에 난 입구로 들어갔다. 아마 저 안쪽에 불이 타고 있을 것이다. 메리는 더 극적인, 어쩌면 모든 것을 삼켜 버릴 기세로 활활 타는 거센 불길을 기대했는지도 몰랐다. 영화에서 그렇게 나오지 않는가? 하지만 현실에서는 형식적인 부분만 보여 주었다. 너무 수월하게 끝나서 그녀는 기뻤다. 밖으로 나가자 조문객들이 서성거리다 더러는 메리, 알란, 그레이엄, 앨리스, 벤에게 다가왔고, 더러는 작게 모여 끼리끼리 이야기를 나누었다. 현명하게도 알란은 한 펍에 전화를 걸어 룸을 예약하고 음식도 미리 시켜 놓았다. 사람들이 장례식에 와 준 것에 보답하려고 말이다. 그는 가족들에게 알렸다.

"사람들한테 음료와 샌드위치 좀 대접하자. 그걸 기대할 거야. 장례식의 일부니까. 그러고 나면 각자 집으로 가는 거지."

집이란 말이 메리에게는 다른 의미로 들렸다. 내 집은 어디일까? 물론 몰던이다. 인생에서 다른 개념의 집은 없다. 도피처도, 도망갈 곳도, 숨을 곳도, 찾아갈 어머니 댁도 없다. 장례식이 끝나고 사람들과 짧게 나누어야 하는 대화가 장례식 치르는 것보다 더 힘들었다. 화장터 직원이 입구에 나타났다 도로 사라졌다. 메리는 이곳에 서 있는 것이 직원에겐 불편하겠구나 하는 인상을 받았다. 어쩌면 다른 화장이 예약되어 있을지 몰랐다. 그렇게 생각하니 직원의 태도는 당연한 것 같았다. 메리는 절차를 서둘러 끝내거나, 사람들을 돌려보내거나 어떤 형태로든 직원에게 도움을 주어야 했지만 그럴 의욕이 생기지 않았다. 오늘은 안 될 것 같았다.

사람들이 주로 건넨 인사말은 '유감입니다' 아니면 때로 '삼가 고인의 명복을 빕니다'였다. 메리가 보고 깜짝 놀라 반가워했던 인도인 신문 잡화점 주인도 다가와 위로의 인사말을 건넸다. 그의 이름을 몰랐지만 메리는 웃는 얼굴과 친근함으로 그를 맞았다. 아버지의 오래된 동료들도 다가와 인사말을 건넸다. 메리가 보고 가장 깜짝 놀란 사람은 집수리 견적을 뽑아 준 폴란드 건축업자였다. 폴란드 출신이 맞을 것이다. 그들은 장례식 참석을 당연하게 여길지도 몰랐다. 집을 어떻게 할지 결정해야 했다. 그녀는 저 폴란드인이 제시한 견적에 집수리를 맡겨 팔아야겠다는 쪽으로 생각이 거의 기울고 있었다. 집값은 얼마나 될까? 이백만 파운드? 조롱 받아 마땅한 생각이었지만, 그런 생각이 드는 것 또한 사실이었다. 그런 생각을 하는 자신이 부끄러웠다.

'어머니의 시신이 아직 식지도 않았는데.'

그러나 어머니는 이미 한 줌의 재가 되었다.

정장을 입은 그레이엄은 꽤 영리해 보였다. 그는 마치 그녀를 지켜보겠다는 듯 바짝 붙어 서 있었다. 그 역시 약간 눈치챈 것처럼 보였다. 엄마가 무슨 생각을 하는지 다 알고 있다는 것처럼 말이다.

'그래, 이 엄마가 생각하는 건 우리 엄마는 돌아가셨고, 이 엄마는 부자가 됐다는 거다.'

63

피프스 로드 42번지 주택을 어떻게 할지 결정하는 데 두 주가 걸렸다. 장례식이 끝나고 메리는 기운이 하나도 없었다. 딱히 아픈 데는 없었지만 항상 피곤했고 사소한 일에 결정을 못 내리는 선택 장애에 시달렸다. 가능하면 모든 의사 결정을 알란에게 맡겼다. 그럴 수 없을 때는 우유부단함에 화가 치밀었다. 그중 하나가 무슨 요리를 할지 결정을 내리지 못하는 증상이었다. 다시 요리하게 되기를 바랐고 어머니가 병상에 누워 계신 동안 매끼를 반조리 식품으로 해결했기 때문에 집으로 돌아와 주방에 들어선 지금, 제대로 요리를 해야 올바른 행동 같았다. 게다가 알란이 만든 음식 같지 않은 음식보다 메리가 만든 음식이 훨씬 더 맛있다고 에둘러 표현하는 벤 때문에라도 제대로 요리를 해야 했다.

어쩌면 바로 그런 이유로 인해 그녀는 요리할 기운이, 정신적 육체적 에너지가 고갈된 모양이었다. 저녁으로 무엇을 만들어야 할지 몰라 냉장고 앞에 10분 동안 서 있었다. 저녁을 해야 한다는 압박감이나 좌절감을 느껴서 그런 것도, 분노나 억울함이 치밀어서 그런 것도 아니었다. 단지 파스타와 냉동 파이 중 어느 것으로 할지 결정을 못 내려서 그런 것이었다. 책장에 꽂아 놓은 요리책들을 참고하면 될지 몰랐다. 포장을 채 뜯지도 않은 책들의 표지에 나온 유명 요리사들이 꾸짖을 태세로 팔짱을 끼고 선 것 같았다. 몰던에 있는 세인스베리의 냉동식품 코너에 서서, 스물네 개들이 버드아이 브랜드의 생선살 튀김 4.98파운드짜리와 같은 크기의, 아마 같은 사람들이 만들었을 것 같은 세인스베리 자체 브랜드의 생선살 튀김 4.49파운드짜리 사이에 무슨 차이가 있는지 구별할 수가 없었다. 그런데 이 두 개가 같지 않다면 어떻게 하지? 그렇지 않다면 어떻게 하지? 그녀는 직접 결정하지 않아도 되도록 직장에 있는 알란에게 전화해서 원하는 것을 물어보았다. TV를 볼 때도, 라디오 주파수를 맞출 때도, 옷을 골라 입을 때도 마찬가지였다. 모든 의사 결정이 너무 어려웠다. 현실에서 슬픔은 예상치 못한 순간에 찾아왔다. 올드 팝송 방송에서 '러브 미 두 (Love Me Do)'가 흘러나오거나, 은행에서 줄 서서 기다리는데 어머니와 연배가 비슷한 노부인이 어머니처럼 핸드백에서 뭔가를 꺼내려고 허리를 수그리는 모습을 보거나 하면 슬픔이 파도처럼 밀려와 그녀의 발끝부터 온몸을 붕 뜨게 만들었다. 하지만 그녀가 느끼는 피로감과 무기력함은 그것과 또 달랐다. 그것들은 언제나 그 자리에 있었다, 마치 날씨처럼.

기적은 없었다. 어느 날 아침 갑자기 달라진 기분으로 잠을 깨는 일은 생기지 않았다. 하지만 처음 몇 분간이 기분이 좀 나아지기 시작하더니 그런 시간이 몇 시간으로 더 늘어났다. 슬픔의 파도는 여전히 밀려들었지만 기운이 달리지 않았고 결정하는 데 별 어려움을 느끼지 않았다. 그녀는 제이미 올리버 셰프의 '신선한 오렌지를 가미한 뿔닭' 요리를 만들었다. 레시피대로 만들어지지 않아 반감이 생겼다. 제이미가 허풍을 떨며 만든 요리 중 하나였나 보다. 사실 바보 같은 생각이긴 했다. 닭고기에 오렌지라니. 하지만 그녀는 요리할 에너지를 되찾게 되어서 훨씬 기분이 좋아졌다. 서서히 사잘한 결정을 내리다 보니 점점 더 큰 결정 내리기도 가능하게 되었다. 그러던 어느 날 저녁, 그녀는 어머니의 집을 어떻게 하지 하다가 이미 어떻게 할지 결정을 내렸다는 사실을 깨달았다. 그 폴란드 건축업자가 이 정도로 큰 규모의 실내 공사를 단독으로 진행한 바는 없었지만, 현장 경험이 풍부해서 몇몇 공정을 도와줄 숙련공을 아는 데다 가장 낮은 견적(30퍼센트 할인가)을 제시했던 것이다. 그리고 그는 어머니의 장례식에 와 준 사람이었다.

그녀는 이 건에 대해 알란과 상의했다. 알란은 말했다.

"영국인한테 맡기는 게 가장 좋긴 한데, 삼십 프로나 차이가 난다면 엄청 싼 거야."

메리는 폴란드 건축업자에게 전화했다. 그는 놀라면서도 기뻐하는 것 같았다. 일주일 후에 42번지 집 공사에 착수했다. 먼저 맨 위층

방마다 벽지를 다 벗기고 새로 도배했다. 메리가 진행 상황을 보기 위해 처음 들렀을 때 그는 그녀와 상의하다가 그가 이 집에서 지내 기로 했다. 그들은 보름에 한 번 또는 한 달에 한 번 진행 상황을 점 검하는 데 동의했다. 상황 점검을 흔쾌히 수용하는 측면이 폴란드 업 자와 영국 업자의 다른 점이었다.

"빈집으로 두는 게 싫네요."

메리가 말했다. 언제나 어머니의 숨결이 느껴지는 이 집이 이제 텅 빈 채 방치된다는 사실이 싫었다. 어머니의 빈자리가 아주 크게 느껴 졌다. 세상에 거대한 구멍이 뚫린 것 같았다.

"쉬운 해결 방법이 있습니다. 제가 여기에 묵는 겁니다. 바닥에 매 트리스를 깔고요. 전 괜찮습니다. 그렇게 하면 언제나 사람 사는 집 이 되는 거죠. 사람이 사니까 더 안전하고, 보험료도 더 쌀 겁니다."

메리가 생각해 보지 않은 사항이었다.

"그럼 저도 일을 더 빨리 시작할 수 있고 늦게까지 할 수 있으니 공 사가 더 빨리 끝날 겁니다."

"글쎄요, 남편과 상의해 보겠지만, 좋은 생각 같군요."

그리고 이틀 후에 그녀는 그에게 전화를 걸어 찬성한다고 했다. 이 렇게 해서 즈비그뉴는 공사 기간에 피프스 로드 42번지에서 살게 된 것이다. 공사와 관련하여 조금 거북한 문제가 있었다. 일부 공정에서 피오트르의 도움이 필요한 작업이 있었는데, 다비나의 일로 그와의 관계가 여전히 껄끄러웠기 때문이다. 하지만 그는 공사 일정에 동의해 주었다. 피오트르의 좋은 점이었다. 일을 줄이지 않아도 되는 가운데, 즈비그뉴만의 작업 진행 시 결정적인 조치를 취할 수 있게 되었다. 즉, 각자 독립적으로 작업 진행이 되도록 일정을 짠 것이었다. 동료들은 늦게까지 일했다. 그래서 즈비그뉴는 고유 영역을 맡아 처리했다. 우선 세세하게 새로 단장하고 니서 전문기기 필요한 영역은 두 달 후에 전문가에게 맡겨 공사하게 할 것이다.

다락이 있었지만, 메리와 알란은 그곳까지 고칠 마음이 없다고 했다. 즈비그뉴에게는 좋은 소식이었다. 전에 다락 공사를 해 봤다고는 하나, 책임시고 개축할 수 있을시 없을시 확신이 서지 않았기 때문이다. 지하실도 마찬가지였다. 지하실 수리도 해 봤다고는 하나, 몇 주간 땀구멍에서 런던 흙이 나오던 경험만 했을 뿐이다. 그 수리를 하지 않는다고 티끌만큼도 서운하지 않았다. (그는 이 사실은 몰랐지만) 피튜니아의 사망 후에 상속세가 너무 많이 나와서 두 부부에게는 지하실까지 수리할 현금이 별로 없었던 것이다. 알란이 돈을 빌릴 수도 있었지만, 많은 유산을 물려받았다는 이유로 빚을 져야 한다는 상황이 뭔가 이상하다는 생각이 들었다. 알란과 메리는 그만큼 옛날 사람이었다. 즈비그뉴는 혼자 맨 위층에 있는 작은 방부터 작업에 들어갔다. 벽지를 벗기고, 메리가 어릴 때 안 그래도 작은 방을 두 공간으로 나누었던 회벽을 허물었다. 전선을 제거한 후 다음에 메리가 왔을 때 색을 정하도록 시범 삼아 몇 가지 색으로 페인트를 칠해 놓았다. 즈비그뉴의 목표는 넉 달 안에 작업을 마무리하는 것이다.

처음 며칠 동안 피프스 로드 42번지에서 일하면서 즈비그뉴는 이유를 알 수 없는 긴장감에 시달렸다. 생각해 보니 다비나 때문이었다. 언제든지 초인종이 울리고 현관 계단에 그녀가 서 있을 것 같고, 일을 마칠 무렵 그를 기다리고 있을 것 같은 착각이 들었다. 핸드폰 벨 소리만 울려도 다비나가 아닌가 싶었다. 같은 머리 색깔에 같은 연령의 여성만 봐도 얼굴을 확인하기 전까지 다비나가 아닌가 싶었다. 온 신경이 그녀와 마주칠 각오로 바짝 곤두섰다. 그때는 침착하고 온화하게 서 있지 않으리라. 그녀가 또다시 헤어질 수 없다고 나오면 성내며 무례하게 굴 것이다. 그것이 효과가 있을 것 같다.

그는 혼자 일하는 것을 좋아했지만 하루 종일 빈집에 있으려니 어째 이상했다. 정확도를 요하거나 어려운 작업은 아니었지만, 몸이 나른할 만큼 피곤한 작업이었다. 집 안 곳곳은 오랫동안 손댄 흔적이 없었다. 도배한 지 50년 가까이 되었을 것이다. 메리는 기억나지 않는다고 했다. 뜯어낸 벽지에서 미세 먼지가 일며 그 조각이 손에서 바스러졌다. 눅눅한 종이 냄새와 풀 냄새가 났다. 이렇게 오래된 전선은 처음 본다. 이것도 적어도 반세기 가까이 된 것 같았다. 전선에서는 케케묵은 먼지 냄새가 났고, 벽 안쪽에서는 벽돌가루 냄새가 났다. 전선과 벽지가 바닥에 계속 쌓여 갔다. 메리가 건축 폐기물 운반 차량을 불렀고 석 달 동안 집 밖에 주차하게끔 허가를 받았다. 건축 폐기물 운반 차량의 예약은 금방 했지만 위원회 허가는 더디게 떨어졌다. 그간 즈비그뉴는 돌 더미와 폐기물이 잔뜩 쌓인 집에서 혼자 보냈다. 사람 소리가 나게 하려고 라디오를 가져다 놓고 크게 틀었다. 위층 전선을 제거했기 때문에 라디오를 아래층에다 틀어 놓아야 했다. 피튜니아가 임종을 맞은 침실 문 바로 앞에 놓았다. 그 방문 앞을 지날 때마다 그는 침대에 누워 죽어 가던 노부인이 생각났다. 그녀는 흐르는 인생과 세월의 불가역성을 보여 주는 이미지였다. 한번 엎지른 물은 다시 주워 담지 못한다는 진리 말이다.

그는 피오트르와 다시 의견을 나누긴 하지만 관계가 회복된 것은 아니었다. 오랜 친구는 한결같고 변함이 없어 보였지만 둘 사이에 힘의 균형이 깨진 것 같았다. 서로 내화하는 것이 예전 같지 않았다. 이렇게 생각하다 보면 마음 불편하게도 확실하진 않지만 그는 폴란드식 술집에서 있었던 그날 밤 일 때문에 피오트르에 대한 불쾌한 감정이 여전히 남아 있었다. 그와 다비나의 관계에 대해 피오트르가 틀렸다는 것은 아니다. 사실 그에게 성난 감정을 품고 지낸 사람은 피오트르였다. 그래서 그는 피오트르와 화해한다 할지라도 그에게 성내며 비난하던 피오트르가 진짜 피오트르가 아닐까 하는 의문이 사라지지 않았던 것이다. 그는 그런 사람과 친구로 지내고 싶지 않았다. 아마 두 사람이 폴란드로 돌아가면 이 모든 일은 한낱 과거에 불과할 것이다. 인생에서 런던이란 전주곡이 끝나고 본격적인 폴란드의 인생이 펼쳐질 것이다. 그렇게 되면 두 사람은 다시 진정한 친구가 될 것이다. 아마도. 하지만 그때가 오기 전까지 그가 어디에 있든 무엇을 보든 다비나가 숨어 있다 튀어나올 것 같다는 느낌을 피오트르에게 말할 수 없었다.

그런데 정말로 뭔가가 튀어나왔다. 즈비그뉴가 예상치 못한 것이 튀어나와 깜짝 놀랐다. 맨 위층 방은 분명 오랫동안 비어 있었다. 한때는 서재나 사무실로 사용했는지 커다랗고 오래된 책상이 방 한쪽에 있었는데, 먼지가 수북했다. 하지만 첫인상보다 책상은 좋아 보였다. 정확히 말하면 비싸 보였다. 책장에는 책등이 갈라지고 닳은 오래전 범죄 소설이 꽂혀 있었다. 파일 캐비닛에는 공과금 영수증과 위원회 영수증 등이 들어 있었다. 벽지가 다른 방 벽지보다 상태가 좋지 않았다. 방을 쓰지 않았다는 또 다른 증거였다. 즈비그뉴는 캐비닛을 밖으로 들어낸 후 벽지를 뜯어내고 전선을 점검하기로 했다.

그는 손가락으로 벽지 가장자리를 더듬어 떨어져 말린 쪽을 찾다가 벽에서 이상한 부분을 발견했다. 손으로 두드려 보고는 확신이 들었다. 그 부분에서 안쪽이 텅 빈 소리가 났다. 즈비그뉴는 그 부분을 다시 두드려 보고 옷장만 한 크기의 빈 공간이 있음을 알았다. 그 부분 벽지를 뜯어 보니 회반죽을 얇게 발라 벽돌 사이를 메꾸어 놓았다. 그는 잠시 멈춰서 생각했다. 이것을 그대로 두고 벽지를 바른다 해도 아무도 모를 것이다. 아니면……. 아무리 자문해 봐도 그가 하려는 일을 결국 하고 말 것이다. 즈비그뉴는 아래층으로 가서 고글과 큰 망치를 가지고 올라왔다. 발에 힘을 주고 망치로 회반죽 바른 곳을 내리쳤다.

회반죽은 얇게 펴 발린 채 완전히 굳어서 조각조각 부서져 공간이

드러났다. 그러자 벽 안쪽에 기대 선 낡은 여행 가방이 쿵 넘어졌다. 즈비그뉴는 망치를 내려놓고 볼을 불룩하게 부풀린 채 여행 가방 옆에 앉았다. 작은 자물쇠가 달려 있었으나 열쇠는 보이지 않았다. 하지만 여기서 멈추고 싶지 않았다. 그는 공구 세트를 가져왔다. 자물쇠는 복잡한 모델이 아니라 표준 텀블러 모델이었다. 5분 정도 걸려서 자물쇠를 풀고 가방을 열었다.

가방은 지폐로 가득했다. 즈비그뉴가 이제까지 보았던 지폐 중 가장 어마어마한 지폐였다. 모두 십 파운드짜리 지폐였고, 아무리 가방을 살펴보아도 모두 얼마의 현금이 들었을지 가늠할 길이 없었다. 액수를 알려면 하나하나 세는 수밖에 없었다. 언제가 돈 세기 가장 좋을 때일까? 지금이었다. 그는 여행 가방 옆에 앉아서 지폐를 세기 시작했다. 돈 세는 작업은 생각보다 까다로웠다. 지폐를 고무줄로 묶어 놓았다고는 하지만 두 가지 문제가 있었다. 고무줄이 삭아서 지폐가 가지런하지 않다는 것과 그 묶음이 일정하지 않다는 것이었다. 일정한 액수로 묶지 않고 되는대로 묶은 것이다. 묶음이 제각각이었다. 그래서 먼지 수북한 지폐를 하나하나 세는 것 말고는 별도리가 없었다. 그는 열 장씩 세어 쌓고 다시 백 파운드씩 세어 쌓아 놓았다. 이런 식으로 해서 세어 보니 가방에는 총 오십만 파운드가 들어 있었다. 가방을 완전히 비우니 이 돈의 주인이 누군지 알 수 있었다. 가방 바닥에 '앨버트 하우 귀하'라고 소유주 이름이 적힌 라벨이 놓여 있었다. 라벨과 손 글씨는 오래되어 보였지만 아주 옛날에 쓴 것은 아닌 것 같았다. 레더비 부인의 어머니가 죽었을 때 나이가 80대였다. 그러니 추측해 보면 이 여행 가방과 돈은 그녀의 남편, 즉 레더비 부인의 아버지의 것이다.

즈비그뉴는 돈뭉치를 가방에 도로 넣고 문에 머리를 댔다. 그 풍경이 눈에 선했다. 정원이 딸린 작은 시골집에서 아버지는 장미를 가꾸고, 어머니는 부엌에 있고, 창밖으로는 음악 소리가 잔잔히 흘러나오는 풍경. 더위가 차차 식어 가는 폴란드의 초여름 밤. 아버지가 평생 노동에 시달리며 그토록 원했던 삶을, 런던에서 성공한 아들이 선사할 수 있게 된 것이다.

3부

———

2008년 8월

"사람들이 좋아 죽겠나 봐. 난리가 났어, 이리 뛰고 저리 뛰고 회의들 소집하고."

샤히드가 형제들에게 말했다.

"회의들 아냐. 복수형이 아냐. 처음이야, 회의."

아메드가 말했다.

"그 많은 회의, 연설, 민원, 난리가 시작된 거야. 위대한 영국 중산층의 전쟁 엄포. '뭔가 조치를 취해야 한다!' 이건 전쟁 같은 거야. '뭔가 조치를 취해야 한다!' 저렇게 말하면 어떻게 될지 모르나들? 분노는 분노만 낳을 뿐이란 거? '뭔가 조치를 취해야 한다!'라니."

"사람들이 전쟁 관련해서 별달리 뭐 한 건 없잖아, 안 그래? 부동산 가격에 영향을 미친 것도 아니고."

우스만이 말했다.

"네가 말하는 중산층이 우리의 이웃이고 고객이야. 쓸데없는 소리 그만해."

아메드가 말했다.

카말 삼 형제는 8월의 장대비를 맞으며 몸을 웅크린 채로 지하철역을 나서 집으로 가는 행인들을 피해 걷고 있었다. 계절은 봄에서 불쾌한 여름으로 서서히 바뀌어 갔다. 얼굴에 비를 맞으면 아메드는 전형적으로 길을 재촉하는 타입이고, 샤히드는 전형적으로 길을 느굿하게 걷는 타입이고, 우스만은 전형적으로 그 두 사람을 모른다는 듯 두 발짝 뒤로 떨어져서 걷는 타입이었다. 아메드와 샤히드는 회의에 참가하고 싶어 하는 우스만을 보고 깜짝 놀랐다. 그는 동네에서 벌어지는 일에 특별히 관심이 있어 보였다. 보통 우스만은 가게 일이라고 하면 늘 하찮게 보는 경향이 있었다.

카말 형제는 관할서 지역 경찰 활동에서 소환한 특별 집회에 가고 있었다. 집회는 공원 광장에 있는 큰 교회 홀에서 열렸다. 삼 형제는 교회에 들어가 본 적이 없었다. 집회는 '우리는 당신이 가진 것을 원한다'는 문구가 쓰인 엽서와 비디오, 블로그가 선을 넘어섰다고 판단했기 때문에 열리게 된 것이다. 욕설을 그려 넣은 디지털 그라피티 사진을 블로그에 올리는 것을 시작으로 해서 그 그라피티 사진을 엽서로 찍어 해당 집에 배달시키는 등 그 정도가 더욱 심해졌다. 그와 연관된 세 건의 사건도 실제로 발생한 바 있었다. 42번지 집과 51번지 집 사이 벽면에 스프레이로 '상년', '재수 없는 새끼'가 쓰여 있던 것이다. 이 두 집은 위치상 도로에서 잘 보이지 않아 언제 낙서해 놓았는지 그 시점이 명확하지 않았다. 그리고 혐오스러운 것들이 담긴 봉투도 배달되었다. 더럽고 악취 나는 개똥이 지퍼백에 담겨 배달된 것이다. 그리고 지난 6월 하순 어느 날 저녁에 하나일지 여럿일지 모르지만, 누군가가 짝수 번지 도로에 주차된 차량들을 열쇠로 죽 긁고 지나갔던 것이다. 그 도로에 주차된 모든 차량을 말이다. 피해액은 수천 파운드에 달했다. 많은 주민들이 경찰서에 항의하고 그 피해가 얼마나 되는지 파악하기 위해 지역 이웃 감시대에 민원을 넣었다. 경찰이 주목한 부분은 차량에 가한 범법 행위였다. 온 동네 사람들이 '우리는 당신이 가진 것을 원한다'에 공격당했다고 확인된바, 샤히드가 말한 것처럼 뭔가 조치를 취해야 한다고 결정한 것이다. 그래서 이 집회가 소집된 것이었다.

"이 일로 사람들이 중요성을 느낄 거야. 우스만이 옳다고 증명될 드문 자리가 될 거고. 부동산 가격을 논할 구실이 될 거야. 대놓고 돈 얘기할 유일한 기회니까 사람들이 이렇게 흥분하는 거지."

샤히드가 말했다.

교회에 도착하니 홀로 통하는 옆문이 보였다. 한 남자와 여자가 대화하면서 옆문을 열었다. 그 둘이 안으로 들어갈 때 여자가 하는 말이 들렸다.

"……가격만 안 떨어진다면. 그럼 진짜 골칫거리니까……."

샤하드는 '타임아웃' 잡지를 돌돌 말아 형의 엉덩이를 툭 쳤다. 아메드가 그를 퍽 때리고 물러섰다.

홀은 사각형 방으로 기독교적이고 자비로운 포스터와 생태 자연을 그린 포스터가 장식되어 있었다. 한쪽 벽에는 하얀 비둘기가 초록 잎이 무성한 나뭇가지에 부리를 대고 있는 스텐실 판화가 크게 걸려 있었다. 가로세로 열 줄씩 의자가 놓인 가운데, 절반이 지역 주민으로 차 있었다. 몇몇은 아메드가 이름을 아는 사람들이었고, 몇몇은 몇 번 얼굴을 본 사람들이었다. 이웃 감시대를 이끄는 여성이 앞쪽 낮은 강단 위에 서 있었다. 그 옆으로는 제복 차림의 경찰이 두 명 서 있었다. 한 명은 20대 후반으로 보였고 다른 한 명은 그보다 적어도 스무 살은 더 많아 보였다. 아메드는 아는 사람들에게 모두 웃으며 고갯짓으로 인사했다. 사람들은 담소 나누는 데 관심을 두지 않았다. 회의가 시작되기를 기다렸다.

로저 욘트는 퇴근하고 곧장 달려왔다. 가는 세로 줄무늬 정장을 입으니 큰 키와 몸집이 더욱 크게 강조되어 보였다. 장모들의 마음을 흡족케 할 차림이었다. 그를 보면 여자들은 종종 궁금증이 일었다. 키 크지, 돈 많지, 옷 잘 입지, 깔끔하지, 그런데 왜 섹시하지 않지? 로저는 주위 시선을 무시한 채 홀을 둘러보며 아라벨라를 찾았다. 그녀는 사스키아에게 문자 메시지를 보내느라 고개를 푹 숙이고 앉아 있었다.

내일은 리버티 백화점에 갈 시간이 안 돼. 모레 어때?

이 두 여인은 속옷이 새로 필요해서 쇼핑 계획을 짜고 있었다. 아라벨라는 성에 차지 않는, 악몽 같은 크리스마스 보너스를 받은 뒤 간만에 믿을 수 없을 만큼 기분이 좋았다. 그녀는 다소간 마음대로 사치를 부릴 자격이 있다고 생각했다. 사스키아와 함께 가게들을 둘러보고 레스토랑에 가서 어쩌다 샴페인을 한두 잔 마시고 본드 스트리트를 거닐 것이다. 마티아가 아이들을 보고 있었다. 가끔씩 이렇게 돈을 써 주지 않는다면 런던에 살 이유가 뭐가 있을까?

메리 레더비는 에식스에서 바로 달려왔다. 42번지 집수리가 시작된 후 진척 상황을 보고 싶었다. 주위를 살펴보니 홀에 아는 사람이 아무도 없었다. 즈비그뉴가 집 벽면에 쓴 낙서와 지퍼백에 담긴 악취나는 개똥에 대해 알려 주었다. 그는 지퍼백을 버리고 나서 메리에게 무슨 일이 생겼는지 전화로 알린 것이다. 메리는 누가 그러는 건지 사태를 파악하고 싶어서 회의에 참석한 것이다. 계획은 오늘 중으로 집에 가는 기차를 타는 것이었다. 어머니가 살던 집에서 자고 갈 수도 있었지만 돌아가야 한다고 느꼈다. 그녀는 그 집에서 단 하룻밤도 묵어갈 생각이 없었다.

미키 립톤-밀러도 참석했으나, 기분이 좋아 보이지 않았다. 엽서, 블로그, 그라피티, 더러운 개똥. 이 모든 것은 누군가가 해결해야 할 문제였다. 다행히, 차량 훼손 사건이 일어났을 때 그의 차 애스턴 마틴은 그 도로에 주차되어 있지 않았다. 만약 시간이 남으면, 그의 프라이빗 클럽에 가서 진토닉을 마시며 당구를 칠 계획이다. 하지만 일이 먼저였다. 그는 이 모든 짓을 저지른 개자식에 대한 나름대로의 가설을 세운 바 있었다.

이웃 감시대를 이끄는 여자가 한 손을 입에 대고 큼큼 헛기침을 했다. 분명 장내를 조용히 시키려는 그녀의 방식일 것이다. 그녀와 가장 가까운 자리부터 조용해지기 시작하더니 홀 전체가 조용해졌다. 핸드폰 벨 소리 '이파네마에서 온 소녀'가 조용함을 뚫고 흐르다가 갑자기 뚝 끊겼다.

"참석해 주셔서 대단히 감사드립니다. 여러분 모두 이…… 이 사안에 관심 많으실 줄 압니다. 그래서 지역 경찰들을 초청하여 현 상황에 대해 설명해 줄 것을 요청했습니다. 사령관인 폴라드 총경이 현 상황에 대해 설명할 것입니다. 밀 경위도 참석했습니다. 질문은 설명 후에 받겠습니다. 그럼 본론으로 들어가서, 폴라드 총경을 모시겠습니다."

총경은 경찰복을 입지 않은 모습을 상상하기 어려운 사람이었다. 속옷뿐 아니라 겉옷까지도 모두 경찰복으로 무장한 사람처럼 보였다. 그는 거친 런던 억양으로 말했다.

"총경 폴라드입니다."

강압적인 말투가 입에 뱄는지 이름을 말할 때조차 살짝 위협조로 말하는 것처럼 들렸다.

"이 사건들 때문에 저는 이 자리에 섰습니다. 여러분은 엽서를 받았습니다. 여러분은 DVD를 받았습니다. 인터넷에 사진이 올라왔습니다. 비방. 반달리즘. 괴롭힘. 그라피티. 기물 파괴. 여러분이 여기 왜 왔는지 제가 말씀드릴 필요조차 없습니다. 이게 다 무슨 의미가 있느냐? 누가 배후에 있느냐? 자세한 사항은 제 동료 밀 경위가 보고하도록 하겠습니다. 경위는 저하고 이 사건을 같이 조사하고 있습니다. (이 고참 형사는 위협적인 분위기를 바꾸려 하지 않았다.) 경위가 하는 말에 집중해 주십시오."

다른 경찰이 강단에 섰다. 그는 몸매 관리에 들어간 젊은 남자로 그가 말문을 연 순간, 총경과 계급이 뒤바뀐 것은 아닌가 하는 의구심이 들었다. 총경은 사투리 억양으로 말한 반면, 젊은 경위는 나무랄 데 없는 중산층 억양으로 말했기 때문이다. 마치 일반 사병이 실수로 간부 역할을 맡게 된 것 같았다. 젊은 경위의 세련된 인상은 말문을 열기 직전에 보여 준 몸짓으로 더욱 세련되어 보였다. 그는 이마에 내려온 앞머리를 쓸어 올리면서 머리카락이 눈을 찌르는 것이 아닐까 하고 걱정하는 것 같았다. 머리는 사실 눈을 찌를 만큼 길지 않았지만, 이마 선의 풍성한 머리숱으로 보아 대머리 격세 유전을 이겨 낸 것 같았다. 그래서 한순간 홀 내 모두가 머리 모양이 단정한 그를 멍하니 쳐다보기만 했다.

"감사합니다, 총경님. 감사합니다, 여러분. 우리 모두가 알고 싶어합니다. 누가 이런 짓을 했는지를 말입니다. 여러분 중에는 블로그 주인 추적이 가장 간단한 방법이 아니냐 하고 생각하시는 분도 계실 것입니다. 저희도 그쪽으로 알아봤습니다만, 그 추적과 담당자 추적은 서로 다른 문제입니다."

경위도 '활동'이라고 부르는 이 사건의 배후에 누가 있는지 알아보기 위해서 경찰들이 얼마나 지능적으로 조사했는지 그 과정을 조금 더 들려주었다. 그는 말을 마치고는 질문이 있는지 물었다. 약간의 웅성거림이 난 후에, 우스만이 손을 들었다. 그 옆에 있던 아메드는 당황스러움과 불쾌함으로 몸이 굳었다. 경위가 손가락으로 그를 가리켰다. 그 뻗은 손가락이 마치 비난의 손가락질처럼 보였다.

"거기 신사 분."

우스만은 가장 좋고 깔끔한 목소리로, 가족 간에 말다툼할 때 일부러 귀에 거슬리게 하려고 내는 목소리로 말했다.

"차량을 훼손한 자가 다른 행위를 한 자와 동일인이란 걸 어떻게 아셨습니까?"

총경과 경위가 우스만의 질문에 감사를 표한 후 누가 대답할지 합의를 보지 못한 가운데 침묵이 길어졌다. 그들 입장에서는 대답하기 곤란한 질문이었던 모양이다. 젊은 경위가 먼저 나섰다.

"예. 잘 알겠습니다, 어떤 점을 지적하신 건지. 짧게 답변하자면, 여기서 다 말씀드릴 수는 없습니다만, 몇 가지 징후가 있습니다. 이…… 징후는 하나의 양상을 보이는 까닭에 자문단의 판단, 자체 판단으로 동일인 또는 동일인들이라고 결론을 내렸습니다."

경위가 말을 끝내면서 보인 손짓과 말투에는 후속 질문을 받지 않겠다는 뜻이 들어 있었지만, 우스만은 물러서지 않았다.

"그리고 괴롭힘, 그건 그냥 머릿속에 존재하는 거 아닙니까? 즉 괴롭힘을 당했다고 느끼는 사람의 마음에 있는 거죠. 가령 경위님 때문에 제가 괴롭힘을 당했다고 느낀다면 그것도 괴롭힘에 해당되는 겁니까?"

그의 옆에 앉은 아메드는 경악 속에 숨죽여 지켜보았다. 속으로 지금 한 방 날려 우스만을 죽여 버린다면 (a) 알라가 나를 용서하실까,

(b) 영국 배심원들이 무죄 평결을 내려 줄까 하고 생각했다.

젊은 경위는 부드럽게 말했다.

"요점에서 빗나가신 것 같습니다. 이 홀에 계신 분들은 대부분 이번에 발생한 여러 사건으로 인하여 화가 나고 스트레스를 받아서 여기에 모이신 것입니다. 이 사건들을 그저 '머릿속에 존재하는 것'으로 치부하는 것은 타당하지 않다고 봅니다. 누군가가 여러분을 스토킹하고 있다고 느끼고 계시니까요. 그래서 놈들을 찾아내 처벌하려고 하는 것입니다. 저희는 여러분의 도움이 필요합니다."

그런 뒤 경위는 온 동네 사람들이 어떻게 해야 경찰의 눈과 귀가 될 수 있는지 설명하고는 또 모두가 도와주면 사건을 해결할 수 있다고 덧붙여 말했다. 아메드가 보기에 우스만의 질문은 아직 끝나지 않았다. 그래서 그는 우스만의 다리를 붙잡고 우스만의 입을 막으려 했다. 우스만이 그를 돌아보며 괴로운 표정을 지었다. 아메드는 우스만보다 훨씬 더 괴로운 표정을 지었다.

"보상금 없나요? 우린 받을 자격이 없는 건가요?"

누군가가 질문했다.

"그건 경찰 관할 사항이 아닌 것 같군요."

경위가 대답했다. 그는 놀랄 만큼 능수능란하게 답했다. 몇 가지 질문이 더 이어진 후 이웃 감시대를 이끄는 여성이 다시 나와 두 경찰에게 경례하고는 회의가 끝났음을 알렸다. 사람들은 이런저런 이야기를 나눴고, 두 경찰에게 다가가 뭐라 뭐라 떠드는 사람들도 있었다. 그러고 나서 두 경찰은 조용히 공원 광장으로 나가 맑은 공기를 쐬었다.

"좋았어."

총경이 말했다. 두 경찰은 탁 트인 광장을 가로질러 가면서 담배에 불을 붙였다. 비바람이 불어와서 몸을 웅크리고 불을 붙였다. 날씨 때문에 주위 행인들이 모두 고개를 숙인 채 갈 길을 서둘렀다. 몇 야드 떨어진 곳에 까마귀 두 마리가 머리를 맞대고 있었다. 까만 깃털이 빛을 흡수했다가 반사하는 것 같았다. 밀은 번쩍번쩍한 경찰복을 입은 상관이 까마귀 같다는 생각이 들었다.

"지랄 맞은 대민 홍보 활동이 끝났군. 우편 소인하고 DVD는 계속 체크해. 감식반이 차에서 뭘 찾았는지 알아보고. 또 뭔 일 생기면 꽁지 빠진 새 될 줄 알아!"

밀은 그러고 싶지 않았지만 본의 아니게 상관의 뒤태를 보았다. 그 이미지를 떠올리니 웃음이 나왔다.

"그 까다로운 아시아 남자 말이 맞을지도 모르겠습니다. 차량 기물 파괴죄가 성립된 지금, 괴롭힘까지 조사할 필요가 있는지 확신이 안 서거든요."

"그건 그래. 그래도 우리가 확보한 걸 모두 고려해야 해. 무엇이 필요할지 아직은 모르니까."

그러더니 총경은 인사도 없이 반대 방향으로 가 버렸다. 담배 불빛이 멀리 희미해져 갔다. 회의하러 가나? 한잔하러 가나? 경마장 가나? 애인 보러 가나? 감히 총경에게 이런 질문을 던질 수는 없었다. 밀은 상관 때문에 즐거웠지만 직접 표현하지 않았다. 상관이 그런 표현을 달가워하지 않으리란 것을 직관적으로 알았기 때문이다.

"잠시 실례해도 될까요?"

어떤 목소리가 들렸다. 가벼운 여름 정장 차림의 날카로운 중년 남자가 그에게 다가왔다. 남자는 총경이 공원 광장을 가로질러 사라지기를 기다렸다. 밀은 재빨리 남자를 분석했다. 그는 훌륭한 시민이고, 부유하고, 뭔가를 실토하거나 불만을 제기하고 싶다. 이 부분은 직업상 잘 파악되지 않는 부분이었다. 엄청 징징대고 투덜대고 거짓말하는 영국 사람의 모습 말이다.

"물론입니다."

밀이 대답했다.

"마이클 립톤-밀러입니다."

미키 립톤-밀러가 말했다. 그의 은근한 태도를 보니, 경찰과 판사를 대상으로 능숙하게 협상을 이끌어 내는 자식일 것이다.

"저도 회의 끝나고 나온 길이에요. 조용히 말씀 나누고 싶습니다."

그는 우산으로 밀을 씌워 줄 만큼 가까이 다가섰다.

"반갑군요."

밀이 대답했다.

"이 사건의 범인이 누군지 나름 가설을 세워 봤어요."

미키가 말했다.

그는 '오, 신이시여, 미친 녀석이 나타났사옵니다' 하고 속으로 외쳤다.

"흥미롭군요."

그사이 미키는 지갑에서 명함을 꺼내 밀에게 건넸다. 어깨로 우산대를 받쳐 들고 명함을 건네자니 쉽지 않았다. 밀이 명함을 보니 그는 사무 변호사였다. 밀은 직업적으로 조심해야 한다고 생각했다.

미키는 말했다.

"무슨 생각하시는지 알아요. 저 미친놈 아니에요. 제 생각은 이렇습니다. 이렇게 하는 놈은 이 동네를 잘 아는 놈이죠. 그렇죠? 놈은 맨날 피프스 로드를 오갑니다. 실제로 여기에 살지 않는다 하더라도 머물기는 할 겁니다. 토박이? 풍경 속 인물인 거죠. 눈에도 안 띄고. 흔적도 없이 오가는 사람. 들어맞죠, 그렇죠? 추리 소설에 나오듯 우편배달부를 의식하는 사람은 아무도 없어요(우편배달부와 같이 일상에 녹아든 사람이 범인일 때 찾기 어렵다는 말-옮긴이). 누가 그렇게 할까요? 누가 배달부를 의식해요? 큰 카메라를 들고 사진 찍으러 다니면 당연히 사람들이 알아보죠. 그럼 다른 각도에서 봅시다. 카메라는 누가 갖고 다닐까요? 카메라를 갖고 다니든 말든 아무도 주목하지 않아요. 몰라도 괜찮은 거죠. 다른 사실을 덧붙여 볼까요? 첫째, 동네를 오간다. 둘째, 카메라. 셋째, 원한 관계가 있다. 그렇죠? 맞죠? 확실합니다. 평범한 사람이 아니라 큰 불만을 가진 사람이에요. 사회에, 세상에, 피프스 로드에. 화가 난 거죠. 보통 누가 화를 낼까요? 모두에게 화를 내는 부류의 사람. 모든 것은 하나로 귀결됩니다. 그렇습니다. (a) 동네에 머물러야 할 이유가 있는 사람, (b) 카메라를 갖고 있어야 할 이유가 있는 사람, (c) 모두가 그 사람(들)에게 화를 내기 때문에 모두에게 화를 내는 사람. 이 점들을 파악해 보시면 명확해 집니다. 주차 단속 요원. 아니면 다수의 주차 단속 요원들입니다."

"그럼 이 모든 일이 화난 주차 단속 요원의 짓이라는 말씀이신가요?"

"아니면 다수의 주차 요원들이죠. 모두가 주차 요원들을 싫어하니까 주차 요원들도 모두를 싫어하거든요. 글로 정리해 보세요, 확실하죠."

밀은 재주 좋게 어떤 상황이든 잘 빠져나온다. 미키에게 감사를 표하고 고개를 크게 끄덕이며 인사하는 식으로 말이다. 그리고 그는 경찰서로 향했다. 미키는 그를 아주 예의 바른 젊은 경찰로 생각했다.

'저 사람 좀 미쳤군. 하지만 엉뚱한 생각은 아니다. 확실히 범주 안에 들어. 중요한 범주, 뭔가가 보이기 시작하는 범주.'

밀은 다른 파일을 열어 보고, 몇몇 우체국 직원도 찾아가 물어보고, 웹 페이지 관련자도 찾아가 물어보고, 주차 요원 한두 명에게도 찾아가 물어볼 것이다. 그리고 사건이 모두 사라져 없어지기를 기원할 것이다.

65

로힝카 카말은 시어머니를 직접 겪어 보고 나서 시어머니의 방문을 자연재해 중 하나라고 속 편하게 생각하기로 했다. 지진, 쓰나미, 산불, 홍수는 사전에 대비하면 그뿐, 걱정해 봐야 실제로 의미가 없는 것처럼 2년에 한 번 있을 시어머니의 런던 방문도 미리 두려워해 봐야 아무 의미가 없었다. 두려움을 완화시키고자 대책을 세울 수는 있겠지만 그것이 소용없을지도 모를 일이었고, 어쨌든 걱정 때문에 잠을 못 이루기는 마찬가지였다.

　로힝카가 아메드와 결혼한 뒤, 시어머니의 런던 방문은 이번이 네 번째 방문이었다. 시어머니의 잔소리는 언제 아이를 가질 것이냐에서 아이를 어떻게 키울 것이냐로 그 주제가 바뀌어 갔지만, 변함없이 아메드와 로힝카를 깎아내리며 강도 높게 야단쳤다. 시어머니의 불만은 공항에서 집으로 가는 험난한 여정부터, 아니 공항에서부터 시작되었다. 기내식, 승무원의 서비스, 난기류, 히드로 공항 당국, 출입국 관리관, 항공 운항 등 불만 아닌 것이 하나도 없었다. 무슨 일이 발생하든 상대의 잘못으로 떠넘겼다. 시어머니는 종종 아주 묘한 뉘앙스를 풍기며 불만을 늘어놓곤 했다. 예를 들어 아메드가 못마땅해도 그녀는 로힝카가 쓸모없는 아내이기 때문에 아메드도 쓸모없는 인간이 됐다는 식으로 묘한 뉘앙스를 풍기며 불만을 드러냈다. 대놓고 말한 것은 아니지만 누가 들어도 명백히 알아듣게끔.

시어머니가 오기 전에 로힝카와 아메드는 시어머니의 방문이 얼마나 끔찍할지 서로 농담을 주고받았다. 그녀의 불평이 시작됐을 때 스트레스를 덜 받기 위해 그랬던 것이다. 그녀의 능력, 그녀의 천재성을 로힝카는 '바늘'이라고 칭했다. 바늘은 상처 주기 위해 고의적으로 하는 언급으로서, 듣는 사람들은 그 언급에 주의를 기울이게 된다.

시어머니가 오기 전날 밤, 로힝카는 침대에 모로 누워 아메드를 마주 보고는 모하메드가 깨지 않도록 목소리를 낮춰 말했다.

"어머님은 내가 말귀는 잘 알아들어도 말대답할 만한 재간은 없다고 생각하시나 봐요. 그래서 이렇게 말씀하시죠. '아메드가 아주 잘 먹는 것 같구나' 하는 식으로요. 어머님 같은 말재주가 없어서 완벽한 예를 들긴 어렵지만, 그러시죠. 아니다, 저번엔 이렇게 말씀하셨다. '파티마가 어제 입은 옷 입고 있으니까 아주 예쁜 것 같구나' 물론 어머님은 '어제'를 힘주어 말씀하셨어요. 파티마가 똑같은 옷을 입고 있었거든요, 세탁기가 고장 나서. 그때 난 이렇게 말하고 싶었어요. '감사합니다, 남편더러 뚱뚱하고 해 주시고 딸더러 더럽다고 해 주셔서요. 저 시집 잘 왔죠?' 난 이렇게 말대답할 배짱이 없어요, 어머님 말씀 들으며 속은 상해도. 나를 비하하는 데 내가 거드는 거 같아요! 어머님이 내 속을 긁는 데 내가 발 벗고 나선 꼴이죠!"

아메드가 껄껄껄 웃는 바람에 침대가 가볍게 흔들렸다.

"잘 먹는다는 게 무슨 뜻이야?"

그가 물었다.

"뚱뚱이라고."

로힝카가 손가락으로 그의 옆구리를 쿡 찌르며 대답했다.

"그게 어머님이 말씀하시는 방식이에요, 비난하는 말이나 부정적인 말을 연달아 열 가지나 늘어놓는 거죠. 당신도 한번 세어 봐요, 계속 늘어날걸요. 어머니는 사람들을 깎아내리는 기계예요."

"어머니는 라호르에 사시는데 뭘 그래."

"앞으로 몇 주간은 아니잖아요."

로힝카가 반대쪽을 보며 돌아누웠다.

그 이튿날 아침 공항으로 출발하기 전에 가족회의가 열렸다. 삼 형제와 로힝카와 두 아이들이 식탁 앞에 둘러앉았다. 그동안 샤히드의 친구가 계산대를 맡아보았다. 온 가족이 카말 여사를 모시러 가려고 모인 것이다. 지난번에는 아메드 혼자서 아침 8시 비행 도착 시간에 맞춰 모시러 나갔지만, 그것은 현명하지 못한 처사였다. 공항에 제때 당도하기 위해서 그는 아침 6시에 일어났다. 모하메드가 갓 태어난 데다 누구 한 사람은 가게를 지켜야 했기 때문에 로힝카가 집에 남고 아메드가 혼자 나갔던 것이다. 그로부터 한 달 후 다시 파키스탄으로 돌아가는 날까지 어머니는 그 '시큰둥한' 환영을 언급했다. ("공항엔 이 어미 혼자 가마. 그게 너희한테 얼마나 불편한 일인지 잘 알고 있으니까.")

"충격과 놀라움."

샤히드가 말했다. 그는 기분이 좋았다. 벨기에인 이크발을 내쫓기 위해서 어머니가 올 거라고 말했더니, 그동안 그가 그만 나가 달라고 아무리 정중하게 돌려 말해도 깡그리 무시했던 그 사이코가 드디어 집에서 나갔던 것이다. 자그마치 7개월이 넘었다.

샤히드가 말을 꺼낼 때마다 이크발은 '곧 나갈게' 하고는 그만이었다.

하지만 어머니의 방문이 문제를 해결해 주었다. 샤히드는 머리를 잘 쓴 덕택이라며 스스로 뿌듯하게 여겼다. 이크발도 온 가족이 어머니를 두려워한다는 사실을 알고 있었다. 아니, 두려워한다는 말은 잘못된 말일지 모른다. 그냥 무서워하는 것이다. 어쨌든 이크발은 그녀를 살아 있는 시한폭탄이라고 알고 있었다. 샤히드는 굳이 거짓말할 필요가 없었다. 어머니가 런던에 오시면 어디에서 묵을지 그것만 거짓말로 둘러대고 그 거짓말을 숨기면 된다. 그렇게만 하면 된다. 어머니의 방문 소식을 듣자마자 샤히드는 모든 괴로움이 집에서 싹 빠져나가는 것 같았다. 그가 이크발에게 언제쯤 나갔으면 한다고 그 날짜를 말했더니 놀랍게도 이크발은 부당한 처사라는 듯이 투덜댔다. 저 벨기에 놈은 정말 뻔뻔하기 그지없다. 그는 불쾌한 표정으로 결국 나가겠다고 했다. 그리고 바로 어제 그가 나간 것이다. 떠났다! 급히 떠났다! 이크발이 집에 없다! 그가 집을 나갔다! 만델라가 석방된 것이다! 샤히드는 다시 일상으로 돌아왔다! 혼자 소파에 누워 TV를 보고, 웹 서핑을 하고, 자신의 양말 냄새와 방귀 냄새만 맡게 된 것이다. 모두 끝났다. 그것은 이제 과거의 일이었다!

"우리의 사랑과 헌신으로 어머니를 감싸야 해. 그럴 거라곤 어머니는 예상도 못할 거야."

샤히드가 아침 식탁 앞에 앉아 계속 말했다.

"그럼 우리 엄마가 아니지."

우스만이 말했다. 그는 어머니에게 가장 사랑받는 아들이었기 때문에 그의 말은 조금 위선적으로 들렸다. 다른 형제들은 그가 막내라는 이유 말고 어머니가 왜 그를 좋아하는지 이해할 수 없었다. 성격도 안 좋고, 까칠하고, 매력도 없고, 반(半)열성분자인 막내아들을. 아메드는 우스만에게 경고성 눈빛을 보냈다. 그와 로힝카는 아이들 앞에서 어머니의 험담을 삼갔던 것이다. 나쁜 말 안 하기 방침을 엄격하게 지켜 왔다. 이것은 노년에 대한 좋은 본을 보이는 일이었고, 파티마가 그들이 말하는 족족 다 따라 할까 봐 걱정이 되었기 때문이다.

"우리 어머니한테 사랑 폭탄(포교 활동의 일환으로 홀로 사는 젊은이에게 관심을 보이고 지원해 주는 일 - 옮긴이)을 터뜨리는 거야. 통일교 신자처럼."

샤히드가 말했다.

"사탕 포탄."

모하메드가 따라 했다.

"모두 준비 끝?"

아메드가 물었다. 로힝카는 슬리퍼를 직직 끌며 식탁을 왔다 갔다 접시들을 치우기 시작했다. 그 동작이 얼마나 활기차고 효율적인지 손이 여러 개 달린 힌두교 여신 같았다. 그녀는 그릇들을 날라다 개수대에 담가 놓고, 씻고, 정리하고, 세척기에 넣고는 엉덩이로 문을 닫은 후 버튼을 눌렀다. 파티마는 밝은 초록색 치마, 즉 깨끗하고 밝은 초록색 치마를 입었다. 모하메드는 가장 멋진 빨간색 점프 슈트를 입고 가장 좋아하는 파워 레인저를 손에 쥐었다. 아메드는 청바지에 가죽 재킷을 입었고, 두 동생은 육체노동자 같은 복장을 했다. 모두 아메드의 큰 밴을 타고 히드로 공항으로 향했다. 도로는 분명 막힐 것이고 날씨도 좋지 않을 것이다.

사우스 런던을 벗어날 즈음 아메드는 일과 아이들밖에 모르는 세상에 갇혀 사는 것 같았다. 일과 아이들이 세상의 전부인 것 같다는 생각이 들 때가 많았다. 큰 밴에 가족을 모두 태우고, 다양하고 거대한 런던을 힘겹게 빠져나가면서도 그 거대한 도시의 존재감이 느껴졌다. 모든 것은 역사를 가지고 있고 당면한 중압감도 존재한다는 느낌이었다. 도로 공사, 전광판, 경미한 사고가 있었다. 흰 밴이 우유 배달 차량 뒤를 들이받은 바람에 경찰이 차선 하나를 막고 있었다. 오랜 전통만큼 '어마어마한 교통량'도 자랑하고 있었다. 어마어마한 양이라면 얼마나 많아야 어마어마하다고 할 수 있을까? 다시 정체가 풀려 그는 M4고속도로의 오르막 구간으로 밴을 몰았다. 오르막 도로를 따라 자리 잡은, 한때는 누군가가 미래를 투사한 것처럼 보이는 빌딩들을 돌아 나갔다. 그 풍경이 아메드가 아는 런던과 달라서 좋았다.

샤히드는 재미있는 생각을 하나 떠올렸다.

"어머니가 무슨 말을 제일 먼저 할지 우리 내기하자."

우스만은 인상을 썼다. 도박은 무슬림이 해서는 안 되는 행위였다.

"진짜 내기 아냐, 이 꼰-"

샤히드는 모하메드와 파디마 생각이 나서 말을 내뱉다 말았다. 그는 '꼰대', '바보 꼰대'라고 내뱉을 뻔했다. 아메드는 백미러로 그에게 경고성 눈빛을 보내려고 했지만 로힝카가 킥킥 웃는 바람에 그만두었다. 샤히드는 그것을 찬성한다는 뜻으로 받아들이고 다음 말을 이어 갔다.

"내가 먼저 할게. 첫마디는 '아메드, 넌 어째 더 뚱뚱하냐그래'일 거야."

"아빠 뚱뚱보!"

모하메드가 외쳤다.

"끔직한 비행기 같으니라고."

로힝카가 라호르 억양을 섞어 목소리를 낮게 깔고 말했다. 시어머니처럼 남들을 불안하게 만드는 목소리로 말한 것이다.

"잘 있었니! 할머니는 잘 있었니라고 하실 거예요!"

파티마가 말했다. 모두가 손뼉을 치면서 파티마를 칭찬했다. 샤히드는 더 말조심을 해야겠다고 생각했다.

히드로 공항은 접근성이 용이한 곳이 아니었지만 오늘따라 훨씬 불편했다. 도로 공사와 강화된 보안 검색 때문에 그랬다. 정지한 차에 갇힌 아메드는 스트레스 지수가 점차 올라가는 것을 느꼈다. 차는 10미터쯤 가다 서고 10미터쯤 가다 서기를 반복했다. 위풍당당하게 카시트에 높이 올라앉아 조용히 창밖을 내다보는 모하메드 쪽에서 냄새가 났다. 녀석이 기저귀에 큰일을 본 모양이었다.

"우리 늦겠다."

우스만이 말했다. 이 도움 안 되는 예측은 사실로 인해 더 심각해졌다. 히드로 공항까지 두 시간이면 갈 줄 알았더니만 시간이 촉박했다. 아메드는 어머니가 도착하기도 전에 어머니의 방문이 엄청난 재해를 초래할 거라는 느낌이 들었다. 그도 그럴 것이 라호르 반둥가(街) 29번지에 사는 라메시 카말 여사는 공항에 늦게 왔다고 런던에 머무는 내내 잔소리할 사람이었기 때문이다. 아메드는 다른 방법을 열심히 강구했지만 아직 히드로 공항 진입 터널도 지나지 않았다. 터널은 고사하고 추락 사고로 퇴출된 콩코드 모델이 있던 우회로에도 도착하지 못했다. 걸어서 터널을 통과한다 해도, 물론 불가능한 일이겠지만, 제때 도착할 수 없을 것이다. 지금 차를 돌려 집으로 가서 날짜를 잘못 알았다고 할까……. 아니, 내가 무슨 생각을 하고 있는 거야? 다른 가족들이 결코 비밀을 지킬 수 없을 텐데 말이다. 그런데 그때 마법처럼 도로가 뚫렸다. 앞차의 브레이크등이 꺼지면서 부릉 시동이 걸리고 차가 서행하는 것 같더니 정말로 움직였다. 알라여, 감사하나이다. 무장한 경찰들이 검문소에 서 있었지만 무슨 이유에서 그러는지 차들을 모두 그냥 보내고 있었다. 아메드는 단기 주차 구역

으로 차를 몰았다. 너무 급한 마음에 앞바퀴가 가로대 위로 올라가
든 말든, 주차증을 뽑고 주차한 뒤 가족들을 차에서 얼른 내리게 했
다. 그는 로힝카가 유모차 펴는 것을 도와주고 거기에 모하메드를 앉
혔다. 이 모든 일을 마무리 지은 뒤 서둘러 인도 표지판을 따라 걸어
갔다. 아메드가 유모차를 밀고 로힝카는 파티마의 손을 잡고 걸었다.
두 동생들은 뒤에서 따라오고 있었다. 샤히드는 웃고 우스만은 인상
을 쓰고 걸었다. 신호 대기 중인 사람과 차량, 눈물을 흘리며 말없이
포옹하고 있는 연인, 커다란 파라솔 주변에 모여 있는 단체 관광객
들, 휠체어에 웅크리고 앉아 있는 사람, 입국장 위치를 선점하기 위
해 몰려드는 사람 등등이 보였다. 신기하게도 히드로 공항은 입국장
과 출국장의 층 구별이 없어서 입국한 사람들과 중앙 홀에서 출국하
려는 사람들이 자유롭게 왔다 갔다 했다. 그들이 입국장에 도착해서
한숨을 돌리려는 찰나 인상을 쓴 채 여행 가방 세 개를 실은 카트를
밀며 카말 여사가 나타났다. 그녀의 표정은 자식들을 봤어도 바뀌지
않았다. 그저 무거운 가방을 그들, 즉 아들 셋, 손주 둘, 며느리 하나
이렇게 여섯 식구를 향해 밀고 다가왔을 따름이다. 모두 반가운 얼굴
을 하고 서 있었다. 카말 여사는 카트를 세우고 말했다.

"그래, 우리 가게는 누가 보고 있는 게냐?"

66

스미티는 브릭스톤의 한 카페에 앉아 베이컨, 달걀, 소시지, 콩, 감자칩, 토스트가 담긴 접시를 앞에 두고 최대한 자신을 억누르고 있었다.

스미티는 작품에 임할 때 조립업자를 따로 쓰곤 했다. 그 남자에게 도안을 주고 대화를 나눈다. 그러면 남자는 컴퓨터로 재빨리 3D 이미지를 만들어서 프로토타입을 설계한 후 실제 작품을 제작하는 것이다. 남자의 공장이 브릭스톤에 있었기 때문에 작품이 제작되는 동안 스미티는 급할 때면 빅토리아호를 타고 달려오거나, 그렇지 않을 때면 BMW를 타고 달려왔다. 남자는 현재 270센티미터짜리 콘크리트 딜도dildo를 플라스틱이든 실리콘이든 뭐든 다른 이상한 재질로 만든 것처럼 보이게끔 제작하고 있었다. 스미티는 이 작품을 어디에 어떻게 사용할지 고민 중이었다. 사전적 정의상, 만지면 좋은 느낌이 날 것 같은 이 가벼운 물건이 사실은 옮길 수 없을 만큼 무겁고 거친 느낌의 다른 재질로 만들어진 거였다는 아이디어가 그냥 좋았을 뿐이다. 이 작품은 뭔가, 뭔가, 뭔가……를 나타내는 것이어야만 했다. 270센티미터나 되는 콘크리트 딜도를 어디로 옮겨다 놓아야 할지 고민되었지만 그것이 당면한 문제는 아니었다. 당장 두 가지 문제가 있었다.

첫 번째 문제는 그가 공장에 와 보니 남자가 없었다는 것이다. 스미티가 작업실처럼 쓰던 창고 건물 문은 잠겨 있었다. 인터폰을 눌러도 대답이 없었다. 실수였다. 조립업자를 탓하고 싶었지만 그럴 수 없었다. 그 업자의 잘못이 아니었기 때문이다. 실수는 분명 그에게 있었다. 이것은 아마도 옛날 멍청이 조수 대신 새로 입사한 멍청이 조수의 짓일 것이다. 공정하게 평하자면, 새로 온 나이젤 멍청이는 옛날 나이젤 멍청이보다 훨씬 덜 멍청했다. 인간적인 측면에서 그는 전혀 멍청하지 않았다. 그리고 그는 그보다 더 나은 사람들, 예를 들면 스미티 같은 사람들에게 적절한 존경심을 드러낼 줄 아는 미덕도 갖추고 있었다. 하지만 그는 멍청이들이 흔히 저지르는 실수를 저질렀다. 게다가 이 적절치 못한 시간에 회의를 잡은 것도 흔한 실수 중 하나였다. 그래서 열 받은 스미티는 30분간 더 기다리다가 돌아선 것이었다.

그 결과 스미티는 창고에서 몇백 미터 떨어진 한 카페에 앉아 차와 영국식 아침을 먹게 되었던 것이다. 이 영국식 아침 식사는 스미티가 평소 먹는 식사와 완전히 달랐다. 보통 그는 소화가 느리게 되는 탄수화물을 선호해서 전자레인지에 데워 먹는 죽으로 아침을 해결했는데, 이 괴물 같은 기름투성이 아침을 먹는 이유는 다름 아닌 두 번째 문제, 즉 술 냄새가 나고 맥박이 심하게 뛰고 귀가 울리고 입에서 걸레 냄새가 나는 지독한 숙취 때문이었다. 어제 한 친구가 80년대를 주제로 파티를 열었는데 꽤 재미있었다. 사람들은 해적과 신사 같은 복장을 하고 파티에 왔다. 듀란듀란 복장과 웸 복장을 하고 온 사람들도 있었다. 주제도 주제였지만 무엇보다 테킬라 슬래머가 있었다.

초저녁에 마시기에 좋은 칵테일 같았다. 평소 정말로, 정말로 스미티는 약 먹는 것만큼이나 술 마시는 것도 조심했다. 하지만 테킬라 슬래머와 80년대 스타일이 난무하는 저녁때 술을 참을 수가 없었다. 그 결과가 지금 그가 느끼는 것이었다.

스미티는 아무리 힘들어도 휴가를 따로 가지 않았다. 무리하지 않으려고 조심하는 것도 그것이 그가 정한 규칙이었기 때문이다. 일거양득이었다. 덜 취하면 더 많은 일을 처리할 수 있다. 예술가로서 쉬고 싶을 때 언제든 여유롭게 쉴 수 있었기 때문에 술에 대한 유혹은 점점 커져 가고 점점 자주 찾아온다. 스미티는 그런 친구들을 알고 있었다. 그래서 사무라이 행동 강령에 따라 억지로 자신을 추스르며 공장까지 달려온 것이다. 그런데 모든 것이 잘못되어 두 배로 속이 쓰린 상태가 된 것이다.

안타깝게도 사무라이 행동 강령을 준수한다고 고백했다 한들 숙취 해소에는 하등 도움이 되지 않았다. 그런 관점에서 보자면 현재는 일촉즉발의 위기 상태였다. 기름기가 뚝뚝 떨어지는 식사가 눈앞에 놓였을 때는 먹기가 상당히 괴로울 것처럼 보였지만 한 입 두 입 먹고 나니 속이 좀 좋아졌다가 다시 미식거리기 시작했기 때문이다. 지금 스미티는 잠시 숨을 고르고 나서 다시 포크를 들 생각이었다.

'그때는 좋은 생각 같았는데'. 그 거대한 콘크리트 딜도 작품에 딱 맞는 제목이 될 것이다.

카페가 그리 썩 세련되지 않았다는 점이 그의 마음에 들었다. 이런 카페나 식당이나 펍은 언제나 좋았다. 한 테이블에 둘러앉은 네 남자는 모두 노란색 재킷을 입고 있었다. 라디오는 하트 FM에 맞춰 놓았다. 구토가 나오려는 것만 빼면 모든 것이 완벽했다. 구토를 참아 보려고 스미티는 '사우스 런던 프레스'를 들었다. 1면에는 버스 정류장에서 10대 흑인 소년이 칼에 찔린 사건 기사가 실려 있었다. 스미티는 중년 백인이 10대 흑인 소년에게 정기적으로 거듭 칼에 찔리면 군대가 투입될 거라고 생각했다. 2면에는 어딘가에 새로 들어선다는 테스코 입점을 반대한다는 기사가 실렸는데, 어느 쪽이 이겨도 좋을 것이 없었고, 3면에는 주차장 문제에 화난 사람들 기사가 실려 있었다. (기사 제목은 '현지 주민들, 한계에 달했다'였다.) 4면에는 도서관 폐쇄에 반대한다는 시위 기사가, 5면 상단에는 전람회장에서 당나귀에 탄 아이의 사진이 실려 있었다. 하단에는 스미티의 할머니가 살았던 동네와 '우리는 당신이 가진 것을 원한다'에 관한 기사가 짧게 실려 있었다. 엽서와 다른 것들이 집집이 계속 배달되는 모양이었다. 이웃 감시대가 회의를 소집했다고도 나왔다.

스미티는 일어섰다. 그가 엽서들에 대해서 어머니에게 말한 후 어머니도 한두 번 언급하기는 했다. 하지만 건축업자가 집을 공사하고 있어서 그는 신문에서 나온 '지속적인 활동'이 무엇인지, '그라피티와 음란한 악설'을 포함한 사건은 무엇인지, '기물 파괴'와 '우체통에 배달된 물건들'이 무엇인지 알 수 없었다. 기사에 따르면 밀 경위가 '즉각적인 수사와 단호한 조치'를 약속했다. 이 경찰의 발표가 스미티의 귀에는 '확실한 단서가 없다'는 말처럼 들렸다. 그는 여전히 엽서와 DVD를 스튜디오에 보관하고 있었다. 그는 그것이 무엇이든 관심이 있었다. 그라피티, 외설, 그것은 그의 작업이었다.

그것을 생각하다 보니 스미티는 다른 생각이 떠올랐다. 갑자기 떠올라서 그가 알고 있는 사실이 얼마나 정확한지 그것은 잘 모르겠지만 짚이는 데가 있었다. '우리는 당신이 가진 것을 원한다'의 배후에 누가 있는지 알 것 같았다. 어째서 그 사람인지 완벽하게 설명할 수는 없었지만, 시기적으로 생각하면 우습긴 해도 확신이 들었다. 그렇다, 그는 알고 있다. 하지만 그가 할 수 있는 일은 아무것도 없었다. 물론 경찰서에 신고할 수도 있겠지만 경찰은 즉시 스미티가 누군지 또 어떻게 배후를 알았는지 알고자 할 것이다. 스미티가 자신을 드러내지 않고 할 수 있는 일은 없었다. 베일에 싸인 인물 설정이 그가 지닌 가장 소중한 자산이기 때문이다. 아, 영리하다. 사악하다. 영리한 악마는 교활한 개자식이다. 스미티 생각에 사건의 핵심은 누가 범인인지 알고 있지만 선택의 폭이 좁다는 것이었다. 그래, 일은 벌어졌다. 스미티는 범인을 알고 있으나, 손써 볼 수 없는 상태였다. 그는 신문을 내려놓고 접시를 치우더니 차 열쇠를 들었다. 어딘가에 가야겠다는 생각밖에 들지 않았다.

67

"보그단 씨!"

아라벨라가 51번지 현관문을 열며 말했다. 그녀는 핸드폰을 턱과 어깨 사이에 끼우고 있었다.

"어서 와요! 그 주차, 그거 필요한 건 아니죠? 오 초, 딱 오 초만, 괜찮죠?"

그녀는 즈비그뉴를 거실로 안내하고는 다시 밖으로 나갔다. 내가 왜 주차증이 필요할 거라고 생각했을까? 그는 거실을 둘러보았다. 지난번에 작업했던 것과 크게 달라진 부분은 없는 것 같았다. 아라벨라는 페인트를 몇 군데 칠해 달라며 오늘 오라고 했다. 이 말은 아마 침실 한두 군데를 다시 칠해 달라는 말일 것이다. 아마도 통로 쪽도 포함될 것이다. 추측컨대, 즈비그뉴가 마음에 들기도 했고, 이 시점에서 생각나는 유일한 업자가 즈비그뉴여서 그를 불렀을 것이다. 그렇기 때문에 경쟁 업체가 없을 테니 견적을 낮게 부를 필요가 없었다. 굳이 이 페인트칠 작업을 할 필요도 없었다. 레더비 여사의 42번지 주택 공사도 있는 데다 현금으로 오십만 파운드를 가슴 졸이며 숨기고 있었으니 말이다. 그는 페인트칠 상태를 살펴보는 시늉만 하고 거절할 것이다. 그러나 작업의 범위와 상태를 파악하는 일은 돈이 드는 것이 아닐지라도 다른 업자가 맡게 되면 그에게 호감과 신뢰가 쌓일 것이다.

잠시 후 그는 거실이 조금 달라졌다는 것을 깨달았다. 즈비그뉴는 시각적 기억력이 좋아서 금세 알아차렸다. 소파나 탁자 아니면, 다른 뭔가가 새것으로 바뀌었다. 아니다, 거울이 바뀌었다. 금색의 앤티크 거울이 거실 한쪽 구석에 있었다. 거울에 문이 바로 비쳤는데, 즈비그뉴가 거울을 들여다보고 있을 때 아주 어린 아이와 그보다 큰 아이 그리고 검은 머리의 젊은 여성이 거실로 들어왔다. 큰아이와 여자는 멈추어 섰고 작은아이는 그에게 다가와서 한 손을 그의 다리에 댔다.

"아저씨 술래."

즈비그뉴는 깜짝 놀라 무슨 말을 어떻게 해야 할지 몰랐다. 날씬한 젊은 여성은 마티아였다. 그녀는 잠시 기다렸다가 다가와서 조슈아를 데려갔다. 그녀 눈에 그는 전형적인 쓸데없는 남자로 보였다. 그에게 신경도 쓰지 않았다. 즈비그뉴는 여태 본 여자 중 최고로 매력적인 여자다, 저 여자와 자고 싶다고 생각했다.

"게임 하고 있어서요."

그녀는 설명하고 싶어 하는 자신이 탐탁지 않았다. 그러면서도 동시에 그가 감정이 메마르고, 얼음장 같고, 거만한 사람으로 보인다는 점을 그에게 내비쳤다. 그래서 이곳이 그녀의 집이었다면 결코 그를 불러들이지 않았을 거라고.

"예. 나는 욘트 부인 뵈러 왔습니다. 나는."

그는 '칠하다'는 영어 단어가 갑자기 생각나지 않아서 손에 롤러를 들고 위아래로 칠하는 흉내를 냈다. 조슈아와 콘래드는 마티아의 다리를 한쪽씩 잡고 서 있었다. 둘 다 엄지를 입에 넣고 빨면서 난생 처음 보는 생물체를 보듯 즈비그뉴를 빤히 쳐다보았다. 조슈아가 엄지를 빼고는 말했다.

"오늘 나 응가 안 했어요."

아이가 친절하게도 이 어색한 분위기를 깨뜨려 주었다.

즈비그뉴가 끙 하는 소리를 냈다. 유쾌한 분위기를 만들려고 낸 소리였는데, 무례하게 들린 것 같았다. 조슈아는 엄지를 도로 입에 넣었다. 즈비그뉴는 뭐라 해야 할지 생각해 보았다. 잘했어? 좋았어? 나도 화장실 갔다 왔는데, 어땠는지 말해 줄까? 아이와 대화는 어떻게 해야 하는 걸까? 또한 저 여자는 나를 어떻게 생각할까? 마티아의 생각을 알았다면 그는 아마 죽고 싶었을지 모른다. 그녀가 지금 이렇게 생각하고 있었기 때문이다.

'딱 봐도 건방진 폴란드인. 보나 마나, 바르샤바가 우주의 중심이라고 생각하겠지. 애들 하나 못 보고 쓸데없이 자존심만 강하고 바깥일 빼곤 아무 일도 안 하는 뻔뻔한 인간.'

마티아는 런던에서 찾고 있던 것을 아직 찾지 못했지만 로저와 파티에 간 날 밤에 그녀가 찾던 것이 구체적으로 떠오르게 되었다. 돈과 관련된 어떤 장소, 더 큰 비전 같은 것이었다. 동트는 새벽녘 검은 택시에 올라 창밖을 내다보던 느낌과 장미 정원이 딸린 집에 그녀의 아이들이 뛰노는 그런 세계였다. 그것은 철부지 폴란드인 건축업자와 하등 관계가 없는 일이었다.

즈비그뉴가 그녀의 생각을 알았더라면 그 생각은 틀렸다고 소리쳤을 것이다. 그는 스스로 많이 변했다고 생각했다. 그 노부인의 죽음과 다비나와의 끔찍한 관계가 그를 변화시켰다고 말이다. 또한 그는 하루에도 몇 시간씩 이 일확천금을 어떻게 하지 하는 생각에 몰두했다. 처음에는 현실적으로 생각했다. 일단 이 현금을 세탁한 후 은행에 예금하고 나서 어떻게 쓸지 생각해 보자는 것이었다. 그러다 천천히 다른 생각이 떠올랐다. 그 돈을 챙기는 것이 과연 얼마나 옳으냐 하는 생각이었다. 우선 그는 그것이 왜 옳은지 스스로를 합리화하기 시작했다. 레더비 가족은 돈이 있다는 사실을 전혀 모른다. 이 말은 결국 잃어버린 돈, 임자 없는 돈이라는 뜻이다. 가족은 몇백만 파운드나 되는 집을 소유하게 되었으니 이 돈이 필요치 않을 것이다. 그의 아버지는 훌륭한 분이니 돈이 주는 호사를 누릴 만한 자격이 충분하다. 그런데 이 자기 합리화가 어느새 꼬리를 내리더니 손가락 사이로 빠져나가 버렸다. 그 빈자리에 다른 생각을 억지로 메꾸려 했다. 이렇게 매일매일 한 생각과 다른 생각이 서로 충돌하고 있었다. 그래서 마티아의 생각은 완전히 틀린 생각이었다. 그런 그녀의 생각을 그가 모르긴 했어도 그의 첫인상이 좋지 않구나 하는 것만은 분명히 알 수 있었다. 경험상 여자들에게 첫인상이 잘못 박히면 회복되기 어려웠다. 무엇보다 여자들은 천하없어도 그런 사람과는 잘 수 없다고 생각하는 것이다.

아라벨라가 다시 거실로 들어왔다.

"아, 미안해요. 내가 잘못한 일 때문에 괴로워서 그랬어요. 용서하세요, 보그단 씨. 이제 나는 완전 백 퍼센트 보그단 씨 편이에요. 사소한 부탁이 어떤 건지 보여 드릴까요?"

아라벨라는 보그단을 데리고 계단을 올라가 7개월 전에 그가 칠했던 화장실로 갔다.

"여기 색을 스웨덴 스타일의 하얀색으로 바꾸고 싶어요. 알잖아요, 하얀색에도 열여섯 가지 색상이 있다면서요? 따뜻하면서도 깨끗한 느낌은 나지만, 병원 같은 느낌은 안 나는 걸로. 난 잘 모르겠지만, 사과주스 색인지 뭔지, 아무튼 그런 하얀색으로요."

즈비그뉴는 그 색에 대해 생각해 보고 견적을 내겠다고 아라벨라에게 말했다. 이 일을 할 생각은 없었지만 거절하긴 싫었다. 누군가가 그의 귀에 대고 이 집에 오면 이름은 모르지만 섹시한 보모를 보게 될 공산이 크다고 속삭이고 있었다.

68

일요일 아침 우스만은 아파트에 틀어박혀 노트북 컴퓨터를 연 뒤 핸드폰을 꺼내 놓고 인터넷 서핑을 했다. 뉴스와 재밋거리를 찾는 데 있어 그가 선호하는 방법이었다. 비이슬람권 언론은 선호하지도, 신뢰하지도 않았기에 거의 외면했다. 하지만 거기에 두 가지 예외적인 경우가 있었는데, 그것은 바로 축구와 '더 엑스 펙터'였다. 이 오디션 프로그램은 토요일 밤에 파티마와 모하메드를 돌보면서 우연히 보기 시작한 프로였다. 친구들에게 이 프로 이야기를 들은 파티마는 모두가 이 프로를 본다고 주장할 정도로 좋아했다. 우스만은 삼촌으로서 조카들 대하는 요령이 서툴러서 위층에다 모하메드를 재우고 나면 가게로 내려가 계산대 옆에 놓인 TV로 이 프로를 시청했다. 파티마도 턱을 괴고 앉아 완전히 넋 놓고 보았다. 물론 내용은 쓰레기 같았지만, 토요일 밤마다 TV가 있으면 보고 별다른 일이 없으면 보고 하더니 어느새 이 프로에 빠지고 말았다. 열 일 제치고 보는 것은 분명 아닌데도 계속 관심이 갔으니 미디어의 즐거움에 노출된 것이다……. 네 적을 알라…….

축구에 관해 말하자면, 우스만은 프레디 카모가 몇 집 건너서, 즉 100야드 정도 떨어진 곳에 산다는 사실이 엄청나게 좋았다. 프레디 이야기를 처음 들었을 때는 여러 가지 이유로 가슴이 뛰었다. 프레디가 무슬림 형제란 사실을 알고 나니 더욱더 멋져 보였던 것이다. 물론 이 사실이 언론에 기사화된 일은 단 한 차례도 없었다. 프레디가 어느 사원을 다니는지 다들 모르는 모양이었다. 그와 같은 사원을 다닌다면 생각만 해도 멋진 일이다. 금요일마다 그의 옆에 앉아 예배를 보고 예배가 끝나면 그와 대화를 나누게 될 것이다. 어쩌면 같은 피프스 로드에 산다는 인연만으로도 그와 친구가 될지 모른다……. 프레디는 우스만이 가장 좋아하는 축구 선수였다. 유튜브에 올라온 그의 영상을 수백 번 넘게 봤을 것이다. '알고 보니 바보가 아니라 천재였어' 같은 그의 모습이 좋았다. 그가 어리단 사실도 좋았다. 막내인 우스만은 언제나 가장 어린 사람의 편에 섰다. 이슬람은 세상에서 역사가 가장 짧은 거대 종교로서 진실을 말하는 유일한 종교다, 그렇지 않은가?

하지만 프레디에게 일어난 일은 하늘이 무너지는 것 같은 슬픔이었다. 우스만은 친구네 집에서 그 경기를 시청했다. 학교 다닐 때부터 친했던 친구는 입에 술을 대는 등 이슬람 율법을 따르지 않았지만 오랜 친구로 지내 왔기 때문에 속으로 면죄부를 주었다. 게다가 집에는 스카이 스포츠가 설치되어 있었다. 친구는 프레디의 다리가 부러진 그 태클 장면을 열 번도 넘게 틀고 또 틀었다. 자세히 보고 있으면 속이 불편했다. 프레디가 연약해 보인다는 점에 가슴마저 찌릿했다. 그간 프레디가 약해 보일망정 공을 빼앗기거나 다쳤던 적은 없었다. 그러나 그것은 과거가 되었고 모든 것이 달라졌다.

우스만은 훨훨 날아다녔던 프레디의 동영상을 보는 것이 좋긴 했지만 넷 서핑용 회선으로 보기에는 속도가 너무 느렸다. 그렇다고 브로드밴드로 인터넷을 쓰고 싶진 않았다. 그는 이런 종류의 일에 항상 조심했다. 그동안 한 이웃이 암호 설정 없이 쓰던 무선 인터넷이 집에서도 잡혀서 웹 서핑을 할 수 있었다. 추적당하고 싶지 않기 때문이다. 하지만 지하에 사는 사람일 듯한 그 이웃이 뭔가를 알아차렸는지 석 달 전에 암호를 설정해 버렸다. 그래서 그는 사용량만큼 돈을 내는 3G 핸드폰으로 웹 서핑을 하는 것이다. 현금을 주고 샀기 때문에 추적이 불가능했고, 노트북 컴퓨터에 테더링을 하여 사용했다. 그는 보안을 모두 설정해 놓고 익명의 서비스를 통해서 브라우저를 켰다. 전자 스파이 또는 도청 장치를 달아도 그가 누군지 알 길이 없을 것이다.

이런 우스만의 소행이 위법의 소지가 있는 것은 아니다. 정확히 말하면 불법 행위가 아니다. 가령 알카에다 훈련 매뉴얼을 내려받거나 보거나 하는 것은 범법 행위이다. 우스만은 그렇게 깊이 파고들 마음은 없었다. 하지만 깊이 파고든 사람의 소행이 잘못이냐, 아니냐 하는 문제는 얘기가 좀 다르다. 어려움을 겪을 때 사람들의 관심을 끌 방법이 달리 없다면 애석하게도 폭력보다 더 나은 방법은 없다고 생각했다. 현재 그는 어느 한쪽만 고수하는 것이 아니지만 다른 한쪽을 포기하고 있기는 하다. 7월 7일 런던 지하철 테러 때 그랬다. 그가 사는 이 도시를 자세히 들여다보면 폭력은 성공시키기에 아둔하기 그지없는 무차별적 공격이었다. 내면에서 꿈틀대는 공학도의 본능에 따라 그는 그렇게 추잡하고 소모적이고 잘못된 행태를 보면 온몸에 소름이 끼쳤다.

그럼에도 불구하고 그는 여전히 대화를 위해 발 벗고 나섰다. 분노한 사람들의 말을 여전히 들어주고 싶었다. 그는 이슬람 세력을 파괴시키려 한다는 음모설을 더 이상 믿지 않았지만, 기본적으로 선진국들의 태도 속에는 편향적인 반무슬림 경향이 뚜렷이 드러났다. 이런 생각에 찬물을 끼얹는 것이 바로 웹사이트에서 아무 말이나 지껄이는 사람들이었다. 우스만도 몇 번 글을 올려 보았다. 닉네임을 쓰며 철저하게 익명화된 프로그램을 써서 인터넷에 접속한다 해도 긴장되기는 매한가지였다. 가시방석 같아서 계속할 수가 없었다. 온라인상 공통의 주제, 실은 공통의 강박 관념은 그 사이트에 스파이와 선동가, 정보원이 얼마나 주도면밀하게 침투해 있는가였다. 그것은 의심할 여지가 없는 사실이다. 온라인상의 수많은 사람들이 애써 글쓴이가 누군지 추적하고, 글쓴이를 곤란에 빠뜨리고, 글쓴이를 속여서 글쓴이로 하여금 뭔가를 주장하게 하거나 발설하게 하려는 가운데 토론방에 글을 올리는 것은 두려운 일이다. 그리고 (지역에 따라) 우스만이 시도하는 중도적이고 합리적인 토론은 즉시 불꽃 튀는 설전으로 바뀌어 많은 이들이 그를 가리켜 방관자다, 가짜 무슬림이다, 스파이/선동가/정보원이다 하며 비난을 퍼부었다. 우스만은 포스팅을 중단했다. 지금 그는 잠수 타는 중이다.

오늘은 읽을거리가 별로 없었다. 이라크와 아프가니스탄과 세계 음모와 평범한 것들이었다. 알자지라가 어떻게 서양 압박의 도구가 되었고, 거기에 돈을 대는 카타르인이 왜 진정한 무슬림이 아닌지에 대해 장문의 글이 올라왔다. 오늘따라 인터넷 속도가 느려서 우스만은 논쟁하고 싶은 의욕이 생기지 않았다. 그는 그 사이트를 나와서 구글 홈페이지로 들어갔다. 충동적으로 예전의 버릇이 나와서 검색창에 '우리는 당신이 가진 것을 원한다'를 입력했다. 놀랍게도 한 블로그가 떴다. 지금은 새로운 플랫폼에 글을 게시해 놓았다. 예전에 올린 글 말고도 새로운 글이 게시판에 올라 있었다. 우스만은 깜짝 놀랐다. 마치 사람이 컴퓨터에서 튀어나와 '야!' 하고 소리친 것 같았다. 그는 링크를 클릭해서 나타난 내용을 읽었다. 일부 사진에는 그라피티가 들어가 있었다. 그것은 대부분 욕설이었다. 이 거리에 있는 집들이 욕설로 도배된 듯했다. 심지어 프레디 카모가 사는 집까지도. 신성 모독이다! 68번지 가게 사진도 있었는데 예전 사이트에 올랐던 사진이었다. 거기에는 '좆같은 새끼'란 말이 쓰여 있었다.

우스만은 피식 웃음이 나왔다. 분명 형들은 좆같다. 하지만 이 사이트에서 벌어진 일은 섬뜩하고 충격적이었고, 우스만은 그것을 전혀 이해할 수 없었다.

69

역동적인 카말 가족의 문제를 모두 시어머니 탓으로 돌린다면 그것은 너무 부당한 처사일 것이다. 하지만 아주 틀린 말도 아니라고 로힝카는 생각했다. 새벽 5시에 배달 요청을 접수하고 나면 그녀는 짜증이 치밀어서, 심호흡하는 것으로 짜증을 억누르는 자신을 발견했다. 그리고 우유 상자를 열고 칼로 신문 더미 끈을 자르면서 식료품 트럭이 오기를 기다렸다. 물론 화가 난 채로.

화가 난 것은 주로 시어머니 때문이었다. 화가 머리끝까지 치밀어 올라 화를 내지 않는다는 것이 불가능할 지경이었다. 사소한 불만이 서서히 화로 바뀌어 산소처럼 온몸으로 퍼져 나갔다. 시어머니는 매사가 잘못되었다고 여겼다. 밤에 나는 시끄러운 지동차 소리도, 아침에 나오는 뜨거운 물도, 모하메드의 배변 훈련 과정도, 파티마가 오직 영어만 배우고 우르두어를 배우지 않는다는 사실도, 자신이 도착한 날 로힝카가 음식 장만을 조금밖에 하지 않았다는 것도, 자동차 보험료도, 샤히드가 결혼은커녕 '번듯한 직장'을 잡으려는 생각조차 없어 보인다는 사실도, 불친절한 런던도, 런던이 '불가능의 도시'라는 사실도, 특히 저녁때 로힝카가 만든 음식에 슬프고 나무라는 듯한 시선을 던지면서 과도하게 라호르를 그리워하는 자신의 모습도 모두 잘못되었다고 말이다.

'독살할 거야. 두고 봐.'

로힝카는 화가 난 채로 속으로 으르렁거리며 이를 갈았다.

위층에서 움직이는 소리가 들렸다. 좋은 일이 있을 리가 없다. 시어머니가 일어나서 평소보다 훨씬 더 기분이 더럽다고 경고하는 소리이거나 파티마가 잠에서 깼으니 놀아 달라고 조르는 소리일 것이다. 발소리는 생각에 잠긴 듯 잠시 멈춰 섰다. 그러더니 계단 쪽에서 머리가 보였다. 쿵쾅쿵쾅 소리를 내는 꼬마 아가씨 파티마였다. 아이는 맨 아래 계단에 섰다.

"엄마, 추워 죽겠어."

"다섯 시 십오 분밖에 안 됐어. 더 자."

파티마는 두 손으로 엉덩이를 짚었다.

"잠이 안 와."

"자려고 하면 잠이 올 거야. 침대에 누워 따뜻하고 아늑하구나 하고 생각해 봐. 솜털 이불 덮고. 장난감이랑 같이."

"장난감 싫어!"

로힝카는 그 거짓말을 듣고 그저 어린 딸을 바라보기만 했다. 파티마는 잠시 자기가 무슨 말을 했는지 떠올려 보았다.

"다는 아냐. 핑키는 싫지 않아."

파티마가 마지못해 말했다. 핑키는 작년 생일날에 선물로 받은 인형이었다.

"아빠 옆에서 잘래. 그럼 엄청 따뜻할 거야."

로힝카는 잠깐 마음의 갈등을 겪었다. 아이에게 그냥 방으로 올라가 자라고 하고 싶은 마음과 아빠 옆에서 자라고 하고 조용히 일하고 싶은 마음이 서로 싸우고 있었다. 파티마가 아빠 옆에서 잠들 가능성은 거의 없었다. 파티마는 아빠를 깨워 한두 시간 시끄럽게 떠들어 댈 것이다. 그녀는 아직도 산더미처럼 쌓인 일거리를 보았다.

"그래, 아빠한테 가 봐."

로힝카가 말했다. 그녀는 나중에 그를 좀 달래 줘야겠다고 생각했다. 파티마는 한 발로 섰다 다른 한 발로 섰다 건들거리며 그 제안을 고민해 보았다.

"안 갈래."

파티마가 대답했다. 로힝카는 한숨을 푹 내쉬었다. 하루의 시작, 정확하게 말하면 진정한 하루가 시작되기도 전에 벌써 피곤함이 느껴졌지만 파티마가 제일 좋아하는 의자를 가리키며 말했다.

"십 분이야. 그다음에는 다시 자는 거야. 안 그러면 너무 피곤해서 학교에 못 가."

파티마는 그 말에 엄마와 함께 있을 수 있어 좋다며 펄쩍펄쩍 뛰면서 손뼉을 쳤다. 그 모습에 로힝카는 죄책감이 들었다.

로힝카는 결혼해서 남편과 함께 가정을 꾸리고 살고 싶었다. 다섯 남매 중 셋째로 태어난 그녀는 가정생활이 무엇인지 아주 잘 알고 있다고 생각했다. 그런데 흥분과 관련된 감정이 끝없이 밀려드는 데에는 그야말로 속수무책이었다. 거기에는 격한 감정 변화, 울화통, 유쾌함, 호호거리는 웃음, 모든 노력이 도로 아미타불이 되는 느낌, 순간순간 힘들다는 현실 자각, 아이들에 의해 완전히 갇혀 산다는 인식, 가장 절제된 세속적 욕망 즉 가장 순수한 사랑의 순간이 있었다. 이런 모든 감정은 평소 아침 9시 전부터 널을 뛰듯 오르락내리락했다. 그녀가 참지 못할 만큼 격하게 일어나는 감정은 아니었다. 로힝카는 남몰래 자격지심을 느낄 때가 있었다. 가끔 파티마, 모하메드와 산책이나 쇼핑 갔을 때 그녀는 아이 없는 사람들을 보면서 생각했다.

'저 사람들은 인생이 뭔지 하나도 모르는 거야. 짐작이나 하겠어?

아이가 있는 삶은 천연색 삶이고, 아이가 없는 삶은 흑백 삶인데 말이지.'

그녀는 힘들 때도, 즉 슈퍼마켓에 가서 모하메드가 카트에 앉아 요거트 통을 함부로 딸 때, 계산대에서 사탕이 빠졌다고 파티마가 소리지를 때, 피곤에 절어 눈이 충혈된 데다 생리를 하거나 아이를 업은 채 선반에 물건을 진열할 때, 모든 사람이 그녀에게 나쁜 엄마라는 시선을 보낼 때도 흑백 삶보다 천연색 삶이 더 낫다고 생각했다.

어쩌면 이런 감정으로 시어머니를 대했을지 모른다. 어쩌면 순수한 마음으로 시어머니를 대했을지도 모른다. 어쨌든 그녀가 기대했던 인생, 원했던 인생과는 거리가 멀었다. 그것이 아니라면 화학 반응이 잘못 일어난 것이다. x를 느꼈는데 y느낌이 난 것이다. 그녀를 성숙하게 해 줄 줄 알았던 일들이 응어리가 되어 나이 들수록 현명해지는 것이 아니라 점점 더 화만 쌓여 갔다. 그러더니 이제 그녀의 화는 전염병처럼 주위로 퍼져 나갔다. 하품처럼 화도 전염되었다. 로힝카는 카말 형제의 성격이 왜 그런지 이제야 그 이유를 알 것 같았다. (여러모로 아직도 사춘기 소년인 우스만을 빼고) 형제는 거의 사리를 분별할 줄 알았다. 몸과 마음이 차분하고 건강하고 올바른 사람들이었다. 즉 대화의 장을 열어 설득하고 사물을 제대로 볼 줄 알았다. 그러다 형제끼리 있거나, 어머니가 끼어 있거나, 카말 가족과 연관된 일이 생기거나 하면 그들은 모두 성질부터 낸다. 언제나. 서로가 서로를 자극하려고 그런 것은 아니다. 처음부터 실타래가 꼬여서 좀처럼 잘 풀리지 않았기 때문이다. 아메드는 짜증을 거의 내지 않는다. 그는 감정 기복도 거의 없고 패기도 없고 남이 산으로 가자면 산으로 간다. 그런 그도 동생들과 어머니 앞에만 서면 짜증을 낸다. 온 가족이 모인 것을 보면, 조디 포스터 주연의 영화에 나오는 '패닉 룸' 같은 짜증 룸에 가족이 몽땅 들어간 것 같았다.

어머니 탓이다. 맞는 소리다, 어머니 탓이다. 로힝카는 엄마가 되고 난 연후에야 매사가 얼마나 간단히 설명되는지 깨닫게 되었다. 어머니 탓이다. 사람들이 흔히 하는 말이 모든 경우에 다 적용되는 정답은 아니지만, 이 경우에는 시어머니 탓이 맞는 말인 것 같았다. 로힝카는 아이들을 그렇게 키우지 않을 것이다. 절대로. 그녀는 눈을 들어 손대지 못한 일거리, 즉 묶인 채 쌓인 신문 더미와 정리하지 못한 선반을 휘둘러보았다. 곧 첫 손님이 올 것이다. 다시 한숨을 내쉬었다.

"나한테 화났어, 엄마?"

파티마가 물었다.

"아니야, 화 안 났어. 우리 딸한테 왜? 어른들 생각하느라 그래."

이제는 파티마가 짐짓 크게 한숨을 내쉴 차례다. 로힝카가 무릎을 가리키자 딸이 뛰어왔다.

"엄마는 우리 딸한테 절대 화 안 나요. 화가 나도 엄마는 항상 우리 딸 사랑해."

"알아, 엄마."

파티마는 편하게 앉으려고 로힝카의 무릎에서 몸을 꿈틀거렸다.

잠시 이 자세로 앉아 있으면 온 세상이 행복했다. 그때 문이 열리는 것이 보였다. 문이 살짝 열렸다가 곧 활짝 열리며 갑자기 검은 옷과 파란 옷을 입은 남자들이 소리치며 안으로 뛰어들었다. 몇몇은 마구 소리치며 물건들을 어지러이 부수고 깨뜨렸다. 그들이 하는 말을 알아듣는 데는 단 몇 초밖에 걸리지 않았지만 실제로는 훨씬 더 길게 느껴졌다.

"무장 경찰이다!"

70

이크발이 나간 후로 샤히드의 생활이 얼마나 좋아졌는지 그 목록을 뽑자면 한도 끝도 없겠지만, 그중 잠을 푹 자게 되었다는 점이 특히 좋았다. 그는 자라고 하면 하루 종일 잘 수도 있었다. 하루를 잘 보내려면 자야 했다. 하지만 쉽게 흥분하는 이크발이 집 안을 막 돌아다니고 화장실 가는 길을 막고 있어서, 그의 움직임을 언제나 파악하고 있어야 했다. 야행성인 이크발은 꼭 밤마다 주전자를 끓이고, 주방과 욕실에 들어가 수돗물을 틀고, TV 소리를 한껏 낮추고는 영화를 봤다.(샤히드가 그의 동태를 살피려고 나가 보면 대개 척 노리스, 장 클로드 반담, 스티븐 시걸이 나오는 액션 영화를 보고 있었다.) 그렇지 않으면 컴퓨터를 했는데, 새벽 서너 시쯤 조용한 가운데 문틈으로 희미한 빛이 비치면 이크발이 웹 서핑을 한다는 뜻이었다. 그가 새벽 기도를 할 거라고는 생각지도 않았다. 이크발이 기도하려고 일어난다고 해서 문제가 될 것은 없었다. 규칙적으로 한다면야 그러려니 했을 것이다. 하지만 그가 마음이 내킬 때만 기도한다는 것이 문제였다. 어떤 주에는 매일 했고, 어떤 주에는 아예 하지 않거나 하루걸러 하루 하거나 하루걸러 이틀 하거나 했고, 그 반대로도 했다. 여하간, 이것은 새벽에 기도하는 자가 아니라면 불평할 거리도 되지 않는다. 그러나 잠깐, 형제여, 파즈르(새벽 기도) 시간을 정례화하고 싶지 않은가? 왜냐하면 '그게 날 미치게 한단 말이다!'

이제는 그 일이 모두 과거지사가 되었다. 어머니가 오기 전날까지도 여유 있게 굴었던 이크발이 떠나고 처음 사흘간 샤히드는 순간 달콤한 잠에 빠져들었다. 그리고 아침에 눈을 뜨고는 하루를 또 짜증으로 시작하겠구나 하고 마음의 준비를 했다. 화장실에 가려면 회색 속옷 차림의 벨기에 지하드 전사를 피해 소파 위를 기어가야 했기 때문이다. 그런데 이 기쁨이여! 이크발이 이제 사라졌도다! 아무도 없도다! 이곳은 그의 집, 그만이 사는 집이다. 칠은 벗겨지고 창문엔 금이 가고 스테레오는 고장이 났지만 이곳은 오롯이 그만의 공간이었다! 알몸으로 화장실에 갈 수 있다. 거실에서 물구나무를 설 수도 있다! 그를 막을 자는 아무도 없다. 깨어나서 그것이 악몽이었음을 알았을 때 느껴지던 안도감이 밀려왔다. 샤히드는 사흘 내리 이런 감정에 휩싸여 숙면을 취하고 가장 행복한 기분으로 아침을 맞곤 했다.

닷새째 아침은 달랐다. 밤 12시경 잠이 들 때까지 샤히드는 침대에 누워 스티븐 킹의 소설을 15분간 읽다가 불을 끄고 새벽 4시 반까지 아이처럼 잤다. 그 시각 그는 막 꿈을 꾸었는데 꿈조차 이상하고 무섭게 느껴졌다. 갑작스레 긴장감 속에 무장한 남자들이 소리치며 집으로 들이닥쳤는데, 그것은 꿈이 아니라 현실이었다. 남자들은 방으로 들어오자마자 곧장 두 명이 그의 얼굴에 총구를 겨누었다. 그들이 "무장 경찰이다!" 하고 소리쳤어도 그 소리가 겹쳐 들려서 샤히드는 무슨 말인지 단박에 알아듣지 못했다. 방 밖에서도 소리가 났다. 한 경찰이 앞으로 나서서 이불을 확 걷었다. 그는 정신이 여러 갈래로 갈라지면서 각각이 뇌 속에서 아우성쳤다. 한쪽에서는 제발 쏘지 말라고 소리쳤고, 다른 쪽에서는 어젯밤에 깨끗한 속옷으로 갈아입어서 다행이라고 생각했고, 다른 쪽에서는 누가 잘못해서 이렇게 됐는지 궁금했고, 다른 쪽에서는 언젠가 좋은 이야깃거리가 될 수 있겠다고 생각했고, 또 다른 쪽에서는 저들이 소리치지 않으면 훨씬 이해하기 쉬울 것 같다고 생각했다. 그리고 이 모든 목소리에 더하여 너무나도 명백한 사실은 무장한 경찰 다섯이 방에 들어와 그에게 총부리를 겨누고 있다는 사실이었다.

"엎드려! 젠장, 엎드리라고."

그와 가장 가까이 있던 경찰이 말했다. 밖에서 부딪치고 깨지는 소리가 들렸다. 예전에 독감에 걸려 앓아누웠을 때 TV에서 건축가가 되고 싶어 하는 사람들이 집 안 기둥을 제외하고 모든 것을 다 부수는 장면을 본 적이 있었다. 그때 들었던 소리가 지금 거실과 부엌에서 나는 소리와 비슷했다. 그와 동시에 갑자기 온몸으로 공포를 느꼈다. 오늘 바로 당장 여기에서 죽을지 모른다. 그는 엎드렸다. 등 뒤에서 덩치 큰 경찰이 양 어깻죽지 사이 등을 무겁게 내리누른 채 두 팔을 거칠게 뒤로 확 잡아당겼다. 플라스틱의 감촉이 차갑게 느껴지더니 철컥 소리가 났다. 틀림없이 수갑을 채운 것이다. 수갑을 차면 얼마나 고통스러운지, 얼마나 불편한지, 얼마나 무기력한지 TV에는 절대 나오지 않는다. 침대에 얼굴을 대고 수갑을 찬 그는 마치 덫에 걸려 뒤집힌 채 꼼짝할 수 없는 애벌레가 된 것 같았다.

한두 경찰이 손을 뻗어 샤히드를 잡아 일으켜 세우더니 밖으로 내몰았다. 눈앞으로도 여섯 명의 경찰이 보였고, 등 뒤로도 경찰들의 소리가 들렸고, 집 안 곳곳에서도 경찰들의 소리가 났다. 경찰은 모두 백인이었고 파리한 얼굴에 화가 나 보였다. 샤히드가 조금씩 정신을 차리며 보니 그들 중 절반은 소방관이라는 사실과 나머지 절반은 작업복에 장갑을 끼고 집을 수색하고 있다는 사실을 파악했다. 그중 하나가 컴퓨터를 켜고 키보드 앞에 앉았다. 경찰이 무엇을 찾으려는 건지 모르겠지만 뭔가를 찾고 있다는 것만은 확실했다. 열린 문 사이로 보니 싱크대 서랍이 몽땅 바닥에 뒹굴고 있었다. 그는 식기류가 저렇게 많이 있을 줄 예전엔 미처 몰랐다.

등 뒤가 보이지 않았지만 한 경찰이 그의 어깨에 겉옷을 걸쳐 주었고, 다른 경찰은 운동복 바지를 들고 앞에 서 있었다. 순간 샤히드는 멍했다가 그 운동복을 입으라는 뜻임을 알아챘다. 소리치던 경찰들은 굳게 입을 다물었다. 그들은 마치 샤히드가 앞으로 어떻게 해야 할지 알아서 할 거라고 생각하는 모양이었다. 앞에 선 경찰이 아이에게 입히듯 바지허리를 벌려 샤히드가 바지를 다리에 꿰는 것을 도와주었다. 그런 후 다시 그를 앞으로 거칠게 밀치기 시작했다. 경찰들이 들이닥친 집은 도둑맞은 집처럼 보였다. 그는 두려움 속에 이리 밀리고 저리 끌려서 아래층으로 내려갔다. 수갑 때문에 균형을 잡을 수 없어서 몇 계단씩 건너뛰다시피 내려가 카페 문 앞을 지나갔다. 그 문을 지나칠 때 보니 카페가 문을 연 것이 보였다.

경찰 호송차가 아파트 건물 밖에서 대기하고 있었다. 차는 그의 집을 정면으로 바라보고 뒷문이 열린 채 도로 한가운데에 서 있었다. 일반적인 기준으로 보면 그것은 불법 주차였다. 샤히드를 끌고 가는 경찰은 그가 균형을 잃지 않는 선에서 마구 몰아붙였다. 그는 당장이라도 고꾸라지면 어떡하지 하며 차 뒤쪽으로 떠밀리다가 차체에 무릎을 부딪혔다. 한 경찰이 차 뒤쪽을 세 번 두드리자 다른 경찰이 안쪽에서 문을 열었고 또 다른 경찰이 그를 안으로 떠밀었다. 거칠었지만 폭력적이지는 않았다. 그가 뒷좌석에 자리 잡고 앉으니 소방관이 아닌 두 경찰이 그를 기다린 것 같았다. 옆 좌석 쪽 가로대에는 수갑들이 대롱대롱 매달려 있었다. 앞좌석과 뒷좌석 사이는 두꺼운 유리벽으로 막혀 있었고 짐승 우리처럼 철사로 둘러친 공간이 따로 있었는데, 다른 이들과 격리가 필요한 죄수를 감금시키는 곳이었다. 온갖 생각 속에서도 샤히드는 그 우리를 보니 그가 〈양들의 침묵〉 속 범인 한니발 렉터라면 그곳에 처넣어졌을 거라는 생각이 들었다.

그를 차 안으로 밀어 넣었던 두 경찰이 그의 양쪽으로 각각 자리를 잡으니 이제는 뒷좌석에 경찰이 모두 넷이 되었다. 밖에서 누군가가 문을 닫자 호송차가 출발했다. 두 경찰이 그를 바라보며 하나는 웃었고 다른 하나는 인상을 험악하게 썼다. 험악한 경찰은 껌을 씹고 있었다. 아무도 샤히드에게 말을 붙이지 않았고, 그는 혼란과 분노와 두려움을 느낄수록 집념도 다시 살아나는 것 같았다. 뭔가 단단히 잘못되었다. 나는 그것에 놀아나지 않을 것이다.

호송차는 빠르게 달려갔다. 오늘따라 아침인데도 차가 많지 않았다.

71

샤히드는 지금까지 봤던 범죄 드라마를 통해서 첫 수순은 경찰이 그의 권리를 읽어 줄 차례라고 알고 있었다. 지금부터 당신이 하는 말은 법정에서 불리하게 적용될 수 있다는 내용으로. 다음 수순은 접수대로 가서 이름과 신상을 대고 개인 소지품을 접수하고 나면 취조실로 가게 된다. 그리고 어느 시점에 이르면 변호사를 선임할 수 있다.

운이 좋으면 담당 경찰이 헬렌 미렌(〈프라임 서스펙트〉에서 강력계 형사 역을 맡았던 영국 영화배우-옮긴이)이 되고, 운이 나쁘면 데이빗 제이슨 (영국 영화배우-옮긴이)이 된다. 두 배역 모두 거칠었지만 기본적으로 공정하고 진실을 찾는 형사였다.

하지만 일은 그렇게 풀리지 않았다. 시끄러운 바깥과 달리 고요한 호송차는 20분 동안 달리다가 어느 지하 주차장으로 들어갔다. 샤히 드는 다시 누군가에 의해 잡혀 밖으로 끌려 나가 엘리베이터 안으로 떠밀렸다. 그의 옆에는 반드시 경찰 네 명이 따라붙었다. 그는 초록 색 벽이 우뚝한 복도를 지나 등이 켜진 방으로 떠밀렸다. 그들은 여 태껏 그에게 단 한마디도 하지 않았다.

방 한구석에는 변기가 있었는데, 뚜껑이 없었고 자세히 보니 시트 도 없었다. 샤히드는 잠시 변기를 쳐다보았다. 방에는 변기를 설치하 지 않는 법이다. 전등 네 개가 줄에 매달려 있었는데 그중 하나가 흐 릿하게 깜빡거려서 방 전체가 불안하게 동요하는 것 같았다. 정신 이 상으로 막 쓰러질 것 같았고, 환각에 빠질 것 같았다. 플라스틱 탁자 옆에는 접이의자가 하나 놓여 있었다. 다른 구석에는 널빤지가 가로 놓여 있었다. 다시 보니 널빤지가 아니라 작은 싱글 침대였다. 그 위 시트와 담요를 아주 작게 개어 놓아서 테이블보처럼 보였던 것이다. 베개는 없었다. 새벽부터 벌어진 일에 대한 공포로 샤히드의 뇌가 굳 긴 했지만 이제 그는 깨달았다. 여기는 감방이었다. 그는 감방에 갇 힌 것이다. 뭔가가 끔찍하고 무시무시하고 어마어마하게 잘못되었

다. 왜 이러는지 짐작이 가갔다. 사실 그것밖에 없다. 이제는 기다릴
수밖에 별도리가 없었다.

72

밀 경위는 해야 할 일과 하지 않아도 될 일, 즉 진짜 일과 가짜 일을
잘 구분할 줄 알았다. 아랫사람들에게 일을 시키고 그 일을 빨리 끝
내도록 하는 데에도 능했다. 간결한 보고와 자유재량, 이것은 공식이
어서 그는 이 공식을 대입할 수 있기를 하루 종일 기대한다.

하지만 처리해야 할 일과가 쌓여 있을 때가 있다. 판에 박힌 탐문
수사, 문서 작업, 하루를 소진하며 들어야 할 다른 사람들의 생각. 본
디 일이란 그러기 마련이다. 그는 즐겁지 않은 것이, 반복되는 일을
하다 보면 마구를 찬 경주마 같은 기분이 들었기 때문이다. 이런 일
에 달관했고 경찰로서의 경력도 크게 신경 쓰지 않더라도 지금은 꼬
리 내리고 명령받은 일을 처리할 수밖에 없었다. 오늘 할 일이란 것
은 (a) 피프스 로드가 속한 지역을 관할하는 주차 단속 요원 명부를
얻어 (b) 그들을 찾아가 물어보는 것이다.

주차 요원이 별 볼 일 없는 직업이라 최근에 그런 일은 이민자들
몫이라는 사실을 그는 잘 알고 있었다. 이민자들은 끼리끼리 뭉쳐 다

니며 한 사람이 직업을 구하면 가족과 친구들에게 그것을 떠벌려 그 가족과 친구들도 같은 직업을 구하는 것이다. 다른 나라에서도 마찬가지였다. 그 거리의 주차 요원은 대부분 서아프리카인들이었다. 그들은 특히 카리브해 연안의 흑인 원주민들로, 인종 간의 갈등을 일으키고 있었다. 밀 경위는 서툰 영어를 더 못 하는 척하는 통에 말이 더 통하지 않은 서아프리카 출신의 주차 요원과 이야기하느라 하루를 다 보내고 말았다. '나는 그만둘 수 있다. 당장 그만둘 수 있다'는 생각이 침대에서 일어나 업무를 시작하는 데 도움을 주었다.

그는 오전 업무를 사설 주차 관리 회사인 컨트롤 서비스사를 방문하는 것으로 시작했다. 구역별로 주차를 단속하는 회사였다. 주차 단속은 공식적으로 존재하지 않는 할당제와 보너스 제도 때문에 요원들 사이에서 무자비하고 공격적으로 시행되고 있었다. 그것은 주민의 차에 클램프를 채우고 견인해 가는 축제이자, 불공정하고 사악한 오류투성이 주차 위반 딱지의 대향연이었다. 지역구 선거 때 자치구 의회에서 주차 단속을 통제하도록 요구한 것이 한 번도 아니고 두 번이나 있었다. 하지만 자치구는 그 요구를 들어줄 수가 없었다. 계약 조건은 중앙 정부에서 정하기 때문에 각 지역별로 효과적인 통제가 불가능했다. 이것이 지방 정부의 고질병이었다. 총체적 난국이라 함부로 고칠 수도 없었지만 그 누구의 잘못도 아니었다.

이러한 사태에 대한 양심의 가책이나 분노가 컨트롤 서비스사에서는 느껴지지 않았다. 사실 신경 쓰고 걱정하는 회사의 모습을 상상하는 것이 더 힘들 것이다. 몇몇 따분해 보이는 남자들과 여자들이 컴퓨터 모니터 앞에 앉아 있었고, 그들 양쪽 끝에 놓인 라디오는 매직 FM(말은 적게 하고 노래를 많이 틀어 주는 것을 기조로 한 채널 – 옮긴이)과 하트 FM 채널에 각각 맞춰져 있었다. 양쪽 끝에서는 라디오 듣기가 괜찮았지만 가운데에서는 듣기가 힘들었다. 쥐처럼 얼굴 전체가 작은 남자가 밀 앞으로 다가와서 두 손을 모으며 섰다. 그는 밀이 경찰이라는 것을 알고 있었다. 밀은 사전에 요청한 주차 요원 이름과 주소 명부를 받아서 해당 요원들을 찾아 주변을 돌아다녔다.

아침 시간이 길었다. 밀은 가나 출신의 요원 한 명과 나이지리아 출신의 요원 네 명을 만나 물었지만 피프스 로드나 '우리는 당신이 가진 것을 원한다'에 대해 아는 사람이 아무도 없었다. 그 요원들은 여러 가지 이유로 고달프고 못마땅하고 아무 생각이 없었지만, 유죄 혐의는 없는 것처럼 보였다. 물론 무죄라는 확증도 없었다. 피프스 로드에 가서는 코소보 출신의 주차 요원을 만나 물었지만 그가 영어를 전혀 못 해서 그의 말을 거의 알아듣지 못했다. 그는 이 가설에 허점이 있다는 생각이 서서히 들기 시작했다. 실제 그들은 단속 지역의 사정을 몰라서 사건 해결의 열쇠가 아니라 미스터리였던 것이다.

주차 요원 명부에서 눈에 띄는 사람이 딱 네 명 있었다. 한 명은 이름이 '이크'로 끝났는데 아마도 코소보 출신일 확률이 높다. 다른 세 명은 아프리카 출신이었다. 2시경, 주차 요원 탐문 수사가 시간 낭비라고 확신했지만 이대로 물러설 수는 없었다. 관련 주차 요원을 모두 만나야 논리적인 보고서를 확실하게 쓸 수 있기 때문이다. 그런 뒤 그 보고서를 서류철에 끼우면 업무 끝이다. 이렇게 소득 없는 탐문 수사라면 쓸데없는 보고서가 될 것이다. 아무튼 번화가 샌드위치 가게로 들어간 밀은 실내 분위기에 비해 값이 비싸고 겉멋만 부린 가게란 것을 깨달았지만 늘 가던 가게 줄이 길어서 단념하고 오늘은 여기서 먹기로 했다. 고다 치즈, 프로슈토, 야채가 들어간 치아바타 샌드위치와 탄산수를 주문했다. 이 덕에 오후 탐문 수사 중 트림이 나오긴 했지만, 적어도 탄산은 뭔가 재미있는 음료를 마시고 있다는 환상을 심어주었던 것이다. 창가 자리에 앉아 몸을 앞으로 내밀고 샌드위치 속이 떨어지지 않도록 조심스럽게 먹었다. 밀은 수첩을 꺼내 이름과 주소를 확인했다. 세 명은 같은 지역에 살았고, 한 명만 크로이던에 살았다. 걸어서 20분 거리에 있는 가까운 사람부터 시작하기로 했다. 비 오는 날이 드문 영국의 여름날을 마음껏 즐길 수 있을 것이다.

사실 샌드위치는 맛있었다. 그만한 값어치를 한다면 밀은 기꺼이 많은 돈을 지불할 수 있었다. 그는 냅킨으로 입가를 닦고 가게를 나와 공원 옆길로 들어섰는데, 자전거를 탄 소매치기들이 핸드폰으로 통화하는 사람들을 노리고 있었다. 이 사건에 차출되기 전 밀은 소매치기 소탕 작전을 벌이고 있었다. 몇 블록 떨어진 곳에서 넘어온 소매치기들은 샛길과 도주로를 모조리 꿰뚫고 있었다. 그래서 그들을 잡기가 어려웠지만, 소매치기 패거리는 긴긴 여름밤을 어슬렁거리며 배회하고 있었다.

10대 청소년들은 떼를 지어 연못가를 돌아다녔다. 학교가 아직 끝나지 않았으니 이 시간에 이곳에 있으면 안 된다. 밀은 녀석들을 주의 깊게 살펴보았지만 불량 학생과 씨름하고 자시고 할 것도 없이 오늘은 이미 의미 없는 하루였다. 어쨌든 저 일은 제복 차림의 경찰들이 할 일이다. 아, 제복이라. 그립지 않구나.

그는 걷는 거리를 얕잡아 보았다. 발함에 당도할 즈음 보니, 시간은 30분이 경과했고 발이 아파 오기 시작했다. 그래도 허탕 친 하루 일과 후에 운동한 듯한 기분이 들었다. 밀은 수첩을 확인하며 집을 찾아가 초인종을 눌렀다. 굵은 아프리카 억양의 남자 목소리가 경계하듯 인터콤에서 흘러나왔다.

"네."

"콰마 라이언스 씨 계십니까?"

잠시 침묵이 길어지자 밀은 즉시 경각심을 높였다.

"네?"

흔히 경찰임을 즉시 알아채는 사람은 경찰을 알아챌 만한 이유가 있는 사람이다. 인터콤 너머의 목소리 톤을 들건대 그와 이야기하고 싶지 않은 이유가 있는 것 같았다.

"밀 경위라고 합니다. 통상적인 조사 차원에서 콰마 라이언스 씨를 찾아왔습니다."

"지금 없는데요."

"여기가 콰마 씨 댁 아닙니까?"

"맞습니다."

"경찰 신분을 확인하신 연후에 계속 말씀 나누면 어떨까요?"

남자에게는 밀을 집 안에 들일 법적 의무가 없다. 아마 그도 알 것이다. 그러나 그가 수상하게 굴면 밀의 의심을 사게 되리란 것도 알 것이다. 그래서 지금 침묵이 이어지는 것이고, 밀은 남자가 어떤 선택을 할지 고민하는 것이 눈에 훤히 보였다. 10초 후 남자가 말했다.

"제가 내려갈게요."

육중한 발소리가 가깝게 들려왔다. 회색 카디건 차림의 30대로 보이는 아프리카 남자였다. 눈가가 빨갰다. 그가 현관문을 열자 밀은 경찰관으로서 능숙함을 발휘, 한 발은 문턱에 올려놓고 다른 한 발은 안으로 내디디면서 경찰 신분증을 보여 주었다. 남자가 고개를 숙여 자세히 들여다보았다. 밀은 연령대를 높게 기입했다. 40대.

"무슨 일로 그러십니까?"

남자가 정중하게 물었다.

"콰마 라이언스 씨를 뵈러 왔습니다. 회사에 없어서 여기로 온 겁니다. 통상적인 조사죠."

"밖에 나갔어요."

"존함이 어떻게 되시는지요?"

"콰메 라이언스입니다."

"두 분은 친척인가요?"

남자는 말하기 전에 눈을 깜빡였다.

"예."

남자는 뭔지 몰라도 확실히 거짓말을 하고 있었다. '우리는 당신이 가진 것을 원한다'와 관련된 것인지 아닌지 그것은 알 수 없었다. 하지만 뭔가 냄새가 났다. 밀은 직업상 이런 순간을 정말로 좋아하고 사랑했다. 눈에 보이는 것이 전부가 아님을 눈치채고 더 알아봐야 한다는 것을 알게 되는 순간을. 탐문 수사 중 처음으로 그는 온몸에 출렁이는 생동감을 느꼈다.

"라이언스 씨를 만나려면 언제가 좋을까요?"

"내일이요."

"핸드폰 갖고 있나요?"

"제가 말씀 전하겠습니다."

남자가 문을 닫으려 했다. 밀의 몸은 반쯤 안으로 들어가 있었다. 집은 다가구 주택이었다. 남자가 주인은 아니다.

"그럼 다시 오겠습니다."

밀은 뒤로 물러섰다. 그리고 다음날 다시 찾아갔지만 다른 남자, 즉 중년의 이탈리아 남자가 나왔다. 그는 자신을 주인이라고 소개하면서 문을 열고는 밀에게 라이언스가 어젯밤 아무것도 남기지 않은 채 이사를 나갔다고 말해 주었다. 주인의 말에 따르면 그는 언제나 한 달 전에 현금으로 집세를 냈고, 여기에 산 지 2년쯤 되었고, 그가 조용한 사람이라는 것 외에 아는 바가 없었다. 또한 그를 종종 찾아오는 사람은 있었지만 오래 머물지 않고 바로 갔고, 그 혼자 살았다고 했다. 즉 그에겐 아내도 없고, 애인도 없단 얘기였다. 그러니 콰마 라이언스는 여기에 살지 않았다.

73

퀜티나가 정말 이상하게 생각하는 점은 주차 단속 요원이 되어 하루 종일 수 킬로미터를 왔다 갔다 하는데도 살이 빠지지 않는다는 거였 다. 이 의문점을 스톡웰에 있는 아프리카 바에서 한잔하고 집으로 걸 어가면서 마신코에게 털어놓았다. (그녀는 길 끝에서 마신코와 헤어졌는 데 그에게 숙소를 보여 주기 싫어서였다. 그의 집에는 어머니도 살고 있어서 쉽 게 갈 수 없었다. 이것이 바로 젊은 연인이 겪는 어려움이었다.) 둘은 이제 막 서로에게 호감을 느끼고 있는 단계였다. 마신코는 아주아주 독실한 기독교 청년으로 조금 뻔뻔한 구석이 있었지만 음담패설을 좋아하 지 않았다. 퀜티나는 그의 그런 면을 좋아하는 자신이 놀라웠다. 그 의 올곧음 이면에는 강렬한 열정이 숨어 있을 것 같았다.

"어쨌든 하루에 십육 킬로미터를 걷는데, 살은 왜 하나도 안 빠지 냐고."

그녀는 과감히 다음 말을 덧붙였다.

"살을 왜 빼, 하고 자기가 말해 줄 차례야."

다행히 그가 큰 소리로 웃었다.

"그래그래. 왜 하나도 안 빠지지! 이상하네. 우리 같이 그 이유를 찾아보자. 하지만 말해 줘, 일할 때 얼마나 빨리 걷는지."

그들은 알맞은 속도로 기분 좋게 걸었다. 길은 사람들로 붐볐다.

"아마 이 정도."

"그 정도!"

"이 정도."

마신코는 고개를 가로저었다.

"너무 느려. 운동 효과 없어. 땀날 정도로 걸어야 해!"

퀜티나의 표정을 보면서 그는 황급히 다음 말을 덧붙였다.

"그 뜻이 아냐, 일할 때 땀나게 걸으란 뜻이 아냐. 내 말은, 칼로리를 태워서 살이 빠질 만큼 걸으란 뜻이 아니라니까. 과학적으로! 살을 빼려면 칼로리를 태워야 하잖아. 이렇게-"

그러더니 그는 두 배로 속도를 높여 걸어가며 바에서 막 나온 두 여인 사이를 밀치고 지나갔다. 그들은 서로 붙어 있다가 꺅 소리치며 웃고는 담배를 피우더니 콜록거렸다. 퀜티나는 몇 야드를 앞서 걸어가는 그를 보다가 곧 그가 속도를 늦출 마음이 없음을 깨달았다. 그래서 서둘러 그를 따라갔다. 그는 날렵했고, 실제로 운동 삼아 축구를 하고 있었다. 그에게 묻지는 않았지만 그는 헬스장을 다니며 역기비슷한 것도 들어 올릴 것이다. 상체를 보면 알 수 있었다. 단단한 근육과 탄탄한 피부……. 그녀는 그를 따라잡으려고 거의 뛰다시피 걷느라 힘들었지만, 앞에 서서 활짝 웃는 그의 모습이 얼마나 사랑스러운지 올라오던 짜증이 사그라들었다.

"이렇게 말이야."

그가 말했다.

"올림픽 하듯이 말이지."

"아니, 평소 걷는 것보다 더 빨리. 살 빼고 싶으면 이렇게 해야 한다고. 꼭 그래야 한다는 게 아니라!"

이튿날 퀜티나는 그의 충고대로 빨리 걸었다. 당연히 하루 종일은 아니다. 우선 아침에 일어나면 잠이 덜 깬 상태에서 천천히 움직였다. 그녀는 일어나자마자 활발히 움직이는 사람이 아니었다. 커피를 마시고 이상한 영국 시리얼을 먹으면서 천천히 잠에서 깨는 것이 좋았다. 시리얼은 누군가가 '포리지(죽)'란 이름이 웃겨서 샀다며 레퓨지에 퍼뜨린 가공 식품이었다. 다른 사람들도 잠옷 바람으로 하품하며 돌아다녔다. 알바니아에서 온 미라만이 밖에 나가 첫 담배를 물고 하루를 시작하고 있었다. 밤새 혼자 중얼거리다 나온 사람 같았다. 퀜티나는 위층으로 올라가 천천히 옷을 갈아입고 하루 일과를 머릿속으로 그려 보았다. 그녀는 세수를 하고 이를 닦고 옅은 화장을 했다. 이틀 후면 월급날이다. 내일은 예약한 미용실에 갈 것이고, 모레 저녁엔 마신코와 설레는 데이트를 할 것이다. 아니, 당장 운동부터 새로 시작해야 한다! 빠르게 걷기 운동으로 회사에 가서 제복으로 갈아입고 다시 나가는 것이다. 굼벵이는 사절이다! 퀜티나는 새롭게 태어날 것이다!

물론 딱지를 끊어야 할 때는 멈춰 서야 하니 멈춰 섰다. 그렇지 않을 때는 엄청난 속도를 자랑하는 맘바 독사처럼 움직였다. 얼마나 빨리 움직였는지 모른다. 그녀는 로켓이었다. 물론 실제로 그런 것은 아니다. 하지만 그녀는 빨리빨리 걸어서 피프스 로드로 갔다. 맥켈 로드를 지나 린든 로드 옆까지 올라갔다가 다른 길로 내려왔다. 모두 빠른 걸음으로 갔다 왔다. 아니면 적어도 그렇게 하려고 애썼다. 그녀는 밭은기침 때문에 힘들어서 잠깐 섰을지언정 거듭 자신을 몰아붙였다.

'몸매가 너무 엉망이야. 코끼리 같아. 딱 알맞은 시기에 운동을 시작한 거야.'

퀜티나는 언젠가 펑퍼짐한 아프리카 할머니가 될 거라 생각하면 싫었다. 결국 엄마와 할머니처럼 뚱뚱한 여인이 될 것이다. 하지만 아직은 아니다. 아이도 낳고 생활이 안정된 다음이어야 한다. 마신코 윌슨은 좋은 남편이 될 것이다. 아이들과 잘 놀아 주는 좋은 아빠 모습도 쉽게 상상이 갔다. 돈 잘 버는 좋은 남편, 집을 소유한 좋은 남편, 저녁에 퇴근해서 요리하는 좋은 남편, 주말에 늦게 일어나는 좋은 남편…….

맥켈 로드에서 퀜티나는 24시간 주차증이 앞 유리에 붙은 아우디 A8을 보았다. 주차증에서 결정적인 부분, 연월일이 찢겨 나가고 없었다. 자동차 번호도 적혀 있지 않았다. 이런 경우는 처리하기 곤란했다. 회사 정책이 애매모호하긴 하나 주차증에 차량 정보기 다 기입되지 않았다면 마땅히 딱지를 떼야 한다. 반면에 방문 차량이라서 몇 시간밖에 안 되는 주차증이 발급되었다면 누구든 그 주차증에 차량 정보를 제대로 기입하지는 않을 것이다. 퀜티나가 차 안을 들여다보니 강아지용 카시트와 여행용 담요가 있었다. 먼 곳에서 온 차량 같다. 그녀 입장에서는 불공평해 보였지만 규칙은 규칙이다. 그녀는 딱지를 끊고 싶지 않았지만, 딱지를 끊으면 실적이 올라갈 것이다. 그녀가 끊지 않는다 해도 다음에 교대할 주차 요원이 끊을 것이다. 인생은 공평하지 않다. 또한 3000CC 아우디 A8는 값비싼 차량으로 딱지 끊기 게임에서 운 좋게 이길 공산이 클 것이다. 퀜티나는 딱지를 끊어서 앞 유리에 끼운 뒤 사진을 찍었다. 주차증은 기입 사항이 디지털 이미지로 확실히 보이게끔 조심스럽게 잘 찍어야 했다.

갑자기 그녀는 향수병에 걸린 듯 이상한 기분이 들었다. 숙소에 같이 사는 몇몇이 향수병으로 만성적인 고통에 시달렸다. 몇몇은 내색하지 않고 속으로만 앓고 있었다. 향수병이 심해지면 말이 없어지고 자기만의 세계에 갇혀 살게 된다. 퀜티나는 그런 느낌은 없었다. 그러나 특정한 추억과 특정한 감각이 살아나면 고향이 그리워지곤 했다. 오늘은 피프스 로드 모퉁이를 돌아, 나무 타는 냄새와 뜨거운 재 냄새를 맡자 갑자기 하라레 외곽에 살던 때가 생각났다. 그녀가 살던 집과 이웃집 마당에서 불을 피워 요리하고 치우느라 나던 연기 냄새와 불 냄새가 그녀를 찾아와 몸에 붙은 것 같았다. 이 시기에 런던 복판에서 나무 타는 냄새라니 이상했지만 불이 타오르고 있는 것만은 틀림없었다. 이 끔찍한 날씨 탓이다. 젖은 나무가 타면서 피어나는 연기는 가을을 생각나게 했고, 나무 말고 다른 것도 타는 것 같았다. 플라스틱 같았다. 엄마, 아빠, 조국, 망명. 이 모든 생각들이 퀜티나에게 훅 끼쳤다. 순간 그녀는 고향집에 있는 것 같았다. 따뜻함, 고향 마을의 건조한 공기, 처음으로 기억나는 어린 시절부터 고향을 떠나야 했던 날까지 생생하게 떠오르는 익숙한 고향. 그녀는 잠시 서서 눈을 감았다. 운동은 나중에 해도 될 것이다. 연기가 그녀의 주위로 몰려들었다.

그녀가 눈을 떴을 때, 길 끝으로 두 명의 경찰을 보았다. 그들은 그녀 쪽으로 걸어오고 있었다. 빠르지도, 느리지도 않은 속도로. 딱히 의식한 것이 아닌데도 속이 뒤집어지는 것 같았다. 경찰만 보면 무조건 긴장된다. 그녀와 연관된 일이 아니기를 바랐다. 연관되어 봤자 좋을 게 없을 것이다. 사람들 눈에 띄어서는 안 된다. 그녀는 린든 로드 쪽으로 돌아섰다. 그러자 한 남자가 그녀를 보며 길을 건너왔다. 20대 중반의 깔끔하게 차려입은 남자였다. 그 남자도 확실히 그녀 쪽으로 걸어오고 있었다. 퀜티나는 경각심을 높이고 저 남자가 왜 그녀를 보며 오는지 의문을 품었다. 그도 경찰이라는 사실을 깨달았다. 그녀는 속으로 '돌아서! 도망쳐!' 하고 외쳤다. 그녀의 다리가 의지와 상관없이 길을 건너기 시작했다. 그녀는 평상복 차림의 형사와 마주치지 않도록 방향을 꺾어 길을 건넜다. 하지만 그가 다시 길을 바꿔 두 야드 정도 떨어진 곳에서 멈춰 섰다. 그는 지갑을 들어 신분을 밝히고 그녀를 똑바로 바라보며 피식 웃었다. 그의 말끝에 빈정거림이 묻어났다.

"콰마 라이언스 씨 되시죠?"

74

아무리 생각해도 욘트가의 일을 수락한 것은 바보 같은 짓이었다. 즈비그뉴는 42번지에서 버둥거리고 있었다. 일 자체로 보면 그를 괴롭히는 사람은 아무도 없었다. 피오트르의 동료와 일하는 것도, 하청 계약을 맺은 전문가들과 일하는 것도 힘들지 않았다. 하지만 모든 책임이 그에게 있다는 사실은 상상 이상으로 스트레스를 받는 일이었다. 일이 잘못되면 달리 손쓸 도리가 없었다. 헌 가방에 들었던 오십만 파운드라는 돈방석을 깔고 앉아 사는 것도 스트레스와 자기 소외감에 빠지게 했다. 외롭고 이상했다. 게다가 크게 사고를 당할 뻔했다. 실제로 이층 벽지를 뜯어내다가 회반죽벽이 우르르 무너지면서 10킬로그램이나 되는 회반죽 덩어리가 그의 옆통수를 아슬아슬하게 스치고 바닥에 툭 떨어졌던 것이다.

집수리를 하다 회반죽에 맞아 죽으면 개죽음이 될 것이다. 시체

가 며칠 후에나 발견될 테니, 그동안 쥐들이 시체 일부를 파먹는, 그
야말로 끔찍한 최후가 될 것이다. 그렇게 되면 현금 오십만 파운드
는 오직 신만이 아실 것이다. 시체가 발견되기까지 얼마나 오래 걸릴
까 하는 생각에 아드레날린이 분비되더니 마음마저 불편했다. 정녕,
누가 그를 찾을 것인가? 그는 혼자 일했다. 혼자 살았다. 여자 친구도
없었다. 레더비 부인은 에식스에 살고 있고 런던에는 한 달 간격으로
다녀간다. 즈비그뉴는 그녀에게 진행 상황을 보고하기 위해 일주일
에 한 번씩 전화를 건다. 이것도 '영국 건축업자가 하지 않는 일을 한
다'는 전략 중 하나이다. 그에게 전화가 걸려 오지 않으면 그녀가 눈
치를 채긴 채겠지만 적어도 일주일 동안은 신경 쓰지 않을 것이다.
피오트르 또한 그가 핸드폰을 받지 않으면 그냥 끊었다가 며칠 뒤에
다시 전화할 것이다. 그래도 그가 핸드폰을 받지 않으면 그제야 걱정
하기 시작하다가 결국 이 집으로 와 볼 것이다. 피오트르는 그에게
핸드폰 충전을 왜 안 했느냐고 화낼 기세로 와서는 우편함부터 들여
다 볼 것이다. 그리고 그때 생각할 것이다. 이 냄새는……?
  이런 생각들이 서서히 즈비그뉴의 머릿속을 떠돌다 마음까지 흔
들어 놓았다. 그는 휴식차 계단을 내려가다 고개를 돌려 회반죽 덩어
리가 떨어진 곳을 바라보았다. 아슬아슬했다. 그는 이따금 담배 피우
는 사람들이 부러웠다. 이럴 때 담배라도 한 대 피울 수 있었기 때문
이다. 하지만 즈비그뉴는 그저 맨 아래 계단에 앉아만 있다가, 뜻밖
의 불행을 당할 뻔했던 순간이 생각나는 위층으로 터덜터덜 올라가

다시 일에 매달렸다.

같은 날 그는 51번지에 가서 욘트 부인에게 공사를 맡겠다고 알렸다. 절반만 일하고 싶었던 이유는 돈을 위해서가 아니라 섹시하고 새침한 헝가리 여자를 보기 위해서였다. 런던에 살다 보니 느끼게 된 고립감과 소외감이 이런 행동으로 표출된 것이긴 했다. 진정한 삶은 폴란드에 있다고 했지만 지금 그가 살아야 할 곳은 런던이다. 이곳에 사는 동안에도 사는 것답게 살아야 한다. 이것이 그가 내린 결론이었다.

"저야 완전 좋죠, 보그단 씨."

그는 다음 주부터 작업을 시작하겠다고 말했다. 계산상 4일 치 작업이다. 42번지 공사에서 벗어나 머리를 식힐 수 있겠지만, 날마다 그 집에 가서 일해 주고 올 것이다. 모든 상황을 예의 주시하고 마음에 거리낌이 없도록 말이다. 따라서 그 헝가리 여자에게 강한 인상을 심어 줄 수 있는 시간으로 나흘이 주어졌다. 그 후에는 몇 가지 기구와 붓을 놓고 갔다며 다시 대면할 기회를 노리는 것이다. 하지만 가장 좋은 기회는 그 나흘간이다.

첫날은 재앙의 날이었다. 여름이라 마티아와 아이들이 주로 밖에서 놀다 온다는 사실을 즈비그뉴는 간과했던 것이다. 게다가 그가 세 번이나 칠했던 특별한 벽, 즉 칠해야 할 곳이 맨 위층이었기에 그녀와 이야기를 나누는 데 완전히 실패한 날이 될 것 같았다. 기껏해야 아래층을 드나드는 문소리만 났다. 이윽고 마티아와 아이들이 점심을 먹고 돌아온 것 같다고 짐작할 만한 순간이 왔다. 아하! 기회가 왔다! 내려가서 물 한 잔을 청하는 거다! 화장실 거울을 들여다보며 얼굴에 묻은 페인트 자국을 지우고 머리를 매만진 뒤 아래층으로 내려가는데, 다시 현관문 닫히는 소리가 들렸다. 불공평하다. 저 녀석들은 잠도 안 자나?

그가 아는 일부 건축업자와 도장공은 초과 근무를 싫어해서 노동의 효율성을 높이려 하지만, 즈비그뉴는 그런 종류의 감정을 스스로 허용하지 않았다. 그가 이런 일을 하지 않아도 다른 누군가가 하기 마련이다. 이런 일에 대가만 지불된다면 괜찮았다. 그래서 그는 일을 놓지 않고 기회를 기다리는 것이다. 5시에 마티아가 들어오는 소리가 나서 즈비그뉴는 말을 붙여 보려고 무작정 아래층으로 내려갔다. 아이들이 친구들을 초대하여 그녀는 차를 끓이고 있었다. 무슨 레스토랑 수준의 음식을 차린 듯했다. (욘트네 아이들이 적어도 하루에 한 번 먹는 것 같은) 콩이 들어간 구운 감자, 치즈가 들어간 구운 감자, 치킨 한 팩, 아이들 숫자만큼 나누어 담은 옥수수 수프와 스파게티와 소스가 차려져 있었다. 마티아는 다른 보모와 나누어 먹을 생각이었지만 그 보모가 밀가루가 들어간 음식을 먹을 수 없다 해서 혼자만 파스타를 먹고 그 보모에게 오믈렛을 만들어 주었다. 그동안 두 아이들은 핑거페인트로 범벅이 되었다. 마티아는 한 번에 열에서 열한 가지 일을 했다. 남자 따위 관심도 없다는 모습이었다. 그 어떤 유혹도 그녀에겐 또 다른 분노와 짜증일 뿐이었다. 그녀가 왼손에는 핸드폰을 들고 오른손에는 행주를 든 채 흘린 음식물을 닦으려고 식탁 위로 허리를 숙였을 때 엉덩이가 훤히 드러났다. 그 모습을 본 그는 물 한 잔 청할 생각을 싹 접었다. 6시에 그녀는 집을 나섰다. 현관문 닫히는 소리가 나고 6시 5분이 되자 그도 집을 나섰다.

둘째 날도 첫날과 비슷했다. 마티아와 아이들은 놀러 나갔다가 잠시 들어왔다 다시 놀러 나갔다. 즈비그뉴는 좀 더 주의를 기울이기로 했다. 그냥 아래층에 내려왔다는 듯 행동하면 그녀는 그를 꿰뚫어 볼 것이고 그는 발악하는 사람처럼 보일 것이다. 이런 신중한 전략을 세운 결과 그는 하루 종일 마티아를 보지도, 말을 걸지도 못했다. 이 집 와이파이를 쓸 수 있어서 그는 노트북을 들고 와서 페인트를 칠하는 틈틈이 주식 시세를 확인했다. 5시 반에 일손을 놓고 바르샤바에 사는 동생에게 이메일을 보냈다. 그리고 그는 집으로 돌아왔다.

셋째 날은 시작이 좋았다. 즈비그뉴가 8시에 도착해 보니 아이들과 보모와 아라벨라가 아침을 먹고 있었다. 그래서 그는 곧바로 위층으로 올라가서 작업을 시작했다. 계획한 것보다 칠을 꽤 많이 했다. 다른 종류의 일이었다면 하루에 열네 시간씩 전속력으로 작업해서 끝내야겠다고 마음먹었을지 모른다. 하지만 그렇게 하면 그의 계획이 틀어지기 때문에 즈비그뉴는 이틀간 작업량을 조절했다. 전에도 여기서 일해 봤기 때문에 집 안에서 나는 소리를 구별할 수 있었다. 그래서 아라벨라가 마티아에게 인사하고 올라와서 샤워하고 옷을 갈아입은 뒤 다시 내려가서 작별 인사를 하고 되돌아와 잠시 후에 자동차 열쇠를 들고 나가는 소리를 모두 해독했다. 그때 시간이

9시였다. 부딪치는 소리, 허둥지둥 달려가는 소리, 웃음소리가 들려왔다. 이것은 마티아와 아이들이 아래층에 있다는 소리였다. 나갈 기미가 느껴지지 않았다. 한 20분 동안 그러니까 그는 조바심이 났다. 좋았어. 마침내. 오늘이 그날이다. 그는 그녀에게 몇 분간 시간을 더 준 후 내려가서 말을 건넬 것이다……. 무슨 말이든 건넬 것이다. 뭐라고 할지 준비한 말은 없었지만 뭔가 우연히 자연스럽게, 아이들이 하고 있는 것을 보고 말문을 열면 될 것이다. 그렇다, 아이들이다. 아, 그런 에너지! 그와 같은 것. 언젠가 나도 아이를 갖고 싶고, 식탁 위로 허리 숙이는 아름다운 보모를 쓰고 싶다. 아니 그것은 적절치 못한 것 같다. 아이들에 대한 간단한 대화, 농담, 이따 일 끝내고 한잔. 이렇게 말해야지 하고 즈비그뉴가 야심 차게 준비한 대로 밀어붙이려 했는데, 재앙이 찾아왔다. 밖에서 자동차 소리가 나더니 초인종이 울리고 현관문 여는 소리가 났다. 다른 나라 말로 뭐라 뭐라 하는 두 여자의 목소리가 들렸다. 처음 듣는 말이지만 헝가리 말일 것 같다. 자동차 엔진 소리가 크게 나는 것으로 보아 차는 아마 SUV일 것이다. 다그치는 소리가 들리더니 옷과 장난감을 빠르게 치우는 소리가 났다. 신기하게도 그 짧은 시간에, 기껏해야 2분 남짓한 시간에 마티아와 아이들이 증발해 버린 것 같았다. 그들이 어디로 갔는지 즈비그뉴는 알지 못했고 상관하지 않았다. 이 페인트칠 공사를 수락한 것은 어리석은 결정이었다. 욘트 부인은 몇 주 후에 다시 색을 바꿀 것이다. 마티아는 매일 밖에서 시간을 보내다 보니 안에 있는 것이 답답할 것이다. 그가 집을 나설 때까지도 그녀는 돌아오지 않았다.

넷째 날이 되자 즈비그뉴는 거의 마음을 내려놓았다. 어쨌든 혼자만 멍청하게 생각했던 거지, 그녀를 좋아한 것은 아니었다. 이 일을 수락한 진짜 이유는 욘트 부인에게 빚진 느낌 때문이었다. 칠한 사람이 바로 그 자신이었기에 책임감을 느꼈던 것이다. 다른 이유는 없었다. 마티아는 하루 종일 밖에 나가 바람 쐬고 왔다. 하여튼 그는 그녀에게 말 걸고 싶지 않았다. 9시에 그녀와 아이들이 밖으로 나가는 소리가 들렸다. 늘 그랬듯 옷과 신발 때문에 실랑이를 벌이다가 마지막으로 화장실을 다녀온 후 집을 나서는 소리가 들렸다. 그는 칠하고 또 칠하여 오전이 가기 전에 징두리널 칠을 끝냈다. 그런 후 마무리 손질을 하고 나서 5시에 일을 마쳤다. 하여튼 그가 딱히 좋아하지 않는 헝가리 보모는 아직 돌아오지 않았다. 즈비그뉴는 바닥을 보호하려고 깔았던 종이와 천을 치우고 나서, 공사를 완료했으니 하루나 이틀 후 확인차 다시 들르겠다고 욘트 부인 앞으로 메모를 남겼다.(쓰진 않았지만 그날이 수금하는 날이었다.) 그는 붓과 페인트 통을 아래층으로 날라다 놓고 수첩과 머그잔을 가지러 다시 위층으로 올라갔다. 그때 현관문 열리는 소리가 들리더니 아이들과 보모들의 발소리가 들렸다. 보모들이 뭐라고 시키자 아이들은 반항하는 목소리를 냈다. 즈비그뉴는 욘트 부인 앞으로 쓴 메모와 지저분한 머그잔을 들고 아래층으로 내려왔다.

"헐! 사내대장부시다! 피자 좀 드시겠어요?"

두 번째 보모, 즉 억양을 들으니 또 다른 헝가리 출신인 듯한 보모
가 말했다. 그녀는 마티아보다 좀 더 작은 키에, 머리카락 끝이 턱 쪽
으로 말려 올라간 커트 머리에, 밝은 표정에 은근한 눈빛을 띠고 있
었다.

"피자 싫어."

욘트네 둘째가 말했다. 다른 세 아이처럼 녀석도 식탁 밑에 숨어서
말했다.

"애들이 피자, 피자 하더니. 이제는 먹기 싫다고 이러네요!"

마티아가 즈비그뉴를 보며 말했다. 처음으로 그녀가 그에게 말을
붙인 것이다. 즈비그뉴는 탁자 위 전화기 옆에 집 열쇠와 욘트 부인
앞으로 쓴 메모지를 내려놓았다. 탁자 위에는 각종 서신과 편지, 램
프도 놓여 있었는데 램프 옆을 보니 자동차 열쇠들과 마티아의 핸드
폰 노키아 N60이 놓여 있었다. 그의 핸드폰과 똑같은 핸드폰이었다.
인연은 인연인가 보다. 그때 즈비그뉴에게 좋은 생각이 떠올랐다.

"구운 콩 먹고 싶어."

식탁 밑에서 한 목소리가 들려왔다.

"이 피자 좀 같이 드셔 주세요."

마티아의 친구가 말했다.

그는 정중하게 사양한 뒤 두 사람이 먹는 모습을 보고는 "그럼 한
조각만" 하고 말했다. 그러고 나서 자신을 소개했다.

"보그단이 이름인 줄 알았는데."

마티아가 말했다.

"'보그단 빌더'. 욘트 사모님의 조크죠."

이 말이 그녀의 인상에 남는 것 같았다.

"내 이름은 마티아예요. 애들은 마티라고 부르지만요."

그녀는 좋은 음조에 말투와 눈빛이 활기차면서도 슬퍼 보였다. 몸
매도 마찬가지였다. 즈비그뉴는 확신이 섰다. 그는 보모들과 이야기
를 나눈 뒤 보모들을 거들어 식탁 밑에 숨은 꼬마들을 밖으로 나오
게 했다. 그리고 붓과 페인트 통을 챙겨 들고 재킷 주머니에 마티아
의 핸드폰을 넣고 집을 나섰다.

75

감방에는 시계도 없고 햇빛도 들지 않았다. 샤히드는 맨몸으로 감방
에 들어왔기에 시간 감각을 전등이 켜지고 꺼지는 것에 의지해서 전
등이 켜졌다 꺼지면 하루가 지난 것으로 여겼다. 다섯 번 켜지고 꺼
졌으니 5일이 지난 것이다. 즉 5일 낮과 밤이 지난 것이다. 샤히드는
심문자들 말고는 그 누구도 본 적이 없었다. 무슨 의도로 이러는지
모르겠지만 이것이 그들의 방식인 것 같았다.

그들은 스스로를 심문자라 부르지 않았다. 그 어떤 호칭도 쓰지 않

왔다. 그들은 모두 남자였고 인원은 네 명이었다. 둘은 50대 중년으로 확실히 샤히드보다 나이가 더 많아 보였다. 나머지 둘은 그와 연배가 비슷해 보였다. 30대 중 하나는 아시아계 형사였다. 유일하게 경찰복을 입고 있었다. 나머지 셋은 모두 정장을 입고 있었다. 그들은 같은 질문만 하고 또 했다. 주로 이크발에 대해 물었고, 그의 과거와 체첸 공화국과 거기서 알게 된 사람들에 대해서도 물었다. 때로 사진을 몇 장 보여 주고는 아는 사람이 있는지 묻기도 했다. 그가 정직하게 대답해도 그들은 믿지 않는 것 같았다.

그러나 이크발은 요주의 인물이었다. 그래서 질문 대부분은 '그놈 어디 있어?'였다. 오늘, 그러니까 그가 체포되고 맞는 여섯째 날 아침도 변함이 없었고, 일곱째 날 아침도 변함이 없을 것이었다. 전등이 켜지면 감방 문 배식구로 아침이 들어오는데, 수란에 까맣게 탄 식은 토스트 한 조각과 설탕 덩어리 차가 나온다. 그는 대변을 봤다. 침대 가까이 개방된 변기가 있다는 것에 굴욕감을 겪은 데 이어 대변보는 것이 가장 큰 수치였다. 누구든지 시찰구를 통해 볼일 보는 그를 볼 수 있다는 것은 더 싫었다. 냄새는 최악이었다. 화학적 처리가 안 된 변기인데도 화학 물질 냄새가 계속 났고 금속제 세면대에서도 공업 약품 냄새가 약하게 올라왔다. 스트레스 때문인지 그는 배탈과 설사로 고생하고 있었다. 잦은 설사 냄새와 변기 냄새와 세면대 냄새가 뒤섞여 부끄럽게도 악취를 풍겼다. 취조실에 다녀오면 이 냄새가 그를 더 괴롭힐 것이다.

샤히드는 손을 씻고 이를 닦은 후 기다렸다. 한 15분 후쯤 한 경관이 들어오더니 식판을 내갔다. 다른 두 경관이 들어오더니 그의 손목에 수갑을 채웠다. 그리고 그들은 그를 데리고 복도를 따라 두 번 방향을 틀어 아시아계 형사와 다른 형사들이 대기하고 있는 취조실로 갔다. 백인 형사는 험악한 인상을 썼던 그 경찰이었다. 그렇게 뚱뚱한 체구는 아니었지만 도덕적 또는 심리적 부담감을 가진 사람처럼 축 처져 보였다. 어깨도 처졌고 눈도 처졌고 정장도 처졌고 의자에 앉은 모습도 처졌다. 세상에 대한 실망감이 그를 짓누르는 모양이었다. 샤히드 또한 그 실망감 중 하나임을 그는 분명히 드러내고 있었다.

"잘 잤나?"

아시아계 형사가 물었다. 아직 거짓말 한마디 하지 않은 샤히드는 어깨를 으쓱하는 것으로 답변을 대신했다. 심문자들은 다양한 소품과 도구를 소지하고 있었다. 그들은 샤히드 눈에 보이지 않는 평범한 갈색 폴더에 꽂힌 파일을 읽기도 했다. 어쩌면 샤히드 몰래 별점을 보고 있을지도 모른다. 그들은 녹음기를 들고 나타났을 때도 있었고, 뭐라고 적을 때도 있었다. 커피를 마실 때도 있었고, 생수를 마실 때도 있었다. (언제나 볼빅이었다. 어딘가에 볼빅 생수가 나오는 자판기가 있을 것이다.) 한번은 중년의 경찰 중 하나가 다이어트 콜라를 마시며 들어오기도 했다. 하지만 가장 실망스러운 경우는 오늘 같은 경우이다. 그들이 빈손으로 왔다는 것이다. 폴더도 없고 음료수도 없고 아무것도 없었다. 그들은 의자에 앉아 손을 무릎에 올리고는 심문을 시작했다. 그들이 그의 대답을 기록조차 하지 않는다는 것은 그 대답을 듣지 않겠다는 의미였다. 그의 대답은 묵살되었다. 그는 호된 심문을 받음과 동시에 무시를 당했다. 샤히드는 이것을 받아들이기 힘들었다.

두 형사가 그를 빤히 쳐다보았다.

"변호사 불러 주세요."

"이크발 라시드를 어떻게 알았는지 그거나 물어."

한 형사가 말했다.

"벌써 삼백 번도 넘게 말씀드렸잖아요. 변호사와 이야기하겠습니다. 변호사 부를 권리가 있으니 당장 접견시켜 주세요."

"이크발 라시드를 말이야."

다른 형사가 말했다.

"변호사 접견시켜 주세요."

"딱 한두 가지 사항만 확인하면 돼."

"변호사 접견시켜 주세요."

"체첸 공화국에서 알았지? 그렇지?"

"정확히 아시네요, 제가 골백번 넘게 말씀드렸으니까요. 거기 가는 길에서요."

반복되는 말싸움을 하는 것보다 이야기를 하는 것이 샤히드에게는 더 쉬웠다. 그들은 세부 사항을 확인하려고 중간중간 그의 말을 톡톡 끊었다. 그리고 그가 저항하거나 같은 대답을 반복하는 것이 얼마나 힘든지 호소해도 그들은 그가 순순히 대답할 때까지 같은 질문을 무한 반복했다. 이 싸움에서 그가 고개 숙이고 부끄러워하고 지치고 불평한다고 해서 그에게 이로울 것은 거의 없는 것 같았다. 그는 스스로가 결백했다. 좋은 뜻으로 의사를 표현했으니 그것으로 그만이라고 생각했다. 그가 느끼기에 수천수만 번 넘게 체첸 공화국으로 가는 자세한 여정과 거기서 만난 사람들에 대해 말했다. 그런데도 그들은 그의 말에 하나도 귀 기울이지 않았다.

"……그리고 걔는 사원에 안 다녀요. 아니면 제가 거기서 걔를 못 봤거나 했겠죠."

주제를 바꾸겠다는 사인도, 일어나겠다는 몸짓도, 주의력도 보이지 않았던 형사가 불쑥 물었다.

"그럼 셈텍스는 어디서 구한 거야?"

그는 깜짝 놀라서 말문이 막혔다. 그들은 그의 대답을 기다렸다.

"셈텍스라뇨?"

"채널 터널(영국과 프랑스를 연결한 해저 터널 – 옮긴이) 폭파에 사용하려고 했던 셈텍스 폭약 말이야."

76

보윙클, 스트라우스, 머피가 쓰는 사무실로 들어간 카말 여사는 등받이가 반듯한 의자에 앉아 핸드백을 무릎에 올린 후 겉옷을 여미고는 두 눈에서 투지에 불타는 광선을 발사했다. 그런 시어머니의 모습에 로힝카는 감동을 받았다. 아메드와 우스만 모두 같이 있었지만 둘은 예비군에 불과했고 시어머니가 작전 지휘권을 쥐고 있었다.

"……그리고 샤히드가 변호사 접견권을 거부했다니, 이것은 곧 우리의 지성을 모욕하려는 공개적이고 고의적인 시도예요. 우리 아들은 하늘에서 뚝 떨어진 애도 아니고. 나이프와 포크도 모르고 우르두어만 하는 애도 아니에요. 우리 아들이 법적 권리를 포기하겠다는 서류에 서명한 걸 우리더러 믿으라뇨. 우리 샤히드는 캠브리지 대학 물리학부 입학 허가를 받은 청년이에요. 게으르고 말썽을 부려서 그렇지 바보 천치는 아닙니다. 그러니 내가 어디 경찰 말이 믿어지겠소, 이 사단이 났는데?"

피오나 스트라우스는 타고난 청자(聽者)는 아니지만, 경청하는 법은 알고 있었다. 그녀는 책상 앞에 앉아 손가락을 아치 모양으로 만든 채 입을 꾹 다물고 있었다. 왼쪽 벽에는 그녀가 넬슨 만델라와 함께 손을 흔드는 사진이 걸려 있었다. 뒤쪽 창으로는 플라타너스가 무성한 몬터규 광장이 보였다. 가끔 돌풍이 불어올 때마다 가랑비가 후드득 유리창에 들이쳤다. 그녀는 잠시 뜸을 들였다. 남들의 말이 다 끝나면 항상 서둘지 않고 기다렸다가 답변하는 것이었다. 무늬가 들어간 스카프를 매는 법도 관심사를 표현하기 위해 의도된 것처럼 보였다.

"샤히드 씨는 현재 칠 일간 구금 상태입니다, 그렇죠? 왜냐하면 테러 방지법에 저촉되었기 때문이고. 기소 없이 구금 가능 기간은 이십 팔 일입니다. 개탄스럽지만, 사실은 사실이니까요."

"하지만 걔는 아무 짓도 안 했어요. 어이가 없습니다! 샤히드가 테러리스트라니……. 나도 안 하는 걸!"

아메드가 말했다.

"저야 여러분을 믿지요. 하지만 그것이 현 법적 지위에 영향을 미치진 않아요."

가족들은 피오나 스트라우스가 망설인다는 것을 감지할 수 있었다. 그녀는 유명한 인권 변호사로 이런 종류의 사건 하면 제일 먼저 떠오르는 인물이었다. 그녀가 얼마나 유명하던지 로힝카는 사무실로 들어갈 때 이미 그녀를 안다고 착각할 정도였다. 얼굴이 너무 알려진 데 따른 부작용이었다. 거리에서 멜 깁슨을 보고 오랜 친구가 맞다고 손을 흔드는 것과 비슷한 느낌일 것이다. 가족들은 샤히드에게 벌어진 일을 피오나에게 알리면 그녀의 눈에 분노의 불꽃이 튀기만 기대했을 뿐이다. 그래서 그녀가 당장 떨치고 일어나 기자 회견을 열고 경찰서 계단에 서서 샤히드의 석방을 촉구하면 샤히드가 즉시 석방될 줄 알았다. 잘못은 그들에게 있다는 것이 불을 보듯 뻔한데, 다른 사람 눈에는 그렇게 보이지 않는다는 것이 놀라울 따름이었다. 가족들이 기대한 대로 돌아갈 것 같지 않았다. 변호사는 완강히 버티면서 뭔가 더 많은 관심이 갈 만한 사항을 원하는 것 같았다. 그녀는 세상의 부조리들 중에서 최상위의 것을 조심스럽게 선택하려는 듯

보였다. 카말 가족은 그들을 대신해서 오직 빛나는 진실의 검만 휘두

를 사도를 접견하리라 기대했건만 광고 문구 같은 말만 들었다.

아메드는 동생은 착해 빠져서 테러의 테 자도 모른다고 늘어놓기

시작했다. 그리고 가족들이 자유로운 사회인 영국의 미덕을 얼마나

잘 알고 있는지(이 대목에서 우스만은 자세를 고쳐 앉았다.) 또 가족들이

얼마나 선량한 시민인지를 피력했다. 그리고 다른 신념과 종교를 존

중하면서 이슬람 율법을 실천하는 가족이라고 설명했다. 나머지 가

족들은 그가 피오나 스트라우스의 마음을 움직이려고 장황하게 늘

어놓는 말을 듣고만 있었다. 그가 힘이 빠지자 우스만이 나섰다. 후

드 티를 걸친 채 몸을 앞으로 숙인 우스만은 제멋대로 굴 것 같은 분

위기를 풍겼다. 나름 어떤 이유가 있는지 모르겠지만 그는 말할 때

말투를 거칠게 하고 목소리를 더 깔았다.

"요는, 우리도 권리가 있다 이겁니다. 누구나 가지게 되는 게 권리

아닙니까? 그런데 그 권리, 어디 있나요? 누가 우리를 도와줄까요?"

그리고 나서 그는 고급 단어를 썼다.

"그 권리를 행사하는 데 말입니다."

우스만은 점점 더 화가 나서 논리가 빈약해졌다. 형이 당한 부당한

일에 분노하고 있다는 것은 분명해 보였지만, 그는 침을 튀기며 같은

말을 반복하는 데다 지적인 사람이 쓰는 표준어를 쓰다가 갑자기 남

부 런던 사투리를 쓰더니 인격마저 싹 달라진 사람처럼 보였다. 아메

드는 저렇게 흥분한 우스만을 처음 보았다. 조금 정신이 나간 듯했

다. 변호사는 가족들의 노력에 감탄했다고 표현했지만 아직 설득되진 않았다.

"안타깝지만 다시 말씀드리는데, 법적 지위는 명확합니다."

카말 여사는 주변의 침묵을 빨아들였다. 감정을 주변에 투사하는 위력이 가족들에게 큰 부담으로 작용했지만 여기에서는 훌륭한 자산이 되었다. 그녀는 말했다.

"그러니까 이 모든 것이 아주 좋다, 이 말씀이시죠? 우리는 지금 자유의 요람이라고 자처하는 나라에 살지요. 그런데 이게 웬 날벼락입니까? 우리 모두가 새벽에 누군가가 우리 머리에 총구를 겨누는 바람에 잠을 깼거든요, 경찰국가 입장 곤란하게 말이죠. 둘째 아들은 감옥으로 끌려갔습니다. 걔는 법 없이도 살 수 있고, 단 한 번도 체포되거나 기소된 적 없는데. 하지만 그게 남들한텐 중요하지 않은 거 같고. 더구나 신변 확인은 불허한 채 애를 구금시켜 놨죠. 외부와 접촉도 금지시키고 권리 포기 서류에 서명하게 한 건 조작이죠. 이게 바로 사건의 전말입니다. 우리 샤히드는 절대 권리를 포기하지 않아요. 그랬다면 샤히드가 아니죠. 하지만 괜찮습니다. 누가 걱정하고, 누가 나선다고 그러세요. 사람 하나 사라지면 그만이지. 그냥 관타나모로 넘겨서 처리하시죠? 이게 지금 말씀하신 뜻 같네요, 스트라우스 변호사님. 내 말이 맞죠?"

"카말 부인, 이 사건의 법적 사항은 있는 사실 그대로입니다. 현실적인 법적 문제와 관련해서 제 의견은 효력이 없어요. 항의할 게 없어요. 단, 요점은 아셔야 합니다, 샤히드 씨가 관타나모 만에 넘겨질 가능성은 절대 없단 것을요."

이 말을 듣고 카말 여사는 확실히 알게 되었다. 직관력에 의지해 볼 때, 이 변호사는 자신의 공명심을 채워 줄 사건을 찾고 있었던 것이다. 그녀가 바라는 것은 의뢰인이 사건의 중요성을 이해시켜 주는 것이 아니라, 이 사건에서 중요 인물이 그녀라는 사실을 이해하는 것이었다. 이 사무실을 찾는 사람들은 모두 난생처음 당한 부당한 일로 변호사에게 하소연만 하면 변호사가 즉각 사건에 착수할 거라고 생각할 것이다. 그래서 내가 당한 부당한 일을 먼저 내세우게 된다. 하지만 피오나 스트라우스에게 가장 중요한 것은 그녀 자신이어서 그녀가 사건을 맡기 전에 의뢰인은 이 사실을 먼저 정확히 인지해야 하는 것이다. 그러면 이야기가 제대로 풀릴 것이다. 카말 여사는 이를 간파하고 다시 말문을 열었다.

"그러니까 우린 변호사님이 있어야 해요, 스트라우스 변호사님. 변호사님이 아니면 우린 질 거예요. 권리가 있어도 행사할 수 없으니까요. 우리 앞에는 출구도 닫혀 있습니다. 정의가 등을 돌렸는데요, 뭘. 변호사님 도움이 없으면 우린 어디 가서 뭘 어떻게 시작해야 할지도 모릅니다. 그 법적 지위는 변호사님 말마따나 확실하겠지만, 변호사님이 말씀하신 거니 확실하지만, 도덕적 지위도 확실합니다. 우린 압니다, 그런 부당함에 맞선 싸워 오신 것이 변호사님 인생의 전부라는 것을요. 잘 알죠. 그래서 샤히드를 위해 우리가 할 수 있는 일은 그저 변호사님께 도움을 청하는 일밖에 없어요. 걔는 암흑에 갇혀 있잖아요. 걔를 밝은 세상으로 데려와 줄 분은 바로 변호사님이세요, 왜냐하면 우리가 의지할 사람은 변호사님밖에 없으니까요."

변호사는 아치형을 만들었던 손가락을 펴고는 책상을 톡톡 두드렸다. 그러고는 한숨을, 진심 어린 한숨을 내쉬고 말했다.

"좋아요. 힘닿는 데까지 해 볼게요."

"그 말씀이 우리한테 얼마나 큰 의미가 있는지 변호사님은 모르실 거예요."

카말 여사가 변호사의 손을 잡으며 말했다. 카말 가족은 안도감과 감사함과 기쁨으로 감탄사를 연발하며 환호했다.

그 뒤 20분 동안 그들은 추후 어떤 일을 해야 할지 논의했다. 변호사는 경찰에 항의하고 기자 회견 성사 여부를 알아보겠다고 했는데, 그것은 정확히 가족들이 바라는 바였다. 카말 가족은 우스만을 빼고 모두 기뻐했다. 그는 여전히 분이 풀리지 않은 모양이었다.

집으로 가는 차 안에서는 약속을 어떻게 잡을지 토론하다가, 교통 혼잡 부담금의 부당성과 카말 여사 지하철 탑승의 불가능성을 놓고 토론이 번져 갔다. 로힝카가 말했다.

"와. 저 변호사 대단하기는 대단하네요."

"난 변호사 선생 마음에 든다."

카말 여사가 말했다.

77

의사와 변호사. 의사와 변호사와 보험사 직원. 그들과 회의하는 것이 패트릭과 프레디의 생활이 되었다. 그 자리에 미키도 언제나 동석했기 때문에 그의 생활이 되기도 했다. 그들은 할리 스트리트 주변에 있는 의사들을 만나러 다녔는데, 의사들이라고 한 이유는 각기 다른 전문의였기 때문이다. 또 세 당사자의 입장을 대변해 줄 변호사들도 만났다. 구단 측 변호사 사무실은 런던의 고층 건물 밀집 구역에 있어서 옆 블록의 높은 건물들이 다 보였다. 회의실 인테리어는 모던한 느낌에 강철과 유리와 세련된 컬러의 플라스틱으로 마감재를 썼다. 보험사 측 변호사 사무실은 메이페어 리젠시 빌딩에 있었다. 이곳 회의실 인테리어 역시 모던한 느낌을 주었다. 다만 구단 측과 달리 이곳 넓은 회의실에는 오크나무 탁자가 놓여 있었다. 탁자에 할로겐 불빛이 반사되어 눈이 부셨다. 타원형 탁자를 사이에 두고 프레디와 패트릭과 미키가 몇몇 변호사를 대동하고 앉아 있었다. 변호사들은 뭔가를 읽고 있었다. 미키가 한때나마 짧게 일했던 법인 소속 변호사들로 믿을 만한 사람들이었다. 런던 외곽에 있는 그 법인 사무실로 갈 때마다 차창으로 스쳐 가는 들판은 늘 미키에게 안도감을 주었다.

모든 일 처리 과정은 고문 같았다. 처음에는 그렇지 않았다. 사실 힘들었지만 낙관적인 생각이 우세했다. 보험사와 첫 회의를 끝내고 미키는 패트릭과 프레디에게 이렇게 말했다.

"아, 잘돼 갑니다."

지금 생각하면 그때 더 잘 파악했어야 했다. 정말로 더 잘 파악했어야 했다. 그렇게 많은 변호사와 의사가 관련된 사건 앞에서는 그 전문가 집단이 탐욕스런 독수리와 같다는 사실을 말이다. 그러나 그는 분위기에 휩쓸려 전문가 집단을 신뢰하고 말았다. 참석한 사람들 모두 선한 의지의 소유자이고, 그들의 관심은 오로지 모든 당사자가 만족할 만한 수준의 해결책을 도출할 줄 알았던 것이다. 프레디에게 일어난 일은 비극이었지만, 치료 및 제반 사항에 대해서는 결정된 바가 아무것도 없는 상태였다.

그렇다면 프레디에게 무슨 일이 있었는가? 이것이 첫 번째 질문이 될 터였다. 일단 의사들 소견이 일치하지 않았다. 첫 번째 의사는 50대 중반의 무뚝뚝한 정형외과 전문의로, 아주 큰 검은 테 안경 때문에 누구 앞에서든 결정권자 같은 인상을 주었다. 그 의사처럼 기괴한 자세를 취하는 사람은 처음 보았다. 그는 움직임이 거의 없었다. 미동도 없이 본인의 말을 하거나 상대의 말을 들었다. 처음으로 수술을 담당했던 의사였기에 프레디의 무릎뿐만 아니라 뼈 속 상태까지 다 살펴본 유일한 사람이었다. 듣기로 영국뿐 아니라 온 유럽에서 이런 분야의 수술은 그가 선구자라고 한다. 물론 그와 비슷하거나 그보다 뛰어난 의사가 미국에도 있겠지만 그것은 어디까지나 추측일 뿐이었다. 미스터 전방십자인대(前方十字靭帶)라 불리는 그는 프레디가 다시는 축구를 할 수 없다고 진단했다. 두 번 다시 뛰지도 못하고 공을 차지도 못할 것이며, 다리를 절지 않고 사는 것만으로도 운이 좋은 줄 알아야 한다는 소견이었다.

두 번째 의사는 보험사 측에서 투입시킨 의사로 사람이 훨씬 괜찮았다. 첫 번째 의사보다 더 젊고 보통 남자인 데다 잘생긴 얼굴에 자신감이 넘치는 의사였다. 나이는 마흔이 안 돼 보였다. 어느 따뜻한 날 병원에 갔더니 의사는 와이셔츠 바람으로 앉아 있었다. 그들이 진료실에 들어서자 그는 밥 딜런 노래를 듣고 있다가 리모컨 버튼을 눌렀다. 그는 프레디를 편안하게 눕게 하고는 웃으며 사고에 유감을 표했다. 매우 조심스러운 손길로 프레디의 무릎을 살살 구부렸다 폈다 하게 했다. 엑스레이도 살펴보고 다른 뛰어난 외과의의 소견도 참고하면서 진단을 내린 결과, 그는 프레디가 다시 프로 선수로 뛸 가능성을 50퍼센트라고 내다봤다. 그렇게 말하면서 그의 뒤에 걸린 프로 크리켓 선수의 사진을 가리켰다. 프레디의 눈에는 조금 뚱뚱해 보인 투수가 50센티미터 높이로 점프했다가 왼발로 착지하려는 순간을 포착한 사진이었다. 의사 말에 따르면 프레디와 동일한 상태로 파열된, 그 선수의 왼쪽 전방십자인대를 새로운 수술법으로 수술했다는 것이다. 그리고 1년이 지난 후 이 사진을 찍은 거였다. 그 크리켓 선수는 다시 경기장에 섰고 예전보다 더 빠르게 공을 던진다고 한다. 의사는 자신의 소견이 맞을 거라는 확신이 있어서 그런 거지, 다른 의사의 소견이 틀렸다는 뜻은 아니라고 말했다.

그래서 그들은 다시 세 번째 의사를 찾아갈 수밖에 없었다. 앞선

두 의사가 세 번째 의사의 소견을 받아들이겠다고 동의해 주었다. 그때 그들은 맨체스터까지 기차를 타고 갔다. 기차 안에서 프레디는 게임기로 챔피언십 축구 게임을 했고, 미키는 배터리가 닳을 때까지 아이폰을 붙잡고 계속 통화하는 바람에 주위 승객들로부터 따가운 눈총을 받았다. 패트릭은 창밖에 펼쳐지는 이 나라의 전원 풍경을 보며 갔다. 시골은 텅 빈 것처럼 보였다. 오래된 도시에 사람들로 바글거리는 풍경은 그 유구한 역사와 함께 거주지도 넓어서 전체를 파악하기가 어려웠다.

세 번째 의사는 상냥하고 유쾌한 사람이었다. 그는 먼저 진단을 정확하게 내린 다음, 수술 날짜를 확실히 잡겠다고 했다. 머리 색깔이 밝고 피부가 하얘서 막 세수하고 나온 사람에게 풍기는 청량감이 느껴졌다. 그는 활기차게 듣고 활기차게 물으면서 활기차게 프레디의 무릎을 검사했다. 마치 프레디를 꾀병 부리는 환자처럼 생각하는 것 같았다. 활기차게 진료하고 나더니 의사는 바로 진단을 내리지 않았다. 어떤 추측도, 암시도 없었다. 그는 생각해 보고 하루나 이틀 후에 서신을 보내겠다고 했다.

그 서신을 보니 첫 번째 의사의 소견에 동의한다고 쓰여 있었다. 그 의사는 프레디가 다시는 축구를 할 수 없을 거라고 진단했고 유감을 표했다.

이 모든 과정은 긍정적이고 현실적인, 앞으로 나아가기 위한 경험의 일부였다. 하지만 그때부터 일이 꼬이기 시작했다. 보험사와 변호사들이 나섰기 때문이다. 미키는 기가 막혔다. 가령 깜빡하고 수돗물을 잠그지 않아 욕조에 물이 넘쳐 바닥을 타고 아래층까지 샐 경우, 이런저런 까다로운 사항을 내세우고 예외 조항을 따지는 등 빠져나갈 구멍부터 찾는 작자들이 보험사였다. 이것은 모두가 아는 현실이다. 현실을 인정하지 않으면, 차라리 청구하지 않는 편이 낫다고 생각할 만큼 보험사는 가입자들 힘들게 보험 수가를 아예 높게 책정할 것이다. 무사고 보험료 할인, 자동차 무사고 보험의 이면에는 그런 엄청난 음모가 숨어 있다. 모두가 아는 사실이다. 하지만 이것은 한 소년의 인생, 즉 생계가 아니라 (물론 이것도 있지만) 열일곱 살 소년의 중심에 있는 것과 인생 전체가 걸린 일이다. 미키는 그들이 인간으로서 일말의 품위를 보여 줄 줄 알았다. 그들이 이런 보장 혜택과 보험금 지급을 다루면서 인간애를 발휘할 줄 알았다. 보험은 만일의 경우를 대비한 것이고, 프레디의 무릎 부상은 그 만일의 경우에 해당하는 것이다. 그것은 너무 심각한 만일의 경우였다.

물론 이런 생각은 완전 착각이었다. 보험사는 단순히 처리할 의향이 없었다. 최대한 늦게 답신을 보내고, 이리저리 전화를 돌려 '처리 중'이라는 말만 반복하는 등 최대한 회피하고 시간을 질질 끌었다. 또한 프레디에게 태클 건 선수를 상대로 소송을 걸려고 그 가능성도 타진하고 있었다. 프레디 측과 구단 측, 보험사 측의 모든 변호사가 논했던 사항이었다. 그러면서 보험사는 프레디가 무모하게 행동했을 가능성도 조사했다. 그가 방향을 틀어 공을 잡은 후 회전하던 행위가 무모함에 일조했을 가능성 말이다. 그리고 보험사는 미스터 전 방십자인대에게 받은 수술도 조사했다. 수술이 잘못되어 상태를 더 악화시킨 것은 아닌지, 그래서 무릎 수술비에 책임이 있는 사람이 그 외과의 또는 외과의 측 보험사가 아닌지도 조사했다. 보험사는 프레디 사고의 결론을 회피할 수 있고, 지연시킬 수 있고, 좌절시킬 수 있는 일이라면 무엇이든 다 앞장섰다. 그 사고가 프레디 자체가, 그의 인생 전체가 걸린 문제라는 사실은 전혀 신경 쓰지 않는 것 같았다.

78

로저는 사무실 방에 멍하니 앉아 있었다. 이 말은 요즘 그가 재미 반, 몽상 반으로 마티아와 함께 도주하여 그녀의 고향인 헝가리 같은 곳에 가서 사는 건 어떨까 하며 보낸다는 뜻이다. 이국적이고 섹시한 영국 남자인 그는 모든 것을 버리고 섹시한 헝가리 여자와 함께 아침에 굴라시를 먹고 사랑을 속삭인다……. 아니면 따뜻한 곳도 좋겠다. 그래, 따뜻한 곳이 더 좋을 것 같다. 야자수 사이에 해먹을 매달고 해산물구이를 파는 작은 식당을 운영하는 것이다. 손님마다 모두 맛있다고 칭찬이 자자하다. 그래, 이것이 좋겠다. 해변과 가까운 방갈로에서 덧문을 활짝 열어 놓고 그가 좋아하는 해산물구이를 파는 것이다. 마티아는 티셔츠와 비키니, 풀잎 치마만 입을 것이다. 물론 뻔한 스토리이지만 상상인데 뭐 어떠랴. 그리고 그녀와 오전 내내 사랑을 나누는 것이다. 그리고 바쁜 점심시간이 지나면 해먹에 누워 낮잠을 자는 것이다……. 그런데 그때 마크가 문가에 나타났다. 특별한 재주가 없어도 누가 방으로 들어오는지 훤히 보여서 그런지, 마크는 로저가 예상치 못한 순간에 갑자기 나타나는 것이 무슨 큰 재주인 양 뽐내는 것처럼 보였다. 로저는 다시 정신을 차렸다. 정리해야 할 숫자들이 있었다. 수요일 아침, 런던에는 물론 비가 내린다. 눈에 보이는 생물과 건물이 모두 다양한 회색빛을 띠고 있다.

한시도 가만있지 못하는 마크는 주먹으로 문틀을 똑똑 두드리면서 말했다.

"방해된 거 아닌가 모르겠습니다."

대화에 앞서 언제나 그는 저런 말로 시작했다. 로저의 대답을 기다리지 않고 바로 들어오는 것으로 보아 그것은 일종의 의식 같은 것이다.

"실적이……."

로저는 한숨을 숨길 수가 없었다.

"실적입니다."

책상 옆을 돌아오는 것이 평소 그의 동선이다. 마크가 보고서를 펼쳐 놓는다. 마크는 실적을 짚어 가며 설명하기 시작한다. 좋지도, 나쁘지도 않은 실적을 빨간 펜으로 가리키며 설명하는 것이다. 로저는 끙 소리를 내고는 데이터를 기반으로 설명하라고 일렀다. 맡은 바 소임을 다하려고 중간중간 관심을 보이고, 끙 소리를 내고, 고개를 끄덕이고, 숫자를 지적했다. 요즘 들어 그는 매사를 이런 식으로 처리했다. 기를 쓰고 어디 다른 곳으로 가고 싶다거나 누구 다른 사람이 되고 싶다거나 할 필요 없이 그저 살짝 정신을 다른 데 팔면 된다. 마음을 다른 곳에 두면 된다. 마크가 20분 동안 숫자를 계산하고 요점을 다 말하고 나자 로저가 시계를 보며 말했다.

"쇼 타임이 왔군."

두 사람은 보고서를 집어 들고 회의실로 향했다. 로저는 회의하다 입장이 곤란할 때 저 차장에게 질문을 던지면 된다는 것을 알고 있었다.

그리고 저 차장에 관해 말하자면, 그가 생각하고 있는 것은, 글쎄…….

79

마크는 로저의 어깨 쪽을 흘깃거리다 으레 하던 일을 했다. 어릴 때부터 지어낸 이야기 속에 빠져 세상 사람들로 하여금 그를 영웅으로 떠받들게 만드는 일이었다. 마크는 이야기 속 마크를 말썽꾸러기 소년으로 설정했다. 사실 그 단어가 머릿속을 떠나지 않았다. 뇌리에 박힌 자장가나 대중음악 멜로디처럼 귓가에 맴돌았다. 나는 말썽꾸러기다, 나는 말썽꾸러기다…….

제즈에게 거의 들킬 뻔했던 모니터 사건 때 마크는 진짜 두려웠다. 그 일은 생각하고 싶지도 않았다. 어쩌면 제즈가 상사에게 보고해서 무슨 조치를 취했을지 모른다. 그리고 덩치만 봐도 동물적 감각으로 마크는 제즈가 두려웠다. 하지만 목표가 확실한 강한 남자는 사소한 실수에 연연해하지 않는 법이다. 마크는 한두 달 웅크린 채 다른 사람들의 책상이나 단말기에 손대지 않았다. 하지만 그는 계획을 실행하는 강한 남자이니만큼 그 계획을 고수하기 위해 변함없이 다른 사람들이 출근하기 전에 출근했다. 계획을 재개하더라도 행동에는 변화가 없어야 하니까. 뜻한 바를 이루려면 이렇게 해야 한다.

6주 후, 계획을 재개한 마크는 바로 돌파구를 찾았다. 한때 운영 지원 부서에서 같이 근무했던 동료가 현재 컴플라이언스 부서에서 근무하고 있었던 것이다. 그 부서에서 그는 다양한 법령, 윤리 강령, 위험 관리 모델 규정 준수 여부를 감시한다. 어느 날 마크가 그 동료를 보려고 부서에 들렀더니 그가 자리에 없었다. 책상에는 번호가 적힌 포스트잇이 붙어 있었다. 나란히 적힌 그 숫자는 암호화된 비밀번호일 것이다. 큰 위험을 감수하며 마크는 모니터 옆을 돌아가 로그인 여부를 확인했다. 동료 역시 일주일에 한 번씩 비밀번호를 바꾸곤 했지만 절대 외울 수 없었던지 비밀번호 파일을 가지고 있었다. 이제 열쇠를 손에 쥔 것이다. 그가 하려는 일은 알고 보면 정말로 쉬운 일이다. 마크는 단기간, 즉 24시간 동안만 사용되는 거래 결산용 옛날 계정을 찾았다. 오래 사용하지 못하기 때문에 컴플라이언스 시스템에서 삭제해도 문제가 없는 계정이었다. 그래서 동료의 계정에 들어가서 거래를 하고, 이익(과 손실, 물론 손실을 낼 것 같지 않았지만)을 휴면 계정이 아닌 곳에 저장할 수 있었다. 시스템은 통계상 변칙적인 것이 보이면 표시 창 같은 것이 뜨게 되어 있었지만, 컴플라이언스 부서의 계정으로 다른 사람들이 눈치채기 전에 모든 경고 표시를 끌 수 있었다. 그는 업무를 보고 있다.

계획은 간단했다. 그의 계정이 아닌 다른 계정으로 거래를 하려는 것이다. 정말 감사하게도 그는 도둑이 아니다! 그가 설정한 금액을, 일테면 오천만 파운드를 벌 때까지 은행 계정으로 거래를 하려는 것이다. 꽤 큰 금액이다. 은행을 위험에 빠뜨릴 만한 액수는 아니었지만 그의 능력을 의심할 수 없게 만드는 물증이 될 것이다. 그러고는 자백하는 것이다. 윗선에 그가 성사시킨 거래를 알리고 확실한 결론을 도출하는 것이다. 위험을 감수하며 엄청난 수익을 올린 실력파인 만큼 그가 원하는 바를 들어줄 만한 이유가 오천만 가지나 된다는 결론을. 그가 원하는 것은 로저의 자리였다.

마크는 이번 주에 첫 거래를 성사시켰다. 미국 파생 시장에서 흘러나온 온갖 추문 때문에 런던 증권가에 불안 심리가 작용하고 있었으나, 마크는 난세에 영웅이 난다는 말을 믿었다. 그는 엔화와 비교하여 아르헨티나 페소화에 대해 낙관적인 긴 안목을 가지고 파생 상품을 일부 사들였다. 72시간 동안 페소화가 6퍼센트나 올랐다. 파생 상품과 지렛대 효과가 적용된 덕분에 거의 두 배나 되는 이익을 노릴 수 있었다. 즉 은행의 자산이 두 배로 뛰는 것이다. 그는 투자를 마감하고 휴면 계정이 아닌 계정에 수익을 숨겨 놓았다. 그리고 다른 화폐에 비해 구식 화폐가 된 달러화에도 크게 투자했다. 이 투자 역시 승승장구하여 그의 자산 역시 두 배로 또 뛰는 중이었다. 이것은 그가 이런 종류의 일에 재능이 있을지도 모른다는 단순한 증거가 아니었다. 징후도 아니었다. 즉 그것은 그 자체로 그의 천재성을 입증하는 것이었다.

그는 원하는 것을 할 수 있는 위치에 오르기까지 꽤 고생했다. 그래도 마크는 좋았다. 오늘의 고생이 내일의 밑거름이 되었으니까. 이것은 누구나 할 수 있는 사고와 실천이 아니었다. 그의 얼굴, 마스크, 명품 토마스 핑크 셔츠, 기브스 앤 호크스 슈트, 프라다 신발이 특별하게 보이지 않을 테지만(그래도 이 명품들을 연구하는 사람들은 시티 슈트를 다른 제품의 슈트보다 더 깊게 고민해서 정성껏 만들었다.), 이런 차림을 한 사람은 한 세대에 한 번 나올까 말까 한 수재였다. 이것을 놓고 보면, 로저는 실망 그 자체였다. 마크야말로 그를 능가하는 인물로 대접을 받아야 했다. 그는 한때 로저를 경쟁 상대로 여겼다. 하지만 시간이 갈수록 이 상사가 그의 경쟁 상대가 아니라는 것이 확실해졌다. 그는 마크에게 게임도 안 되는 상대였다. 자서전에 그의 이야기는 단 한 줄도 나오지 않을 것이다.

"그 서류 좀 부탁하네."

로저가 이렇게 말하고는 방문을 보며 느릿느릿 일어섰다. 저 키에 어찌 저리 어물어물 미적거리는지, 마치 행선지 결정이 자신을 망칠지도 모른다는 듯한 움직임이었다. 그는 옆구리에 서류철을 꼈다. 나머지 서류는 당연히 부하나 동료가 챙기겠거니 했다. 로저가 건망증이 심했기 때문이다. 이 지점에서 마크는 욱하고 올라왔지만 표정 관리에 들어갔다. 어떻게 해야 로저는 주변에서 일어나는 일을 알아차릴까? 의자 밑에 폭탄을 설치할까? 마크는 그래도 로저가 눈뜬장님일 것 같았다. 부하가 상사들을 향해 오천만 파운드를 벌었다고 보고하는 날, 로저는 확실히 알아차리게 될 것이다. 그때 그는 창밖을 보며 아내의 보톡스 비용을 어떻게 충당할까 같은 딴생각이나 하고 있을 것이다. 로저의 머릿속에 든 것은 '심슨 가족'에 나오는 호머의 머릿속에 든 것과 비슷할 것이다. 날아다니는 잡초, 재주넘기를 하는 원숭이 장난감, 햄버거 등. 그렇다, 호머를 보면 로저 같다는 느낌을 받았다. 호머 심슨에 비해 로저가 키가 더 크고, 돈이 더 많고, 은행에 다닌다는 것만 제외하면 말이다. 어쨌든 지금은 그렇다.

로저는 얇은 서류철을 옆구리에 끼고, 마크는 서류를 한 아름 안고 회의실로 들어갔다. 로타는 벌써 탁자 중앙에 자리를 잡고 앉아 있었다. 구릿빛 얼굴에 건강해 보이는 로타 앞에는 단 하나의 서류철만 놓여 있었다. 서류철 옆 커다란 플라스틱 컵에는 밝은 초록색 음료가 담겨 있었다. 아마 냄새가 고약한 건강 음료일 것이다. 로타는 매번 독일 억양이 강하게 섞인 말투로 회의 시작을 알렸다.

"여러분."

평서문과 의문문 억양의 중간쯤 되는 말투로 들렸다.

80

샤히드는 감방 구석에 앉아 있었다. 그럴 생각이 없었는데 왜 이러고 앉아 있는지 알 수가 없었다. 침대와 변기가 새로운 각도에서 보이는 위치도 아니었는데 말이다. 이크발과 그가 체코 셈텍스를 소지, 채널 터널 폭탄 테러 음모에 가담한 혐의로 검거된 사실을 알고는 어쨌든 좋은 쪽으로 해결되리라던 초반의 믿음이 조각나 버렸다. 지금까지 겪은 일들이 어불성설이었지만, 그를 보호해 줄 더 큰 정의가 있을 거라는 기본적인 믿음만큼은 잃지 않았던 것이다. 그러나 이제 그 믿음은 사그라졌다. 명백한 사실은 형사들이 그의 진술을 사실로 인정하지 않는다는 것이었다. 그들은 이크발을 악당으로 치부했고, 샤히드도 그 생각에 동의했다. 그 네 명의 심문자에게 샤히드는 "저보다 이크발을 더 잘 아시지 않습니까" 하고 거듭 말하곤 했었다. 하지만 그들은 그와 이크발이 긴밀히 연결되어 있다고 보았다. 그를 찾아오기 훨씬 전부터 벨기에 반미치광이 이크발이 아니라 이크발·샤히드, 한통속, 한 꼬투리 속에 든 완두콩, 그 나물의 그 밥이라고 인식했다. 인터넷을 추적한 결과, 이크발은 지하드 웹사이트에 접속해서 암호화된 메일을 주고받은 것은 물론, 테러 실행 정보 파일을 내려받아 숙지했다는 것이 드러났다. 샤히드의 컴퓨터에서는 그런 사용 기록이 전혀 없었다. 이 말은 이크발이 자기 노트북 컴퓨터만 사용했다는 뜻이다. 그러니 샤히드와는 아무 관련이 없다. 그와는 전혀 관계가 없다! 전혀! 관계가 없다! 그와는! 아무 관계가 없단 말이다!

"맞아요, 그 친구가 우리 집 와이파이 사용했습니다. 우리 집에 들어와 살았을 때요, 아시잖아요. 날짜 보세요. 확인할 수 있잖아요. 이크발이 들어와 살기 전엔 지하드 접속 기록이 전혀 없다는 것을요. 이거 파악하는 거 어려운 일 아니잖아요, 네? 이 곱하기 이는 사 아닙니까."

"마지막으로 이크발 봤던 것에 대해 다시 말해 봐."

어깨가 축 처져 보이는, 다소 뚱뚱한 형사가 말했다. 샤히드의 말을 귓등으로도 안 듣기로는 그가 단연 최고였다. 그리고 그들은 처음으로 되돌아가 같은 이야기와 같은 말허리 자르기를 하고 또 했다. 심문자들도 지겨워하고 지쳐 가기 시작했다는 사실이 그나마 위로가 되었다. 그럼에도 불구하고 샤히드만큼 지겹고 지친 사람은 없었을 것이다. 그는 쉬지 않고 감방을 돌고 돌다가 구석에 풀썩 주저앉았던 것이다. 모든 것이 잘 해결되리라던 믿음이 사그라졌기에 맥이 풀린 것이었다. 바닥과 벽에 엉덩이와 등을 대고 앉으려면 몸을 웅크려야 한다는 사실이 위로가 되었다. 나머지는 모두 이치에 어긋날지 모르겠지만, 적어도 중력은 여전히 중력이었다.

감방 문을 똑똑 두드리는 소리가 났다. 이것은 그 자체만으로도 흔한 일이 아니었다. 그를 취조실로 데려가려고 왔다면 그냥 문을 열면 된다. 끔찍한 식사를 가져왔다면 그 역시 그냥 배식구로 밀어 넣으면 된다. 아무도 문을 두드리지 않았다. 샤히드는 잠깐 뜸을 들였다가 역설적으로 들리기를 바라면서 말했다.

"들어오세요."

문이 열리고 교도관이 들어왔다. 그 뒤에는 바지 정장을 입은 중년 여성이 얇은 갈색 가죽 서류 가방을 들고 있었다. 교도관은 그녀에게 묵례를 하더니 밖으로 나갔다. 여성은 좋은 의도로 왔다는 것을 한껏 드러내며 함박웃음을 지었다. 그녀가 손을 뻗어 샤히드 옆을 가리키며 말했다.

"앉아도 될까요?"

그는 고개를 끄덕였다. 그녀는 책상다리를 하고 그와 나란히 앉았다.

"피오나 스트라우스입니다. 가족 분들이 나를 샤히드 씨의 변호사로 선임했어요."

샤히드는 눈가에 눈물이 그렁그렁했다. 그는 잠시 아무 말도 할 수 없었다.

"놀랐습니다, 집에서 변호사 비용을 댈 수 있다니요."

마침내 그가 말했다. 그는 몰랐겠지만, 그가 한 말은 완벽했다. 변호사가 중요하다는 측면을 정중하게 파고든 언급이었기 때문이다. 그와 동시에 옳지 않다고 생각하는 일에 저항하는 진정한 투사 피오나 스트라우스는 여기 앉아 있는 청년이 그녀를 필요로 한다고 느꼈다. 사태는 단순하게 보고 생각은 복잡하게 하는 사람이었다. 그는 부당한 권력의 희생양이었다. 그에게는 그녀가 필요했다.

"무료 변론이에요."

피오나가 희미하게 웃으며 가방에서 스프링 노트를 꺼내 펼치고는 샤히드에게 보여 주었다. 노트에는 다음과 같이 쓰여 있었다.

우리를 도청하고 있을 겁니다.

"맞아요."

샤히드가 말했다.

"듣기로, 권리 포기 각서에 서명했다고요?"

"막말해서 죄송합니다만, 그건 개소리입니다."

"경찰에서 각서를 갖고 있더군요. 제가 봤어요."

"그럼, 그건 조작된 거예요. 제 서명을 위조한 거죠."

"좋아요. 샤히드 씨를 믿습니다. 그런데 지금은 다른 문제를 짚어 보도록 할게요. 고문을 당한 적 있나요? 식사는 제대로 나옵니까, 잠은 잘 자고 있습니까, 구타가 있었습니까, 종교적 신념을 존중해 주고 있습니까, 신체적인 면에서나 그 외 다른 면에서 협박이 있었습니까?"

그녀는 이렇게 말하며 노트를 한 장 넘겨서 다시 그에게 보여 주었다.

경찰 측에 이용될 소지가 있는 말은 한마디도 하지 마십시오.

샤히드가 이해하기도 전에 너무 많은 질문이 쏟아졌다. 갑자기 바깥의 가족과 연결되어 있다는 유대감이 확 밀려들었다. 뚱뚱한 아메드 형, 신경질쟁이 우스만, 섹시한 로힝카 형수, 그리고 온 가족을 미치게 만드는 어머니. 샤히드는 들은 바가 없어 밖에서 벌어지는 일을 까맣게 몰랐지만, 언제나 느껴지는 것은 어머니가 맨 앞장을 서서 그를 빼내려 애쓸 거라는 점이었다. 그의 눈가에 다시 눈물이 맺혔다. 변호사는 그의 고통이 느껴져 그의 어깨에 손을 얹었다.

"괜찮아요, 우린 하나씩 차근차근 풀어 갈 거고. 나는 다시 또 올 거니까."

샤히드는 잠긴 목소리로 말했다.

"베이컨 샌드위치가 나왔습니다. 첫날 아침에요. 그리고 나서 그 사람들은 깨달았어요."

그러더니 눈물샘이 고장 난 사람처럼 울기 시작했다. 온몸의 고통과 함께 서러움이 북받쳐 왈칵왈칵 눈물이 쏟아져 나왔다. 마치 빙산이 쩍 갈라지고 거대한 유리창이 와장창 깨지는 듯 온몸이 와르르 무너지는 느낌이었다. 그는 흐느껴 울면서 '이 정도예요. 제가 깨닫게 된 것 이상으로 저한테 있었던 일이에요' 하고 중얼거렸다.

피오나는 한 시간 동안 있다가 가방에서 비단으로 싸인 뭔가를 꺼내 샤히드에게 건네고는 방을 나갔다. 그가 갖고 있던 코란이었다.

81

그때부터 구금 시간은 둘로 나뉘었다. 첫째는 형태 없이 희미해서 하루가 어떻게 지나갔는지 시간상 앞뒤 정황이나 형체가 나중에 가서도 기억에 없는 부분이었다. 특별한 일은 기억에 남았다. 설사 나던 일, 옷에 홍차를 흘린 일, 드럼으로 써도 될 만큼 너무 딱딱해서 먹을 수 없었던 생선튀김, 네 명의 심문자가 동시에 질문 공세를 펴던 일. 하지만 전체 시간의 흐름이 희미해지고 꿈속처럼 아련했다. 그런데 피오나 스트라우스가 다녀간 뒤 시간이 다시 형태를 갖추기 시작했다. 그는 그녀와 만날 날을 기다리고 기다렸다. 하루하루가 특별한 이벤트를 중심으로 흘러가는 것 같았다. 그것이 가장 이상한 일이었다.

지금 그는 손에 코란을 들고 있다. 코란은 금색과 초록색 실크 숄에 싸여 있었다. 20년 전에 아버지에게 받은 것으로, 퇴근하고 집에 돌아온 아버지가 아무 이유 없이 말도 않고 그의 손에 쥐어 준 것이었다. 샤히드는 종교를 강요받아 본 적이 없었다. 그가 체첸에 갔던 일도 순수한 종교적 감정이 아니라 고독감과 움마에서 느끼는 형제애의 발로에서 시작한 모험이었다. 그는 B마이너스 정도의 종교적 신념이 있는 무슬림이었다. 그는 갑자기 독실한 신자가 되고 싶지 않았지만 피오나 스트라우스가 다녀간 뒤로 하루에 다섯 번씩 기도하고 교도관에서 아침을 메카 방향으로 놓아 달라고 요청했다. 그러자 교도관은 다 알고 있는 사람처럼 기다렸다는 듯이 요청에 응해 주었다. 샤히드는 중요한 사실을 하나 배웠다. 더러운 싱크대밖에 없어서 그곳에서 손을 씻는 것과 기도하기 전 싱크대에서 몸과 마음을 깨끗이 씻는 것 간에는 큰 차이가 있었다. 감방이 새롭게 보였다. 이제 감방은 그의 공간이고 기도하는 공간이다. 검거된 후 처음으로 다른 사람의 조종에 따라 움직이는 꼭두각시가 아니라는 느낌을 받았다. 그는 그에게 벌어진 일을 어떻게 해야 할지 결정할 수 있는 사람이었다. 었다. 몸은 갇혀 있어도 생각은 자유로웠다.

취조실로 가면 여전히 반복되는 질문 공세에 시달렸지만 이제는 느낌이 달랐다. 갇혀 있는 사람은 오히려 이들 심문자라는 느낌이 들었다. 그들 자신의 편협한 의혹의 쳇바퀴에 올라선 것 같았다. 그들이 할 수 있는 일이란 다람쥐 쳇바퀴 돌듯 반복하는 것뿐이었다. 그들보다 그가 더 자유로웠다. 웃기는 일이다. 그들은 대본대로 밀고 나가야 했다. 그는 홀로, 알라 앞에 홀로 서 있었지만 자유로웠다. 그들은 다 같이 서 있었지만 스스로 선택할 수 없었다.

종교에서 말하는 형제애는 눈만 돌리면 언제든 쉽게 찾을 수 있다. 찾기가 더 힘들지만 그가 이슬람에서 가장 좋아하는 힘겨운 감정은 항상 이것이었다. 신 앞에 홀로 서는 것. 이맘도 없이, 움마의 형제도 없이 알라 앞에 오롯이 혼자 서는 것이다. 신과 인간 사이에 중보자는 없다. 샤히드는 그 어느 때보다 더 순수한 상태에 있는 것 같았다. 제도로 이루어진 인간 세계와 신의 뜻대로 이루어진 세계는 대조를 보였다. 한쪽에는 포마이카 탁자, 형사와 심문, 파손 방지 처리된 플라스틱 쟁반에 놓인 플라스틱 그릇, 규칙과 인간의 왜소함이 존재했다. 다른 한쪽에는 조물주 앞에 오로지 인간만이 존재했다. 샤히드는 믿음의 황무지에서 느끼는 황량함보다 더 깊게 도달할 수 없었던 경지의 신심을 느낄 수 있었다. 그는 '최장 28일만 견디면 나갈 수 있다. 그 뒤 경찰에서 나를 기소하려 들겠지만 기소할 만한 증거가 없다' 하고 혼잣말로 중얼거렸다. 물론 이크발은 뭔가 일을 꾸몄다. 어쩌면 기소될 만큼 도모한 일은 없을지 모른다. 하지만 그는 뭔가 일을 꾸몄다. 그리고 물론 이크발은 그의 아파트에서 살았던 적이 있었다. 하지만 그 이유만 가지고는 그 어떤 영국 배심원도 그를 감방으로 보내지 않을 것이다. 따라서 그는 기소될 가능성이 없었다. 설령 그렇지 않다고 해도 그는 결백하기 때문에, 알라 앞에 홀로 서 있기 때문에 걱정하지 않았다. 아니다, 그렇지 않았다. 그는 정말로 크게 걱정했다. 하지만 이 사건과 이다음에 일어날 일도 그에게 영향을 주지 못할 것이다. 그의 어느 한 부분은 다른 곳에 있으니까.

82

샤히드가 알았더라면 위안이 될 만한 일이 또 하나 날아들었다. 그를 심문하는 형사들 사이에서 억류 상태로 둘지 말지 의견이 분분했던 것이다.

얼마 전부터 이크발 라시드는 영국 정보국의 요주의 인물이었다. 알려진 바로는 브뤼셀에 적을 둔 강경파 소속으로 아프가니스탄에서 훈련을 받고 파키스탄의 알카에다와 관련된 조직원이었다. 그가 처음 영국으로 넘어왔을 때는 정보국과 런던 경시청 특수부의 감시 대상이 아니었지만 일단 그를 알카에다 관련자와 추종자들 주변의 경계 대상으로 분류하여 감시해 왔다. 그 후 벨기에 경찰이 영국 해협을 오가는 채널 페리 폭탄 테러를 사전에 알아낸 결과 그 테러범들이 이크발 라시드의 동료라고 밝혀져서 감시 등급이 상향 조정되었던 것이다. 2주 동안 상향 조정된 감시망을 통해 그가 무슨 일을 하는지 지켜보았다. 그 2주 동안 그는 정보국이 예의 주시하는 수많은 사람들과 접촉했고, 그 결과 그는 영구 감시 대상으로 분류되었다. 이크발이 샤히드에게 접근했던 시기가 바로 이때였다. 샤히드는 정보국의 감시 대상이 아니었다. 그를 조사해 보니 그가 체첸 공화국에 갔다 왔고 그곳 알카에다 캠프에서 훈련받은 사람들과 접촉했다는 사실이 드러났다. 샤히드도 이크발과 함께 감시하기로 하고 그 과정에서 벨기에인 이크발의 흉악하고 지능적인 음모가 마무리 단계에 있다는 사실이 확실해졌다. 채널 터널로 예상되는 주요 기관 시설을 날려 버리는 계획이었다. 아니면 바보 같은 젊은이들이 감정이 격해서 과시하듯 떠벌린 말일 수도 있었다. 보통 체포 절차는 누군가가 실제로 의도를 가지고 테러를 감행할 때까지 기다렸다가 그 가담자를 한꺼번에 체포하는 것이다. 영국 경찰이 전통적으로 선호하는 방식이었다. 미국 기준에서 보면 정반대되는 방식이다. 미국은 9.11사태 이후 조기에 테러범을 검거하여 음모 자체를 근절하는 방식을 취했다. 하지만 영국 법정은 사건 초기의 단서만 가지고 혐의자를 검거하는 데 머뭇거렸다. 그래서 경찰은 최대한 나중에 검거하는 방식을 고수해 왔다. 그런데 알카에다 조직과 연관된 누군가가 체코에서 셈텍스를 사려고 했다는 정보가 정보국에 입수되어 다음에 벌어질 행동을 기다리느냐, 아니면 한발 먼저 쳐들어가 현장 증거물을 가지고 테러범을 색출하느냐 하는 선택의 기로에 놓인 것이었다. 토론 후 경찰은 내키지 않았지만 먼저 이크발 라시드가 샤히드의 아파트를 나와 사라진 다음에 검거하기로 했다. 그 결과 샤히드가 패딩턴 그린 경찰서에 갇히게 된 것이다.

그 음모가 사실로 드러난다면 이크발의 연루 또한 확실시되었다. 하지만 샤히드는 혐의점이 전혀 드러나지 않았다. 의심될 만한 유일한 증거는 이크발이 살았던 기간에 아파트에서 접속했던 인터넷 기록밖에 없었다. 지하드 웹사이트에 들어가 암호화된 메일을 교환했다는 그 어떤 단서도 나오지 않았디. 특수부 아시아계 형사 아미르와 피곤해 보이는 뚱뚱한 클라크는 샤히드가 계획된 일에 관련자도 아닌 데다 최악의 경우에는 그가 유용한 바보밖에 안 된다고 생각했다. 알아 봤자 별로 좋지도 않은 사람에게 기꺼이 숙소만 제공한 꼴이었다. 초기에 감시를 맡았던 정보국 간부를 비롯한 다른 요원들은 그렇게 바보 같은 인간이 있을 줄 상상도 하지 못했다. 과거 그와 지하드의 간접적인 인연이 테러리스트 이크발과의 관계와 더불어 그도 중심인물일 거라는 혐의 사실을 증폭시켰으나, 뚜렷한 증거가 거의 나오지 않았다. 증거가 없다는 것은 그가 신중한 사람임을 말해 주는 것이다. 즉 증거가 없다는 것이 곧 증거인 셈이었다. 아미르가 말했다.

"제기랄, 완전 헛다리 짚은 겁니다. 진퇴양난인데. 나온 게 없다는 사실이 오히려 증거가 된다뇨, 그가 훈련받은 첩보원이라는 건가요? 제기랄."

"놈은 이력이 있네."

정보국 소속 연락원이 말했다.

"아니, 없습니다. 그건 십 년 전 일입니다. 체첸 공화국에 가기는 갔죠. 큰일 날 일이었습니다만. 뭐가 없습니다. 깨끗합니다. 사원에 있던 우리 사람들도 아무것도 못 찾았고, 여행 기록도 없고, 그 어떤 패턴도 안 보입니다. 저놈이 십 년 동안 잠만 자는 첩보원이라도 된다는 건가요? 저놈이 체첸에 있을 당시, 알카에다는 존재하지도 않았어요. 모두가 헛소리라고요."

"이크발 라시드를 찾을 때까지 놈을 풀어 줄 수가 없네."

정보국 소속 남자가 말했다. 그래서 상황이 여기까지 오게 된 것이었다. 샤히드는 열흘 동안 갇혀 있었고 추가 억류는 더 이상 없었다.

83

"토할 거 같아. 뭐라고 하죠, 그거? 차 탄 것처럼. 또 배 탄 것처럼. 흔들림에 토할 거 같은 거."

마티아가 말했다.

"영어로는 뭐라 하는지 모르겠는데."

두 사람이 탄 런던아이는 중간쯤 올라가고 있었다. 즈비그뉴는 대관람차에 발을 들여놓았을 때 중간에 서지도 않고 느리게 가지도 않는 놀이 기구 같아서 살짝 당황스러웠다. 마티아 또한 그렇게 느꼈는지 기구에 오를 때 그의 팔꿈치를 잡았다. 기분이 좋았다. 그들은 투명한 캡슐처럼 생긴 것을 타고 위로 붕붕 올라갔다. 그들 두 사람뿐 아니라 다른 관광객들, 즉 일본인과 유럽인 몇 명이 같은 공간에 타고 있었다. 일본인들은 익숙하게 셀카도 찍고 풍경 사진도 찍었다.

런던의 모습이 눈앞에 펼쳐지자 즈비그뉴는 일단 경치를 보는 척했다. 여기에 온 목적은 오로지 마티아와 함께 있기 위해서였기 때문에 무엇을 어떻게 하든 좋았다. 그런데 어느새 자신도 모르게 경치를 즐기고 있었다. 그간 런던에서 3년 동안 일하며 살아왔는데도 지금 눈에 보이는 곳이 어디가 어딘지 알 수가 없었다. 런던은 스카이라인이 중간으로 갈수록 낮아지고 양 끝으로 갈수록 높아지는, 꼭 거대한 접시처럼 생겼다. 북쪽과 남쪽 방면은 그들이 사는 데가 아닌 것 같았다. 그다지 높진 않았으나, 강에서 삼사 킬로미터쯤 떨어진 곳에 수면보다 한 20미터쯤 높게 솟아 보이는 초록 부분은 아마 공원일 것이다. 런던이 그저 그런 줄 알았는데 지금 보니 감동적이었다. 런던의 특성대로 모든 것이, 심지어 녹색조차도 매우 풍요롭게 펼쳐져 있었다.

즈비그뉴의 핸드폰 계획은 완벽 그 자체였다. 그날 그는 두 시간을 기다렸다. 집에 가서 부엌 식탁 앞에 앉아 주식 시세표를 확인한 다음 피오트르의 동료가 끓여 놓은 비프스튜를 먹고 나서 이제 슬슬 발동을 걸어 볼까나 했는데, 바로 전화벨 소리가 났다. 벨 소리는 날스 바클리의 '크레이지'였다. 그녀는 자기만의 취향이 있었다. 흥미로웠다. 화면에 뜬 번호는 그의 번호였고 잠시 그는 생각을 정리해 보았다. 이것은 그가 그에게 전화를 건 것이 아니라 마티아가 그에게 전화를 건 것이다. 즉 마티아가 그의 핸드폰으로 그녀의 핸드폰에 전화를 건 것이다. 순간 헷갈렸어도 나름 괜찮았던 것은 그가 굳이 연기할 필요가 없었기 때문이다.

"어, 네. 누구십니까?"

즈비그뉴가 핸드폰을 받았다.

"누구시죠? 왜 내 핸드폰을 갖고 계시죠?"

마티아가 말했다.

"나는 왜 그쪽 핸드폰을 갖고 있고? 그쪽은 왜 내 핸드폰을 갖고 있죠?"

이 말을 토대로 그들은 상황을 정리했다. 인기가 좋아 많이 팔린 노키아 N60에 신의 축복을! 즈비그뉴는 때를 잘 포착하고 용기를 내서 이게 모두 그의 잘못이라며 핸드폰을 돌려주고 돌려받겠다고 말했다. 지금 당장. 그래서 두 사람은 30분 후에 그녀의 집 근처에 있는 펍에서 만나기로 했다.

즈비그뉴도 알고 있는 그 펍은 공원에서 조금 떨어진 곳에 있었다. 20분 만에 펍에 도착한 그는 바에 자리를 잡았다. 그녀는 제시간에 도착했다.

즈비그뉴가 손을 들었다.

"완전 제 잘못입니다. 백 프로 제 잘못이에요. 생각도 못 하고, 확인도 안 하고."

"아, 괜찮아요. 바로 가져다주셔서 감사드립니다."

마티아는 낮에 입었던 청바지가 아니라 하늘하늘한 원피스로 갈아
입고 나왔다. 즈비그뉴는 그 모습을 보고 싶었고 보지 않고는 견딜 수
없었다. 그녀는 정말로 사랑스러웠다. 그는 뭔가 재미있고 재치 있는
말을 건네고 싶었지만 입에서 나온 말은 "한잔 살게요"가 전부였다.

그녀는 "아뇨"라고 말했지만 살짝 웃으며 그를 위아래로 훑어보
더니 "오늘은 안 돼요"라고 덧붙였다. 즈비그뉴는 그 말뜻을 이해하
고는 실로 오랜만에 진정한 행복을 느꼈다. 그래서 두 사람은 일주일
후에 데이트를 하기로 했다. 그는 그녀와 헤어져 붕 뜬 기분으로 걸
어갔다. 완벽했다. 이보다 더 완벽할 순 없었다!

즈비그뉴는 첫 데이트 때 마티아와 무엇을 하며 보낼지 오랫동안
고민했다. 스스로를 판단하건대, 로맨틱이라는 단어와는 거리가 먼
사람이었다. 사람이 어째 저러냐 할 만큼. 그는 본래 감정에 휘둘리
지 않고 침착하고 현실적이고 이성적인 사람이었다. 매뉴얼 같은 것
이 있다면 접근해서는 안 되는 관계나 행동은 거의 없다고 생각해
왔다. 이성에 대한 끌림과 짝을 찾고자 하는 욕구는 인생에서 실현
가능한 현실이었다. 그런 관점으로 접근한다면 인생은 더 좋게 풀릴
것이다. 하지만 즈비그뉴가 깨닫고 보니, 세상은 그렇게 돌아가지 않
았다. 더구나 마티아를 생각하면 결국 로맨스를 떠올리게 되는 뭔가
가 존재하는 것 같았다. 그리고 그는 확실히 알게 되었다. 그녀를 대
하는 올바른 자세를 어렵게 찾아냈다. 그녀가 특별한 사람이라는 듯
이 대하는 것이다. 그녀는 다른 여자와 다르다.

그 이면에서 작용하는 것은 다비나와 사귄 경험이었다. 그녀를 통해 사람들은 매뉴얼대로 행동하지 않는다는 진실을 배웠다. 그는 그런 길을 다시는 걷지 않을 것이다. 마티아를 이용하지 않을 것이다. 그는 그녀가 안쓰러웠고, 끝까지 그 감정을 간직할 것이다. 그리고 더 남자답게 보이려 애쓸 것이다. 어떻게 해야 그렇게 보일지 정확히 모르겠지만 그렇게 해야겠다는 의무감이 생겼다.

마티아를 다르게 대하는 자세는 가장 단순히 그가 결코 내키지 않았던 일들을 하는 것이다. 노력하지 않았던 일들 말이다. 영화를 보러 가는 일은 너무 쉬운 데다 로맨틱한 면도 별로 없다. 전에도 해 본 일이다. 레스토랑에 가는 일은 로맨틱하되 그만큼 값이 비싸서 마티아가 가고 싶어 하는 프랑스 레스토랑이나 이탈리아 레스토랑 같은 곳에 간다면 그는 마음이 편치 않을 것이다. 그가 돈 걱정한다는 것을 그녀는 눈치챌 것이다. 그런 방면으로 여자들은 눈치가 빠삭하다. 공원에 가서 오래 산책이나 할까? 정말 로맨틱할 것이다. 영화 속 한 장면 같겠지. 그는 마치 청혼을 앞둔 남자처럼 사력을 다해 고민했다. 브라이튼 해변 여행도 결코 해 본 적이 없었으니까 로맨틱하다고 할 수 있다. 새로운 일을 찾아 한다는 것은 즐거웠지만, 거기엔 뭔가 잘못될 가능성도 많고 돈도 꽤 들 것이다.

그래서 그는 사우스 뱅크를 따라 산책하는 것으로 일정을 짰다. 많은 사람들이 즐겨 찾는 곳이었으나 그는 여태 가 본 적이 없었다. 그가 핸드폰으로 전화를 걸어 거기 가자고 했을 때, 마티아는 잠시 뜸을 들이더니 그러자고 대답했다. 그녀는 조금 놀란 것 같으면서도 기뻐하는 것 같았다. 뜻밖의 제안에 그녀에게 점수를 딴 것 같았다. (로맨틱의 '로'자도 모르는 폴란드 남자들. 한 친구가 마티아에게 해 준 말이다.)

강가 경치를 보며 즈비그뉴는 처음으로 런던 한복판에 있다는 생각이 들었다. 마치 이런 느낌이었다. '런던? 드디어 여기 왔노라!' 어딜 가나 눈에 띄는 펍과 바, 해만 났다 하면 공원으로 몰려드는 사람들, 콩나물시루 같은 지하철, 토요일 저녁마다 펼쳐지는 사우스 런던 번화가의 대혼란 등은 이미 경험한 바가 있었다. 하지만 이곳은 달랐다. 전 세계 사람들이 런던 한복판에 모여 있었다. 사람들은 이곳을 보려고 여행을 온 것이다. 짙은 회색빛 강을 따라 우뚝한 의회 의사당 건물, 도로에 디젤 연기를 토해 내는 관광버스, 극장과 박물관과 콘서트홀, 철도교, 도로교와 인도교, 이리 뛰고 저리 뛰는 바쁜 사람들, 밀집한 식당, 인도에 자리를 잡고 사람들의 발길을 붙잡는 저글러와 어릿광대, 뛰노는 아이들, 공원에서 서로서로 으스대며 스케이트보드를 타는 10대들, 도처에 손과 손을 맞잡은 연인들, 말안장 쪽에 어린이 보호소 전화번호가 적인 말을 끌고 왔다 갔다 하는 경찰, 소녀를 찾아다니는 포주들 구역, 관광객에게 길거리 음식을 파는 노점상, 거리 악사, 이 거리에 있고 싶어 하나 거리와 별로 어울리지 않는 사람들이 런던 한복판에 넘쳐났다. 오늘만큼은 비가 오지 않아 가끔 구름 한 점 없이 맑을 때도 있었다.

즈비그뉴는 말했다.

"하늘에 저 노란 게 뭐지? 전에도 본 것 같은데. 런던 말고. 다른 데서. 이글이글하네!"

그들은 아이스크림을 먹을지, 네덜란드 와플을 먹을지 티격태격하다 결국 하나씩 사서 먹어 보았다. 그녀가 옳았다. 와플은 도화지를 구운 것 같은 맛이 났다. 마티아는 그를 보며 키득키득 웃다가 그가 와플을 먹으려고 하자 쓰레기통에 던져 버렸다. 그는 민트 초코칩 아이스크림을 먹는 그녀의 모습을 보고는 눈을 어디에 둘지 몰라 허둥거렸다. 그 뒤 그들은 길 가다 잠시 서서 한 남자가 연주하는 클라리넷 소리를 들었다. 연주곡은 즈비그뉴가 아는 모차르트 작품이었다. 그가 곡명을 말하니 그녀가 감동한 것 같았다. 마침내 그가 비밀 병기를 꺼내 들었다. 런던아이 탑승권을 예매해 왔다고 말이다. 그래서 지금 두 사람은 런던아이를 타고 있는 것이었다.

한 일본 소녀가 마티아에게 다가와서는 손짓을 하며 마티아의 핸드폰으로 마티아와 즈비그뉴를 찍어 주겠다고 했다. 그들이 가까이 붙어 서자, 일본 소녀는 웃음을 띤 채 이제 찍겠다는 뜻으로 손을 들어 올리고 셔터를 눌렀다. 즈비그뉴는 (영리한 즈비그뉴는) 일본 소녀에게 이번에는 그의 핸드폰으로 사진을 찍어 달라고 부탁했다. 이로써 그와 마티아는 거의 같은 '런던아이에서 즈비그뉴·마티아' 사진을 각자의 핸드폰에 지니게 되었다. 그 후 그는 그녀를 집 근처까지 바래다주었다. 마티아는 친구와 차를 마시기로 약속이 되어 있었다. 그 친구가 데이트를 언제 어떻게 마쳐야 할지 그 방법을 미리 알려 주었던 것이다. 그 혼자만이 전략을 세우고 실현시키는 것이 아니었다. 그는 지하철역까지 그녀를 바래다주고 헤어질 때 볼에 하는 입맞춤을 했다. 즈비그뉴는 완벽하다고 생각했다. 그리고 다른 것을 생각할 때였는데 뜻밖에도 그는 그럴 수가 없다는 것을 알았다.

84

9월 15일 월요일 아침 로저는 짐을 쌌다. 준비한 것도 없고 준비 기간도 없었는데, 그렇게 다가올 거라고는 전혀 생각지도 못했다. 두 경찰에 의해 거리의 악사가 지하철역에서 쫓겨난 일이 눈에 띄었을 뿐 평범한 아침나절이었다. 로저가 역에 도착했을 무렵엔 실랑이가 끝나고 상황은 다음 단계로 넘어가고 있었다. 경찰들이 양쪽에서 하나씩 악사의 겨드랑이에 팔을 끼운 채 그를 끌고 역 바깥으로 나갔기 때문이다. 악사는 마구 발버둥을 쳤다. 그 뒤를 다른 세 번째 경찰이 바이올린 케이스를 들고 성큼성큼 따라갔다. 무성 영화에 나오는 슬랩스틱 코미디의 한 장면 같았다. 11시 30분쯤 로타로부터 지금 바로 행장실에서 보자는 메시지를 받고도 그는 여전히 싱글벙글 웃고 있었다.

로저는 트레이딩 룸으로 나가 책상과 책상 사이를 빠져나갔다. 행원들이 일하느라 내는 소리가 흡족할 만큼 크게 들렸다. 시끄러운 트레이딩 룸은 정신이 없었다. 마크가 자리에 없더니 아침 내내 보이지 않았다. 그 역시 좋은 일이었다. 로저는, 유능하지만 뭔가 켕기는 구석이 있는 것 같고 그 속마음을 알 수 없는 부하에게 진절머리가 났다. 그의 태도를 보면 부당하게도 인정받지 못한다고 생각하는 것 같았다. 로저는 생각하고 자시고 할 만큼 관심도 없었다.

로타를 관리하는 비결 중 하나는 즉각 지시에 따르는 것인데, 상사를 관리하는 것은 현대 직장인들의 핵심 기술이다. 특별히 급한 일이 아니라고 해도 지시가 떨어지면 즉각 실행되는 것을 로타는 좋아했다. 그래서 지금 같은 회의든 잡일이든 가리지 않고 호출 명령이 떨어진 지 90초 만에 행장실로 갔을 때 로저는 좋은 일이 기다리고 있을 거라고 여겼다. 로타는 책상이 아니라 회의 탁자 앞에 앉아 있었는데 기분이 영 좋아 보이지 않았다. 얼굴이 창백하다 못해 그가 입은 셔츠의 흰색과 거의 같아질 지경이었다. 마치 주말에 스키, 세일링, 오리엔티어링, 철인 3종 경기를 다 포기하고 도서관에 앉아 있는 듯한 분위기였다. 주말 동안 주근깨가 더 생긴 것 같았다. 로타 옆에는 인사부 부장 이바가 앉아 있었다. 그녀는 잘 웃지 않는 아르헨티나 사람으로 회사를 바로잡는 데 자신을 다 바친 여자였다. 그녀를 보니 로저는 긴장하지 않을 수 없었다. 아마 골치 아픈 사내 불만 사항이나 고용과 해고에 관한 문제일 것이다. 로저가 동료 여성을 차별했다고 호출된 것은 아닐 것이다. 그는 그런 적이 거의 없었다. 누군가가 뒤에서 그를 험담한 것이다. 그러한 게 다 인생이다.

"아, 로저 부장. 우리한테 문제가 좀 생긴 것 같네. 내가 말한 '우리'는 핑커 로이드를 뜻하네만. 혹시 자네 부하가 자네 눈앞에서 횡령했단 사실을 알고 있었나?"

로타의 목소리는 갈라져 나왔고 몸은 떨고 있었다. 그는 야외 스포츠를 포기하고 와서 얼굴이 창백한 것이 아니라 화가 나서 창백한 것이었다. 로저는 그가 이렇게 화내는 모습을 처음 봤다. 그는 다른 어떤 사람보다 더 화가 나 있었다. 로저는 뭔가가 단단히 잘못되었다고 느꼈다.

"무슨 말씀이십니까?"

로저가 되물었다. 그는 사실을 받아들이기 힘들었지만, 요점은 이러했다. 컴플라이언스 부서에서 근무하는 한 행원이 컴퓨터 기록상 있을 수 없는 기록을 발견한 것이다. 이것은 마크의 실수였다. 컴플라이언스 부와 보안부 사람들이 그들의 컴퓨터뿐 아니라 다른 행원들의 컴퓨터까지 추적 관찰하지 못하게 했어야 했다. 사흘 전 금요일 오후에 있었던 일이다. 행원이 그 기록을 조사해 보니 허가되지 않은 거래, 즉 불법일 것 같은 거래 내역이 나왔다. 그래서 그는 부서장에게 이를 알렸고, 전 부서원이 주말에 나와 일을 했다. 마크가 수천만 파운드에 달하는 주식을 거래했던 것이다. 처음에는 주식이 천오백만 파운드까지 올라갔지만, 현재는 삼천만 파운드가량이 빠진 상태였다. 트레이드 팀은 그때 그의 남은 주식 거래를 종료시켰다. 오늘 아침 6시, 그는 사기죄로 기소되어 철창에 갇힌 신세가 되었다. 허가되지 않은, 불법 거래를 상사의 눈앞에서 저질러 왔던 것이다. 로타가 로저를 삼인칭 대명사로 불렀기 때문에 로저는 그의 상사 눈앞인지, 상사들 눈앞인지 구분이 잘 가지 않았다. 로타의 말을 계속 들어보니 전자가 맞는 것 같았다.

"이건 중대 과실에 해당되네. 그 이유로, 자넨 당장 해고야. 십오 분 안에 방 비우고 은행을 나가 주게."

이 말이 떨어지자마자 문이 열리더니 경비복 차림의 덩치 큰 흑인 남자가 안으로 들어와 열중쉬어 자세로 섰다.

"농담하시는 거죠?"

로저가 말했다.

"십오 분."

"이건 말도 안 되는 일입니다, 로타 행장님. 행장님이 정한 기준이라 해도 이건 말도 안 되는 일입니다."

"그만 가 보게."

로타가 말했다. 이바는 로저를 올려다보며 고개를 끄덕였다. 그녀가 유일하게 그의 눈을 맞바라본 때였다. 그녀는 일어나서 봉투를 건넸다.

"변호사가 연락할 겁니다."

로저는 떨리는 목소리가 그의 귀에도 들렸다.

"자세한 사항은 편지에 들어 있습니다."

그녀가 말했다. 로저는 한순간 포클랜드 전쟁(영국과 아르헨티나 간의 영토 전쟁으로, 이바가 아르헨티나 사람이라는 사실에 화가 나서 모욕을 주고 싶어 떠올린 것 - 옮긴이)을 입에 올리고 싶은 충동이 일었다.

"클린턴?"

로타가 불렀다. 경비가 앞으로 나섰다. 로지가 '내 몸에 손대지 마'란 뜻으로 손을 들어 올리자, 경비는 로저를 호송해서 밖으로 나갔다. 그 순간이 얼마나 끔찍하던지 로저는 시간이 지난 뒤에도 그때를 기억하기가 힘들었다. 그는 두 발밖에 다른 것은 아무것도 보고 싶지 않다는 통제 불능의 마음과 싸우며 걸어갔다. 이 책상과 책상 사이에서 내 길을 찾기가 이토록 힘에 겨운 일이었다니! 고개가 저절로 떨어지려 한다! 안 된다. 로저는 애써 고개를 들고 걸어가려 했다. 하지만 그게 쉽지 않았다. 룸 안 사람들마다 그를 응시하고 있는 데다, 몇 분 전만 해도 와자지껄했던 트레이딩 룸이 지금은 전자 기기 돌아가는 소리가 들릴 만큼 고요했기 때문이다. 아마도 저것은 전등이나 하드 드라이브가 돌아가는 소리일 것이다. 지난 몇 년간 한 번도 들리지 않았던 소리였다. 예전에는 팀원들, 동료들 곧 옛 동료가 될 사람들이 저런 눈길로 그를 본 적이 없었다. 홀쭉이 토니는 입을 헤 벌리고 있었고, 강인한 미쉘은 당장이라도 울음을 터뜨릴 것처럼 보였고, 제즈는 핸즈프리 세트가 귀에 걸려 있든 말든 동그란 얼굴을 들고 로저를 쳐다보았다. 제즈는 눈길을 스르르 돌려 경비를 잠시 바라보았다. 그리고 다시 눈길을 돌려 로저를 멍하니 바라보았다. 그리고 다시 경비를 보았다. 그리고 다시 로저를 보았다. 그는 마치 테니스 경기를 보고 있는 것 같았다. 이렇게 한동안 수많은 스크린 데이터가 관심 밖이었던 경우는 처음이었다.

방으로 들어간 로저는 결정을 내려야 했다. 전자 블라인드를 내릴 것인가, 아니면 올린 대로 그냥 둘 것인가? 수치스러운 것처럼 보일 것인가, 아니면 수치심을 보여 줄 것인가? 다행히 그 결정은 경비 클린턴이 대신해 주었다. 그는 블라인드 리모컨을 눌러 방을 어둡게 했다. 사려 깊은 행동이거나 이런 일에 경험이 있거나 한 것이다. 하지만 그럼에도 불구하고 굴욕감이 밀려왔다. 핑커 로이드의 그 어떤 경비가 지시 없이 로저의 방에 들어와 버튼에 손댈 생각을 꿈에라도 했겠는가? 방에 들어선 클린턴은 편안해 보였다. 이곳을 책임지고 일을 보는 것이었다. 그것은 엄청나게 불쾌한 일이다. 엄청나게 현실적인 일이다. 암호가 이미 변경되어 그것으로는 은행의 컴퓨터 시스템에 접근할 수 없었다.

문이 열리더니 다른 흑인 경비가 빈 와인 상자를 들고 들어왔다. 그는 그 상자를 책상에 내려놓았다.

"물품 담으십시오."

클린턴이 말했다. 로저가 보니 상세르라고 찍힌 와인 상자였는데, 그것을 들고 온 경비가 상자를 여는 데 도움을 주었다. 경비는 한 발 뒤로 물러났지만 방을 나가진 않았다.

로저는 책상을 돌아 안쪽으로 들어갔다. 내 물품. 맞다. 겨울에 아라벨라와 두 아들과 찍은 사진이 액자에 담겨 책상에 놓여 있었다. 2년 전 베르비에에서 찍은 사진이다. 사진 찍기 직전, 조슈아의 코를 닦아 주고 물러난 보모의 그림자가 사진 아래쪽에 찍혀 나왔다. 아라벨라는 빛 반사가 너무 세다고 이 사진을 좋아하지 않았다. 하지만 로저는 모두가 건강하고 눈부시게 나와서 가장 좋아하는 사진 중 하나였다. 그는 그 액자를 상자 밑바닥에 눕혀 놓고는 펜을 챙겨 넣었다. 그러고는 다이어리를 넣었다. 그가 책상 서랍을 열자, 클린턴이 책상을 돌아와 그의 뒤에 섰다. 그가 왜 그런지 로저는 안다. 그 어떤 은행 소유물도 챙기지 못하게 막으려는 것이었다. 저것이 모두 절차에 따른 행동이라고 머리로 이해했다. 해고 시 짐을 쌀 때면 누구나 따라야 하는 표준화된 절차였기 때문이다. 하지만 이론과 현실 간에 큰 격차가 있음은 바로 이럴 때 입증될 것이다. 남이 당하면 그것은 이론이 된다. 내가 당하면 그것은 현실이 된다.

책상 서랍에는 뭐가 별로 없었다. 다만 까맣게 잊었던 물건이 들어 있었다. 몇 개월 전 회의를 위해서 넣어 둔 여벌의 셔츠와 은행 헬스장에서 운동이나 할까 싶어 가져다 둔 트레이너화였다. 몰스킨 노트도 들어 있었다. 아라벨라가 크리스마스 양말에 선물로 넣어 준 것이다. 그들은 서로가 서로에게 양말을 선물해 주었다.(그녀의 양말에는 스파 이용권과 귀걸이를 선물로 넣어 주었다.) 노트에는 로저가 알아보는 데 잠시 시간이 걸린 숫자들 말고는 아무것도 적혀 있지 않았다. 그 숫자들은 작년 보너스 철에 돈이 얼마나 필요한지 계산하며 적었던 총 지출액이었다. 그때 보너스로 백만 파운드를 받지 못했었다. 그가 블랙베리 폰을 주머니에 넣자 클린턴이 헛기침을 했다. 그와 로저는 서로 바라보았다.

"뭡니까?"

로저가 물었다.

"그건 은행 소유입니다."

클린턴이 대답했다. 그것은 사실이었다. 로저는 블랙베리 폰을 책상에 내려놓았다. 거의 다 챙겨 갔다. 두 달 전 무슨 일 때문에 팀원들이 감사의 표시로 선물했던 와인병을 챙겼다. 끝으로 거의 쓰지 않은 업무용 다이어리를 상자에 넣었다. 상자가 3분의 1 넘게 찼다. 로저가 상자를 들었다.

"좋습니다."

확실히 이곳을 책임진 클린턴이 말했다. 그가 문을 열어 주자, 로저는 방을 나섰고 그 뒤로 두 경비가 따라붙었다. 이번에는 한두 사람이 외면하는 척했고, 한두 사람은 뭐라고 말하고 싶지만 뭐라고 해야 할지 모르겠다는 듯한 표정을 지었다. 홀쭉이 토니는, 신의 축복이 있을지니, 엄지와 검지를 뻗어 전화하는 시늉을 했다. '전화하세요' 또는 '전화드릴게요'라는 뜻이리라. 그러고는 한잔하자는 손짓을 보냈다. 로저는 눈이 마주치는 사람들마다 웃음을 지어 보였다. 왜냐하면 결국 재미난 측면을 볼 수 있다는 듯이 행동해야 했기 때문이다.

엘리베이터가 보이자 그는 걸음을 멈췄다. 클린턴과 다른 경비도 걸음을 멈췄다. 로저는 상자를 안은 채 가슴을 펴고 고개를 돌리더니 방 전체에 대고 말했다.

"음, 그간 즐거웠습니다."

그런 뒤 그는 돌아서서 밖으로 나가 엘리베이터를 탔다. 엘리베이터는 아주 느리게 내려갔다. 모든 소리가 너무 크게 들렸다. 케이블이 오르내리면서 윙윙거리는 것 같았다. 띵 소리와 함께 도착 버튼에 불이 켜지고 문이 열렸다. 그들은 엘리베이터에서 내려 걸어갔다. 클린턴이 지상층 보안 출입문을 열어 주었다.

"출입 카드 드려요?"

로저가 물었다. 클린턴은 고개를 가로저었다.

"더 이상 쓸 수 없습니다. 안녕히 가십시오."

마지막으로 로저는 핑커 로이드 은행 정문을 걸어 나갔다.

85

아라벨라에게는 장점이 있었다. 그녀 나름대로 회복력이 좋았다. 깊게 고민하는 성격이 아니었던 것이다. 그래서 로저가 추측컨대, 현 상황을 그녀는 과감하고 의연하게 대처할 것이다. 물질 만능주의자 같은 태도를 버리고 현실적이고 실용적으로 변할 것이다. 그녀는 바위처럼 굳건하게 버틸 것이다.

그것은 알고 보니 이 경우에는 해당되지 않았다. 오산이었다. 엄청난 메가톤급 오산이었다. 아라벨라는 와르르 무너져 내려 마구 몸부림을 쳤다. 울음을 터뜨리며 소파에 쓰러져 같은 말만 연거푸 하고 또 했다.

"그럼 우리 어떡해?"

로저가 할 수 있는 가장 올바른 행동은 곁에 앉아서 그녀를 다독거리며 앞으로 잘될 거라고 말해 주는 것이었다. 하지만 로저는 그렇게 하고 싶지 않았다. 이것이 심리 변화를 겪는 첫 단계로 부정의 단계가 아닐까? 로저는 그렇게 심하게 부정하고 싶지 않았다. 그가 당한 일은 부정할 수 없는 일이었다.

"모르겠어. 하나도 모르겠어."

그는 집에 들어서면서도 기분이 안 좋았지만 아라벨라의 반응을 보니 훨씬 더 기분이 안 좋아졌다. 집으로 오는 길은 지옥 같았다. 지하철을 탔더라면 지옥이 따로 없었을 것이다. 개인 물품이 든 상자를 들고 집으로 가자니 죽을 맛이었다. 아니, 그렇게 안 좋진 않았다. 하지만 너무 안 좋았다. 택시를 탔는데도 욕 나올 뻔했다. 기사가 그의 사전엔 50미터 직진이 없다는 듯 과시하며 옆길과 지름길로 택시를 막 몰았기 때문이다. 그 바람에 택시가 어찌나 심하게 흔들리던지 로저는 몸이 힘들었다. 또한 그는 처음으로 택시비를 걱정하는 자신을 발견했다. 그동안 그렇게 택시를 탔어도 택시비 걱정은 단 한 번도 한 적이 없었는데……. 마티아와 같이 택시를 타고 어둠을 헤치고 달려가던 날, 차창에 비친 그녀의 모습을 지켜보며 그녀의 미소를 보고는 그녀와 자는 상상을 했었는데……. 지금은 와인 상자를 옆에 놓고 욕지기를 참으며 눈으로는 돈이 올라가는 미터기를 좇고 있다. 예수님, 왜 이리 비쌉니까. 언제 저렇게 택시비가 올랐습니까? 부디 삼십 파운드가 넘지 않게 해 주소서.

그리고 지금은 아라벨라로 인하여 기분이 더욱 안 좋았다. 어쩌면 그녀가 매일 이렇게 하는지 몰랐다. 항상 그의 기분을 잡쳐 놓았는데, 그때는 그렇게 느끼지 못했을 뿐이다. 티격태격하는 평범한 결혼 생활이 런던과 고된 노동에 묻혀 훨씬 더 단순한 형태를 띠게 된 것이었다. 어떤 방정식에 대입하든 아라벨라는 사태를 더 악화시켰다. 갑자기 느닷없이 실직했을 때 가장 필요 없는 것은 무엇일까? 말 그대로 가장 필요 없는 것이 무엇일까? 슬피 탄식하며 몸부림치는 배우자일 것이다. 아마 맞을 것이다.

아라벨라는 몸을 전후좌우로 흔들었다.

"우리 어떡해, 우리 어떡해, 우리 어떡해?"

"모르겠어. 애들 어디 있어?"

"우리 어떡해? 몰라. 내가 어떻게 알아? 밖에 어디 있겠지. 마티아랑 같이. 우리 어떡해?"

"음, 우선 모든 지출을 줄여야 하겠지. 모든 지출을. 애들 옷값부터 줄여야 해. 더 이상 안 돼."

거기에 해마다 천오백 파운드가 들어갔기 때문이다. 그녀는 그가 이 사실을 모른다고 생각했다. 야! 이제 어쩔래! 맛 좀 봐라! 아라벨라가 눈을 깜빡였다. 이겼다! 그래, 이제 어쩔래!

"피트니스 회원권, 점심 외식…… 그런 것들 모두."

아라벨라는 몸을 계속 흔들었다.

지겹다. 로저는 바깥 공기를 쐬어야 했다. 그는 돌아서서 현관으로 나가며 생각했다. 이제는 어떻게 해야 할지 알겠다. 산책을 나갈 것이다. 피프스 로드에 산 지 5년이 지났건만 여태 한 번도 주중에 산책한 적이 없었다. 결근 한번 하지 않고 휴일에도 언제나 비싼 돈을 내고 다른 곳에서 보냈기 때문이다.

로저는 성큼성큼 걸어가 현관문을 열고 밖으로 나갔다. 길을 따라 내려가다 주차 구역에서 후진하는 오카도 밴을 피해 걸어간 후 개를 데리고 산책하는 남자가 엉킨 목줄을 풀도록 옆으로 비켜섰다. 큰 푸들은 꼼짝 않고 가만있었다. 그 남자는 한 손으로 문자 메시지를 보내려고 했지만 잘되지 않았다. 길을 내려가다 로저는 건축업자 보그단을 보았다. 아라벨라가 가끔 공사를 맡기는 폴란드 건축업자였다. 그는 쓰레기통에 회반죽 덩어리를 버리고 있었다. 그도 로저를 보자 두 남자는 서로 목례를 했다. 로저는 건축업자가 될 수도 있겠다 싶었다. 육체노동을 하자. 나에게 잘 맞을 것이다. 시간 날 때 혼자서 뚝딱뚝딱 만들기를 좋아하니까. 아직 힘이 있을 때 육체를 쓰자, 신난다. 아직 젊은 사람 못지않다…….

그는 모퉁이를 돌아 공원 광장으로 걸어갔다. 이 길은 출퇴근할 때나 주말에 유모차와 자전거에 아이들을 태우고 나왔을 때나 오가던 길이었다. 다양한 제복을 입은 은행원들이 보였다. 그들도 유아용 SUV 같은 굉장히 크고 다루기 불편한 유모차를 끌고 이 길을 다녔다. 주말에는 어깨에 스웨터를 걸친 은행원들이 공원을 활보했고, 미시족들은 핸드폰으로 통화하며 지나갔고, 영국 군인들은 체력 단련을 했다. 그들이 윗몸 일으키기 하는 멍청한 상대에게 소리를 지르는 것만으로도 연봉을 받는다는 사실이 믿기지 않았다. 여름날에는 법이 허락하는 한 가장 가볍게 입은 젊은이들이 술을 마시고 공원 풀밭에 떼거지로 누워 있었다. 단순한 즐거움이 최고다. 올여름은 그 정도가 훨씬 덜한 편에 속했다. 풀이 얼마나 푸른지 눈으로 확인할 수 있다는 것이 그 증거였다. 풀밭에 누운 사람들은 건달이나 가난한 노동자처럼 보였지만, 그 겉모습만 보고는 판단할 수 없다는 것을 로저는 알고 있었다. 옷을 벗고 술에 취한 사람들 중에 웹 디자이너, 비서, 간호사, 소프트웨어 기술자, 요리사가 없으리란 법은 없다. 아무나 누구든 될 수 있다는 것이 곧 런던의 생활이었다.

주중 공원에는 서민층이 더 많이 보였다. 부랑자들 넷이 공원 벤치에 앉아 맥주를 마시는 동안, 그들처럼 거칠어 보이는 한 여자가 불평등에 대해 장광설을 늘어놓고 있었다. 그들은 고개를 끄덕끄덕 동조하며 그녀의 고통을 느꼈다가 전혀 느끼지 못하겠다는 표정을 지었다.

학교를 빼먹은 세 학생이 인도와 차로를 넘나들며 스케이트보드를 타고 있었다. 그들이 내뿜는 에너지가 도로의 차들로 하여금 알아서 피해 가게 만들었는지 그들은 차를 신경 쓰지 않아도 되는 것처럼 보였다. 로저는 그 학생들에게 장기 기증자 등록증을 신청하라고 말해 주고 싶었다. 그러나 마음을 접었다. 저쪽에는 세 사람이 있었다. 그와 몇 야드 떨어진 곳에 30대 후반의 험악해 보이는 스킨헤드족이 개가 똥을 다 쌀 때까지 기다리고 있었다. 하지만 누구도 감히 그에게 뭐라 하지 못할 것이다. 학교를 빼먹은 또 다른 학생들이 그물망이 없는 골대 사이 코트를 누비며 농구를 하고 있었다. 그리고 그 너머로는 스케이트보드 공원 이용을 꺼리는 스케이트보더들이 곡예와 기술을 연마하고 있었다. 로저가 스케이트보드를 배울 당시에는 지상에서 보드를 타며 어려운 동작을 구사하는 것이 중요했다면, 지금은 보드를 탄 채 공중으로 뛰어오르거나 아슬아슬한 경사로 끝으로 착지하거나 공중에서 보드 끝을 잡는 동작들이 중요한 것 같았다. 붉은 머리띠를 한 남자가 경사로 위쪽에서 보드를 타고 공중으로 뛰어올라 한 바퀴 휙 돌고는 보드 끝을 잡았다 놓은 뒤 경사로에 착지해서 내려오다 나무 바닥에 엉덩방아를 찧었다. 몇몇 보더들이 손뼉을 쳤고, 아이러니하게도 로저는 생각에 빠져들었다.

사실, 아라벨라의 질문은 타당한 것이었다. 우리는 어떻게 해야 하나? 나는 어떻게 해야 하나?

아이스크림 트럭이 오리 연못가에 서 있었다. 로저는 유치하게 보이는, 초콜릿 두 조각을 올린 두 덩이 바닐라 아이스크림이 독립/실직/불명예를 축하하는 이상적인 방법이 될 것 같았다. 하지만 곧 주머니를 뒤져 보고는 돈이 없다는 사실을 깨달았다. 현금은 재킷 주머니에 들어 있었다. 그는 정장 바지에 깔끔한 셔츠에 넥타이를 매고 돈 한 푼 없이 공원을 가로질러 걷는 남자였다. 하늘에서 비가 쏟아지기 시작했다. 더 쏟아지기 전에 집으로 가야 한다. 로저는 돌아서서 빠르게 걸었다. 서쪽 하늘에서 비를 잔뜩 머금은 먹구름이 몰려오고 있었다. 모두 같은 생각을 했는지 사람들이 공원을 빠져나가기 시작했다. 스케이트보드 경사로를 지나칠 때쯤 보니 아무도 보이지 않았다. 갑자기 빗방울이 굵어졌다. 로저는 비를 피해서 집에 가기는 틀렸다는 생각에 길을 빙 돌아 번화가 쪽 노점 밀집 구역을 가로질러 갔다. 가게 차양들이 조금쯤 우산이 되어 줄 것이다. 다른 사람들도 차양 밑에 웅크린 채 모여 있었다. 그의 옆에는 고스족 한 쌍이 기회는 이때다 싶은지 애정 표현을 진하게 하고 있었다. 그들 옆에는 살와르 카미즈(남아시아 여성들이 입는 상의와 헐렁한 바지-옮긴이)를 입은 인도 여인이 접는 우산을 펴려고 씨름하고 있었다. 그녀는 손잡이를 잡고 우산살이 모인 부분을 계속 밀었지만 우산 펴는 손놀림이 익숙지 않은 것 같았다. 로저는 그녀에게 연민을 느꼈다.

"제가 해 드릴까요?"

그가 물었다. 여인이 우산을 건네주자 로저는 우산 버튼을 눌러 원

위치로 돌려놓았다. 그때 마침 빗줄기가 잦아들기 시작했다.

"우산이 다루기 힘들군요."

로저가 우산을 돌려주며 말했다.

"잘못 만든 거죠. 어쨌든 고마워요."

카말 여사는 빗속으로 뛰어들었다. 비가 더 내릴 것 같아 로저도 그냥 빗속으로 뛰어들기로 했다. 어깨를 웅크리고 뛰어들려고 하는데 '이브닝 스탠다드' 전광판이 눈에 들어왔다. 순간 심장이 멈췄다. 한 문구가 떠 있었다.

은행의 위기

'아, 신이시여'라는 생각과 함께 신문을 펼쳤을 때 미친 듯이 뛰던 심장이 평온함을 되찾았다. 핑커 로이드가 아니라 리먼 브라더스 사태에 대한 뉴스였다. 부제는 '부도 위기에 처한 미국의 거인'이었다. 1면에 실린 기사 내용은 환상적이었다. 기본적으로 가치도 없는 자산을 소유하게 된 리먼 브라더스는 아무도 인수나 구제를 원하지 않는다. 그래서 그 은행은 파산할 것이다. 로저는 신문을 접고 웃으며 천천히 조깅을 하듯이 집으로 향했다. 그 혼자만 엿 같은 하루를 보낸 것이 아니라는 사실을 알게 되니 기분이 좋았다.

86

샤히드는 경찰이 방법을 달리해 심문하기 시작했다는 것을 알아차
렸다. 그가 취조실로 들어올 때까지 기다릴 때도 있었고, 그들이 들
어올 때까지 그를 기다리게 한 때도 있었다. 어떤 때는 심문자들이
들어와서 노트만 들여다보고 앉아 있기도 했고, 어떤 때는 그가 문에
들어서자마자 질문 공세를 펴기도 했다. 친절할 때도 있었고, 그렇지
않을 때도 있었다. 그로 하여금 그들의 기분을 맞추게 하길 원하거나
일찍이 그를 포기했다는 듯이 행동하거나 했다. 이 모든 것이 그들에
게는 게임, 일종의 매뉴얼에 지나지 않은 것 같았다. 그리고 샤히드
는 불가피한 감정의 동요를 느끼지 않으려고 최선을 다했다. 그는 종
종 저 유리 뒤에 누가 있는지 궁금했고, 그 뒤에서 어떤 판단이 오가
는지도 궁금했다.

그는 구금 14일째를 맞았다. 그런데 오늘은 다른 경찰이 나왔다.
전에는 보지 못했던 얼굴이다. 아니, 그를 봤던가? 정기적으로 오는
경찰은 아니었지만, 처음 보는 얼굴도 아닌 것 같았다. 그는 샤히드
보다 어려 보였다. 동안(童顔)에 잘 빠진 어깨에 좋은 정장을 입고 있
었다. 그 경찰은 대본대로 읊는 것이 아니라 자기 얘기를 술술 풀어
냈다.

"안녕하십니까, 밀 경위입니다."

샤히드는 생각났다.

"공청회에 오셨죠? 끔찍한 웹사이트, 엽서 같은 것들을 설명해 주셨던 공청회요. 저도 거기 갔었어요."

샤히드가 물었다.

"알고 있습니다."

밀이 대답했다. 그는 폴더로 시선을 떨구고는 뭔가를 읽는 것 같았다. 경찰의 속임수였다. 샤히드는 이제 저런 짓이 익숙했다. 침묵이 흘렀다.

"그 기계 안 켰어요."

샤히드가 말했다. 밀은 대꾸하지 않았다. 그는 뭔가 다른 것을 생각하는 듯한 분위기였다. 이윽고 그가 말했다.

"친구들은 내가 왜 경찰관이 되었는지 이해를 잘 못해요. 친구들이 생각하는 경찰 나부랭이가 하는 일이란 그저 사람들 머리통이나 내려치고 음주 운전자나 체포하는 게 다니까. 아니면 친구들은 모르겠지만, 일단 반대부터 하고 보는 거지. 하지만 진짜 문제는 이 일이 폭력적이거나 어렵다거나 하는 것도 아니고, 경찰들이 뭐 어떻다더라 하는 것도 아니고. 진짜 문제는 판에 박힌 일투성이라는 거. 고역이지. 일상이나 수사나 도긴개긴이니까. TV 드라마가 아니란 말씀. 알다시피 하루는 뻔하게 돌아가잖습니까. 기쁜 소식은 드물고. 뜻밖에 기쁜 소식은 훨씬 더 드물고."

그는 다시 입을 다물었다. 샤히드는 대꾸할 필요성을 느끼지 못했다.

밀은 다시 말문을 열었다.

"그런데 뭔가 특별한 일이 발생했지, 조금 다른 일이. 그러자 내가 왜 처음에 이 일을 원했는지가 떠오르더군요. 예를 들면, 여기에 온 일과 같은 겁니다. 여기, 패딩턴 그린에는 오늘 처음 와 보는데, 알다시피 테러 용의자를 데려오는 곳이죠. IRA 때부터 지금까지 쭉 존속시킨, 평생 뉴스로만 보던 곳인데, 내부엔 처음 들어와 보네? 이것도 뭔가 새로운 일로 쳐야겠다. 완전 대박. 새로운 것들은 언제나 좋단 말씀이야."

밀은 또 입을 다물었다. 생각이 꼬리에 꼬리를 물고 일어나는 듯 보였다.

"말씀드려 볼까, 뭐가 또 대박인지. 바로 테러가 대박이지. 절대 그 활동이 대박이란 뜻이 아니고, 테러에 동원된 인력과 자원이 대박이란 뜻. 경찰 입장에서 보면. 반사회적 행위는 그리 큰 문제가 아니거든. 사람들은 그걸 싫어하지만 테러 났다고 자다가도 벌떡 일어나는 건 아니니까. 누가 내 자전거를 긁어 놨다? 그저 재수가 없는 거지. 누가 어딘가에 폭탄을 설치해 놨다? 이건 얘기가 달라지지. 이런 게 바로 대박. 테러 사건에 투입된 어마어마한 자원들, 그런 자원들로 뭘 할 수 있나 보면 실로 놀라울 따름이지. 가령 인터넷 서비스 회사에서 지난 이 년 동안 사이트 방문 기록을 건네받는 일 같은 거. 이건 첫 시작이지. 두 번째로는 인력을 동원해 그걸 분석해 보면 그 사람의 향후 향방을 알게 된다는 거. 그리고 거기서 우린 기쁜 소식을 접하게 되죠. 어쨌든 나한텐 기쁜 소식입니다. 내가 여태 무슨 말 했는지 이해됩니까?"

밀은 샤히드를 자세히 살펴보았다. 다음에 무슨 말이 나올지 샤히드가 아나 싶어 그의 안색을 살핀 것이었다. 그는 변함이 없었다. 처음부터 한결같았다. 굳이 말하자면 성격이 예민하고 지은 죄가 별로 없다는 30대 같았다. 그는 밀의 질문에 고개를 끄덕였다.

"우리가 찾은 건 이래요. 일전에 공청회에서 나온 얘기, 즉 '우리는 당신이 가진 것을 원한다' 블로그에 설정된 최초 트래픽을 추적하니 그쪽 IP 주소가 나왔다는 거요."

밀은 팔짱을 끼며 뒤로 기대앉아 그를 지켜보았다. 샤히드 카말의 첫 반응은 명백하고도 완전한 충격이었다.

"뭐라고요!"

"그래요, 그쪽 IP 주소로 블로그를 만든 거죠. 그쪽 컴퓨터에다 만든 게 아니라. 그 컴퓨터에다 만들었다면 그쪽이 전문가처럼 그 파일들만 지운 게 되니까 동료들 말로는 그럴 가능성이 낮다고 하더군. 하지만 분명한 건 그쪽 아이피로 만든 거라는 사실."

샤히드는 멍하니 잠시 생각에 잠겼다.

"이건 함정입니다. 지금 했던 말을 녹음 안 한 이유가 있었네요, 거짓인 데다 함정 수사이기 때문이죠. 어떤 증거가 안 나오니 그 동네에서 발생한 사건을 가지고 나한테 뒤집어씌우려는 거 아닙니까?"

밀은 대답 대신 손을 뻗어 벽에 부착한 녹음기 버튼을 눌렀다. 그러고는 말하기 시작했다.

"경위 찰스 밀, 2008년 9월 16일 샤히드 카말 심문, 녹음 시작 시간은 14시 17분, 다른 참석자 없음. 자, 샤히드 씨, 나는 방금 증거가 나왔다고 밝혔습니다, 샤히드 씨 IP 주소와 불법 침입, 괴롭힘, 외설죄, 기물 파괴 혐의로 조사하고 있는 '우리는 당신이 가진 것을 원한다'의 블로그 운영지 사이에 연관성이 있다는 증기."

"기물 파괴?"

"그렇습니다, 웬 미치광이가 모든 차량을 긁으며 지나갔다가 그 끝에서 거슬러 올라오며 또 긁은 겁니다. 비싼 차를 긁어 놨으니 손해가 막대하죠. 만 파운드는 될 겁니다. 구류감이죠."

샤히드는 어깨를 으쓱했다. 훼손된 것이 차량이란 생각 때문에 그런지 크게 충격 받은 건 아닌 모양이었다. 밀은 연이어 말했다.

"그리고 또 하나, 동물 학대. 그 동네 집들 앞으로 새, 그러니까 블랙버드의 시체를 보냈다는 겁니다. 다 보낸 건 아니고, 일부 집에만. 편지 봉투에 넣어서. 역겨운 행위죠. 뭐 아시는 거 없습니까?"

"혐오스러운 일이지만, 저와 상관없는 일입니다."

지난 두 주 사이에 새 시체가 배달되었다는 사실에 대해선 밀은 입을 다물었다. 즉 그때는 샤히드가 패딩턴 그린에 갇혀 있던 기간이다. '우리는 당신이 가진 것을 원한다' 사건과 샤히드 사이의 연관성은 이틀 전에 발견됐다. 샤히드의 IP 주소가 추적되었을 때 현 사건과 그가 아무 관련이 없다는 것은 경찰에서도 아는 바였다. 다른 사람이 저지른 범행일 것이다. 하지만 그 사이트 운영 방식에는 특이한 패턴이 보였다. 처음 발단은 동네 집들의 사진 포스팅이었다. 밀은 오래전부터 그 동네에 유독 관심이 많은 사람의 소행이라고 결론을 내렸다. 그런 뒤 한동안 잠잠했다. 그런데 블로그가 복구되고 사태가 훨씬 더 심각하게 돌아갔다. 공격적인 욕설이 게재되고 엽서가 배달되고 거리에 그라피티가 되어 있고 차량이 훼손된 것이다. 최근에는 블랙버드 시체가 일곱 집의 우체통에 배달되기까지 했다. 이는 극도로 분노에 가득 찬 것처럼 보였다. 이런 어조와 행동 변화는 미궁 속을 헤매게 만들었다.

샤히드의 눈동자가 좌우로 왔다 갔다 했다. 그는 골똘히 생각하고 있었다.

"저는 몰랐어요. 그 벨기에 녀석부터 찾아보세요, 찾을 수 있다면요."

"그자가 샤히드 씨네 집에 들어가 산 지 얼마 안 되어 시작된 일인데. 혹시 지난 몇 개월 동안 무선 인터넷 비밀번호를 바꾼 적 있나요?"

"아뇨."

샤히드는 무심코 대답했다가 완전히 말려들었다고 생각했다. 인터넷 접속이 열려 있다면 트래픽은 그와 관련이 없는 것이었다. 그는 한숨을 내쉬었다.

"비밀번호를 아는 사람은 저밖에 없어요. 아시다시피 벨기에 녀석한테 인터넷 회선을 쓰게 한 거지, 제 컴퓨터를 쓰게 한 건 아닙니다."

"우리 눈엔 이게 얼마나 이상하게 보이는지 잘 아실 텐데. 테러 용의자로 검거된 와중에도 샤히드 씨는 지금 인터넷에 온갖 위협을 퍼뜨리고, 이웃을 협박하고, 그중 일부를 겁박하는 것으로 비친다는 거. 정말 대단하지 않습니까, 이거?"

"용의자 소리가 귀에 익으려 하네요, 제가 하지도 않은 일 갖고. 근거 없는 말씀입니다."

샤히드가 말했다. 그는 팔짱을 끼고 취조실 유리를 바라보았다. 유리 뒤에 누가 있는지, 무슨 생각을 하는지 다시 궁금해지기 시작했다.

"그럼 누가 그랬지?"

"모릅니다."

샤히드가 대답했다. 심문이 시작되고 나서 처음으로 있는 사실을 그대로 말하지 않은 것 같다는 느낌이 들었다.

87

챈서리 레인 근처에 있는 망명·이민 구치소 런던 센터는 주로 영국 망명 신청자들의 법적 지위와 관련된 사건을 심리하는 곳이다. 심리는 구치소 건물에서 열린다. 이곳 공동 판사실은 판사들이 주간 서류 업무를 보는 공간이다. 전체 건물은 분위기에 통일감이 없었고 공공 공간은 예산 부족으로 색이 지나치게 밝았다. 온 건물에서 인스턴트 커피 냄새가 진동하던 때도 있었다. 이곳에서 퀜티나 맥페시의 운명이 결정될 것이다.

심리는 표준화된 절차에 따라 진행된다. 법무부 내에 별도의 심리실이 있는데, 월요일에는 판사가 사건별 핵심을 파악하여 목격자 증언과 각각의 변호인 변론을 들은 뒤 정부 측 변호인의 망명 거부 변론을 듣는다. 화요일에는 더 많은 심리 철차가 진행된다. 수요일에는 각자 집에서 다시 서류를 읽어 본다. 금요일에는 판결문이 작성되는데 이때 신청자의 망명 승인 여부가 판가름 나는 것이다.

망명 신청 시 어떤 판사의 배정을 받느냐가 승인 여부의 핵심이었다. 그래서 퀜티나 맥페시는 모르겠지만, 어쨌든 그녀 건을 다루게 될 영국 이민국 소속 두 판사 중 하나에게 그녀의 미래가 달려 있었다.

9월 22일 월요일, 이민 담당 판사 앨리슨 타이트와 피터 매칼리스터는 30초 간격으로 앞서거니 뒤서거니 하며 판사실에 도착했다. 그들은 어정쩡하게 자리가 나뉜 2층 판사실을 함께 썼는데, 유리창이 다른 판사실과 공유되어 있었다. 둘 다 커피류를 들었는데, 앨리슨의 커피는 길 아래쪽 이탈리아 델리에서 스티로폼 컵에 담아 파는 카푸치노였고, 피터의 음료는 챈서리 레인 지하철역 옆 스타벅스에서 파는 우유가 잔뜩 들어간 음료였다.

앨리슨 타이트는 서른일곱의 법조인으로 보험 계리인과 결혼해서 아이 둘을 두고 있었다. 그녀는 처음에 가족법을 다루다가 나중에 이민국으로 자리를 옮겨 온 것이었다. 가족법 특성에 넌더리가 났고 개인적으로도 좌절감을 겪었기 때문이다. 반면, 이민국 일은 거대한 역사적 흐름과 직결된다는 생각에 만족스러웠다. 이틀 내내 사건 파일과 관련된 배경지식을 읽을 때가 앨리슨이 가장 기분이 좋은 때였다. 가령 최근에는 배경지식으로 《연을 쫓는 아이》를 읽었다. 아프간 망명 신청자의 형이 돌에 맞아 죽고 가족이 운영하던 가게는 불타 몰수당한 사건을 심리하기 위해서였다. 화재 뒤에 탈레반 같은 세력이 있다는 신청자의 증언에 신빙성이 느껴져 앨리슨은 그 신청을 승인했다. 앨리슨은 남자 또는 여자 또는 아이가 세상을 대표하는 자로서, 생활 방식을 대표하는 자로서 그의 앞에 다가서는 느낌을 좋아했다. 그리고 남자/여자/아이가 거주해도 되는지 송환시켜야 하는지 판결을 내리자면 그녀는 그들이 살았던 세상을 이해해야만 했다. 그녀가 가장 좋아하는 책은 《내일 우리 가족이 죽게 될 거라는 걸, 제발 전화주세요!》였다.

이 제도의 크나큰 허점은 송환이 말 그대로의 송환이 아니라는 데 있었다. 거의 모든 경우 망명 신청자를 수단, 아프가니스탄, 짐바브웨 등 그들의 고국으로 보내는 것은 불법이었다. 송환 판결이 떨어져 비행기에 오른 망명 신청자는 대부분 고문을 당하거나 죽음을 당하거나, 아니면 두 가지 다 당할지도 모른다. 이것은 잘못된 일이고, 심지어 유럽 인권법에도 어긋나는 일이다. 망명이 거부되면 신청자는 합법적 체류가 불가능하기 때문에 직업도 구할 수 없었고, 시민으로서 누릴 수 있는 정부의 지원책도 신청할 수도 없었다. 물론 고국에도 돌아갈 수 없다. 가장 현실적인 관점에서 봐도 이것이 이상적인 해결책으로는 보이지 않는다. 실제로 거부당한 신청자는 수용소로 가게 된다.

이 제도를 운영하는 데 앨리슨의 의견이 중요하지 않다는 것 정도는 그녀도 알고 있다. 그래도 권한을 행사할 수 있는 범위 내에서 최대한 공정하게 처리하려고 하는 것이다. 그래서 그녀가 맡는 신청자는 영국에서 법적 지위를 얻을 가능성이 평균보다 더 높았다. 그녀가 잘하는 것이 또 하나 있는데 그것은 글을 훌륭하게 잘 쓴다는 사실이었다. 그 말은 영주권을 승인하는 비율이 다른 판사에 비해 높게 나왔어도 그녀가 쓴 판결문을 읽어 보면 반박하기가 어렵다는 뜻이었다. 그녀의 이름이 심리 예정표에 올라오면 망명 신청자 측 변호사는 환호성을 지르고 내무성 측 변호사는 괴로워하며 레드불을 들이켜는 것이다.

오늘은 거의 앨리슨에게 끙끙 소리만 나오는 날이었다. 막내가 귀가 아프다며 밤사이 그녀를 세 번이나 깨웠고, 주말 내내 언니가 자다 가는 바람에 모든 일이 두 배로 쌓였던 것이다. 요리, 청소, 설거지, 측은지심, 학교들과 남편들에 대한 불만 등. 그래서 평소 그녀였다면 결코 인정하지 않았을 상태, 즉 일하러 나온 것이 더 마음 편하고 즐거운 상태까지 된 것이다. 집단 폭행당한 소말리아인, 고문당한 시리아인, 생식기가 절단된 키쿠유족 활동가, 정치적 견해차를 주장하는 중국 악덕 고용주 등 뭐든 가져오란 말이다. 단, 감기약은 가져올 필요도 없고, 서른 살이 안 돼 보인다고 말할 필요도 없다. 아침에 출근하면 책상에는 벌써 전통적인 리본으로 묶은 두꺼운 파일이 놓여 있었다. 리본을 볼 때마다 그것을 일일이 묶었을 사람들의 손가락이 생각났다.

절반만 보이는 유리창 맞은편 책상 앞에는 피터 매칼리스터가 창밖 경치가 보이지 않는 각도로 앉아 있었다. 그가 팔을 올려 뒤로 한껏 젖히자 줄무늬 정장이 같이 따라 올라갔다. 그는 조금 뚱뚱해 보였다. 주말마다 아무리 승마 같은 운동을 한다고 해도 주중에 먹고 마시는 습관을 버릴 수 없었던 것이다. 2년 전 그를 처음 봤을 때도, 젊은 날 형성된 시각과 편견이 그대로 쌓였을 법한 기득권층 남자라는 인상을 받았다. 그 인상은 정확했다. 피터 매칼리스터는 정확히 그런 사람이었다. 그는 명문 래들리와 세인트 앤드류스 학교 출신으로 아버지의 오랜 친구 밑에서 제자로 있었다. 상법을 전공했지만 지나치게 머리 쓰는 것이 싫어서 이곳까지 오게 된 것이다. 이곳에서 그는 도덕적 확신대로 판결에 임했다 토리당원인 그는 부잣집에서 태어난 부인과 함께 다음 선거에 후보로 나가네 마네 하고 있었다. 실제로 노동당에게 유리한 선거구에서 최선을 다해 싸울 것이다. 그러고 난 다음에는 당선에 유리한 선거구를 당에 요구할 것이다. 그는 40대 초반, 신선한 바람을 일으켜 몇 년 안에 장관이 되려 했다. 그리고 그 뒤에는 어떻게 될지 모른다. 그날이 올 때까지 그는 이민 제도를 통해 영국의 전통 가치를 구현시키려는 훌륭한 싸움을 지속하는 것이다. 이민 제도는 언제나 '생산자 포획producer's capture(기업이 사용자, 소유자의 이익보다 노동자의 이익을 위해 운영되는 경향을 일컫는 말-옮긴이)'의 위험에 처해 있기 때문이다. 이민국에 속한 사람들은 스스로가 이민자를 위해서 일한다는 위험한 신념을 소유하고 있다. 피터는 그런 신념과 거리가 멀어도 한참 먼 사람이다. 그는 누구에게서 월급이 나오는지 잘 알고 있다. 그는 절대 정부를 위해 판결하지 않는다.(아마 납세자를 위해 일한다고 봐야 것이다.) 하지만 앨리슨의 판결과 다소 상쇄되는 면이 있다는 것은 십분 인지하고 있다. 그는 그녀와 합이 잘 맞았다. 둘은 주로 형식적 법 논리에 대해 중립적 언어로 토론할 뿐 절대 친목을 도모하지 않는다.

"그래, 무슨 건 맡으셨어요?"

피터가 하품하며 기지개를 켜고는 물었다.

"오늘은 영 아니네요. 어제 조시 아버님 댁에 가서 십 마일 크로스컨트리를 했더니 온몸이 뻐근한 것이 손가락 들 힘도 없네요. 점점 늙어 가는 거죠 뭐. 무슨 건 맡으셨는데요?"

앨리스가 사건의 개요를 훑어보며 대답했다.

"사우디 정치 망명자. 판사님은요?"

"어떤 짐바브웨 여자 건요. 퀜티나 뭐라는."

88

로저가 아침 늦게 아래층으로 내려가 우체통을 열어 보니 고지서 세 종류와 의문의 A5사이즈 봉투가 들어 있었다. 봉투에 뭔가가 만져지는 것이 책도 시디도 아니었다. 봉투를 뜯어 그 속을 들여다본 그는 획 고개를 젖혔다. 사후 경직으로 뻣뻣하게 굳은 블랙버드 시체였다. 역한 악취가 났다. 속에는 엽서도 들어 있었다. 엽서에는 '우리는 당신이 가진 것을 원한다'라고 적혀 있었다. 그는 그것들을 부엌 쓰레기통에 버려 버렸다. 하루의 완벽한 시작이었다.

완전히 불공평한 인생. 로저의 뇌리에서 떠나지 않는 생각이었다. 자꾸 이 말만 떠올랐다. 심하게 불공평한 인생.

그동안 그는 열심히 일해 왔다. 게으름을 피운 적도 없었다. 솔직히 까놓고 말해서 묶어 놓고 손톱을 뽑는 고문을 당한다면, 가끔 정신 줄을 놓았을 때도 있었다고 자백했을지 모르겠다. 하지만 아주 잠깐 그랬을 뿐이다. 마티아를 책상 위로 몸을 구부리게 하고 뒤에서 하면 얼마나 좋을까 하고 생각했을 때 그랬다. 하지만 정말 잠깐만 딴생각에 빠졌을 뿐 어떤 경우든 다른 사람보다 심하진 않았다. 그런데 마치 죄를 짓고 벌 받는 느낌이 들었다. 그 사기꾼 소시오패스 부하는 차치해 두고, 그가 무슨 잘못을 저질렀단 말인가? 정말 부당하다.

가장 최악은 숫자였다. 지출은 여전히 똑같이 나갔다. 두 집을 관리하고 유지하는 것도, 옷을 사고 휴가를 가는 것도 여전했다. 아라벨라의 소비는 완전히 통제 불능이었다. 해고당하고 나서 며칠이 지난 뒤 생활비 부분에 관해 아라벨라에게 설명한 바가 있었다. 그런데도 그녀는 기분 전환을 한다며 사스키아와 만나 술을 마시고는 커다란 옷 가방을 네 개나 들고 택시를 타고 온 것이다. 아라벨라에게 돈얘기를 한다는 것은 아이에게 핵물리학 얘기를 하는 격이었다. 차량유지비도 여전했다. 지난 며칠 동안 우연히 자동차 보험료와 여행자 보험료를 보게 되었다. 주택 보험 계약서도 함께 살펴보았더니 그 비용이 재앙 수준이었다. 심지어 도난 예방 및 보안 경비에도 피 같은 돈이 빠져나갔다. 세탁비, 미용실 이용비, 택시비, 콘래드의 피아노 레슨비, 수영 레슨비, 음식비, 와인 구입비, 아라벨라의 개인 트레이너 고용비 등 집 안팎을 유지하는 데도 상당한 출혈이 있었다. 카펫, 의자, 주방 용품 등 뭔지 모르는 데 들어간 비용 외에도 아침에 마티아가 콘래드를 돌보는 대가로 들어가는 비용도 있었다. 그녀는 사랑스럽고, 사랑스러움 그 자체였지만 인건비는 싸지 않았다. 그녀에게 들어가는 액수를 생각할 때 그녀를 그만 쓰면 상당한 금액을 절약할 수 있을 것이다.

돈을 벌고 있었을 때도, 돈이 들어오고 또 돈이 나가는 것이 로저에게는 주된 걱정거리였다. 하지만 지금은 그때와 차원이 다르다. 대재앙 수준이다. 솔직히 고장 난 수도꼭지에서 물이 새는 것처럼 돈이 줄줄 샜지만 들어오는 돈이 없었다. 제로. 영(0). 아무것도 없다. 무(無). 빵.

다른 대안은 구직 활동을 하는 것이다. 물론 로저가 제일 먼저 생각한 일이었다. 이렇게 엉덩이 붙이고 가만히 앉아 있을 수만은 없었다. 그렇게 있으면 욘트가의 남자가 아니었다. 그는 헤드헌팅 업체를 운영하는 동창 퍼시에게 전화를 걸어 탐색해 보기로 했다. 하지만 이 탐색 활동은 실패였다. 완전 실패였다. 그 첫 경고는 퍼시와 통화한다는 것이 하늘의 별 따기만큼이나 어려웠다는 것이다. 이틀 동안 다섯 번이나 전화를 걸었다. 마지막에는 처음 전화 받았던 비서가 자리를 비운 탓인지 다른 비서가 전화를 받았고, 그는 학교 동창이라고 자신을 밝힌 뒤 개인적인 일이니 퍼시와 직통으로 연결해 달라고 청했다. 드디어 전화 연결이 되었을 때, 퍼시는 과묵했다. 아니, 이 말은 취소다. 그는 완전히 변했다. 로저를 돈 때문에 기를 쓰고 그를 만나려고 하는 사람처럼 대했다.

"어이, 친구. 목소리 듣고 좋다."

퍼시가 말했다.

"딴말 안 할게, 퍼시. 일자리 찾고 있어. 핑커 로이드에서 문제가 좀 있었거든. 어쩌면 너도 들었을지 모르겠다. 횡령 사건이 발생했는데, 하필 우리 부서에서 일하던 친구라고 나더러 책임지고 물러나래. 직장 구하면 은행을 상대로 고소하려고. 싹 다 청소해 줄 거야. 변호사와 상담해 보니, 천만 단위는 받게 될 거래."

이 말은 허풍이었다. 로저는 완전히 의기소침해서 무슨 일이 있었는지 변호사에게 말도 못 꺼내고 있었다. 게다가 은행과 맺은 고용 계약상 그는 그 어떤 현금도 만지지 못하게 되어 있었다. 또 다른 인생의 불공평함이 아니라고 할 수 없다. 하지만 이런 속내를 학교 동창에게 털어놓고 싶은 생각은 추호도 없었다.

"어쨌든 남은 내 인생, 뒷방 늙은이처럼 돈이나 세면서 이자의 이자로 먹고살고 싶지는 않아. 그럼 만나서 이야기하면 어떨까, 그쪽은 어떤지 보면서?"

"그런 계획이 있다니 다행이다. 나야 좋지. 좋고말고."

그러고 나서 그는 잠시 말이 없었다. 그는 로저의 질문에 대답하는 척했을 뿐이다. 물론 로저도 그 점을 잘 알고 있었다.

"날짜 잡아도 되겠지?"

로저가 절박함을 숨기면서 말했다.

"그럼, 그럼. 되다마다. 다만, 음, 이런 수 쓰고 싶지 않은데. 선수로서 한마디 해도 될까?"

"그래서 너 보자고 전화한 거야."

"내 경험상, 은행권에서 너를 먼저 찾을 날이 올 거야. 나는 네가 열정 넘치는 트레이더라는 거 알고 있고. (그는 아무것도 모른다. 적어도 진심으로 하는 말이 아니기 때문이다.) 네 손으로 직접 기회를 거머쥐는 사람이라는 것도 알거든. 너 맨날 네가 주도권 갖고, 너만의 세상을 만드는 강인한 친구 아니었냐. 진짜. 보통 때 같았으면. 하지만 음, 요즘 좀 불안한 시기 아니냐. 펑커 로이드뿐만 아니라 금융권 전체가 그렇잖아. 리먼 사태는 엄청난 충격이고. 일대 혼란이잖아. 다음은 누가 쓰러질 차례냐 이거야. 언제 어디서 뭐가 튀어나와 뻥 하고 터질지 모르는 상황 아니겠냐. 이런 상황에서는 고용, 힘들어. 누가 신입을 뽑으려 들겠냐? 현상 유지도 될까 말까 한데. 내 말 듣고 있지? 직장 잡기 안 좋은 시기야. 절박한 사람처럼 보이면 안 돼. 정 떨어져. 내가 구직자한테 하는 말이 이거야, 그건 섹스와 같다. 절박하면 절박할수록 그 대가는 더 많이 치러야 하거든. 내 말뜻 알지? 네 경우에는 가만히 기다리는 가장 좋아. 지금은 때가 아냐. 조금 가라앉은 다음에 움직여. 먼지가 가라앉은 다음에. 먼지는 언제나 가라앉기 마련이거든. 하지만 생각보다 오래 걸릴 수 있어. 누구한테나 그렇지."

"나는 그 경우에……."

로저가 겨우 말문을 열었다.

"하지만 로저, 이게 딱 그 경우야. 사실 그렇잖아. 이건 시간문제라고. 요약하자면 이 분야의 전문가로서, 옛 친구로서 하는 말인데, 잠시 웅크리고 있는 게 최고라는 거야. 나를 믿어."

그리고 그렇게 끝났다. 퍼시는 딱 잘라 거절하지 않았지만, 로저의 벨트와 목덜미를 잡고 머리로 벽을 친 것이다. 퍼시가 불쾌한 핑계나 대고, 런던 헤드헌터의 기준으로 봐도 유독 비도덕적이고 탐욕적이라 해도 그는 그 업계의 전문가였다. 빈껍데기나 다름없는 로저를 쓸 사람은 아무도 없을 거라고 퍼시가 말한다면, 그 말은 사실일 것이다. 그의 예측은 틀리는 법이 없었다.

이 말은 당장 이력서 내려 돌아다니는 것이 좋지 않다는 뜻이었다.

지출을 대폭 줄이고 통장 잔고를 최대한 오래 지속시키는 것 말고는 달리 어쩔 도리가 없었다. 로저가 확인한바, 통장에는 대략 삼만 파운드가 남아 있었는데, 끔찍하지만, 현재 소비 규모로 보면 두 달을 버티지 못할 것이다. 그렇게 되면 수년간 들었던 다양한 비과세 저축을 다 깨고 결국에는 연금까지 손댈지 모를 판이었다. 이 도시에서는 이런 상황에 맞는 표현이 있다. '완전히 조졌다.'

그런 까닭에 소비를 대폭 줄여야 한다. 지금부터 당장. 오늘부터 실천해야 한다! 지금부터 당장은 오늘, 바로 이 시간을 말한다. 분 단위로 실천하면 더 좋을 것이다. 아라벨라와 최종 담판을 지어 지출을 막아야 한다. 하지만 로저는 그렇게 하고 싶지 않았다. 그 상황에 직면하고 싶지 않았다. 그냥 셔츠 전문 사이트에 접속했을 뿐이다. 멋진 흰 셔츠 세 장을 사백 파운드에 팔고 있었다. 근 오백 파운드를 절약할 수 있는 판매였다. 로저는 만일의 경우를 대비해 절약을 생각해 왔다. 지금이 바로 만일의 경우였다. 그런 생각을 하는 한편, 이상하게도 로저는 다른 셔츠의 칼라, 소매, 단추, 커프스를 보게 되고 촌스럽게 보이는 모노그램도 보게 되는 것이었다. 키, 연령, 몸무게, 목둘레만으로도 딱 맞는 셔츠를 고를 수 있을지 의문이 들었다. 그리고 좀 우울한 사실, 해방감을 주는 사실은 자신의 체형이 이 네 수치로 요약된다는 것이다. 41세, 96킬로그램, 190센티미터, 목둘레 17인치 =로저 욘트.

해고당한 충격, 즉 실직자 신세에 익숙해 갈 즈음, 로저의 구원은 오로지 인터넷이었다. 아니, 정확히 말하면 구원이 아니라 시간 보내기였다. 그가 첫 번째로 좋아하는 것은 리먼 브라더스 부도 사태와 관련한 기사를 읽는 것이었다. 천치들, 바보 멍청이들. 두 번째로 좋아하는 것은 온라인 포커 게임이었다. 회사 다닐 때는 감시당하는 트레이딩 룸에서 수천만 파운드를 책임지고 베팅 하는 탓에 그 매력을 느끼지 못했다. 하지만 도박에서 탈출구를 찾으려 했던 것 같았는데, 여기서 찾은 것이다. 그는 신용카드로 천 파운드를 인출해 포커스타 계정을 만들었다. 현재 오백 파운드까지 올렸다. 좋은 패를 쥐었을 때만 게임하려는 수많은 아마추어와는 달리 공격적으로 판을 벌였다.

그래서 퍼시와 통화한 지 5일이 지난 후에 로저는 원기를 되찾았다. 공원에 산책 나가서 에스프레소 더블 샷을 마시고 스프레드시트를 펴고 숫자를 다시 계산했다. 그리고 집에 있는 아라벨라에게 전화를 걸어 서재에서 잠깐 보자고 했다. 그녀는 돈 얘기인지 알아들었다. 서재에는 가죽 안락의자가 두 개 있고 시가 케이스가 놓여 있다. 벽에는 빈티지풍으로 보는 사람을 유혹하는 듯 하얀 등을 훤히 드러낸 채 의자에 무릎을 꿇고 있는 파리의 누드 창녀 그림이 걸려 있었다. 그녀가 들어오자 로저는 여러 가지 목록이 적힌 종이를 내밀었다. 신발부터 보톡스 주사, 가정 방문 필라테스까지는 무분별한 지출 내역이 적혀 있었다.

"이것들이 우리가 해야 할 일이야."

로저가 말했다. 만족스러웠다. 아라벨라의 얼굴이 창백해졌다.

"빈털터리 됐네."

"아냐. 그래, 맞아. 어느 면에서는 그래."

로저는 머릿속으로 인정하고 싶지 않았지만 기분은 좋았다. 환상이었다. 이유는 정확하게 모르겠지만 크리스마스 때 그녀가 한 일에 대한 완벽한 보복이었다.

그때 아라벨라에게 한 가지 생각이 떠올랐다.

"마티아는 어떡해?"

그녀가 물었다. 로저가 예상한 질문이 나왔다. 그의 백작 부인, 잃어버린 백작 부인. 가학적인 전략이긴 했지만 그 일보다 아라벨라에게 더 큰 상처를 줄 수 있는 일은 없을 것이다.

"그만두라고 해야 해. 숫자 보면 확실히 알 수 있잖아. 마티아는 사치야."

관능적이고, 부드럽고, 희망을 주는 사치. 아내보다 아이들에게 더 좋은 엄마이자 더 섹시한 여인. 남은 인생 즐겁게 하루에 두 번씩 사랑을 나누고 싶은 여인.

"우리가 감당할 수 없는 사치야."

"아."

아라벨라가 말했다.

"응, 사치 맞아. 그러니까 엄마로서의 일을 당신이 다 해야 해. 밤에도 낮에도. 숫자를 봐. 어쩔 도리가 없어."

"아."

아라벨라가 다시 말했다. 로저의 머릿속에서는 승리의 노래가 흐르고 그는 춤을 추고 있었다.

89

모든 일이 빠르게 진행됐다. 한 달 후에 그만두는 것으로 마티아의 동의를 얻었다. 마티아는 슬프지만 이해한다고 답변했다. 앞으로 몇 주가 지나 그녀가 오지 않으면, 아라벨라는 처음으로 주 7일, 하루 24시간 엄마로 살아야 한다.

이 소식을 들었을 때 마티아는 아무 느낌이 없었다. 그때 그녀는 차를 끓여 식탁에 올려놓고 로저와 아라벨라를 마주 보며 앉았고, 아이들은 숀더쉽 DVD(목장의 양떼가 주인공인 영국의 인기 애니메이션 - 옮긴이)를 보고 있었다. 그녀는 로저의 실직을 알고 있었다. 그 사실을 모르기란 불가능했다. 항상 보이지 않던 그가 하루 이틀 내리 보였던 것이다. 로저의 덩치는 눈에 띄지 않을 수 없었다. 기본적으로 그는 공간을 많이 차지하고 앉아 있었다. 발소리도 컸다. 돌연 집이 왜소해 보였다. 그는 주방에 있다가 쿵쾅거리며 서재로 들어가더니 펑크음악을 크게 틀어 놓았다. 주중에는 정장만 입던 그가 이제는 잠옷가운과 불룩한 주머니가 크게 달린, 보기 흉한 카키색 반바지만 입고 다녔다. 그는 언제나 마티아를 도와주려 했고, 마티아가 바로 알아차릴 수 있을 만큼 기회만 있으면 그녀를 살폈다. 특히 뒤에서, 그것도 그녀가 식기세척기에 그릇을 쌓으려고 허리를 구부렸을 때, 세탁기에 세탁물을 넣으려고 구부렸을 때, 아이들과 관련된 일을 했을 때 적극적으로 그랬다. 그의 관심은 조금 과하기는 했다.

그녀는 로저가 갑자기 실직했다는 사실을 알고는 이 집에서 오래 일할 수 없을 거라고 예상했었다. 그래서 아라벨라가 '잠시 이야기'를 나누자고 했을 때, 마티아는 올 것이 왔다고 직감했다. 그때 시간은 오후가 조금 지났을 때였다. 그녀는 일자리를 찾아 정처 없이 돌아다녀야 할지도 모른다. 경험한 적 없는, 아무런 환상도 없는 일을 찾아 다녀야 한다. 미래의 아이들 부모가 제정신에 믿을 만한 데다 아이들도 하루에 아홉 시간쯤 거뜬히 볼 수 있을 만큼 순하다면, 웃으며 친절을 베푸는 일이 오히려 지루하게 느껴질지도 모른다. 그런 일은 허드렛일이지만 그녀가 할 수 있는 일이다. 전에도 해 본 일이었다. 문제는 계약이 끝나 새로운 집을 찾아야 한다는 것이었다. 런던에서 집을 구하는 일은 잡일 이상으로 실제 발품을 팔아야 하는 일이었다. 지하철, 버스를 타고 직접 걸어 다니면서 부동산 광고, 구인 광고, 온라인 광고, 무가지 등을 살펴보고, 문자를 보내고, 약속을 잡고, 주소와 방을 확인하고, 함께 살 사람을 만나고 하는 이 모든 과정은 피곤하고 우울하고 무지비한 일이었다. 런던이 그녀를 짓누르는 듯한 느낌을 받았다. 하지만 다시 말해서 그녀가 이미 알고 있는 일이다. 전에도 해 본 일이었다.

전에 해 본 적 없던 일, 알 수 없었던 일은 조슈아와 헤어지는 것이었다. 생각하지 않으려 했지만 종일 머릿속을 떠나지 않았다. 우울함에 마음마저 푹 가라앉았다. 어느 누가 세 살배기 아이를 거부할 수 있을까? 언제나 사랑이 넘치고 행복으로 가득한 아이를. 둘 간의 애정은 더 이상 초기 단계가, 막 시작하는 단계가 아니었다. 조슈아를 볼 때 심장이 두근거리지는 않았지만 어린 조슈아와 있으면 그 누구와 있을 때보다 더 행복했다. 마티아는 그것이 어린 시절 때문이라는 것을 알고 있었다. 조슈아에게 애정 표현을 하면서 돌아가신 부모가 다시 떠올랐다. 부모의 사랑이 그녀의 안에서 되살아난 것이다. 하지만 그래서 뭐가 어떻단 말인가? 누가 그 이유를 알아주기나 할까? 학교가 끝나고 콘래드를 데려온 뒤, 조슈아의 손을 잡고 밖에 나가면 그때 느끼는 감정은 진짜였다. 아이가 그녀를 올려다보면서 차분하게 "사랑해요, 누나" 하고 말하면, 그 말이 남자 친구가 하는 말보다 더 깊게 가슴에 새겨졌다.

그래서 6시 반에 집에 들어서니 그제야 충격이 그녀를 강타했다. 평소와 다르게 그녀는 문을 잠갔다. 아라벨라가 드레스 룸에 놓으려고 샀다가 버리는 대신, 그녀에게 준 작은 가죽 소파에 앉아서 머리를 부여잡고 울었다. 일의 변화나 인생의 변화 때문이 아니었다. 조슈아 때문이었다. 참을 수 없을 정도로 아이가 보고 싶을 것이다.

90

이제는 익숙한 덜컹 소리가 난다 싶으면 어김없이 배식구로 아침 식사가 들어왔다. 샤히드는 새벽 기도를 한 다음 잠시 생각을 내려놓고 바닥에 앉았다. 시계가 생겼지만 '새벽'은 여전히 샤히드가 깨어날 때를 의미했다. 보통 6시가 조금 넘은 시각이었다. 아침이 7시에 나오니까 앉아서 생각할 시간을 가질 수 있었다.

샤히드는 다시 생각에 잠겨 이크발과 그를 집에 들인 자신의 큰 어리석음을 떠올렸다. 그가 어디에 있는지 궁금했다. 경찰이 그를 찾아내서 실컷 패 주면 좋겠다.

그는 '우리는 당신이 가진 것을 원한다'와 관련된 자가 무슨 짓을 저지를지도 생각해 보았다.

샤히드는 감방에 대해서도 생각해 보았다. 눈 감고도 그릴 수 있을 만큼 이 방이 훤했다. 머릿속에 각인된 방 구조가 언제 가야 흐릿해질지 궁금했다. 천장 구석에 갈라진 금, 삼각주를 나타낸 지도처럼 벽면에 넓게 새겨진 섬유질 모양의 표시들. 싱크대 왼쪽 습기 찬 부분은 가끔 차갑고 축축하다. 수도관에서는 요란하게 리듬 타는 듯한 소리가 날 때가 있다.'콸콸 쿵, 콸콸 콸콸 쿵.

그는 원칙주의 여자 변호사에 대해서도 생각해 보았다. 자세가 꼿꼿한 그녀는 엄격했고 단추를 끝까지 채우고 왔었다. 그녀의 성생활을 상상하기가 그다지 어렵지 않을 만큼 말투도 또박또박한 영국식 말투를 썼다. 취향은 살짝 별나 보였다. 엉덩이 때리기 정도. 아니면 가죽옷 차림에 채찍을 들고 남자를 기어가게 하면서 '네, 마님'이라고 부르게 할 타입 같았다.

샤히드는 본인의 성생활도 들여다보았다. 다시 성생활을 누릴 수 있을까. 성욕을 느끼지 않은 적이 없었는데, 음식에 뭔가를 탔나 보다. 하지만 밖에 나가면 여자 친구를 사귀게 될 것이다. 그 이상 자세한 생각은 들지 않았다. 잘 교육받은 조신한 무슬림 여인이, 물론 처녀이되 섹스에 아주 민감한 여인이 이상형이다. 하지만 누구와 어울리고, 누구와 일어나고, 누구와 TV를 보고, 누구와 클럽을 가고, 누구와 갭 매장에 가서 티셔츠를 고르고 하는가가 더 중요한 문제일 것이다. 한 여자애. 지하철에서 본 여자애. '사람을 찾습니다'에 광고를 내서 그가 찾고자 했던 여자애였다. 아직도 가끔 생각이 난다.

아메드 형, 로힝카 형수, 모하메드, 파티마를 떠올리니 뚱뚱하고, 굼뜨고, 항상 앉아만 있고, 모든 것에 조심스러운 형이 부러웠다는 사실을 인정할 수밖에 없었다.

그는 어머니를 떠올리고는 어머니가 온 가족을 어떤 상황으로 몰고 갈지 눈에 선하여 웃음이 나왔다. 경찰이나 변호사, 누군가 다른 사람의 목소리가 들리는 듯했다.

그는 이곳을 나가면 어떻게 살아야 할지도 생각했다. 억지로 혐의를 씌워 구금하고 권리를 빼앗아간 형사들을 고소하는 것……. 이것도 하나의 선택일 수 있다. 하지만 샤히드는 그렇게 할 생각이 없었다. 그는 여기서 시간의 흐름을 느끼고 있었다. 그 어느 때보다 더 강하게, 더 날카롭게 느꼈다. 시간은 순수하게 흐르고 있었다. 공간의 역설이었다. 감금당한 채 똑같은 하루가 매일 반복된다. 똑같은 질문을 받고 똑같은 대답을 하는 것 외에는 아무 일도 일어나지 않는다. 그래서 하루하루가 더딘 속도로 지나가고 매 시간이 하루처럼 길게 느껴진다. 이것은 지루함을 훨씬 능가하는 새로운 단계였다. 하지만 잔인할 만큼 시간이 빠르게 지나간다는 것도 사실이었다. 샤히드는 인생이 덧없이 흘러가는 것을 느끼곤 했다. 이제 서른셋인데 지금까지 무엇을 하며 살았던가? 여기서 나가지 못한다면 세상엔 얼마나 큰 구멍이 생길까? 뭐라도 해야 한다. 평소 하던 일을 해야겠다. 여기서 나가면 가게 일이 아닌 학위를 따서 진짜 직업, 진짜 인생을 되찾아야겠다.

감옥에서 맞는 19일째 아침이었다. 검거된 지 19일째다.

그리고 아침 식사를 떠올렸다. 아마 차갑게 식었을 것이다. 하지만 처음부터 늘 그렇게 따뜻하게 나오지 않았다. 오늘 아침은 스크램블에그와 토스트였다. 달걀은 너무 푹 익힌 탓에 잘게 부서졌고 희미하게 유황 냄새가 났다. 토스트 한쪽에는 버터를 바르다 만 것 같았고, 다른 한쪽에는 그보다 더 많이 발라져 있었다. 차는 뜨거울 때조차 마실 수 없는 상태였다. 그래서 샤히드는 차갑게 식은 음식을 집에서 먹을 때보다 더 천천히 먹었다.

경찰과 교도관들이 다가오는 소리가 들렸다. 소리가 나더니 한 교도관이 마치 만화에서 나올 법한 커다란 열쇠 꾸러미를 왼손에 들고 문을 땄다.

"준비됐나?"

그가 물었다. 샤히드는 어깨를 으쓱하고 되물었다.

"뭘요?"

이것은 새로운 질문이었지만 어떤 질문이든 샤히드는 그 질문에 답할 수 있었다.

"물건은 챙겼나?"

"뭘요? 무슨 말씀이세요?"

"말 안 했나?"

이제 경찰도 질문에 질문으로 대답하는 짓을 하고 있었다.

"대체 무슨 말을 했다는 겁니까? 무슨 일이길래 그러십니까?"

"아."

경찰은 껄껄대는 웃음소리를 냈다.

"흔히 있는 일이지. 오늘 나가게 된다. 바로 지금. 가족이 밖에서 기다리고 있다."

샤히드는 이것이 불가능할 거라고 생각했다. 온몸에 전율이 일었다. 심장이 마구 뛰고 머리로 피가 솟구쳐서 벌떡 일어나는 바람에 허벅지를 책상에 세게 부딪혔다. 마실 수 없는 차가 바닥에 쏟아졌다.

"농담이죠?"

하지만 경찰이 이 우스운 상황을 즐기는 것을 보니 농담할 가능성은 전혀 없었다. 이 어안이 벙벙한 상황이 그의 세계관을 확인시켜 주었고 그 과정에서 행복을 느끼게 해 주었다.

"흔히 그래. 그게 무엇이든, 누가 걱정을 하든, 형사들은 절대 말 안 해. 입 꾹 다물지. 흔한 일이고 고전적인 수법이야. 여기선 다 그래."

샤히드는 코란을 싼 솔과 기도 매트, 코란, 칫솔, 스웨터를 챙겼다. 그리고 운동화 끈을 고쳐 맸다.

"준비됐습니다."

"흔히 그래."

경찰은 샤히드가 아니라 허공에 대고 말하며 기쁜 표정으로 고개를 흔들었다. 그는 샤히드를 감방에서 나오게 하고 익숙한 복도를 따라 걸어가 엘리베이터까지 안내했다. 그들은 네 층을 내려가 접수대가 있는 곳에 도착했다. 검거 당시 입었던 샤히드의 운동복 바지가 맨 위에 놓여 있었다. 차가운 눈빛의 한 뚱뚱한 경사가 그에게 서명란이 있는 클립보드를 내밀었다. 그가 서명을 끝내자 다른 경찰이 그를 유리와 금속으로 된 문을 통과시켰다. 문을 지나니 아메드 형, 우스만, 로힝카 형수, 어머니와 원칙주의 변호사가 그를 보고 껑충껑충 뛰어왔다. 그들은 모두 걱정스러우면서도 행복에 겨운 눈을 빛내고 있었다. 샤히드는 눈앞이 흐려졌다.

"가게는 누가 봐?"

목이 메어 말소리가 흐느낌이 되어 나왔다. 그리고 그는 울음을 터 뜨렸다.

91

로힝카는 가끔 잠을 한숨도, 말 그대로 한순간도 못 잔 것 같을 때가
있었다. 잠을 못 자면, 말 그대로 단 1초도 못 자면 죽거나 미칠 테니
반드시 자야 한다는 것도 알고 있다. 하지만 못 잔 것도 아닌데 죽거
나 미칠 것 같은 상태가 곧 들이닥칠 것 같은 때가 있다. 그리고 한숨
도 못 잤다는 사실은 새벽 5시 반경에 파티마가 방으로 건너올 때마
다 확인할 수 있었다. 파티마의 발소리가 났다. 딸이 깨어날 시간이
되면 몸이 먼저 알고 잠이 살짝 깨서 첫 발소리가 들리는 것일 수도
있다. 로힝카는 차라리 이편이 낫다고 생각했다. 별반 차이는 없었지
만 말이다. 그녀는 매일매일 하루 종일 피곤함에 절어 살았다.

파티마가 방에 들어올 즈음이면 그녀는 이미 잠을 깬 상태이고,
딸은 전매특허와 다름없는 엄마 깨우기 삼 단계에 돌입한다. 첫 번
째 단계는 1분간 침대 옆에 서 있기만 한다. 침대 끝 아주 가까이, 아
마 5밀리미터 정도의 간격을 두고 서서 엄마가 일어날 첫 징후를 기
다린다. 두 번째 단계는 손바닥으로 엄마의 어깨를 두드리는 것이다.
두드림과 토닥임의 중간으로 아프지 않은 강도여서 오히려 존경심
이 생길 만큼 꾸준히 두드린다. 세 번째 단계는 레크리에이션 센터의
장애물을 넘는 장난감처럼 로힝카에게 기어오르는 것이다. 그리고
는 로힝카 옆자리를 비집고 들어온다. 이 단계에 이르면 로힝카는 더
이상 자는 체할 수가 없게 된다.

오늘도 마찬가지였다. 파티마의 발소리가 났다. 가볍지만 목적한 바가 뚜렷하고 서두르는 기색 하나 없는 발걸음으로 다가오는 파티마는 무엇을 할지 정확히 알고 있다. 모하메드는 깰 기미도 없었고 잘 깨지도 않았다. 천만다행이다. 5시 30분. 아이 하나로도 벅차다.

오늘도 여느 날과 다름없는 날이었지만 조금 달랐다. 시어머니가 라호르로 돌아가는 날이기 때문이다. 우스만이 어머니를 모시고 갈 것이다. 몇 가지 해결해야 할 일이 있어서 함께 가는 것이다. 우스만이 곁에서 어머니를 도울 것이다.(시어머니에게 도움이 필요할 것 같지 않지만, 연세를 생각하면 생각이 조금 달라졌다.) 우스만은 라호르에 가서 잠시 쉬어야겠다고 했다. 그리고 결국 시어머니의 잔소리에 굴복하여 맞선 상대도 만나 보기로 했다. 그에게 좋은 일이 될 수 있을 것이다. 우스만은 최근 그답지 않게 굴었다. 말이 많아졌다거나 아이들에게 관심이 많아졌다거나 하는 문제가 아니라, 화도 덜 내고 뭔가에 집중하는 모습이었다. 그는 수염을 정리하고 주류 판매를 거부하는 척하면서도 형 아메드를 더 이상 괴롭히지 않았다. 조금 어른스러워졌는지도 모르겠다.

파티마가 방에 들어와 침대 옆에 서자마자 로힝카는 딸이 깜짝 놀랄 만한 행동을 했다. 일어나 있었던 것이다.

"엄마! 뭐 해?"

파티마가 물었다.

"오늘 할머니가 가시잖아. 할 일이 많아. 엄마 좀 도와줄래?"

"가서 할머니 깨워 드려?"

특유의 참을성과 추진력이 있고 타협을 모르는 성격에도 불구하고 파티마는 할머니를 매우 어려워했다. 파티마는 할머니가 부르지 않으면 그 방에 들어가지도 않았다. 파티마에게 할머니를 깨우라고 시키고 싶었지만 그것은 좋은 생각이 아닌 것 같았다. 혹시라도 잘못되면 시어머니는 런던에서의 마지막 날을 불쾌하게 시작할 테고, 그러면 그 기분을 모두에게 전염시킬 것이다. 잠시 로힝카는 시어머니가 라호르로 가고 나면 얼마나 좋을지 생각해 보았다. 그녀만의 공간에 누군가가 끼어 있다는 느낌이 없어질 것이다. 한밤중에 화장실 갈 때도 시어머니와 부딪칠 걱정을 하지 않아도 되고, 피임 사실을 숨기지 않아도 되고, 한 사람 분의 음식과 설거지와 빨래를 하지 않아도 된다. 집이 가족들만의 공간이 된다고 생각하니 기분이 좋았다. 평범한 일상이 이렇게 매력적일 줄 예전엔 미처 몰랐다. 네 식구만 사는 삶, 생각만 해도 안도의 한숨이 길게 나왔다.

"엄마랑 같이 있다가. 내려가서 아빠 뭐 하고 있는지 볼래?"

고개를 끄덕이는 파티마의 표정은 심각했다. 임무가 부여된 것이다. 아이는 아빠 쪽 자리로 가서 침대로 올라왔다.

한 시간 반 후에 가족들은 모두 주방에 모였다. 늦게 일어나서 자리에 없어도 용서가 되는 샤히드까지 끼어 있었다. 석방된 지 사흘이 지났어도 그는 여전히 기뻐했다. 주요 증상은 말을 쉬지 않고 한다는 것이었다. 구치소에서 살이 빠져 나온 그는 깔끔하게 면도하고 이발하자 갑자기 잘생겨 보였다. 사실 영화배우 같았다. 사연 있는 사람처럼 우수에 찬, 날씬하고 잘생긴 낯선 남자. 로힝카가 장담하건대, 그는 라호르에 가면 절대 혼자 돌아오지 않을 것이다. 그는 파티마 옆에 앉아 시리얼을 크게 한 입 먹는 시늉을 하고 비행기 소리까지 내면서 파티마에게 아침을 먹이려 했다. 그 옆에 앉은 시어머니는 여권과 비행기 탑승권과 서류들을 식탁에 올려놓고 정리하고 있었다. 그 맞은편에 앉은 모하메드는 잠을 깨는 중이었다. 잠이 덜 깨서 숟가락도 놓고 장난기도 내려놓고 고개를 옆으로 떨구고 있었다. 굵은 머리칼이 듬성한 모하메드는 점심을 배가 터져라 먹고는 소화시키고 있는 술탄 같은 분위기를 풍겼다. 아이 옆에는 피곤한 모습의 아메드가 앉아 있어서 두 부자가 아주 닮아 보였다. 로힝카는 가끔 이 둘이 닮았다는 것을 인정하지 않을 수 없었다. 둘은 서른다섯 살 차이가 나는 쌍둥이처럼 보였다.

시어머니가 핸드백을 잠그며 말했다.

"시간 됐다."

"우스만이 차 끌고 올 거예요."

아메드가 말했다. 두 형제가 시어머니를 공항까지 모셔다 드릴 것이다. 샤히드는 스트라우스 변호사와 약속이 있었다. 그들은 작별 인사를 하러 가게 앞으로 몰려 나갔다. 우스만이 비상등을 깜빡이며 차를 끌고 나와 서 있었다. 아메드가 시어머니의 가방들을 트렁크에 실었다. 시어머니는 옷 가방 두 개와 로힝카가 처음 보는 가장 큰 캐리어를 끌고 왔었다. 손잡이를 늘리면 그 높이가 거의 그녀 키만 했다.

시어머니 앞에 서자 로힝카는 절대 일어나지 않을 거라 여겼던 애정이란 감정이 파도를 쳤다. 샤히드가 갇혀 있었을 때 시어머니가 어땠는지 보았기 때문이다. 그리고 절대 그 모습을 잊지 못할 것이다. 그녀는 파티마와 모하메드가 그런 일을 겪지 않길 바라지만 혹시라도 그런 일을 당한다면 그녀도 시어머니처럼 헤쳐 나가기를 빌었다. 하지만 이 감정을 말로는 표현하기 어려워서 가만히 서 있기만 했다. 아마 말할 필요가 없었을 것이다. 시어머니가 그녀의 손을 잡고 즐거운 듯한, 다 안다는 듯한 눈빛을 보였기 때문이다. 그녀는 마치 커튼콜을 받고 갈채를 받는 주인공 같았다.

"딸아, 파란만장했구나."

그러고는 시어머니가 차를 향해 돌아서다 다음 말을 덧붙였다.

"그러니 이제 오르막이 보일 거다."

4부

2008년 11월

일어날 수 있는 최악의 일은 무엇인가? 로저는 이것을 항상 어리석은 질문이라고 생각했다. 얼마나 최악일지 상상하기 어렵다면 그것은 상상력이 부족하다는 뜻이다.

핑커 로이드에서 함께 일했던 옛 동료들에게 최악의 일이 무엇인지 물어볼 필요조차 없었다. 환상이었다. 은행 자체가 망해 버렸으니까. 부하가 저지른 거래 자체는 그다지 큰 문제가 되지 않았지만, 리먼 사태 이후 자본 시장이 급격히 냉각되자 루머가 돌았고 일반인들이 은행의 회계 처리에 회의적인 시선을 보내기 시작했다. 그것으로 충분했다. 사람들은 핑커 로이드가 단기 채권을 얼마나 가지고 있는지, 그리고 핑커 로이드가 단기 금융 시장에서 저금리로 쉽고 빠르게 빌린 돈에 얼마나 의존하고 있는지를 궁금하게 여기기 시작했다. 채권은 하루아침에 사라져 버렸다. 대출 기관은 자금을 회수했고 고객도 예금을 인출했다. 핑커 로이드는 중앙은행에 손을 내밀었다. 중앙은행은 우물쭈물 대다가 사고를 쳤고 핑커 로이드는 도산하고 말았다. 핑커 로이드는 법정 관리에 들어가 자산이 잘게 쪼개져 매각되었다. 그리고 모두가 실직자 신세가 되었다. 로타는 공개적으로 망신을 당했다. 로저는 짜릿했다. 좋은 사람들이 다니는 회사라면 일어날 수 없는 일이었다.

그래서 그는 기분이 좋아야 했지만 피프스 로드 51번지 주택을 부동산에 내놓은 상태였다. 시세는 삼백만에서 오백만 파운드를 호가했다. 부동산 중개인 트래비스는 그 가격이 조금 '상투 끝'이긴 하지만 그 가격으로 '던져 보는 것도 괜찮겠다'고 했다. 그 근거는 '이보다 더 최악의 일이 생기겠냐?'였다.

로저는 집을 팔기가 너무 싫었다. 트래비스도 싫었다. 런던은 온갖 사투리와 억양이 넘쳐나는 곳이니 그의 이상한 억양에 적응은 됐지만, 단조로운 것 같으면서도 긁는 듯하고, 덤덤한 것 같으면서도 아부하는 듯한 목소리가 유독 싫었다. 무엇보다 의견과 조언을 낼 만한 자격이 있다고 생각하는 그 태도가 참을 수 없을 만큼 싫었다. 그는 주방 인테리어가 마음에 드네, 응접실이 자연광을 지혜롭게 잘 이용했네, 서재가 조금 진부해 보이나 다른 방이 다 잘 꾸며져 있어 그리 나쁘지 않네 하며 좋게 말했다. 서재는 텅 빈 캔버스 느낌이 든다며 손질이 필요한 부분이라고도 했다. 트래비스는 부동산 TV 프로그램의 열렬한 시청자로서 여유롭게 집집마다 돌아다니며 평가하는 문화를 즐기는 중개인이었다.

피프스 로드 51번지 집을 보러 오는 사람들은, 말도 안 되는 경우를 제외하면, 대놓고 말하지 않았을 뿐 대개 그 중개인처럼 생각한다는 것을 알 수 있었고 그 점이 로저는 불쾌했다. 그들은 둘러보고 기웃거리며 사고 싶다는 듯한 눈길로 집을 평가했다. 로저는 머리도 나쁜 사람들이 열심히 머리 굴리는 소리가 들리는 것 같았다. 왜 집을 팔려고 할까? 왜 남편이 안내할까? 이 집 팔고 어디로 가려는 것일까? 얼마를 받으려고 할까? 저 도자기는 모두 루시 리(20세기 유럽의 대표 도예가-옮긴이) 작품일까? 기웃기웃, 윙. 그들이 머리를 굴린다. 수많은, 아마 대다수 사람들은 뻔뻔스럽게도 남들에게 불쾌한 호기심을 채우기 위해, 뭔가 냄새를 맡기 위해 집을 보러 다니는 것이다. 트래비스가 시간 낭비로 보이는 사람을 죄다 걸렀다고 했지만, 그것은 절대 사실이 아닐 것이다. 애당초 집을 살 생각이 없는데도 그의 사생활을 엿보려고 온 사람이 있으면 로저는 문전에서 당장 꺼지라고 소리치고 싶은 유혹을 가까스로 참곤 했다. 한번은 도로 아래쪽에 사는 부부도 집 구경을 온 적이 있었다. 그들은 로저를 피하고 싶어했다. 트래비스가 집을 보여 주는 사이에 로저가 팔짱을 끼고 뒤를 졸졸 따라다니자 그들은 기겁했다. 부동산 중개인의 과장된 설명을 들으며 그들은 집 안팎을 10분 동안 살펴보았다.

"트래비스 씨, 저자들은 이 동네 사람들 아뇨!"

로저는 막말이 막 튀어나왔다.

"아이고, 저런."

트래비스는 그의 실수라고 생각지 않았다.

"그런 사람도 좀 있지 않습니까, 왜. 하지만 이따 오후에 좋은 분들이 올 겁니다."

집을 사겠다는 사람이 없는 것이 아니었다. 구매자가 바로 나타났다. 그러니까 첫날 처음으로 보러 온 사람들이었다. 단, 사겠다는 말이 진심이 아니었을 뿐이다. 아니, 의도는 진심이었지만 돈이 없었다. 그들이 이 집을 사려면, (a) 현재 사는 집을 시세보다 훨씬 비싼 값에 팔아야 했고, (b) 피프스 로드 51번지에 살아 볼 요량이라면 엄청난 금액의 담보 대출을 받아야 했다. 그런 현실을 고려하면 그들은 애당초 집을 봐서도 안 되는 사람들이었다. 트래비스는 거의 모든 면에서 날림으로 중개했지만, 계약을 성사시켜야 하는 매매 가격대는 명확했다. 수수료가 걸린 문제였기 때문이다.

"그 사람들일랑 아예 생각지도 마십시오. 주머니 사정이 안 되면 말짱 꽝입니다."

그가 로저에게 말했다. 그래도 그들이 집값을 감당할 수 있을지도 모른다……. 로저는 짜증이 났다. 2006년 크리스마스 때 보너스 삭감 대참사를 겪기 전의, 해고되기 전의 로저는 삼백만에서 오백만 파운드짜리 집을 감당할 수 있는 사람이었다. 하지만 그 로저는 오래전에 죽었거나, 옛날에 헤어졌으나 별로 그립지 않은 남동생 같은 느낌이 들었다.

로저가 집 매매와 관련된 소동에서 가장 싫었던 점은 모두 제정신이 아니라는 것이다. 그런 큰일을 결정하는 데 어떻게 단 20분 만에 그렇게 빠른 판단을 내릴 수 있는지 의아했다. 그러나 이런 분위기는 오히려 약과였다. 전체 과정은 광란 그 자체였다. 모두가 다급하고 다소 흥분되어 보였다. 성행위와 비슷했다. 생각이 많은 사람들, 즉 확실히 더 계획적이고 성숙한 사람들은 한 번씩 더 와서 집들을 보고 갔다. 대략 40분이 걸렸다. 인생에서 가장 큰 지출을 결정하는

데 단 40분만 할애한 것이다. 이 과정을 보면서 로저는 '우리는 당신이 가진 것을 원한다'가 쓰인 엽서가 생각났다. 누가 보냈는지 철저하게 조사해서 그 엽서를 그 사람의 입에 붙인 후 말하는 것이다. '그래, 좋다. 네 인생을 내 인생과 바꿔 주마!'라고 말이다. 그리고 실제 보이진 않는지만, 그 빌어먹을 얼굴에 나타나는 표정을 보는 것이다.

한편 아라벨라는 부동산에 집을 내놓고 오히려 즐거워했다. 더 비싼 값에 집을 팔기 위한 방편으로 새로 집 단장하는 일이 매우 만족스러웠던 것이다. 집을 예쁘게 꾸미는 일은 실용적이고 현실적으로 필요한 일이었다. 가장 중요한 '고정 자산의 가치를 극대화하는 방법'이기 때문이다. 아라벨라가 기억하는 이 구절은, 로저가 홈 엔터테인먼트 시스템 배선을 마루 밑으로 깔려고 마루청 들어내는 작업을 정당화하면서 했던 말이다. 그 어떤 집도 그 자체로 완벽하지 않다. 어디든 손봐야 할 데가 나온다. 아라벨라는 침대 옆 탁자를 버리고 새것을 사들였다. 탁자 하나로 침실 분위기가 좋아지면 집이 더 잘 나갈 것 같아서 그랬다. 로저에게는 한마디 상의도 없이 사들였다. 물론 그는 눈치도 못 챌 것이다. 그녀는 모던한 느낌의 회색 크리스마스 소파도 내다 버리고 싶었다. 전시장에서 봤을 때는 괜찮았는데, 응접실에 들여놓으니 전체 분위기와 영 맞지 않았다. 하지만 이것은 로저가 눈치를 챌 것이다. 이렇게 집을 팔기 전에 실내 인테리어를 바꾸며 즐거워하는 아라벨라의 모습만큼 로저의 속을 긁는 일은 없었다. 어느 순간 로저가 미치는 꼴을 보려고 그녀가 일부러 계산된 행동을 하는 것은 아닐까 하는 의심마저 생길 정도였다.

아라벨라는 '라이브러리' 레스토랑에 가서 사스키아를 만나 한잔하며 말했다.

"계획은 집을 팔고 잠시 민친햄프턴으로 이사하는 거야. 그 집도 부동산에 내놓을 건데, 팔리는 데 시간이 더 걸린다고 그래서, 어쨌든. 그다음 계획은 의견이 분분해. 정식 계획은 남편 생각인데, 그 민친햄프턴 집을 팔고 그 돈을 갖고 여기서 (손가락으로 작은따옴표를 그리며) '작은 규모의 사업 기회'를 찾아보는 거야. 가게를 차려서 '뭔가 실질적인 일'을 한다는 거지. 그이 말에 따르면 그런데⋯⋯. 음, 내 생각도 네 생각이랑 거의 같아. 좋은 학교가 있는 데여야 해, 초등학교 말이야. 교통도 그렇게 나쁘지 않아야 하고."

"너답지 않게 왜 그래. 샤넬 녹색 장화에 아우디 사륜구동 끌고 다니면서 남자한테 말도 잘 거는 애가. 그게 내 눈에 훤하다, 훤해."

"그러니까 말이야. 진짜 계획, 내 계획은 이건데, 시골로 내려가면 나는 민친햄프턴 집 꾸미는 데 매달려 살고, 남편더러는 신선한 공기 마시며 산책이나 다니며 살게 하는 거야. 그러다 보면 지루해 미칠 거 아냐? 애들이 뛰놀 만한 장소가 있네 없네 하는 소리는 순 배부른 소리였구나 하고. 시골도 도시만큼 위험이 널려 있으니까. 그때 가면 이것도 깨닫겠지, 아내도 얼마나 지루할까, 가장 가까운 읍내에 있는 비크람 요가 선생한테 가 보라고 해야겠다 하고. 그렇게 그이는 기운을 회복할 테고, 그쯤 되면 핑커 로이드 사태도 잦아들 거야. 그러면 그때 이력서를 보내서 적당한 일자리를 찾는 거지. 러들로 같은 소도시의 하찮은 일자리가 아니라 런던의 일자리를. 연봉이 기본 백만 단위에 실적 좋으면 보너스가 천만 단위로 나오는 그런 일자리. 이게 내가 생각한 계획이야."

사스키아는 웨이터를 불러 리치 마티니를 두 잔 더 시켰다. 웨이터는 목례하고 돌아섰다.

"네 생각이 더 합리적이다."

"그럼. 그리고 이 일로 우리 부모님이 사실을 깨닫게 되실 거야. 부모님은 로저가 그렇게 일하니까 우리가 이렇게 사는 거라고 생각하시거든. 물론 맞는 생각이셔. 원 없이 돈 쓰며 살았으니까. 부모님 눈엔 우리가 런던 부자로 보였던 거지, 아등바등 아끼며 사는 전형적인 런던 시민이 아니라. 이제 우리 사정을 조금 아시겠지. 또 하나 대박 사건은 부모님이 애들 기숙 학교 학비를 주실지 모른단 거야. 그거 해결될 거야. 적어도 나는 그래. 그래서 애들을 열한 살 때까지만 데리고 살면 나머지는 엄마 아빠가 해결해 주실 거야. 일단 사립 학교부터 해서 나중에 더 훌륭한 학교로. 한참 먼일이지만 계획은 있어야 하잖아, 안 그래?"

마티니가 나와서 두 여인은 잔을 부딪쳐 건배했다. 맞은편 자리에는 TV에 나온 것 같은 사람이 앉아 있었다.

오늘 점심은 아라벨라에게 드문 사치였고, 과거의 삶을 다시 맛볼 수 있는 시간이었다. 조슈아는 유치원에 보냈고 3시 반에 데리러 가면 된다. 콘래드는, 분만 교실에서 서로 알게 된 후 우연히 또 커피숍에서 마주친 엄마네 집으로 놀러 보내면 된다. 몇 년 동안 서로 소식을 모르고 지냈었다. 폴리는 일을 그만두고 아이들을 키운다는 점에서 일을 다니지 않지만 아이들을 보육 시설에 보내는 아라벨라와 차이점이 있었지만, 둘은 서로 얼굴만 봐도 반가웠다. 아이를 키우는 일이 적성에 맞아야 한다고들 하는데, 솔직히 말해서 아라벨라는 전혀 맞지 않았다. 아이들은 보는 건 사랑스럽지만 키우는 건 힘들다. 더욱이 아라벨라는 육아에 진을 빼고 싶지 않았다. 그런데 잠든 세 살배기를 태운 유모차를 밀고 가다 그녀와 딱 마주친 거였다.

아라벨라의 집으로 놀러 오라고 한 첫 약속은 일면 재앙이었다. 10분 만에 어린 토비가 바지에 볼일을 보았기 때문이다. 그런데 아라벨라는 아이를 씻겨 줄 엄두가 나지 않았다. 두 시간 후, 미용실에 갔던 폴리가 돌아와 보니 토비의 엉덩이는 짓물러 있었다. 아라벨라가 말했다.

"어머, 언제 이랬지?"

하지만 폴리는 단번에 알아차렸다. 아라벨라가 다음에도 아이들을 놀러 보내라고 폴리에게 문자를 보냈지만 답이 없어서 이것으로 그만이구나 했다. 그로부터 2주일 후 폴리에게 전화가 걸려 와서 약속을 잡았던 것이다. 둘 사이에 미세한 차이는 있었지만 둘은 같은 과였다. 아라벨라는 조슈아를 데리러 가기 전에 콘래드부터 데리러 가야 했다.

실로 몇 달 만에 느껴 보는 럭셔리한 기분인지 몰랐다. 전업주부의
삶은 고달팠다.

"욘트 부인. 반갑습니다, 또 뵙네요."

수석 웨이터가 테이블 한쪽에 와서 인사했다. 그는 두 여인이 손도
대지 않은 접시 두 개를 치우며 말했다.

"런치 세트, 이 인분인가요?"

그가 물었다. 사스키아가 고개를 끄덕이자 그는 목례하고 돌아섰다.

"둘이 코스 요리 먹었는데 삼십사 파운드 오십 펜스 나왔어."

사스키아가 말했다.

"거의 거저네."

93

패트릭은 프레디의 미래를 논하는 회의 석상에 더 이상 나가고 싶지
않았다. 프레디의 부상, 프레디의 예후, 프레디의 보험금 신청, 프레
디의 미래에 관한 모든 논의가 제자리걸음을 계속하고 있었다. 사전
에 어떤 회의에서 최종 결정이 날지 알았더라면 결과는 조금 달라졌
을 것이다. 그랬다면 패트릭은 이를 악물고 그 회의를 모두 견뎌 냈
을 것이다. 그러나 버스는 지나갔다. 보험사 측 변호사들이 항상 회

의를 지연시키고 쟁점을 피해 가는 통에 이 분야의 전문가들마저 궁지에 몰리고 말았던 것이다.

그래서 패트릭은 미키에게 대신 회의에 참석해 주십사 하고 부탁했다. 그는 미키를 신뢰했다. 이 남자는 분명 현 상황에 분노하고 있었다. 자신만큼 미키도 비참한 심정으로 모든 진실을 다 알고 있다고 확신했다. 처음에는 미키가 선수를 구단의 자산으로 여겨 그 자산 가치를 최대한 끌어올리려고 프레디치를 쥐어짜는 사람으로 보였지만, 지금 그는 그 누구보다 프레디를 아꼈다. 마침내 아들이 처한 상황을 처음부터 끝까지 함께해 줄 사람을 만나게 된 것이다. 그래서 가장 이상한 일이 발생했는데 패트릭과 미키가 일종의 친구 사이가 됐다는 것이다. 완전히 편한 사이는 아니었고 또 그렇게 되지도 않겠지만, 프레디에 관한 한 서로 솔직하게 털어놓을 수 있는 사이가 되었다. 그들의 관계는 우정이라는 틀 안에서 거리낌이 없었다.

"부탁할 게 있습니다."

패트릭이 말했다. 일요일 저녁 아래층에서 미키와 라리가 리그에 출전한 바르셀로나와 마요르카의 시합을 보고 있을 때였다. 프레디는 위층에서 게임을 하고 있었다. 세 사람은 축구 시합 보는 것이 고통스러웠지만 고집스럽게 지켜봤다. 이 버릇마저 버리면 결코 예전으로 돌아가지 못할 것만 같은 두려움을 느꼈다.

"프레디와 저를 대신해서 혼자만 회의에 참석해 주시면 안 될까요? 사람을 너무 힘들게 해서 그렇습니다. 더 이상 못 나가겠어요. 실질적인 결론이 나오기 전까지는요."

미키는 그가 부탁하는 뜻을 바로 이해했다.

"그럼요, 그렇게 할게요, 패트릭 씨. 오히려 내가 영광입니다."

그래서 한 번도 거르지 않고 나갔던 회의에 미키가 대신 나가서 진흙탕 싸움을 벌였다. 이렇게 된 이상 그는 강하게 나갈 수 있었다. 오죽하면 카모 부자가 다 불참을 선언했겠느냐며 본때를 보여 줄 기회였다. 그는 더 분노에 찬 어투를 직설적으로 내뱉었다.

"염병할, 당신이 대체 뭔데?"

그가 보험사 측에서 나온 네 명의 직원 중 가장 높은 사람을 보고 소리쳤다. 제일 마른 사람이 상사였다. 그 옆에는 퉁퉁한 중간 관리자급 직원 두 명이 한결같은 모습으로 나와 앉아 있었다. 그중 하나는 의학계 허튼소리 담당이었고, 다른 하나는 법조계 허튼소리 담당이었다. 네 번째 직원은 그간 회의에 이바지한 기여도를 볼 때 입막음용이었다.

"염병할, 당신이 무슨 짓 하는 줄 알기나 하쇼? 프레디 카모를 아프리카 흑인으로 보는 거요? 덤불로 꺼져라, 한쪽 무릎이 성한 걸 감사해라. 안 그렇소? 프레디를 바보 멍청이라 법적 구속력이 있는 보험 계약도 모르는 재수 없는 패자로 보는 거지."

"말씀이 심히 불쾌하군요."

그 직원이 자리에서 일어나면서 말했다.

"좋소. 염병할 그 자리에 조용히 앉으시오, 내일 아침 '데일리 메일'에 당신이 지급 거부했다고 기사 뜨는 거 보고 싶지 않으면. 이대로 자리를 뜨면 신의 성실의 원칙에 입각한 협상 진행을 더 이상 하지 않겠다는 뜻으로 간주하겠소. 그리고 분명히 말하건대 내 느낌상 당신들의 신의 성실의 원칙은 아주 깨지기 쉽다는 거요. '법적 구속력이 있는' 부분 중에서 어느 부분이 이해가 안 갑니까?"

미키가 의사들의 진단서를 철한 폴더를 들고 흔들며 말했다.

"여기 나와 있죠, 쉬운 말로 '무릎이 아작 났다.' 뭐가 이해가 안 간단 거요? 얼마나 쉽게 써 드려야 하죠? 프레디의 무릎이 아작 났습니다, 법적 구속력이 있는 보험을 들었습니다, 그러니 이제는 보험사에서 그 염병할 지급을 해야 할 차례입니다."

미키는 기분이 후련해졌다. 고함친다고 해결될 사안은 아니겠지만 공개적인 위협은 그래도 먹힐 것이다. 회의는 합의한 바에 따라 비공개 원칙으로 열렸지만, 보험사가 이렇게 막무가내식 태도로 나온다면 그는 세상에 공개할 작정이었다. 막후에서 준비하고 있는 최종 협상안을 다듬어서 내놓을 것이다. 이 일은 두 번 다시 축구를 못하게 된 프레디를 위한 일이다. 그에게 돈을 지급한다는 것은 축구계를 영원히 은퇴하는 조건부 승인이 된다. 그는 더 이상 시합으로 돈을 벌 수 없으니 그에 대한 보상으로 거액의 보험금이 지급되어야 한다. 미키는 패트릭에게 있는 그대로 말했지만 패트릭은 과연 그렇게 될지 미심쩍어 하는 것 같았다. 그는 쟁점을 부각시키고 싶지 않았다. 주변 지인들은 미키의 이런 생각을 비웃을지 모르지만 사실은 패트릭을 가르치려는 태도로 대할까 봐 그랬다. 결국 바보가 아닌 이상 이것이 무슨 말인지 깨닫게 될 것이다. 프레디에게 더 이상 축구는 없다. 영원히. 프레디는 좋아하는 일을 하지 못하는, 두 번 다시 하지 못하는 대가로 돈을 받는 것이다. 그 현실을 직면해야 하는 소년에게는 그것이 지옥일 것이다. 그리고 미키가 확신하는바, 패트릭은 아들에게 진실을 말하지 않을 것이다. 그 소식 자체도 받아들이기 어려울 것이다. 먼일을 미리 걱정해야 지금은 의미도 없다.

보험사 직원이 말했다.

"당신이 넘겨 준 자료보다 의학적 소견이 훨씬 더 복잡하다는 걸 인지하신 건지 의심스럽군요. 카모 군의 상태는 전문가마다 의견이 일치하지 않아요. 아시겠지만, 이 사안은 선수의 활동 방향에 따른 조건부로 결정되는 것입니다. 그런 제한 사항들이 불확실한 가운데 카모 군처럼 어리고 유능한 선수에게 조건을 붙인다는 것은 잔인하고 무모한 처사, 아니겠습니까."

다른 말로 하면, 저 남자가 미키의 생각을 읽고 있다는 것이었다. 개자식 중에 개자식이지만 똑똑한 개자식이다.

미키는 그만 귀를 닫았다. 오늘도 결론이 나지 않을 것이다. 그들은 모두 손을 놓고 어서 회의가 끝나기만 기다렸다. 춥지 않은 전형적인 영국의 가을은 어디로 가고 날씨가 우중충하고 습했다. 미키는 축구를 좋아했고 축구도 그만큼 그에게 좋은 순간을 가져다주었다. 그러나 나이가 들면서 잔인함을 느끼게 되는 순간이 있었다. 운도 따라 줘야 하고, 선수로 뛸 수 있는 기간은 너무나 짧고, 유명세가 사그라지고 남은 인생은 너무나 길고, 단 한순간의 불행이 모든 것을 앗아 간다. 그런데 그런 일이 프레디에게 일어난 것이다. 프레디가 얼마나 받을지 알 수 없었다. 어쩌면 부동산 개발 같은 일이 훨씬 더 깔끔한 돈벌이 수단이 될지도 모르는 일이었다.

94

파커 프렌치와 그의 완벽한 여자 친구 데이지가 함께 사는 해크니 지역의 방 두 칸짜리 아파트 창에 비가 들이쳤다. 어쨌든 현재 파커는 그녀와 살고 있다. 그는 아직 모르지만 곧 여자 친구에게 차일 참이다. 그가 그것을 모르는 이유는 그가 곧 차이게 될 이유와 같았다. 그는 침착하고, 건망증 환자에, 물건을 잘 잃어버리고, 벽창호에, 무모하고, 귀머거리였다. 데이지는 그를 납득시킬 방법이 생각나지 않았다. 음악을 들으며 차를 마시는 그녀 앞에는 '예, 아니오'로 나뉜 목록이 놓여 있었다. '예' 칸에는 '텅 빈', '없는', '떨어지는', '여기 없는'과 같은 부정적인 표현의 항목으로 가득 차 있다. '아니오' 칸에는 단 하나의 긍정적인 표현의 항목만 차 있다. '그도 예전에는 사랑스러웠다.'

그녀는 가끔 옛날 생각을 하다 보면 진짜 그런 일이 있었나 싶어 돌아보고 되돌아봤는데, 지난 시간에는 세 가지 단계가 있었다. 여기에는 고등학교(영국 학제에서 16~18세 무렵 2년간 대학 입시(A levels) 준비 과정을 'sixth-form'이라고 하는데, 이해를 돕기 위해서 고등학교로 표기—옮긴이) 때 무더운 6월 밤에 열렸던 댄스파티에서 키스한 것을 계기로 사귄 '정상적인 파커'는 제외시켰다. 정상적인 파커는 남자 친구로서의 다정함과 남자다움을 보여 주었다. 뜻밖에 일일이 챙겨 줘야 하는 파커는 자신감이 부족했고, 성공하겠다고 결심만 했지 무엇을 어떻게 하겠다는 의지는 부족했다. 그래서 때로는 남자 친구라기보다 남동생 같다는 느낌이 들었다. 그래도 불만은 없었다. 오히려 그의 그런 점이 좋았다. 외모, 호리호리한 몸매, 그녀와 똑같은 키 모두 마음에 들었다. 그녀가 알기로 파커의 탈출 욕망은 진심이었다. 그것은 노픽으로부터의 탈출, 어린 시절로부터의 탈출을 뜻했다. 그녀는 믿어 의심치 않았다.

파커의 예술성에 관해 말하자면, 글쎄……. 중요한 것은 파커가 그것을 믿는다는 것이다. 그녀는 파커가 뭔가를 해낼 거라고 확신했다. 그것이 예술이 될지 말지 분명하지 않더라도. 파커에게 예술에 대한 현실 인식이 있는지 그것이 확실치 않았다. 이것은 재능의 문제가 아니라, 그 세계가 어떤 식으로 돌아가는지를 이해하는 능력의 문제였다. 노픽은 예술과 거리가 먼 지역인 데다 멋진 콜라주를 할 수 있는 지역도 아니었다. 미술 선생이 반에서 재능이 가장 뛰어난 학생이라고 칭찬하는 것과는 차원이 다른 얘기였다. 데이지가 생각하는 예술계는 게임, 그것도 진지한 성인용 게임의 세계와 많이 비슷했다. 안타깝지만 파커는 아직 그 게임 방법을 모르고 있는 것이다. 하지만 데이지가 보기엔 그것이 별로 중요하지 않았다. 그의 순진함은 모두 파커다움으로 수렴되었고, 그것은 바로 그녀가 사랑하고 신뢰하는 그의 모습이었던 것이다. 그가 예술의 길을 걷지 않았다 해도 다른 길을 걸어갔을 것이다. 이 모습 모두가 정상적인 파커였고, 몇 달 동안 보지 못한 파커였으며, 애써 의식해야만 생각나는 파커였다.

그 이유는 파커가 연달아 다른 세 가지 버전의 파커를 드러냈기 때문이다. 첫 번째는 '슬픔으로 말을 잃은 파커'였다. 이 버전은 그가 사전 예고도 없이 갑자기 해고를 당했을 때 나타난 현상이었다. 데이지의 경험상 교통사고를 냈는데 사장의 개를 쳤더라 하는 식이 아니라면 그렇게 갑자기 해고를 당할 수는 없었다. 하지만 해고는 파커 본인에겐 마른하늘에 날벼락이었고 가장 큰일이었다. 한동안 그는 상심이 커서 넋이 나가 슬픔과 비탄 속을 헤맸다. 그것은 물론 비극이고 그에게 연민을 느꼈지만 화가 나는 것은 어쩔 수 없는 일이었다. 그것에 대한 부담은 결국 해고당하지 않은 사람, 즉 파커보다 더 힘든 데이지의 몫이었기 때문이다. 해고를 당하면 스스로를 탓할 수밖에 없다. 그래도 현실을 받아들이고 극복하는 것이 최선의 방법이다. 그에게 뭐라 말도 못 하고 속을 끓이던 그녀는 파커의 기운을 북돋워 주려고 주말에 그와 코츠월드에 갔던 거였다. 그것이 정말로 그에게 힘이 된 것 같아서 그녀는 기쁘기 그지없었다. 갑자기 그는 생각과 계획이 떠올랐다며 바로 다른 사람이 되었다. 즐거움과 활기, 재치가 넘쳐서 방방 뛰고 난리도 아니었다.

이로써 '조증의 파커'가 탄생했다. 전혀 몰랐던 그의 모습이었다. 데이지는 뭔지 알 수도 없는 것에 그는 혼자 흥분했다. 분명 흥분하기는 했다. 아침에 그녀가 눈을 뜨면 파커는 이미 깨어 있었고, 그 자체만으로도 충분히 이상한 일이었다. 그는 절대로 그녀보다 먼저 일어나는 사람이 아니었고 이런 식으로 깨어 있는 사람도 아니었다. 천장을 올려다보면서 때로 씩 웃기도 했는데 눈이 웃는 웃음이 아니라 남을 조롱할 때 좋아서 흘리는 비웃음이었다. 그녀는 또 파커가 침대를 발로 차거나 이리저리 뒤척거려서 잠을 깬 적이 몇 번 있었다. 그가 너무 이상하고 거의 딴사람 같아서, 그녀는 어떻게 생각해야 할지 종잡을 수가 없었다. 파커가 바람을 피운다거나 인터넷 도박으로 돈을 날린다거나 하면 바로 알아차릴 수 있을 만큼 그를 잘 안다고 확신에 차 있었다. 하지만 그런 파커의 모습은 낯설기만 했다. 그녀가 물어보면, 그는 쾌활하게 아무 일 없다고 대답했다. 언제 다시 일자리를 찾을지 물어봤을 때도 그는 쾌활했다. 쾌활 그 이상이었다. 그는 "아직 저축이 남아 있긴 한데, 자기 생각에 내가 방값을 제대로 못 낼 것 같다 싶으면 바로 이사 나갈게"라고 말했다. 말인즉슨 다시 묻지 말라는 뜻이었다. 그래서 그녀는 입을 다물었지만 기분이 좋진 않았다. 조증의 파커는 일을 계획하고 도모하는 모습으로 가끔 남모르는 기쁨에 혼자만 낄낄거리며 웃는 듯 보였다. 그녀는 그런 파커보다 슬픔으로 말을 잃은 파커가 더 좋다고 한두 차례 생각한 적이 있었다.

그런 생각에 화답하듯, 아니면 그런 생각에 벌을 받은 듯 또 다른 모습의 파커가 나타났다. 이 버전의 파커는 데이지가 아이팟으로 조니 미첼의 '블루'를 들으면서 '예, 아니오' 리스트를 만들고 있을 때 나타났다. 그 모습은 일시적인 현상이 아니라, 처음에는 조증의 파커로 변신했다가 몇 시간 또는 며칠 뒤에 지금 현재의 '도스토옙스키 파커'로 변신했던 것이다. 그가 손톱을 물어뜯는다 싶으면 이 버전의 파커가 그 모습을 드러내기 시작하는 것이다. 그래서 그는 해야 할 일을 앞에 놓고도 정신은 다른 세상에 가 있었다. 예를 들면 그의 강점이 그녀에 대한 관심이었는데, 요 몇 개월 사이에 그는 그녀 따위 관심도 없고 관심 자체도 모르는 사람처럼 보였다는 것이다. 그가 저녁을 하고 있겠지 하고 주방으로 가 보면 그는 가만히 서서 입술만 잘근잘근 깨물고 있었다. 그동안 야채는 까맣게 탔다. 도스토옙스키 파커의 새로운 몸짓 중 하나는 머리에 두 손을 얹고 식탁 앞에 앉아 있는 것이다. 일찍 일어난 것이 아니라 아예 잠을 못 잔 것이다. 그는 쉽게 잠들지 못하거나(데이지가 알기로는 불안증이었다), 일찍 깨면 다시 잠들지 못했다(데이지가 알기로는 우울증 증세였다). 그리고 어쩌다 잠이 들면 그는 브레이크 댄스를 추는 더비시(미친 듯이 춤을 춘다는 뜻의 금욕 생활을 서약한 이슬람 수도사 - 옮긴이)처럼 몸부림을 친다. 도스토옙스키 파커는 정상적인 파커와 다르게 보였다. 정상적인 파커보다 더 심각하고 창백하고 세속적이다. 그는 오로지 탄수화물과 괴로움으로만 연명하는 사람처럼 보였다.

무슨 일이 있는 것일까? 데이지는 도무지 알 수가 없었다. 이 도스토옙스키 파커가 조증의 파커와 크게 다른 점은 구체적으로 뭐가 슬퍼서 그렇다기보다, 데이지의 생각이 맞다면 주로 우울함과 죄책감 때문에 그렇다는 것이었다. 그에게 벌어진 일이 아니라 그가 한 일 때문에 좌불안석이었다.

"자기야, 왜 그러는 건지 말해 주면 안 돼?"

11월 어느 날 밤에 녹초가 돼서 집으로 돌아온 그녀가 말했다. 그녀를 위해 차린 저녁 이상은 바라지도 않았다. 아마 안마를 받고 나서 하루 종일 그녀를 기다린 남자 친구와 허접한 TV 프로를 보는 것이 전부일 것이다. 그런데 그녀는 지금 전자레인지에 데운 냉동식품을 앞에 놓고 조용히 앉아 있었다. 소리 지르고 싶었지만 파커에게는 통하지 않을 것이다. 그러면 그는 더 움츠러들 것이다. 그래서 최대한 다정하게 대하려고 최선을 다했다. 그녀는 더 이상 참을 수 없었고, 더 이상 견딜 수 없었다. 더 이상 '아니오' 칸을 채울 것이 생각나지 않았다.

그녀는 모르고 있었다. 파커가 그녀에게 간절히 말하고 싶어 했다는 것을. 그는 고백하고 싶었다. 스스로가 쌓아 올린 장벽을 모두 부수고, 아무렇게나 쌓아 만든 침묵과 비밀과 위선을 허물고 싶었다. 내뱉고 울고 터놓고 싶었다. 고백의 필요성이 토할 때처럼 목구멍까지 차올랐다. 하지만 그는 입을 열 수가 없었다. 그래서 서로 사랑하는 두 청춘 남녀는 이러지도 저러지도 못한 채 불행에 떨고 있었다.

95

퀜티나에게 수용소가 어떨 것 같으냐고 묻는다면 그녀는 곧장 떠오른 생각을 몇 가지 말할 수 있었다. 예컨대 수용소에는 사생활이 없을 거라고 쉽게 답할 수 있다. 남자 보초들이 심심하면 여자들의 방에 마음대로 들어가 여자들의 소지품을 막 뒤져도 되는 곳 말이다. 그래서 많은 여성 중 독실한 이슬람교도들이 분개할 것이다. 놀라운 일은 아니다. 식량 사정도 열악할 것이다. 오후 5시가 지나면 아무것도 먹을 수 없다거나, 아이들이 많아서 가끔 배고파 우는 아이도 있다거나 하는 문제가 아니다. 이곳은 교도소요, 그녀는 수감자 같다는 것이었다. 그러나 그녀가 예상치 못했던 일은 바로 정치였다. 내부의 정치적 상황. 그녀가 들어갔을 때, 억류자들 다수가 수용소 환경에 항의하는 차원에서 단식 투쟁을 벌이고 있었다. 그들이 내세운 열다섯 가지 요구 사항 중에는 영국에서 태어난 아이의 출생증명서를 되돌려 달라는 사항도 포함되어 있었다. 일당을 71펜스로 다시 지급해 달라는 사항도 있었다. 그리고 대부분이 법적 대리인이 없었기 때문에 법적 정보를 열람하길 원했다.

퀜티나는 이 열다섯 가지 요구 사항에 모두 동의했지만 막 들어왔기에 이민국 심리가 아직도 당황스러웠고 혼란스러웠다. 그래서 바로 단식 투쟁에 돌입할 기분이 나지 않았다. 분명 명분 있는 정의로운 싸움이었지만, 솔직히 그녀 개인의 명분은 아니었다. 막 들어와서 일당 71펜스가 있다는 것도 몰랐다. 퀜티나는 수용소 환경에 분노할 만큼 이곳에 오래 있을 것 같지 않았다. 이곳에 있는 동안에는 그저 생존을 위해 노력하기로 했다.

사실, 튜팅의 레퓨지는 생존과 인내를 스트레스에 가깝게 강요하는 곳이었다. 그와 더불어 후원자들의 선의에 감사해야 한다고 무언의 압력을 행사했다. 후원자들은 영국인이 모두 정부나 언론처럼 잔인한 것은 아니라는 메시지를 열과 성을 다해 보내왔다. 하지만 수용소 분위기는 그렇지 않았다. 여기 사람들은 수시로 폭발했다. 정부를 증오하고, 언론사를 증오하고, 수용소를 운영하는 행정 기관을 증오했다. 작년에는 간수들이 수용소 다큐멘터리 제작을 금지시키자 억류자들이 폭동을 일으켰다. 그런 폭동은 언제든 다시 발생할 수 있었다. 그러다 단식 투쟁까지 벌이게 되는 것이다.

퀜티나에게 이 사태를 알려 준 사람은 여성 할례의 희생자를 치료했던 나이지리아 의사 마켈라였다. 당국은 그녀가 나이지리아로 돌아가더라도 생명에 위협을 받지 않을 거라며 망명 신청을 거부했었다. 그녀도 분노했지만 퀜티나에게 분노하진 않았다. 그녀는 퀜티나에게 수용소의 정치적 상황에 성급하게 뛰어들 필요가 없다고 말해 주었다. 그녀는 또 시간이 지나면 정치적으로 의식 있는 억류자들, 그러면서도 아이가 없는 억류자는 문제를 일으킨 데 책임을 져야 한다고 소신 있게 말했다.

그것은 한참 후의 일이 될 것이다. 아마 아주 먼 훗날의 일일 것이다. 퀜티나는 영국에 온 후 처음으로 패배 의식을 느꼈다. 이곳의 공기는 숨쉬기 힘들 만큼 무거웠고, 분노가 짙게 깔린 반면 희망은 거의 없었다. 사람들은 그래서 분노했다. 부서지고, 깨지고, 끝난 데 대해 분노하는 것밖에는 별도리가 없었다. 퀜티나는 침대에 누워 천장을 올려다보고 싶었다. 목적도 없고, 중요한 것도 없는 것처럼.

이민국의 법원 심리는 재앙이었다. 그녀가 첫 대면한, 얼굴빛이 붉은 판사의 심리에서 희망의 빛이 꺼지는 순간을 느꼈다. 판사는 이성적이고 합리적인 인간으로 태어난 것 같은 사람이었다. 하지만 시간이 갈수록 그녀의 생각이 틀렸다는 것을 깨달았다. 판사의 질문은 신랄하면서도 은근히 냉소적이었다. 그녀에게 정확히 어떻게 영국으로 왔는지 물었고, 정확히 어떻게 생계를 이어 갔는지 물었다. 정부 측 변호사가 그녀의 불법 노동 사실을 밝히자 판사의 얼굴이 굳어졌다. 인자하게 공명정대한 체했던 자세는 사라지고 말았다. 그 순간, 월요일 정오에 그녀는 망명 신청이 거부되리라는 것을 직감했다.

퀜티나의 변론을 맡은 온화한 중년의 변호사는 심리 마지막 날에 고개를 돌리고 얼굴을 찡그렸다.

"잔인하군요."

퀜티나가 먼저 말했다.

"말하기도 싫소. 하지만 저 판사는 최고로 까다로운 판사였다오. 미안하게 됐소. 걱정 말아요, 여기서 졌다 해도 아직 끝난 건 아니니까. 항소하면 돼요."

아직 패소하지 않았다 하나 패소한 거나 다름없었다. 화요일도 월요일만큼 나빴다. 판사는 그녀가 짐바브웨를 떠나기 전에 무슨 일이 있었고 그곳으로 돌아가면 무슨 일을 겪게 될지 하는 사항보다 불법 노동 문제를 더 무겁게 다루어 그 모든 세부 사항에 대해서 거침없이 추궁했다. 그다음 주 월요일에 추방령이 떨어졌을 때 그녀는 별로 놀라지 않았다. 이렇게 되면 항소 판결이 끝날 때까지 이민 센터로 가 있어야 한다.

그녀가 이곳에 온 지 어느덧 두 달이 되었다. 정부 대신 수용소를 운영하는 보안업체 소유의 미니버스가 길을 따라 내려가고 있었다. 이런 상황만 아니었다면 퀜티나는 이 여행을 즐겼을 것이다. 영국의 유명한 초록 들판을 감상할 기회였으니까. 공원 광장을 제외하면 이런 들판은 실제로 본 적이 없었다. 경작지와 소, 트랙터가 차창을 스치고 지나갔다. 영국에는 런던 한곳만 있는 것이 아니었다. 추방을 앞두고 깨닫게 되다니 우스웠다. 수용소 건물에 대한 첫인상은 한 줄기 빛을 본 듯 낙관적이었다. 3층짜리 모던한 건물 앞에는 주차장이 있었다. 동시대 영국 특유의 건물이 눈에 익은 사람은 이 건물을 모텔이나 국제 회의장 또는 고등학교로 생각했을 것이다. 하지만 판사의 첫인상과 마찬가지로 건물의 첫인상에 또 속고 말았다. 이민 센터는 수용소였고, 수용소를 나가면 어딘가 더 좋은 곳으로 간다고들 했지만 사실 이곳에서 추방되면 그간 온갖 위험을 무릅쓰고 탈출했던 바로 그곳으로 되돌려 보내진다는 반전이 숨어 있는 곳이었다.

모두가 음식에 집착했다. 억류자들의 열다섯 가지 요구 사항 중 하나가 바로 '먹을 만한 음식'이었다. 농담이 아니었다. 레퓨지에서 공주처럼 먹은 것은 아니었지만, 여기 음식에 비하면 레퓨지 음식은 7성급 리조트 음식이라고 할 수 있었다. 음식은 보기만 해도 입맛이 달아났고, 냄새가 났다. 고기에서는 상한 냄새가 났다. 음식에 양념도 넣지 않아 맛도 나지 않았다. 심지어 디저트는 짭짤한 메인 요리보다 더 덩어리들이 굴러다니는 것 같았다. 첫 2주 동안 퀜티나가 유일하게 먹을 수 있었던 음식은 과일이었다. 시들고 썩은 과일이었음에도 불구하고 과일인지라 하늘에서 내려 주신 선물처럼 사람들 사이에서 환영을 받았다. 그녀는 주차 단속 요원으로서 하루에 10마일을 걸었을 때보다 살이 더 빠졌다.

그녀가 이 얘기를 마켈라에게 하자, 그 나이지리아 여인은 웃으며 말했다.

"처음엔 다 그래요. 맨 먼저 사람들을 미치게 하는 건 언제나 음식이죠."

96

오늘이 될지도 모른다. 오늘이 될까? 아니다. 아무 일도 일어나지 않을 것이다. 아무 일도 일어나지 않는 편이 더 좋을지 모른다. 아니, 확실히 더 좋다. 그렇기 때문에 그 일이 일어날 것으로 보이지도 않고, 일어나기를 바라지도 않는다. 그러니 이 모두를 감안하면 일어나지 않을 것이다. 하지만 일어나면 어떻게 하지?

마티아는 즈비그뉴와 데이트하러 나갈 준비를 하고 있었다. 이번에 새로 구한 아파트는 브릭스톤에 있는 셰어하우스로, 상대에게 잘 보이고 싶거나 잘사는 것처럼 보이고 싶을 때 혜른 힐에 산다고 해도 될 만한 위치에 있었다. 런던에서 이 아파트를 구한 것은 큰 행운으로 그녀에게 긍정적인 경험이 되었다. 한 헝가리 친구의 동료가 방이 하나 남았는데 월세를 낼 능력이 되고 담배를 피우지 않는 사람을 찾는다고 귀띔해 준 것이었다. 고양이털에 알레르기가 없어야 하고, TV가 없어도 괜찮아야 하고, 주인이 일 때문에 집을 비우면 아래층에 혼자 사는 주인의 홀어머니가 잘 지내는지 종종 확인해 줄 만한 사람을 찾는다고 말이다. 그 동료가 마티아와 면담하고 추천서를 확인하는 데 10분이 걸렸다. 그리고 그녀는 그 자리에서 바로 이사오라고 했고 마티아는 이튿날 이사를 했다. 즈비그뉴는 피오트르에게 밴을 빌려 이삿짐을 날라 주었다.

즈비그뉴. 그가 핵심이었다. 마티아는 옷을 차려입으며 오늘 데이트에서 그와 자게 될지 어떨지 정확히 가늠할 수가 없었다. 그들이 어떻게 여기까지 오게 되었는지 말로 다 표현할 수 없었다. 저런 남자는 절대로 사귀지 않겠다고 했던 마티아가 어떻게 이렇게나 많이 그 남자를 좋아하게 되었는지 모르겠다. 그는 상당 부분에서 부정적인 항목에다 체크해야 하는 남자였다. 그는 폴란드 사람이었는데, 마티아는 폴란드 사람은 자기밖에 모르고 다른 것에는 무관심한 줄 알았다. 돈도 없었다. 정말로 포기할 수 없는, 진지하게 사귀는 남자 친구의 조건은 단 하나, 돈이 많아야 한다는 것이었는데 그는 돈이 없다는 문제와 겹치는 육체노동을 하는 사람이었다. 마티아는 사무직에 종사하는 남자 친구를 사귀길 간절히 바라 왔다. 가능하면 고향에서 알고 지낸 남자들과 다른 부류의 남자를 만나고 싶었다.

그러나 아직……. 그녀는 검은색 끝단이 달린 핑크색 속옷을 입고, 가슴을 돋보이게 해 주는 브래지어를 차고, 길거리나 바에서 남자들이 가장 좋아하는 청바지를 입었다. 이 옷들은 살찐 것을 알 수 있게 해 주는 가장 믿을 만한 척도였다. 조금만 살이 쪄도 딱 맞는 섹시한 옷이 꽉 끼기 때문이다. 윗도리로는 지름신이 강림한 아라벨라가 사서 준 구슬 장식의 셔츠를 입고, 날씬한 허리와 풍만한 가슴을 강조해 주는 스웨이드 재킷을 걸쳤다. 즈비그뉴가 정말 그런 사람이라면 그녀는 왜 이렇게 하고 있는 것일까? 그것은, 그의 듬직한 성미를 자산이라고 생각하기 때문이다. 폴란드 사람으로서의 특성이 있다는 말은 그가 어떤 사람인지 스스로 잘 알고 있다는 뜻이다. 즈비그뉴는 꾸밈도 없는 데다 성격과 언행에서도 위선이나 거짓이 없었다. 그것이 이상하게 신선했다. 요즘 남자들은 마치 뭔가 자신과는 다른 모습을 보여 주려고 애쓰는 것 같았다. 섹스를 하려고 굳이 다른 사람인 척하는 것이다. 남자들은 그 이상인 모습을 보여 주려고 애쓰지만, 그 연기 뒤에 숨은 본모습은 언젠가 드러나고 말았던 것이다. 정말 피곤했다. 하지만 즈비그뉴는 완전 달랐다.

그는 돈이 별로 없었다. 이 말은 그가 돈의 가치를 잘 알고 있다는 뜻이다. 돈에 관한 한 믿을 수 있고, 신뢰할 수 있는 남자였다. 돈 많은 남자 친구는 그녀에게 경제권을 맡겨서 그녀로 하여금 선택하고 소유하게 해서 예쁜 여자로 보이게 할 것이다. 런던에는 그녀보다 열 배, 스무 배, 오십 배, 천 배 많이 돈을 버는 사람들이 있다. 그것도 아주아주 많다. 그들과 그녀 사이에는 얼마만큼 공통점이 있을까? 그런 세계에 사는 남자 친구는 다른 사람들과 한집에 사는 그녀를 어떻게 생각할까? 그녀가 삼십 파운드를 충전한 오이스터 교통카드를 잃어버렸다고 하면 그는 무슨 말을 해야 하는지 알고 있을까? 그런 면에서 즈비그뉴는 소통에 어려움이 없었다. 돈의 가치, 즉 물건값에 대한 감각은 서로 생각하는 바가 완전히 일치했다. 즉 꿈이 비슷했다. 런던의 기준에 따른 부자들은 정원이 딸린 장미 울타리 시골집을 촌스럽다고 생각할 것이다. 그들은 그런 집을 상반기 보너스만 갖고도 거뜬히 살 수 있으니까. 하지만 마티아나 즈비그뉴에게는 그것이 그렇게 쉽지 않았다.

그가 몸 쓰는 일을 한다는 것도 미묘한 문제였다. 마티아는 아이라 이너를 그리다가 잠시 손을 놓았다. 누군가가 있었다면 얼굴이 빨개졌을 것이다. 즈비그뉴의 육체노동이 현재의 몸을 만들어 주었고, 그 몸은 그녀가 가장 좋아하는 부분이었기 때문이다. 간단히 말하면 그의 단단한 몸이 좋았다. 즈비그뉴는 보디빌더나 액션 배우처럼 근육이 터질 듯 울룩불룩하지 않았다. 하지만 그의 몸은 단단하고 팽팽했다. 어쩌다가 그와 몸이 닿거나 부딪히거나 하면 마티아는 그 단단한 몸을 느낄 수 있었다. 근육질인 몸이 탄탄하고 깨끗했다. 매끄러운 피부도 겉은 부드러웠지만 속은 탱탱하다는 것을 알 수 있었다. 침대에서 어떨지 그 모습을 군이 상상하지 않아도 쉽게 알 수 있었다. 쇼하듯이 농담 빼고는 말도 못하는 영국 젊은이들과도 달랐다. 그는 유머 감각이 풍부하고, 말씨가 조용하고, 성격이 차분하면서도 사물의 재미난 면을 잘 포착해 냈다. 그가 화장실 벽 색깔을 바꾸겠다고 변덕이 죽 끓듯 하는 아라벨라를 흉내 내면 마티아는 웃다가 눈물까지 질금질금 흘렸다.

하지만 아직도 그를 좋아하지 않을 이유는 많이 있었다. 즈비그뉴에게 찬바람 쌩쌩 날리던 때가 아직도 기억에 생생하다. 즈비그뉴가 가끔씩 나타나면 그에 대해 느꼈던 좋은 감정이 순간 모두 사라지던 때가 말이다. 그와 마티아 사이에서 가장 큰 걸림돌은 그를 얕잡아 봤던 그녀의 기억이라는 것을 알았다면 즈비그뉴는 아마 깜짝 놀랄 것이다. 그녀는 처음에 그를 하찮게 보았다. 욘트가에서 일하는 사람이라는 꼬리표를 붙였다. 어떤 의미에서 그는 그녀에게 하인이었다. 그로 인해 상황은 더 악화되었고 좋아지지도 않았다. 그는 잘생기지도 않았다. 너부데데한 슬라브족 얼굴에 기억에 남지 않는 흔한 갈색 머리를 하고 있었다. 볼 때마다 그 갈색이 진해졌다가 옅어졌다가 했다. 그는 못생긴 것도 아니었지만 그렇다고 잘생긴 것도 아니었다. 그저 그런 개성이 없는 얼굴이었다.

97

즈비그뉴는 가장 강력한 라이벌이 마티아의 머릿속에 존재하는 이전의 자신이라는 사실을 까맣게 몰랐다. 그 사실을 직접 들으면 그는 오히려 안심할지도 모른다. 마티아를 만나러 가기 전, 피프스 로드 42번지 집 벽에서 꺼내 매트리스에 던져 놓은 가방이 보이자 그의 가장 강력한 라이벌을 이 가방이라고 생각했기 때문이다. 그는 열린 가방 옆에 앉아 있었다. 무슨 조홧속인지 볼 때마다 돈이 불어난 것처럼 보였다.

금액이 실제로 불어나고 있을지도 모르고, 아니면 이 돈의 중요성을 반감시키고 싶은 의지 때문일지도 모른다. 그는 이 생각을 억지로 밀어냈는데, 정신적인 면에서는 성공이었다. 머릿속에서 털어 버리고 오랜 시간 밖에서 놀다 올 수 있었기 때문이다. 다만 확인할 때마다 금액이 더 많아 보이는 것은 여전했다.

즈비그뉴는 비이성적인 공포감에 굴하지 않고 불안감을 당연한 감정이라고 생각했다. 그는 너무 오랫동안 돈을 갖고 있어서 그런지 이제는 무엇을 하든 스스로를 설득시키려 한다는 느낌이 들었다. 레더비 부인에게 돈을 곧바로 돌려주지 않았던 것은 잘못한 일 같았다. 오십만 파운드를 석 달 동안 은행에 넣어 두면 5퍼센트 이율로 따져도 이자만 육천 파운드가 넘는다. 그가 돈을 돌려주지 않아서 레더비 부인이 손해를 보게 되는 금액이다. 아무 조치도 취하지 않은 탓에 오히려 그녀의 돈을 훔친 격이 되었다. 그는 얼마 안 되는 주식을 모두 팔았다. 일종의…… 일종의…… 어떤 마음에서 그렇게 했는지 알다가도 모르겠다. 런던에 살면서 투자한 주식은 불안한 시장 상황 때문에 주가가 15퍼센트나 폭락했다.

훔친 돈을 돌려줘야 한다. 하지만…… 하지만 어떻게? 아버지에게 사 줄 작은 집, 은퇴 후 두 분 부모가 보낼 황금 같은 세월, 부모를 위해 즈비그뉴가 가장 간절히 바라는 것들은 훔친 돈으로 해결할 수 있었다. 이게 문제였다. 아버지에게 절대로 자신이 저지른 짓을 말할 수 없을 것이고, 그 짓은 곧 떳떳한 일이 결코 아니라는 뜻이었다. 그 모든 것이 거짓말이 될 것이고 모든 것을 해롭게 오염시킬 것이다. 그렇게 할 수는 없었다. 그렇다, 돈은 반드시 돌려주어야만 한다. 하지만 그전에 누군가에게 이 사실을 말하지 않고서는 그렇게 할 수 없을 것만 같았다. 가톨릭 신자라서 그럴지도 모른다. 그는 고해 성사를 해야 했다. 면죄부를 받아야 한다. 비밀의 무게를 견딜 수 없을 만큼 힘들었다. 그리고 바로 인정하기는 힘들었지만 문득 이런 생각이 들었다. 그가 누군가에게 오십만 파운드가 든 돈 가방에 대해, 그대로 있는 돈에 대해, 오래전에 죽은 주인과 가방을 찾은 사람의 소유가 될 돈에 대해, 더구나 수백만 파운드나 나가는 집을 물려받아 그 돈이 있어도 그만 없어도 그만인 현재의 주인에 대해, 그래서 이 돈이 필요치도 않고 돈의 존재도 모르고 돈을 잃는다는 생각조차 못하는 부자인 주인에 대해 말한다면, 어떤 답변이 나올까. 반면, 즈비그뉴가 그 돈을 소유하면 인생은 완전히 바뀔 것이다. 그가 꿈꾼 야망을 이 돈이 이루어 줄 것이다. 부모의 안락한 노후를 선사하고 인생을 새로 시작할 기회가 생길 것이다. 갑자기 생긴 큰돈으로 사람을 고용하고 부를 창출하고, 행복을 함께 나누고, 아버지에게 장미로 뒤덮인 시골집을 사 주고, 마티아에게도 집을 사 주고 방에 튼튼하고 좋은 매트리스가 깔린 침대를 들여놔 줄 것이다. 그러니 이 돈은 주인에게는 존재도 모르는 돈이고, 그에게는 간절하게 필요로 하는 돈인 것이다. 이 딜레마를 누군가에게 말한다면 그 사람은 이렇게 답변할 것이다.

'바보같이 굴지 마. 네가 돈을 가져야지, 미쳤냐? 오히려 그렇게 안 하면 불공평한 거지. 그것도 자신의 것을 도둑질하는 거야.'

아마 즈비그뉴의 고민을 들은 사람은 이렇게 답변했을 것이다. 아마도. 그랬으면 좋겠다. 반면에 즈비그뉴는 이보다 더 마음에 드는 방법이 생각났다. 그가 그녀에게 고백한다면 그녀는 들으나 마나 정확히 그 반대로 선택하라고 답변해 줄 것이다. 그 돈을 돌려주는 것밖에는 달리 방도가 없을 거라고 답변할 것이 틀림없다. 그것은 도덕적으로 올바른 선택이다. 그는 결국 돈을 훔친 거니까. 그녀는 즈비그뉴가 자신이 생각한 사람과 다르다고 판단할지도 모른다. 다른 사람의 돈 오십만 파운드가 든 돈 가방 위에 앉아 여태 돌려주지 않았다니 하며 그녀는 그런 그를 믿을 수 없는 사람이라고 할지도 모른다. 그녀에게 돈 가방에 대해 말하면 그것으로 둘 사이가 끝날지도 모른다.

이런저런 걱정에 시달리며 즈비그뉴는 옷을 입고 내려갔다. 피프스 로드 42번지의 작업은 거의 끝나 갔다. 아래층 페인트칠 작업은 마무리만 남겨 둔 상태였고, 레더비 부인이 둘러본 후 미진한 구석이 있는지 없는지 확인을 받으면 모두 끝난다. 즈비그뉴의 인생에서 피프스 로드 시대가 끝날 것이다. 아마도 인생의 또 다른 막이 올라갈 것이다. 그는 분명 그렇게 바랐다. 모든 것은 마티아의 판단에 달려 있었다.

98

"뭐, 지금? 지금 당장? 지금 당장 가라는 말은 아니지?"

즈비그뉴가 물었다. 그들은 번화가의 한 카페에 들어가 자리를 잡고 앉아 서로 머리를 맞대고 있었다. 오늘 데이트에서 그들은 커피, 영화, 저녁, 누가 무엇을 알고 있는지에 대해서 이야기를 나누었다. 그녀는 더할 나위 없이 사랑스러웠다. 그런데 지금 그녀에게는 뭔가 계획이 있어 보였다.

"지금 당장. 이 순간. 당장 나가서, 당장 나가서 그분한테 달려가. 전화 먼저 드려. 하지만 직접 가서 만나고 와."

"하지만 지금은 일요일 오후라고!"

"그게 뭐 어쨌다고?"

즈비그뉴는 볼을 볼록하게 부풀렸다.

"지금이라."

이것이 돈 가방에 대한 마티아의 해결책이었다. 그녀는 그 어떤 판단도 비판도 추측도 하지 않았다. 그가 기대하면서도 두려워했던 태도였다. 그녀는 돈을 갖고 튀어라 하는 식의 말을 하는 사람이 아니다. 그런 그녀가 그는 좋았다. 그녀가 피오트르처럼 그를 비난하거나 질책하거나 그러지 않아 더 기뻤다. 하지만 다음에 해야 할 행동에 대해서 그녀의 태도는 명확하고 확고했다. 사실 그런 말을 듣고 싶은 것은 아니었다. 그는 좀 더 고민하며 괴로워하고 싶었다. 그런데 그녀는 간단하게 그 돈 가방을 지금 당장 레더비 부인에게 돌려주고 오라는 것이었다. 지금 당장.

마티아가 아무리 대담해도 그를 거부하지 못한다는 듯이 그는 천천히 인생을 바꿔 준 노키아 N60 핸드폰을 주머니에서 꺼냈다. 마티아가 지켜보는 가운데 전화번호를 찾았다. 마티아는 꿈쩍도 하지 않았다. 그는 통화 버튼을 눌렀다.

전화벨 소리가 여섯 번이나 울렸다. '오호, 전화를 안 받는군' 하고 그가 핸드폰을 끊으려는 찰나였다.

"여보세요?"

"즈비그뉴입니다. 건축업자요. 지금 잠깐 뵐 수 있을까요? 오늘이요."

"오! 무슨 일 있나요?"

레더비 부인이 물었다.

"그런 건 아니지만 직접 뵐 일이 있어서요. 전화로는 말씀드릴 수 없습니다. 댁에 계시죠?"

집으로 전화를 걸었으니 물론 집에 있겠지. 걱정스런 목소리로 메리는 집에 있다고 확인시켜 주었다. 즈비그뉴는 기차 시간에 따라 한 시간이나 한 시간 반 후에 도착할 거라고 말했다.

"그리고 자기는 나랑 같이 가야 해."

그가 마티아에게 말했다. 그의 복수였다.

"왜?"

마티아가 팔짱을 꼈다.

"생전 처음 가 보는 곳이야. 정확히 어디인지도 모르는데 나 혼자서 현금 오십만 파운드가 든 돈 가방을 들고 거길 찾아가라고?"

어쨌든 이것은 변명이었다. 그녀는 집에서 라디오로 음악 듣는 게 더 좋다는 둥 이런저런 말을 늘어놓더니 결국 따라 나섰다. 그들은 카페를 나와 피프스 로드로 향했다. 그녀는 욘트네 집 보모 일을 그만둔 후로 처음으로 가는 것이다. 즈비그뉴는 그녀를 데리고, 밖에 있다 들어가면 언제나 그렇듯이 페인트 냄새가 나는 방으로 가서 돈 가방을 보여 주었다. 마티아는 가방 한번 보고, 그 한번 보고 하더니 말했다. 조금 슬픈 목소리였다.

"우리가 앞으로 살면서 언제 또 이만한 돈을 현찰로 보겠어?"

그리고 마티아는 첼름스퍼드행 기차에 올라 즈비그뉴 맞은편에 앉았다. 기차는 런던을 벗어나 외곽 도시로 들어가기 전 전원 지역을 달리고 있는 것 같았다. 창밖으로 스쳐 가는 초록 들판이 길게 이어져 있어서, 마티아는 런던을 다 빠져나왔다고 생각했다. 하지만 이내 고층 건물이 길게 늘어서 있었다. 어느 풍경은 헝가리만큼 아름다웠고, 어떤 곳은 헝가리만큼 보기 싫었다.

목적지까지 45분이 걸릴 예정이었지만 기차는 안내 방송 없이 들판 한가운데에 멈춰서 15분 동안이나 꿈쩍도 하지 않았다. 제때 도착하긴 완전히 글렀다. 좌석은 꽉 찼다. 건너편에는 야구 모자를 눌러쓴 청년이 껌을 씹으며 앞만 바라보고 있었다. 그는 헤드폰으로 음악을 들었다. 그의 앞 탁자에는 맥주 캔이 놓여 있었다. 즈비그뉴는 돈 가방을 위쪽 짐칸에 올려놓을까도 생각했지만, 기차가 급정거하거나 급출발할 때 가방이 떨어져 열리면 십 파운드짜리 지폐가 마구 휘날려 그는 허둥대며 돈을 잡으려고 하고 승객들은 입을 떡 벌리고 그를 바라보는 장면이 머릿속에 떠다녔다……. 그러면 안 된다. 선반에 올려놓을 수 없다. 결국 그는 앞 공간에 가방을 놓고 다리를 걸쳐 놓았다. 마티아는 그 모습을 볼 때마다 웃음이 나왔다.

기차가 첼름스퍼드역에 들어섰다. 역 밖에는 주차장과 카페가 있었다. 승강장에 택시 한 대가 정차해 있었다. 운전기사는 눈을 감고 신문으로 배를 덮고 있었다. 마티아가 카페를 가리켰다.

"난 저기서 기다리고 있을게. 한 시간 이상 걸릴 것 같으면 전화해."

그녀는 그에게 바짝 다가서서 키스하고는 주차장을 가로질러 걸어갔다.

운전기사는 즈비그뉴가 문을 열자 화들짝 놀라 몸을 일으켰다. 레더비 부인의 집까지 가는 데는 10분이 걸렸다. 창밖으로 스쳐 가는 집들이 즈비그뉴의 눈에는 모두 비슷비슷해 보였다. 집들은 방갈로처럼 생겼다. 작은 마을 같지만 여긴 타운이었다. 즈비그뉴는 택시비로 오 파운드를 냈다. 택시비가 런던보다 훨씬 더 쌌다. 택시에 내린 그는 문을 닫고 돌아서면서 막 깨달았다. 뒷좌석에 돈 가방을 놓고 내렸다는 것을. 정말로 그랬다면 이것은 이야기의 결말로 더없이 좋을 것이다.

99

메리는 즈비그뉴에게 이상한 전화를 받은 후 한시도 쉬지 않고 움직였다. 그녀는 부엌 싱크대에서 한동안 사용하지 않은 화분을 꺼내 물로 닦았다. 즈비그뉴가 택시에서 내려 진입로로 들어오는 모습이 보였다.

어머니가 돌아가신 후 언제나 괴로운 것은 아니었지만 매가리가 없었다. 그 말이 정확한 말일 것이다. 매가리가 없었다. 물론 어머니가 그렇게 가셔서 어떤 의미에서는 안심이 되기도 했다. 어머니는 더 이상 고통 받지 않아도 되니까. 어떤 사람들은 고통스럽게 오래 병상에 누워 해를 넘겨 가며 천천히 죽어 간다. 어머니도 고통을 받았고, 그 과정도 시간이 너무 더디게 흘러갔지만 최악의 죽음은 아니었다. 메리는 그 사실이 기뻤다. 그리고 어머니의 죽음과 더불어 좋은 소식이 날아들었다. 그냥 생각해도 좋은 소식이었다. 어머니가 살던 집이 백오십만 파운드나 나갔고, 부동산 중개인은 가격이 계속 오를 거라고 했다. 메리는 다시 돈 걱정을 하지 않아도 되었다. 사실 아예 생각하지 않아도 됐다. 알란의 사업도 잘돼서 그들은 이미 부자였다. 하지만 그녀가 그에게 물어보지 않아서 정확히 돈이 얼마나 많은지는 몰랐다.

그것이 문제였다. 그런 수식이 너무 평범하고 너무 우울하게 느껴졌다. 차변 칸에는 어머니를 잃었다는 사실이 들어가고 잔고 칸에는 이 어마어마한 현금 액수가 들어갔다. 마치 부모를 앗아 가는 대신 그 보상으로 많은 돈을 준 것 같다. 그래도 생활은 변함이 없었다. 알란은 여전히 든든하고 의지할 만한 남편이지만, 그는 가끔 다른 곳에 더 관심을 보일 때가 있었다. 벤은 아직 자기만의 생각에 빠져 방에서 인터넷이나 하고 다른 사람들이 전혀 이해하지 못하는 짓이나 하고 있었다. 메리는 애정이 식은 것인지 확신하지 못했다. 다만 인생에서 가장 긍정적인 요소는 현재 기르고 있는 요크셔테리어 루퍼스였다. 이제 석 달 된 강아지는 밝고 순하고 얌전했다. 메리와 친구가 된다는 생각에 가장 신나 하는 유일한 생물인 것 같았다. 즈비그뉴가 현관 쪽으로 다가오자, 루퍼스는 막 뛰어갔다가 메리에게 다시 돌아오더니 무슨 일인지 그녀가 알고 있는지를 확인했다. 마치 '빨리 와서 보세요!'라고 말하는 것 같았다. 그러고는 다시 현관 쪽으로 나가 예비 침입자를 향해 요란하게 짖어 댔다. 메리는 총명함을 과시하는 루퍼스를 그리 힘들지 않게 바닥에 앉게 하고는 현관문을 열었다.

폴란드인 건축업자는 낡은 갈색 여행 가방을 들고 있었다. 보통 때처럼 그는 예의 바르게 메리와 악수를 했다.

"갑작스럽게 연락드렸는데도 시간 내 주셔서 감사합니다."

"들어와요."

'지붕이 무너져 내려서 한 동료가 사고로 죽었다.'

'나는 일주일 동안 여자 친구 집에서 숨어 지냈고 불법 거주자들이 당신의 집을 점유했다.'

'내가 법적 서류에 당신의 사인을 위조해서 이제 피프스 로드 42번지는 내 집이 되었다.'

'집에 불이 나서 직접 소식을 전하고 싶었다.'

'당신 어머니 댁에서 일하는 수개월 동안 당신을 알게 되었고 인간으로서 당신을 사랑하게 되었다. 우리 함께 도망칩시다.'

하지만 이런 가정들과 건축업자의 태도는 전혀 맞지 않았다. 그는 뭔가 깊이 생각에 빠진 모습이긴 했지만 사고 소식을 전하러 온 것 같지는 않았다.

"차 드실래요?"

메리가 응접실을 가리키며 말했다.

"커피 될까요?"

"그럼 커피로 드릴게요."

메리는 부엌으로 가서 커피를 끓였고 그는 응접실에 앉아서 기다렸다. 그녀가 다시 왔을 때 그는 창가에 서서 별 볼 것도 없는 진입로를 내다보고 있었다. 가방은 여전히 든 채였다. 메리는 앉아서 커피를 따르며 그에게 앉으라는 손짓을 했다. 그리고 기다렸다.

"사모님, 이게 설명하기가 쉽지 않은 일이라서요. 그냥 보여 드리는 편이 더 좋을 것 같습니다."

그가 가방을 그녀 쪽으로 돌려서 놓고 열었다. 그러고는 그녀의 얼굴을 살폈다.

"오십만 파운드입니다."

잠시 후 메리는 무슨 일인지 바로 깨달았다. 시간이 걸릴 일도 아니었다. 그녀는 그냥 보는 즉시 알았다. 가방을 알아본 것이 기억을 되살리는 데 도움이 되었다. 그랬다. 그 가방이다. 모든 것이 가방에서 흘러나왔다. 아버지, 돈, 가방, 숨긴 장소, 갑작스러운 죽음, 그리고 건축업자가 저 가방을 찾았고 어떻게 해야 할지 몰라 털어놓으려고 온 것이다. 그녀는 바로 이해했다. 무슨 일이 있었는지 눈에 선했다. 그가 돈을 찾았고 그 돈으로 무엇을 해야 할지 몰랐던 것이다. 메리는 어떤 느낌인지 알았다.

비밀의 공간에 얽힌 이야기는 흥미로웠다. 아버지는 손재주가 좋았는데, 이렇게 구두쇠 같은 짓을 할 때 그 재주가 특히 더 빛났다. 목공예 쪽에 취미는 없었지만 돈을 모으는 열정은 대단해서 어쨌든 계속 밀어붙여 마침내 돈을 숨길 장소를 만든 것이다. 이렇게 모두를 놀라게 할 만한 비밀을 공개하는 것이 아버지의 성격이었다. 이것이 논쟁에서 이기는 방식이라고 생각했던 것 같다. 분명 이건 아버지의 로망이었다. 어머니가 노후 대비책, 즉 아버지가 살아 계실 때도 그다지 많지 않았고 돌아가신 후에는 더 줄어든 연금과 더불어 더 모아야 할 돈에 대해 이야기했을 것이다. 어머니는 여유 자금을 더 만들어야 한다고 이야기했을 것이고, 그 말에 아버지는 금융 기관이 얼마나 믿을 수 없는 조직인지, 얼마나 도둑놈인지에 대해 열변을 토하며 점점 더 어머니의 부아만 돋우었을 것이다. 그리고 아버지는 가방을 만들고는 '봐, 내가 임자를 위해 뭘 준비했나. 내가 괴팍하기는 해도 어리석지는 않아'라고 말하려고 했을 것이다. 아버지는 침대 밑 또는 어딘가에 몇 년 동안 차곡차곡 모은 돈을 어머니에게 보여 주려고 했을 것이다. 그러면 어머니는 눈물을 흘리며 사과하면서 동시에 분통을 터뜨렸을 것이다. 그게 바로 아버지가 노린 효과였을 것이다. 다만 이 모든 것들이 아버지 계획대로 돌아가지 않았을 뿐이다. 아버지 사후에 벌어진 일을 아버지 눈으로 직접 볼 수 없으니 다행이다. 보셨다면 분명 분개하셨을 것이다.

폴란드인이 돌아간 후 메리는 그 자리에 그대로 가만히 앉아 있었다. 날은 맑았으나 5시 가까이 되자 사위가 어둑어둑해졌다. 알란은 오후 내내 골프를 치다 해가 저서야 돌아왔다. 그는 불도 켜지 않고 어둠 속에 앉아 있는 메리의 모습을 보고 깜짝 놀랐다.

"으악, 뭐야?"

"골프 잘 쳤어?

"나쁘지 않았어. 그런데 그놈이 또 그 망할 사위 얘기를 하는 바람에 나중엔 좀 그랬어. 어떻게 토시 하나 안 틀리고 똑같은 소리를 계속 반복할 수 있는 건지 놀라워. 하지만 주제는 이게 아니지. 대체 무슨 일이야?"

"앉아 봐."

메리가 돈 가방을 열었다.

"세상에!"

알란이 소리쳤다.

"오십만 파운드야. 우리 아빠 거. 비밀 공간에 숨겨 놓으신 걸 건축업자가 찾은 거야."

"하지만-"

알란이 말을 하다 말았다. 그렇게 할 말을 잃은 그의 모습을 보니 웃음이 나왔다.

"나도 알아. 십 파운드짜리 옛날 화폐야. 가치가 없어. 오랫동안 숨겨 두면 뭐하나, 이제 휴지 조각이 돼 버렸는데."

"아직 아냐."

알란이 충격에서 벗어나며 말했다. 그는 술이 놓인 탁자 쪽으로 가서 잔에 스카치를 따라 반잔을 들이켰다.

"세상에. 놀라 돌아가시는 줄 알았잖아. 한자리에서 저렇게 큰 현금을 볼 거라고는 생각도 못했네. 어쨌든 당신 말은 반은 맞고 반은 틀렸어. 물론 저 돈을 바로 쓸 수는 없어. 저 지폐는 구십 년대 초반에 들어가서 이제는 못 쓰는 돈이거든. 하지만 중앙은행에서 바꿔 줄 거야."

"그럼 은행에 가져가면 되겠네. 나도 그 생각을 하긴 했지."

작은 모자와 모피 코트를 입고 중앙은행에 가서 저 가방을 창구에 올려놓고는 행원들의 표정이 어떻게 바뀌는지 지켜보는 것이다.

알란은 스카치를 마저 다 마시고 다시 잔을 채웠다.

"그러니까, 그 돈을 직접 쓰지는 못하지만 중앙은행에서 발행한 돈이니까 아직은 유효해. 영원히 그럴 거야. 문제는 늘 그렇듯, 그렇게 많은 돈이 어디서 났는지 질문들을 해 댈 거야. 소득세, 상속세 그런 것들과 관련해서 말이야. 그 모든 것이 합법적이라는 증거가 없으면 당신을 조사해서 세금에 벌금까지 내라고 하겠지. 벌금은 백 퍼센트까지 나올 수 있어. 그러면 변호사와 회계사 수임료도 내야 하니까 남는 돈은 거의 없을 거야."

"그러면 결국 휴지 조각이란 얘기네, 여하튼."

메리가 말했다.

"만 파운드 선에서 받거나 내거나 그 정도겠지, 뭐."

알란은 두 번째로 위스키를 다 들이켜고 또다시 잔을 채웠다. 그는 술을 그만 마시기로 하고 메리에게 다가가 그녀를 안았다.

"당신 괜찮아?"

"엄마가 모르고 가셔서 다행이야. 만약에 아셨으면 엄마가 아버지 죽이려 드셨을 거야."

100

패트릭 카모와 프레디 카모는 모두 피프스 로드 27번지에서 하릴없이 시간을 보내며 보험사와의 최종 회의 결과를 기다렸다. 미키 립톤-밀러가 전화를 하거나 직접 찾아와 말해 줄 것이다. 결국 마지막 결정의 날이 왔다는 의미였다. 합의의 날이다. 회의가 늦게 열려서, 미키는 밤 9시 전, 아니면 이튿날 아침 일찍 전화를 하기로 했다. 아버지와 아들은 아침 일찍 일어나 소식을 기다리다 지쳐 무엇을 어떻게 해야 할지 몰랐다. 프레디는 헤일로 2 게임을 하려고 했지만 뜻대로 되지 않아 펠라 쿠티(나이지리아의 유명 음악가-옮긴이) 시디를 넣고 탁자 앞에 앉아 다리를 떨었다. 음악이 귀에 들어오지 않았다. 패트릭은 가판대에서 신문을 사 왔지만 읽을 수가 없었다. 피로와 걱정과 영어가 한데 뭉쳐 춤을 추는 통에 내용이 들어오지 않았다. 아데드와 딸들이 이미 일어났을 테니 집으로 전화를 걸 수도 있었지만, 이렇게 불안과 걱정을 가득 안고 연락하면 프레디를 더 불편하게 만들 것이다. 그래서 미키가 최대한 빨리 연락해 줄 거라고 믿는 것 말고는 달리 할 일이 없었다.

두 사람에게 불행이 닥친 지 두 달이 다 되어 갔다. 하지만 불행은 그 종류가 달랐다. 프레디의 첫 번째 불행은 육체적인 불행이었다. 두 번째 불행은 무릎 수술이었다. 세 명의 의사 중 가장 나이가 많고 회의적이었던 의사에 따르면 수술은 성공적이었다. 하지만 회복이 더뎌서 고통스럽고 무료했다. 프레디가 받아야 할 훈련 프로그램은 축구 연습보다 훨씬 더 지겨웠다. 그는 몸을 완전히 제어하지 못한다는 느낌을 받았고 그런 상태가 싫었다. 전체 과정은 그에게 닥친 현실을 육체적으로 이해하는 것이었다. 그는 절대 좋아지지 않을 것이고 예전 같지 않을 것이다. 그의 축구 인생은 확실히 끝났다. 그가 살아가는 이유였던 축구를 그는 더 이상 할 수가 없었다. 프레디는 우울하지 않지만 가끔가다 자신에게 벌어진 일이 사형 선고나 다름없다고 생각했다.

패트릭의 불행은 육체보다 정신에 있었다. 그는 모든 것이 이미 잘못되었는데도 안 좋은 일이 더 남아 있다는 느낌에 사로잡혔다. 보험사는 그들이 원하는 것을 확실하게 챙길 것이다. 보험사가 보험금 지급을 하지 않으려고 눈에 불을 켜고 달려드는 가운데, 프레디는 두 번 다시 축구를 할 수 없게 되었다. 그래서 어쩌면 모든 것을 잃게 될지도 모른다. 보험금도 없고, 생계를 이어 갈 수도 없고, 프레디가 사랑하는 일도 할 수 없게 되는 것이다. 희망에 부풀어 런던에 왔건만 벌거벗은 채 떠나게 될 것이다. 앞으로 고향으로 돌아갈 일만 남았지만 패트릭에게 큰 위안이 되었던 선택지가 이제는 일종의 고문이 되어 버렸다. 고향, 아프리카, 세네갈, 링게르, 집, 침대, 아데드 옆에서 맞는 아침, 그에게 달려들던 딸들의 무게감, 안아 달라고 조르는 딸들, 옛 동료들과 경찰 바에서 함께하는 저녁 시간, 별 맛도 없는 음식들, 더운 밤에 마시는 차가운 맥주 한 모금, 이마에 흐르는 땀, 잘 아는 장소에서 느껴지는 익숙함. 모두가 이 지구상에서 그에게 주어진 공간이었다. 평생 모국어를 쓸 수 있는 고향. 그 모든 것이 고향에 있었다.

카모 부자는 열쇠 돌리는 소리를 들었다. 미키는 집에 들어올 때면 언제나 저렇게 했다. 열쇠를 돌리면, 1인치쯤 문을 열고는 그가 왔음을 알리려고 초인종을 누른 후 안으로 들어왔다. 서로 의식하지 않았지만, 이곳은 그의 집이 되기도 했는데 말이다. 그는 가벼운 걸음으로 들어왔다. 다른 사람이었다면 그 발걸음 소리를 듣고 좋은 소식을 가지고 왔을 거라 기대했겠지만, 미키는 좋지 않은 소식을 가지고 왔을 때에도 그 사실을 남이 알세라 일부러 활기찬 모습을 드러내곤 했다.

"어젯밤에 전화 못 드려 죄송합니다. 열 시 넘도록 회의를 계속했거든요. 그래도 약속을 깨면 안 되겠죠? 여하간 직접 얼굴 보고 얘기하고 싶기도 했고. 그래서 이렇게 왔지."

미키가 말했다. 기대했던 대로 패트릭은 차 한잔 내오지 않았다. 그는 점잖기는 하지만 여자들이나 하는 일이라고 치부되는 일은 결코 하려 들지 않았다. 미키는 탁자 앞에 앉아 서류 가방을 올려놓고 두 카모 부자를 바라보았다. 그들은 기대에 찬 눈빛을 반짝였다.

"준비됐소들?"

미키가 물었다. 그들은 고개를 끄덕였다.

"좋아. 여기 있소. 좋은 소식은 보험사에서 계약서대로 지급을 승인했다는 거고. 마땅히 법적으로 그래야죠. 그게 계약 조건이니까. 하지만 어떤 놈들인지 아시죠? 그래서 한꺼번에 오백만 파운드를 지급받기로 사인했습니다. 여기에서도, 세네갈에서도 세금은 면제예요."

"오백만 파운드."

패트릭이 말했다. 그는 무표정한 프레디를 돌아다보았다.

"오백만 파운드. 이게 좋은 소식인데. 나쁜 소식은, 여하간 덜 좋은 소식이긴 합니다만, 조건이 있습니다. 우리 모두 아는 사항이죠. 보험사에서 제시한 조건은 프레디가 다시는 축구를 하지 말아야 한다는 거예요. 평생."

"절대요? 친구랑도요?"

미키가 살짝 미소를 지으며 대답했다.

"그건 아니야. 친구들이랑 볼 차는 것까지 막으면 안 되지. 보험사에서 말하는 건 돈 받고 축구 하면 안 된다는 말이야. 또 후원이나 초상권 등으로 돈 버는 것도 안 되고."

"절대로요?"

프레디가 말했다.

"그래, 보험사에서 원하는 바가 그거야. 그거 때문에 우리가 길게 논쟁한 건데. 나쁜 소식이 완전히 나쁘기만 한 건 아니게 됐어. 아주 간단한데. 너한테 거짓말하지 않으마. 놀랍게도 내가 생각했던 것보다 보험사 사람들 상상력이 풍부하더라. 요점도 잘 파악하고. 그래서 협상은 이렇게 결론이 났어. '프레디는 유럽이나 미국, 아시아에서 축구를 할 수 없다. 하지만 세네갈에서는 할 수 있다. 프레디는 축구장에 다시 설 수 있다. 프레디에게 국가 대표 같은 자격이 주어지고 후원이 들어오면 보험사는 그 돈의 일부를 요구할 수 있다.' 하지만 어쨌든, 이게 중요한 소식이야. 유럽에서는 축구를 할 수 없지만 세네갈 리그에서는 뛸 수 있다는 거."

미키는 이것을 관철시키려고 보험사와 무진장 싸웠다. 인생에서 축구가 끝난 것이 아니라고 프레디에게 말해 주기 위해서. 보험사 측에서 융통성 발휘의 가능성을 암시하며 현실적인 움직임을 보이자, 그것을 감지한 그는 처음엔 무척 놀랐다. 하지만 그들이 그렇게 하는 이유를 알아내는 데에는 그리 오래 걸리지 않았다. 그 이유 중 일부는, 금액이 너무 적어서 보험사도 속았다는 느낌은 받지 않을 거란 사실이었다. 프레디가 건강을 완전히 되찾고 기량을 회복한다고 해도, 세네갈에서는 1년에 만 파운드라도 받을 수 있다면 다행일 것이었다. 보험사들이 아무리 야비하고 치졸하다 해도, 그들조차도 주주들에게 그런 사실을 변호해 주어야 하는 것에 대해 거정할 필요가 없었던 것이다.

그것이 한 가지 이유였다. 하지만 그가 점차 깨닫게 된 더 중요한 이유는 모든 문제가 논의할 만한 가치가 있다는 것이었다. 그들은 지급을 방해했음에도 가장 회의적인 의학적 소견을 믿었다. 프레디가 다시는 공을 찰 수 없다고 보았다. 그에게 고향에 가서 프로 축구 팀에서 뛰어도 된다고 승인한 것은 마치 그에게 화성 여행 허가증을 발급해 주는 것과 같은, 즉 절대 불가능한 일이라고 생각한 것이다.

하지만 프레디에게 그런 말까지 할 필요는 없었다. 미키는 이 소식을 두 사람이 이해할 때까지 기다렸고, 프레디가 마침내 아버지의 손을 잡았다.

"다시 축구를 하게 되는 거죠?"

그가 물었다.

"그리고 오백만 파운드도 받는 거지. 그리고 고향에 가는 거야."

패트릭이 몇 개월 만에 기대에 찬 목소리로 말했다.

101

피튜니아 하우의 인생에서 가장 큰 낙이자 위로였던 피프스 로드 42번지 집 정원이 파헤쳐지고 바뀌고 있었다. 즈비그뉴는 아래층 큰 침실 창가에 서 있었다. 이곳은 피튜니아가 생을 마감했던 방이다.

그는 침실 벽 소켓들을 고치려고 들렀다. 전선이 조금 늘어나서 전력 공급이 가끔가다 끊겼다. 그는 작업 종료 후에도 1년간 하자 보수 공사를 약속했기 때문에 이 집이 더 이상 레더비 부인의 소유가 아니었어도 기쁜 마음으로 고치러 온 것이다. 30대 초반의 은행원과 그의 미국인 아내가 백오십오만 파운드를 주고 이 집을 샀다. 아직 가구가 전부 들어오지 않았다. 새 주인은 페인트칠 전담 팀을 불렀다. 즈비그뉴는 개의치 않았다. 집을 팔면 새 주인이 들어와 집을 바꾸리라는 것은 예견된 일이다. 어쨌든 그의 집은 아니니까. 하지만 정원이 파헤쳐지는 모습을 보니 기분이 썩 좋지 않았다. 새 주인은 더 모던한 정원을 원했다. 꽃과 나무가 빽빽이 우거졌던 하우 부인의 정원은 이제 기하학적인 패턴으로 꾸며지고 바닥에는 자갈이 깔렸다. 그 끝에는 물이 흐르고 키 작은 관목을 심은 정사각형 화단이 네 군데 작게 배치될 예정이었다. 그래서 정원 디자인 회사에서 나온 네 명의 직원이 피튜니아의 정원을 갈아엎고 폐기물을 들고 집 앞에 보호하려고 깐 비닐 시트를 뛰어다녔다.

즈비그뉴가 레더비 부인에게 돈을 건네줬던 일요일은 인생 최고의 날로 기억될 것이다. 첫 번째 이유는 메리가 이른 저녁에 전화를 걸어 그 돈에 대해 말해 주었기 때문이다. 그 돈은 가치 없는 돈, 아니면 결국 가치가 없게 될 돈이라고 말이다. 만약 즈비그뉴가 그 돈을 쓰려고 했을 때 그 옛날 화폐를 어떻게 갖고 있는지 설명하지 못했다면 그는 도둑으로 붙잡혔을 것이다. 명예기 실추되고 모든 것을 잃었을지 모른다. 그 말을 듣고 나니 마치 주위를 살피지 않고 무턱대고 차도에 발을 들였다가 전력 질주하는 차를 가까스로 피했다고 깨닫게 되는 사람의 마음이 느껴졌다.

하지만 이 이유만 갖고 인생 최고의 날이라고 할 수 없었다. 기차역으로 돌아오니 마티아가 노천카페에 앉아 있었다. 그가 말했다.

"이제 우리 뭐 할까?"

그녀는 어깨를 으쓱하고는 말했다.

"자러 가."

잠시 동안 그는 환상 속에 붕붕 떠 있는 기분이었다. 하지만 그녀의 눈빛은 그렇지 않았다. 그 자체로 가장 행복하고 놀라운 순간이었다. 그들은 집으로 가면서 키스하고 지하철 안에서도 서로를 어루만지고 그녀의 아파트 계단에서부터 키스하고 월요일 아침까지 침대에서 뒹굴었다. 그 후로 계속 침대에 있었다는 것은 과장일 테지만 그다지 심한 과장은 아니었다. 섹스만 가리키는 것은 아니지만(섹스도 분명 포함되지만) 그는 그녀의 몸, 그녀의 행동을 완전히 알지 못했다. 그리고 놀라운 것은 그녀도 똑같은 기분이 든다는 것이었다. 그녀는 그의 진실된 행동과 다른 사람의 입장을 이해하려는 마음가짐이 좋다고 했다. 즈비그뉴는 그 말이 정확히 무슨 의미인지 몰랐지만 칭찬으로 받아들이고 행복해했다.

어떤 일은 되려고 하면 순식간에 된다고 하던데, 즈비그뉴와 마티아에게 그랬다. 이제 그들은 함께 살 집을 찾아다녔다. 일주일에 이틀 저녁과 주말 오후를 할애하여 집을 알아보러 다녔다. 그들은 바로 이 집이다 하는 느낌이 들 때까지 시간을 들여 집을 알아보기로 했다. 그러는 편이 서두르다가 지쳐 포기하고 맨 처음 본 집을 고르는 것보다 훨씬 나았다.

즈비그뉴는 대화가 끊기면 한두 차례 폴란드에 대해서 언급했다. 물가가 얼마나 싼지, 전원 풍경이 얼마나 아름다운지, 가족이 얼마나 따뜻하고 열린 마음을 가지고 있는지에 대해서 말했다. 그러면 마티아는 헝가리의 음식, 문화, 풍경에 대해서 화답했다. 그리고 그녀가 폴란드어를 배울 것인지, 그가 헝가리어를 배울 것인지 서로 심각하게 고민하곤 했다. 그러나 여기는 런던이었다. 그 사실은 즈비그뉴에게 마티아를 만난 것처럼 예기치 못한 일이었다. 런던을 스쳐 가는 곳이 아니라 살아갈 장소로 생각한다는 것은 계획에 들어 있지 않았기 때문이다. 마티아는 지금 다시 통역가로서 일하기 시작했다. 헝가리인의 고용 비율이 높은 건축 회사에 아는 경영진이 그만둔 통역사를 대신해 전보다 더 좋은 조건으로 사람을 찾고 있었던 것이다. 마티아는 딱딱한 노란 안전모를 쓰고 전보다 두 배나 많은 돈을 벌었다. 앞으로 통역 일을 계속하다 보면 사무직으로 옮길 수 있다는 희망도 생겼다. 그녀가 하는 말에 따르면 회사에서 마티아가 마음에 든다며 계속 일하기를 바라는 것 같았다. 즈비그뉴는 그 말을 이해하고도 남았다.

심지어 피오트르도 마티아를 좋아했다. 아니, 그것이 잘못됐다는 뜻은 아니다. 물론 그는 마티아를 좋아하고 동경하기도 했다. 누군들 그러지 않으랴? 눈에 띄는 점은 피오트르조차 즈비그뉴와 마티아가 함께하면 즐거운 표정이 된다는 것이다. 일요일에 그들은 발함에 있는 폴란드식 펍에 점심을 먹으러 갔다. 아주 즐거운 자리였다. 피오트르도 여자 친구를 데리고 왔던 것이다. 크라쿠프 출신의 그녀는 초등학교 보조 교사로 일하고 있었다. 함께하는 시간은 옛 시절을 떠올리게 했다. 이렇게 쌍쌍이 어울려 느긋하게 돌아다닌 적이 없었는데도 말이다. 즈비그뉴를 바라보는 피오트르의 견해는 언제나 명쾌했다. 그리고 두 사람은 언제 말다툼했냐는 식으로 많은 시간을 함께 보냈다.

클립보드를 든 한 남자가 정원으로 들어왔다. 다른 네 직원을 책임지고 있는 상사일 것이다. 그는 클립보드를 들고 서서는 눈에 보이는 진행 상황을 점검했다. 뭔가가 잘못되었나 보다. 두 직원이 허리를 펴고 일어나 논쟁을 벌였다. 모두 고개를 끄덕이며 피튜니아 하우가 아꼈던 꽃과 나무의 정원을 파헤치고 어떻게 꾸밀지 상의했다. 즈비그뉴는 창을 등지고 돌아서 다시 소켓을 고치러 갔다.

102

큰 소동은 더 큰 소동으로 감출 수 있는 법이다. 샤히드와 우스만은 넉 달 동안 연락하지 않고 지냈다. 가족 누구도 알아채지 못했다. 지난 두 달 동안 우스만은 어머니와 함께 라호르에 묵으면서 휴식을 취했다. 다시금 파키스탄 사람들의 생활을 익히면서 한 변호사의 넷째 딸과 거의 결혼할 약속을 잡아 놓고 있었지만 막바지 결정 단계에서 그는 한 번 더 거리를 두고 생각해 보고 싶었다. 그래서 다시 런던에 돌아왔다. 인정하고 싶지 않았지만 훨씬 마음이 편했다. 우스만은 자신의 뿌리를 반드시 고향에 둘 필요가 없다고 보았는데, 왜 그런 생각이 드는지는 알 수 없었다.

영국으로 돌아온 그는 샤히드를 찾아갔다. 그는 형이 문에 CCTV를 설치한 것을 보았다. 잠시 조용하더니 현관문이 열렸다. 샤히드가 계단 맨 위에 서 있었다. 앞섶이 확연하게 드러난 바지와 가운을 입은 채 엄숙하고 성난 모습을 보여 주기는 쉽지 않았지만 어쨌든 샤히드는 그렇게 보이려고 했다.

"이 미친놈, 네가 그런 거 다 알아."

"막 이렇게 말하려고 했어, '제발, 내가 설명할게' 하고."

우스만이 말했다.

"꺼져. 무슨 망할 놈의 설명이야. 너 때문에 내가 십구일 동안 철창에 갇혀 있었다고. 욕 처먹을 행동을 한 멍청이가 누구인지 한순간도, 단 한순간도 잊은 적이 없어. 내 잘못이 있다면 그 빌어먹을 '우리는 당신이 가진 것을 원한다'가 쓰인 엽서를 보고 바로 알아차리지 못했다는 것뿐이야. 왜 생각 못했나 몰라. 어떤 개자식이 재미로 그런 짓을 하겠어? 그런 짓을 할 만큼 시간이 남아도는 놈팡이, 그런 짓을 중요한 실천이라고 생각하는 정치 열간이, 남들이 수군거리는 것도 모르고 계속 멍청하게 구는 등신, 게다가 그런 짓을 웹으로 하는 망나니가 누구겠어? 멍청이에, 게으름뱅이에, 정치 백치에, 뭣도 모르고, 인터넷으로 시간이나 때우는 자식. 아, 물론! 내 동생이지!"

샤히드는 여전히 계단 맨 위에 서 있었다.

"들어가도 돼?"

우스만이 물었다. 샤히드가 뒤로 물러서자 우스만은 그것을 긍정으로 받아들였다. 그는 계단을 올라갔다. 샤히드는 팔짱을 끼고 싱크대로 가서 섰다. 우스만은 앉자마자 숨을 내쉬었다.

"형, 사과가 별 소용없고, 너무 늦었다는 것 아는데, 미안해. 깊이 깊이 반성하고 있어. 형이 잡혀갔을 때, 나는 그 가짜 지하드 전사랑 관련돼서 그런 줄 알았어. 형 나오기 바로 전날에 변호사가 엄마랑 아메드 형한테 그 블로그 얘길 해 주더라고. 그래서 그 일과 관련됐구나 했어. 하지만 그건 나 아냐. 올해 들어서 그 일은 모두 정리했어. 사이트하고 모든 거 다 지웠단 말이야. 그런데 누가 그 사진을 모두 저장해 갔나 봐. 왜냐하면 다시 그 사진들이 올라오고, 새 시체를 주민들에게 보내오고, 차량을 훼손하고 이상한 짓을 시작했기 때문이야. 어떻게 생각해야 할지 모르겠어. 무슨 일이 벌어지는지도 모르 겠어. 상황 감당이 안 된다는 말은 아니야. 사람들은 그런 사태를 원 하지 않겠지. 이 모든 것이 집값에 영향을 미칠지 모른다고 생각하니 까. 서양인들이 망각 잘하는 거 형도 알잖아. 사람들은 이걸 집값과 연동시켜 생각해. 도덕적 무자각 상태에 있다는 것도 형 알잖아. 아 직도 집값이 이백만 파운드를 넘네 마네 걱정하고 있어. 놀랍지 않 아? 그러면서 형을 테러리스트라고 결론이나 내리고."

"너 아니면 누가―"

샤히드가 말문을 열었지만 우스만이 손을 들어 말문을 막았다.

"나도 알아, 패딩턴 그린에서 고생한 건 형이야. 하지만 그게 아냐, 경찰이 헛다리 짚은 거야. 그 바보 이크발이야. 그 자식이……."

우스만이 말을 흐렸다. 샤히드는 앉아 있기만 했다.

"넌 여기 비밀번호를 알고 있었지. 내 아이피 주소로 로그인 했잖아."

"난 아래층 카페에서 했어. 경찰에서 형 무선 통신도 싹 다 조사해 갔고. 물론 비밀번호는 형 거였지만."

샤히드의 비밀번호는 'Shakira123'이었다.

"네 말 안 믿어."

"브로드밴드 설치했던 때 생각나? 그 여름날? 하루 종일 샤키라 노 래를 흥얼거렸잖아. '아임 온 투나잇 I'm on tonight'과 '힙스 돈 라이 hips don't lie' 말이야. 육 주 내내 형은 그 얘기밖에 안 했어. 나는…… 나는 힘든 시기를 겪고 있었는데, 형이 날 끌어들인 거야. 그래서 처음 형 비밀번호로 들어가려고 했을 때 샤키라가 생각나더라. 당연히 안 됐지. 그래서 좀 더 기억을 거슬러 올라가 봤어. 어렸을 때로. 형이 열 살이고 내가 다섯 살 때 생각 안 나? 형 전자 금고 있었잖아. 아버지가 돌아가시기 얼마 전에 생일 선물로 주신 거. 그때 한참 형하고 나하고 같이 보냈잖아. 형이 나 돌봐 주고. 맨날 같이 놀았잖아. 그때 형 비밀번호가 Usman123이라고 말해 줬어. 그래서 그게 생각나서 샤키라에 대입한 거지. 그렇게 알아낸 비밀번호가 Shakira123이었어."

긴 침묵이 이어졌다.

"지랄 마."

샤히드가 다시 말했다. 우스만은 웃으며 일어섰다. 그는 지갑을 꺼내 카드를 빼서는 샤히드에게 내밀었다. 거기에는 핸드폰 번호가 적혀 있었다.

"뭐, 나더러 여기로 전화 걸어서 다시 감방 가라고? 이번엔 마약으로?"

"지하철에서 만난 여자애 생각나? 형이 좋아했잖아. 그 여자애 번호야. '사람을 찾습니다'에 광고도 냈잖아. 그런데 그 여자애는 그 광고를 못 봤어. 언제 마지막으로 소식을 들었지?"

"걔가 광고를 봤는지, 못 봤는지 네가 어떻게 알아?"

우스만은 어깨를 으쓱했다.

"걔한테 들었으니까. 그게 걔 번호야. 그리고 궁금해할까 봐 말하는데, 그거 알아내기 쉽지 않았어."

그가 문을 열며 말했다.

"꺼져."

샤히드가 동생 등 뒤에 대고 살짝 기어들어 가는 목소리로 말했다.

103

패딩턴 그린에 가서 샤히드 카말을 만날 날로부터 며칠이 지난 후, 밀 경위는 피프스 로드 '괴롭힘 활동'에 대한 조사를 마무리하고 있었다. 그는 함께 조사했던 경장의 의견에 동감했다. '우리는 당신이 가진 것을 원한다' 건은 다른 두 종류의 사건으로 봐야 한다. 서로 다른 두 사람 혹은 두 집단이 일으킨 사건이다. 처음 몇 달 동안 배달된 엽서와 웹사이트, DVD는 이 지역에 관심이 있는 개인 혹은 집단이 한 짓이지만 특정 개인에게 원한을 품은 것은 아니었다. 여기에는 뭔가 추상적인 적이 내포되어 있었다. 사진에는 사람도, 욕설도, 기물 파괴도 보이지 않았다. 누구든 이 행위를 한 사람은 샤히드 카말과 관계가 있는 사람일 것이다. 가능성은 적지만, 남성 혹은 여성이 그의 인터넷을 해킹했을 수도 있다. 그보다 가능성이 더 높은 것은 그가 아는 사람이 한 짓일 것이다. 그러다가 모든 것이 돌연 사라졌다. 그 후 누군가가 또 나타났는데, 이번에는 카말과 연관이 없는 사람으로, 서로 연관이 있다면 그 두 사람은 필사적으로 그 연관성을 숨기고 있는 것이다. 이 사람은 피프스 로드 사람들에게 화가 나 있다. 이 남성 혹은 여성은 전보다 더 어두운 감정을 드러냈다. 남성 혹은 여성의 행동은 그라피티로 시작해서 욕설과 훼손, 급기야 불법 기물 파괴와 동물 시체까지 동원했다. 이 개인 혹은 집단은 활동을 더 가속화했다. 첫 번째 개인은 어떤 법도 어기지 않았기 때문에 그저 반사회적 행동에 대한 훈방만 하고 다시는 그와 같은 일을 하지 않겠다는 다짐을 받으면 된다. 그렇지만 두 번째 개인 혹은 집단은 확실히 몇 가지 법을 어겼다. 구금에 처해질 만한 범죄 행각이다. 하지만 블로그가 익명이라는 베일에 가려져 있어 지문조차 찾을 수가 없었다. 차량 훼손 사건이 발생한 후 순찰을 돌 때, 피프스 로드에 각별히 주의를 기울여서 그런지 추가 행위는 더 이상 없는 상태였다. 블로그는 지워졌다. 그런데 밀 경위는 그가 찾고 있는 사람이 누군지 모르지만 어떤 사람인지는 더 잘 알 것 같았다.

그는 걱정하지 않았다. 다른 사건이 또 발생할 거라고 확신했다. 대부분의 형사 사건은 판에 박힐 대로 박힌 일로 해결이 되거나 운이 좋아 해결이 된다. 후자의 경우는 범인의 바보 같은 실수에 의한 해결이다. 밀의 경험상 행운을 기다리면 되는 것이다. 행운이 찾아올 때까지 이 문제를 머릿속에 봉인해 두고 다른 사건을 처리하면 된다. 느낌상 오래 기다릴 필요는 없을 것 같았고, 그의 예상은 적중했다. 샤히드 카말이 풀려난 지 두 달 만에 그 순간이 갑자기 찾아왔다.

경장이 그가 앉은 책상 쪽으로 다가왔다. 그는 주름이 지는 눈웃음과 함께 말없이 '이브닝 스탠다드'를 책상에 올려놓았다. 3면이 펼쳐져 있었다. 헤드라인이 보였다.

스미티로 알려진 예술가, 정체 밝혀져

그의 예술 작품은 논란을 일으키고, 그 행위는 위험하다고 악명이 높다. 도발적인 그라피티 아트는 지하철역 벽부터 귀중한 미술관 벽까지 장소를 가리지 않는다. 그는 수집가들에게 수백만 파운드에 팔기 위해 작품을 만든다. 하지만 그가 누군지 아는 사람은 아무도 없었다. 이름이 스미티라고만 알려졌을 뿐 실제 그의 정체는 미술계 비밀 중 하나다. 이브닝 스탠다드의 조사에 따르면, 스미티의 진짜 이름은 그레이엄 레더비, 나이는 스물여덟 살, 쇼디치에 사는 골드스미스 대학 졸업생이다. 부모는 알란과 메리 레더비, 고향은 에식스 몰던이다. 그가 사는 집은 가격이 칠십오만 파운드를 호가한다.

기사 하단에는 청바지와 후드 티를 입은 스미티의 사진이 크게 나와 있었다.

"와아, 세상에!"

밀이 외쳤다.

"이 사람 맞아요."

경장이 말했다.

"레더비 가족이 42번지에 집을 소유하고 있던데, 어머니가 돌아가시고 딸 내외가 물려받았다고 해요. 분명 연관이 있을 거예요. 우연치고는 딱딱 맞아떨어지는군. 나도 이 사람 작품 알아요. 제니가 이 사람 책을 갖고 있거든요. 다큐멘터리도 보라고 해서 봤고. 언제나 이런 식이죠. 예술 작품 제작해 설치하고 장난치고 희롱하고, 농담하는 식이죠. 딱 그 사람 스타일답네요. 지금 한 표현은 그냥 흘려들으세요. 가서 대화를 나눠 봐야겠네요. 단순한 우연은 아닌 것 같습니다."

밀이 말했다. 전화기에 빨간 불이 들어오더니 깜빡거렸다. 전화 연결이 가능한지 묻는 교환의 사인이었다. 그는 전화기를 들었다.

"교환입니다. 경위님과 통화하고 싶다는 사람이 있어서요. 수사 중인 사건과 관련된 정보를 가지고 있다고 합니다. 이름을 정확히 밝히지 않았지만 예술가 스미티라고 하면 아실지도 모른다고 하네요."

밀과 경장은 그저 서로를 바라보기만 했을 뿐이다.

104

스미티의 창고 스튜디오 안팎으로 초인종이 울려 퍼졌지만 아무도 나와 보지 않았다. 그래서 밀은 초인종을 누른 후 경찰임을 밝혔다. 그와 경장은 정문 안으로 들어갔다. 그들은 철제 계단을 쿵쾅쿵쾅 올라가 천장이 거대하고 높은 작업장에 이르렀다. 벽 전체에는 칠판이 도배되다시피 좍 둘려 있었고 커다란 나무 책상이 놓여 있었다. 그리고 한 젊은이가 컴퓨터 앞에 앉아 있었다.

"그 사람 여기 없습니다. 어쨌거나 언론과 인터뷰는 사양입니다."

젊은이가 스크린에서 눈도 떼지 않고 말했다.

밀 경위는 신분증을 내보였다.

"아, 네. 경찰이 올 거라고 한 것 같네요. 사무실에 있어요. 여기 말고 사무실이 또 있거든요. 더 벨이라고. 오프 혹스톤 스퀘어에 있어요."

두 경찰관은 다시 돌아 나왔다. 펍은 걸어서 5분 거리에 있었다. 반은 거대 상업 자본에 잠식당하고, 반은 슬럼가 모습이 남은 길을 지나갔다. 밀이 육중한 문을 밀었다. 바에 앉은 서너 사람을 제외하고 나머지는 모두 빈자리였다. 입구와 마주 보는 탁자 앞에 신문 사진으로 봤던 스미티와 닮은 청년이 앉아 있었다. 그의 왼쪽으로는 다트 판이 있었고 그 위로는 커다랗고 오래된 와트니 맥주 거울이 달려 있었다. 그의 앞에는 핸드폰과 파인트 잔, 감자칩 봉지가 놓여 있었다. 두 경찰관은 들어가서 그의 앞에 섰다. 스미티가 둘을 올려다보았다.

"안녕하세요. 딱 봐도 경찰이시네요."

그가 말했다. 밀이 신분증을 꺼내 보이자 스미티가 맞은편 자리를 가리켰다.

"심슨 가족 보신 적 있으세요? 바트. 제가 바트를 좋아하거든요. 바트의 대사 중 이런 말이 있어요. '내가 안 했어. 누구 본 사람 있어?

뭘로 증명할 건데?'"

"이브닝 스탠다드 기사 때문에 온 거 아닙니다. 나는 선생이, 그,
음, 그 물건으로 뭘 했든 관심 없습니다. 합법적으로 예술 작품을 만
들기만 하면 괜찮죠. 실은 나도 선생 책을 갖고 있거든요."

밀이 말했다. 제니가 화려한 그림이 들어간 스미티의 《스미티》라
는 책을 갖고 있으니, 그가 한 말은 엄격한 의미에서 사실은 사실이
었다. 이것이 이 젊은 예술가에게 만족감을 준 것 같았다. 그의 얼굴
에 보일락 말락 한 기쁜 표정이 떠올랐다.

"수사는 아니고 그저 물어보고 싶은 것이 있어서 왔는데. 한잔 더
하겠습니까?"

그가 스미티의 잔을 가리켰다. 스미티는 잠시 생각했다.

"아이피에이 맥주로요."

"아이피에이 한 잔, 칼리버 한 병, 그리고 뭐 시키세요."

밀이 바로 향하던 경장을 보고 말했다. 스미티는 팔을 쭉 펴고 펍
을 둘러보았다.

"이 펍은 제가 좋아하는 곳이에요. 왜 그런 줄 아세요? 이름이 '적
지'라서요. 적당히 지저분하잖아요? 런던처럼 깨끗하지도 않고 꾸미
지 않고. 이 거울도 좋아해요. 와트니가 망한 지가 언제였지? 이십 년
전인가? 그런데도 이렇게 거울이 달려 있잖아요. 포마이카 탁자도
그렇고. 맥주 타월도 그렇고. 여기 모든 게 그래요. 카이피리냐 칵테
일이랑 페리에 주에 샴페인이랑 팔아요. 바에 앉아 있는 단골 보이시

죠? 저분들 중 움직이거나 말하는 분 보셨어요? 그렇죠, 절대 안 그래요. 안주요? 그냥 감자칩에, 돼지 껍질 튀긴 거, 기분 좋다 싶으면 절임류 시키면 돼요. 이게 적당히 지저분한 거죠. 몇 년이 지나면 런던에서 이런 데 절대 못 찾을 겁니다. 아마 모두가 리치 마티니와 디카페인 바닐라 라테, 무료 와이파이만 부르짖겠죠."

경장이 바에서 음료들을 들고 와서 탁자에 내려놓았다. 밀은 무알코올 라거 맥주를 들었다.

"그럼, 피프스 로드 얘기를 해 볼까요? 우리 할머니가 사셨던 곳이죠."

"맞습니다. 괴롭힘, 낙서, 엽서, 비디오, 블로그 등이 지속되고 있는 곳이죠. 지금은 기물 파괴에 동물 학대 문제도 불거졌습니다만."

샤히드 카말을 한차례 본 적이 있었기 때문에 밀은 이 말을 하면서 스미티를 자세히 관찰했다. 이 예술가의 반응은 죄책감이나 불안이 아니었다. 밀은 서류 가방을 열고 사진 폴더를 꺼냈다. 주로 엽서와 DVD에서 뽑은 스틸 컷으로 그라피티와 훼손된 집이 찍힌 사진, 새 시체가 찍힌 사진과 긁힌 차량들이 찍힌 사진이 폴더에 들어 있었다. 스미티는 사진을 들여다보았다.

"이 일이 시작됐던 때가 기억나요. 분명 일 년 전이었는데. 우리 할머니가 편찮으시기 전이었어요. 그 당시 할머니가 집 사진이 인쇄된 엽서를 몇 장 받았다고 하셨어요. DVD도, 집에 DVD플레이어가 없어서 틀어 보지도 못하셨죠. 그래서 엄마한테 보여 드린 거고, 그게 제가 마지막으로 들은 소식입니다. 그냥 사진 보내다 말았구나 했고. 엄마는 집을 고쳐서 팔아 버리셨죠. '우리는 당신이 가진 것을 원한다.' 좋은 글귀죠. 이게 생각나네요. 재미는 계속되어야 한다."

"우리는 선생과 뭔가 관련성이 있다고 보고 있습니다. 선생의 작품과 통하는 부분이 있는 것 같습니다만."

스미티는 코웃음 쳤다.

"웃기지 마세요. 동물 학대요? 전 오 년 동안 달걀도 안 먹던 채식주의자였어요. 아직도 잘 못 먹습니다. 그리고 단언하건대, 저는 법을 어기지 않으려고 정말 조심했거든요. 저는 잃을 게 많은 사람입니다, 경위님. 이게 왜 예술같이 느껴지는지 알 수 있고, 왜 저와 연관시키려고 하는지도 알 수 있지만, 제 말 믿으세요. 제가 2 더하기 2는 11이라고 해도."

그는 계속 사진을 들여다보았다. 스미티의 마음은 할머니를 보러 가던 때로 달려가고 있었다. 정정했던 할머니의 모습을 마지막으로 보았던 때였다. 사실 할머니가 정정했다고 해도 생각해 보면, 그때도 할머니는 조금 야위고 편찮으셨던 것처럼 생각이 되었다. 그때 그것을 알았다면, 그러면……. 그러면 뭐? 달라질 것은 없었다. 하지만 그는 모르는 것보다 아는 것이 더 나았을 거라고 생각했다. 그리고 그냥 스튜디오로 다시 와서 작업하면 된다. 매사 똑같이 제자리로 돌아와 익숙한 분위기로, 곧 잘릴 위기에 놓인 짜증 나는 조수가 있는 곳으로.

"어쨌든 다시 이 사건이 시작되었을 때에는 소식을 못 들었습니다. 할머니가 돌아가시고 그 건축업자 말고는 집에 아무도 없었거든요. 그런데 엄마가 건축업자와 집수리 상의차 갔다가 듣고 와서는 아직도 계속되고 있는데 더 악화됐다고 하더라 하고 알려주셨죠. 그래서 지역 신문에 난 기사를 봤어요. 저도 누군지 궁금하니까요. 그러다 갑자기 생각난 겁니다. 그 자가 누군지 알 거 같았어요. 그자가 언제 그 일을 시작했는지 모르겠지만, 제가 스튜디오에 그 엽서랑 DVD를 갖다 놨거든요. 그때 그자가 그것을 봤을 거라 확신합니다. 옛날에 제 밑에서 일하던 조수였거든요. 쫓겨났지만요. 이 모든 집과 차가 훼손되기 직전에요. 그 거지 같은 녀석이 저한테 복수하려고 한 거죠. 제 생각을 이해하려고 하면서 예술가가 되려고 한 겁니다. 저는 정작 무슨 일이 벌어지고 있는지 하나도 모르고 있는데. 어리석었죠. 하지만 바로 경찰을 찾아갈 수는 없었어요, 내가 누군지 밝히지 않고 용의자를 밝힐 수는 없잖아요. 제 정체는 제 인생에서 가장 중요한 문제라서요, 사람들이 저를 모른다는 사실이 제 작품에 의미와 목적을 부여하니까요. 우리의 멋진 언론 덕분에 이 모든 것이 물 건너갔지만요. 최근 몇 년 동안 벌어진 일 중 이건 정말 최악이에요. 하지만 그 덕분에 제가 아는 걸 이제야 털어놓게 됐네요."

스미티가 볼에 부풀렸다가 휴 하고 한숨을 내뱉었다.

"어쨌든, 이게 그 사람 이름이에요."

그리고 스미티는 탁자에다 전 조수의 이름과 주소가 적힌 메모지를 올려놓았다.

105

모든 피억류자는 음식에 익숙해지기 시작할 때, 그때가 매우 중요한 순간이라고들 말한다. 어떤 사람들은 수용소에 너무 오래 있었다는 표시가 된다고 했고, 어떤 사람들은 운명에 딜관하게 되었다는 표시이니 좋은 일이라고 했다. 이 과정이 지나면 음식에 대해 끊임없이 불평하기는 하지만 언제나 같은 방식으로 분노하지는 않는다. 사람들은 더 점잖은 태도를 보이고 무엇보다 그 음식을 먹게 된다. 퀜티나는 젤리를 먹었을 때, 그때가 그 순간이구나 했다. 근 한 달 동안 과일과 빵밖에 먹지 않아서 배에 가스가 차 더부룩하고 불편한 느낌에 사로잡히던 차에, 젤리가 눈에 들어온 것이었다. 빨간 젤리 속에는 과육이 들어 있었다. 과일이 그녀를 유혹했다. 특별히 맛있어 보이지 않았지만 먹을 수 있을 것 같았다. 그래서 입에 넣었더니 달았다. 젤리 맛이 났다. 그리고 어찌어찌해서 삼켰다. 패배 혹은 수용의 순간과 마주한 것이었다. 처음 한 입을 삼켰을 때는 심리적인 불편함을 느꼈지만 나중에는 어느 순간 사라지고 없어졌다.

퀜티나는 수용소의 하루하루를 이겨 나가는 데 도움이 될 만한 정신 수련 방법을 하나 찾았다. 아주 간단한 방법이었다. 필요가 있거나 기회가 되면 그때마다 스스로에게 이렇게 거듭 말해 주는 것이다. '세상에 영원한 것은 없다. 이보다 더 힘든 일은 없을 것이다.' 아침에 일어나서도 이 말을 반복하는 자신을 발견하노라면 아주 잠시 동안 내가 어디에 있는지 모르는 상태가 된다. 그리고 아주 가끔 그 찰나가 가장 행복한 순간으로 바뀌어 엄마 아빠와 함께 방에 있게 되는 것이다. 문의 위치가 이상하고, 창문과 침대 방향이 이상하고, 전등도 뭔가 이상하다고 느끼는 순간 다시 현실로 돌아와 수용소에 있음을 자각하게 된다. 영국, 억류, 무국적자, 그녀를 기다리는 사람도 장소도 없는, 시간의 흐름이 정지된 곳.

이런 모든 것이 특별히 더 힘들지는 않았다. 모두가 똑같이 힘들었다. 하지만 단식 투쟁하는 사람들과 같은 곳에 있기는 정말 고역이었다. 초기 단식 투쟁에 나섰던 몇 명은 중간에 포기했다. 특히 사담 정권하에서 남편이 사형당한 쿠르드 여인은 아이가 둘이나 있는데 죽음을 앞두고 있었다. 묘한 잿빛으로 빛나는 큰 눈동자와 홍채가 누렇게 뜬 팽팽한 피부와 대조를 이루어 사람이 이상해 보였다. 퀜티나 생각에 그녀는 아이들만 없었다면 당장 곡기를 끊었을 것이다. 그녀는 상태가 너무 악화되어서 신장까지 나빠져 어쨌든 오늘내일하는 상황이었다. 다른 사람들은 단식 투쟁에 합류해서 또 다른 국면을 놓고 당국과 신경전을 벌이고 있었다. 사내아이들의 닭싸움 같은 대치 상황이었다. 단식 투쟁과 닭싸움의 차이점이라면 단식 투쟁은 전혀 놀이가 아니라는 것이다.

퀜티나에게 가장 힘든 일 중 하나는 시간의 흐름을 전혀 알 수 없다는 것이다. 결국 주차 단속 요원 일에 급하게 발을 담근 것은 뿌리칠 수 없는 유혹, 단돈 얼마라도 벌 수 있을 때 벌자라는 기회를 놓치고 싶지 않았던 욕망이었다. 하지만 이곳에서 지내는데 사람들이 왜 일당 71펜스에 집착하는지 그녀는 그 이유를 알다가도 모르겠다. 그 돈이 너무 적다는 것이 아니라 돈을 쓸데가 전혀 없다는 것이다. 면회가 허락되었지만 외부 물품은 그 어떤 것도 들여올 수 없었다. 자선 단체에서 면회를 오기도 해서 피억류자들과 외부 세계를 연결해 주곤 했다. 그들은 정부 요원이 아니라, 대화를 나눌 수 있는 유일한 영국 사람들이었다. 하지만 퀜티나는 군이 그렇게까지 하고 싶지 않았다. 낯선 사람과 대화하고 싶지 않았고 동정을 베푸는 것 말고는 아무것도 해 줄 수 없는 사람에게 푸념하고 싶지도 않았다. 나이지리아 의사인 마켈라가 친구의 면회 신청에 서명을 하라고 했지만 퀜티나는 거절했다.

"잘못 생각하는 거지, 이건. 그러다가 자기 안에 갇혀요. 그런 경우 많이 봤어요."

솔직함에 자부심을 느끼는 마켈라가 말했다.

"충고 감사합니다."

퀜티나의 말에 마켈라는 그만 입을 다물었다. 수용소에는 작은 도서관이 있었는데 주로 자선 단체에서 기증한 책들로 가득 찼다. 한 간수와 남편이 교도소에서 고문을 당하고 있는 이집트 지식인 여성이 관리했다. 간수와 이집트 여인은 사이가 좋았는데, 이 수용소에서 유일한 인간관계다운 인간관계라고 할 수 있었다. 퀜티나는 책을 빌려 읽으려 해 봤지만 내용을 전혀 이해할 수 없었다. 국제 통화 기금의 역사와 계부에게 학대를 당하는 젊은 여성을 다룬 비소설류는 지나치게 따분하고 지나치게 우울했다. 소설류는 돌이킬 수 없는 불완전함으로 고통스러웠다. 결국 모두 꾸며 낸 이야기 아닌가. 퀜티나 현재의 정신 상태에서는 소설의 주제를 하나도 이해할 수 없었다. 마켈라는 책이 일상 탈출의 한 방편이 되어 준다고 했지만 그녀로서는 전혀 이해가 되지 않았다. 책은 수용소에서 나를 꺼내 주지도 못하고, 헬리콥터를 보내 주지도 못하고, 마법을 부려 영국의 여권을 만들어 주지도 못하는데 말이다. 정확히 말하자면 책이 어떻게 탈출을 도울 수 있는가. 그 어떤 의미를 가져다 붙여도 도움이 될 수 없었다. 그리고 퀜티나의 유일한 관심은 말 그대로 탈출이었다.

한 가지 도움이 되는 것은 탁아소 교대 근무였다. 퀜티나는 특별히 아이를 좋아하지도 않았고 잘 돌보지도 못했고 아이들이 그녀를 특히 좋아하지도 않았다. 하지만 그 일은 해야 할 일이었다. 이틀에 한 번 오전 세 시간 동안 아이들을 돌봐야 했다. 그것이 최대한의 기회였다. 너도나도 탁아소에서 일하길 원했기 때문에 경쟁이 치열했다. 심지어 대기자 명단도 따로 있을 정도였다. 퀜티나는 한 억류자가 요르단으로 추방당하는 바람에 탁아소 일에 첫발을 들여놓게 되었다. 그녀는 다른 사람들을 거들어 작은 놀이 공간을 만들고 듀플로 브릭을 정리하고 모래밭 놀이터와 실내 인형의 집에서 심사 위원을 맡고 이야기 무대에 올라 아이들에게 이야기를 들려주곤 했다. 그렇게 일주일에 아홉 시간씩 월, 수, 금 아침 10시부터 오후 1시까지 탁아소에서 보내는 시간은 다른 시간에 비해 쏜살같이 지나갔다. 나머지 시간은 느릿느릿 기어가는 것처럼 느껴졌다.

그 시간은 그녀를 망가뜨리고도 남았다. 하지만 퀜티나에게는 비밀 무기가 있었다. 그녀는 이런 상황이 영원하지 않으리란 것을 알고 있었다. 독재자 또한 영원히 살 수 없다. 퀜티나가 생각했을 때, 그가 매독에 걸렸다는 소문은 사실일 것 같았다. 그리고 부족의 당파 싸움부터 노골적인 악마 근성까지 이 모든 현상이 그의 세력이 쇠퇴해 가는 것을 설명해 주었다. 그가 죽지 않는다고 해도 그는 더욱더 늙어 갈 것이다. 그의 왕국은 점점 더 발악하다 결국 그가 죽거나 쫓겨나는 날이 올 것이다. 그리고 그날은 머지않았다. 그 독재자가 죽으면 모든 것이 바뀔 것이다. 퀜티나는 스스로에게 다짐했다. 그 소식을 듣는 날 스스로 국외 추방을 신청할 거라고. 그녀는 고향으로 돌아갈 것이다. 시간도, 공간도, 목적도 없이 그저 존재하는 이 상황 속에서 이 생각이 그녀를 지탱시켜 주고 지켜 주고 있었다. 이보다 더 힘든 일은 없을 것이다. 하지만 세상에 영원한 것은 없다.

106

"묵비권을 행사할 수 있습니다. 지금부터 당신이 하는 말은 녹취

되어 법정에서 당신에게 불리하게 작용할 수 있습니다. 진술을 거부할 권리를 포기하고 행한 진술은 법정에서 유죄의 증거로 사용될 수 있습니다."

밀이 권리를 알렸다. 공식 주의 사항을 알리는 것도 어려웠다. 밀의 말을 듣는 청년이 계속 눈물을 흘렸기 때문이다. 용의자를 체포하러 온 것이 아니라 가족의 부고를 알리러 온 것 같은 상황이 되어 버렸다. 이것이 서러우면 애초에 왜 그런 짓을 했을까?

사실 그는 그 이유를 알고 있었다. 밀의 경험에 비춰 보면 쫓기는 사람은 속 편하게 잡히기를 바라기도 하지만 다른 심리를 보이는 사람이 있었다. 지금보다 훨씬 전에 잡히기를 바라는 사람이다. 즉 이런 사람은 제 발로 경찰서를 찾아오진 않지만 일단 잡히면 죄책감과 안도감으로 와르르 무너져 내리는 것이다. 이 청년이 여기에 속했다. 밀은 휴대용 티슈를 꺼냈다. 옆에 앉아 있는 경장과 눈길을 주고받은 뒤 용의자에게 건넸다.

"여기, 여기."

청년은 티슈를 뽑아서 코를 크게 팽 풀더니 휴지통을 찾으려고 주위를 두리번거렸다. 자기 집인데도 결국 휴지통을 찾지 못하고 그냥 바닥에 버렸다.

"피해 입힐 의도는 없었어요. 감당이 안 되는 거예요. 정말 사람들을 화나게 할 의도는 없었어요."

스미티의 전 조수 파커 프렌치가 말했다.

"처음부터 시작해 보실까."

밀이 말했다. 용의자가 우는 동안 밀은 방 안을 찬찬히 둘러보았다. 거실, 식당, 부엌, 침실이 갖춰진 공간으로 그는 여기서 여자 친구와 함께 살고 있었다. 이 아파트가 위치한 해크니는 결코 싼 곳이 아니었다. 이미 여자 친구가 좋은 데서 일하거나, 둘 중 한쪽의 가족이 돈을 보내오거나 할 것이다. 파커의 말투로 보아 중산층보다 교육 수준이 높은 집안의 청년 같았다. 밀과 비슷한 또래 같았지만 청년이 밀보다 더 어려 보였다. 그 연령대의 청년들보다 CD는 더 많았고 책은 더 적었다. 모든 책은 책장에 가지런히 꽂혀 있었다. TV는 혼자 사는 남자가 좋아하는 평면 스크린 TV가 아니라, 보통 가정을 이룬 부부가 사는 TV였다. 가장 돋보인 장식은 테이트 갤러리의 피카소와 마티스 전시회 포스터였다.

"스미티…… 그놈이 저를 해고만 안 했어도 그렇게 하지 않았을 겁니다. 죄송합니다만, 그놈은 정말로…… 정말 저를 막 부려먹었어요. 저를 카페나 왔다 갔다 하는 커피 심부름꾼처럼 대했어요. 저도 예술가예요! 그놈과 똑같이 교육 받았고! 그놈은 자기가 먼저 커피를 대접하지 않아요. 존중받기를 원하면 먼저 존중해야죠. 존중은 노력해서 얻어지는 거잖아요. 하지만 안 그랬습니다. 스미티였으니까요. 그런 일엔 손도 안 담갔어요. 그런데 아무 경고도 없이, 제 말은 정말 아무 예고도 없이, 저더러 나가라고 하는 거예요. 마치 갈기갈기 찢기는 것 같았어요. 쥐구멍이라도 있으면 들어가고 싶은 심정입니다."

파커는 티슈를 한 장 더 꺼내서는 아까와 똑같이 했다. 코를 팽 풀고 바닥에 그냥 티슈를 버렸다.

"너무 화가 났어요. 당시에는 몰랐는데 나중에 화가 더 올라오는 거예요. 정말 뚜껑이 열렸어요. 이런 모욕감 아십니까? 무시당하는 거. 저는 아무것도 아니었던 거죠. 이라크에서 부수적인 피해라고 부르는 그런 존재 말입니다. 저는 정말 부수적인 피해였어요. 그 자식 신발에 묻은 똥만도 못한 거죠. 그래서 생각해 봤어요, 화가 나서. 이대로 그냥 넘어가지 않겠다고 결심했고, 그와 동시에 유명해져야겠다고 생각했어요. 세련되게 조롱하면서요. 스미티는 항상 설교했어요. 예술계가 어떻게 돌아가는지, 상품화가 어떻게 이루어지는지, 어떻게 사람들이 이상하다고 알아채게 하는 동시에 예술가 자신이 작품을 팔고 싶어 전전긍긍하면서도 겉으로는 티가 안 나게 하는 방법에 대해서요. 그래서 그런 결심을 하게 됐어요. 저는 걔 머릿속을 헤집고 들어가 놈을 엉망으로 만들고 싶었던 거예요. 스미티 하면 떠오르는 의미를 말이에요. 본인은 물론 그 이유를 알 수 없겠죠."

"피프스 로드 말이군."

밀이 말하자, 파커가 고개를 끄덕였다.

"걔네 할머니가 사시는 곳이죠. 그 엽서들이 배달된 곳이기도 하고요. 걔는 그 엽서를 무서워했어요. 딱 보면 티가 나요. 하지만 또 매력을 느끼기도 했죠. 마치 예술 프로젝트 같아서 그놈이 하는 일과 비슷했거든요. 스미티는 그것들을 폴더에 모아 놓고 계속 들여다보고 또 들여다봤어요. 몇 주간 그렇게 있기에 저도 보게 된 거예요. 저역시 아이디어가 대번에 떠오르지 않아 블로그에 들어가 봤더니 한동안 업데이트가 안 됐더라고요. 그래서 이걸 해보자고 생각했어요. 일단 모든 자료를 캡처 했어요. 무슨 말인지 아시죠? 모두 카피해서 다시 올리려고 했는데. 그 사이트가 없어진 거예요. 사라졌더군요. 그래서 제가 새로 시작했어요. 다른 블로그 플랫폼을 이용했지만 같은 이름을 썼습니다. 그러고는 원본을 다 올렸죠. 그 후에 그라피티 같은 것을 추가한 거예요. 스미티네 집부터 시작으로 해서."

"할머니 댁이지."

밀이 말하자, 파커는 마음이 불편해 보였다.

"어쨌든. 거기부터 시작했어요. 더 조롱하고 더 엉망으로 만들고 싶었어요. 그런 개자식은 자기가 뭐라도 되는 양 생각한다. 자기가 무슨 세계를 다스리는 제왕인 줄 안다. 한쪽에서는 사람들이 굶주리고 있는데. 직업도 잃고. 약도 못 쓰고 고통 받는 아이들도 많은데. 그런데 그런 잘사는 개자식들은……. 이게 제가 세상에 던지고 싶었던 메시지예요. 성명서 같은 거죠."

"스미티 씨 할머니가 잘사는 개자식인가요?"

밀이 물었다.

"글쎄요, 스미티는 확실히 개자식이죠. 자기가 말하는 것보다 훨씬 더요."

그는 재빨리 덧붙였다.

"저는 그 자식의 코를 납작하게 만들어 주고 싶었어요. 할머니께서 편찮으실 줄은 꿈에도 몰랐지만요."

"할머니가 오월에 돌아가셨다는 사실이 당신한테 무슨 의미가 있는 것은 아닌가요?"

그 사실에 파커는 많이 놀란 것 같았다. 그의 입이 딱 벌어졌다. 그는 대답하지 못했다.

"그 집은 몇 개월 동안 비어 있었어요. 엽서, DVD 같은 것들이 모두 빈집으로 간 거죠. 스미티 씨와도 얘기해 봤더니 스미티 씨는 무슨 일이 있었는지 전혀 모르더군요."

파커가 입을 물고기처럼 뻐끔거렸다. 밀은 슬픔이 밀려왔다. 이 청년은 삐뚤어진 열정으로 혹독한 대가를 치르게 될 것이다.

"그라피티 할 때 누가 도와줬나요?"

그것은 처음으로 선을 넘은 행위였다. 기물 파괴.

"아니, 저 혼자서 했습니다. 딱 한 번 그랬어요. 들킬 위험이 너무 큰 거 같아서. 깡통이 흔들릴 때마다 달그락 소리도 나고. 사람들 많은 데에서 그런 작업을 하려니까 힘들더라고요. 그래서 한 번으로 충분했어요."

"오월에 한 거고."

밀이 이야기하고, 경장이 계속 기록했다.

"음······."

그의 말이 기록으로 남은 것을 보니 결정적인 진술처럼 보였다.

"그 새들, 그것도 당신 짓입니까?

파커는 당황한 것처럼 보였다. 그는 시선을 떨구고 웅얼거렸다.

"못 들었습니다."

밀이 말했다.

"처음 건 집에서 가져왔어요. 우리 부모님 집에서. 노픽에 있어요. 새가 창문에 부딪혀서 자살한 거예요. 주말에 집에 갔는데, 아침에 그런 일이 벌어진 거예요. 엄마가 놀라서 제가 바로 그 새를 주워서 두엄 사이에 넣었죠. 그리고 제가 무슨 생각을 하는지도 모른 채 요셉 보이스(펠트와 기름 덩어리를 모티프로 전위적인 조형 작품과 퍼포먼스를 발표한 20세기 독일 태생의 미국 화가 – 옮긴이)가 생각났어요. 그 사람 모르시죠? 대단한 예술가인데. 그 예술가를 생각하면서 저도 강력한 메시지를 담을 수 있을 것 같았어요. 그래서 다른 것들은 박제사한테 받았어요. 그분이 그것들을 어디에서 구한 건지 전 모르고요. 예닐곱 마리 받았어요. 어쨌든…… 바보 같은 짓이고 하지 말았어야 했는데. 나중에 그걸 봤어요."

밀은 기록하고 있는 경장과 눈을 마주쳤다. 그 부모가 동물 학대는 없었다는 진술을 확인해 줄 것이다. 우편함을 이용한 것은 잘못이었다. 이 젊은이는 분명 유죄이지만 교도소에 가지는 않을 것이다. 다만 한 가지 큰 문제가 남아 있었고 기록하고 있는 경장도 같은 것을 생각하고 있다는 것을 알 수 있었다. 가끔, 아주 가끔 밀은 용의자가 법을 어긴 것이 아니라 그저 개인의 이익을 위해 잘못을 저질렀기를 바랄 때가 있었다. 지금이 바로 그때였다. 이 젊은이에게는 변호사가 필요했고 자신의 영혼을 순전히 다 내보이기보다는 말을 신중하게 고를 시간이 필요했다. 밀 혼자 있었다면 이 문제를 다그치지는 않았을 것이다. 젊은이에게 자신을 추스를 시간을 주었을 것이다. 이런 경우에 진짜 아이러니는 범죄자는 어떤 상황에서든 불리한 말을 하지 않는다는 것이다. 곤란에 처했을 때 법은 무슨 말을 해야 할지 모르고 어떤 행동을 해야 할지 모르는 사람을 잡아들이는 데 더 뛰어난 기재이다. 요령 피우는 범죄자에게는 작동하지 않는다. 밀은 최대한 부드럽게 말했다.

"그리고 차는? 그것도 당신 짓입니까?"

차량을 훼손한 것과 나머지 활동 간에 어떤 연관이 있다는 것을 보여 주는 직접적인 증거는 하나도 없었다. 엽서나 블로그에도 길가에 주차된 차량 옆면을 열쇠로 긁고 지나간 사건, 즉 피프스 로드에서 있었던 일들 중 가장 큰 범죄 행위인 그 사건에 대해서는 아무런 언급이 없었던 것이다.

이 행동은 실형이 확실한 큰 범죄 행위였다. 밀은 이 젊은이를 잡고 싶기는 했지만 교도소로 보내고 싶지는 않았다. 그래서 그가 속삭이듯 작게 한 말을 들었을 때 그의 마음이 무겁게 가라앉은 것이었다.

"네, 저 혼자 했어요."

107

욘트 집의 이삿짐을 실은 커다란 붉은색 트럭이 11시쯤 민친햄프턴
으로 가는 M4 고속도로로 향했다. 아라벨라와 아이들은 어제 먼저
내려갔고, 오늘은 로저 혼자 마무리하고 빈집을 나선 것이었다. 그는
빠뜨린 것이 아무것도 없는 것을 보고 열쇠를 변호사에게 넘겼다. 그
역시 민친햄프턴으로 갈 것이고, 이로써 피프스 로드에서의 시절이
끝나고 새로운 생활이 시작될 것이다.

로저는 그 생활이 기대되었다. 스스로에게 그렇게 말해 주었다. 전
혀 새로운 생활. 그의 도시 생활, 런던 생활은 끝났다. 통근 생활도 끝
났고, 도시의 하인 생활도 EU 쓰레기 상사도 야만인 에릭 같은 고객
도 안녕이다. 사람과 사물뿐 아니라 돈놀이하면서 일반 가정의 평균
연봉보다 이십 배, 삼십 배 벌던 일도 안녕이다. 런던, 돈 그 모든 것
과도 이별이다. 실질적인 행동을 하거나 뭔가를 만들어 낼 시간이다.
로저는 이 말뜻을 온전히 이해한 것은 아니었지만 진지했다. 무엇을
해야 하고 무엇을 만들어야 할지 몰랐지만 속에 뭔가는 있었다.

피프스 로드에서 머물던 마지막 25분 동안 로저는 아직 법적으로
그의 소유인 집의 맨 위층 다락으로 올라가 보았다. 아내와 상의한
끝에 이곳은 손님방으로 개조했다. 아라벨라는 서재로 쓰고 싶어 했
지만 공부와 거리가 머니까 서재가 필요치 않다는 사실을 마지못해
시인했다. 로저는 이곳을 아지트로 만들고 싶었지만 결국 이층의 더

작고 아늑한 공간에 안착하고 말았다. 더 작은 공간을 차지함으로써 내 영역이라고 주장하기는 더 쉬웠다.('하지만 아이들에게는 방 하나가 더 필요하다.') 그런 후 그는 아이들 방으로 들어가 보았다. 카우보이 (조슈아)와 우주인(콘래드) 그림이 들어간 밝은 벽지만이 이곳이 이전에 아이들 방이었다는 사실을 말해 주었다. 그리고 벽에 연필로 표시한 자국은 아이들이 얼마나 컸는지 그 키를 나타내 주고 있었다. 욕실은 밝은 오렌지색이었다. 그리고 그곳에 로저의 아지트가 있다. 책을 올려놓기 위해 맞춘 선반은 제자리에 그대로 있었고 하워드 호지킨의 작품(아라벨라가 그를 더 교양 있게 보이게 하려는 노력으로 주었던 선물)이 놓였던 공간도 그대로 있었다. 드레스 룸은 자그만 테이블이 붙박이로 달려 있었고 장식장이 있었고, 또 다른 작은 빈방에는 사각 침대 다리 자국이 카펫에 꾹 찍혀 있었다. 그는 화장실을 지나 부부 침실로 들어가 보았다. 로저가 어림잡아 계산해 보니 아라벨라와 5년 동안 한 달에 한 번씩, 물론 실제로 그렇게 하지 않았지만, 총 60번이나 사랑을 나눈 곳이었다. 그럼에도 불구하고 정말 좋은 방이다. 집에서 가장 볕이 잘 드는 방으로 크림색 벽과 지금은 비어 있지만 예전에는 장식장이 더 놓여 있었다. 블라인드와 커튼이 없으니 방이 훨씬 더 밝았다.

창가로 가서 앞마당을 내다보았다. 매물 사인이 현관문 앞에 꽂혀 있었다. 로저는 잠시 바닥에 앉아 이 모든 것이 더 이상 그의 소유가 아니라고 생각했다. 그 생각이 실감나려 했다. 완전히 텅 빈 집에 혼자 있으니 기분이 이상했다. 집은 무대 세트였다. 삶이 계속되는 공간임은 분명했지만 그 자체로 독립적인 존재 같았다. 텅 빈 공간이 무섭지는 않았다. 메리 셀레스트호(대서양에서 사라진 배에 관한 미스터리 - 옮긴이) 같은 호들갑을 떨 이유도 없었다. 그들이 이 집과 맺은 인연이 끝났다면 이 집도 그들과 맺은 인연이 다 된 것이다. 그들은 이사나갔고 이제 이 집은 새로운 사람들을 기다리고 있었다. 집은 또 새로운 가구들을 기다리고 새로운 작품을 위한 무대를 기다릴 것이다.

인생의 변화가 그의 안에서 자리 잡고 있었다. 어려운 시기가 장마철 먹구름처럼 넓게 퍼져 흘러간다는 것을 서서히 깨닫게 되면서 주변 사람들과 함께 이해하고 있었다. 그는 아라벨라도 함께 이해하기를 바랐다. 로저는 그녀가 받아들이는 순간이 올 때까지 기다릴 것이다. 그녀가 상황을 둘러보고 깨닫게 될 순간을. 그래서 더 이상 계속할 수 없다는 큰 깨달음을 얻고 번쩍이는 순간이 오기를 희망했던 것이다. 경제적인 이유뿐만이 아니라 물론 이 이유도 있지만 다른 것도 있었다. 그 기준에 따라 살 수 없기 때문이기도 했다. 평생을 물질의 노예처럼 살 수는 없었다. 물질 숭배는 없다. 로저의 새로운 좌우명은 물질은 충분하지 않다는 것이다. 몇 개월을 보낸 지금 로저의 가장 간절한 바람은 아라벨라가 거울을 보고 스스로 변해야 한다는 사실을 깨닫게 되는 것이다. 그는 핑커 로이드의 상사들이 공개적으로 굴욕을 당하기를 바라는 것보다, 부하 직원 마크가 감옥에 가는 것보다, 복권에 당첨되는 것보다 그 점을 더 간절히 바랐다. 그녀는 이대로 계속할 수 없었다.

하지만 그런 일은 일어나지 않았다. 아라벨라는 이렇게 계속할 수 없다고 생각하지 않았다. 오히려 그녀는 영원히 계속하겠다는 태도를 보였다. 차선책이 없었다. 상표, 로고, 과소비가 전부였다. 그 많은 시간 동안 아이들을 돌보는 것이 더 상황을 악화시켰다. 더 직접적인 탐욕에 앞서 비싼 브랜드, 휴일, 비싼 음식 등을 동경하는 것이 더 심해졌다. 로저는 잘 안다고 생각했던 사람이 어떻게 완전 타인이 될 수 있는지 이해할 수가 없었다. 원래 그녀가 그런 사람이었는지, 상황이 그는 그쪽으로, 그녀는 저쪽으로 이끈 것인지 판단이 잘 서지 않았다. 변화의 이유가 무엇이든 그것은 현실이었고 그는 이제 점점 더 그녀가 말할 수 없을 정도로 천박하고 소모적이고 숨 막히게 물질 만능주의에 빠져 있다는 것을 알게 되었다. 그는 런던에서 일했다. 지구상에서 가장 돈에 연연해하는 곳에서 돈에 가장 집착하는 사람과 결혼했던 것이다.

로저는 아래층으로 내려가 아이들의 놀이방으로 들어섰다. 후각이 개처럼 잘 발달되었다면 아마도 마티아의 마지막 향기를 맡을 수 있었을지도 모른다. 그녀의 향수, 머리, 아이들과 함께 밖에서 돌아와 걸어 들어오는 모습, 겨울의 공기, 바깥의 자유로운 향기, 다른 삶……. 로저는 그녀가 여기 있을 때는 자주 내려올 수 없었다. 자신을 믿을 수가 없었기 때문이다. 하지만 이제는 텅 빈 방이었다.

그는 일층으로 갔다. 마지막으로 거실에서 잠깐 멈춰 섰다가, 마지막으로 주방 불을 켰다 끄고, 식당에서 마지막으로 팔을 뻗어 보았다. 마지막으로 정원을 돌아보고, 마지막으로 복도를 지나, 마지막으로 현관문을 닫고 잠갔다. 그들은 빨리 나가서 다시는 돌아보지 않는 것이 가장 좋은 방법이라고 했지만 그는 잠시 머리를 문에 기댔다. 그가 이제까지 소유했던 것 중 가장 크고 비싸고 중요했던 물건과 마지막으로 접촉하는 순간이었다.

차는 바로 바깥에 대 두었다. 차에 타서 시동을 걸고 피프스 로드로 나왔다. 그는 돌아서서 더 이상 자신의 집 현관문이 아니게 된 문을 돌아보았다. 이별의 시간이었다. 로저는 일부러 새로운 주인에 대해서 찾아보지 않았다. 그들이 집을 보러 왔던 첫날 오후에 집을 비웠고 두 번째 왔을 때도 집에 있지 않았다. 와서는 가격을 제안하고는 사라져 버리는 쓸데없는 인간들 때문에 지쳐 있었다. 하지만 이 사람들은 진심이었고 현금으로 사려고 했다. 그들이 제시한 가격이 만족스러워서 바로 진행되었다. 로저는 그들에 대해서 알지도 못했고 알고 싶지도 않았다. 그런데 마지막으로 집을 돌아보는 지금, 그들이 궁금했다. 이제 큰 도로로 차를 몰고 나갔다. 길 끝에서 그는 마지막으로 현관문을 흘깃 돌아보면서 생각했다. 나는 변할 수 있다. 나는 변할 수 있다. 약속할 수 있다. 나는 변할 수 있다. 변하고 변한다.

옮긴이 이순미

서강대학교에서 영어영문학을 공부했다. 외국계 컨설팅회사에서 일하다가 영어교육에 뜻을 품고 영어교육콘텐츠 개발분야에 뛰어들어 10여 년간 영어교육과 개발전문가로 일했다. 현재 전문번역가로 일하며 영어학습모형을 개발 중이다. 옮긴 책으로 《아티코스의 그리스 신화》,《모더니즘은 실패했는가》,《열두 개의 바람》,《나를 바꾸는 52주의 기록》,《세상 끝자락 도서관》,《걸 인 스노우》 등이 있다.

캐피탈

초판1쇄 인쇄 2019년 10월 25일
초판1쇄 발행 2019년 11월 4일

지은이 존 란체스터
옮긴이 이순미

발행인 신상철
편집인 이창훈
편집장 신수경
편집 정혜리 김혜연
디자인 디자인 봄에
마케팅 안영배 신지애
제작 주진만

발행처 (주)서울문화사
등록일 1988년 12월 16일 | 등록번호 제2-484호
주소 서울시 용산구 한강대로43길 5 (우)04376
편집문의 02-799-9346
구입문의 02-791-0762
팩시밀리 02-749-4079
이메일 book@seoulmedia.co.kr

ISBN 979-11-6438-013-8 (03840)